Mortelle confidence

DU MÊME AUTEUR CHEZ MIRA

L'invitation
L'ennemi sans visage
Le complot
Soupçons
La griffe de l'assassin
Prémonition
L'ombre de la mort
Danse avec la mort
Noires visions
Nuits blanches
Apparences
La crypte mystérieuse
Sombre présage
Hantise
Dangereuse vision
La nuit écarlate
L'héritage maudit
Les proies de l'ombre
L'île des ténèbres

HEATHER GRAHAM

Mortelle confidence

Roman

MIRA

Titre original :
NIGHTWALKER
publié par MIRA®

Traduction de l'américain par JEAN-CHRISTOPHE NAPIAS

Photos de couverture
Maison & champs : © PAUL MASON / GETTY IMAGES
Paysage : © ROYALTY FREE / M. GILE

83-85, boulevard Vincent-Auriol, 75646 PARIS CEDEX 13.
Tél. : 01 42 16 63 63

Service Lectrices — Tél. : 01 45 82 47 47
www.harlequin.fr

ISBN 978-2-2802-3252-4 — ISSN 1765-7792

Pour mes amis de Vegas,
Dan Frank, Adam Fenner,
Shelley Martinsen et Dick Martinsen,
et avec une affection toute particulière pour
Lance Taubold et Rich Devin

Prologue

Nevada, 1876

Il était question d'une cage dorée dans la chanson que Milly Taylor interprétait, accompagnée au piano par George Turner, un sang-mêlé aux origines diverses. Et il semblait bien que le saloon se fût lui aussi transformé en cage, une cage de fumée échappée des cigares et des cigarillos. Elle formait comme une nappe de brouillard grisâtre qui planait au-dessus des clients, les enveloppait par endroits, épaissie par cette poussière du désert qui paraissait ne jamais vouloir se déposer. Dehors, la sphère enflammée du soleil disparaissait à l'horizon.

— Je veux voir ton argent, le métis…

John Wolf resta impassible. Pas même un battement de paupières. Il savait que Davison cherchait juste à l'énerver. Il avait une quinte flush à l'as en main et il y avait beaucoup d'argent au milieu de la table, mais la somme en jeu lui importait peu. Il était détendu, et pas seulement à cause de sa désinvolture habituelle. Non… Il revenait d'un voyage qui pouvait leur changer la vie à tous, ici. Il attendait simplement l'arrivée de Mariah pour rendre la nouvelle publique.

Il se laissa aller contre le dossier de sa chaise. Davison perdait son temps. Si John avait appris quelque chose, en grandissant dans ce désert de sable sans foi ni loi, entre deux mondes, c'était à ne rien laisser paraître de ses émotions.

— Je relance de deux, continua Davison.

L'homme était arrivé de l'Est avec de l'argent qui lui venait de sa famille. Il avait aussi des manières. Qu'il perde ou qu'il gagne, il donnait toujours un pourboire au barman et aux filles ; ça, au moins, c'était bien. Mais il s'était lié à Frank Varny et sa bande et ça, ça l'était beaucoup moins.

— Deux dollars, répéta-t-il, les joues légèrement colorées.

— Deux dollars, fit John, imperturbable, en faisant glisser la somme au milieu de la table.

A l'expression de son adversaire, il comprit que ce dernier s'attendait à ce qu'il se couche.

— Je vous rappelle qu'il s'agit d'une partie de poker amicale, les gars…

C'était Grant Percy qui venait de parler. Percy… le soi-disant shérif. Malgré l'insigne qu'il portait, ce n'était pourtant pas lui qui faisait la loi dans la ville, mais Frank Varny.

Varny s'était imposé par la force et conservait à présent son pouvoir par l'intimidation. Ou on était de son côté, ou on allait faire un tour dans le désert, avec sa mule et son piolet. Et seuls la mule et le piolet revenaient.

Mais aujourd'hui, John le savait, les choses allaient changer. Une fois que Mariah l'aurait rejoint, tout le reste n'aurait plus d'importance. Mariah était la bonté même, l'être le plus honnête qu'il ait jamais rencontré, et il allait lui livrer l'information dont elle avait besoin pour qu'enfin les gens d'ici — pas seulement la tribu, mais tous ceux qui souffraient depuis trop longtemps de l'emprise de Varny sur cette ville — redécouvrent que la vie méritait d'être vécue.

Percy remua sur sa chaise et abandonna ses cartes sur la table, sans un mot.

— Je me couche aussi, dit alors Ringo Murphy, le quatrième et dernier homme autour de la table de poker. Alors montrez-nous vos cartes…

Murphy était un joueur invétéré. On racontait qu'il avait été propriétaire d'un ranch, dans le Missouri, jusqu'au jour où tout son univers s'était effondré. Il était devenu tireur d'élite pendant la guerre civile et, depuis qu'elle était terminée, il courait après un rêve de richesse et de confort. Il était fin mais musclé, et ne se laissait pas impressionner par qui que ce soit. Il s'adossa à sa chaise, laissant voir ses deux revolvers, dans leurs holsters d'épaule. Chaque arme avait un nom gravé sur le canon : Lolo et Lilly.

— Allez, Davison ! fit-il avec impatience. J'aimerais revenir dans le jeu !

Davison lui ressemblait, physiquement. Lui aussi était plutôt maigre, avec la peau tendue sur les os. Excellent tireur. Toute sa force reposait sur les Colt qu'il portait à la ceinture.

John était armé également. Il ne se séparait jamais de ses Colt, des six coups à canon double, ce qui lui donnait un coup supplémentaire par revolver. Il avait encore deux poignards à la cheville, dans des étuis en cuir. Rien de méchant. Rien d'anormal non plus : être armé, ici, était une simple question de survie…

— Je suis, fit Davison d'un ton bourru.

John abattit ses cartes sur la table.

Au même moment, les portes battantes du saloon s'ouvrirent à la volée. La silhouette d'un homme se dessina dans l'ouverture, sur le rouge profond du ciel que le soleil couchant embrasait.

Frank Varny.

Comme prévu…

Sauf que le minutage était mauvais. Varny était en avance ; il ne devait pas quitter son « bureau » des collines avant la nuit.

— Wolf! cria-t-il d'une voix qui fit l'effet d'un rugissement.

John ne tressaillit même pas. Il réprima un juron et ne répondit pas au nouveau venu. Alors qu'il avait prévu jusqu'au moindre détail, quelqu'un l'avait trahi! Varny n'aurait pas dû savoir qu'il était de retour. Pas avant que Mariah n'arrive.

La fumée commençait à se dissiper et la plupart des clients se levèrent et gagnèrent en hâte la porte de derrière, sans même chercher à dissimuler leur peur. On aurait dit des feuilles emportées par un tourbillon de vent.

Même le barman disparut derrière le comptoir. Milly Taylor lança quelques dernières notes, *a capella* : son pianiste était déjà dans l'escalier, courant se cacher à l'étage.

Seul John semblait ne pas avoir remarqué l'arrivée du nouveau venu.

Or Frank Varny n'aimait pas qu'on l'ignore. Il s'avança à grands pas dans la salle, si habitué à incarner la loi qu'il ne remarqua même pas l'étincelle de contrariété dans les yeux de Ringo Murphy.

Davison leva les yeux nerveusement, en même temps qu'il exposait ses cartes, d'un geste réflexe.

John avait gagné.

— Mon flush est meilleur que le tien, fit-il remarquer, avant de se pencher pour réunir les dollars en or amassés sur la table.

— Bien…, marmonna Murphy. Maintenant, on peut tous revenir dans la partie.

— Elle est terminée, la partie ! déclara Varny.

Quatre de ses hommes venaient à leur tour de faire irruption dans le saloon. Ils avaient les mains posées sur la crosse des revolvers qu'ils portaient à la ceinture.

— Distribue, dit John à Grant Percy.

— Allons, allons…, fit le shérif en s'humectant les lèvres. On dirait que M. Varny doit d'abord te parler, John…

John tourna son regard du côté des portes battantes et aperçut une boule d'herbes sèches dansant dans le vent qui s'était soudain levé. Il observa le soleil, plus sombre, presque cramoisi, comme le sang séché d'un cadavre. Du coin de l'œil, il estima la position des hommes de Varny.

Varny s'approcha de la table, se pencha et tapa du poing dessus.

— Tu as trouvé la veine, Wolf ? C'est ça ? Je te rappelle que c'est ma terre ! Et que c'est donc mon or !

John consentit enfin à le regarder et lui sourit.

— C'est la terre des Paiute, déclara-t-il avec calme.

Réunissant lui-même les cartes, il entreprit de les battre.

— Je suis allé faire une revendication en propriété à Carson City et j'ai pris possession, au nom de la tribu paiute, de la terre qui lui appartenait autrefois, avant que vous autres, les Blancs, arriviez et nous l'enleviez. Là-bas, dans les bureaux de Carson City, ils n'ont pas peur de toi, Varny. Ils croient en quelque chose qui s'appelle la loi ! La revendication s'est donc faite sur une terre *paiute*, mon ami…

Ringo Murphy laissa échapper un grognement et dévisagea les deux hommes.

— On joue aux cartes, ici, oui ou non ?

— La ferme ! lui intima Varny. On est en train de parler affaires.

— Débarrasse le plancher, Varny ! reprit John. Je te l'ai dit, cet or appartient aux Paiute…

L'homme paraissait sur le point d'exploser de fureur et John n'en apprécia que davantage son triomphe.

— C'est *mon* or et tu vas me dire où il se trouve, saloperie de Peau-Rouge !

— Quelqu'un distribue ? demanda Murphy d'une voix étale. J'aimerais bien me refaire, moi…

— On joue dans un instant, lui assura John, qui se tourna de nouveau vers Varny. En réalité, je suis à moitié indien. Ma mère était blanche. Elle travaillait dans ce saloon, quand elle a été enlevée. Mais elle a très vite compris que sa vie de prisonnière chez les Paiute était de loin préférable à celle de serveuse ici.

— Une serveuse ? Une pute, tu veux dire !

Varny avait lâché ces mots comme il aurait craché par terre.

John soutint son regard.

— Quoi qu'elle ait fait dans sa vie pour s'en sortir, elle valait bien mieux que toi. Tu n'es qu'une ordure, un assassin !

Varny dégaina, aussitôt imité par ses hommes. John n'avait plus le choix : il devait se défendre.

Il se leva et renversa la table d'un coup de pied pour s'abriter derrière. Il tira ses revolvers de ses holsters et vit que Murphy faisait de même, équilibrant très légèrement les forces en présence.

Les premiers coups de feu claquèrent. Grant Percy et Davison plongèrent pour se mettre à l'abri, tandis que Milly Taylor s'accroupissait derrière le piano en hurlant.

John eut alors l'impression que le mouvement du monde se ralentissait, lui permettant de voir et d'analyser en détail ce qui se passait.

Murphy était bon tireur. Rapide. Sûr. L'œil aiguisé. Alors que le shérif rampait pour aller se réfugier sous une table voisine, Murphy, sans bouger, fit claquer ses deux revolvers. John distingua clairement le bruit sourd des balles qui trouvaient leurs cibles. Deux des hommes de Varny s'écroulèrent, libérant tout un flanc.

Dans le même temps, lui-même tirait sur les deux autres hommes de main.

Toujours le même bruit sourd, sinistre, et le sang qui jaillissait des poitrines et venait ruisseler sur le sol.

Les quatre hommes de Varny étaient morts, mais Ringo Murphy lui aussi avait été touché. Il regarda John, murmura un « désolé, partenaire » à peine audible et s'effondra. Dans sa chute, il heurta la table voisine qui n'avait été d'aucune utilité au shérif, allongé dessous, ses yeux vitreux ouverts sur la mort. Davison n'avait pas été mieux protégé. Effondré sur Percy, la veine jugulaire sectionnée par une balle, il se vidait de son sang, qui coulait en une rivière sombre et épaisse, en se mêlant à la poussière du sol.

Milly Taylor, prostrée contre le piano, sanglotait. Derrière elle, le mur était criblé d'impacts.

Quant à Varny, il était toujours debout, bien que touché au bras droit.

C'était entre John et lui que cela se passait, maintenant. Que tout devait être dit, une fois pour toutes…

Ils se tenaient au milieu de ce carnage et se fixaient l'un l'autre.

— T'es un sacré veinard de fils de pute ! le provoqua Varny. Sans ton copain, là, qui a buté Riley et Austin, tu serais mort. Jamais tu n'aurais pu les tuer tous les quatre.

— Le monde est plein de ce qui aurait pu se passer, déclara John d'une voix égale.

Varny grimaça un sourire.

— Je vais être obligé de te tuer, tu sais… Alors que si tu me donnais l'or, je te laisserais la vie sauve. Pourquoi résister ? Tu vas encore me sortir tes histoires à dormir debout sur le peuple de ton père ? Tout à l'heure, tu as dit que c'était ta terre. De quoi s'agit-il, au juste ? D'héroïsme déplacé, ou de cupidité personnelle ?

John haussa les épaules.

— Héroïsme déplacé ? Ceux qui sont venus ici les premiers ont besoin de cette terre. Et ils vont se la partager. Toi, tu as déjà plus que ce qu'il faut à un homme dans toute une vie. D'ailleurs, il y a une rumeur qui court, comme quoi tu aurais du sang indien, toi aussi…

— Mensonges !

— Tant mieux. Les nations indiennes n'ont pas besoin de gens comme toi.

Varny avait repris son calme et parvint à esquisser un sourire, même si une veine, au niveau de sa gorge, palpitait fort, témoignant d'une tension qu'il cherchait à camoufler.

— Et ta moitié blanche, mon garçon, qu'est-ce que tu en fais ?

John haussa un sourcil. Mon garçon ?

— Ma mère est morte et je n'ai jamais rien su de sa famille. Mais il ne s'agit pas de couleur de peau, de rouge ou de blanc. C'est de cupidité dont il est question ici. De la tienne. Tu as causé beaucoup de problèmes, depuis la guerre paiute, en enlevant les femmes dans les villages, puis en t'en débarrassant comme de détritus. Et quand leurs maris, leurs pères et leurs frères sont venus te réclamer des comptes, tu as réussi à les tuer ou à les faire pendre. Pour autant que je sache, tout ce qui t'a jamais intéressé, c'est l'or. L'or paiute. Mais tu ne l'obtiendras pas. Cette terre et l'or qui s'y trouve appartiennent maintenant à la tribu !

Les yeux de Varny s'emplirent de rage. Mais il resta à distance, sans tirer. John se dit qu'il était peut-être à court de munitions. Avec six armes qui tiraient en même temps, il n'avait pas été simple de compter, mais, si Varny avait ses habituels vieux Colt de l'armée, les barillets de ses revolvers étaient probablement vides.

— J'ai quelque chose que tu veux autant que je veux cet or, John Wolf…

Varny avait un sourire glacé, triomphant.

John resta impassible. Qu'avait-il à perdre, à présent ? Les choses ne s'étaient pas déroulées comme il l'avait prévu, et c'était maintenant entre eux deux que cela se passait. S'il mourait, ce salaud mourrait avec lui.

— Tu pensais vraiment que j'aurais abattu mes cartes aussi vite, Wolf ? Tobias ! Amène-toi !

Tobias était un gros type imposant, aux longs cheveux couleur paille, mais pas assez impressionnant cependant dans l'absolu pour inquiéter John. Sauf que cette brute entra dans le saloon, traînant avec lui une prisonnière terrifiée.

Mariah !

Elle portait sa tenue en daim et ses mocassins ; ses cheveux étaient nattés, ainsi qu'il convenait à une jeune fille paiute. Une parfaite Indienne, sauf qu'elle avait les yeux plus bleus qu'un ciel sans nuages à midi et que sa peau avait la pâleur diaphane de la porcelaine. Elle était de ces gens, rares, qui trouvent le bonheur et l'harmonie où qu'ils aillent ; elle adorait sa famille d'adoption autant qu'elle avait aimé son père blanc, avant qu'il meure et qu'elle soit accueillie par la tribu. Elle était la voix de la droiture et de la paix.

— Je vais la tuer, dit Varny d'un ton uni, sans la moindre émotion dans la voix. Je m'amuserai d'abord un peu avec elle, sauf qu'elle est si timide que ça risque de n'avoir rien d'amusant. Mais qui sait ? J'essaierai. En fait, je préfère les femelles vicieuses et sauvages, comme Milly. Mais pour cet or je suis disposé à faire des efforts. Et puis il y a d'autres façons de procéder, pour obtenir un renseignement... Une balle dans la rotule, par exemple. Ça fait un mal de chien... Je parie que tu te montrerais plus bavard et conciliant !

La première pensée qui s'imposa à John, c'était qu'il était prêt à tout, absolument tout, pour sauver la vie de Mariah. A abandonner tout l'or de l'univers, à renoncer au salut du monde, rien que pour lui rendre la liberté. Il était prêt à déposer les armes à terre et à donner à Varny ce qu'il demandait.

Mais ça ne servirait à rien. Une fois qu'il aurait l'or, Varny les tuerait tous les deux, quoi qu'il ait dit, et les torturerait probablement avant pour le plaisir.

— Eh bien ? fit Varny d'un ton pressant.

C'est incroyable, pensa John, qu'il n'ait pas compris la vérité au sujet de l'or.

— Ne lui donne rien ! cria Mariah, en essayant vainement de se libérer de Tobias. Rien du tout !

Ses yeux étaient illuminés de haine, ce qui eut pour conséquence d'exciter Varny.

— Notre jeune fille n'est peut-être pas si ennuyeuse que ça, tout compte fait, dit-il.

Durant la poignée de secondes qui restait avant que la situation ne lui échappe totalement, John passa en revue ses options. Elles étaient peu nombreuses. Il ne devait compter sur aucune aide. Ringo gisait au sol, mort, et c'était le seul qui avait été assez fou pour oser lui apporter son soutien.

Quelles étaient ses chances ? Il pouvait abattre Varny, mais pouvait-il le faire *et* sauver Mariah ? Peut-être… S'il essayait de négocier, s'il gagnait du temps, si Varny était le premier à…

Non, sans second tireur, la situation était désespérée.

Il releva pourtant brusquement le canon de ses armes et tira à la vitesse de l'éclair, avec ses deux revolvers.

Une balle pour Tobias, une pour Varny…

Mais Varny était rapide, lui aussi.

Si ses deux balles atteignirent leur cible, celle de Varny le toucha en pleine poitrine.

Curieusement, il n'éprouva aucune douleur. Juste l'impact de la balle, et puis le froid.

Un froid glacé.

On racontait toujours que ce genre de mort était instantané.

Elle ne l'était pas. John eut conscience de beaucoup de choses, alors qu'il mourait.

Il vit le visage de Mariah, sa bouche qui dessinait un O sur un cri silencieux, en même temps qu'il tombait. Il essaya de formuler ce qu'il devait lui dire, mais il ne sut pas si ses lèvres bougeaient, ni si un son les franchissait. Il n'était même pas certain que cela ait encore de l'importance.

Au moins Mariah était-elle libre. Elle vivrait. Une fois encore, il tenta de lui parler de l'or et de la terre. L'avait-elle compris ?

La mort emprisonnait les mots dans sa gorge… Elle vint, avec sa lumière blanche, sur laquelle tomba un rideau de ténèbres. John n'eut bientôt plus conscience de rien, pas même de cette poussière omniprésente qui se mêlait à son sang par l'écoulement duquel sa vie s'échappait…

1.

— Un double cinq, ma belle, sortez-nous un double cinq !

La voix de Coot Calhoun était reconnaissable entre toutes, autour de la table. Une voix nasillarde, avec un fort accent texan. Coot était probablement un surnom, mais c'était comme cela que tout le monde l'appelait. Un type bien. Pas un de ces losers qui traînaient dans la ville. C'était un habitué, ici, et Jessy l'avait aussi vu au Big Easy. Il avait hérité d'un des plus gros champs de pétrole du Texas. Il était marié et il aimait sincèrement sa femme, Minnie — encore un surnom, Jessy en était persuadée. Il distribuait de bons pourboires parce qu'il était généreux et non parce qu'il attendait en retour la moindre faveur.

— Je fais ce que je peux, Coot, je fais ce que je peux…, lui assura-t-elle.

Et elle pria pour sortir un double cinq. Elle voulait faire plaisir à Coot, mais elle pensait surtout à Timothy, son grand-père.

Il régnait maintenant une très grande tension autour de la table. Des plaques et des jetons de couleur étaient éparpillés sur le tapis. Pour une valeur de plusieurs milliers de dollars…

Si elle était là, en train de jouer au Vegas Sun, c'était

parce qu'elle n'avait pas le droit de le faire au Big Easy, où elle travaillait. Le Sun était la propriété d'un milliardaire depuis longtemps dans l'industrie du casino. Le Big Easy, lui, appartenait à Emil Landon. Un homme riche, très riche, arrivé récemment dans l'univers du jeu.

Cet univers, Jessy le connaissait bien. Elle avait été donneuse, hôtesse, serveuse, barmaid, chanteuse, danseuse et même acrobate durant une courte période à Vegas, un endroit qui n'avait plus aucun secret pour elle. Elle ne jouait jamais d'ordinaire : elle avait appris, il y avait de cela très longtemps, qu'il ne fallait pas jouer, parce que c'était toujours la maison qui gagnait.

Mais on était dans la ville de tous les mirages, la ville de tous les miracles... Il n'était pas rare que des hommes et des femmes s'élèvent en une nuit comme des météores jusqu'au sommet du ciel, pour redescendre tout aussi vite. C'était risqué de braver les dieux de Vegas ! Ils n'étaient jamais du côté des joueurs.

Pourtant, elle était là ce soir, prenant un risque stupide, désespéré, défiant les lois de la probabilité.

Pour ça, oui, elle était une belle idiote d'être venue s'asseoir à cette table de craps avec tout ce qui lui restait d'économies ! Elle travaillait à Vegas, elle y avait grandi. Elle avait vu tous ces gens qui se retrouvaient sur le pavé. Elle avait eu le loisir de les observer, les pauvres, les pathétiques, les alcooliques, les drogués, tous à tenter le gros coup.

Mais elle était là pour Timothy et ça, ça changeait tout...

— Ma belle, ma toute belle, ma jolie toute belle, vas-y... un double cinq ! l'encouragea un autre homme.

Il était jeune. Ivre. Il avait probablement trop d'argent sur le tapis et trop d'alcool dans le sang.

Jessy avait conscience de tous ces gens qui la regardaient. Elle sentait la tension, autour d'elle. Elle avait trouvé cela plutôt amusant, au début, mais à présent elle éprouvait une forme de malaise. Même Darrell Frye, un des chefs de table du Sun, la jaugeait du regard, comme s'il craignait qu'elle ne soit sur une de ces séries de lancers qui défiaient complètement les lois de la probabilité.

— Dix, dix, dix! répéta une femme avec ferveur.

Emaciée, le regard hagard, elle portait une robe qui avait eu du style vingt ans plus tôt, quand elle-même était encore une jolie femme. A présent, ses traits portaient le poids des ans. Elle sourit à Jessy, qui lui sourit en retour.

— Allez-y, maintenant! dit quelqu'un. Lancez-les, ces dés!

Ce qu'elle fit.

Les dés commencèrent à rouler, puis ils rebondirent et quittèrent la table sous ses yeux horrifiés.

— C'est bon, ce n'est qu'un jeu, fit une voix masculine et profonde.

Jessy leva les yeux. L'homme qui venait de parler se trouvait sur sa gauche, un peu en arrière. Elle l'avait déjà remarqué. Difficile de ne pas le faire! Il n'était pas séduisant au sens habituel du terme, ni véritablement beau, mais il avait ce qu'on pouvait appeler de la présence. Grand, les épaules larges, il réussissait à paraître à la fois nonchalant et élégant, avec un brin de rudesse pour pimenter le tout.

Elle lui sourit. Il n'était pas ivre; il sirotait le même verre depuis qu'elle avait commencé d'observer ceux qui entouraient la table. Elle dépassait le mètre soixante-quinze au naturel et portait des talons, pourtant il la dominait d'au moins dix centimètres. Il avait des yeux foncés et des cheveux très noirs. Ses pommettes incroyablement saillantes évoquaient une ascendance indienne. Il était tout simplement superbe, avec sa chemise blanche à fines rayures ouverte sur son cou, une veste joliment assortie et un jean noir. Il n'avait pas risqué de grosses sommes, mais il avait joué en donnant l'impression de savoir ce qu'il faisait ; il avait toujours misé le même montant. Il semblait attendre autre chose que le verdict des dés.

Il leva son verre en direction de Jessy, puis tourna son regard vers le donneur, en jetant deux jetons de cent dollars.

— Un double cinq pour moi… et pour la lanceuse, dit-il.

— Vous n'avez pas besoin de…

— Jessy, ma douce, contentez-vous de lancer, la coupa Coot.

Il se tourna vers le croupier, en ramassant lui aussi deux jetons.

— Mon argent sur la petite dame. Mettez ça sur le double cinq, je vous prie. Un pour moi, un pour elle…

Et il lança ses jetons de cent dollars.

D'autres jetons furent alors misés sur le double cinq, dont de nombreux pour elle, et Jessy sentit que son visage s'embrasait.

— Merci, murmura-t-elle à l'adresse de l'homme qui était à l'origine de tout cela.

Un double cinq, appelé aussi « hard ten », payait très bien et avec tous les jetons sur la table la pression était à son comble. Mais il y aurait beaucoup d'argent perdu, si jamais elle échouait.

— Ne vous inquiétez pas, la rassura son séduisant bienfaiteur. Vous allez le faire sortir, ce double cinq. Et si ça n'est pas le cas, tant pis. Le mal ne sera pas grand.

Je ne risque jamais plus que ce que je peux me permettre de perdre.

Elle aurait aimé pouvoir en dire autant. Mais en cet instant elle n'avait pas d'autre choix que de tout risquer. Si elle ne revenait pas avec beaucoup d'argent, elle n'aurait pas de quoi payer pour que Timothy, son grand-père, reste dans la résidence spécialisée où il vivait. Elle revit le visage de M. Hoskins, alors qu'il lui déclarait, impavide : « Je suis désolé, mademoiselle Sparhawk, mais on ne peut rien y faire. J'ai été aussi patient que possible. Malheureusement, si je n'ai pas ces trois mille dollars demain matin, vous devrez trouver un autre endroit. »

Elle haïssait ce Hoskins, avec ses grosses lèvres et son nez en trompette. Si c'était bien lui qui dirigeait la Hawthorne Home, ce n'était pas lui qui s'occupait de Timothy, heureusement ! Son grand-père adorait Jimmy Britin, l'aide-soignant, et Liz Freeze, son infirmière. Et aussi le Dr Joe, un homme merveilleux qui travaillait à la résidence pour être en mesure de donner de son temps dans plusieurs refuges de la région.

Un double cinq… Si elle faisait sortir un double cinq, un « hard ten », ce n'était pas juste sa mise de cent dollars qu'elle récupérerait, mais dix fois cette mise ! Beaucoup d'argent pour permettre à Timothy de rester là où il avait besoin d'être.

Elle inspira et lança les dés.

— Double cinq ! Double cinq !

C'était comme un chant, une psalmodie, autour d'elle.

Jamais elle n'avait vu des dés rouler aussi longtemps sur une table de craps.

Un quatre et un trois…

Des grognements s'élevèrent autour de la table, car un sept signifiait qu'elle devrait passer la main.

Mais les dés n'en avaient pas fini de rouler…

Un cinq et un trois…

Un cinq et un deux…

Un cinq et…

Un cinq.

Un hard ten !

Les cris fusèrent instantanément, assourdissants. On applaudissait, on se tapait dans la main. Jessy ne savait pas trop qui l'avait soulevée et la faisait tournoyer, mais elle ne protesta pas. Pas plus qu'elle ne protesta quand on la serra, quand on lui tapa dans le dos, ou lorsqu'un Coot enthousiaste fit claquer un baiser légèrement alcoolisé sur sa joue.

Elle était bien trop stupéfaite.

Le seul qui ne vint pas la féliciter chaleureusement, le seul qui ne sauta pas au plafond, ce fut l'inconnu aux cheveux noirs. Il se contenta de la regarder, ravi et grave en même temps.

Jessy avait peine à croire au nombre de jetons qu'on poussait vers elle.

— Je vais encaisser, dit-elle au donneur.

Il fit une drôle de mine.

— C'est toujours vous qui lancez, lui rappela-t-il. Si vous quittez la table, tout ce petit monde va me lyncher. Continuez jusqu'à ce que vous deviez passer votre tour.

Elle glissa un regard sur le côté, vers l'inconnu aux cheveux noirs.

Il était parti.

Elle eut le sentiment étrange que les choses n'allaient

plus aussi bien se passer, maintenant qu'il n'était plus là. Sentiment qui se confirma car, très vite, il lui fallut passer la main. Pourtant, alors qu'elle récupérait ses jetons — une somme supérieure aux trois mille dollars dont elle avait besoin —, on la fêta comme si elle était une célébrité. Elle remercia tout le monde et se tourna, impatiente de quitter cet endroit.

C'est alors qu'un homme massif lui arriva droit dessus.

Massif et immense. Bâti comme un garde du corps. Un homme chauve, dont les yeux étaient injectés de sang.

— Hé! cria Coot avec indignation.

Cela n'arrêta pas l'homme, qui percuta Jessy avec tant de force qu'il la fit tomber sur la table, avant de s'écrouler sur elle comme une masse.

Elle était coincée et, quand elle tenta de soulever l'homme, elle en fut incapable. Elle voulut demander de l'aide à l'assistance, mais son appel fut couvert par un hurlement strident.

Elle sentit alors un liquide chaud couler sur elle et se débattit de plus belle sous le poids de l'homme.

Son poids *mort*...

Il la regardait de ses yeux fixes, étrangement vitreux, et ses lèvres se mirent à remuer.

Il ne prononça qu'un mot : « Indigo », puis sa bouche se pinça et quelque chose dans ses yeux, une lumière, s'éteignit.

Jessy essaya encore de se dégager. C'est alors qu'elle vit le couteau planté dans le dos de l'homme et qu'elle se mit à hurler.

*
* *

Dillon Wolf venait à peine de faire son entrée dans la partie « high roller », réservée aux flambeurs, quand il entendit crier. Il fit demi-tour et revint sur ses pas en courant, arrivant en même temps que la sécurité du casino à la table de craps qu'il avait quittée très peu de temps auparavant. La magnifique jeune femme rousse sur qui il avait parié essayait désespérément de se débarrasser d'un homme affalé sur elle. Dillon reconnut très vite le visage de l'homme en question : Tanner Green…

Bon sang ! Tanner !

Il avait passé la majeure partie de la soirée à surveiller les entrées et sorties du casino, à essayer de comprendre qui fréquentait ce nouvel établissement, et la dernière chose qu'il aurait imaginée, c'était de tomber sur le cadavre de Green. Impensable ! Ce type était un pro, quand même ! Du moins l'*avait-il été*… Avant de renouer avec le monde civilisé, en travaillant notamment comme garde du corps, Green avait été mercenaire. Alors, qu'on ait pu avoir par surprise un homme aussi aguerri était tout simplement inconcevable.

Cela dit, le fait que la police exigerait qu'on laisse le corps *in situ* n'empêchait pas Dillon d'aider la rousse à se libérer, n'est-ce pas ? Il se précipita donc vers elle.

— Hé ! protesta un des hommes de la sécurité.

Dillon l'ignora.

— Merci, dit la jeune femme, tandis qu'il soulevait le cadavre et lui permettait enfin de quitter la table et de se redresser.

Pendant un instant, leurs yeux se croisèrent. Elle les avait immenses. D'un bleu profond, radieux. Il put aussi noter qu'elle portait un parfum agréable. Et le contact de son corps contre le sien, un bref instant, n'avait rien de désagréable, loin de là…

Dès qu'il fut certain qu'elle tenait debout, il la relâcha et chercha son portefeuille dans sa poche, pour présenter ses papiers au responsable des agents.

— Dillon Wolf, détective privé, annonça-t-il. La police a été prévenue ?

— Oui, les secours ne devraient pas tarder…

Deux vigiles avaient déjà commencé à former un périmètre de sécurité autour de la table ; deux autres se précipitaient vers la porte de la salle pour la bloquer.

— Mon Dieu ! Il faut que je sorte ! s'écria une femme, paniquée. Il faut que je sorte !

— Calmez-vous ! lui intima Dillon d'une voix grave et autoritaire.

Il avait depuis longtemps appris que, dans les situations d'urgence, les gens n'obéissaient pas aux voix aiguës ; au contraire, ils devenaient encore plus hystériques.

La jeune femme rousse n'avait pas ouvert la bouche ; en revanche, elle tremblait beaucoup. Dillon vit dans ses yeux qu'elle savait qu'elle était au centre d'une affaire de meurtre et qu'elle devrait rester ici un long moment. Elle était superbe, vraiment superbe, avec un petit quelque chose en plus qu'il ne parvenait pas à définir et l'intriguait. Las Vegas regorgeait pourtant de femmes magnifiques — des girls, des serveuses, des actrices, des chanteuses… —, mais cette femme-là était différente.

Quand il l'avait remarquée pour la première fois, ses yeux lui avaient paru comme… hantés. Ce n'était pas la crainte de voir un rêve s'envoler, certainement pas la peur de perdre de l'argent. Non… Elle semblait redouter de perdre quelque chose de bien plus précieux. Elle lui avait donné l'impression que c'était son âme qu'elle jouait en lançant les dés.

Il coupa court à ses pensées. Il avait d'autres sujets de préoccupation dans l'immédiat. Un cadavre écroulé sur une table de craps. Et pas n'importe lequel : un cadavre qui se trouvait être celui de Tanner Green.

Un grand type qui en imposait arriva. Dillon reconnut Jerry Cheever, de la brigade criminelle de Las Vegas. Il était pratiquement sûr que Cheever le détestait, mais c'était un homme qui connaissait les règles du jeu. Ses patrons avaient dû lui donner l'ordre de laisser carte blanche à Dillon et, comme le policier tenait à son salaire et à son poste, il obéissait. Mais il aimait aussi s'attribuer le mérite des bons résultats sur une affaire, et il savait que Dillon avait un talent certain pour résoudre une enquête. Pas question pour lui, donc, de ne pas en tirer avantage.

D'autant qu'il avait conscience de ses limites et savait qu'il n'était pas le flic le plus doué de la planète.

— Personne ne bouge! brailla-t-il, en entrant dans le périmètre. J'ai bien dit personne!

Puis son regard se posa sur le sang que le feutre vert de la table n'avait pas absorbé et qui souillait les jetons, avant de remonter jusqu'à Dillon.

— Wolf, tiens donc! fit-il d'un ton sec, en découvrant sa présence sur les lieux. Que s'est-il passé?

— Je n'étais pas présent. J'ai accouru en entendant des cris.

Cheever s'adressa alors à Jessy :

— Que s'est-il passé?

— J'allais quitter la table. Cet homme est arrivé et... et il m'est tombé dessus.

— Vous le connaissez ?

— Je ne l'avais jamais vu.

— Vous en êtes sûre ?

— Certaine !

Elle tremblait encore légèrement et évitait de porter les yeux sur le cadavre, dont le sang avait taché ses vêtements.

— Vous êtes blessée ? lui demanda le policier.

Elle fit non de la tête.

— Bon sang, mais c'est Tanner Green ! s'écria alors Cheever, qui venait seulement de découvrir l'identité de la victime.

Il se tourna vers Dillon.

— Vous ne travailliez pas tous les deux pour... ?

— Si.

— Et vous n'étiez pas ensemble ?

— Non.

— Inspecteur Cheever... Le légiste est là, annonça un policier qui venait d'arriver.

— Faites-lui de la place. Mais personne ne sort d'ici, compris ?

Un murmure de protestation et d'impatience parcourut la foule des clients, mais Cheever ne parut pas en être troublé.

— Vous payez tout le monde et vous fermez vos tables, ordonna-t-il aux employés du casino.

Puis il se tourna vers d'autres policiers.

— Je veux des hommes postés à toutes les portes. Personne ne sort d'ici sans avoir présenté une pièce d'identité et une adresse valide en ville ! Ni sans avoir été interrogé... Pigé ?

Une autre rumeur suivit ces ordres, mais personne ne bougea. Pas même les employés du casino.

— Vous payez ! Tout de suite ! Je veux qu'on ferme toutes les tables. J'ai besoin d'un peu d'ordre, ici !

La situation parut soudain se débloquer. Le légiste, Doug Tarleton, un as dans son domaine, avait à moitié retourné le corps pour l'examiner superficiellement.

— Seigneur ! fit-il. C'est Tanner Green !

— Oui, dit simplement Dillon.

Cheever se tourna pour s'adresser de nouveau à Jessy.

— Et vous êtes… ?

— Jessy Sparhawk, répondit-elle sans se troubler.

— Que s'est-il passé exactement ?

Elle haussa les sourcils, puis expliqua posément :

— Je m'apprêtais à quitter la table. Je n'ai pas vu d'où venait cet homme. Il m'est tombé dessus et m'a plaquée sur la table. Je suis restée prisonnière jusqu'à ce que ce monsieur, précisa-t-elle en désignant Dillon, m'aide à me dégager. C'est tout ce que je sais.

— Vous le connaissiez ?

— Non, je vous l'ai déjà dit.

On pouvait au moins reconnaître aux hommes de Cheever qu'ils étaient efficaces ; ils avaient déjà investi les lieux, dans le calme. Dillon savait que certains d'entre eux étaient postés aux portes et que d'autres allaient très vite commencer à interroger les centaines de clients qui se trouvaient dans le casino. Une tresse de scène de crime avait été tendue autour de la table.

Cheever se tourna de nouveau vers Jessy.

— Les caméras de surveillance ont dû tout filmer, vous savez, lui fit-il remarquer avec brusquerie.

leva de son tabouret pour régler sa note. La porte d'entrée s'ouvrit alors à la volée. Les verres frémirent sur les étagères du bar. Ayant jeté un coup d'œil par-dessus son épaule, Tucker aperçut Edda Lou Hatinger — et sut aussitôt qu'il allait passer un sale quart d'heure.

— Espèce de salaud de lâcheur ! hurla-t-elle en fondant sur lui.

Fort heureusement, Burke avait gardé les réflexes qui avaient fait jadis de lui le receveur vedette du lycée, et put intercepter la furie avant qu'elle n'arrache les yeux à Tucker.

— Holà !... Du calme ! intervint-il sur un ton désemparé, tandis qu'Edda Lou se débattait dans ses bras avec la hargne d'un lynx.

— Ah, tu croyais pouvoir te débarrasser de moi, peut-être ?

— Edda Lou...

Fort de son expérience passée, Tucker avait adopté un débit calme et mesuré.

— Allons, poursuivit-il, respire un bon coup. Tu risques de te faire du mal.

Edda Lou eut un rictus qui découvrit ses dents de jeune fauve.

— C'est *toi* qui vas avoir mal, espèce de sale fouine !

Non sans répugnance, Burke crut bon de réendosser son rôle de défenseur de l'ordre public.

— Jeune fille, si vous ne vous calmez pas immédiatement, je vais être contraint de vous coffrer. Et votre papa pourrait très mal le prendre.

— Ça va, grommela-t-elle, je ne toucherai pas à cet enfant de salaud.

Burke desserra son étreinte. La jeune femme lui échappa vivement et prit du large.

— Si tu veux qu'on en parle..., commença à articuler Tucker.

— Oh oui, on va en parler, et tout de suite !

Elle se retourna d'un bond vers les autres consommateurs qui, tous, suivaient la scène — même si certains faisaient semblant de regarder ailleurs. Dans son mouvement, les bracelets de plastique rutilants qu'elle portait à l'avant-bras se mirent à cliqueter. Son visage et son cou étaient luisants de transpiration.

— Prêts à écouter, vous autres ? J'ai deux mots à dire à M. Casanova Longstreet.

— Edda Lou...

Tucker prit le risque de la toucher au bras. Edda Lou lui décocha aussitôt un revers en plein visage, qui lui referma brutalement son clapet. Burke se précipita.

— Non, lui lança Tucker en s'essuyant la bouche. Laisse-la vider son sac.

— Et je vais pas me gêner ! Tu m'avais dit que tu m'aimais.

— Je n'ai jamais dit ça.

Tucker en était certain : même au faîte de la passion, il surveillait son langage. Surtout au faîte de la passion.

— Eh bien, tu me l'as fait croire, lui cria-t-elle.

Dans son emportement, la poudre qu'elle s'était étalée sur les joues disparaissait sous des coulées de sueur, dégageant des effluves malsains à la senteur doucereuse.

— Tu m'as attirée dans ton lit. Tu m'as dit que j'étais la femme de tes rêves. Tu m'as dit…

Des larmes commencèrent à se mélanger à la sueur qui lui maculait la face. Son mascara dégoulinait sous ses paupières en rigoles humides.

— Tu m'as dit qu'on allait se marier.

— *Oh*, certainement pas ! s'exclama Tucker en sentant monter en lui une colère fort importune. C'est ce que tu as cru, peut-être. Mais moi, je t'ai dit franchement qu'il n'en était pas question.

— Et qu'est-ce qu'une jeune fille est censée croire lorsqu'on lui chante la sérénade, qu'on lui apporte des fleurs, qu'on lui offre de bonnes bouteilles ? Tu m'as dit que j'étais la personne qui comptait le plus pour toi.

— Et je le pensais.

Ce qui était vrai. Comme chaque fois.

— Rien ni personne ne compte pour toi, cria-t-elle en venant lui postillonner ses quatre vérités en pleine figure. Tu n'aimes personne d'autre que toi-même.

En la voyant ainsi, dépouillée de toute douceur comme de tout attrait, Tucker se demanda effectivement comment elle avait jamais pu compter pour lui. De plus, il lui était extrêmement désagréable de voir les gamins penchés sur leurs sodas se donner des coups de coude en se gaussant du spectacle.

— Bon, alors te voilà mieux sans moi maintenant, non ? répliqua-t-il en lâchant deux billets sur le comptoir.

— Tu crois peut-être m'envoyer paître aussi facilement ?

Tucker se sentit pris au bras par une poigne d'acier. Les muscles de la jeune femme frémissaient de rage contenue.

— Hein ? Tu crois peut-être te débarrasser de moi comme tu l'as fait avec les autres ?

Du diable si elle le lui permettrait jamais, songea-t-elle. Surtout qu'elle avait évoqué le mariage devant ses amies. Et qu'elle avait effectué tout le chemin jusqu'à Greenville pour aller rêver sur les robes de mariée. D'ailleurs, elle savait — pis, elle était *sûre* — que toute la ville en faisait déjà des gorges chaudes.

— Tu as des comptes à me rendre. Tu as des obligations envers moi.

— Cite-m'en donc une seule, rétorqua Tucker, à bout de patience.

Il arracha de son propre bras la main crispée d'Edda Lou.

— Je suis enceinte.

La révélation avait jailli de ses lèvres sous le coup du désespoir. La jeune femme n'en eut pas moins la satisfaction d'entendre un murmure d'ébahissement se propager à travers toute la salle. Et de voir que Tucker devenait livide.

— Répète ?

Les lèvres de la jeune femme se retroussèrent en un sourire impitoyable et cruel.

— Tu m'as parfaitement entendue, Tuck. Maintenant, la balle est dans ton camp.

Et, sur ces mots, elle redressa la tête, fit volte-face et sortit en coup de vent. Tucker attendit un instant de pouvoir respirer.

— Eh bien…, murmura Josie en adressant un large sourire aux clients ébaubis.

Charitable néanmoins, elle prit la main de son frère.

— Dix dollars qu'elle ment.

Encore chancelant, Tucker la dévisagea d'un œil hagard.

— Pardon ?

— Je prétends qu'elle n'est pas plus enceinte que toi. C'est une vieille ruse féminine, frangin. Ne te laisse pas mener par le bout de la zigounette.

Mais Tucker avait besoin de réfléchir. Et pour cela, il avait aussi besoin d'être seul.

— Tu iras récupérer Dwayne au poste à ma place, veux-tu ? Et puis faire les courses pour Della.

— Et si nous allions plutôt…

Elle n'eut pas le temps d'achever sa phrase : Tucker était déjà parti. Josie poussa un soupir. Ça, c'était le bouquet, songea-t-elle : Tucker ne lui avait même pas précisé ce que voulait Della.

2

Assis sur la paillasse de tôle, dans une des deux cellules de la prison, Dwayne Longstreet se lamentait comme un cabot blessé. Les trois aspirines qu'il avait avalées tardaient à le calmer, et la cohorte de tronçonneuses qui ronflait dans son crâne menaçait de faire exploser sa cervelle.

Il releva le chef le temps de lamper quelques gouttes supplémentaires à la cafetière que Burke lui avait laissée, puis il referma bien vite ses mains sur sa tête, de peur que cette dernière ne se détachât pour de bon de son cou. Ce qu'il eût d'ailleurs presque souhaité.

Comme toujours durant la première heure qui suivait ses réveils comateux, Dwayne éprouvait un profond mépris de lui-même. Il détestait devoir reconnaître qu'il avait encore roulé de bon cœur dans le même piège poisseux.

Ce n'était pas son goût pour la boisson qui le chagrinait. Non, boire, il aimait ça. Il adorait sentir les premiers effluves du whisky lui enflammer la langue, glisser le long de son gosier, se lover dans son ventre comme le langoureux baiser d'une jolie femme. Et puis, il adorait aussi la pulsation chaleureuse qui prenait possession de son crâne après le deuxième verre.

Oui, sacré bon sang, il adorait vraiment ça !

Il lui importait même fort peu de se soûler. Car c'était tout de même une sensation merveilleuse, après avoir descendu cinq ou six whiskies, de se sentir comme détaché de tout, de voir le monde en rose, d'oublier que votre vie était devenue sinistre et que votre femme vous avait enlevé vos enfants auxquels vous teniez le plus au monde pour aller se mettre à la colle avec un satané vendeur de godasses, tandis que vous, vous étiez condamné à croupir dans cette saloperie de ville poussiéreuse pour la simple et bonne raison que vous n'aviez nul autre endroit où aller.

Ouais, cette sensation de flottement, cet oubli de tout, pour lui, il n'y avait que ça de bon.

Il ne se souciait guère, non plus, de ce qui pouvait arriver après, quand sa main continuait à s'accrocher encore, comme par mégarde, à la bouteille, et que le whisky n'avait plus de goût, mais qu'il continuait à en boire, encore et toujours, uniquement parce que la bouteille était là, et lui avec.

Non, ce qu'il n'aimait pas, en réalité, c'était que parfois la boisson le rendait mauvais et lui faisait chercher la bagarre. N'importe quelle bagarre. Dieu savait pourtant qu'il n'était pas un homme irascible. A l'inverse de son père. Parfois, cependant — mais parfois seulement —, le whisky le rendait comme Beau, et il en était sincèrement désolé.

Au vrai, ce qui l'effrayait, c'est que, de temps à autre, il n'arrivait même pas à se rappeler s'il était devenu mauvais ou s'il s'était gentiment laissé aller. Quoi qu'il en soit, dans ces moments où la mémoire lui faisait défaut, il préférait cent fois se réveiller dans une cellule avec une gueule de bois à tuer un bœuf.

Prenant garde à ne pas effectuer un geste de trop, qui eût remplacé dans sa tête la meute de bûcherons à la tronçonneuse par un essaim de guêpes furieuses, il se remit laborieusement sur ses pieds. Le soleil qui coulait à flots à travers les barreaux manqua l'aveugler. Il se couvrit les yeux de la paume et se dirigea à tâtons jusqu'à la porte de la cellule. Burke ne la fermait jamais.

A force d'avancer en trébuchant, il parvint enfin jusqu'aux toilettes, où il se soulagea de ce qui lui parut être trois bons litres de Wild Turkey. Tout son être réclamait pitoyablement son lit. Il s'aspergea la figure jusqu'à ce que ses yeux cessent de le brûler.

Le claquement d'une porte dans le bureau voisin lui arracha une grimace douloureuse. Puis il laissa échapper un sourd gémissement quand il entendit Josie qui l'appelait à tue-tête à travers toute la section.

— Dwayne ? Tu es là ? C'est moi, ta charmante sœur : je suis venue te botter les fesses.

Il alla sur le seuil et se soutint au chambranle de la porte. Josie le toisa en haussant ses sourcils soigneusement épilés.

— Non, mais regarde-toi donc. Tu as l'air d'un vieux rogaton que se seraient disputé trois clébards affamés.

L'air mutin, elle s'approcha de lui en tapotant d'un de ses ongles écarlates sa lèvre inférieure.

— Mais, amour, comment faites-vous donc pour y voir avec des yeux aussi injectés de sang ?

— Est-ce que…

Il toussa pour éclaircir sa gorge graillonnante.

— Est-ce que j'ai bousillé une bagnole ?

— Pas que je sache. Allez, viens donc avec mamie Josie, on s'en va.

Elle avança d'un pas pour lui prendre le bras. Il tourna sa tête vers elle.

— Doux Jésus, s'exclama-t-elle en faisant un brusque écart. Combien de personnes as-tu déjà tuées avec une haleine pareille ?

Faisant claquer sa langue, elle fouilla dans son sac à la recherche de sa boîte de Tic-Tac.

— Voilà, mon bébé, mâche-m'en une bonne poignée.

Et elle lui fourra les pastilles dans la bouche.

— Sinon, je crois bien que je vais défaillir la prochaine fois que tu me souffleras dans le nez.

— Della va être furieuse, marmonna-t-il en laissant Josie le guider jusqu'à la porte.

— Je le crains fort. Mais dès qu'elle aura appris au sujet de Tucker, crois-moi, elle t'aura vite oublié.

— Tucker ?… Oh, zut.

Dwayne recula en chancelant. Il venait de prendre le soleil en pleine face.

Secouant la tête d'un air contrit, Josie sortit ses lunettes de soleil — celles avec du strass autour — et les lui tendit.

— Tucker est dans le pétrin. Ou plutôt Edda Lou prétend qu'il l'a fichue, elle, dans le pétrin. Mais bon, on s'occupera de ça plus tard.

— Seigneur tout-puissant, murmura Dwayne qui, pour le coup, en oubliait ses propres problèmes. Tuck l'a mise en cloque ?

Josie ouvrit elle-même la portière de sa voiture pour lui permettre de s'écrouler à l'intérieur.

— Elle lui a joué le grand jeu au Chat 'N Chew. Tant et si bien que tout le monde en ville va maintenant lui lorgner le ballon.

— Seigneur tout-puissant.

— C'est une opinion.

Josie fit démarrer le moteur et se montra assez compréhensive pour éteindre la radio.

— Qu'il l'ait engrossée ou non, en tout cas, il n'a pas intérêt à nous ramener cette putain pleurnicharde à la maison.

Ce à quoi Dwayne aurait acquiescé de tout son cœur, si du moins sa migraine lui en avait laissé le loisir.

Tucker était trop avisé pour retourner chez lui : Della lui sauterait sur le dos avant qu'il n'ait le temps de dire ouf. Il avait besoin d'un peu de solitude et, dès l'instant où il franchirait le portail de Sweetwater, il ne pourrait plus y compter.

Il donna un brutal coup de volant et atterrit sur le bas-côté, laissant derrière lui un sillage de gomme brûlée sur le bitume luisant. S'étant assuré qu'il demeurait un bon kilomètre et demi entre la résidence et lui, il abandonna son véhicule sur l'accotement broussailleux et s'enfonça dans le sous-bois.

Sous le couvert des vertes feuillées et de la mousse espagnole, la chaleur suffocante de l'après-midi ne diminuait que de quelques chiches degrés. Mais Tucker désirait plus s'y rafraîchir la cervelle que le corps.

Un moment, au café, le sang lui était monté à la tête. Il aurait bien voulu prendre Edda Lou au collet pour lui faire ravaler toutes ses accusations.

En réalité, ce n'était pas ce sursaut de rage qu'il regrettait le plus — ni l'instant de pur délice qu'il avait ressenti à l'évocation fugitive d'une Edda Lou étranglée par son propre venin —, mais bien le fait que tout ce qu'elle avait vociféré à son encontre fût à moitié faux. Car, hélas, cela voulait dire aussi que c'était à moitié vrai.

Il écarta une branche basse et se courba pour se frayer un chemin vers l'eau à travers la luxuriante végétation estivale. Un héron, surpris par cette intrusion, replia ses longues pattes graciles et décampa au plus profond du bayou. Tucker s'assit prudemment sur une souche, guettant d'éventuels serpents.

Avec des gestes d'une lenteur calculée, il sortit une cigarette, en arracha un morceau et l'alluma.

Il avait toujours aimé l'eau et, bien plus encore que le ressac puissant de l'océan, l'obscurité paisible d'étangs ombragés, le babil des ruisseaux et la pulsation régulière des fleuves. Enfant, déjà, il était charmé par ces lieux. Il s'y rendait sous prétexte de pêcher pour s'y asseoir et méditer, ou bien y somnoler à l'écoute du coassement des grenouilles et de la stridulation monotone des cigales.

Il n'avait alors à affronter que les problèmes de son âge : comment il allait se faire étriper à cause d'un D en géographie, ruser pour obtenir un nouveau vélo à Noël ou encore, un peu plus tard, à quelque bal de la Saint-Valentin, qui, d'Arnette ou de Carolanne, il devrait choisir comme cavalière.

Avec l'âge, cependant, ses soucis avaient pris une tout autre ampleur. Il se rappelait encore le chagrin qu'il avait éprouvé à la mort de son père, disparu en vol sur un Cessna qui le conduisait à Jackson. Et cela n'avait été rien, non, rien du tout comparé à la stupeur aussi vive que douloureuse qu'il avait ressentie en trouvant sa mère recroquevillée dans le jardin, paralysée par une angine de poitrine et déjà trop proche de la mort pour que le médecin pût la sauver.

Par la suite, il était souvent revenu dans ces sous-bois pour se soulager de sa peine. Et celle-ci, comme toutes les vieilles douleurs, avait fini par s'évanouir. Restaient ces moments singuliers où il jetait un coup d'œil par la fenêtre, espérant presque y surprendre sa mère, couverte de son immense chapeau de paille orné d'un long ruban flottant, en train de tailler ses rosiers superbement épanouis.

Madeline Longstreet n'aurait certainement pas apprécié Edda Lou, qu'elle aurait trouvée aussi vulgaire et insignifiante que fourbe. Et ce jugement sans appel, songea Tucker en tirant méditativement sur sa cigarette, elle n'aurait pas manqué d'en informer l'intéressée en usant de cette amabilité redoutable que toute vraie dame du Sud savait manier avec l'art consommé d'un bretteur.

Et sa mère avait été une vraie dame du Sud.

Cela dit, cette Edda Lou était un pur bijou. Côté physique, s'entend. La poitrine avenante et la hanche généreuse, elle avait en outre une peau satinée qu'elle entretenait soir et matin à grands renforts de Vaseline Intensive Care Lotion. Et puis il y avait sa bouche, ses lèvres ardentes, infatigables, et ses mains aux doigts diligents… Mon Dieu, il avait bien profité de tout ça!

Oh, oui… Mais il ne l'avait pas aimée. Il n'avait même pas fait semblant. Il considérait les promesses d'amour éternel comme une piètre arme de conquête. Cependant, il n'avait cessé de la rendre heureuse, au lit et ailleurs. Il n'était pas du genre à se départir de ses bonnes manières quand il avait fini de séduire une femme.

Ce qui ne l'avait pas empêché, dès la première allusion qu'elle avait faite au mariage, de prendre ses distances. D'abord, il lui avait battu froid pendant quelque temps, ne la sortant que deux fois en une quinzaine, et mettant un terme définitif à des relations plus poussées. Puis il lui avait dit carrément qu'il n'avait aucune intention de convoler avec elle en justes noces. Enfin, la devinant légèrement incrédule, il avait rompu pour de bon. Elle avait sangloté plus que de raison, certes, mais était demeurée courtoise. Tucker comprenait désormais qu'elle n'avait pas désespéré de le ramener dans son giron.

Et il était tout aussi certain qu'elle avait entendu dire qu'il voyait une autre femme.

Tout cela ne laissait pas d'être inquiétant. En tout cas, si Edda Lou était vraiment enceinte, il était on ne peut plus convaincu que, malgré toutes ses précautions, il était bien celui qui l'avait mise dans cet état, hélas. Et qu'il devait maintenant s'échiner à trouver une solution honorable.

Il s'étonnait qu'Austin Hatinger ne fût pas déjà venu le mettre au pied du mur, son fusil chargé à la main. La bonhomie du père d'Edda Lou n'était pas franchement proverbiale et, de plus, il n'avait jamais adoré les Longstreet. Il leur vouait même une haine féroce depuis que Madeline LaRue lui avait préféré Beau Longstreet, ruinant ainsi à jamais le rêve fou qu'il caressait d'en faire sa conjointe.

Sur ce, Austin était devenu un hargneux et retors enfant de salaud. Il était de notoriété publique qu'il passait son ressentiment sur sa femme, et qu'il pratiquait la même politique du coup de trique sur chacun de ses cinq enfants — avec pour résultat qu'A.J., son aîné, purgeait actuellement une peine à Jackson pour trafic de voitures.

Austin avait lui-même passé quelques nuits au violon pour menaces et voies de fait, coups et blessures, et trouble de l'ordre public — le tout généralement perpétré à grand renfort de citations bibliques et d'invocation du Seigneur. Tucker pensait qu'avant peu, le gaillard viendrait lui demander des comptes par balles ou coups de poing interposés.

C'était inévitable.

Tout comme il était inévitable qu'il dût assumer ses responsabilités à l'égard d'Edda, même si le cœur n'y était plus. Et il n'y était franchement plus. Car si la jeune femme se montrait un as au pieu, relever le niveau usuel de sa conversation était une tâche à laquelle un vérin hydraulique ne suffirait pas. Et puis Tucker avait fini par se rendre compte que ce crâne de piaf avait en plus toute la fourberie du renard. Autant de travers qu'il n'était guère disposé à endurer, chaque matin, devant le petit déjeuner conjugal.

Mais, bah, il se débrouillerait et sauverait les apparences. Il pourrait toujours donner de son argent, de son temps même. Et peut-être que, tout ressentiment bu, il éprouverait quelque affection pour l'enfant, à défaut d'en vouer à la mère.

Du moins espérait-il que ce serait bien de l'affection, et non cette nausée qui, pour l'heure, lui soulevait l'estomac.

Il se passa les mains sur le visage, espérant un peu follement que cela suffirait à chasser Edda Lou de son existence. Et qu'il saurait un jour lui faire payer cette ignoble et dégradante comédie qu'elle lui avait jouée au café. Si seulement il pouvait trouver un moyen de la...

Un craquement dans les branchages le fit se retourner d'un bond. Si cette garce l'avait suivi, se dit-il, elle allait trouver à qui parler. Il ne demandait même que ça.

Quand Caroline surgit dans la clairière, elle étouffa un cri. Là, devant elle, dans la trouée où elle avait jadis pêché avec son grand-père, se tenait un homme aux poings serrés dont les yeux dorés avaient l'éclat dur de l'agate; ses lèvres retroussées lui donnaient en plus un air de mépris farouche, presque menaçant.

Ayant regardé désespérément autour d'elle à la recherche d'une arme, elle comprit qu'elle ne devrait compter que sur ses propres moyens.

— Que faites-vous ici? lui demanda-t-elle.

Tucker, cependant, s'était départi de sa mine patibulaire aussi vite qu'il eût ôté sa chemise. Il adressa à la jeune femme un petit sourire contrit destiné à la rassurer.

— Je regarde l'eau, répondit-il d'une voix tendue.

Puis il ajouta aussitôt, d'un ton plus dégagé :

— Je ne m'attendais pas à rencontrer quelqu'un.

Caroline était toujours sur ses gardes. La voix de l'homme était d'une douceur traînante qui pouvait aisément prendre les accents d'un dédain mordant et, quoique ses yeux lui sourissent, elle y lisait une sensualité telle qu'elle était prête à prendre ses jambes à son cou au moindre mouvement qu'il esquisserait dans sa direction.

— Qui êtes-vous?

— Tucker Longstreet, m'dame. J'habite juste par là-bas, au bout de la route. Et je suis chez vous, on dirait.

Et de lui décocher un nouveau sourire conciliant.

— Désolé de vous avoir fait peur, reprit-il. Comme Mme Edith m'autorisait à venir me promener par ici, je n'ai pas pensé à aller vous demander la permission. Vous êtes Caroline Waverly, hein ?

— Oui.

Caroline regretta aussitôt le ton sec de sa réplique. Par égard pour la courtoisie bonhomme de son interlocuteur, elle lui rendit son sourire. Tout en gardant son ton distant et circonspect.

— Vous m'avez surprise, monsieur Longstreet.

— Oh, appelez-moi Tucker.

Il la toisa avec aménité. Un tantinet maigrichonne, estima-t-il, mais un visage aussi fin et racé que celui du camée que sa mère portait jadis, noué en sautoir à un ruban de velours noir. Et lui qui, d'ordinaire, préférait les cheveux longs se plaisait maintenant à admirer la grâce avec laquelle la coupe au carré de la jeune femme s'harmonisait avec son cou gracile et ses grands yeux de biche.

— Nous sommes voisins, après tout, poursuivit-il en fourrant ses pouces dans ses poches. Par ici, on aime bien cultiver l'amitié.

Avec ça, songea Caroline, il aurait pu convaincre un arbre de se dépouiller de son écorce. Mais elle en connaissait déjà un autre dans son genre. Et de telles paroles avaient beau porter tout le charme de l'accent traînant du Sud ou les intonations chantantes de l'espagnol, elles n'en demeuraient pas moins mortelles.

Elle hocha la tête avec une noblesse qu'elle jugea proprement impériale.

— Je faisais juste le tour du propriétaire, dit-elle. J'espérais être seule.

— Vous avez raison, le coin est charmant. Vous vous installez pour de bon ? Si vous avez besoin de quoi que ce soit, n'hésitez pas à m'appeler à la rescousse.

— Je vous remercie, mais je crois que je peux me débrouiller toute seule. A vrai dire, je ne suis ici que depuis une heure ou deux.

— Je sais. Je vous ai aperçue en descendant en ville.

Caroline, qui allait le gratifier d'une énième repartie courtoise, lui lança un regard inquisiteur.

— C'était vous, la Porsche rouge ?

Tucker arbora un large et ample sourire à damner une sainte.

— Elle est canon, hein ?

Mais pour le coup, ce fut Caroline qui, les yeux bouillants de colère, fit un pas en avant.

— Espèce de crétin irresponsable, vous deviez rouler à cent quarante au moins !

Tucker renfonça ses pouces dans ses poches avec satisfaction. Ce sursaut de rage avait embrasé les joues de Caroline. De frêle et charmante, elle était devenue proprement ravissante. Or, il avait toujours pensé qu'à défaut de pouvoir mater la colère d'une femme, autant valait profiter du spectacle.

— Pas du tout, rétorqua-t-il. Je n'avais pas encore dépassé les cent trente. Tenez, je m'en souviens encore. Cela dit, cette petite bombe peut grimper jusqu'à cent quatre-vingt-dix dans les lignes droites et…

— Vous avez failli me percuter !

Il parut un instant considérer la chose, puis secoua résolument la tête.

— Non, dit-il. Car, voyez-vous, j'avais largement le temps de braquer. Maintenant, de votre côté, vous avez peut-être trouvé que c'était moins une, je n'en disconviens pas. En tout cas, je suis désolé de vous avoir terrorisée par deux fois dans la même journée.

Cela prononcé sur un ton contrit que démentait vigoureusement la lueur dans ses yeux.

— En général, conclut-il, ce n'est pas franchement le genre de sentiment que je m'attends à provoquer chez une femme.

Caroline se ressaisit. S'il était bien une chose que sa mère lui avait inculquée, c'était la dignité.

— On ferait mieux de vous enlever votre permis de conduire, bredouilla-t-elle. Et moi je devrais aller porter plainte à la police !

Tucker se sentit tout émoustillé par cette forfanterie yankee.

— Eh bien, c'est votre droit, m'dame. Vous pouvez aller demander Burke en ville. Burke Truesdale. C'est le shérif.

— Et votre cousin aussi, sans doute ? murmura-t-elle entre ses dents.

— Non, m'dame, bien que sa petite sœur ait épousé l'un de mes petits-cousins.

Et si elle insinuait qu'il n'était rien qu'un paysan du Sud, songea-t-il, il dirait amen aussi !

— Ils sont allés s'installer de l'autre côté du fleuve, en Arkansas. Et mon cousin s'appelle Billy Earl LaRue. C'est un parent du côté de maman, voyez ? Lui et Meggie — la petite sœur de Burke, donc —, ils s'occupent d'un de ces entrepôts où l'on stocke des pièces pour voitures et toute la récup' du mois, voyez ? Faut dire que ça marche bien, aussi.

— Ravie de l'apprendre.

— C'est aimable à vous, répliqua-t-il en affichant un sourire aussi languide que l'eau qui stagnait à ses pieds. Passez donc le bonjour à Burke de ma part quand vous le verrez.

Quoique plus grande que lui de quelques centimètres, Caroline réussit à lui décocher un regard mauvais de dessous ses sourcils.

— Et je suppose qu'il compatira autant que vous à mes malheurs, n'est-ce pas ? Bon, maintenant je vous prie de quitter ma propriété, monsieur Longstreet. Et si jamais vous reprend l'envie d'aller méditer au bord de l'eau, choisissez-vous un autre endroit.

Et elle pivota sur ses talons. Elle n'avait pas fait trois pas que la voix de Tucker résonnait dans son dos — et, sacré bon sang, elle était moqueuse en plus !

— Mam'zelle Waverly ? Bienvenue à Innocence. Et bien le bonjour à tout le monde, hein ?

Elle s'éloigna sans mot dire. Tucker, en homme prudent, attendit qu'elle fût hors de portée pour laisser libre cours à son hilarité.

S'il n'avait pas été dans la panade jusqu'au cou, il se serait réjoui de titiller cette mignonne petite Yankee dans les règles. Du diable si cela ne l'aurait pas ragaillardi !

Edda Lou était d'une humeur aussi massacrante qu'une grenade dégoupillée. Certes, elle s'en voulait encore d'avoir explosé en apprenant que Tucker avait emmené cette garce de Chrissy Fuller au restaurant et au cinéma, à Greenville. Mais pour une fois, apparemment, son coup d'éclat s'était révélé payant. La scène d'humiliation publique au café avait converti Tucker à ses vues aussi sûrement que si elle lui avait passé un anneau de cuivre aux naseaux.

Oh, il pourrait toujours lui rétorquer qu'elle avait intérêt à relâcher un peu la pression — Tucker Longstreet avait la langue la mieux pendue de tout le comté de Bolivar —, cette fois-ci, il n'était pas près de reprendre la clé des champs. Elle allait se retrouver la bague au doigt et le contrat de mariage en poche avant peu. Et quand elle déménagerait dans la belle résidence de Tucker, cela clouerait le bec à toutes ces pimbêches d'Innocence !

Elle, Edda Lou Hatinger, tout droit sortie de sa ferme où caquetait la volaille pouilleuse, et dont la cuisine empesterait à tout jamais la graisse de porc, elle se parerait de linge fin, se prélasserait dans un lit moelleux et dégusterait du champagne français au petit déjeuner. Voilà.

D'ailleurs, elle avait un certain penchant pour Tucker. Vraiment. Même s'il y avait plus de place dans son cœur pour sa propriété, son titre et le contenu de son compte en banque. Ce serait si bon, pour aller à Innocence, de s'y faire conduire dans une longue Caddie rose. Plus jamais elle ne tiendrait la caisse chez Larsson, plus jamais elle n'économiserait sou après sou pour garder sa chambre à la pension et ne plus remettre les pieds à la maison où son père la giflait dès qu'il posait les yeux sur elle.

Désormais, elle serait une Longstreet.

Toute à ses songeries, elle gara son Impala 75 bringuebalante sur le bas-côté de la route. Elle ne s'était pas étonnée de recevoir un message de Tucker lui donnant rendez-vous à l'étang. Au contraire, elle trouvait cela charmant. Si elle était tombée amoureuse de lui — pour autant qu'il y eût de la place pour l'amour dans son cœur —, c'était bien parce qu'elle le trouvait d'un romantisme absolu. Il ne l'avait pas pelotée à tour de bras comme certains autres qui la plaquaient dans les coins chez McGreedy. Et il ne voulait pas toujours lui mettre directement la main dans la culotte comme la plupart de ses précédentes conquêtes.

Non. Tucker, lui, aimait parler. Et, quoique la moitié du temps elle n'y comprît rien, elle n'en goûtait pas moins cette manière de galanterie.

Et puis il n'était pas avare de cadeaux, parfums et petits bouquets. Une fois, pendant une dispute, elle avait pleuré par seaux entiers, ce qui lui avait valu une nuisette en vraie soie.

Aussitôt qu'ils seraient mariés, elle en aurait un plein tiroir si elle le désirait. Avec, en plus, une de ces cartes de crédit American Express pour en acheter des tas d'autres.

Comme la lune était pleine, elle ne s'était pas souciée d'allumer ses phares. Et puis elle ne voulait pas gâcher l'atmosphère. Elle fit bouffer ses longs cheveux blonds et tira sur son tricot moulant jusqu'à ce que sa lourde poitrine manquât déborder de l'encolure. Son short rose vif lui entrait bien un peu dans l'entrejambe, mais elle ne doutait guère que l'effet en valût la peine. D'ailleurs, si elle savait se débrouiller, Tucker le lui enlèverait en moins de deux.

Elle en mouillait sa culotte rien que d'y penser : plus habile à la chose que Tucker, y avait pas. Au point que, dans ses bras, elle en oubliait parfois toutes ces histoires de fric. Mais si elle le voulait, ce soir, précisément, ce n'était pas pour le plaisir de faire l'amour dehors, mais parce que le moment était des plus judicieux : avec un peu de chance, sa prétendue grossesse deviendrait une réalité avant demain matin.

Elle se fraya un chemin à travers les feuilles grasses et les plantes grimpantes, au milieu des senteurs entêtantes du marais, du chèvrefeuille et des fragrances de son propre parfum. La clarté lunaire se déversait sur le sol en ramages mouvants. Quant aux rumeurs de la nuit, elles ne pouvaient effrayer une authentique fille de la campagne comme elle. Edda Lou progressait sans frémir au milieu des appels lugubres des crapauds, des soupirs des herbages fangeux, de la haute plainte des cigales, du farouche ululement des hiboux.

Elle entraperçut deux yeux jaunes qui luisaient dans la pénombre — un raton laveur ou un renard. Ils disparurent à son approche. Quelque proie couina dans les fourrés. Edda Lou n'accorda guère d'attention à cet infime râle, qui n'avait pas plus d'importance pour une campagnarde que pour un New-Yorkais, le hurlement banal d'une sirène de police.

A cette heure-là, le bayou était le terrain de chasse des prédateurs nocturnes, hiboux et renards. Quant à Edda Lou, elle avait un esprit trop terre à terre pour se considérer elle-même comme une proie.

Ses pieds glissaient en silence sur le sol herbu et détrempé. La lumière de la lune, filtrée par les ramures, conférait à sa peau religieusement apprêtée une distinction marmoréenne. Et comme elle était en train de sourire, sûre de sa victoire, son visage rayonnait d'une sorte de splendeur torride.

— Tucker? lança-t-elle d'une voix câline de petite fille. Je suis désolée d'être en retard, mon chéri.

Elle s'arrêta au bord de l'étang. Bien qu'elle pût se guider dans la nuit aussi sûrement qu'un chat, elle ne vit rien d'autre devant elle que l'eau, les rochers et la capiteuse végétation. L'harmonie de ses traits s'altéra aussitôt en une moue pincée. Et dire qu'elle était sciemment arrivée en retard pour le faire bouillir dans son jus!

Avec un soupir de résignation, elle se posa sur la souche sur laquelle Tucker s'était assis quelques heures plus tôt. Elle ne sentait pas sa présence, seulement de l'agacement à être venue ici ventre à terre dès sa première invite. D'autant que cette invite se résumait à un petit billet de rien du tout.

« Rendez-vous à l'étang des McNair. Tout va s'arranger. Je veux seulement être un peu seul avec toi. »

Mais cela lui ressemblait bien, songea-t-elle, de la prendre ainsi par les sentiments, de lui dire combien il la désirait, pour ensuite la faire poireauter sans vergogne.

Cinq minutes, pas plus, se promit-elle. Après, elle irait tout droit enfoncer son superbe portail et débouler dans sa superbe demeure. Ah, ça ! elle lui apprendrait, à ce Tucker Longstreet, à lui flétrir le cœur !

Un faible bruissement s'éleva dans son dos. Elle tourna aussitôt la tête, l'œillade ravageuse. Un coup sec à la nuque la fit rouler face contre terre.

Elle poussa un gémissement étouffé, qu'elle n'entendit que dans sa tête. Elle avait l'impression d'avoir eu le crâne fendu par une grosse pierre. Tandis qu'elle essayait de bouger, une douleur atroce lui vrilla la nuque. Voulant porter les mains à sa tête, elle s'aperçut qu'elle avait les poignets liés en arrière.

Saisie de terreur, elle en oublia ses souffrances. Elle ouvrit tout grands les yeux et essaya d'appeler à l'aide. En vain. On l'avait bâillonnée. Elle sentait contre ses lèvres les plis d'une étoffe fleurant l'eau de Cologne. Les yeux révulsés, elle se débattit pour libérer ses mains.

Elle s'aperçut alors qu'elle était nue : son dos et ses fesses frottaient contre de l'écorce. Elle était pieds et poings liés au tronc d'un chêne de Virginie, ses chevilles adroitement sanglées de sorte que ses jambes fussent ouvertes en un large V. D'abominables scènes de viol hantèrent aussitôt son esprit.

— Edda Lou. Edda Lou.

C'était une voix basse et rauque, comme le crissement du métal contre la pierre. Les yeux d'Edda Lou roulèrent dans leurs orbites, cependant qu'elle essayait de localiser l'appel.

Tout autour, il n'y avait que de l'eau, et le noir profond des épaisses frondaisons. Elle poussa un cri, qui se perdit sous le bâillon.

— Je t'avais à l'œil, tu sais. Je me demandais quand nous pourrions enfin nous retrouver ainsi. Etre nue au clair de lune, n'est-ce pas romantique ? Et nous voilà, rien que nous deux, toi et moi. Rien que nous deux. Aimons-nous.

Tétanisée, la jeune femme vit une silhouette se détacher de l'ombre. Puis ce fut la lueur de la lune sur une peau nue. Et, enfin, l'espace d'un affreux moment, le fil scintillant d'une longue lame de couteau.

Folle de terreur, elle comprit alors ce qui l'attendait. Son estomac se convulsa. Une bile amère lui emplit la bouche. La silhouette se rapprochait toujours, auréolée d'une scintillante pellicule de sueur et du fumet de la démence.

Les suppliques et les prières de la jeune femme s'étouffèrent dans le bâillon. Elle gigota désespérément contre le tronc. De fines rigoles de sang frais coulèrent le long de son échine et de ses jambes tailladées par l'écorce. Alors les mains l'empoignèrent, la pressèrent, la pétrirent. Puis, les joues brûlantes de larmes et de frayeur, elle sentit une bouche se refermer avidement sur sa poitrine nue.

Le corps de l'autre se frottait contre elle, humide et poisseux, la soumettant à d'outrageux désirs. Elle se mit bientôt à pousser des gémissements inarticulés, les muscles frémissant au moindre contact de la bouche avide, des doigts impudiques, de la lame soyeuse du couteau de chasse.

Car elle n'ignorait pas ce qui était arrivé à Arnette et à Francie. Et elle savait désormais que, durant leurs derniers instants, elles avaient ressenti la même peur sans nom, le même dégoût nauséeux.

— Ah, tu en veux, hein ? Tu en veux !

L'incantation saccadée retentissait dans le cerveau d'Edda Lou au milieu d'un bourdonnement confus.

— Putain, va.

Le couteau entailla délicatement, presque insensiblement, le bras de la jeune femme. La bouche de l'autre se referma voracement sur la plaie. Edda Lou sombra dans un semi-coma.

— Ah non, pas de ça !

Une gifle lui cingla rudement les joues, l'obligeant à reprendre conscience.

— Une putain ne doit jamais s'endormir sur son travail.

Il y eut un rire fugace, presque enfantin, et les lèvres s'écartèrent sur un sourire sanglant. Edda Lou ouvrit des yeux hagards qui ne voyaient plus rien.

— Oui. Voilà qui est mieux. Je veux que tu *regardes*. Prête ?

— Pitié, pitié, pitié, hurlait l'âme d'Edda Lou. Ne me tuez pas. Je ne dirai rien, je ne dirai rien, je ne dirai rien.

— Non ! s'exclama la voix, vibrante d'excitation.

Edda Lou sentit alors l'odeur de sa propre peur et de son propre sang lui monter à la tête, tandis que le visage se penchait vers elle, un éclair de folie furieuse traversant ces yeux qu'elle ne connaissait que trop bien.

— Tu n'es plus bonne à baiser.

Le bâillon fut arraché. Le plaisir, le ravissement de l'autre réclamaient un dernier et unique hurlement d'agonie. Qui s'éleva, et s'acheva dans un gargouillement de gorge tranchée.

Caroline se redressa d'un bond dans son lit, le cœur battant à tout rompre, et porta les mains à sa poitrine, si fort qu'elle manqua déchirer le linge fin de sa nuisette.

Un cri, songea-t-elle, affolée, tandis que les murs de la chambre lui renvoyaient en écho sa respiration haletante. Qui avait crié ?

Elle était à moitié sortie du lit, et tâtonnait déjà à la recherche de l'interrupteur, lorsqu'elle se rappela soudain où elle se trouvait. Elle laissa sa tête retomber contre l'oreiller. Elle n'était pas à Philadelphie ni à Baltimore. Non. Pas plus qu'à New York ou à Paris. Elle était dans le Mississippi profond, en train de dormir dans le lit de ses grands-parents.

Les bruits de la nuit semblaient avoir envahi la chambre. Rainettes, grillons et cigales s'en donnaient à cœur joie. De même que les hiboux. Elle entendit soudain un second cri, qui ressemblait étrangement à celui d'une femme. Un cri d'effraie, se souvint-elle. Jadis, au cours de la visite qu'elle avait faite avec ses parents, sa grand-mère était venue la consoler de la frayeur qui l'avait saisie au beau milieu de la nuit, au son de ce cri éraillé.

« Ce n'est rien, niguedouille. Juste une vieille effraie. Ne t'inquiète pas. Tu ne crains rien ici. »

Ayant refermé les yeux, elle entendit le hou-hou d'une seconde chouette surexcitée. Les bruits de la campagne, se dit-elle pour se rassurer. Elle s'efforça également d'ignorer les craquements et soubresauts de la vieille demeure. Bientôt, pensa-t-elle, ils lui seraient aussi familiers que la rumeur du trafic urbain et la plainte lointaine des sirènes.

Oui. Elle pouvait se fier à sa grand-mère : elle ne craignait rien ici.

3

Tucker était assis sous les clématites pourpres qui grimpaient au treillage d'osier de la terrasse latérale. Un colibri fusa derrière lui et, nuage palpitant d'ailes irisées, se maintint en vol stationnaire au-dessus des tendres fleurs pour boire goulûment à un profond calice. A l'intérieur, l'Electrolux de Della vrombissait avec ardeur. Le bruit de l'appareil, filtrant des moustiquaires, se mêlait au bourdonnement des abeilles.

Sous la table de verre était étendu Buster, l'antique braque de la famille, paquet de peau flasque et de vieux os. De temps à autre, il rassemblait assez d'énergie pour frapper le sol avec la queue et reluquer d'un air rempli d'espoir le petit déjeuner de Tucker à travers le plateau transparent.

Ce dernier ne prêtait nulle attention aux bruits ni aux senteurs du matin. Il les absorbait avec autant d'indifférence que son jus de fruit glacé, son café noir et ses toasts.

Il était en train d'accomplir son rituel favori de la journée : lire le courrier.

Comme toujours, il y avait un tas de magazines et de catalogues de mode à l'adresse de Josie. Tucker les rejeta l'un après l'autre sur le pouf à côté de lui. Chaque fois qu'un catalogue tombait dessus avec un bruit mat, Buster relevait ses yeux chassieux, puis grognait son dégoût de vieux chien.

Il y avait une lettre pour Dwayne, de Nashville. Elle portait l'écriture enfantine et appliquée de Sissy. Tucker la considéra en fronçant les sourcils, la tint un instant devant le soleil, puis la mit de côté. Il savait que ce n'était pas une demande de pension alimentaire. En tant que comptable de la famille, il avait lui-même rédigé et posté le chèque mensuel deux semaines auparavant.

Toujours fidèle à son système de tri, il laissa tomber des factures sur une autre chaise, relégua sa correspondance personnelle de l'autre côté de la cafetière, tandis que les lettres provenant visiblement d'organisations caritatives ou de quelques autres groupements réclamant insidieusement leur quote-part étaient jetées dans une corbeille à ses pieds.

Ce dernier courrier, Tucker s'en occupait de la façon suivante : une fois par mois, il y plongeait le bras pour en retirer deux enveloppes au hasard. Ces associations-là recevraient de généreuses donations, que ce fussent le Fonds mondial de protection de la vie sauvage, La Croix-Rouge américaine ou la Société de prévention des envies. De cette manière, Tucker avait le sentiment que les Longstreet remplissaient leurs obligations charitables. Et si certaines organisations étaient troublées de recevoir un chèque de plusieurs milliers de dollars une fois pour toutes, il se disait que c'était leur problème.

En fait de problèmes, il avait déjà les siens.

Et le tri mécanique et routinier du courrier l'aidait à refouler ces derniers au fin fond de sa mémoire. Pour un temps du moins. En réalité, comme Edda Lou ne lui parlait même plus, il ne savait trop comment orienter son action. Elle avait eu deux jours devant elle pour donner suite à sa percutante révélation, et depuis, apparemment, elle faisait la morte. Il avait eu beau essayer de la joindre au téléphone, elle n'avait pas répondu.

C'était inquiétant — surtout qu'il avait déjà eu un avant-goût de son sale caractère et qu'il savait qu'elle pouvait le piquer avec toute la sournoiserie et l'habileté d'un mocassin d'eau. Cette attente de la morsure le mettait aux abois.

Il disposait en pile divers prospectus et jeux-concours pour les transmettre à Dwayne, qui les refilerait à ses enfants, lorsqu'il tomba sur une missive de couleur et de parfum lilas qui ne pouvait provenir que d'une seule personne.

— Cousine Lulu…

Son visage s'illumina d'un grand sourire et ses soucis s'envolèrent aussitôt.

Lulu Longstreet, fille de Georgia Longstreet, était la cousine du grand-père de Tucker. D'après les meilleures estimations, elle avait dépassé soixante-dix ans, quoiqu'elle s'acharnât depuis des lustres à s'en attribuer dix de moins. Elle était riche à millions, affectionnait les chaussures robustes pour ses petits pieds délicats, et se montrait aussi excentrique qu'une puce.

Tucker l'adorait. Bien que la lettre fût adressée à « mes cousins Longstreet », il prit sur lui de déchirer l'enveloppe. Il n'était guère disposé à attendre que Dwayne et Josie revinssent de leurs pérégrinations respectives.

Après avoir lu le premier paragraphe, écrit au feutre rose bonbon, il laissa échapper un mugissement sonore.

Cousine Lulu passait dire bonjour.

Elle le formulait toujours ainsi, de sorte qu'il n'était jamais possible de savoir à l'avance si elle comptait rester pour le dîner ou s'installer pour le mois. Tucker espérait vivement que cette dernière hypothèse était la bonne. Il avait besoin d'une distraction.

La dernière fois qu'elle était « passée dire bonjour », elle avait apporté avec elle un plein cageot de gâteaux givrés enveloppés dans de la glace pilée, et avait coiffé pour l'occasion un chapeau pointu en carton au sommet duquel elle avait piqué une plume d'autruche. Elle avait gardé ce satané chapeau durant toute une semaine, dans la rue comme au lit, affirmant vouloir par là célébrer des anniversaires. L'anniversaire de tout le monde, en fait.

Tucker lécha ses doigts maculés de confiture de fraises et lança le reste de son toast à Buster. Puis, laissant là son courrier dans l'intention de le ramasser plus tard, il se dirigea vers la porte. Il lui fallait dire à Della de préparer la chambre de Lulu et s'attendre à son arrivée imminente.

Au moment même où il ouvrait la porte à la volée, il entendit le râle poussif de la camionnette d'Austin Hatinger. Il n'y avait qu'un seul véhicule dans tout Innocence capable de produire ce grognement cliquetant et asthmatique. Après avoir un instant envisagé de rentrer se barricader à l'intérieur de la maison, Tucker se tourna et sortit sous la véranda, résigné à faire face aux événements.

Non seulement il entendait Austin approcher, mais en plus il pouvait distinguer sa progression à l'épais panache de fumée noire qui s'élevait d'entre les magnolias. Avec un soupir douloureux, il attendit que la camionnette surgît dans son champ de vision et, sortant une cigarette de sa poche, en ôta un morceau.

Il goûtait aux premières bouffées de tabac, lorsque la camionnette s'arrêta devant lui ; son conducteur en sortit brusquement.

Austin Hatinger était aussi massif et décati que sa vieille Ford.

Mais au lieu d'être, comme cette dernière, rafistolé à grand renfort de bouts de ficelle, il tenait debout par la vertu de moult muscles et tendons. Sous son chapeau de planteur maculé de graisse, son visage paraissait avoir été buriné dans de l'écorce d'arbre. De profondes rides prenaient naissance autour de ses yeux noisette, ravinant ses joues brûlées par le vent et mettant entre guillemets ses lèvres dures et serrées.

Pas une mèche de cheveux ne dépassait de son chapeau. Non qu'Austin fût chauve. Mais il se rendait chaque mois chez le coiffeur pour se faire tondre à ras sa toison poivre et sel. Sans doute, se disait parfois Tucker, en souvenir de ses quatre années de servitude militaire. *Semper Fi* — toujours fidèle. Ce qui était précisément l'une des sentences qu'il portait en tatouage sur ses bras épais comme des parpaings. Avec, en sus, ondulant au gré de ses muscles, le drapeau américain.

Bref, comme il s'en vantait lui-même, il craignait le Seigneur et honnissait la frivolité.

Il cracha un jet de *Red Indian*, qui retomba sur le gravier en une flaque d'un jaune peu ragoûtant. Sous sa salopette poussiéreuse et sa chemise trempée de sueur, qu'été comme hiver il portait boutonnée jusqu'au col, saillaient des pectoraux dignes d'un bovidé.

Tucker remarqua qu'il n'avait pas pris avec lui l'un des fusils qu'il avait logés dans le râtelier fixé à la lunette arrière de la Ford. Il espéra que cette courtoisie était un bon présage.

— Austin.

Par bienséance, il descendit une marche.

— Longstreet.

La voix était aussi éraillée qu'un crochet rouillé crissant sur une chape de béton.

— Où diable est ma fille ?

Comme c'était la dernière question à laquelle il s'attendait, Tucker cligna poliment des yeux.

— Plaît-il ?

— Espèce de sale mécréant débauché, où diable est Edda Lou ?

Cette apostrophe correspondait un peu plus à ce qu'attendait Tucker du vieil Austin.

— Je n'ai pas revu Edda Lou depuis qu'elle est venue au café, avant-hier.

Il leva une main pour prévenir les récriminations d'Austin. Il avait encore quelque chose à lui dire avant de l'admettre au sein de la famille la plus fortunée de tout le comté.

— Vous pouvez être aussi furieux que vous le voulez, Austin, et je me doute que vous l'êtes sacrément, mais le fait est que j'ai couché avec votre fille.

Il tira longuement sur sa cigarette avant de poursuivre :

— Vous devez très certainement deviner ce que j'ai fait avec elle à ce moment-là, et j'imagine que cela ne vous réjouit guère. Ce que je ne puis honnêtement vous reprocher.

Les lèvres d'Austin se retroussèrent sur une rangée de dents jaunes et ébréchées. Nul n'aurait confondu cette grimace avec un sourire.

— J'aurais dû vous tanner le cuir la première fois que vous êtes venu lui renifler les jupes.

— Certes, mais vu son comportement depuis sa majorité, vous pouvez être sûr qu'elle était consentante. Elle a agi de son plein gré.

Tucker prit une nouvelle bouffée de tabac, considéra un instant sa cigarette, puis la jeta au loin.

— Ce qui est fait est fait, Austin, voilà tout.

— Facile à dire, après l'avoir engrossée.

— Une fois de plus, avec son consentement, précisa Tucker en glissant les mains dans ses poches. Je veillerai à ce qu'elle ne manque de rien pendant sa grossesse, et je suis prêt à lui verser ensuite une pension alimentaire.

— Belles paroles, répliqua Austin en crachant de nouveau. Joli discours. Vous avez toujours su comment présenter les choses, Tucker. A vous d'écouter, maintenant. Les miens, je m'en occupe moi-même, et je veux voir ma fille ici dans cinq minutes.

Tucker se contenta de hausser les sourcils.

— Elle n'est pas là, dit-il enfin.

— Menteur ! Fornicateur !

Sa voix râpeuse montait et descendait comme celle d'un évangéliste enroué.

— Votre âme est noire de péchés.

— Je n'en disconviens pas, répondit Tucker d'un ton aussi conciliant que possible, mais Edda Lou n'est pas ici. Je n'ai aucune raison de vous mentir à ce sujet, et vous pouvez entrer jeter un coup d'œil par vous-même si ça vous chante. Je vous certifie que je ne l'ai pas revue, pas plus que je n'ai entendu parler d'elle depuis qu'elle m'a fait part de sa grande nouvelle.

Austin envisagea un moment de fureter dans la maison, mais comprit bientôt qu'en agissant ainsi il se couvrirait de ridicule. Et il n'avait certes pas l'intention de se laisser ridiculiser par un Longstreet.

— Où est-elle alors, puisqu'elle n'est pas en ville ? Je vais vous dire ce que je pense, espèce de salaud : je pense qu'avec vos belles paroles vous l'avez envoyée dans une de ces cliniques de boucher pour vous débarrasser du problème.

— Edda Lou et moi n'avons échangé aucun mot sur quoi que ce soit. Si elle est bien réduite à cette situation, elle y est arrivée toute seule.

Tucker avait oublié combien le colosse pouvait se montrer vif à l'occasion. Avant que le dernier mot se fût échappé de ses lèvres, Austin l'avait saisi d'un bond au collet et soulevé aussi sec des marches.

— Ne parlez pas de ma fille de cette manière. C'était une chrétienne craignant le Seigneur avant que vous lui mettiez le grappin dessus. Regardez-vous donc, vous n'êtes qu'un feignant, un porc débauché qui vit dans sa belle et chic résidence avec son pochard de frère et sa traînée de sœur.

D'abondants postillons s'écrasaient sur la face de Tucker tandis que le visage d'Austin se marbrait de plaques écarlates.

— Vous irez pourrir en enfer, tous autant que vous êtes, exactement comme votre pingre de père.

En temps ordinaire, Tucker préférait parler, convaincre, et s'arranger pour éviter les confrontations. Mais, malgré toute sa mansuétude, il y avait des cas où sa fierté regimbait.

Il enfonça son poing dans le plexus du vieil homme qui, de surprise, relâcha son étreinte.

— Ecoutez-moi bien maintenant, espèce de tartuffe, c'est moi qui suis en cause, pas ma famille. Moi seul. Je vous ai déjà dit une bonne fois pour toutes que je m'occuperais d'Edda Lou, et je ne vous le répéterai pas. Si vous pensez que je suis le premier à l'avoir culbutée, alors vous êtes encore plus cinglé que je le croyais.

Il était en train de se monter bêtement, il ne l'ignorait pas. Mais sa gêne, son irritation et, enfin, les insultes du vieil homme avaient eu raison de sa patience.

— Et n'allez pas croire que ma fainéantise est synonyme de stupidité. Je sais très bien ce que votre fille mijote. Si vous pensez tous deux que des cris et des menaces sauront me faire passer la corde au cou, vous vous trompez lourdement.

Les mâchoires d'Austin se mirent à frémir.

— Alors comme ça, elle est assez bonne pour être baisée mais pas assez pour être épousée ?

— Je ne saurais mieux dire.

Tucker fut assez preste pour esquiver le premier crochet, mais pas le second. L'énorme poing d'Austin l'atteignit en plein ventre, chassant l'air de ses poumons et lui faisant voir double. Il reçut une pluie de coups sur la tête et le cou avant de réussir à prendre suffisamment de champ pour se défendre.

Un goût de sang dans la bouche lui chatouillait les narines. Il s'aperçut alors que ce sang était le sien, et cela le mit dans un état de fureur aveugle et déchaînée. Il ne sentit même pas ses jointures labourer le menton d'Austin, mais la puissance de l'impact résonna jusque dans son bras.

Et cela était bon. Oh, oui ! Sacrément bon.

Une partie de lui-même continuait à envisager la situation avec la plus extrême lucidité. Il devait rester sur ses pieds, se disait-il. Jamais il ne pourrait l'emporter en taille ni en poids sur Austin. Il ne pouvait compter que sur son agilité et sa rapidité. S'il était envoyé à terre, il était plus que probable qu'il ne se relèverait qu'avec les os brisés et une bouillie sanguinolente à la place du visage.

Il prit un coup, juste un seul, derrière l'oreille, mais celui-ci suffit à lui faire entendre le chœur des sphères célestes !

Les poings cognaient sourdement contre les os. Sang et sueur empestaient l'air. Tandis qu'ils se battaient ainsi, les babines retroussées comme des animaux féroces, Tucker comprit brusquement que ce n'était pas son honneur seul qu'il était en train de défendre, mais sa vie. Une sombre lueur de folie brillait dans les yeux d'Austin, autrement plus éloquente que ses grognements rauques et ses aboiements injurieux. A cette vue, Tucker sentit une sinueuse panique se lover dans ses entrailles.

Ses pires craintes se réalisèrent lorsque, s'étant rué sur lui, la tête baissée et tout le poids du corps en avant, Austin poussa un long cri de triomphe en le voyant glisser sur le gravier et s'abattre au milieu des pivoines.

Tucker en eut le souffle coupé. Il pouvait entendre l'air qui sifflait pathétiquement le long de ses bronches en essayant d'atteindre ses poumons. La rage, cependant, ne l'avait pas quitté. Ni la peur. Quand il voulut se redresser, Austin lui tomba dessus. L'une des épaisses mains du bonhomme le saisit à la gorge tandis que l'autre se mettait à lui pilonner les reins.

Alors qu'il levait un poing en direction du menton d'Austin — tout en se débattant frénétiquement pour garder la tête hors de portée —, sa vision se troubla. Il ne voyait plus devant lui qu'une paire d'yeux étincelants de démence, où se lisait le plaisir de tuer.

— Va au diable, fredonnait Austin. Va au diable. Voilà longtemps que j'aurais dû te tuer, Beau. Voilà bien longtemps.

Sentant sa vie le quitter, Tucker visa les yeux.

Austin rejeta sa tête en arrière en poussant un hurlement de fauve blessé. Ses mains glissèrent le long du cou de Tucker qui se mit à aspirer l'air à grandes goulées avides, les poumons brûlés, mais sauf.

— Espèce de cinglé, je ne suis pas mon père.

Il étouffait, toussait. Enfin, il parvint à se mettre à quatre pattes. Il était horrifié à l'idée de vomir son petit déjeuner sur les pivoines écrasées.

— Allez-vous-en de chez moi.

Il tourna la tête et aperçut avec un frisson d'aise la face ensanglantée d'Austin. Il avait rendu coup pour coup. Il ne pouvait guère demander mieux — sinon une bonne douche, un pain de glace et un flacon d'aspirine. Il était sur le point de s'asseoir à croupetons, lorsque Austin, vif comme le serpent, s'empara d'un des lourds cailloux qui bordaient le massif de pivoines.

— Doux Jésus, articula Tucker en le voyant soulever la pierre au-dessus de sa tête.

Le coup de feu les fit sursauter de concert. La grenaille de plomb rasa les pivoines.

— J'en ai encore un plein canon, espèce de bâtard ! s'écria Della depuis la véranda. Et il est pointé droit sur ta zigounette de vieux schnock. Alors pose-moi cette pierre où tu l'as trouvée, et vite, j'ai les doigts qui glissent.

Austin avait recouvré ses esprits. Tucker voyait la folie le céder dans son regard à une colère violente, certes, mais saine.

— Cela ne suffira sans doute pas à te tuer, reprit Della d'un ton détaché.

Elle se tenait debout sous la véranda, le 30-30 confortablement calé contre l'épaule, l'œil en ligne de mire et un large sourire aux lèvres.

— Mais tu en auras bien pour vingt ans à pisser dans une pochette en plastique !

Austin lâcha la pierre. Celle-ci retomba dans le paillis avec un bruit qui souleva l'estomac de Tucker.

— Mon retour est proche, annonça Austin. Il me paiera ce qu'il a fait à ma fille.

— Il ne paiera que ce qu'il lui doit, rétorqua Della. Si cette fille porte bien son enfant, alors il avisera. Mais je ne suis plus une gamine, Austin, et nous allons bien voir de quoi il retourne avant de signer le moindre papier, oui, le plus petit chèque.

Austin se redressa, les poings sur les hanches.

— Vous insinuez que ma fille ment ?

— Je n'insinue rien, répondit Della, le fusil toujours pointé vers son abdomen. Je dis simplement qu'Edda Lou n'a jamais été une sainte, ce que je ne lui reproche d'ailleurs pas. Alors décampe d'ici, et s'il te reste un peu de cervelle, emmène cette fille chez le Dr Shays pour vérifier qu'elle est bien grosse. Ensuite, nous reparlerons de tout ça, en gens civilisés. Maintenant, si tu veux toujours perdre la tête, je me ferai un plaisir de t'y aider.

Austin fit jouer les jointures de ses poings impuissants. Des larmes de sang roulaient sur ses joues sans qu'il y prît garde.

— Je reviendrai.

Il se retourna vers Tucker en crachant par terre.

— Et la prochaine fois, il n'y aura pas de femme dans le coin pour te protéger.

Il regagna sa camionnette, fit pétarader l'engin autour du rond-point fleuri qui dévala l'allée en éructant un sillage de fumée noire.

Tucker s'assit dans le massif de fleurs saccagé et laissa retomber sa tête entre ses genoux. Il n'allait pas se relever tout de suite. Oh, non ! Avant, il allait prendre une petite pause au milieu des corolles chiffonnées.

Della rabaissa le fusil en poussant un long soupir et le reposa précautionneusement contre la rambarde. Puis elle descendit les marches et franchit la bordure de pierres pour rejoindre Tucker. Celui-ci leva le visage vers elle, prêt à se confondre en remerciements. Elle lui donna alors une tape si vigoureuse sur la joue que ses oreilles en tintèrent.

— Seigneur, Della.

— Ça, c'est pour t'apprendre à penser un peu avec ta tête.

Elle le gifla de nouveau.

— Et ça, dit-elle, c'est pour t'apprendre à m'amener des prêcheurs dévoyés à la maison.

Et de le gratifier d'une claque sur l'occiput.

— Ça, enfin, c'est pour avoir esquinté les fleurs de maman.

Satisfaite, elle hocha la tête et le prit dans ses bras.

— Bon. Quand tu auras réussi à me remettre ces jambes en action, tu passeras dans la cuisine pour que je te débarbouille.

Tucker s'essuya la bouche et contempla d'un air absent les traînées de sang sur sa peau.

— Oui, m'dame.

Estimant que ses mains avaient à peu près cessé de trembler, Della lui passa un doigt sous le menton pour lui redresser la tête.

— Tu vas avoir un coquard, annonça-t-elle. Et même deux, on dirait bien. Tu ne t'es pas trop mal débrouillé, tu sais.

— Mouais.

Les membres encore flageolants, il se mit sur les genoux. Puis, le souffle court, il se releva péniblement. Il avait l'impression d'avoir été piétiné par une horde de chevaux au galop.

— Je verrai plus tard ce que je peux faire pour les fleurs.

— J'y compte bien.

Elle glissa un bras autour de sa taille et le soutint jusqu'à la maison.

Bien qu'il répugnât à se mettre martel en tête au sujet d'Edda Lou, Tucker ne parvenait pas à ignorer totalement la lancinante inquiétude qui s'était mise à l'oppresser. Il aurait bien voulu laisser ce cinglé d'Austin se soucier tout seul de sa cinglée de fille — qui, à l'heure actuelle, devait fort probablement se terrer quelque part pour échapper aux foudres paternelles et, par la même occasion, souligner l'inconduite de son amant. Malheureusement, il ne pouvait oublier l'émotion qu'il avait naguère ressentie devant le cadavre lacéré et exsangue de la petite Francie dérivant au fil de l'eau.

Aussi chaussa-t-il des lunettes de soleil pour dissimuler la partie la moins présentable de son œil à vif puis, ayant ingurgité deux des comprimés analgésiques dont Josie se servait contre ses douleurs menstruelles, il sortit pour se rendre en ville.

Le soleil le frappait impitoyablement, lui donnant envie de ramper jusqu'à son lit avec un pain de glace et un *long-drink* — ce qu'il était bien décidé à faire sitôt après avoir parlé à Burke.

Avec un peu de chance, se disait-il, Edda Lou se trouverait derrière sa caisse chez Larsson en train de vendre du tabac, des sorbets et des sacs de charbon de bois pour barbecue.

Cependant, quand il jeta un œil à travers la grande baie vitrée de la boutique, ce fut cet empoté de Kirk Larsson qu'il aperçut derrière le comptoir, et non Edda Lou.

Tucker se rangea devant le bureau du shérif. S'il avait été seul, il se serait prudemment extirpé de la voiture, centimètre par centimètre, avec force gémissements. Mais les trois vieux qui se plantaient toujours en face de la poste pour tailler une bavette, maudire le temps et prêter l'oreille aux ragots étaient alors en faction. Des chapeaux de paille couvraient leurs chefs grisonnants, leurs joues râpées par le vent étaient gonflées par une chique et leurs chemises de coton délavées n'étaient plus que des loques suantes.

— Salut, Tucker.

— Monsieur Bonny...

Comme l'exigeaient les convenances, Tucker inclina la tête en direction du premier vieillard, Claude Bonny, le plus âgé. Tous les trois vivaient de leurs rentes depuis plus d'une décennie et avaient élu domicile sur le trottoir ombragé de la pension de famille, devenu sanctuaire de l'oisiveté.

— Monsieur Koons... Monsieur O'Hara.

Pete Koons, qui n'avait plus un chicot depuis la quarantaine et n'appréciait guère les dentiers, cracha entre ses gencives dans le seau en fer-blanc que lui avait offert sa petite-nièce.

— Eh bien, mon gars, on dirait que tu es tombé sur une furie ou un mari jaloux.

Tucker réussit à ébaucher un sourire. Il y avait peu de secrets en ville, et tout homme avisé choisissait les siens avec circonspection.

— Pas du tout. Juste un papa mal luné.

Charlie O'Hara émit un ricanement saccadé. Son emphysème pulmonaire ne s'arrangeait décidément pas, et comme il doutait de passer le prochain hiver, il s'appliquait à goûter toutes les menues joyeusetés que lui réservait encore l'existence.

— Tu veux parler d'Austin Hatinger?

Tucker tordit la tête en signe d'acquiescement. O'Hara s'étouffa de plus belle.

— Une sale teigne. Je l'ai vu un jour rentrer dans Toby March — bien sûr, c'était un Noir, alors personne n'y a trouvé à redire. Ça devait être en 69. Lui a brisé les côtes, au Toby, lui a même tailladé la figure.

— Non, en 68, corrigea son comparse Bonny — la précision étant essentielle en pareille matière. Je m'en souviens encore, c'était l'été où il s'est acheté le nouveau tracteur. Austin prétendait que Toby lui avait chapardé une longueur de corde dans sa remise, mais ça ne tenait pas debout, son histoire. Toby, c'était le bon gars, jamais il ne touchait aux affaires des autres. Il est venu travailler à la ferme avec moi après que ses côtes ont été guéries. Jamais eu le moindre problème avec lui.

— Austin, c'est un méchant.

Koons cracha de nouveau, autant par nécessité que pour souligner son propos.

— Il était déjà méchant quand il est parti en Corée, et il en est revenu plus méchant encore. L'a jamais vraiment pardonné à ta mère de lui avoir fait faux bond alors qu'il était en train de se battre contre les bridés. Il s'était entiché de Mme Madeline, et pourtant, Dieu sait qu'elle n'allait pas le reluquer quand il se plantait devant elle.

Sa bouche édentée se fendit en un large sourire.

— Alors, prêt à l'adopter comme beau-père, Tuck ?

— Jamais de la vie. Allez, je vous quitte. Et ne vous épuisez pas à la tâche, surtout.

Il opéra un laborieux demi-tour qui les fit pouffer et s'étouffer en chœur, puis il poussa la porte du poste.

Le local du shérif était une cagna étouffante qu'encombraient un bureau métallique récupéré dans les surplus de l'armée, deux chaises pivotantes, un rocking-chair au bois éraflé, une armoire à fusils, dont Burke gardait la clé attachée à une lourde chaîne pendue à sa ceinture, et une machine à café flambant neuve dont sa femme lui avait fait cadeau à Noël. Le plancher était constellé de croûtes de peinture blanche, souvenirs du dernier rafraîchissement subi par les murs.

Derrière s'ouvraient des toilettes minuscules, qui débouchaient elles-mêmes sur un appentis exigu, garni d'étagères métalliques et tout juste assez spacieux pour contenir une couchette amovible. Burke et son suppléant s'en servaient à l'occasion pour surveiller leur prisonnier durant la nuit. Mais le plus souvent, elle accueillait quelque bonhomme que sa légitime, désireuse de souffler un brin, avait relégué dans la niche du chien.

Tucker s'était toujours demandé comment Burke, fils d'un planteur jadis prospère, pouvait trouver son bonheur à rédiger des contredanses, s'interposer dans les bagarres et sermonner les ivrognes.

Néanmoins ce dernier semblait se contenter de son sort et ce, avec la même égalité d'âme qu'il avait manifestée jadis en épousant, à dix-sept ans à peine, une de ses camarades de lycée qu'il avait mise enceinte. Il portait son insigne sans ostentation et témoignait d'une aménité qui lui assurait la faveur des habitants d'Innocence, lesquels étaient peu enclins à recevoir des leçons.

Tucker le trouva blotti derrière son bureau, absorbé dans la lecture de dossiers, sous le ventilateur qui brassait au plafond l'air lourd et enfumé du poste.

— Burke…

— Salut, Tuck, qu'est-ce que tu…

Sa voix s'éteignit.

— Par tous les saints de l'enfer, reprit-il en désignant le visage contusionné de Tucker, sur quoi donc es-tu tombé?

Tucker grimaça — et le regretta aussitôt.

— Les poings d'Austin.

Burke eut une moue hilare.

— Il était furieux à ce point-là?

— Pis encore, selon Della. J'étais trop occupé à garer mes tripes pour m'en enquérir moi-même.

— Bah, elle a dit ça pour te faire plaisir.

Ce qui n'était hélas que trop vrai, songea Tuck. Il s'affala sur la chaise pivotante.

— Sans doute, admit-il. N'empêche qu'à mon avis, tout ce sang sur ma chemise n'est pas le mien. Je l'espère du moins.

— Et tout ça à cause d'Edda Lou?

— Ouais.

Tucker passa un doigt précautionneux sous le verre de ses lunettes pour tâter les progrès de son coquard.

— D'après lui, j'ai débauché une oie blanche qui n'avait jamais vu de zizi auparavant.

— Tu parles!

— Je sais.

Tucker se retint à temps de commettre l'erreur de hausser les épaules.

— Enfin, elle a vingt-cinq ans, tout de même, et c'est avec elle que j'ai couché, pas avec son vieux.

— Encore heureux.

Tucker esquissa un sourire fugace de ses lèvres tuméfiées.

— La mère d'Edda Lou doit fermer les yeux en priant le Seigneur chaque fois qu'il lui effleure les cheveux.

Il se renfrogna soudain, bouleversé à l'idée qu'Austin pût se venger de sa déconvenue sur sa frêle et pitoyable épouse.

— Burke, je veux réparer.

Il laissa échapper un soupir, comprenant que plus d'une raison l'avait en fait poussé à venir en ville, et qu'il n'en était pour l'instant qu'au préambule de la première.

— Ça s'est bien arrangé pour toi et Susie, finalement.

— Ouais.

Burke sortit un paquet de Chesterfield de sa poche, en prit une, et poussa le reste sur le bureau en direction de Tucker.

— Nous étions trop jeunes et trop niais pour imaginer que ça pouvait ne pas marcher, poursuivit-il en regardant Tucker raccourcir sa cigarette. Et puis, après, je l'ai aimée. Adorée, même. Et je l'adore toujours.

Il lui lança sa boîte d'allumettes.

— Ça n'a pas été facile, pourtant, surtout que Marvella est arrivée avant le bac et qu'il a fallu vivre avec mes vieux pendant deux ans avant qu'on ait de quoi se payer quelque chose pour nous tout seuls. Et puis Susie est tombée enceinte de Tommy après ça.

Il exhala la fumée en secouant la tête.

— Trois bébés en cinq ans.

— Tu aurais pu garder ta braguette fermée.

— Je pourrais te retourner le conseil, répliqua-t-il avec un grand sourire.

— Mouais.

Tucker expira un long filet de fumée entre ses dents.

— En fait, le problème est que je n'aime pas Edda Lou, et que je l'adore encore moins. J'ai peut-être des devoirs envers elle, Burke, mais je ne peux pas l'épouser. Vraiment pas.

Burke tapota sa cigarette au-dessus d'un cendrier métallique dont le vernis bleuté avait depuis longtemps viré au gris anthracite.

— Ce serait effectivement peu raisonnable, dit-il enfin.

Puis il s'éclaircit la gorge, sachant qu'il allait s'aventurer sur un terrain glissant.

— Susie m'a raconté que, depuis des semaines, Edda Lou rêvait tout haut de vivre dans ta belle maison avec des domestiques à ses pieds. Pour Susie, c'était du vent, mais pour d'autres, non. On dirait bien que cette fille s'est entichée de Sweetwater.

Tucker ressentit cela comme une atteinte à son orgueil — mais aussi comme un grand soulagement. Ainsi ce n'était pas lui l'enjeu de la manœuvre, se dit-il, mais son titre de Longstreet. Depuis le temps, il aurait dû se douter que pareille mésaventure lui pendait au nez.

— Je suis venu ici pour te prévenir que je n'arrive pas à la retrouver depuis la scène du café. Austin a déboulé chez moi en prétendant que je la séquestrais. Elle est passée en ville ?

Burke écrasa lentement sa cigarette.

— Je ne saurais te le dire, étant donné que je ne l'ai pas vue moi-même depuis un jour ou deux.

— Elle doit être avec une amie.

Cette idée le rasséréna.

— En fait, Burke, depuis que nous avons découvert Francie…

— Ouais, je sais, l'interrompit ce dernier, l'estomac soudain contracté.

— Tu as du nouveau là-dessus ? Et au sujet d'Arnette ?

— Rien du tout.

La conscience de son échec fit monter une bouffée de chaleur à la tête de Burke.

— C'est le shérif du comté qui a pris le gros de l'affaire en main. J'ai bien interrogé le légiste, et la police d'Etat m'a donné son appui, mais rien de solide n'en est sorti. Une femme a été découpée en tranches, à Nashville, le mois dernier. S'il y a un lien entre cette affaire et les drames d'ici, on fera appel au FBI.

— Sans blague ?

Burke se contenta de hocher la tête. Il envisageait avec un certain déplaisir l'arrivée dans sa ville de fédéraux venant le déposséder de son travail et le toiser de leurs regards méprisants de citadins. A leurs yeux, il ne serait jamais qu'un péquenot incapable de coffrer le moindre pochard, même ivre mort.

— C'est surtout le souvenir de ce qui est arrivé à Francie qui me tracasse, reprit Tucker.

— Je ferai mon enquête, répliqua Burke. Comme tu l'as suggéré tout à l'heure, elle doit être cachée chez une amie, histoire de te laisser mijoter dans ton jus jusqu'à ce que tu lui donnes ton consentement.

— Ouais.

Heureux de s'être soulagé de son fardeau sur les épaules de Burke, Tucker se leva et se dirigea en boitillant vers la porte.

— Tiens-moi au courant.

— Je n'y manquerai pas.

Burke sortit avec lui, et contempla un long moment sa ville, cette ville où il était né, où il avait passé son enfance. Cette ville dont ses propres enfants sillonnaient aujourd'hui les rues et où sa femme faisait les courses ; cette ville dont il connaissait chaque habitant, et où chaque habitant le connaissait lui-même, et appréciait son travail.

— Regarde-moi ça ! s'exclama Tucker.

Il lâcha un petit soupir : Caroline Waverly venait juste de sortir de sa BMW et se dirigeait d'un pas nonchalant vers la boutique de Larsson.

— On dirait un verre bien frais. On a soif rien que de la contempler.

— C'est la parente d'Edith McNair ?

— Ouais. Je l'ai croisée, l'autre jour. Ça s'exprime comme une duchesse et ça a les plus grands yeux verts du monde.

Burke gloussa, reconnaissant là des symptômes familiers.

— Tu as déjà assez de problèmes comme ça, fils.

— Ma chair est faible, hélas, repartit Tucker en regagnant sa voiture d'un pas chancelant.

Puis, changeant d'idée, il continua son chemin et traversa la rue.

— Je crois bien que je vais m'acheter un paquet de clopes.

Burke, hilare, se tourna vers la pension. Son sourire, cependant, ne tarda pas à s'évanouir. Lui aussi se souvenait de Francie. Quant à Edda Lou, si elle avait vraiment voulu forcer Tucker au mariage, elle ne l'aurait certainement pas lâché d'une semelle. Or les faits disaient le contraire, et Burke en était malade d'appréhension.

Son installation était en bonne voie, songeait Caroline en traversant la pelouse surchauffée en direction des fourrés. Les dames qu'elle avait rencontrées chez Larsson dans l'après-midi s'étaient bien montrées d'une curiosité un peu embarrassante, mais elles lui avaient réservé un accueil aussi amical que chaleureux. Il était rassurant de savoir que, si elle se sentait seule, elle pourrait toujours aller trouver de la compagnie en ville.

Elle avait particulièrement apprécié Susie Truesdale. Venue au magasin de nouveautés acheter une carte d'anniversaire pour l'envoyer à sa sœur de Natchez, la femme du shérif était restée avec elle pendant vingt bonnes minutes.

Naturellement, le sieur Longstreet avait lui aussi pointé le bout de son nez pour faire étalage de ses charmes recuits de gentilhomme sudiste. Ses lunettes noires n'avaient pas réussi à dissimuler les stigmates d'une récente bagarre et, questionné à ce propos, il s'était attiré la compassion de toutes les dames présentes dans la boutique.

Comme tous les hommes de sa prestance, se dit Caroline. Si Luis lui-même avait souffert de menues blessures, les femmes auraient donné de leur propre sang pour montrer leur attachement.

Dieu merci, elle en avait fini avec lui, avec les autres, et avec tout ce qui se rapportait en général aux hommes. Elle n'avait eu aucun mal à faire fi des manières doucereuses de Tucker.

« Mam'zelle Caroline », l'avait-il appelée, se souvint-elle avec une moue dédaigneuse. Elle était certaine que ses yeux étaient alors en train de sourire derrière ses lunettes noires.

Quel dommage pour ses mains, aussi ! pensa-t-elle en courbant la tête sous une branche couverte de mousse. Elles étaient vraiment belles : les doigts longs, la paume ample. Cela faisait pitié de voir ses phalanges à vif et écorchées.

Agacée, Caroline chassa aussitôt de son esprit ce reste de compassion. Il n'avait pas plus tôt pénétré dans la boutique — en claudiquant légèrement — que les clientes se mirent à murmurer dans son dos, l'une d'entre elles évoquant même le nom d'une certaine Edda Lou. Caroline aspira une profonde bouffée de ces senteurs verdoyantes dégagées par les moites floraisons, et se prit à sourire.

« On dirait bien que notre sirupeux M. Longstreet s'est fourré dans un joli pétrin », songea-t-elle. Sa petite amie était enceinte et sollicitait à tue-tête le mariage. Or, selon la rumeur locale, son père était plutôt prompt à la détente.

Elle effleura du doigt une branche et se mit à humer l'air. Seigneur, qu'elle était loin de Philadelphie ! Aurait-elle jamais pu se douter qu'il fût si apaisant de prêter l'oreille aux frasques du hobereau local ?

Elle s'était réjouie de cette demi-heure passée en ville, des bavardages de ces dames au sujet de leurs enfants, de leur popote, des hommes… et du sexe. Elle eut un léger rire. Apparemment, dans le Nord comme dans le Sud, quand des femmes se retrouvaient entre elles, le sexe était leur sujet favori de conversation. Mais ici nettement plus qu'ailleurs : toutes voulaient savoir qui couchait avec qui.

Ce devait être à cause de la chaleur, se dit Caroline. Elle s'assit sur la souche pour contempler l'eau et écouter la rumeur de l'après-midi finissant.

Elle était heureuse d'être venue à Innocence. Chaque jour qui passait déposait un baume sur son cœur. Tout concourait à la guérir, même le soleil qui, avec un entêtement pervers, consumait la moindre parcelle d'énergie dans les corps. Et puis il y avait la beauté limpide du courant ombragé par les troncs chargés de mousse. Elle commençait même à s'habituer aux bruits de la nuit, à l'obscurité ténébreuse de la campagne.

La nuit précédente, elle avait dormi huit heures d'affilée, ce qui ne lui était pas arrivé depuis des semaines. Et au réveil, elle ne souffrait pas de ses sempiternelles et affligeantes migraines. La solitude, la sérénité de la vie rurale, les us et coutumes du cru : voilà quels étaient ses remèdes.

Les racines qu'elle n'avait jamais été autorisée à planter nulle part, ces racines dont sa mère aurait farouchement nié l'existence, ces racines-là, elle le sentait, avaient commencé à se déployer. Et plus rien ni personne ne les arracherait de nouveau.

Peut-être même pourrait-elle se perfectionner à la pêche. L'idée la fit rire, au point qu'elle se demanda si elle avait encore quelque goût pour les poissons-chats. Elle se courba pour ramasser un galet et le jeter à l'eau. Il coula avec un bruit si primesautier qu'elle en ramassa un autre, puis un autre encore, fascinée par le jeu des vaguelettes à la surface de l'onde. Avisant une pierre plate couchée sur la berge, elle alla la soulever. Ce serait amusant de traverser la rivière dessus, se dit-elle. Ça aussi, c'était une vieille image, une image presque oubliée : son grand-père à son côté — là, juste à cet endroit — en train de lui apprendre comment traverser l'eau en sautant de pierre en pierre.

Charmée par ce souvenir, elle se courba vers la pierre pour tenter de la soulever. Curieux, songea-t-elle soudain, comme elle avait l'impression — fort ridicule, en vérité — d'être observée. Epiée, même. A l'instant précis où un premier frisson lui traversait l'échine, elle entraperçut quelque chose de blanc du coin de l'œil.

Elle se retourna, les yeux écarquillés. Tout son sang se figea alors dans ses veines. Même le cri qu'elle voulut pousser se glaça au fond de sa gorge.

Elle était épiée, effectivement, mais par des yeux qui ne voyaient plus rien. Il y avait là, en face d'elle, un visage oscillant sur l'eau sombre et frissonnante, un visage attaché par une masse hideuse de longs cheveux blonds aux racines d'un vieil arbre.

En hoquetant, elle se mit à reculer. De sa gorge sortaient de petits gémissements apeurés. Elle ne pouvait détacher le regard de cette figure, de ce menton qui ballottait à la surface de la rivière avec un horrible clapotement, de ces yeux ternes et morts coupés d'un étincelant rayon de soleil.

Ce ne fut que lorsqu'elle parvint à plaquer ses mains sur son visage que, refoulant l'image, elle put enfin trouver le souffle pour hurler. Le cri se perdit en échos lugubres dans les profondeurs du bayou, arrachant un frémissement à l'eau noire, et aux arbres une nuée d'oiseaux véloces.

4

Elle n'avait presque plus la nausée, même si un sursaut de dégoût lui soulevait encore par moments l'estomac. En se forçant à respirer avec lenteur, Caroline arrivait à contenir au fond d'elle-même le flot tiède et douceâtre. Elle respirait donc prudemment, profondément, en attendant que Burke Truesdale sortît du sous-bois.

Il ne lui avait pas demandé de l'y accompagner. Sans doute avait-il compris en la voyant qu'elle ne s'en approcherait pas à moins de dix pas. Même maintenant, alors qu'elle se tenait assise sur la dernière marche de la véranda et que ses mains avaient pratiquement cessé de trembler, elle ne pouvait se rappeler par quel miracle elle avait réussi à revenir de l'étang jusqu'à la maison.

Elle avait perdu l'une de ses chaussures, nota-t-elle vaguement. Un des escarpins bleu marine et blanc qu'elle s'était achetés à Paris quelques mois auparavant. Elle considéra avec des yeux hagards son pied nu taché de boue et d'herbe. Les sourcils froncés, elle se débarrassa d'un coup d'orteils de la chaussure qui lui restait. En un sens, il était important pour elle d'avoir les deux pieds nus. Après tout, on aurait pu la prendre pour une folle, assise ainsi, sous la véranda, avec un seul escarpin. Et, non loin de là, un cadavre flottant dans l'étang.

Comme elle sentait son estomac se contracter, se soulever et menacer de rendre tout ce qu'il pouvait encore contenir, elle laissa retomber sa tête entre ses genoux. Oh, qu'elle détestait ce malaise ! Elle éprouvait pour son état une haine que seule pouvait ressentir une personne récemment remise d'une longue maladie. Oui, elle haïssait cette faiblesse, ce vertige, cette perte de maîtrise de soi.

Serrant les poings, elle usa de toute son énergie pour ne pas succomber à l'égarement. De quel droit était-elle malade, terrorisée, nauséeuse ? Elle était encore vivante, non ? Vivante, entière et sauve. Contrairement à cette pauvre femme.

Elle garda cependant la tête baissée jusqu'à ce que son estomac se calme et que ses oreilles cessent de bourdonner sourdement.

Peu après, elle se redressa brusquement, au bruit d'une voiture qui dévalait l'allée en cahotant. Elle vit bientôt un break poussiéreux se frayer un chemin à travers les herbes folles.

Il faudrait songer à arracher ces plantes grimpantes, se dit-elle. On pouvait les entendre frotter contre la peinture, déjà fort éraflée, de la fourgonnette. S'il y avait, comme elle le pensait, un sécateur dans la remise, elle s'en occuperait dès le lendemain matin. Avant l'arrivée des grosses chaleurs.

D'un air morne, elle regarda le break se ranger à côté de la voiture de patrouille. Un individu longiligne en descendit, une cravate rouge nouée à son cou de dindon. Il portait une chemisette blanche, ainsi qu'un chapeau sombre posé en équilibre au-dessus d'une abondante masse de cheveux teints, d'un noir profond comme le charbon, et roulés sur le crâne en une banane gominée d'un style inédit. Des poches pendaient sous ses yeux et sa mâchoire, comme si sa peau, jadis gonflée de graisse ou de lymphe, avait été vidée de sa substance.

Son pantalon noir était retenu par des bretelles d'un rouge provocant, et ses pieds étaient pris dans ces épaisses et luisantes chaussures à lacets que la jeune femme associait toujours aux militaires. Sa sacoche de cuir craquelé indiquait cependant clairement sa profession.

— Vous devez être *mam'zelle* Caroline.

Il avait une voix haut perchée qui, en toute autre occasion, n'eût manqué de la faire sourire. Sa personne offrait une ressemblance singulière avec un vendeur de voitures d'occasion qu'elle avait vu la veille au soir sur le vieux récepteur RCA.

— Je suis le Dr Shays, déclara-t-il en posant un pied sur la première marche. J'ai veillé sur la santé de votre famille pendant près de vingt-cinq ans.

Caroline le salua d'un hochement de tête prudent.

— Comment allez-vous, docteur ?

— A merveille.

Il examina la jeune femme de ses yeux acérés de praticien et reconnut aussitôt sur son visage tous les symptômes d'un choc émotionnel.

— Burke m'a appelé. Il était en route pour venir chez vous.

Il sortit de sa poche un immense mouchoir blanc dont il s'épongea le cou et le visage. Bien qu'il sût se montrer empressé en cas de besoin, son rythme nonchalant et bonhomme était chez lui le signe d'une préférence marquée pour une certaine indolence.

— Fait une chaleur infernale aujourd'hui, hein ?

— Oui.

— Et si nous rentrions nous mettre au frais ?

— Non, je crois que…

Elle jeta un regard désemparé en direction du rideau d'arbres.

— Je dois l'attendre. Il est allé voir… J'étais en train de jeter des cailloux dans l'eau. Je n'ai pu apercevoir que son visage.

Il s'assit à son côté et lui prit la main. Puis, de ses doigts fort habiles après quarante années d'exercice, il lui tâta le pouls.

— Le visage de qui, mon petit ?

— Je ne sais pas.

Il se pencha pour ouvrir sa sacoche. Caroline se raidit. Des mois et des mois passés entre les mains de médecins sourcilleux armés de fines et rutilantes seringues lui avaient mis les nerfs à fleur de peau.

— Je n'ai besoin de rien, dit-elle. Et je ne veux rien.

Elle se redressa d'un bond. Malgré tous ses efforts, elle ne pouvait empêcher sa voix de trembler.

— Je vais très bien. Vous devriez plutôt aller l'aider, elle. Il doit y avoir quelque chose à faire pour elle, non ?

— Chaque chose en son temps, mon petit.

Et, pour montrer sa bonne volonté, il referma sa sacoche.

— Si vous vous asseyiez un peu pour me raconter toute l'affaire depuis le début, tranquillement ? Après, nous aviserons.

Caroline ne se rassit pas, mais parvint à se ressaisir suffisamment pour prendre plusieurs longues inspirations. Elle ne voulait pas finir de nouveau dans un hôpital. Non, surtout pas.

— Je suis désolée. Je ne dois pas vous paraître très sensée.

— Pensez-vous, cela ne me dérange pas le moins du monde. La plupart des gens que je connais passent leur temps à vouloir être sensés, pour se déchaîner comme des bêtes l'instant d'après. Dites-moi simplement ce qui vous est arrivé.

— Je pense qu'elle a dû se noyer, répondit Caroline d'un ton calme et mesuré. Dans l'étang. Je n'ai pu apercevoir que son visage…

Elle se tut, s'efforçant de refouler l'image avant qu'elle ne l'entraînât dans une nouvelle crise d'hystérie.

— Je crains qu'elle soit morte.

Avant que Shays ne pût lui poser d'autres questions, le suppléant Carl Johnson sortit du sous-bois et traversa le jardin blanchi par la canicule. Son uniforme, d'ordinaire impeccable, montrait des traces de boue et des traînées humides. Il n'en marchait pas moins avec une régularité militaire, imposante silhouette d'un mètre quatre-vingt-dix-huit toute en muscles vigoureux. Sa peau luisante avait la couleur de la châtaigne.

C'était un homme qui goûtait son autorité et affectionnait la maîtrise de soi. Pour l'heure, soucieux de garder l'ascendant que lui conférait son titre, il luttait contre l'envie pressante de chercher un lieu retiré pour se soulager de son déjeuner.

— Doc.

— Carl.

Il n'en fallut pas plus aux deux hommes pour se comprendre. Etouffant un juron, Shays s'épongea de nouveau la face.

— Mademoiselle Waverly, je vous serais reconnaissant de me permettre d'utiliser votre téléphone.

— Bien sûr, faites. Pouvez-vous me dire ce qui…

Elle laissa encore une fois son regard dériver vers le sous-bois, l'esprit hanté par ce qui s'y dissimulait.

— Est-elle morte ?

Carl n'hésita qu'un instant, le temps de retirer son chapeau et de découvrir des cheveux drus et crépus, rasés d'aussi près qu'une pelouse fraîchement tondue.

— Oui, m'dame, répondit-il. Le shérif viendra vous voir dès qu'il le pourra. Doc ?

Shays redressa la tête d'un air las.

— Vous trouverez le téléphone dans l'entrée, dit Caroline au policier qui venait de pénétrer sous la véranda. Suppléant…

— Johnson, m'dame. Carl Johnson.

— Suppléant Johnson, s'est-elle noyée ?

Il lui tenait la moustiquaire ouverte.

— Non, m'dame, répondit-il en lui décochant un bref regard. Elle ne s'est pas noyée.

Burke était assis sur la souche, tournant le dos au cadavre, un Polaroid posé à côté de lui. Il avait besoin de souffler une minute avant de réendosser son rôle de gardien de l'ordre public. Juste une minute pour se clarifier les idées et calmer les remous de son estomac.

Il avait déjà affronté la mort auparavant. Il en avait connu le spectacle et l'odeur dès l'enfance, alors qu'il chassait avec son père. Au début, ils allaient tous deux dans les bois pour le pur plaisir de la traque. Puis, avec la médiocrité des moissons, ils avaient fini par s'y rendre dans l'espoir de rapporter de la viande pour le repas du soir.

Il avait également connu la mort qui frappe l'être humain. A commencer par celle de son père, qui s'était suicidé après avoir perdu la ferme. Et n'était-ce pas ce premier décès qui l'avait conduit à devoir affronter celui-ci ? Une fois dépossédé de la ferme, mais ayant à charge une femme et deux enfants, il s'était engagé comme suppléant, puis comme shérif. Révulsé par l'absurdité du trépas de son père, et par la cruauté de la terre qui en était responsable, Burke, fils de fermier jadis prospère, avait choisi de mettre les quelques aptitudes dont il disposait au service de la loi et de l'ordre.

Cependant, même la découverte dramatique de son père pendu dans la grange, et de cette tragique corde frottant contre la poutre, ne l'avait pas préparé au spectacle que venait de lui réserver l'étang des McNair.

Les efforts qu'il avait fallu déployer pour extirper le corps de l'eau et le traîner jusqu'à la terre ferme étaient encore bien trop présents à son esprit.

Aussi étonnant que cela puisse paraître, songea-t-il en tirant furieusement sur sa cigarette, il n'avait jamais aimé Edda Lou. Certaine vulgarité dans son attitude, certaine fourberie dans son regard l'avaient dissuadé de la plaindre, de compatir à sa triste destinée de fille d'Austin Hatinger.

Pourtant, il se rappelait encore la petite fille qu'elle était, jadis, en ce lointain jour de Noël où il l'avait rencontrée en ville avec Susie. Elle n'avait pas dix ans alors. Ses cheveux d'un châtain terne lui pendouillaient dans le dos, et sa robe à pois, avachie sur le devant, rebiquait sur les côtés. Elle avait collé son nez à la vitrine de chez Larsson, fascinée par une poupée en pèlerine bleue coiffée d'un diadème en strass.

Depuis, elle était demeurée cette petite fille qui rêvait du Père Noël. Tout en sachant qu'il n'existait pas.

Il y eut un frémissement dans les buissons, qui lui fit tourner la tête.

— Doc, dit-il en exhalant un nuage de fumée. Seigneur…

Shays posa une lourde main sur son épaule, le gratifia d'une pression amicale, puis se dirigea vers le corps. La mort lui était familière, et il avait également fini par apprendre qu'elle n'était pas réservée qu'aux vieilles personnes. Mais s'il pouvait accepter que la jeunesse fût fauchée par la maladie ou les accidents, l'acte de mutilation et de destruction sauvage du corps humain qu'il avait actuellement sous les yeux dépassait pour lui l'entendement.

Doucement, il souleva l'une des mains inertes et étudia les écorchures du poignet. Le même stigmate révélateur se remarquait aux chevilles. Ce bracelet de peau excoriée tout comme la détresse qu'il exprimait lui étaient en un sens plus pénibles à contempler que les rageuses entailles de la poitrine.

— C'est l'un des premiers bébés que j'ai mis au monde après être revenu m'installer à Innocence.

Avec un soupir, il accomplit ce que Burke avait été incapable de faire : il se pencha vers Edda Lou et lui ferma les yeux.

— C'est une terrible épreuve pour des parents que d'enterrer leur enfant. Mais, par le Christ, c'est dur aussi pour les médecins.

— Il lui a salement réglé son compte, réussit à articuler Burke. Comme aux autres.

Il reprit l'appareil photo. Ils pourraient avoir besoin de quelques clichés supplémentaires, se dit-il, et Dieu savait qu'il lui restait du travail à accomplir avant l'arrivée du coroner. Il ravala la colère qui lui contractait douloureusement la gorge.

— Elle a été attachée à cet arbre, là-bas. Il y a encore du sang séché sur le tronc. Elle s'est fait ces éraflures-là, sur le dos, en se frottant contre l'écorce. Elle a été ligotée avec des cordes à linge. Il en reste un bout par ici.

Burke décolla un instant son œil de l'objectif, le regard étincelant de fureur.

— Que diable fichait-elle dans le coin ? On a retrouvé sa voiture en ville.

— Je l'ignore, Burke. Il me manque même un sacré paquet d'éléments. Elle a été frappée à la nuque.

Shays touchait le corps d'Edda Lou avec des gestes aussi réconfortants que si la jeune femme avait été encore vivante.

— Peut-être l'a-t-il transportée jusqu'ici. Peut-être est-elle venue de son propre chef et l'a-t-elle poussé à bout.

Tout en essayant de garder le contrôle de ses nerfs, Burke hocha la tête. Comme tout le monde en ville, il savait fort bien qui Edda Lou avait dernièrement poussé à bout.

Caroline faisait les cent pas sous la véranda. Si elle avait pu en trouver le courage, elle serait bravement retournée dans le bayou s'enquérir des premiers résultats de l'enquête. Elle n'était pas certaine de pouvoir supporter encore longtemps cette attente. Mais elle savait aussi qu'elle ne pourrait jamais dépasser la première rangée d'arbres, sachant ce qu'il y avait au-delà.

Elle vit une berline de couleur sombre descendre lentement l'allée, suivie par une fourgonnette blanche. Le coroner, pensa-t-elle. Lorsque les hommes sortirent du break avec une civière et un sac de plastique noir épais, elle détourna la tête. Ce sac, ce long sac noir qui n'était guère différent par la forme ni par la taille de ceux qu'on utilisait pour se débarrasser des rebuts indésirables, ce sac ne lui rappelait que trop que ce n'était pas une personne qui était dans l'étang, ce n'était pas une femme, mais un simple et pauvre corps qui ne souffrirait en aucun cas d'être ainsi enlevé dans une grossière toile de plastique.

Il n'y avait de souffrance que pour les vivants, songea Caroline, et elle se demanda qui la jeune femme laissait derrière elle pour pleurer sa disparition et interroger douloureusement son trépas.

Son cœur lui criait de faire de la musique, une musique si passionnée qu'elle chasserait tout le reste. Oui, Dieu merci, il lui restait au moins cette possibilité, cette ultime échappatoire aux situations sans issue.

Elle s'appuya contre une des colonnes, ferma les yeux et se mit à exécuter un morceau imaginaire, laissant son esprit se remplir d'une musique si somptueuse qu'elle n'entendit pas un cinquième véhicule déboucher en trombe de l'allée.

— Salut !

Josie referma la portière à la volée et se dirigea vers la véranda tout en suçant le reste d'un sorbet à la cerise.

— Hé ! Ça va ?

Lorsque Caroline releva enfin la tête, Josie afficha un sourire aussi amical qu'intrigué.

— Vous m'avez l'air rudement secouée, dit-elle avant de lécher le bâton de l'Esquimau d'une langue gourmande. En revenant à la maison, j'ai vu toutes ces voitures rentrer chez vous, alors je me suis dit que je ferais bien de venir voir ce qui se passe.

Caroline la contemplait d'un air vague, jugeant étrange, voire obscène, d'avoir sous les yeux quelqu'un de si vivant, et d'une santé si débordante, alors que la mort rôdait toujours en ces lieux.

— Je vous demande pardon ?

— Allons, mon chou, je suis juste un peu curieuse, voilà tout.

Sans se départir de son sourire, Josie grimpa les marches pour rejoindre la jeune femme sous la véranda.

— En fait, je ne peux pas supporter de voir un événement me filer sous le nez. Josie Longstreet.

Elle tendit une main encore un peu maculée de sorbet fondu.

— Caroline. Caroline Waverly.

Lui ayant rendu sa poignée de main, Caroline se prit à songer combien toutes ces bonnes manières étaient ancrées en elle, et combien cet automatisme devenait absurde en de pareilles circonstances.

— Il vous est arrivé un pépin, Caroline ? demanda Josie en posant le bâton sur la rambarde. J'ai aperçu la voiture de Burke. Quel homme, hein ? N'a jamais trompé sa femme, pas une seule fois en dix-sept ans. Jamais vu quelqu'un prendre autant le mariage au sérieux. Mais dites-moi, ce cher Dr Shays est également de la partie !

Elle jeta un coup d'œil derrière elle vers l'allée encombrée de voitures.

— Pour un personnage, reprit-elle, c'en est un. Vous avez vu cette chevelure noir cirage, bouffante et gominée comme celle d'un chanteur de rock des années 50 ? Ça lui donne un petit air à la Mickey Mouse, vous ne trouvez pas ?

Caroline ébaucha un faible sourire.

— Oui. Mais je suis désolée, voulez-vous vous asseoir ?

— Ne vous inquiétez pas pour moi.

Josie sortit une cigarette de son sac à main et l'alluma à la flamme d'un briquet à gaz en or massif.

— Vous avez beaucoup de visiteurs, ma chère… Pourtant je ne vois pas âme qui vive.

— Ils sont…

Elle regarda en direction des sous-bois et déglutit péniblement.

— Voici le shérif.

Josie changea subrepticement de position, se tourna légèrement et redressa les épaules. Le sourire provocant dont elle gratifia Burke s'évanouit dès qu'elle aperçut ses yeux.

— Et alors, Burke ! s'exclama-t-elle d'une voix néanmoins sémillante. On ne te voit pratiquement jamais à Sweetwater et voilà que tu es ici !

— Je suis en service, Josie.
— Bon, bon.
— Mademoiselle Waverly, il faut que je vous parle. Pourrions-nous rentrer ?
— Bien sûr.
A l'instant où il passait devant elle, Josie attrapa Burke par le bras. Toute malice avait disparu de son visage.
— Burke ?
— Pas maintenant.
Il aurait pu lui demander de partir, se dit-il, mais après qu'il en aurait fini avec Caroline, cette dernière pourrait avoir besoin d'une présence féminine à son côté.
— Tu as un moment ? Tu peux rester un peu avec elle après ?
Burke sentit la main de Josie trembler contre son bras.
— C'est moche ?
— Autant que ça peut l'être. Et si tu allais dans la cuisine nous préparer des rafraîchissements ? Je te serai reconnaissant d'y rester jusqu'à ce que je t'appelle.
Caroline le fit asseoir sur le divan rayé du salon. Le petit coucou qu'elle avait scrupuleusement remonté le jour de son arrivée y égrenait son cordial tic-tac. Elle pouvait encore sentir la cire qu'elle avait passée le matin même sur la table basse, ainsi que sur sa propre chaise.
— Mademoiselle Waverly, je suis terriblement désolé de devoir vous interroger en un pareil moment. Mais le plus vite sera le mieux.
— Je comprends.
Comprendre ? Comment pouvait-elle comprendre ? se demanda-t-elle dans un sursaut de panique : elle n'avait jamais trouvé de cadavre auparavant.
— Savez-vous… savez-vous qui c'est ?
— Oui, madame.
— Le suppléant, euh… Johnson, poursuivit-elle en se frottant le cou comme pour mieux libérer les mots coincés dans sa gorge, le suppléant Johnson m'a dit qu'elle ne s'était pas noyée.
— Non, madame.
Burke sortit un calepin et un crayon de sa poche.
— Je suis désolé, mais il est de mon devoir de vous informer qu'elle a été assassinée.
Caroline se contenta de hocher la tête. Elle n'était pas choquée.

Une partie d'elle-même l'avait su dès l'instant où elle avait plongé le regard dans les grands yeux inanimés de la victime.

— En quoi puis-je vous être utile?

— En me disant tout ce que vous avez vu et entendu durant ces dernières quarante-huit heures.

— Mais… rien, vraiment. Je viens juste d'arriver. Je suis en train de… de m'installer, de remettre tout en ordre.

— Oui, je comprends bien.

Il repoussa son chapeau en arrière et essuya de son avant-bras son front moite.

— Peut-être pourriez-vous essayer de vous souvenir. N'auriez-vous pas entendu une voiture se garer dans votre allée durant la nuit, ou n'importe quoi d'autre qui ne vous aurait pas semblé normal?

— Non… en fait, je suis habituée aux bruits de la ville, alors rien, ici, ne me paraît vraiment normal, vous savez.

Elle glissa une main tremblante dans ses cheveux. Tout allait bien se passer maintenant, se dit-elle. Elle se sentait rassurée par ce traditionnel jeu des questions-réponses, cette mécanique de la routine judiciaire.

— Le silence est si bruyant alentour, vous comprenez? Avec tous les oiseaux, les insectes… les chouettes.

Elle s'interrompit soudain, le visage livide.

— La nuit dernière, ma première nuit ici… Oh! mon Dieu!

— Prenez votre temps, madame.

— J'ai cru entendre une femme crier. J'étais endormie. Cela m'a réveillée. J'étais terrorisée. Et puis je me suis rappelé où j'étais, et tout ce qu'on m'avait dit sur les chouettes. Vous savez, les effraies.

Elle ferma les yeux, submergée par le remords.

— Je me suis rendormie. Ç'aurait pu être elle, qui appelait à l'aide. Et moi je me suis rendormie.

— Ç'aurait pu être une chouette, aussi. Et même si c'était elle, mademoiselle Waverly, vous n'auriez guère pu l'aider. Pouvez-vous me dire à quelle heure vous avez été réveillée?

— Non, je suis désolée. Je n'en ai aucune idée. Je n'ai pas regardé.

— Vous êtes-vous souvent promenée dans cet endroit?

— Deux ou trois fois. Mon grand-père m'y avait emmenée pêcher jadis, lorsque j'étais venue le voir.

— J'y ai moi-même attrapé quelques beaux poissons, renchérit-il d'un ton enjoué. Vous fumez?

— Non.

Ses bonnes manières reprenant le dessus, elle chercha autour d'elle un cendrier.

— Mais allez-y, je vous en prie.

Il sortit une cigarette de son paquet, tout en songeant au morceau de papier et de tabac qu'il avait retrouvé près de la souche. Edda Lou ne fumait pas non plus.

— Avez-vous remarqué quelqu'un qui rôdait dans le coin ? Personne n'est venu vous rendre visite ?

— Comme je vous le disais à l'instant, je ne suis ici que depuis peu. Tout de même, je suis tombée sur un intrus le premier jour. Il a prétendu que ma grand-mère lui avait donné l'autorisation de venir méditer au bord de l'eau.

Burke garda un visage impassible. Son cœur, cependant, se serra dans sa poitrine.

— Connaissez-vous son nom ?

— Oui. Longstreet. Tucker Longstreet.

Tucker, qui avait retrouvé son hamac, se balançait en tenant une canette de bière fraîche contre son œil tuméfié. Son corps ne lui donnait plus seulement l'impression d'avoir été piétiné par des chevaux, mais d'avoir auparavant été traîné sur des kilomètres. Tucker regrettait amèrement sa décision d'affronter Austin. Il aurait mieux fait de s'éclipser à Greenville, ou même à Vicksburg pendant quelques jours. Où diable avait-il pu puiser l'idée que sa fierté et son honneur méritaient un coup de poing dans l'œil ?

Mais le pire, c'était encore que cette satanée Edda Lou devait se réjouir en cachette de toute la confusion qu'elle avait provoquée. Plus il y pensait, et plus il était convaincu que cet escogriffe d'Austin l'avait écharpé pour rien. Sa fille n'était pas près d'avorter. Non que Tucker s'imaginât une seconde qu'elle se fût soudain convertie à quelque sentiment moral ou maternel. Seulement, sa grossesse lui donnait un pouvoir sur lui.

Pouvoir, songea-t-il avec désespoir, qu'il devrait subir pour le reste de sa vie.

Rien n'avait de pouvoir sur vous comme la famille, se dit-il. Et son sang allait se mêler à celui d'Edda Lou dans les veines de l'enfant qu'elle portait. Leurs qualités et leurs défauts respectifs s'y heurteraient confusément, laissant à Dieu, au destin, ou peut-être aux seuls hasards de l'existence, le soin de déterminer les traits de caractère qui survivraient à cette bataille.

Tucker prit une longue gorgée de bière et reposa la canette contre son œil. A quoi bon songer à ce dont des mois entiers le séparaient encore ? Mieux valait se préoccuper du présent tout-puissant.

Il avait mal, et s'il ne s'était senti si sacrément stupide de s'être laissé entraîner dans tout ce tintouin, il aurait appelé le Dr Shays.

Pour s'apaiser, il autorisa ses pensées à dériver vers des sujets plus plaisants.

Caroline Waverly. Elle était aussi appétissante qu'un de ces gros et chatoyants parfaits à la crème glacée qui vous rafraîchissaient de partout et vous rendaient avide d'en reprendre encore. Il se sourit à lui-même en repensant à ces regards hautains dont elle l'avait accablé chez Larsson durant l'après-midi.

Un dédain de reine à l'égard des bouseux. Seigneur, cela lui donnait envie de l'enlever sur-le-champ.

Oh, il n'en caressait aucunement le projet. Les femmes, il se jurait bien de ne pas y toucher pendant un moment. Son corps s'en repentait suffisamment. Et puis il estimait que sa bonne étoile avait pour l'heure quelque défaillance. Pour autant, il était bien agréable de rêver à la belle Caroline. Il adorait les intonations de sa voix, douces et voilées, si opposées à son attitude froide et méprisante.

Il se demandait seulement par quels moyens il saurait la convaincre de le laisser poser les mains sur elle.

Il sombra dans le sommeil, le sourire aux lèvres.

— Tuck.

Bougon, il s'efforça de repousser la main qui le secouait par l'épaule, d'autant que ce brusque mouvement réveilla brutalement sa douleur. Il rouvrit les yeux en jurant.

— Jésus, est-il donc impossible de trouver un peu de paix chez soi ?

Il cligna des yeux en direction de Burke. Les ombres alentour s'allongeaient, et sa première pensée fut que Della ne l'avait pas appelé pour le dîner. Puis, tout en pivotant sur lui-même pour se rasseoir, il songea que son estomac était si endolori que c'était mieux ainsi.

— Tu te rappelles quand les frères Bonny et leurs cinglés de cousins nous ont agressés dans Spook Hollow ?

Burke gardait ses mains enfoncées dans ses poches.

— Ouais, répondit-il.

— Nous étions jeunes alors, poursuivit Tucker en faisant jouer ses phalanges tuméfiées. J'avais oublié que c'était aussi douloureux de se prendre une raclée. Et si tu allais nous chercher des bières à l'intérieur ?

— Je suis en service, Tucker. Il faut que je te parle.

— On parle mieux avec une bière en main.

Cependant, lorsqu'il releva les yeux vers Burke et qu'il découvrit enfin l'expression de son visage, sa fugitive hilarité s'évanouit d'un coup.

— Qu'est-ce qui t'arrive ?

— Quelque chose de moche. De vraiment moche.

Et Tucker comprit soudain, comme si tout avait déjà été dit.

— C'est Edda Lou, n'est-ce pas ?

Avant que Burke pût répondre, Tucker se leva du hamac et se mit à faire les cent pas.

— Oh, Seigneur ! murmura-t-il en se passant les mains dans les cheveux. Seigneur Dieu !

— Tuck…

— Un instant, sacré bon sang.

Malade de colère, il envoya un coup de poing dans l'arbre.

— Tu es sûr ?

— Ouais. C'était comme avec Arnette et Francie.

— Doux Jésus.

Il appuya son front contre la rude écorce et s'efforça de chasser de son esprit l'image qui venait de s'y former. Il ne l'avait pas aimée, et en était même arrivé à ne pas l'apprécier, mais il l'avait caressée, avait goûté à sa chair, s'était fondu en elle. Avec étonnement, il sentit un grand chagrin le submerger, non seulement pour elle, mais pour cet enfant qu'elle portait et qu'il n'avait pas désiré.

— Tu ferais mieux de t'asseoir.

— Non.

Il s'éloigna de l'arbre. Son expression s'était altérée. Elle trahissait maintenant cette rudesse menaçante que bien peu, d'ordinaire, étaient autorisés à contempler.

— Où l'as-tu trouvée ?

— Dans l'étang des McNair, il y a quelques heures à peine.

— C'est à moins de deux kilomètres d'ici.

Il songea d'abord à sa sœur, à Della, à leur sécurité. Puis il songea à Caroline.

— Elle… Caroline ne devrait pas rester toute seule là-bas.

— Josie est avec elle en ce moment, ainsi que Carl.

Burke se passa une main sur le visage.

— Josie l'a forcée à boire un peu du calva de Mme Edith. C'est elle… c'est Caroline qui a trouvé le corps.

— Oh, non…

Tucker se rassit sur le hamac et se prit la tête à deux mains.

— Que diable allons-nous faire, Burke ? Que diable se passe-t-il ici ?

— J'ai quelques questions à te poser, Tuck, mais auparavant il faut que je te dise… Je suis allé voir Austin ; je devais le mettre au courant.

Il lui tendit une cigarette.

— Attention à toi, fils.

Tucker prit la cigarette.

— Il ne peut tout de même pas croire que je lui aurais fait du mal. Seigneur…

Il craqua une allumette et regarda la flamme s'approcher lentement de ses doigts.

— Tu ne peux tout de même pas croire toi-même que…

Jetant l'allumette, il se remit d'un bond sur ses pieds.

— Sacré bon sang, Burke, tu me connais !

Burke regrettait de n'avoir pas pris la bière — ou n'importe quoi d'autre — pour chasser le sale goût qu'il avait dans la bouche. Tucker était son ami, presque un frère. Et son suspect numéro un.

— Le fait que je te connaisse n'a rien à voir avec ça.

Tucker sentit la panique cogner dans ses entrailles avec plus de force que n'importe quel coup de poing au monde.

— Laisse tomber ces simagrées.

— C'est mon boulot, Tucker. J'ai un devoir à accomplir.

Le cœur au bord de la nausée, il sortit son calepin.

— Edda Lou et toi vous êtes dipustés en public il y a quelques jours à peine. On ne l'a plus revue depuis ce moment-là, ou presque.

Tucker craqua une seconde allumette. Cette fois-ci il alluma la cigarette, aspira une bouffée de tabac et recracha la fumée.

— Tu vas me lire mes droits et me passer les menottes ? C'est ça ?

Burke serra le poing.

— Sacré bon sang, Tucker, je viens juste de passer deux heures à regarder ce qu'on a fait à cette pauvre fille. Ce n'est pas le moment de me mettre à bout.

Tucker leva la main en signe d'apaisement, mais il y avait trop d'ironie dans son geste pour qu'il parût sincère.

— Vas-y, Burke, exécute donc ton satané boulot.

— Je veux savoir si tu as vu Edda Lou ou si tu lui as parlé après avoir quitté le café.

— Ne suis-je pas venu à ton bureau cet après-midi pour te dire que tel n'était pas le cas ?

— Où es-tu allé en sortant du café ?

— Je suis allé...

Il s'interrompit, le visage livide.

— Seigneur, je suis allé à l'étang des McNair.

Il s'était immobilisé, la cigarette en l'air. Ses yeux mordorés luisaient dans la clarté du couchant.

— Tu sais déjà tout ça, non ?

— Ouais. Mais ce serait un bon point pour toi si tu me le disais toi-même.

— Va au diable.

Burke le saisit par le devant de sa chemise.

— Ecoute-moi bien, maintenant. Ce que j'ai à faire ne me plaît pas. Mais ce n'est rien, absolument *rien*, comparé à ce que te feront les types du FBI sitôt qu'ils débarqueront dans le coin. Nous avons trois femmes mortes sur les bras, ouvertes comme des poissons-chats. Edda Lou te menace publiquement, et on la retrouve morte le surlendemain. Et j'ai un témoin qui affirme t'avoir vu la veille, sinon quelques heures auparavant, sur les lieux du crime.

Tucker ressentit les premières vagues de terreur se mêler à la tension qui lui engourdissait l'estomac.

— Tu sais très bien que je suis déjà allé à l'étang des McNair des centaines de fois. Tout comme toi, d'ailleurs.

Il repoussa la main de Burke.

— Une scène d'Edda Lou, si violente fût-elle, ne me transforme pas automatiquement en meurtrier. Et puis tu oublies Arnette et Francie.

Burke redressa le menton.

— Tu es sorti avec elles aussi. Avec chacune d'entre elles.

Tucker n'était plus en colère, mais simplement sidéré.

— Jésus, Burke.

Il dut se rasseoir, lentement, à tâtons.

— Tu ne peux tout de même pas croire ça. Pas toi.

— Ce que je crois n'a fichtrement rien à voir avec les questions que je dois te poser. Il faut que je sache où tu étais avant-hier au soir.

— Simple : il était en train de perdre sa chemise au gin-rummy avec moi, intervint Josie en s'avançant vers eux d'une démarche nonchalante.

Au-dessus de ses joues livides, ses yeux étincelaient d'une lueur farouche.

— Mon frère a droit à un interrogatoire en règle, Burke ? Tu me déçois.

Elle s'interposa entre les deux hommes et mit sa main sur l'épaule de Tucker.

— J'ai un travail à accomplir, Josie.

— Eh bien, vas-y. Mais pourquoi ne cherches-tu pas quelqu'un qui haïrait les femmes plutôt qu'un homme qui leur voue une puissante affection comme Tucker ?

Ce dernier posa une main sur celle de sa sœur.

— Je croyais que tu restais avec Caroline.

— Susie et Marvella sont descendues lui tenir compagnie.

Elle haussa les épaules.

— On allait être trop de femmes dans un seul lieu et puis, de toute façon, elle s'est complètement remise de ses émotions. Tu ferais mieux de retourner chez toi, Burke, pour t'assurer que tes bambins ne sont pas en train de fiche la pagaille dans ta maison.

Burke ignora la suggestion de la jeune femme tout comme la colère qui brillait dans ses yeux.

— Toi et Tucker jouiez aux cartes.

— Ce n'est pas un crime ni un péché dans ce comté, si ?

Elle prit la cigarette des doigts de Tucker et en tira une bouffée.

— On a continué jusqu'à 2 heures, 2 heures et demie. Tucker a levé un peu trop le coude, et j'ai gagné trente-huit dollars.

Un profond sentiment de soulagement raffermit la voix du shérif.

— Parfait, dit-il. Je suis désolé d'avoir dû vous poser toutes ces questions, mais quand les fédéraux arriveront, vous aurez aussi à leur parler, et vous verrez alors que c'était plus facile avec moi.

— J'en doute, repartit Tucker en se mettant de nouveau sur ses pieds. Que va-t-on faire du corps d'Edda Lou ?

— L'emmener aux Pompes funèbres Palmer et le garder là-bas à disposition pour l'enquête. Il y passera la nuit, en tout cas.

Il fourra le calepin dans sa poche et demeura un instant sur place, en s'agitant nerveusement.

— Evite Austin aussi longtemps que possible.

Tucker, avec un sourire amer, passa une main distraite sur ses côtes contusionnées.

— Ne t'inquiète pas pour ça.

L'air gauche et pitoyable, Burke contemplait un bosquet de rhododendrons.

— Bon, je vais y aller, dit-il. Ce serait bien si vous veniez dès demain matin parler aux fédéraux.

— D'accord.

Tucker laissa échapper un long soupir tandis que Burke s'éloignait.

— Hé!

Le shérif se retourna. Tucker lui adressa un sourire contrit.

— Je te rappelle que tu as toujours une bière au frais.

Burke sentit aussitôt ses épaules se détendre.

— C'est gentil à toi, mais j'ai tout intérêt à rentrer surveiller les gamins. Merci quand même.

— Je dois avoir une case en moins, Tucker, déclara Josie en soupirant. Ce type m'a fait monter la moutarde au nez, et pourtant je voudrais toujours de lui dans mon lit.

Tucker poussa un faible rire et laissa reposer sa joue sur les cheveux de sa sœur.

— Ce n'est qu'une simple manie, mon chou. La manie des Longstreet.

La main autour de sa taille, il prit avec elle le chemin de la maison.

— Josie, loin de moi l'idée de mettre en doute ta bonne foi, mais nous n'avons pas joué au gin depuis des semaines.

— Vraiment? s'exclama-t-elle avec un air mutin. Eh bien, c'est que les jours se suivent et se ressemblent tous, ne trouves-tu pas?

Elle se recula pour le dévisager.

— Et puis c'est mieux ainsi, tu sais. Cela simplifie les choses.

— Certes.

Avec des gestes attentifs, il prit la tête de Josie entre ses mains. Il savait comment sonder le regard d'une personne lorsque cela se révélait nécessaire — et il avait besoin de connaître les vrais sentiments de sa sœur sans plus tarder.

— Tu ne crois pas que je l'ai tuée, n'est-ce pas?

— Petit bouchon, je te connais depuis le berceau, et je sais que tu serais incapable d'écraser un cafard. Tu as le cœur trop sensible, même quand tu perds la tête.

Elle l'embrassa sur les deux joues.

— Je sais très bien que tu n'as tué personne. Et si ça peut nous sortir plus vite d'affaire, quel mal y a-t-il à déclarer que nous faisions une partie ensemble l'autre nuit ? De toute façon, cela a bien été le cas un soir ou l'autre. Alors....

Tucker hésita. Il y avait quelque chose qui clochait là-dedans. Puis il haussa les épaules. Vrai ou faux, c'était plus facile à avaler que la pure et simple vérité — à savoir qu'il s'était endormi en lisant du Keats.

Que diable diraient les copains du Chat 'N Chew si jamais ils apprenaient qu'il lisait volontiers de la poésie ? Et surtout, qui le croirait ?

5

La nouvelle de la mort d'Edda Lou s'était propagée comme un feu de broussailles, soulevant maints commentaires dans les fermes et sur la place de la ville, ainsi que tout le long de Market Street jusqu'à Hog Maw Road, où Happy Fuller causait de l'événement avec sa chère amie et partenaire de bingo, Birdie Shays.

— Henry ne voulait pas en parler, déclara Birdie en s'éventant avec un prospectus de l'Eglise de la Rédemption. Burke Truesdale l'a appelé vers 2 heures en se dirigeant vers la maison des McNair, et Henry l'a suivi, pour n'en revenir que trois heures plus tard.

Le regard furieux du Jésus imprimé sur le prospectus se brouillait sous l'effet de ses rapides coups de poignet.

— Il est rentré à la maison en nage, livide, pour m'annoncer qu'Edda Lou Hatinger était morte, et me demander d'annuler tous ses rendez-vous de l'après-midi. M'a dit qu'elle avait été tuée comme Arnette et Francie, et après il n'a plus pipé mot.

— Le Seigneur nous protège ! s'exclama Happy.

Le regard perdu au-delà de son pimpant jardinet, elle jouissait du courant d'air soulevé par l'éventail de Birdie.

— Mais où va-t-on si une femme n'est même plus en sûreté dans les rues ?

— Je suis passée au café avant de venir, reprit Birdie.

Elle eut un hochement de tête entendu. Sa chevelure laquée, qu'Earleen Renfrew teignait toutes les six semaines de Bombshell Beige, demeura aussi stable et ferme qu'un casque, accrochée aux tempes par deux boucles rigides en forme de points d'interrogation.

— J'ai entendu dire que Burke avait fait appel au FBI, et peut-être même à la Garde nationale.

Happy émit alors un drôle de son qui tenait à la fois du reniflement et du grognement.

Elle adorait Birdie, vraiment, mais cela ne la rendait pas aveugle sur ses défauts. Son amie souffrait de quelque crédulité — travers à peine moins grave que la paresse sur sa liste personnelle des dix péchés capitaux.

— Nous avons sur les bras un tueur fou, pas une émeute, Birdie. A mon avis, ce n'est pas demain la veille que nous verrons des soldats défiler dans Market Street. Quant aux fédéraux, il n'est pas impossible qu'ils viennent, et je m'attends même à ce qu'ils convoquent mon garçon pour qu'il leur raconte comment il a découvert cette pauvre Arnette en février dernier.

Son avenant visage se rida sous l'effet de la perplexité. Elle n'avait toujours pas pardonné à Bobby Lee d'avoir séché l'école — et d'avoir failli redoubler encore une fois, le gredin —, mais elle eût de mauvaise grâce décliné l'honneur d'être la maman de celui qui avait trouvé le premier corps.

— C'est depuis ce temps-là que Bobby Lee traîne cette espèce de mélancolie, reprit Birdie. Eh quoi, ça se lit dans ses yeux. Tiens, pas plus tôt que ce matin, il était en train de me faire le plein chez Sonny, et je me disais que ce pauvre Bobby Lee ne serait plus jamais le même.

— L'a eu des cauchemars pendant des semaines, renchérit Happy avec un bien maigre soupçon de fierté.

— Rien de plus naturel. Henry lui-même en avait pratiquement le cœur brisé. Crois-moi, Happy, tout cela est inquiétant. Eh quoi, ç'aurait pu être ma chère petite Carolanne — non qu'elle aille courir le guilledou, quand elle a à s'occuper de son mari et de ses deux enfants. Mais c'est inquiétant tout de même. Et puis tiens, il y a ta petite Darleen, elle qui était si amie avec Edda. Je te le dis, je peux à peine y penser.

— Va falloir que j'appelle Darleen, que je sache au moins comment elle s'en sort, déclara Happy avec un soupir.

Quoiqu'elle eût éprouvé un grand soulagement à voir Darleen épouser Junior Talbot et s'installer en ville avec lui et leur dernier-né, elle n'ignorait pas que sa fille était actuellement reprise par ses vieux démons.

— Nous allons devoir réunir quelques-unes de ces dames pour aller présenter nos condoléances à Mavis Hatinger, Birdie.

Cette dernière allait invoquer une excuse, lorsqu'elle surprit le regard du Jésus de papier fixé sur elle.

— Tel est notre devoir de chrétiennes, dit-elle enfin. Crois-tu seulement qu'Austin sera là ?

— Ne t'inquiète pas, répondit Happy en redressant fièrement le menton. Nous avons l'autorité maternelle pour nous.

Cette nuit-là, chacun ferma sa porte à Innocence. On chargea les fusils, et on attendit longtemps le sommeil.

Le matin venu, la première pensée de tous fut pour Edda Lou.

Chez Darleen Fuller Talbot, la troisième enfant de Happy — et sa première vraie grande déception —, le chagrin avait fini par se muer en apathie. Durant son adolescence, la jeune femme s'était lancée en compagnie d'Edda Lou dans des escapades qui la faisaient encore frémir. Elles étaient parties en stop jusqu'à Greenville, avaient chipé des produits de beauté sur le comptoir de chez Larsson et avaient séché l'école pour aller folâtrer avec les fils Bonny à Spook Hollow.

Elles s'étaient tourmentées de concert lorsqu'elles avaient eu du retard dans leurs règles, s'étaient raconté sans réserve leurs aventures, et s'étaient retrouvées invitées en même temps au Sky View drive-in plus de fois qu'elle n'en pouvait compter. Edda Lou avait été sa demoiselle d'honneur à son mariage avec Junior, et Darleen avait prévu de lui rendre la pareille quand la jeune femme avait enfin mis le grappin sur Tucker Longstreet.

Mais, maintenant, Edda Lou n'était plus, et les yeux de Darleen étaient gonflés par toute une nuit de sanglots. Il lui était resté juste assez d'énergie pour installer le petit Scooter dans son parc, dire au revoir de la main à son mari sur le pas de la porte, et se traîner ensuite jusqu'à la cuisine pour ouvrir la porte de service à Billy T. Bonny, son amant.

— Oh, voyons, ma chérie.

Billy T., déjà en nage dans son T-shirt de sport et son jean déchiré, prit entre ses bras tatoués la jeune femme aux yeux rougis par les larmes.

— Arrête de te tourmenter, mon petit gâteau en sucre. Je ne peux pas supporter de te voir pleurer.

— Je n'arrive pas à croire qu'elle soit morte.

Tout en reniflant contre l'épaule de son amant, Darleen trouvait quelque réconfort à caresser son derrière.

— C'était ma meilleure, ma plus chère amie, Billy T.

— Je sais.

Il pressa contre sa bouche ses lèvres charnues et avenantes, et lui donna un baiser plein de compassion.

— C'était une fille admirable. Nous la regretterons tous.

— Elle était comme une sœur pour moi.

Darleen se recula pour lui permettre de caresser sa poitrine sous sa chemise de nuit en Nylon.

— Elle était plus chic avec moi que Belle ou Starita.

— Tes sœurs sont jalouses de toi parce que tu es plus mignonne qu'elles.

Il la renversa contre le comptoir de la cuisine tout en lui agaçant les mamelons.

— J'aurais préféré que ce soit l'une d'entre elles plutôt qu'Edda Lou.

Les larmes aux yeux, elle fit descendre la fermeture Eclair du jean de Billy T.

— Ce sont peut-être mes sœurs, mais je pouvais toujours parler avec Edda Lou, tu sais. De tout. Même de nous.

Elle lâcha un soupir tandis qu'il lui retroussait sa chemise de nuit pour lui mordiller la poitrine.

— Elle était toujours heureuse pour moi. Bien sûr, elle a été un peu jalouse quand je me suis mariée avec Junior et que j'ai eu Scooter, mais c'était bien naturel, tu ne trouves pas ?

— Mmm.

— J'allais être sa demoiselle d'honneur à son mariage avec Tucker Longstreet.

Elle tira sur son caleçon.

— La manière dont on l'a tuée… c'est à peine si je peux y penser.

— Alors n'y pense pas, mon chou, repartit l'autre d'une voix rauque et haletante. Laisse donc Billy T. te faire oublier tout ça.

Il posa sa main entre les cuisses de la jeune femme.

— C'est ce qu'Edda Lou aurait voulu.

— Oh oui…

Elle s'abandonna avec un soupir aux caresses de son amant. Frémissante, elle repoussa un bol de céréales et s'étendit sur le comptoir.

— Elle aura toujours sa place dans mon cœur, reprit-elle en fermant les doigts sur lui.

Quand elle rouvrit les yeux, elle était rayonnante de tendresse : il avait déjà enfilé un préservatif.

— Tu es si bon avec moi, mon chéri.

Elle le guida en elle et il commença à s'activer.

— C'est tellement plus drôle avec toi qu'avec Junior. Tiens, depuis que nous sommes mariés, nous ne faisons plus ça qu'au lit.

Grandement flatté, Billy T. la maintint par les hanches, tandis que la tête de la jeune femme cognait contre la porte d'un placard ouvert. Darleen, soulevée par le plaisir, ne s'en aperçut même pas.

Caroline s'étonnait d'avoir si bien dormi. Peut-être était-ce sa manière à elle de trouver refuge en son esprit, se dit-elle, à moins qu'elle n'eût été tranquillisée par la présence de Susie Truesdale et de sa fille logées dans la chambre d'à côté. Ou peut-être encore se jugeait-elle en sûreté dans le lit de ses grands-parents. Quoi qu'il en fût, elle s'était réveillée dans la lumière du soleil et l'odeur de café et de bacon.

Elle ressentit d'abord de la gêne à être restée ainsi endormie alors que ses invitées préparaient le petit déjeuner. Puis, brusquement, cette réaction lui parut si dérisoire, après l'horreur de la veille, qu'elle fut tentée de se retourner dans son lit pour essayer de retrouver le sommeil.

Elle préféra cependant prendre une longue douche froide et s'habiller.

Le temps qu'elle descendît l'escalier, Susie et Marvella étaient déjà à table en train de se parler à voix basse au-dessus du café et des œufs brouillés.

La ressemblance entre la mère et la fille amena un sourire sur le visage de Caroline. Ces deux ravissantes femmes aux cheveux de marte et aux grands yeux bleus chuchotaient tout bas comme des enfants sur les derniers bancs de l'église durant la messe. Elles avaient toutes deux des lèvres arquées de poupées-mannequins qui se plissèrent en un sourire compatissant quand elle apparut.

Il régnait entre les deux une compréhension et un respect naturel que Caroline n'avait jamais goûtés avec sa propre mère. Remarquant cette intimité, la sentant, la jeune femme fut soulevée par un sentiment de jalousie aussi vif qu'inattendu.

— Nous espérions que vous dormiriez un peu plus longtemps, lui dit Susie, qui se releva aussitôt pour lui servir du café.

— J'ai l'impression d'avoir dormi une semaine entière, répondit

Caroline en lui prenant la tasse des mains. Merci. C'est si gentil à vous d'être restées, je…

— Entre voisines, c'est normal. Marvella, mets une assiette pour Caroline.

— Oh, je vous en prie, je…

— Vous devez vous nourrir, répliqua Susie en la faisant asseoir sur une chaise. Quand on a reçu un tel choc, on a besoin de carburant.

— Les œufs de m'man sont super, renchérit Marvella.

Elle servit Caroline tout en s'efforçant de ne pas la dévorer des yeux. Elle mourait d'envie de lui demander qui l'avait coiffée — encore que Bobby Lee lui eût certainement fait toute une histoire en voyant ses longs cheveux bouclés bousillés de la sorte.

— On se sent toujours mieux quand on mange, reprit-elle. La dernière fois que j'ai rompu avec Bobby Lee, m'man et moi, on s'est tapé de gros sundaes au chocolat.

— Il est difficile de rester triste quand on a le ventre rempli de chocolat, approuva Susie en souriant.

Elle posa une assiettée de toasts sur la table.

— J'ai sorti du placard la confiture de mûres sauvages de votre grand-mère. J'espère que cela ne vous dérange pas.

— Non, répondit Caroline en contemplant avec des yeux étonnés le pot étiqueté à la main. Je n'avais pas remarqué qu'il y en avait à la maison.

— Oh, mais c'est que Mme Edith en faisait tous les ans. Personne n'avait son talent pour les confitures et les gelées. Elle a remporté la médaille du cordon-bleu à la foire durant ces six dernières années d'affilée.

Susie se pencha pour ouvrir le placard du bas.

— Vous en avez ici pour une bonne année de provisions, dit-elle en désignant une rangée de pots.

— Je ne savais pas.

En voyant tous ces jolis pots chatoyants, si soigneusement étiquetés, Caroline sentit le regret et la honte lui étreindre la gorge.

— Je ne pouvais pas venir la voir souvent.

— Elle était si fière de vous. Elle parlait toujours de sa petite Caro, de vos voyages à travers le monde, des récitals que vous donniez devant les rois, les présidents, et j'en passe. Elle montrait à tout le monde les cartes que vous lui envoyiez.

— Il y en avait une qui venait de France, de Paris, intervint

Marvella. Avec la tour Eiffel dessus. Mme Edith m'a permis de m'en servir pour un exposé.

— Marvella a appris le français à l'école pendant deux ans, fit remarquer Susie en gratifiant sa fille d'un regard radieux.

Elle avait dû elle-même quitter le lycée quatre mois avant le bac, sa grossesse devenant un peu trop visible. Aussi, que sa fille fût d'ores et déjà en possession de son diplôme de fin d'études secondaires était pour elle un constant sujet de ravissement. Elle jeta un coup d'œil à sa montre.

— Chérie, ne devrais-tu pas te préparer à partir ?

— Oh, Seigneur ! s'exclama Marvella en se levant brusquement de sa chaise. Regardez-moi l'heure qu'il est !

— Marvella travaille comme secrétaire juridique à Rosedale. On lui a dit qu'elle pourrait venir plus tard aujourd'hui, eu égard aux circonstances.

Elle se retourna vers sa fille, qui était en train de se refaire une beauté devant le flanc du grille-pain.

— Va donc prendre ma voiture, chérie. J'appellerai ton père pour qu'il vienne me chercher.

Puis, s'étant levée à son tour pour poser les mains sur les épaules de sa fille :

— Ne prends personne en stop, ajouta-t-elle, même si c'est une connaissance.

— Je ne suis pas idiote.

— Non, admit Susie en lui pinçant le menton, mais tu es ma fille unique. Je veux que tu m'appelles si tu dois rentrer plus tard que 5 heures et demie.

— D'accord.

— Et puis va dire à Bobby Lee que les escapades en voiture jusqu'à Dog Street Road, c'est terminé. Quant à échanger des mots doux, vous le ferez désormais sous le toit familial.

— M'man…

Marvella se mit à rougir de la tête aux pieds.

— Si tu ne le lui dis pas, c'est moi qui le ferai.

Elle embrassa les lèvres boudeuses de la jeune fille.

— Allez, va maintenant.

— Oui, m'man.

Elle se tourna en souriant vers Caroline.

— Ne vous laissez pas faire par elle, mademoiselle Waverly. Autrement, vous êtes perdue.

— Oh, l'effrontée! s'exclama Susie en gloussant, tandis que la moustiquaire se refermait avec un claquement sec. Enfin, elle tient bien de moi.

— C'est une jeune fille adorable.

— Et aussi entêtée : elle sait ce qu'elle veut. Tenez, le Bobby Lee Fuller, voilà deux bonnes années qu'elle le travaille au corps. Eh bien, je suis prête à parier qu'elle va finir par l'avoir.

Elle eut un sourire mélancolique avant de se saisir de sa tasse de café froid.

— Dès l'instant où j'ai moi-même jeté mon dévolu sur Burke, il n'a plus eu qu'à dire amen. Pareil avec elle. Seulement, comme ils vous paraissent toujours beaucoup plus précoces que vous-même à leur âge, vous vous inquiétez forcément.

Elle considéra l'assiette de Caroline en fronçant les sourcils.

— Vous n'avez rien mangé.

— Je suis désolée.

Caroline s'efforça d'avaler une autre bouchée.

— C'est bizarre, vous savez, mais j'ai beau n'avoir jamais connu cette fille, rien que de repenser à elle, je me sens terrorisée.

Elle repoussa son assiette avec un air contrit.

— Susie, je n'ai pas voulu trop en parler devant Marvella, mais si j'ai bien compris, c'était la troisième victime?

— Depuis février, oui, confirma Susie en hochant la tête. Toutes les trois ont été poignardées.

— Mon Dieu!

— Burke a beau rester discret, je sais très bien que c'était moche, vraiment moche. Comme une sorte de mutilation.

Elle se leva pour débarrasser la table.

— En tant que mère — et femme —, j'en suis toute remuée. Je m'inquiète pour Burke, aussi. Il a assumé toute la responsabilité de cette affaire comme si c'était sa faute en quelque manière. Dieu sait que nul ici ne s'attendait à de tels drames, mais Burke estime qu'il aurait dû être capable d'arrêter cette série noire.

De même, songea Susie, qu'il s'en voulait de ne pas avoir empêché son père de se passer un nœud coulant autour du cou.

Caroline emplit l'évier d'eau savonneuse.

— Pas de suspects? demanda-t-elle.

— Peut-être, mais il n'en parle pas. Avec Arnette, il semblait soupçonner un vagabond quelconque. Je veux dire que, quand votre ville compte entre huit et neuf cents habitants, vous en arrivez à connaître presque tout le monde. Il paraît tout bonnement impossible que cela puisse être l'un d'entre eux. Puis, Francie a été tuée de la même façon, et les gens ont commencé à se regarder un peu de travers. Pourtant, malgré l'évidence, personne ne voulait croire qu'il aurait pu s'agir de son voisin, ou son ami. Mais maintenant…

— Maintenant, vous devez rechercher le suspect parmi vous.

— Eh oui.

Elle s'empara d'un torchon tandis que Caroline commençait à laver la vaisselle du petit déjeuner.

— Quoique à mon avis nous ayons plus vraisemblablement affaire à un maniaque vivant en cachette dans le marais.

Caroline regarda à travers la vitre en direction des arbres. Ceux-ci lui semblèrent nettement plus proches de la maison qu'auparavant.

— Eh bien, voilà qui est rassurant.

— Je ne veux pas vous effrayer, mais comme vous vivez ici toute seule, à l'écart de la ville, vous devez rester vigilante.

Caroline serra les lèvres.

— J'ai entendu dire que Tucker Longstreet et Edda Lou s'étaient disputés. Qu'elle voulait le contraindre au mariage.

— Du moins essayait-elle, corrigea Susie en achevant d'essuyer une assiette.

Elle s'esclaffa soudain.

— Seigneur, vous ne connaissez pas Tucker, autrement vous ne feriez pas cette mine. L'idée qu'il puisse tuer quelqu'un est tout simplement… eh bien, c'est risible. Et puis, d'abord, cela lui coûterait trop d'efforts physiques et sentimentaux. Et Tucker est déficient dans ces deux domaines.

Caroline repensa à l'expression qu'elle avait surprise sur son visage lorsqu'elle l'avait rencontré près de l'étang. Les sentiments n'y manquaient guère, se dit-elle. Des sentiments inquiétants, même.

— Pourtant…

— Je pense que Burke va devoir aller lui parler, reprit Susie tout en continuant d'essuyer et de ranger la vaisselle. Et ce ne sera pas facile. Ils sont comme des frères, tous les deux. Nous sommes tous allés à l'école ensemble : Tucker, Dwayne — le frère de Tucker—, Burke et moi. Ils étaient tous trois fils de planteurs, encore qu'à cette époque, l'exploitation des Truesdale se trouvant en faillite, il était hors de question d'envoyer Burke dans une école privée. Dwayne, lui, est parti en pension quelque temps, parce que c'était l'aîné et tout, mais comme il n'arrivait pas à rester en place, on l'a renvoyé dans ses foyers. Il a bien été question d'y mettre également Tucker, mais le vieux Beau était si embêté par ce qui était arrivé à son aîné qu'il a gardé Tuck à la maison.

Elle s'interrompit, le sourire aux lèvres, pour contrôler la propreté d'un verre.

— Tucker dit toujours qu'il doit une fière chandelle à Dwayne pour ce coup-là, poursuivit-elle. Sans doute est-ce la raison pour laquelle il veille sur lui maintenant. C'est un bon gars, le Tuck. Et si vous le connaissiez depuis longtemps comme moi, vous sauriez qu'il est aussi peu capable de tuer que de voler dans les airs. Dieu sait pourtant qu'il a des défauts, mais de là à poignarder une femme !

L'idée, quoique horrible, la fit de nouveau s'esclaffer.

— Pour tout dire, il serait trop occupé à essayer de lui mettre la main à la culotte pour penser à autre chose.

Caroline eut une grimace comique.

— Je connais le genre, dit-elle.

— Croyez-moi, mon chou, vous n'avez jamais connu quelqu'un comme Tucker. Si je n'étais pas une épouse comblée, mère de quatre enfants, j'aurais très bien pu m'enticher de lui, moi aussi. Pour ça, Tucker, il a le truc.

Elle décocha un lourd regard à Caroline.

— Je suis prête à parier qu'il viendra vous renifler la jupe dans pas longtemps.

— Qu'il y vienne, et il s'en retournera avec mon pied quelque part.

Susie se mit à hoqueter de rire.

— Je m'en voudrais de louper ça. Bon, ce n'est pas tout…

Elle rangea la dernière assiette dans le placard.

— … mais il nous reste encore du pain sur la planche.

— Ah tiens ?

— Je n'aurai pas l'esprit tranquille tant que je ne me serai pas assurée que vous êtes en sûreté ici.

Après s'être séché les mains au torchon à fleurs, Susie traversa la pièce pour récupérer son sac à main. Et en sortit un 38 mm d'aspect redoutable.

A cette vue, Caroline ne put qu'invoquer tout haut le nom du Seigneur.

— Revolver Smith & Wesson à double effet, poursuivit Susie, imperturbable. On l'a mieux en main qu'un automatique.

— Est-ce que… Est-il chargé ?

— Mais bien sûr qu'il l'est, mon chou ! répliqua-t-elle, tandis que ses grands yeux bleus papillotaient. A quoi servirait-il autrement ? J'ai remporté le concours de tir du 4 juillet trois années de suite. Burke ne sait trop s'il doit être fier ou gêné de ma supériorité sur lui en la matière.

— Dans votre sac à main, articula faiblement Caroline. Vous le portez dans votre sac à main…

— Depuis février, oui. Avez-vous déjà tiré ?

— Non.

Instinctivement, Caroline noua ses mains dans le dos.

— Non, répéta-t-elle.

— Et vous ne vous en croyez pas capable, peut-être ? Bon, alors laissez-moi vous dire une chose, mon chou : si jamais quelqu'un en avait après vous ou les vôtres, vous appuieriez toujours assez tôt sur la détente. Maintenant, je sais que votre grand-père a toute une collection d'armes à feu. Allons en chercher une.

Susie reposa le 38 mm sur la table et s'élança hors de la cuisine.

— Susie…

Caroline, abasourdie, s'était hâtée de lui emboîter le pas.

— Susie, je ne me vois pas essayer une arme comme si c'était une nouvelle robe !

— Mais c'est tout aussi passionnant, mon chou.

Ayant pénétré dans le bureau de l'aïeul, Susie contempla d'un air dubitatif les armes accrochées au râtelier.

— Nous allons commencer par une arme de poing, dit-elle, mais il faudra que vous vous entraîniez au chargement de ce fusil. Ça fait toujours son effet.

— Je m'en doute.

Les yeux brillants, Susie referma une main sur le bras de la jeune femme.

— Ecoutez un peu : si jamais quelqu'un vient vous ennuyer, vous sortez avec cette carabine à moineaux et vous pointez l'engin vers les parties de ce salaud en lui disant que le tir et vous ça fait deux.

Et s'il ne percute pas immédiatement, vous lui mettez un peu de plomb dans l'aile.

Caroline s'affala sur le bras de la chauffeuse avec un rire crispé.

— Comme vous y allez.

— Par ici, nous nous chargeons nous-mêmes de notre sécurité. Oh, mais, regardez-moi cette splendeur !

Elle ouvrit le râtelier et se saisit d'un revolver.

— Colt 45, modèle de service. Il a dû voir la guerre, celui-là.

Elle en fit basculer le canon avec une maîtrise que Caroline ne put qu'admirer et inspecta le barillet.

— Et propre comme un sou neuf, avec ça.

Refermant le colt, elle le pointa en direction du mur et appuya sur la détente.

— Bien.

Puis elle ouvrit le tiroir sous le râtelier et, avisant les munitions, eut un claquement de langue satisfait. Elle fourra une boîte dans sa poche arrière et se retourna vers Caroline en souriant.

— Allons massacrer quelques canettes, dit-elle.

L'agent spécial Matthew Burns n'était pas franchement enthousiaste à l'idée de travailler dans une petite ville pouilleuse du delta. Burns était un citadin pure souche, de ceux qui apprécient les soirées à l'opéra, les bonnes bouteilles de châteauneuf et les flâneries tranquilles à la National Gallery.

Il avait déjà vu bon nombre d'horreurs en dix ans de service au « Bureau » et, pour s'assainir l'esprit, il n'aimait rien mieux qu'une touche de Mozart ou de Bach. Il avait anticipé avec plaisir le week-end, pour lequel il avait prévu en soirée un ballet suivi d'un dîner raffiné chez Jean-Louis au Watergate, le tout agrémenté sans doute d'un romantique et voluptueux intermède avec sa partenaire du moment.

Et voilà qu'au lieu de cela, il se trouvait en route vers Innocence avec armes et bagages stockés dans le coffre d'une voiture de location dont le système de climatisation se révélait défaillant.

Burns n'ignorait pas que l'affaire risquait fort de provoquer un chambardement médiatique, et qu'il était certainement la personne adéquate pour ce genre de boulot : les meurtres en série étaient sa spécialité et, toute modestie mise à part, il aurait été le premier à reconnaître qu'il était sacrément compétent en la matière.

Mais il n'en était pas moins irrité de se voir ainsi gâcher son week-end. Par ailleurs, le légiste mandé par le Bureau avait été retardé par des tempêtes à Atlanta. Or, non seulement cela contrariait son sens de la discipline, mais il ne faisait aucunement confiance à un coroner de campagne pour pratiquer une autopsie décente.

Son agacement ne fit que croître quand, à demi asphyxié dans son véhicule, il traversa enfin la ville. Ses soupçons se confirmaient : il n'y avait là qu'une poignée de piétons suants, quelques chiens égarés et un amoncellement de devantures poussiéreuses. Même pas de cinéma. Il eut un frémissement involontaire des épaules en apercevant l'enseigne peinte à la main et à moitié décolorée du seul restaurant en vue : le Chat 'N Chew. Il rendit grâce à Dieu d'avoir songé à emmener sa propre cafetière Krups.

Enfin, le boulot était le boulot, se dit-il en se garant devant le bureau du shérif. Et il arrivait parfois que quelqu'un dût souffrir pour que justice fût faite. Ne prenant que sa mallette, il referma soigneusement sa voiture tout en essayant de ne pas succomber sous la chaleur.

Nuisance, le chien de Jed Larsson, choisit ce moment pour venir lever la patte contre le pneu avant. Burns hocha seulement la tête avec lassitude, ne doutant pas un seul instant que les bipèdes du cru fussent également des rustres.

— Jolie voiture, lança Claude Bonny depuis son poste d'observation en face de la pension.

Il cracha dans son seau.

Burns haussa un de ses sourcils noirs.

— C'est un véhicule de service, dit-il.

— Tu vends quelque chose, fils ?

— Non.

Bonny échangea des regards avec Charlie O'Hara et Pete Koons. O'Hara émit deux trois expirations sifflantes, puis plissa les yeux.

— Tu dois être cet agent du FBI venu du Nord, alors.

— Oui.

Burns sentait de la sueur lui couler le long du dos. Il pria le ciel que la ville disposât au moins d'une laverie à sec convenablement équipée.

— Tiens, reprit Koons, ça me rappelle cette émission avec Efrem Zimbalist. Je la regardais chaque semaine.

Il s'interrompit pour aspirer sa limonade.

— Ça, c'était une bonne émission.

— *Dragnet* était mieux, intervint Bonny. Comprends pas pourquoi ils l'ont supprimée. Des émissions comme ça, on n'en fait plus.

— Si vous voulez bien m'excuser…, déclara Burns.

— Va donc, fils, l'encouragea Bonny avec un geste de la main. Le shérif est à l'intérieur. L'est resté là toute la matinée. Attrape-nous donc ce maniaque qui tue nos filles, et on se chargera de le pendre.

— Vraiment, je ne…

— N'est-ce pas ce type de *Dragnet* qui est devenu docteur dans *Mash*? s'interrogea soudain O'Hara. Il me semble bien me le rappeler.

— Jack Webb n'a jamais joué de docteur, trancha Bonny, prenant la chose comme une offense personnelle.

— Non, je te parle de l'autre, là. Le petit. Ma légitime a failli s'attraper une hernie en regardant cette émission.

— Doux Jésus! s'exclama Burns en aparté avant de pousser la porte du poste.

Burke était assis à son bureau, le combiné du téléphone coincé entre l'épaule et l'oreille, en train de griffonner furieusement sur son calepin réglementaire.

— Oui, monsieur, dès qu'il sera là, je…

Ayant levé la tête, il identifia Burns aussi rapidement qu'il eût distingué une caille d'un faisan.

— Un instant. Vous êtes l'agent spécial Burns?

— Tout à fait.

Respectueux de la procédure, Burns sortit sa carte pour la présenter à Burke.

— Il vient juste d'entrer, poursuivit Burke au téléphone.

Puis, tendant l'appareil à Burns :

— C'est votre patron, dit-il.

Burns posa sa mallette et prit le combiné.

— Chef Hardley?… Oui, monsieur, j'ai légèrement outrepassé le temps estimé pour mon trajet. J'ai eu un problème avec la voiture à Greenville… Oui, monsieur. Le Dr Rubenstein devrait arriver avant 3 heures… Je n'y manquerai pas. A ce propos, je suggérerais l'installation d'un deuxième téléphone, cette ligne se trouvant être unique, ainsi que…

Il posa une main sur le combiné.

— Avez-vous un fax?

Burke faillit en sourire.

— Non, monsieur, je n'en ai pas.

— Ainsi que celle d'un fax, reprit Burns à l'adresse de son chef. Je vous rappellerai dès que j'aurai effectué les premières démarches et procédé à mon installation… Oui, monsieur.

Il rendit le téléphone à Burke et inspecta la chaise pivotante avant de s'y asseoir.

— Bon, à nous deux maintenant. Vous devez être le shérif…

— Truesdale. Burke Truesdale.

Ils échangèrent une poignée de main d'une brièveté tout officielle. Burke perçut une odeur fugace de talc pour bébé.

— Nous sommes dans un sale pétrin, agent Burns.

— On me l'a appris. Trois mutilations en quatre mois et demi. Et pas de suspects.

— Pas un seul, admit Burke, qui se retint à temps de présenter ses excuses. Nous avons pensé à un vagabond, mais, au vu du dernier meurtre… Et puis il y a eu ce cas à Nashville.

Burns joignit les mains.

— Vous avez des dossiers, je suppose.

— Ouais, répondit Burke en faisant mine de se lever.

— Plus tard. Pour l'instant, nous nous contenterons de la voie orale. Je désirerais voir le corps.

— Nous l'avons porté aux pompes funèbres.

— Comme il se doit, repartit Burns sèchement. Nous irons y jeter un coup d'œil puis nous nous rendrons sur le lieu du crime. Vous l'avez mis sous scellés ?

Burke sentit croître son irritation.

— Plutôt difficile de mettre un marais sous scellés.

Burns se leva en laissant échapper un soupir.

— J'aurais dû m'en douter.

Caroline, qui se trouvait derrière la maison, prit une profonde inspiration, serra les dents et appuya sur la détente. Le recul fit bondir son bras et résonner ses tympans. Elle avait touché une canette — quoique ce ne fût pas celle qu'elle avait visée.

— Tu commences à y arriver, lui dit Susie. Mais tu dois garder les yeux ouverts pendant toute l'opération.

Elle lui en fit la démonstration. Trois canettes volèrent en rafale de la souche.

— Et si je me contentais de leur lancer des pierres ? suggéra la jeune femme tandis que Susie partait remettre les cibles en place.

— As-tu joué une symphonie sitôt que tu as eu ton archet en main ?

Caroline remua son épaule en gémissant.

— Est-ce ainsi que tu amènes tes enfants à faire ce que tu veux ?

— Absolument, répondit Susie.

Elle revint se placer à son côté.

— Bon, maintenant, détends-toi et prends ton temps. Tu sens bien le revolver dans ta main ?

— En fait, ce que je sens est plutôt…

Elle gloussa, le regard baissé vers l'arme.

— Sensuel, c'est ça ?

Susie lui tapota l'épaule.

— Ne t'inquiète pas, on est entre nous. Mais le fait est que juste là, au bout de ton bras, tu as la puissance, la maîtrise des événements et le contrôle de la situation. Exactement comme en amour.

Elle eut un grand sourire.

— Mais ce n'est pas ce genre de choses que je raconte à mes enfants. Vas-y maintenant, vise-moi la première canette à gauche. Fais-moi un carton là-dessus. Tu n'as pas d'ex-mari ?

— Non, très peu pour moi.

Susie laissa échapper un petit rugissement hilare.

— Un ex-petit ami, alors ? Un qui t'en a fait voir de toutes les couleurs ?

— Luis, lâcha Caroline entre ses dents.

— Mazette ! Un Espagnol, dans ce genre-là ?

— Dans ce genre-là, oui.

Elle serra les mâchoires.

— Ce n'était rien qu'un sale rat gominé, reprit-elle en appuyant sur la détente.

Elle regarda, bouche bée, la canette voler en l'air.

— Je l'ai eue !

— Fallait juste un mobile. Essaie la suivante.

— Et si vous vous mettiez plutôt au crochet, mesdames ? lança Burke.

Susie abaissa le revolver de Caroline en souriant.

— Tu vas avoir un adversaire de plus pour le prochain 4 juillet, mon chéri.

Elle dévisagea rapidement son mari avant de se lever sur la pointe des pieds pour l'embrasser.

— Tu as l'air fatigué.

— Je *suis* fatigué, corrigea-t-il en lui pressant la main. Agent Burns, je vous présente ma femme, Susie, et Caroline Waverly. C'est Mlle Waverly qui a découvert le corps, hier.

— Caroline Waverly, répéta Burns sur un ton extatique. J'ai du mal à y croire.

Il prit les doigts de la jeune femme pour lui faire un baisemain. Dans son dos, Susie se mit à rouler des yeux à l'adresse de Burke.

— Je vous ai entendue jouer il y a quelques mois à peine, à New York. Ainsi que l'année dernière au Kennedy Center. Je possède plusieurs de vos enregistrements.

Caroline cligna un instant des yeux, perplexe. Tout cela lui semblait si loin, désormais, qu'elle songea un instant qu'il se trompait de personne.

— Merci, dit-elle enfin.

— Non, c'est moi qui vous remercie.

Burns commençait à penser que cette affaire n'avait pas que de mauvais côtés.

— Je ne puis vous dire combien de fois vous m'avez rendu goût à la vie rien qu'en me permettant de vous entendre jouer.

Son visage glabre était rouge d'excitation. Sa main n'avait toujours pas lâché celle de la jeune femme.

— Voilà qui est, eh bien, délicieux, reprit-il. En dépit des circonstances. Je dois dire que c'est bien le dernier endroit où je me serais attendu à trouver la princesse des salles de concert.

Caroline sentit une légère anxiété se loger au creux de son estomac.

— Cette maison est celle de ma grand-mère, agent Burns. Je n'y suis que depuis quelques jours.

Les yeux bleu pâle de l'enquêteur se voilèrent de commisération.

— Ce doit être une terrible épreuve pour vous. Soyez assurée que je ferai tout ce qui est en mon pouvoir pour résoudre rapidement cette affaire.

Prenant soin d'éviter le regard de Susie, Caroline réussit à ébaucher un faible sourire.

— Vous m'en voyez soulagée.

— Tout ce qui est en mon pouvoir, je le répète. Absolument tout.

Il ramassa la panoplie d'investigation qu'il avait déposée à ses pieds.

— Rendons-nous sur les lieux, shérif.

Burke l'invita du geste à le suivre. Remarquant ses étincelants mocassins italiens, il fit un clin d'œil à sa femme.

— Plutôt mignon, estima Susie tandis que les deux hommes se dirigeaient vers le sous-bois. Si du moins on aime le genre costard-cravate.

— Fort heureusement, je ne cours après aucun genre en ce moment.

— Qui sait ?

Susie s'était mise à secouer le haut de sa robe pour se donner un peu d'air.

— Et si je te montrais comment nettoyer ton arme ? Après, nous préparerons des rafraîchissements pour les hommes.

Elle regarda soudain Caroline d'un air intrigué.

— Je ne savais pas que tu étais vraiment célèbre et tout. Je croyais que Mme Edith se vantait.

— Nul n'est prophète en son pays.

— Certes.

Susie se retourna vers la maison. Ayant conçu un certain attachement pour la jeune femme — et aussi parce qu'il lui semblait que Caroline avait impérieusement besoin de sourire un peu —, elle lui passa un bras autour des épaules en lui demandant :

— Tu peux me jouer *Orange Blossom Special*?

Caroline partit d'un grand éclat de rire, son premier vrai rire depuis des jours.

— Volontiers, répondit-elle.

6

Tucker posa les pieds sur le bureau de Burke et croisa les jambes. Attendre ne le dérangeait pas. Attendre était même une des choses qu'il savait faire le mieux. Ce qui était souvent interprété comme une paresse invétérée, y compris par Tucker lui-même, était en fait une infinie patience naturelle, et le signe d'un esprit aussi lucide que serein.

Pour l'heure, néanmoins, son esprit n'était pas aussi dégagé qu'il l'eût souhaité. Au vrai, il n'avait pas bien dormi la nuit précédente. Un petit somme en attendant le retour de Burke lui parut un moyen sensé de passer le temps.

Il n'avait pas fallu longtemps pour que la nouvelle du débarquement du FBI en ville parvînt jusqu'à Sweetwater. Tucker savait déjà que l'agent spécial Burns s'habillait comme un croque-mort et conduisait une Mercury jaune métallisé. Et qu'il était actuellement à l'étang des McNair en train de faire tout ce qu'un type du FBI fait d'ordinaire sur les lieux d'un meurtre.

Un meurtre… Tucker poussa un petit grognement et ferma les yeux — il n'y avait pas mieux pour se détendre. Assis là, à l'écoute du grincement du ventilateur et de la plainte du conditionneur d'air déficient, il lui paraissait incroyable qu'Edda Lou Hatinger fût étendue sur une planche à quelques pâtés de maisons du poste, dans les locaux des Pompes funèbres Palmer.

Il repensa soudain à sa résolution de répondre coup pour coup aux menées de la jeune femme. Il ressentit un certain embarras, puis une terreur pure et simple qu'il voulut aussitôt oublier.

Mais il y avait pis encore : cet affrontement, il l'avait recherché ; il avait ardemment désiré entendre le gémissement de désespoir qu'aurait poussé cette sale petite opportuniste en comprenant enfin qu'elle n'était pas près d'être la nouvelle maîtresse de Sweetwater.

Cela dit, il n'aurait pas eu besoin de lui régler son compte pour autant. Ni de la couper en morceaux pour venger les égratignures faites à son honneur.

Maintenant, parce qu'il avait commis l'erreur de trouver sensuelle sa manière d'enfoncer les touches de sa caisse enregistreuse chez Larsson, et parce qu'il s'était complu à partager son lit et à jouir de la douceur de sa peau, il allait devoir se forger un alibi pour ne pas être suspecté de son assassinat.

On l'avait accusé de nombreux forfaits par le passé. De paresse, ce qui n'était pas un péché à ses yeux. D'insouciance vis-à-vis de l'argent, ce qu'il était le premier à reconnaître. D'adultère, ce qu'il déniait farouchement : jamais il n'avait couché avec une femme mariée — à l'exception de Sally Guilford, qui était alors légalement séparée de son conjoint. Et enfin de lâcheté, qu'il préférait pour sa part appeler de la réserve.

Mais de meurtre... Enfin, ce serait risible si ce n'était aussi effrayant. Son père — Dieu ait son âme — en serait mort de rire. Ce dernier, le seul être pourtant qu'il eût jamais craint de sa vie, avait épuisé en vain menaces et réprimandes durant les parties de chasse auxquelles il le contraignait à assister : Tucker Longstreet n'avait jamais réussi à tuer que des courants d'air.

Bien sûr, Edda Lou n'avait pas été victime d'un coup de fusil. A supposer qu'elle eût été tuée comme les autres. Hélas, il lui suffisait de remplacer le visage de la pauvre Francie par celui d'Edda Lou pour savoir aussitôt ce qu'il était advenu de la peau douce et blanche de la jeune femme. Il fouilla dans ses poches à la recherche d'une cigarette.

Il en avait arraché un morceau — plus d'un demi-centimètre — et s'apprêtait à l'allumer, lorsque Burke pénétra dans le poste en compagnie d'un homme en complet sombre à la peau luisante de sueur et à la mine contrariée.

Une journée ou presque avec l'agent du FBI n'avait pas mis le shérif dans les meilleures dispositions. Il avisa les pieds de Tucker d'un air peu amène tout en lançant son chapeau sur la patère près de la porte.

— Fais donc comme chez toi, fils.

— Je m'y applique, répliqua Tucker en expirant un nuage de fumée.

Malgré les soubresauts de son estomac, il gratifia Burke d'un sourire indolent.

— Tu devrais renouveler ton stock de magazines, Burke. Pour se divertir l'esprit, il y a quand même mieux que *Ruisseaux et Pâtures* ou *Armes et Munitions.*

— Je veillerai à me procurer quelques numéros de *Vogue Homme* et de *People.*

— Je t'en serais reconnaissant.

Tucker inhala une nouvelle bouffée de tabac tout en examinant le compagnon de Burke. Bien que la chaleur eût fait godailler son costume sombre, ce dernier n'avait pas eu le bon sens de desserrer sa cravate. Il n'aurait su dire pourquoi, mais ce simple détail lui fit prendre le bonhomme en aversion.

— J'ai pensé que ce serait une bonne idée de venir vous parler, les gars, reprit-il.

Burke approuva d'un signe de tête. Puis, désireux de recouvrer son autorité, il contourna son bureau.

— Tucker Longstreet. Agent spécial Burns.

— Bienvenue à Innocence.

Tucker tendit la main sans se lever. Il fut ravi de constater que celle de Burns était molle et légèrement moite.

— Qu'est-ce qui vous rend donc *spécial,* agent Burns ?

— La mission pour laquelle je suis ici.

Burns prit note des espadrilles éculées de Tucker, de son dispendieux pantalon de coton et de son sourire narquois. L'aversion fut réciproque.

— De quoi vouliez-vous nous parler, monsieur Longstreet ?

— Eh bien, pour commencer, de la pluie et du beau temps, répondit Tucker en ignorant le regard courroucé de Burke. D'ailleurs, on dirait bien que l'orage approche. Ça va peut-être rafraîchir l'atmosphère pendant quelque temps. Et si on causait base-ball ? Les *Loriots* rencontrent les *Yankees* ce soir. Les oiseaux ont engagé une sacrée équipe de lanceurs, cette année. Pourraient l'emporter haut la main.

Il s'interrompit pour tirer de nouveau sur sa cigarette.

— Vous êtes joueur, agent spécial ?

— Je crains de ne point manifester d'intérêt fervent pour le sport.

— Oh, ne vous excusez pas, dit Tucker en bâillant, le corps à l'horizontale sur sa chaise. Je ne manifeste pas non plus d'intérêt fervent pour grand-chose. La ferveur, voyez-vous, c'est bien trop fatigant.

— Allons au fait, Tuck, intervint Burke.

Ses regards n'ayant eu aucun effet sur son ami, il avait adopté un ton aussi paisible que tranchant.

— Tucker, reprit-il, connaissait la victime, Edda Lou…

— Intimement — puisque c'est le mot qui te démange, coupa Tucker.

Son estomac se contracta de nouveau. Il se pencha en avant pour éteindre sa cigarette.

Burns s'installa sur la troisième chaise. Fidèle à ses manières d'une efficacité tatillonne, il sortit un Dictaphone et un calepin de sa poche.

— Vous désirez faire une déclaration, donc.

— Dans le genre « La seule chose dont nous devions avoir peur, c'est la peur elle-même » ? s'enquit Tucker en s'étirant le dos. Franchement, non. Burke ici présent pensait que vous pourriez avoir des questions à me poser. Et comme je suis d'un naturel coopératif, je suis ici pour y répondre.

Burns enclencha le Dictaphone sans sourciller.

— D'après mes renseignements, vous étiez en relation avec la défunte.

— En relation sexuelle, oui.

— Voyons, Tucker.

Il décocha à Burke un coup d'œil irrité.

— En dire plus serait mentir, fils. Edda Lou et moi sommes sortis ensemble deux ou trois fois, avons pris du bon temps et froissé quelques paires de draps.

Son regard se durcit. Il dut se retenir de prendre une autre cigarette.

— Il y a quelques semaines de cela, poursuivit-il, j'ai rompu avec elle parce qu'elle commençait à parler mariage.

— Vous avez mis fin à cette relation en termes cordiaux ? demanda Burns.

— Pas vraiment. Je suppose que vous êtes déjà au courant de la scène du café ? Dire qu'Edda Lou était furax serait un doux euphémisme.

— Plus exactement, monsieur Longstreet, le corrigea Burns en tapotant son calepin, vous avez affirmé qu'« elle était en colère et agitée ».

— Mettez les deux ensemble, ajoutez Edda Lou, et ça vous fait furax.

— Elle a prétendu que vous lui aviez fait des promesses.

Tucker plia nonchalamment les jambes. La chaise grinça.

— Voilà le hic avec moi, agent Burns : je ne fais jamais de promesses, car je suis très peu enclin à les tenir.

— Ensuite, elle a déclaré publiquement qu'elle était enceinte.

— Ouais. Exact.

— Après quoi, vous avez quitté le… Chat 'N Chew, n'est-ce pas ? Inopinément.

Burns eut un sourire finaud.

— Serait-ce un euphémisme, monsieur Longstreet, de dire que vous étiez… furax ?

— De ce qu'elle soit venue me harceler au café pour m'annoncer, devant des douzaines de personnes, qu'elle était enceinte, et pour me menacer ensuite de me le faire payer cher ?

Il eut un long hochement de tête méditatif.

— Ouais, reprit-il enfin, c'est un euphémisme.

— Et vous n'aviez pas l'intention de l'épouser ?

— Aucunement.

— Aussi, au terme de cette provocation, gêné et pris au piège, aviez-vous un mobile pour la tuer.

Tucker, le sourire aux lèvres, fit courir sa langue sur ses dents.

— Pas tant que je disposais d'un carnet de chèques.

Il se pencha en avant.

— Permettez-moi de clarifier le topo, l'ami. Edda Lou était une fille cupide, ambitieuse et rusée. Bon, elle croyait pouvoir me passer de force l'anneau au doigt, mais elle se serait trouvée plus que satisfaite avec un chèque pourvu d'un nombre confortable de zéros.

Il se leva puis, s'étant obligé à prendre une profonde inspiration, il se rassit sur le coin du bureau.

— Je l'aimais bien, vous savez. Peut-être pas autant que jadis, mais suffisamment quand même. Vous ne couchez pas avec une femme telle semaine pour la découper en tranches la semaine suivante.

— C'est pourtant ce qui a été fait.

Une sombre lueur s'éveilla dans les yeux de Tucker.

— Oui, mais pas par moi.

Burns, prudent, déplaça le Dictaphone de quelques centimètres sur la droite.

— Vous connaissiez aussi Arnette Gantrey et Francie Alice Logan.

— Comme à peu près tout le monde dans cette ville.

— Aviez-vous également des relations avec elles ?

— Il nous est arrivé de sortir ensemble. Mais je n'ai couché avec aucune.

Il eut un léger sourire.

— Quoique, avec Arnette, ajouta-t-il, ce ne fut pas faute d'essayer.

— Elle vous a repoussé ?

— Mon Dieu…

En signe de dégoût, Tucker prit une autre cigarette. Il avait vraiment mal choisi le moment pour s'arrêter de fumer, songea-t-il.

— Nous étions amis et elle ne voulait pas gâcher ça. En fait, elle avait toujours eu le béguin pour Dwayne, mais il n'a jamais su profiter de l'occasion. Quant à Francie, eh bien nous n'en étions encore qu'aux préliminaires.

Il rejeta un morceau de papier et de tabac.

— C'était un ange.

Il ferma les yeux.

— Je ne veux pas parler de Francie.

— Ah tiens ?

Tucker sentit la colère le submerger.

— Ecoutez, s'exclama-t-il, j'étais avec Burke quand il l'a trouvée. Peut-être êtes-vous habitué à ce genre de spectacle, mais moi pas. Surtout quand c'est quelqu'un auquel je suis attaché.

— Il est tout de même singulier que vous ayez été attaché à chacune de ces trois femmes, repartit Burns sur un ton anodin. Mlle Logan a été retrouvée à…

Il eut un léger reniflement de dédain.

— … Spook Hollow, lieu-dit situé à quelques kilomètres à peine de votre propriété. Mlle Hatinger, elle, a été retrouvée dans l'étang des McNair, soit à un kilomètre au plus de chez vous. En outre, vous vous êtes rendu à cet endroit le jour même de votre altercation avec Mlle Hatinger.

— Exact. Ainsi que de nombreuses autres fois.

— Selon Mlle Waverly, lorsqu'elle vous a rencontré, vous aviez l'air tendu et bouleversé.

— Je croyais que nous nous étions accordés sur le terme « furax ». Enfin, ouais, j'étais tout ça. Et c'est pourquoi je suis allé souffler un peu là-bas. C'est un endroit paisible.

— Et retiré. Pouvez-vous me dire ce que vous avez fait du reste de votre soirée, monsieur Longstreet ?

Le moment était venu de mentir.

— J'ai joué au gin avec Josie, ma sœur, répondit Tucker sans sourciller. Elle a profité de ce que j'avais l'esprit ailleurs pour me rafler entre trente et quarante dollars. Après, nous avons pris un verre et nous sommes montés nous coucher.

— A quelle heure avez-vous quitté votre sœur ?

— Je dirais vers 2 heures, 2 heures et demie.

— Agent Burns, intervint Burke, je voudrais vous informer que l'après-midi où nous avons retrouvé Edda Lou, Tuck est venu me voir pour me faire part de son inquiétude à son sujet : personne ne l'avait revue et elle ne répondait pas au téléphone.

Burns haussa les sourcils.

— C'est noté, shérif. Comment avez-vous attrapé ce coquard, monsieur Longstreet ?

— Avec le père d'Edda Lou — c'est précisément là que j'ai appris la disparition de cette jeune femme. Son père est venu à la maison parce qu'il s'imaginait que je la cachais. Et puis il s'est mis en tête que je l'avais persuadée d'aller se faire avorter.

— Aviez-vous évoqué un avortement avec la défunte ?

— Défunte, elle l'était avant que j'aie eu l'opportunité d'évoquer quoi que ce soit avec elle, répliqua Tucker en se relevant du bureau. C'est tout ce que j'ai à dire. Si vous avez d'autres questions à me poser, je reste à votre disposition à Sweetwater. A la prochaine, Burke.

Ce dernier attendit que la porte fût claquée.

— Agent Burns, je connais Tucker depuis l'enfance. Je puis vous certifier que, malgré tout le ressentiment qu'il pouvait éprouver contre Edda Lou, jamais il n'aurait été capable de la tuer.

Burns se contenta d'éteindre le Dictaphone.

— N'est-il pas heureux que vous disposiez avec moi d'un regard objectif ? dit-il. Mais je crois qu'il est temps d'aller poursuivre notre enquête aux pompes funèbres, shérif. Le légiste doit arriver d'un instant à l'autre.

Tucker se sentait à deux doigts de craquer. Son seul crime avait été de se mêler de ses propres affaires et de vivre sa vie. Et qu'en avait-il retiré ? Des côtes fêlées, un œil tuméfié et, maintenant, le soupçon d'être un meurtrier.

Il sortit en trombe d'Innocence et fit grimper la voiture jusqu'à cent trente.

Et tout ça à cause des femmes, se dit-il. Si Edda Lou n'était pas venue se frotter à lui toutes les satanées fois où il avait franchi la porte de chez Larsson, il ne se serait pas mis à sortir avec elle. Et si Della ne l'avait pas harcelé, il ne serait pas descendu en ville pour tomber dans le piège d'Edda Lou. Et si cette Caroline Waverly n'était pas venue rôder dans le bayou, elle ne l'aurait pas vu assis près de l'étang. L'air « tendu et bouleversé ».

Dieu savait pourtant qu'il avait le droit de faire cette tête.

Ce qui était arrivé à Edda Lou le rendait malade, malade à en vomir. Aussi fourbe fût-elle, elle ne méritait pas de mourir. Mais, sacré bon sang, il ne voyait pas pourquoi lui-même aurait dû s'en repentir. Et rester assis, là, sans broncher, alors que ce salaud de collet monté yankee l'asticotait avec toutes ces questions et ses petits airs de flic.

Encore un euphémisme, songea-t-il en négociant un virage. Car ce qui l'avait mis hors de lui, c'était bien ce regard hautain du caïd de la grande ville sur le péquenot un peu demeuré.

Caroline Waverly l'avait toisé du même air suffisant. Elle avait probablement couru rapporter au FBI qu'elle avait vu l'idiot du village en train de manigancer un meurtre dans les marais.

Tucker venait juste de dépasser l'allée menant chez les McNair. Il enfonça aussitôt la pédale de frein. Sa voiture fit un tête-à-queue, les pneus hurlant sur le bitume. Il allait dire deux mots à Mme la duchesse.

Il repartit dans un nuage de poussière, sans remarquer la camionnette qui descendait la côte en bringuebalant. Les yeux d'Austin, soudain assombris, se plissèrent en direction de l'éclair rouge qui venait de s'évanouir dans les fourrés. Ses lèvres se retroussèrent en un sourire tandis qu'il se rangeait sur le bas-côté.

Eteignant son moteur, il remit les clés dans sa poche et se saisit d'une boîte de cirage noir. Puis, devant le rétroviseur, il se traça deux lignes sombres sous les yeux et coiffa son bonnet de camouflage. Sur le râtelier de la lunette arrière, il choisit un Remington Woodsmaster, et vérifia que l'arme était chargée. Il souriait toujours lorsqu'il descendit du véhicule en tenue de chasse, son couteau fraîchement affûté logé dans sa cartouchière.

Il allait traquer le gibier. Pour la gloire du Seigneur.

La solitude ne déplaisait pas à Caroline. Bien qu'elle eût apprécié la compagnie de Susie, l'énergie débordante de cette dernière l'avait pratiquement épuisée. En outre, elle ne croyait guère que quelqu'un fût sur le point de pénétrer par effraction chez elle pour venir la tuer dans son sommeil. Elle était une étrangère, et personne ne la connaissait assez pour lui vouloir du mal. Maintenant que le revolver était remisé dans le râtelier, elle n'avait plus aucune intention d'y toucher.

Pour se faire plaisir, elle prit son violon. Elle avait juste eu le temps de l'accorder depuis son arrivée. Ses mains caressèrent le bois poli et soyeux, s'égarèrent un instant sur les cordes. Ce n'était pas un exercice, se dit-elle en passant de la colophane sur l'archet. Ce n'était pas non plus un récital. C'était le besoin profond, que le poids de ses obligations étouffait souvent, de jouer de la musique pour elle-même.

Les yeux clos, elle posa l'instrument sur son épaule et mit instinctivement sa tête et son corps en position, comme l'eût fait une femme pour accueillir son amant.

Elle choisit du Chopin pour la beauté, pour la paix, et pour cette vague tristesse qu'elle ne pouvait totalement évacuer. Comme toujours, la musique combla tous les vides.

Elle ne pensait pas à la mort en cet instant, ni à la peur. Elle ne pensait pas à l'infidèle Luis, ni à la famille qu'elle avait perdue ou ignorée. Elle ne pensait même pas à la musique : elle la ressentait.

Et cette musique-là sonnait comme des sanglots, pensa Tucker en marchant de sa voiture à la véranda. Des sanglots non pas brûlants et passionnés, mais longs et douloureux. De ceux qui s'écoulent d'une âme blessée.

Quoique nul ne pût les surprendre, Tucker se sentit gêné de ces pensées. Ce n'était que de la musique pour violon, de ce genre alangui qui ne vous donnait même pas envie de taper du pied en mesure. Mais cela avait des accents si bouleversants en s'échappant ainsi des fenêtres ouvertes qu'il sentait presque les notes frémissantes lui caresser la peau.

Il frappa à la porte, mais si doucement qu'il entendit à peine le coup lui-même. Puis il se saisit de la poignée, ouvrit la moustiquaire et s'avança à l'intérieur, se déplaçant doucement, guidé par la mélodie entêtante jusque dans le salon.

Elle était debout au centre de la pièce, face aux fenêtres. Il la voyait de profil, la tête légèrement inclinée sur l'instrument. Ses yeux étaient clos, et le sourire dessiné par ses lèvres était aussi mélancolique et adorable que la musique.

Il glissa les mains dans ses poches, appuya une épaule contre le chambranle et se laissa porter sur les ailes de son inspiration. C'était pour lui une impression singulière, et indubitablement nouvelle, que de pouvoir trouver à une femme un charme si apaisant et si suave, une séduction si profonde, sans que cela eût rien à voir avec le sexe.

Lorsqu'elle s'arrêta, que la musique se fondit dans le silence, il ressentit une déception vive, presque physique. S'il avait été avisé, il se serait retiré discrètement, tant qu'elle était encore dans son rêve, pour aller frapper de nouveau à la porte. Mais son émotion l'emportant, il applaudit.

Elle sursauta, tout le corps aux aguets. Sur ses yeux, d'abord emplis de terreur, ses paupières se plissèrent bientôt en une expression d'irritation pure et simple.

— Que diable faites-vous ici ?

— J'ai frappé.

Il lui adressa le même petit haussement d'épaules et le même sourire dont il l'avait déjà gratifiée près de l'étang.

— Vous étiez trop concentrée pour m'entendre, j'imagine.

Elle abaissa le violon, l'archet au poing, comme s'il s'était agi d'un sabre.

— Ou peut-être ne voulais-je pas être dérangée.

— Ah, je n'y ai pas pensé. J'aime la musique. D'habitude, je donne plutôt dans le Rythm'n'blues, et un peu dans le jazz aussi, mais ça, c'était quelque chose. Pas étonnant que vous en viviez.

Tout en gardant un œil sur lui, elle reposa le violon.

— Quel fascinant compliment !

— Je suis honnête, c'est tout. Vous me rappelez un bibelot de maman, une perle prise dans un gros morceau d'ambre. Un truc adorable, mais triste aussi. La perle était toute seule là-dedans, sans aucune chance d'en sortir. Vous lui ressemblez quand vous jouez. Vous jouez toujours des airs tristes ?

— Je joue ce qui me plaît.

Les entailles du jeune homme s'étaient épanouies depuis la veille. Elles donnaient à son visage un air canaille et menaçant, avec juste ce qu'il fallait de fragilité enfantine pour qu'une femme eût l'envie d'appliquer quelque chose de frais — ses lèvres, peut-être — sur sa chair tuméfiée.

— Avez-vous une raison pour pénétrer dans ma maison sans y avoir été invité, monsieur Longstreet ?

— Appelez-moi Tucker, ça ne vous coûtera pas plus. Moi, je vous appellerai Caroline. Ou Caro.

Ses dents étincelèrent.

— C'est ainsi que Mme Edith vous appelait. J'adore ce nom.

— Ce qui ne répond pas à ma question.

Il se détacha du chambranle.

— Par ici, on a plutôt tendance à débarquer les uns chez les autres sans raison. Mais moi, c'est vrai, j'en avais une. Hmm, vous allez quand même me prier de m'asseoir ?

Elle pencha la tête.

— Non.

— Mazette ! Plus vous faites votre tête, plus je vous adore. J'ai l'esprit pervers, voyez-vous.

— Rien que l'esprit ?

Il gloussa et s'assit sur le bras du canapé.

— Pour cela, il faudrait d'abord qu'on se connaisse un peu mieux. On vous a peut-être dit que j'étais un homme facile, Caroline, mais j'ai mes exigences.

— Vous m'en voyez grandement soulagée.

Elle tapota l'archet contre la paume de sa main.

— Et si nous en revenions à la raison de votre visite ?

Il posa nonchalamment un pied sur son genou, aussi complètement à l'aise qu'un braque dans une flaque d'ombre verte.

— Seigneur, j'adore votre façon de parler. C'est frais et bon comme une coupe de sorbet à la pêche. Je suis vraiment fana des sorbets à la pêche.

Sentant ses lèvres ébaucher un sourire, Caroline se réfugia dans une attitude renfrognée.

— Pour l'heure, vos goûts culinaires ne m'intéressent guère, monsieur Longstreet, pas plus que je ne suis disposée à entretenir une conversation. Je viens de traverser des moments difficiles.

L'humeur badine de Tucker s'évanouit aussitôt.

— Cela a été dur pour vous de trouver Edda Lou dans cet état.

— Elle-même a connu pire, je dirais.

Il se releva et prit une cigarette tout en faisant les cent pas.

— Vous avez beau n'être ici que depuis quelques jours, vous serez bientôt au courant de tous les bruits qui courent.

Malgré ses efforts, elle ne put se retenir d'esquisser une moue compatissante. Il n'était jamais aisé de voir sa vie privée, comme ses erreurs intimes, devenir le sujet de spéculations effrénées. Elle le savait.

— Si vous entendez que, par ici, les cancans sont aussi étouffants que la chaleur, je n'en disconviendrai pas.

— Vous pouvez penser de moi ce que vous voulez, j'ai encore mon mot à dire.

Elle haussa les sourcils.

— Je vois mal en quoi mes réflexions vous regardent.

— Elles me regardent dans la mesure où vous en faites part à ce Yankee aux chaussures brillantes.

Elle resta coite un moment. Sa manière de déambuler dans la pièce exprimait une frustration plus qu'un ressentiment violent. Elle se détendit assez pour reposer son archet.

— Si vous voulez parler de l'agent Burns, je lui ai déclaré ce que j'avais vu. Que vous étiez près de l'étang.

Il tourna brusquement la tête.

— Bien sûr que j'y étais, sacré bon sang. Mais avais-je l'air de manigancer un meurtre ?

— Vous aviez l'air en colère, répliqua-t-elle. Quant à ce que vous maniganciez, je n'en ai aucune idée.

Il s'arrêta, se retourna et esquissa un pas vers elle.

— Si vous pensez que c'est moi qui ai fait ça à Edda Lou, pourquoi diable restez-vous là à me parler au lieu de vous enfuir en courant ?

Elle redressa vivement le menton.

— Je n'ai pas peur. Puisque j'ai déjà dit à la police tout ce que je savais — c'est-à-dire presque rien —, vous n'avez aucune raison de me faire du mal.

— Gente dame, reprit-il en serrant les poings, continuez à me regarder comme si j'étais une sorte de caillou que vous videz de votre chaussure, et je pourrais bien me trouver une raison ou deux pour cela.

— Epargnez-moi vos menaces.

Une subite poussée d'adrénaline la fit avancer vers Tucker jusqu'à ce qu'elle se retrouvât pratiquement nez à nez avec lui.

— Je connais votre genre, Tucker. Cela vous met en rogne que je ne me roule pas par terre pour attirer votre attention. Cela chagrine votre orgueil de mâle. Et dès qu'il y en a une qui s'intéresse à vous, comme cette Edda Lou, vous la culbutez sans attendre. D'une manière ou d'une autre.

Ce qui était suffisamment proche de la vérité pour faire mouche.

— Mon chou, les femmes, ça va, ça vient. Je n'y accorde pas autant d'attention que vous semblez le croire. Je ne leur cours pas après et je les tue encore moins. Maintenant, pour ce qui est de vous rouler par terre… Seigneur !

Elle réussit à articuler un cri bref tandis qu'il la saisissait à bras-le-corps et la jetait au sol. Il atterrit sur elle d'un bloc, lui coupant littéralement le souffle. C'est alors qu'elle entendit la détonation, et pensa un instant que c'était le bruit de sa tête heurtant le plancher.

— Que diable croyez-vous…

— Restez couchée. Doux Jésus sur la croix.

Le visage de Tucker n'était qu'à quelques centimètres du sien, et elle distinguait dans ses yeux une lueur qui aurait pu aussi bien être de la peur que de la fourberie.

— Si vous ne vous écartez pas sur-le-champ…

Quel que fût le contenu de sa menace, elle l'oublia aussitôt en entendant la détonation suivante et en voyant une balle perforer le dossier du canapé juste au-dessus de leurs têtes.

— Mon Dieu! s'exclama-t-elle en enfonçant ses doigts dans les bras de Tucker. Quelqu'un nous tire dessus!

— Vous avez tout compris, ma douce.

— Qu'allons-nous faire?

— Nous pourrions rester ainsi en priant le Ciel qu'il s'en aille. Mais il ne s'en ira pas.

Avec un soupir, il approcha son front du sien en un geste curieusement intime.

— Zut. Il est assez dingue pour vous tuer avec moi en s'imaginant que telle est la volonté du Seigneur.

— Qui?

Elle lui tambourina sur le dos.

— Qui donc?

— Le papa d'Edda Lou.

Tucker releva la tête une fraction de seconde. Etant donné les circonstances, il ne s'appesantit pas sur le fait que la bouche de la jeune femme s'offrait à lui tel un fruit mûr et charnu. Il le nota — mais sans s'y attarder.

— La femme qui a été assassinée? C'est son père, là— dehors, qui est en train de nous tirer dessus?

— Sur moi, très probablement. Mais ça ne le gênerait pas trop de vous descendre par la même occasion. J'ai juste eu le temps de l'apercevoir par la fenêtre en train de me viser entre les deux yeux.

— C'est dingue! Personne ne peut venir comme ça tirer sur la maison de quelqu'un.

— Soyez assuré que je le lui signalerai dès que j'en aurai l'occasion.

Pour l'heure, il n'y avait qu'une chose à faire, et cette chose le révulsait.

— Vous avez une arme ici ?

— Oui. Il y a celles de mon grand-père. Dans le bureau, de l'autre côté du couloir.

— Alors, écoutez-moi bien. Vous, vous restez couchée et vous gardez le silence.

— Comptez sur moi, dit-elle en hochant la tête.

Tandis qu'il s'écartait d'elle, la jeune femme l'agrippa par la chemise.

— Allez-vous lui tirer dessus ?

— Seigneur, j'espère que non.

Il rampa vers le couloir en se servant du canapé comme abri, puis il prit une inspiration et se risqua à découvert. Lorsqu'il atteignit l'entrée, il s'estima assez loin de Caroline pour ne pas attirer de coups de feu sur elle.

— Austin, espèce de salaud, il y a une femme ici.

— Ma fille aussi était une femme.

Une troisième décharge de 44 mm fit voler les vitres en éclats.

— Je vais te tuer, Longstreet. « Car voici l'heure de la vengeance du Seigneur. » Je vais te tuer. Et puis je te couperai en morceaux, exactement comme tu as fait à Edda Lou.

Tucker pressa ses poignets contre ses paupières en réfléchissant.

— Tu ne veux pas faire du mal à la dame, tout de même ? lança-t-il finalement.

— Sais pas si c'est une dame. C'est peut-être qu'une autre de tes putains. Le Seigneur guide ma main. Œil pour œil, dent pour dent. « Car le Seigneur ton Dieu est un feu dévorant. Et le prix du péché est la mort. »

Tucker profita de ce qu'Austin citait les Ecritures pour traverser à plat ventre le couloir. Une fois dans le bureau, il agit sans tarder. Se saisissant d'un Remington, il le chargea, les mains moites, le cœur soulevé de dégoût à l'idée qu'il eût à s'en servir. Puis il alla à la fenêtre, écarta la moustiquaire et se faufila dehors.

Il y eut encore une détonation, qui lui fit bredouiller une rapide prière, et il se rua la tête la première dans les fourrés.

Austin avait pris position contre un érable, à deux cents mètres à peine de la maison. Des traînées de sueur lui sillonnaient le visage et trempaient le dos de sa veste kaki. Il invoquait Jésus, assaisonnant prières et menaces de coups de fusil. Toutes les fenêtres de la façade furent bientôt brisées.

Il était déchaîné, et prêt à donner tout de suite l'assaut final. Mais il voulait, il désirait ardemment s'assurer que Tucker était en train de souffrir. Voilà plus de trente ans qu'il attendait une occasion de se venger d'un Longstreet. Et cette occasion, il l'avait enfin trouvée.

— Je vais te faire sauter les noix, Tucker. Comme le mérite tout fornicateur. Tu iras en enfer sans queue. Telle est la volonté de Dieu. Tu m'entends, pécheur impie ? Tu entends ce que je te dis ?

Avec quelque remords, Tucker appuya le canon du fusil contre l'oreille gauche d'Austin.

— Je t'entends. Pas besoin de crier.

Il espérait qu'Austin ne remarquerait point le frémissement de l'arme entre ses mains tremblantes.

— Pose ce fusil, Austin, ou je te loge une balle dans le crâne. Crois-moi, cela me fera de la peine. Tu seras mort, certes, mais ta chemise sera bonne à jeter à la poubelle. Or elle est quasiment neuve.

— Je vais te tuer.

Austin voulut tourner la tête. Tucker la lui remit en place d'un rude coup de canon.

— Pour aujourd'hui, c'est raté. Maintenant, tu jettes ce fusil et tu enlèves la cartouchière. Et doucement, je te prie. Sans geste brusque.

Voyant Austin hésiter, Tucker l'encouragea d'une deuxième poussée. Il eut à l'esprit l'image grotesque du canon s'enfonçant droit dans le crâne du bonhomme pour resurgir par l'autre oreille.

— Je sais que je ne suis pas un as de la gâchette, mais je ne peux quand même pas te louper avec mon canon sur ta tempe.

Il vit Austin jeter le fusil. Sa respiration se fit plus aisée.

— Caroline, cria-t-il, appelez Burke et demandez-lui de rappliquer au pas de course. Et puis apportez-moi une corde.

La cartouchière avait à peine touché le sol qu'il l'éloigna d'un coup de pied.

— Et maintenant, que disais-tu au sujet de ma queue, Austin ?

Deux minutes plus tard, Caroline se précipitait hors de la maison avec une corde à linge.

— Il arrive. Je viens juste de…

Sa voix mourut lorsqu'elle aperçut l'homme étendu dans l'herbe. Son visage était maculé de coulées noires. Sa tenue de camouflage se tendait sur un torse large comme une citerne et des jambes aussi épaisses que des poutrelles d'acier. Bien que Tucker se tînt au-dessus de lui, le canon pointé sur sa nuque, et qu'il fût le plus jeune des deux, il semblait en comparaison fragile et mince comme un cure-dent.

— J'ai… apporté… la corde, murmura-t-elle tout en déglutissant pour raffermir sa voix.

— Bien. Voulez-vous le ficeler, mon chou ?

Caroline passa au large d'Austin en s'humectant les lèvres.

— Comment voulez-vous… je veux dire, il est si grand.

— Grande gueule, aussi.

Il ne put résister au plaisir de donner un léger coup de pied à Austin.

— Il était si occupé à vociférer ses imprécations qu'il n'a pas entendu le pécheur arriver par-derrière. Savez-vous utiliser ce joujou ?

— Oui, répondit Caroline en considérant le fusil. Enfin, plus ou moins.

— Alors ce sera plutôt plus que moins. N'est-ce pas, Austin ? Mademoiselle est à même de te faire sauter quelque organe vital si tu te trémousses un peu trop. Rien n'est plus dangereux qu'une femme avec un fusil chargé. Sinon une femme yankee… Bon, pointez-lui seulement l'engin sur la tête pendant que je le ligote.

Il lui poussa l'arme dans les mains. Leurs yeux se rencontrèrent et échangèrent un regard de soulagement éperdu. L'espace d'un instant, ils furent unis par la plus fulgurante des amitiés.

— Oui, comme ça, ma douce. Et ne va pas le braquer sur moi. Maintenant, s'il bouge, tu n'as qu'à presser sur la détente. Et puis fermer les yeux, parce que le spectacle risque d'être assez moche.

Il lui fit un clin d'œil si appuyé que la jeune femme comprit que l'avertissement s'adressait plus à Austin qu'à elle-même.

— D'accord, dit-elle. Mais j'ai les mains qui tremblent, et je crains d'appuyer dessus sans le vouloir.

Tucker, l'air hilare, se pencha vers Austin pour lui ligoter les mains.

— Fais ce que tu peux, Caro. On ne t'en demande guère plus. Je vais te tresser une mignonne petite culotte de chanvre, Austin. Ça va t'aller comme un gant.

Il noua la corde et tira dessus pour replier les jambes massives du bonhomme.

— C'est pas beau d'avoir cassé toutes les vitres de la dame. Tu as aussi abîmé son canapé. Si mes souvenirs sont bons, Mme Edith était très attachée à ce canapé.

Il se recula et reprit l'arme des mains de Caroline.

— Chérie, aurais-tu l'amabilité d'aller me chercher une bière ? Tout cela m'a donné grand-soif.

Caroline se sentit prise d'un fou rire délirant.

— Je n'ai pas… pas de bière, bafouilla-t-elle. J'ai du… du vin. Du chardonnay.

— Ça ira très bien.

— Bon. Je… tout de suite.

Elle remonta l'escalier sous la véranda et jeta un coup d'œil en arrière, juste au moment où Tucker sortait une cigarette de son paquet et en arrachait un morceau. Elle porta une main à sa tête.

— Pourquoi fais-tu cela ? lui cria-t-elle.

— Hmm ? fit-il en craquant une allumette, les yeux plissés.

— Enlever un morceau…

— Oh.

Il aspira une bouffée de tabac avec un plaisir manifeste.

— C'est pour m'arrêter de fumer, dit-il. Ça semble un moyen sensé d'y arriver, non ? Je pense que, dans quelques semaines, j'en serai réduit à une demi-bouffée par prise.

Il lui sourit. Son visage, même s'il était pâle comme la mort, restait terriblement séduisant.

— Tu mets ce chardonnay dans un grand verre pour moi, d'accord ?

— Oui.

Elle poussa un soupir frémissant en entendant le hurlement d'une sirène. Tucker était assez proche d'elle pour qu'elle entendît un soupir identique s'échapper de ses lèvres.

— Oh oui, répéta-t-elle.

La moustiquaire se referma derrière elle en claquant.

7

Le tonnerre gronda à l'est. Une brise, la première que Caroline sentait depuis qu'elle avait traversé la frontière du Mississippi, agita les feuilles de l'érable sous lequel, moins d'une demi-heure auparavant, se tenait un homme armé d'un fusil.

Et voilà qu'au mépris de tout bon sens, et même de toute probabilité, elle se retrouvait maintenant assise sur les marches de la véranda en train de boire du chardonnay dans un verre à eau, la bouteille à moitié vide calée entre Tucker et elle.

Décidément, songea-t-elle en reprenant une longue gorgée de vin, sa vie avait pris un tour des plus intéressants.

— Ça, c'est du tout bon, déclara Tucker en faisant tourner son verre.

Il se sentait lui-même en train de reprendre son moelleux — état qu'il préférait entre tous.

— C'est mon cru favori.

— Le mien aussi, désormais.

Il la regarda et lui sourit.

— Agréable brise.

— Très agréable.

— La pluie nous manquait.

— Oui, assurément.

Il s'appuya sur les coudes et offrit son visage à la fraîcheur.

— Vu la direction du vent, il ne risque pas d'entrer de l'humidité dans ton salon.

Elle jeta un regard presque indifférent en direction des vitres brisées.

— Eh bien, tant mieux. Il serait dommage que le canapé soit trempé. Après tout, il n'a été troué que par une seule balle.

Il lui donna une tape amicale sur le dos.

— Tu es décontractée, Caro. A ta place, certaines femmes se seraient mises à brailler et à hurler. Pas toi.

Il leva son verre pour que Caroline le remplît, et se réjouit d'entendre la musique du vin fin coulant de la bouteille.

— Avec ça, ma douce, tu peux me demander quasiment tout ce que tu veux.

— Une chose m'intrigue. Est-ce que meurtres et fusillades sont des sports locaux, ou seulement une passade ?

— Hmm, en fait…

Il contempla un instant le vin dans son verre avant de le siroter.

— Pour ne parler que d'Innocence, et ma famille y était déjà installée avant la guerre — la guerre de Sécession, j'entends…

— Naturellement.

— Eh bien, tu peux me croire : le genre de meurtre auquel tu penses, c'est tout nouveau pour nous. Bon, Whiteford Talbot a fait un gros trou dans le dos de Cal Beauford quand j'étais petit, mais c'est parce que ce vieux Cal a été surpris en train de descendre par la gouttière, de l'autre côté de la fenêtre de Ruby, la femme de Whiteford, qui était justement à poil sur le lit.

— Ce qui nous donne une situation complètement différente, conclut Caroline.

— Comme tu dis. Et puis, il n'y a pas cinq ans, les enfants des Bonny et des Shivers se sont tiré dessus à coups de chevrotine. Mais c'était seulement pour un cochon et, comme ils étaient cousins, et aussi cinglés les uns que les autres, personne n'y a trouvé à redire.

— Je vois.

Seigneur, songea Tucker, il adorait cette femme, d'une adoration fraternelle et courtoise qui redoublait encore l'attirance qu'il éprouvait pour son physique.

— Mais bon, la plupart du temps, Innocence est joliment paisible.

Caroline le regarda par-dessus son verre en fronçant les sourcils.

— Tu le fais exprès ?

— Quoi donc ?

— De parler comme un gars un peu simplet.

Il eut un large sourire et but une nouvelle gorgée de vin.

— Seulement quand il le faut.

Caroline laissa échapper un soupir et détourna la tête. Le ciel au-dessus d'eux était en train de s'assombrir. Les grondements sporadiques du tonnerre se rapprochaient, ainsi que les clartés vives et fulgurantes des éclairs. Mais il était bon, trop bon de rester assis comme cela sans bouger.

— Tu n'es pas inquiet ? demanda-t-elle. Lorsque le shérif a emmené cet homme, il n'arrêtait pas de jurer qu'il allait te tuer.

— Pas besoin de se faire du mouron pour si peu.

Sa voix n'en trahissait pas moins une certaine appréhension. Doucement, il passa un bras autour des épaules de la jeune femme.

— Ne t'inquiète pas, mon ange. Je ne voudrais pas que tu te mines pour moi.

Elle se tourna vers lui. Comme à l'intérieur de la maison, quelque temps plus tôt, son visage se trouvait à deux doigts du sien.

— Dis, tu ne trouves pas un peu sordide d'utiliser une situation de danger mortel pour séduire une femme ?

— Ouille !

Tucker avait assez bon caractère pour prendre le parti d'en rire. Et assez de savoir-faire pour garder malgré tout son bras où il était.

— Te méfies-tu toujours autant des hommes ?

— D'un certain type d'hommes, oui, répliqua-t-elle en écartant le bras de Tucker.

— Quelle douche froide ! Oh, Caro, après tout ce que nous avons traversé ensemble ?

Avec un soupir de regret, il choqua son verre contre le sien.

— J'imagine également qu'il n'est pas dans tes intentions de m'inviter à dîner ?

Caroline eut un léger sourire.

— Ce n'est pas dans mes intentions, non.

— Et si tu me jouais un autre air ?

Elle ne sourit pas, cette fois-ci, mais se contenta de secouer la tête.

— Je suis précisément en train d'arrêter de jouer pour qui que ce soit, dit-elle enfin.

— Oh, quel dommage ! Eh bien, dans ce cas, c'est moi qui jouerai pour toi

Elle haussa les sourcils.

— Tu sais jouer du violon ?

— Diable non. Mais je sais mettre en marche une radio.

Il se leva, pour s'apercevoir aussitôt que le vin lui était directement monté à la tête. Mais ce n'était pas pour lui déplaire. Il alla d'un pas nonchalant jusqu'à sa voiture et se mit à fouiller dans ses cassettes.

Son choix fait, il tourna la clé de contact pour alimenter le lecteur et y enfourna une cassette.

— Fats Domino, annonca-t-il sur le ton du plus profond respect.

Tandis que commençaient à s'élever les premières notes de *Blueberry Hill*, il revint vers Caroline et lui tendit la main.

— Debout, dit-il.

Avant que la jeune femme ait pu objecter quoi que ce fût, elle se retrouva sur ses pieds. Et dans les bras de Tucker.

— Je ne peux tout simplement pas entendre cette chanson sans avoir envie de danser avec une belle femme.

Elle aurait pu protester ou briser là. Mais la manœuvre était sans arrière-pensée. Et après ces dernières vingt-quatre heures, elle avait bien besoin d'une petite distraction sans arrière-pensée. Aussi se mit-elle à son pas, goûtant l'aisance fluide avec laquelle il la guida de l'allée vers la pelouse, laissant fuser un petit rire lorsqu'il lui ploya les reins, et jouissant du léger tournis que lui procurait le vin.

— C'est bon ? chuchota-t-il.

— Hmm. Tu as le style coulant, Tucker, trop coulant peut-être. Mais ça vaut toujours mieux que de se faire tirer dessus.

— J'allais le dire.

Il frotta sa joue aux cheveux blonds, qui lui parurent aussi doux que de la soie. Ayant toujours eu un faible pour les sensations tactiles, il ne se retint plus de jouir du contact frais et satiné de la joue de Caroline contre sa peau, des mouvements de son chemisier sous sa main, du frémissement de ses cuisses longues et fuselées contre les siennes.

La montée du désir en lui ne le surprit guère. Cela était aussi naturel que de respirer. Ce qui l'étonna, en revanche, ce fut le besoin dévorant qu'il éprouva de la basculer par-dessus son épaule pour l'emmener à l'étage. Il avait toujours préféré agir en douceur avec les femmes, savourer les approches et rester maître de la situation. Mais danser ainsi avec elle, dans le calme opalin d'avant l'orage, l'avait mis aux abois.

Il attribua cet état à son ivresse avancée.

— Il pleut, murmura Caroline.

Les yeux clos, elle laissait son corps suivre les balancements du sien.

— Um-hmm.

Tucker se délectait d'avoir de la pluie dans les cheveux, sur la peau. Et cela le rendait fou.

Caroline sourit, tout aussi heureuse de sentir les grosses gouttes imbiber lentement ses vêtements. Jamais elle n'avait eu à essuyer une fusillade auparavant, songea-t-elle. Mais jamais non plus elle n'avait ainsi dansé sous la pluie.

— C'est frais, dit-elle. Merveilleusement frais.

L'ardeur de Tucker était telle, à présent, qu'il s'étonna de ne pas entendre les gouttes s'écraser en grésillant sur sa peau. Il se retrouva bientôt en train de mordiller l'oreille de la jeune femme. Celle-ci, surprise, eut un frémissement fugitif qui le pénétra au plus profond de lui-même.

Elle ouvrit grands les yeux, stupéfiée par l'audace de Tucker qui l'embrassait maintenant le long du cou. Un sentiment brûlant et délicieux la saisit. Il lui fallut un moment avant de recouvrer ses esprits. Juste avant qu'il n'appliquât ses lèvres contre les siennes, elle plaqua une main sur son torse et s'écarta.

— Que fais-tu donc ?

Tucker cligna des yeux.

— Je t'embrasse, non ?

— Non.

Il la contempla un instant. Son regard s'arrêta sur la pluie qui coulait le long de ses cheveux, puis sur ses yeux qui trahissaient autant de passion que de détermination. S'il s'était écouté, il aurait ignoré le geste de réticence de la jeune femme et aurait assouvi ses désirs. Mais quelque chose l'en empêchait. Il étouffa un juron.

— Caroline, tu es une femme dure.

Elle sentit le danger s'éloigner. Ses lèvres ébauchèrent un sourire. Il n'allait pas insister.

— C'est ce qu'on dit.

— Peut-être que si je restais encore un peu j'arriverais à te faire changer d'avis.

— Je ne crois pas.

Les yeux brillants, Tucker la serra une dernière fois contre lui avant de la relâcher.

— Bon, je relève le défi, mais comme je me doute que tu viens de passer une journée difficile, je n'insisterai pas aujourd'hui.

— Je t'en suis reconnaissante.

— Tu peux.

Il lui prit la main, lui effleurant du pouce les phalanges. Elle sentit un nouveau frisson la parcourir de la tête aux pieds. Ah, le sacripant ! se dit-elle.

— Tu repenseras à moi quand tu te blottiras dans ton lit cette nuit, Caroline.

— Je penserai certainement plus à faire réparer mes carreaux.

Le regard de Tucker s'égara un moment en direction des morceaux de verre qui pendaient dangereusement du bois vermoulu des encadrements.

— Tu m'enverras la facture, dit-il.

Remarquant une lueur d'animosité dans ses yeux, la jeune femme se rappela soudain comment ils en étaient venus à se tenir ainsi par la main sous la pluie.

— Je crois que c'est plutôt à Austin Hatinger que je devrais l'envoyer, reprit-elle d'une voix lasse, mais ce n'est toujours pas cela qui réparera mes fenêtres.

— Je m'en occuperai.

Son regard revint se poser sur elle.

— Tu es vraiment mignonne quand tu es trempée. Je crois bien que si je reste ici plus longtemps, je vais encore essayer de t'embrasser.

— Alors tu ferais mieux de partir.

Elle allait lui retirer sa main, quand elle avisa soudain sa voiture. Elle éclata de rire.

— Tucker, sais-tu au moins que ta capote est baissée ?

— Oh, zut.

Il se retourna pour mesurer l'étendue des dégâts. La pluie rebondissait sur les garnitures en cuir blanc.

— Voilà le problème avec les femmes : elles vous font perdre la tête.

Avant qu'elle ne se dégage, il porta sa main fine à ses lèvres et y appliqua un long baiser qu'il conclut d'un léger coup de dents.

— Je reviendrai, Caroline.

Elle se recula en souriant.

— Alors profites-en pour m'apporter quelques carreaux de rechange et un marteau.

Il se glissa dans sa voiture sans se soucier de relever la capote. Puis il mit le contact, lui envoya un baiser et s'engagea dans l'allée. Il la contempla une dernière fois dans le rétroviseur. Elle se tenait debout sous la pluie, les cheveux tombant comme blés mouillés, les formes de son corps épousées par ses habits. Fats beuglait *Ain't That a Shame* — N'est-ce pas dommage. Oh, oui ! songea Tucker, c'était bien dommage.

Caroline attendit qu'il eût disparu de sa vue pour revenir sous la véranda. Elle s'assit sur les marches et avala le reste de vin dilué par la pluie. Susie avait raison, se dit-elle : Tucker Longstreet n'avait rien d'un tueur. Et il avait effectivement le truc avec les femmes. Elle passa la main qu'il venait d'embrasser sur sa joue et poussa un long soupir frémissant.

Yeux clos, elle offrit son visage à la pluie, songeant qu'elle avait bien fait de renoncer aux aventures. Oui, très bien fait.

Elle se réveilla le lendemain matin dans un état lamentable. Le sommeil l'avait fuie. Sacré bon sang ! elle avait pensé à lui. L'esprit occupé tour à tour par son image et par le bruit de la pluie tambourinant sur le toit mince, elle avait passé la majeure partie de la nuit à se tourner et se retourner. A un moment, elle avait même failli aller chercher un de ces somnifères qui lui restaient de la dernière prescription du Dr Palamo.

Mais elle avait tenu bon, voulant se prouver à elle-même qu'elle pouvait passer outre. Et au bout du compte, elle s'était réveillée avec des yeux larmoyants sous la lumière vaporeuse du soleil. Par-dessus le marché, elle avait la gueule de bois.

Alors qu'elle entrait sous la douche après avoir pris une aspirine, elle sut exactement qui en blâmer. Sans Tucker, elle ne se serait pas laissée aller à boire autant. Sans Tucker, elle n'aurait pas veillé la moitié de la nuit, torturée par un désir aussi douloureux qu'involontaire. Sans Tucker, enfin, elle n'aurait pas sa maison pleine de trous qu'il lui faudrait boucher avant que les mouches, les moustiques et Dieu savait quoi encore décidassent de venir s'installer à demeure.

« Autant pour ma paix et ma tranquillité, pensa-t-elle en sortant de la douche pour se sécher. Autant pour ma paisible convalescence. » Depuis qu'elle avait eu le malheur de tomber sur Tucker, sa vie était en plein bouleversement. Des femmes décédées, des maniaques de la gâchette. Tout en grommelant son mécontentement, elle enfila sa robe. Pourquoi diable n'était-elle pas allée se faire griller la peau sur une jolie plage surpeuplée du sud de la France ?

Parce qu'elle voulait se trouver un chez-soi, se répondit-elle à elle-même en soupirant. Bien qu'elle n'eût passé que quelques jours dans cette maison, ceux-ci avaient été parmi les plus précieux de son enfance. Et la demeure elle-même restait ce qui, dans tout ce qu'elle possédait, se rapprochait le plus d'un chez-soi.

Rien ni personne n'allait lui gâcher ça, décida-t-elle. Elle descendit l'escalier d'un pas résolu tout en soutenant d'une main sa tête lourde. Elle allait l'avoir, son moment de tranquillité. Oh, oui ! Elle allait s'asseoir sous la véranda et regarder le coucher du soleil, soigner les fleurs et écouter de la musique. Elle allait retrouver toute la paix et la solitude qu'elle désirait. Et pas plus tard que tout de suite.

Le menton levé, elle ouvrit la porte d'entrée à la volée. Et poussa un cri étranglé.

Un Noir à la joue balafrée et aux épaules massives se tenait près d'une des fenêtres brisées. Caroline aperçut l'éclat d'un objet métallique dans sa main. En proie à la plus grande confusion, elle pensa d'abord rentrer précipitamment pour essayer de téléphoner ; puis se ruer dans sa voiture, espérant qu'elle y avait laissé ses clés de contact ; enfin ne rien faire, et se contenter de hurler.

— Mam'zelle Waverly ?

Après plusieurs essais affolés, elle parvint à recouvrer sa voix.

— J'ai appelé le shérif, bredouilla-t-elle.

— Oui, m'dame, Tucker m'a dit que vous aviez eu quelques problèmes par ici.

— Je... pardon ?

— Hatinger a tiré dans vos carreaux. Le shérif l'a mis en prison. Je devrais être capable d'arranger ça vite fait.

— Arranger ça ?

Le voyant tendre la main, elle s'apprêtait à crier lorsqu'elle se rendit compte que l'objet métallique tant redouté n'était autre qu'un mètre d'acier. Elle s'efforça de calmer les battements de son cœur, et il déplia le mètre entre les montants de l'encadrement dégarni.

— Vous allez réparer la fenêtre ?

— Oui, m'dame. Tuck m'a appelé l'hier soir. M'a dit qu'il vous avait prévenue que je viendrais ce matin pour prendre les mesures et remettre des carreaux.

Ses yeux noisette pétillaient d'amusement.

— Mais à ce que je vois, il ne vous a pas prévenue.

— Non.

Le cœur submergé de soulagement — et d'irritation —, Caroline pressa une main contre sa poitrine.

— Non, reprit-elle, il ne m'en a pas avertie.

— Tuck n'est pas ce qu'on appelle un homme digne de confiance.

— J'ai fini par m'en apercevoir.

Avec un hochement de tête, il griffonna quelques croquis sur un calepin.

— J'ai dû vous donner un choc, hein ?

— Ça va, répondit-elle en esquissant un sourire. Je crois que je commence à en avoir l'habitude.

Un peu remise de ses émotions, elle passa une main dans ses cheveux mouillés.

— Vous ne m'avez pas dit votre nom.

— Toby March.

En manière de salut, il releva la visière de sa casquette élimée de cultivateur.

— Je bricole à droite à gauche.

— Ravie de vous connaître, monsieur March.

Après quelque hésitation, il serra la main qu'elle lui tendait.

— Appelez-moi juste Toby, m'dame. Comme tout le monde.

— Eh bien, Toby, je vous remercie d'être venu aussi vite.

— Toujours heureux d'avoir du travail. Si vous pouviez me donner un balai, je vous enlèverais les morceaux de verre.

— D'accord. Voulez-vous un peu de café ?

— Pas besoin de vous déranger.

— Ça ne me dérange pas. J'allais m'en faire.

— Alors, dans ce cas, je vous en serai très reconnaissant. Noir avec trois sucres, s'il vous plaît.

— Je vous l'apporte dans une minute.

Le téléphone se mit à sonner.

— Veuillez m'excuser.

Pressant une main contre son front, Caroline traversa en trombe le couloir et se saisit du combiné.

— Oui ?

— Eh bien, mon chou, tu mènes une vie vraiment palpitante, à ce qu'il paraît.

— Susie…

Elle s'adossa contre la rampe de l'escalier.

— Qui a dit qu'il ne se passait jamais rien dans les petites villes ?

— Pas les gens qui y vivent, en tout cas. Burke m'a dit que tu étais saine et sauve. Je serais bien venue vérifier par moi-même, mais les garçons font la grasse matinée. Même en gardant un œil sur eux, j'ai l'impression que la maison est en état de siège.

— Je vais bien, ne t'inquiète pas.

Oui, elle allait bien — abstraction faite de sa gueule de bois, de ses nerfs en capilotade et d'une importune dose de frustration sexuelle.

— Je suis juste un peu fatiguée.

— Qui pourrait te le reprocher, mon chou ? Bon, écoute. Nous faisons un barbecue demain. Viens donc prendre un peu le frais chez nous. Quand tu te seras empiffrée jusqu'à plus pouvoir marcher, tu oublieras tous tes soucis.

— Voilà qui semble alléchant.

— 5 heures tapantes. Arrivée en ville, tu vas jusqu'au bout de Market Street, et puis tu prends à gauche dans Magnolia Street. C'est la troisième maison sur la droite. La jaune aux volets blancs. Si tu te perds, tu n'auras qu'à te guider à l'odeur des côtelettes.

— J'y serai. Merci, Susie.

Elle raccrocha et gagna la cuisine. Elle brancha la cafetière, mit quelques tranches de pain à griller et sortit de la confiture de mûres sauvages. Dehors, le soleil tapait sur l'herbe humide, soulevant des fragrances aussi attirantes que l'odeur du café. Elle vit un pic-vert s'installer contre le tronc d'un arbre pour picorer son petit déjeuner.

En même temps, lui parvenait de la véranda la voix de Toby qui, de son ample et riche voix de baryton, chantait un gospel chaloupé parlant de paix retrouvée.

Caroline sentit alors que sa migraine s'était évanouie, que son regard avait retrouvé sa clarté.

Finalement, se dit-elle, c'était bon d'être chez soi.

Non loin de là, quelqu'un se roulait en gémissant dans des draps poisseux de sueur, en proie à des rêves obscurs et tortueux. Des rêves de sexe, de sang, de puissance. Des rêves que la lumière du jour ne faisait pas toujours oublier et qui, parfois, dans ces moments de veille, accouraient en voletant, tels des papillons aux ailes acérées, pour affliger son esprit de cuisantes écorchures.

Des femmes, il y avait toujours des femmes. Ces garces bestiales et dédaigneuses. Le besoin d'elles — de leur peau douce, de leur tendre parfum, de leurs chaudes senteurs — était odieux.

Il pouvait y avoir de longs moments de répit. Durant des jours, des semaines, voire des mois, il pouvait y avoir de la gentillesse, de la chaleur, du respect même à leur égard. Mais ensuite, ensuite l'une d'entre elles commettait un acte — un acte qui réclamait un châtiment.

La souffrance recommençait à se faire sentir, et avec elle la soif. Une soif qui ne pouvait être étanchée que dans le sang. Mais, même au travers de la douleur, même au travers de la soif, l'astuce restait présente. Il y avait une satisfaction farouche dans le fait de savoir que malgré toutes les recherches, malgré tous les efforts déployés, personne ne découvrirait jamais de preuves.

Si la folie habitait Innocence, elle le faisait dans le plus grand secret. Et, l'été venant, elle festoierait dans les entrailles mêmes de son hôte impuissant. Radieuse.

Le Dr Theodore Rubenstein — Teddy pour ses amis — engouffra son deuxième roulé à la cerise et le fit descendre avec une gorgée de Pepsi tiède prise à même le goulot. Jamais il n'avait su aimer le café.

Il venait juste de laisser derrière lui son quarantième anniversaire, et commençait à entrevoir la nécessité de passer de la lotion capillaire dans ses épais cheveux bruns. Il ne se dégarnissait pas — grâce au ciel — mais n'affectionnait guère l'aspect professionnel que lui donnaient ses quelques mèches grises.

Teddy se considérait lui-même comme un joyeux drille. Sachant qu'avec ses petits yeux noirs, son menton légèrement fuyant et son teint olivâtre, il n'était pas d'une beauté à faire se pâmer ces dames, il comptait sur son caractère enjoué pour les séduire.

La personnalité, aimait-il à se répéter, attirait autant les cœurs que la perfection physique.

Tout en fredonnant, il se récurait les mains dans le lavabo de la salle d'embaumement de chez Palmer, juste au-dessous d'une image magique de Jésus que, par amusement, il examinait d'un côté puis de l'autre. Vu de gauche, le Seigneur, en robe rouge, un sourire miséricordieux aux lèvres, désignait d'un geste élégant le cœur stylisé qui saillait de sa poitrine. Vu de droite, le visage du Christ tremblait un instant avant de prendre une expression de tristesse et de douleur — ce que l'on comprenait aisément en avisant la couronne d'épines qui apparaissait alors au sommet de ses cheveux châtains et les fines rigoles de sang qui se mettaient à couler sur son front de penseur.

Teddy se demanda laquelle de ces deux images Palmer préférait regarder avant d'apprêter les corps des défunts. Il se sécha les mains, essayant cette fois de repérer le point de vue d'où il pourrait voir les deux images se fondre en une seule. Derrière lui, Edda Lou Hatinger reposait nue sur la table d'embaumement en céramique — un modèle ancien, avec les rainures d'évacuation le long des bords. La peau de la jeune femme était blême sous la lumière crue des néons.

De tels spectacles ne dégoûtaient pas Teddy des sucreries. S'il avait choisi la médecine, c'était avant tout pour répondre au vœu de sa famille. Il était le quatrième Rubenstein à porter le titre de « docteur ». Cependant, bien avant qu'il eût achevé sa première année d'internat, il s'était découvert une phobie quasi obsessionnelle des malades.

Avec les morts, cependant, c'était tout différent.

Si les gardes à l'hôpital, au milieu des râles et des gémissements des patients, l'avaient éreinté, il n'avait jamais rechigné à travailler sur des cadavres. Dès la première fois où il avait été invité à assister à une dissection, il avait su qu'il avait trouvé sa vocation.

Les morts, eux, ne se plaignaient pas, n'avaient nul besoin d'être sauvés et, par le diable, n'allaient certainement pas vous poursuivre en justice pour faute professionnelle.

Ils étaient plutôt comme des énigmes. On les examinait dans son coin, on cherchait ce qui n'allait pas, et on remplissait un rapport.

Teddy était habile à résoudre les énigmes. En tout cas, il préférait cent fois la compagnie des morts à celle des vivants. Chacune de ses deux ex-épouses aurait été plus qu'heureuse de dénoncer son manque de sensibilité et son égocentrisme, ainsi que son humour morbide et déplacé. Même s'il pensait pour sa part être un sacré boute-en-train.

Poser un vibromasseur dans la main d'un cadavre était quand même un moyen radical de mettre un peu de gaieté dans la routine d'une autopsie.

Burns ne serait sans doute pas d'accord, mais Teddy adorait taquiner Burns. Il se sourit à lui-même en faisant claquer des gants chirurgicaux sur ses poignets. Voilà des semaines qu'il peaufinait une farce, guettant l'occasion de la perpétrer aux dépens d'un quidam tel que l'austère et inflexible Matt Burns. Tout ce qu'il lui avait fallu, c'était une victime convenablement amochée.

Teddy envoya un baiser de remerciement à l'adresse d'Edda Lou tout en enclenchant son magnétophone.

— Ce que nous avons ici, commença-t-il à articuler avec un très fort accent du Sud, c'est une femelle de type caucasien, âgée de vingt-cinq ans environ. Identifiée comme Edda Lou Hatinger. Mesure un mètre soixante-cinq pour cinquante-sept kilos. Et, mes enfants, elle a tout ce qu'il faut là où il faut.

Avec ça, songea Teddy avec ravissement, Burns allait sauter au plafond.

— Notre invitée du jour a subi de multiples coups de couteau. A savoir — veuillez m'excuser, mademoiselle…

Il dénombra les plaies.

— … Vingt-deux entailles. Concentrées dans la région de la poitrine, du torse et des organes génitaux. Une lame affûtée a été utilisée pour trancher la jugulaire, la trachée et le larynx en un mouvement circulaire horizontal. Etant donné l'angle et la profondeur du coup, je dirais de gauche à droite, ce qui indique que l'agresseur était droitier. Autrement dit, mesdames et messieurs, sa gorge a été ouverte d'une oreille à l'autre au moyen d'un couteau qui devait faire…

Il mesura la plaie et poussa un sifflement admiratif.

— Quinze à dix-huit centimètres de long. Comme dans *Crocodile Dundee*!

Il poursuivit en adoptant un lourd accent australien :

— Hé bé, ça c'est du couteau. Après étude des autres traumas, il apparaît que la cause du décès est probablement ladite blessure à la gorge. Comme cause, ça ferait l'affaire en tout cas, vous pouvez me croire : je suis docteur.

Il sifflota l'air de *A Summer Place* tout en poursuivant son examen.

— On note un coup à la base du crâne assené au moyen d'un objet lourd et de surface irrégulière.

Délicatement, il arracha quelques fragments du bout de ses pinces.

— Pour examen ultérieur : avons relevé ce qui semble être des échardes ou des morceaux d'écorce. Je pense que nous pouvons avancer que la victime a été assommée avec une branche d'arbre. L'hémorragie qui en a résulté est antérieure au décès. Maintenant, très chers enquêteurs, si vous en concluez que le coup a rendu la victime inconsciente, vous avez gagné un voyage gratuit pour deux à La Barbade ainsi qu'une panoplie complète de valises Samsonite.

Il leva la tête en direction de la porte qui venait de s'ouvrir. Burns le salua de la tête. Teddy sourit.

— Nous informons nos aimables auditeurs de l'arrivée de l'agent spécial Matthew Burns, venu admirer le maître à l'ouvrage. Comment va, mon grand ?

— Ça avance ?

— Oh, Edda Lou et moi sommes juste en train de faire connaissance. Je pense que nous irons danser plus tard.

Burns serra les mâchoires.

— Comme toujours, Rubenstein, votre humour est aussi lamentable que révoltant.

— Ce n'est pas l'avis d'Edda Lou. N'est-ce pas, très chère ?

Il tapota la main du cadavre.

— Hématomes et éraflures aux poignets ainsi qu'aux chevilles, reprit-il.

Outils en main, il extirpa de la peau blême de minuscules fibres blanches. Il les ensacha tout en continuant à décrire ses trouvailles avec entrain.

Burns réussit à contenir son irritation pendant un autre quart d'heure.

— A-t-elle subi des violences sexuelles ? demanda-t-il enfin.

— Sacrément difficile à dire, répondit Teddy entre ses lèvres fines. Je vais prendre des échantillons de tissus.

Burns détourna aussitôt les yeux.

— Je l'ai mise dans l'eau pendant douze à quinze heures. Sous réserve des résultats des examens ultérieurs, nous estimons que le décès a dû avoir lieu entre 23 heures et 3 heures du matin, dans la nuit du 15 au 16 juin dernier.

— Je veux ces résultats dans les plus brefs délais.

— Seigneur, repartit Teddy sans s'interrompre dans ses prélèvements, que j'aime ce ton de fonctionnaire !

Burns ignora la remarque.

— Je veux tout savoir sur elle. Ce qu'elle a mangé et quand. Si elle était droguée ou si elle avait pris de l'alcool. Si elle a eu un rapport sexuel. On la disait enceinte. Je veux savoir de combien de semaines.

— Je jetterai un coup d'œil.

Teddy se retourna dans l'intention manifeste de changer d'instrument.

— Vous pourriez aussi vouloir examiner sa molaire gauche. Je l'ai trouvée très intéressante.

— Une de ses dents ?

— Tout juste. Je n'ai jamais vu quelque chose de ce genre.

Intrigué, Burns se pencha en avant. Il ouvrit la bouche d'Edda Lou en plissant les yeux.

— Embrasse-moi, grand fou, lui demanda cette dernière.

Il poussa un petit cri et trébucha en arrière.

— Jésus. Doux Jésus.

Secoué par un fou rire, Teddy dut s'asseoir pour ne pas tomber. Il avait passé des mois à étudier la ventriloquie pour obtenir un tel effet. L'expression de panique hagarde affichée par Burns le remboursait au centuple de ses efforts.

— C'est pas possible, mon grand, vous avez un don. Même mortes, les femmes en pincent pour vous.

Burns serra les poings et s'efforça de rester calme. S'il flanquait une volée à Rubenstein, il n'aurait d'autre choix que de faire un rapport sur lui-même.

— Vous êtes complètement cinglé.

Les menaces ne servaient à rien, il le savait. Toute plainte adressée par voie réglementaire serait scrupuleusement enregistrée, puis oubliée. Rubenstein était le meilleur. Dément avéré, certes, mais le meilleur quand même.

— Je veux les résultats de vos examens d'ici à la fin de la journée, Rubenstein. Vous trouvez peut-être cela éminemment comique, mais moi j'ai un maniaque à arrêter.

Incapable de parler, Teddy ne put que hocher la tête tout en se tenant les côtes.

Quand Burns eut claqué la porte derrière lui, Teddy essuya ses yeux larmoyants et glissa de son tabouret.

— Chère, chère Edda Lou, dit-il d'une voix encore essoufflée par l'hilarité, je ne saurais jamais vous remercier assez pour votre coopération. Croyez-moi, avec ce coup-là, vous allez rentrer dans les annales. Les petits copains de D.C. vont adorer.

Il se saisit de son scalpel et se remit à l'ouvrage en sifflotant.

8

Darleen Fuller Talbot entendait les bruits du barbecue des Truesdale lui parvenir par la fenêtre de sa chambre. Tout de même, se dit-elle, il était honteux que cette pimbêche de Susie Truesdale ne l'ait pas invitée, elle, sa plus proche voisine, à la fête.

Dieu sait pourtant qu'elle aurait aimé y assister pour se distraire de ses soucis.

Evidemment, Susie ne la fréquentait pas. Elle lui préférait les Longstreet, les Shays, ou encore ces prétentieux de Cunningham qui habitaient de l'autre côté de la rue. Tous ces gens étaient bien faits pour se fréquenter, songeait Darleen. Ne savait-elle pas de façon certaine que sa toute-puissante altesse John Cunningham avait même trompé son épouse hypercoincée avec Josie Longstreet ?

Oh, Susie avait très probablement oublié qu'elle avait dû se marier en catastrophe pour faire ensuite le service au Chat 'N Chew avec son gros ventre. Son mari avait beau être issu d'une famille aisée, cela ne lui avait rien rapporté. Tout le monde savait que le papa de Burke avait mis fin à ses jours parce qu'il s'était endetté jusqu'au cou.

Les Truesdale ne valaient pas mieux qu'elle, non plus que les Longstreet. Peut-être bien que son papa à elle avait gagné sa vie en travaillant sur une égreneuse de coton, au lieu d'en posséder une, mais il n'était pas un ivrogne. Et il n'était pas mort.

Darleen jugeait proprement inamical de la part de Josie de donner ainsi un barbecue en plein milieu de son jardin alors que l'odeur de la viande grillée et de la sauce épicée pouvait aggraver le désespoir d'un cœur solitaire. Eh quoi ! son propre frère Bobby Lee était de la partie — et il ne se souciait pas plus que les autres des sentiments de sa sœur.

« Qu'il aille au diable, se dit-elle, et ces poseurs de Truesdale avec lui ! » Elle ne voulait plus aller à aucune satanée fête de toute façon. Même si Junior travaillait de 4 heures à minuit à la station-service. Comment pourrait-elle rire et savourer la sauce à barbecue alors que la meilleure de ses meilleures amies allait être mise en terre le mardi suivant ?

Elle soupira, et Billy T., qui s'échinait à sucer ses tétons rosis, se dit qu'elle allait enfin y mettre un peu du sien.

— Allez, mon bébé, murmura-t-il en lui humectant l'oreille d'un coup de langue, viens sur moi.

— D'accord.

Cela pimentait la chose. Non seulement Junior ne voulait plus faire ça qu'au lit ces derniers temps, mais en plus il s'en tenait à une seule et unique position.

Après qu'ils en eurent terminé, Billy T. resta allongé sur le lit en tirant béatement sur une Marlboro. Darleen, elle, regardait le plafond, attentive à la musique qui montait de chez les Truesdale.

— Billy T., dit-elle en faisant la moue, tu ne trouves pas que c'est mal poli de donner une fête sans inviter ses plus proches voisins ?

— Oh, zut, Darleen ! Tu ne peux pas t'arrêter cinq minutes de penser à eux ?

— Le fait est que ce n'est pas correct, voilà.

Piquée par le manque de compassion que lui témoignait son amant, elle se leva pour prendre son flacon de talc parfumé à la rose. Comme elle allait récupérer Scooter chez sa nourrice dans une heure, c'était encore la manière la plus rapide d'absorber l'odeur de sueur et de plaisir sur sa peau.

— Elle se croit meilleure que moi, reprit-elle. Sa morveuse de Marvella aussi. Et tout ça parce qu'elles sont amies avec les Longstreet.

Elle remit son T-shirt et son short, renonçant à ses sous-vêtements en raison de la chaleur. Ses seins, hauts, fermes et ronds, saillaient sous l'étoffe de coton, distendant le portrait délavé d'Elvis imprimé dessus.

— Dire que ce satané Tucker est en bas, en train de faire la roue devant la Waverly. Alors qu'Edda Lou n'est pas encore enterrée !

— Un bon à rien, Tucker. L'a toujours été.

— Ouais, n'empêche qu'Edda Lou était folle de lui. Il lui offrait du parfum, lui.

Elle lança un regard plein d'espoir en direction de Billy T., trop occupé à faire des ronds de fumée pour le remarquer. Elle se retourna vers la fenêtre, l'air renfrogné.

— Je les déteste, voilà. Je les déteste tous. Eh, qu'est-ce que tu crois ? Si Burke Truesdale n'était pas le meilleur ami de Tucker, il serait allé tout droit rejoindre Austin Hatinger en prison.

— Diable ! s'exclama Billy T.

Il frottait son ventre moite, se demandant s'ils ne pourraient pas se reprendre un peu de plaisir ensemble.

— Tucker a beau être un bon à rien, poursuivit-il, ce n'est pas un meurtrier. Tout le monde sait que c'est un Nègre qui a fait le coup. Un de ces négros qui aiment bien se taper des femmes blanches.

— Ouais, mais il lui a brisé le cœur quand même. Et moi je dis qu'il doit payer pour ça d'une manière ou d'une autre.

Elle se retourna vers Billy T., la larme à l'œil.

— Oh, comme j'aimerais que quelqu'un lui fasse regretter de l'avoir rendue si malheureuse avant sa mort !...

Un rire qui s'éleva du jardin en contrebas acheva de la mettre en rage.

— Tiens, reprit-elle en battant des cils, je ferais n'importe quoi pour celui qui aurait le cran de lui donner une bonne leçon.

Billy T. écrasa sa cigarette dans un petit cendrier orné d'un cliché du Washington Monument.

— Eh bien, mon chou, si tu te sens prête à te remettre à la tâche et à me montrer combien tu es sincère, je pourrais peut-être me débrouiller pour arranger les choses.

— Oh, mon amour !

Darleen retira Elvis de sa poitrine et s'agenouilla devant Billy T.

— Tu es si bon avec moi.

Tandis que Darleen s'activait à rendre Billy T. heureux, les côtelettes grésillaient sur le barbecue dans le jardin d'à côté. Burke présidait aux grillades, revêtu d'un grand tablier sur lequel un cuistot de dessins animés clamait : « Un bisou sinon rien ! » Une Budweiser à la main, il aspergeait de l'autre les côtelettes de sauce. Susie transportait verres et assiettes de la cuisine à la table de jardin tout en ordonnant à ses enfants de prendre la salade, d'aller chercher plus de glace ou de cesser de chiper des œufs durs au curry.

Caroline ne pouvait qu'admirer ce va-et-vient savamment orchestré. Tandis que l'un se ruait vers la cuisine, l'autre en sortait. Deux des enfants — Tommy et Parker, se rappela-t-elle — avaient beau s'arrêter de temps à autre pour se donner des bourrades et se bousculer, la chorégraphie d'ensemble suivait harmonieusement son cours. Quant au plus jeune, Sam, neuf ans — né un 4 juillet, et qui devait son nom à l'Oncle Sam —, il était occupé à montrer sa collection d'images de base-ball à Tucker.

Affalé sur le gazon, ce dernier, malgré la chaleur, avait pris l'enfant sur ses genoux pour feuilleter l'album avec lui.

— Je t'échange ma Rickey Henderson contre ce Carl Ripkin.

— Non, répondit Sam avec un mouvement de tête qui fit voler une mèche blonde dans ses yeux. Celle-là, c'est la première année de Carl.

— Mais ton image est toute cornée, fils, tandis que mon Henderson à moi est en parfait état. Et si je te donnais en plus mon tout nouveau Wade Boggs ?

— Peuh, ça ne vaut rien.

Sam tourna la tête vers Caroline, une lueur de malice dans ses yeux noirs.

— Je veux la 63 Pete Rose.

— C'est du vol, fils. Je vais dire à ton papa de te jeter en prison rien que pour avoir osé me faire pareille proposition. Burke, ton gamin a le vice dans le sang. Tu as intérêt à l'envoyer dans une maison de redressement avant qu'il te donne une attaque.

— Dis plutôt qu'il n'aime pas les magouilleurs dans ton genre, rétorqua Burke d'un air entendu.

— Il m'en veut toujours de lui avoir pris son Mickey Mantle en 68, chuchota Tucker à Sam. Le bonhomme ne comprend pas l'habileté commerciale. Alors, ce Cal Ripkin ?

— Je te le laisse à vingt-cinq dollars.

— Zut. En voilà assez.

Il saisit Sam par le cou.

— Tu vois ce type assis là-bas, en train d'assommer Mlle Waverly ? lui chuchota-t-il à l'oreille.

— Le type en costume ?

— Oui, monsieur. Eh bien, c'est un agent du FBI, et demander vingt-cinq dollars pour la première année de Cal Ripkin est une infraction fédérale.

— Non-on, fit Sam avec une grimace enjouée.

— Oh ! que si. Et ton papa serait le premier à déclarer que nul n'est censé ignorer la loi. Je vais te dénoncer à la police.

Sam observa un instant Matthew Burns, puis il haussa les épaules.

— On dirait une tapette.

Tucker poussa un rugissement hilare.

— Où as-tu appris cela? s'écria-t-il en réfléchissant en même temps à la manière de soutirer la carte au garçon.

Et, renversant Sam cul par-dessus tête, il entreprit de le chatouiller.

Caroline les regarda rouler dans l'herbe, perdant aussitôt le fil de sa conversation avec Burns. Ce dernier était en train de lui parler du Bal Symphonique au Kennedy Center. Elle le laissa poursuivre, se contentant de temps à autre d'émettre un sourire ou un murmure approbateur. Elle était bien plus intéressée par le spectacle que lui offraient les autres convives.

Une poignée de personnes s'étaient réfugiées à l'ombre du chêne. C'était le seul arbre du jardin, et l'endroit rêvé pour de molles causeries sur des transats. Le médecin légiste, un petit homme noiraud et maigrichon, faisait glousser une de ces dames. Caroline se demanda comment on pouvait pratiquer tel jour une autopsie et raconter des blagues le lendemain.

Josie, perchée sur le pneu qui servait de balançoire, faisait du gringue au médecin — comme à tous les hommes, ou presque, qui se trouvaient à sa portée. Dwayne Longstreet et le Dr Shays sirotaient des bières, assis sur les rocking-chairs de la véranda. Marvella Truesdale et Bobby Lee Fuller échangeaient de longs regards langoureux, tandis que la propriétaire du salon de beauté, Crystal quelque chose, bavardait avec Birdie Shays.

De l'endroit où elle se tenait, Caroline apercevait une enfilade de jardinets de part et d'autre de celui des Truesdale. Du linge séchait sur des fils au soleil. On voyait des potagers dans toutes les parcelles ou presque, avec de grands plants de tomates ployant sous leurs fruits, des mange-tout, des choux, tous mûrs à point.

Elle sentait les odeurs de la bière, le fumet de la viande épicée et le parfum des fleurs flamboyantes gorgées de soleil vespéral. Tommy fourra une nouvelle cassette dans son lecteur portable et du blues s'envola dans l'air du soir. C'était une mélopée aux basses profondes, tendre et douloureuse à la fois, et lente, sinueuse comme un chagrin d'amour. Caroline n'identifia pas Bonnie Raitt, mais elle reconnaissait le talent.

Elle voulait entendre ça. Elle voulait entendre Sam couiner et glousser dans ses galipettes avec Tucker. Elle voulait entendre Crystal et Birdie cancaner sur une personne morte vingt ans auparavant dans un accident de voiture.

Elle voulait danser sur cette musique, regarder à travers les vapeurs odoriférantes de la viande grillée Burke embrasser sa femme comme un adolescent. Et puis elle voulait ressentir ce que ressentait Marvella tandis que Bobby Lee la prenait par la main pour l'attirer dans la cuisine.

Elle voulait faire partie intégrante de cette atmosphère, et non rester sur la touche à parler de Rachmaninov.

— Veuillez m'excuser, Matthew.

Le gratifiant d'un bref sourire, elle fit passer ses jambes par-dessus le banc de bois.

— Il faut que j'aille voir si Susie n'a pas besoin d'aide.

Alors que Sam lui sautait sur le dos, Tucker admira la manière dont le short blanc immaculé de la jeune femme dévoilait ses cuisses. Il soupira quand elle se baissa pour ramasser un Frisbee. Puis, après avoir renversé Sam sur la pelouse, et l'avoir chatouillé encore un brin, il se leva.

— Je crois que je vais aller me prendre une bière.

Caroline s'était arrêtée auprès du gril.

— Ça sent très bon, dit-elle à Burke.

— Encore cinq minutes, promit-il.

Susie s'esclaffa.

— C'est ce qu'il prétend toujours. Tu veux que je t'apporte quelque chose, Caroline ?

— Non, ça va. J'ai pensé que vous pourriez avoir besoin d'un peu d'aide.

— Hé, mon chou, pourquoi crois-tu que j'aie voulu quatre enfants ? Non, assieds-toi et détends-toi, c'est tout.

— Je t'assure, je...

Elle jeta un coup d'œil circonspect par-dessus son épaule. Burns était toujours assis à la table, la cravate impitoyablement serrée autour du cou, en train de siroter le chardonnay qu'elle lui avait apporté.

— Oh, je vois ! s'exclama Susie après avoir suivi la direction de son regard. Il est parfois bon pour une femme d'être occupée. Et si tu courais me chercher les canapés aux pickles ? Je les ai rangés dans le placard, à gauche du réfrigérateur.

Reconnaissante, Caroline s'exécuta. Lorsqu'elle parvint sous la véranda, le Dr Shays inclina son chapeau pour la saluer, et Dwayne lui adressa un sourire doux et vague d'homme déjà à moitié ivre.

Caroline pénétra enfin dans la cuisine et se figea sur le seuil. Bobby Lee et Marvella étaient soudés dans une étreinte torride juste devant le réfrigérateur. Comme la moustiquaire se refermait avec un claquement sec, ils se séparèrent brusquement. La jeune fille, rouge de confusion, rajusta prestement son chemisier, tandis que Bobby Lee arborait un sourire crispé à mi-chemin entre la gêne et la fierté.

— Je suis affreusement désolée, articula Caroline, ne sachant trop qui des trois était le plus embarrassé. Je suis juste venue chercher quelque chose pour Susie…

L'atmosphère de la cuisine était si ardente qu'on aurait pu y faire griller du bacon.

— … mais je peux revenir.

Elle manqua buter dans la porte que Tucker venait d'ouvrir.

— Caro, il ne faut pas laisser ces deux-là tout seuls ici ! s'exclama-t-il en lançant un clin d'œil à Bobby Lee. Les cuisines sont des endroits redoutables. Allez, vous autres, dehors. Comme ça, vos mamans pourront vous garder à l'œil.

— J'ai dix-huit ans, répliqua Marvella, une lueur de défi dans le regard. Nous sommes des adultes, maintenant.

Tucker, le sourire aux lèvres, lui pinça le menton.

— C'est bien ce qui m'inquiète, mon petit trésor.

— D'ailleurs, poursuivit-elle, nous allons nous marier.

— Marvella ! s'écria Bobby Lee.

Ses oreilles avaient viré à l'écarlate.

— Je n'en ai même pas encore parlé à ton père.

La jeune fille redressa fièrement la tête.

— Nous en avons déjà parlé tous les deux, non ?

— Euh, oui, bien sûr.

Il déglutit péniblement. Tucker, ébahi, semblait attendre sa réaction.

— Mais ça serait quand même plus correct que j'aie un entretien avec lui avant qu'on annonce quoi que ce soit.

— Dans ce cas, le plus tôt sera le mieux, dit-elle en le prenant par le bras.

Et elle le poussa par la porte de service.

Tucker les regarda sortir, médusé.

— Jésus, dit-il en passant une main tremblante dans ses cheveux.

Il n'y a pas longtemps, elle me bavait encore sur l'épaule, et voilà qu'elle envisage déjà de se marier.

— Et j'ai comme l'impression que ce ne sont pas seulement des paroles.

— Comment diable en est-elle arrivée à avoir dix-huit ans ? s'interrogea-t-il. Mon Dieu, comme le temps passe !

Caroline lui tapota le bras avec un petit rire.

— Ne t'inquiète pas, Tucker : avant deux ans, elle t'aura mis un autre bébé baveur sur l'épaule.

— Sei… Seigneur Dieu.

Rien que d'y penser le faisait bredouiller.

— Me voilà pour ainsi dire grand-père, hein ? A trente-trois ans et des poussières… Je suis trop jeune pour ça.

— Rassure-toi : ce ne sera qu'à titre honorifique.

— Peu importe, rétorqua-t-il, les yeux perdus dans le fond de sa bière. Je n'ai pas envie d'y penser.

— Voilà une sage décision.

Elle se retourna pour ouvrir le placard.

— Où sont les canapés aux pickles ?

— Hmm ?

Il fit volte-face. Aussitôt ses sombres ruminations sur le temps qui passait s'envolèrent. Doux Jésus, se dit-il, quelles belles jambes ! Et ce derrière… une merveille !

— Sur l'étagère du haut. Tends un peu plus le bras.

Il regarda son short remonter sur ses cuisses tandis qu'elle se dressait sur la pointe des pieds.

— Voilà. Ne bouge plus.

Les doigts de la jeune femme effleuraient à peine le plat, lorsqu'elle se rendit compte de ce qui se passait dans son dos. Elle retomba sur les talons tout en jetant un coup d'œil par-dessus son épaule.

— Tucker, tu es fou.

— Je commence effectivement à me sentir un peu fiévreux.

Toujours souriant, il se rapprocha de la jeune femme.

— Allons, laisse-moi t'aider.

Il tendit la main vers le plat. Dans la manœuvre, son corps se pressa légèrement contre celui de Caroline.

— Tu sens bon, Caro. D'une odeur qu'un homme aimerait bien trouver à son réveil.

Elle eut un sursaut instinctif qui la força à prendre une lente inspiration.

— Comme l'odeur du café ou du bacon ?

Il gloussa et se laissa aller à lui renifler le cou.

— Comme l'odeur d'une chair tendre et alanguie.

Trop d'événements survenaient en elle d'un coup, songea-t-elle. Trop et trop vite. Des pincements, des tensions, des relâchements subits. Elle n'avait plus ressenti cela depuis… Depuis Luis.

Ses muscles se raidirent de nouveau.

— Tu m'importunes, Tucker.

— Je n'y peux rien.

Il se saisit du plat et le déposa sur le comptoir. Puis, prenant la jeune femme par la taille, il la força à se retourner.

— Il ne t'est jamais arrivé d'être hantée par quelque chose, un air de musique par exemple, qui n'arrête pas de jouer dans ton esprit — même si tu ne pensais pas l'aimer autant ?

Ses mains glissèrent sur le torse de la jeune femme, effleurant à peine sa poitrine. Caroline se sentit prise d'un léger vertige.

— Oui, je pense que oui.

— C'est mon problème avec toi, Caroline. Tu n'arrêtes pas de jouer dans ma tête. C'en est presque une obsession.

Il avait les yeux au niveau des siens. Son regard était si proche qu'elle s'aperçut que ses pupilles étaient cernées d'un mince et ensorcelant filet vert.

— Peut-être devrais-tu penser à un air différent.

Comme il se penchait, Caroline se figea. Il se contenta de lui mordiller doucement la lèvre.

— Le reste viendra, dit-il. J'ai toujours su attendre.

Il lui caressa la joue du dos de la main. Tucker se rendit alors compte que, devant le regard franc et direct de Caroline, il ressentait de l'appréhension, de la sollicitude, une faiblesse de tous les membres — tout cela à la fois.

— Est-ce qu'il t'a blessée ou seulement déçue ?

— De quoi veux-tu parler ?

— Tu es ombrageuse, Caro. Je suppose qu'il y a une raison à cela.

La chaleur fluide qui venait de se répandre en elle se transforma instantanément en une détermination d'acier.

— « Ombrageuse » est un terme qui convient mieux aux juments. Cet aspect dont tu parles, c'est tout simplement de l'indifférence.

Et la raison que tu supposes se résume sans doute au fait que je ne te trouve pas attirant.

— Oh! le gros mensonge, murmura Tucker d'un ton paterne. Ton indifférence… Si nous n'avions pas de compagnie, là, dehors, je te montrerais comment je sais que tu mens. Mais je suis un homme patient, Caro, et je n'ai jamais reproché à une femme d'aimer se laisser séduire.

Caroline sentit une bouffée de rage lui monter à la gorge.

— Oh, je suis certaine que des femmes, tu en as séduit plus souvent qu'à ton tour. Edda Lou, par exemple.

L'amusement le céda dans les yeux de Tucker à la colère, puis à un autre sentiment, proche du remords. Il se recula. Caroline lui posa aussitôt la main sur le bras.

— Tucker, je suis désolée. C'était méprisable.

Il porta la bière à ses lèvres pour adoucir un peu l'amertume qui lui emplissait le gosier.

— Tu n'es pas loin de la vérité.

Elle secoua la tête.

— Tu m'avais agacée, mais cela n'excuse en rien mon propos. Je suis désolée.

— N'y pensons plus.

Il posa de côté son verre vide, ainsi que la plus grande part possible de sa peine. Au même instant, Burke se mit à crier. Les lèvres de Tucker ébauchèrent un sourire — mais pas ses yeux, Caroline le vit bien.

— Ah, on va peut-être enfin se mettre à table, dit-il. Allez, prends le plat. Je te suis.

— Très bien.

Elle s'arrêta à la porte, voulant encore rattraper sa maladresse. Hélas, elle savait que toute excuse supplémentaire serait vaine.

Quand la porte se fut refermée, Tucker appuya son front contre le réfrigérateur. Il ignorait ce qu'il ressentait, il n'avait pas de mots pour le dire. Et il détestait cela. Habituellement, ses sentiments survenaient toujours en lui avec une telle légèreté, même les plus tristes. Mais ce magma d'émotions nauséeuses qui l'engloutissaient sans prévenir lui était inconnu, désagréable et proprement effrayant.

Il avait même rêvé d'Edda Lou. Elle était venue à lui, cadavre saccagé et bouffi. De la mousse espagnole gorgée d'eau croupie pendait de ses cheveux. Elle le désignait de son index squelettique, la peau couverte d'un sang noir et suintant.

Elle n'avait pas eu besoin de parler pour se faire comprendre. C'était sa faute à lui. Elle était morte et c'était sa faute.

Seigneur tout-puissant, qu'allait-il faire maintenant ?

— Tucker ? Mon bichon ?

Josie se glissa dans la cuisine et vint passer un bras autour de ses épaules.

— Tu te sens mal ?

Aussi mal que possible, songea-t-il.

— J'ai la migraine, c'est tout, répondit-il avec un soupir.

Il se retourna et lui sourit.

— Voilà ce qui arrive quand on boit trop de bière, le ventre vide.

Elle lui caressa les cheveux.

— J'ai de l'aspirine dans mon sac. De l'extra-forte.

— Je ferais mieux de manger un peu.

— Allons te chercher une assiette.

Elle garda le bras autour de ses épaules pour l'accompagner sous la véranda.

— Dwayne est ivre mort, et je n'ai pas envie d'avoir à vous traîner tous deux jusqu'à la maison. Surtout que j'ai un rendez-vous pour ce soir.

— Qui est l'heureux élu ?

— Ce docteur du FBI. Il est mignon à croquer.

Elle gloussa tout en adressant un signe de la main à Teddy Rubenstein.

— Je pensais l'essayer pour Crystal. Elle n'a pas arrêté de le regarder.

— Tu es une vraie amie, Josie.

— Je sais.

Elle prit une profonde inspiration.

— Allons, dit-elle, les côtelettes nous attendent.

Au-delà des anciennes maisons d'esclaves aux murs brûlants de chaleur, au-delà des champs de coton puant l'engrais et les pesticides, s'étendait le sombre étang en forme de U qui avait donné son nom à Sweetwater.

Ses eaux n'étaient plus si *claires*, désormais. Les poisons utilisés pour exterminer les charançons et autres fléaux des moissons s'étaient infiltrés dans le sol, génération après génération, et de là dans son bassin.

Mais son eau avait beau ne pas être potable, et ses poissons très certainement impropres à la consommation, il n'en offrait pas moins un spectacle magnifique sous la lune ascendante.

Les roseaux se balançaient languissamment sur les berges, dans les coassements et les bruits de plongeon des grenouilles. Les racines remontantes des cyprès chauves pointaient à la surface de l'étang comme de vieux os noirs. La nuit était assez claire pour qu'on pût distinguer les minuscules vaguelettes soulevées par le passage des moustiques et des petites bêtes en chasse.

Las de la bière qu'il avait absorbée au barbecue de Burke, Dwayne s'était rabattu sur sa boisson favorite, le Wild Turkey. Quoique la bouteille fût encore pleine aux trois quarts, il se sentait abominablement soûl. Il aurait mieux aimé s'asseoir chez lui pour s'abrutir d'alcool, mais Della ne l'aurait sans doute pas laissé tranquille. Et il en avait sa claque des enquiquineuses.

La lettre de Sissy l'avait mis dans une colère qu'il comptait bien entretenir à grand renfort de whisky. Elle allait épouser le vendeur de chaussures. Mais il s'en fichait. Qu'elle aille donc épouser son peloteur de croquenots. De toute façon, il ne l'aimait pas — et ne l'avait même jamais aimée. Et il voulait bien être damné si elle venait encore lui pousser leurs enfants sous le nez pour essayer de lui soutirer du fric.

Ecoles privées, nouveaux vêtements — et quoi encore ? Ça suffisait. Déjà, Sissy et son gominé d'avocat lui avaient pratiquement interdit de voir ses deux garçons. « Droit de visite restreinte », qu'ils appelaient ça. Juste parce qu'il aimait boire un coup de temps en temps...

L'air renfrogné, debout devant l'étang, Dwayne ingurgita une nouvelle lampée de whisky. On avait fait de lui une espèce de monstre, alors qu'il n'avait jamais porté la main sur ses enfants. Ni sur Sissy, d'ailleurs. Encore que cela l'avait furieusement démangé une fois ou deux, histoire de la remettre à sa place.

Mais il n'était pas un homme violent. Il n'était pas comme son père. Il avait le vin bon, et l'avait démontré dès l'âge de quinze ans. Sissy Koons ne l'ignorait pas lorsqu'elle lui avait ouvert ses cuisses. Lui avait-il reproché de son côté d'être enceinte ? Non, monsieur. Il l'avait épousée, lui avait acheté une belle maison et tous les jolis habits qu'elle voulait.

Autant donner de la confiture à un cochon, oui, se dit-il en repensant à la lettre. Si elle croyait qu'il allait laisser ce roucoulant représentant en chaussures adopter la chair de sa chair, elle se mettait le doigt dans l'œil. Qu'elle aille donc plutôt en enfer. Et du diable s'il plierait de nouveau devant la sempiternelle menace de le traîner encore devant les tribunaux au cas où il refuserait d'augmenter le montant mensuel de sa pension alimentaire.

Ce n'était pas une question d'argent. Il se fichait pas mal de l'argent. Tout ça, c'était le rayon de Tucker. Chez lui, c'était une question de principe.

« Plus d'argent, lui dirait-elle de sa voix enjôleuse, et tes enfants porteront le nom d'un autre homme. »

Ses propres enfants, le symbole de sa pérennité. Et l'objet de son affection, bien entendu. Ils étaient son sang, après tout, son lien avec l'avenir, et les chaînes qui le ligotaient à son passé. Voilà pourquoi il leur envoyait des cadeaux et des bonbons. Quant à les avoir dans les pattes, c'était une tout autre affaire.

Il se rappelait encore les cris et les couinements que Little Dwayne — qui ne devait pas avoir plus de trois ans — avait poussés en surprenant son papa, ivre mort, qui brisait contre le mur les verres des invités de Sissy.

Cette dernière était accourue pour prendre le petit dans ses bras, comme si c'était *lui*, et non les gobelets à bord doré, que son père était en train de catapulter contre le mur. Et le môme s'était mis à brailler.

Dwayne en était resté interdit. Il aurait voulu prendre la tête de l'un pour l'écraser sur celle de l'autre.

« Ah, tu veux une bonne raison pour pleurer ? Eh bien, je vais t'en donner une. »

Voilà ce que son père aurait dit, et tous les autres auraient tremblé dans leur froc.

Mais peut-être était-ce ce qu'il avait dit, songea-t-il après coup. Peut-être même l'avait-il crié. Sissy, cependant, n'avait pas tremblé. Au contraire, elle lui avait hurlé son dégoût et sa colère, le visage écarlate.

Il avait failli la gifler. Oui, se souvint-il, il était à deux doigts de lui frotter les côtes. Il avait même levé le bras pour le faire. Le souvenir de son père l'avait arrêté à temps.

Dépité, il était sorti en chancelant pour aller esquinter une énième voiture.

Sissy s'était barricadée dans la maison lorsque Burke l'avait ramené chez lui le lendemain. Il s'était senti très humilié quand elle lui avait ainsi refusé l'accès à son propre foyer, tout en criant par la fenêtre qu'elle allait descendre à Greenville consulter un avocat.

Innocence en avait fait des gorges chaudes pendant des semaines. On racontait partout comment Sissy l'avait chassé de chez lui avant de lui balancer ses affaires par la fenêtre de l'étage. Il avait dû boire des jours durant, jusqu'à en oublier son propre nom, pour être ensuite capable de prendre l'affront avec un haussement d'épaules.

Les femmes avaient l'art de contrarier l'ordre naturel des choses, se dit-il. Et voilà qu'aujourd'hui encore, Sissy revenait à la charge.

Mais le pire, et le plus difficile à admettre, c'était qu'elle insistait, surtout, pour être maîtresse de sa vie. Ayant abandonné Sweetwater aussi aisément qu'un serpent se débarrasse de sa vieille mue, elle s'apprêtait à poursuivre son chemin. Alors que lui… lui était piégé jusqu'au cou dans le bourbier des devoirs familiaux, esclave des espoirs qu'un père met en son fils. Une femme ne supportait pas un tel joug.

Non, sacré bon sang; une femme pouvait simplement faire tout ce qui lui plaisait. Rien que pour ça, il y avait de quoi les haïr.

Dwayne avala une nouvelle goulée et se mit à ruminer de sombres pensées. Il contemplait les eaux noires et, comme souvent, s'imaginait en train d'y pénétrer, de s'y fondre, d'en lamper un grand verre, le dernier, et de couler ensuite jusqu'au fond, les poumons saturés par l'eau du bassin.

Le regard perdu sur la surface de l'étang, il reprit une gorgée de Wild Turkey, préférant pour l'heure se noyer dans l'alcool.

Assise à une table de la taverne de McGreedy, Josie était en train de s'échauffer les sens. Située à côté du salon de beauté, ce lieu était son repaire favori. Elle aimait ses murs sombres respirant le whisky, son parquet gluant, ses tables bringuebalantes. Elle appréciait ce lieu autant que les fêtes tout aussi avinées, mais nettement plus guindées, auxquelles elle assistait souvent à Atlanta, Charlotte ou Memphis.

Elle ne manquait jamais de ressentir un coup de fouet en pénétrant dans cette atmosphère lourde de fumée et de vapeurs d'alcool, où s'entendaient de la country échappée du juke-box, des éclats de voix furieux ou hilares, et le claquement des boules de billard dans l'arrière-salle.

Elle y avait entraîné Teddy pour prendre quelques bières à sa table préférée, sous la gueule éraflée d'un vieux daim que McGreedy avait abattu durant la campagne électorale de 1952.

Avec une sorte de hurlement, elle flanqua une tape dans le dos de Teddy qui venait de lui raconter une blague graveleuse.

— Vous êtes un sacré pistolet, Teddy, s'écria-t-elle en allumant une cigarette. Vous m'assurez que vous n'avez pas une femme planquée quelque part ?

— Deux ex, répondit-il.

Il lui sourit à travers la fumée de sa cigarette. Il ne s'était jamais autant amusé depuis qu'il avait attaché les membres d'un cadavre avec du fil de pêche, pour le faire trémousser sur le *Twist and Shout* des Beatles.

— Tiens, reprit Josie, quelle coïncidence ! J'en ai deux aussi. Le premier était juriste. Jus-triste, oui. C'était un beau jeune homme, bien comme il faut, d'une belle famille bien comme il faut de Charleston. Juste le genre de mari que *môman* rêvait de me voir alpaguer. Il a failli me faire mourir d'ennui au bout d'un an à peine.

— Coincé ?

— Oh, mon chou.

Elle lança la tête en arrière pour que la bière fraîche coule d'un jet au fond de son estomac.

— J'ai pourtant essayé de le remuer. J'ai donné une fête pour le nouvel an, un bal masqué, où j'apparaissais en Lady Godiva[1].

Haussant les sourcils, elle fit courir une main dans sa lourde crinière d'ébène.

— Je portais une perruque blonde, reprit-elle en posant son menton dans le creux des paumes, le regard étincelant. Rien qu'une perruque. Mais ce vieux Franklin — c'est comme ça qu'il s'appelait — n'arrivait tout simplement pas à se mettre dans l'ambiance.

Teddy pouvait aisément s'imaginer Josie vêtue de ses blonds cheveux postiches. Il songeait en tout cas que, pour sa part, il se serait merveilleusement coulé dans la mise en scène.

— Aucun sens de l'humour, estima-t-il.

— Comme vous dites. Alors, naturellement, j'ai décidé de repartir en chasse. Je voulais un mari d'un autre genre. J'ai fini par rencontrer un cow-boy, un dur, un vrai, dans un ranch de loisirs de l'Oklahoma. On a eu de sacrés bons moments ensemble.

Elle soupira à ce souvenir.

1. Héroïne d'un fameux récit anglais du xiiie siècle. Pour convaincre un comte d'alléger les impôts accablant sa cité, elle accepta de traverser la ville à cheval dans le plus simple appareil, parée de sa seule chevelure.

— Et puis je me suis rendu compte qu'il me trompait. Ce qui n'était pas si grave — à part qu'il le faisait avec des cow-boys.

— Ouille! s'exclama Teddy avec une grimace compatissante. Et moi qui me croyais mal loti avec mes femmes qui jugeaient seulement mon boulot dégoûtant.

Il lui lança un clin d'œil.

— D'habitude, les femmes estiment que mon travail n'est pas un sujet décent de conversation.

— Eh bien moi, je le trouve fascinant.

Elle se tourna et fit signe au barman de les resservir, profitant habilement de ce changement d'attitude pour caresser le mollet de Teddy de son pied nu.

— Ce n'est pas un métier pour imbéciles, reprit-elle. Mener tous ces examens, découvrir qui a tué quelqu'un, juste en découpant... un corps...

Elle se pencha en avant, les yeux brillants.

— Tout cela m'échappe complètement, Teddy. Je veux dire : comment pouvez-vous décrire le meurtrier à partir d'un cadavre?

— Eh bien...

Il avala une gorgée de bière.

— ... c'est plutôt technique, mais grosso modo, vous vous contentez de mettre les morceaux du puzzle en place. Cause du décès, heure et lieu. Des fibres, voire du sang qui n'est pas celui de la victime. Des lambeaux de peau, des mèches de cheveux.

— Ça a l'air sinistre, commenta Josie avec un gracieux frémissement. Hmm, avez-vous trouvé quelque chose sur Edda Lou?

— Nous avons l'heure, le lieu et la méthode.

A la différence de ses collègues, Teddy ne rechignait pas à parler boutique.

— Dès que j'aurai terminé les examens, je comparerai mes résultats avec ceux obtenus par le coroner du comté sur les deux autres femmes.

Il tapota la main de Josie d'un air compatissant.

— Je crois savoir que vous les connaissiez toutes les trois.

— Absolument. Je suis allée à l'école avec Francie et Arnette. Arnette et moi avons même partagé quelques petits copains — dans notre jeunesse dispendieuse et débridée.

Elle sourit, les yeux perdus dans le fond de sa chope.

— Et je crois bien avoir toujours connu Edda Lou, sans que nous ayons été bonnes amies pour autant. C'est tout de même affreux de penser qu'elle est morte.

Elle reposa son menton dans le creux de ses mains. Ses longs cheveux noirs et bouclés, ses yeux d'ambre et sa peau mordorée lui donnaient un air gitan. Et ce soir-là, elle avait encore accentué ce côté en portant de lourdes boucles d'oreilles et un caraco écarlate à large col élastique qui lui découvrait les épaules.

— Je suppose que vous ne pouvez me dire si elle a beaucoup souffert, murmura-t-elle.

— Tout ce que je peux affirmer, c'est que la plupart des blessures ont été infligées après le décès, répondit-il en lui pressant la main. N'y pensez plus, Josie.

— C'est impossible.

Ses yeux se baissèrent un instant sur son verre glacé, puis revinrent se poser sur lui.

— Pour être sincère — et je peux l'être avec vous, Teddy, n'est-ce pas ?

— Bien sûr.

— La mort me fascine.

Elle eut un petit rire gêné et se rapprocha un peu plus de Teddy. Ce dernier sentit une bouffée de parfum capiteux, tandis que la poitrine de la jeune femme lui effleurait le bras.

— Eu égard à votre boulot, je vais vous l'avouer franchement : quand quelqu'un est tué, et qu'on en parle dans les journaux et à la télé, je ne loupe pas un seul article, une seule émission.

— Bah, repartit Teddy en gloussant. Vous faites comme tout le monde. Les autres ne le reconnaissent pas, voilà tout.

— Ça, c'est bien vrai.

Elle tira sa chaise contre la sienne, ses boucles noires venant caresser la joue du médecin légiste.

— Vous vous rappelez ces images qu'ils ont passées dans *A Current Affaire* et *Unsolved Mysteries* ? Vous savez, ces enquêtes sur les maniaques et les tueurs à la hache ? Je trouve cela absolument passionnant. Je veux dire, ce qui pousse ces individus à faire tous ces trucs aux gens et pourquoi ils sont si difficiles à arrêter. Je crois qu'on est tous un peu nerveux à l'idée d'avoir quelqu'un dans ce genre en ville — mais en même temps, c'est excitant, non ?

Teddy leva sa chope en manière de salut.

— C'est ce que vendent les journaux à sensations dans tous les supermarchés.

— Le goût du mystère, hein ?

Elle gloussa et choqua sa bouteille contre la sienne.

— J'ai effectivement le goût du mystère. Mais vous savez, Teddy… je n'ai jamais vu de cadavre. Enfin, avant qu'il soit pomponné et mis dans un cercueil.

Déchiffrant la requête qui se devinait dans le regard de la jeune femme, Teddy fronça les sourcils.

— Ecoutez, Josie, vous n'avez franchement pas besoin de voir cela.

De son pied nu, elle continuait à lui caresser le mollet.

— J'imagine que ma demande doit vous paraître un peu morbide, horrible même, mais je pense que le spectacle pourrait être aussi… instructif.

Teddy savait qu'il commettait une erreur, mais il n'était pas aisé de résister à Josie Longstreet quand elle avait une idée en tête. Qu'ils fussent tous les deux à moitié ivres et secoués de fous rires n'arrangeait d'ailleurs pas les choses. Après trois essais infructueux, il parvint enfin à insérer la clé qu'on lui avait prêtée dans le cadenas qui fermait la porte arrière de chez Palmer.

— C'est l'entrée des livraisons ? s'enquit Josie.

Teddy avait l'impression de retourner en enfance.

— Pompes funèbres Palmer, annonça-t-il. « Vous les refroidissez ? Nous aussi ! »

Josie partit d'un rire si fort qu'elle dut croiser les jambes pour ne pas faire pipi dans son short. Ils pénétrèrent dans la bâtisse en chancelant.

— Hou, il fait sombre là-dedans.

— Laissez-moi allumer.

— Non.

Son cœur battait à tout rompre. Elle prit la main de Teddy pour qu'il pût le constater par lui-même.

— Ça gâcherait l'atmosphère, ajouta-t-elle.

La plaquant contre la porte, Teddy la gratifia alors d'un long baiser ravageur. Puis, pressé contre elle, il fit remonter les mains sous son caraco. Les seins de la jeune femme jaillirent du fin bustier et lui remplirent les paumes. Elle avait les tétons longs et durs comme du granit.

— Jésus ! s'exclama-t-il, haletant de désir. Vous avez fait de la musculation ou quoi ?

Sa bouche prit le relais de ses mains qui, pendant ce temps, se débattaient avec le short.

— Du calme, mon chou, lui dit-elle en s'esclaffant. Ma parole, tu es aussi agité qu'un taureau en rut.

Elle le poussa de côté.

— Laisse-moi prendre ma lampe de poche.

Plongeant une main dans son sac, elle y farfouilla avant d'en ressortir une petite lampe en forme de stylo. Elle promena la lumière sur les murs, faisant lever des ombres tremblotantes. Peur et excitation lui donnaient le tournis, comme lorsqu'elle regardait les films d'horreur au Sky View.

— C'est par où ?

Pour la mettre dans l'ambiance, Teddy lui chatouilla le bras jusqu'au cou. Elle frémit.

— Par ici, dit-il.

Il lui ouvrit le chemin avec des airs de conspirateur qui lui arrachèrent un nouveau gloussement.

— T'es un sacré numéro, Teddy.

Mais elle lui emboîta tout de même le pas.

— Ça sent la rose fanée et… et Dieu sait quoi encore.

— Tel est le parfum des fantômes, très chère.

Pourquoi préciser que c'était en fait l'odeur des onguents, du formol et du Monsieur Propre ? songea Teddy en la guidant jusqu'à une seconde porte, dont il retrouva la clé à la lumière de la lampe.

— Vraiment ? demanda-t-elle en déglutissant.

Teddy ouvrit la porte d'une poussée, et regretta aussitôt que les Palmer fussent aussi tatillons. Un long gémissement des gonds aurait été parfait. Josie prit une profonde inspiration et alluma les lumières.

— Ça alors ! s'exclama-t-elle en frottant ses paumes moites contre ses cuisses. On dirait un cabinet de dentiste. C'est pour quoi faire, tous ces tuyaux ?

Teddy eut un sourire étonné.

— Tu veux vraiment le savoir ?

Elle s'humecta les lèvres.

— Euh, non, pas vraiment. Est-ce que…

Elle fit un geste en direction d'une forme recouverte par un drap blanc.

— C'est elle ?

— Elle-même, oui.

Josie sentit ses entrailles frémir.

— Je veux la voir.

— D'accord. Mais tu regardes seulement.

Teddy s'approcha du cadavre et lui découvrit la tête.

Josie fut prise d'un vertige.

— Jésus, murmura-t-elle enfin. Doux Jésus, elle est toute grise.

— Pas eu le temps de retoucher son maquillage.

La main sur l'estomac, Josie fit un deuxième pas en avant.

— Sa gorge…

— C'est la cause du décès, reprit Teddy en lui caressant les fesses, qu'elle avait rondes et fermes. Le couteau avait une lame de quinze, voire dix-huit centimètres de long. Maintenant, regarde un peu.

Il souleva le drap sur un des bras du cadavre.

— Tu vois cette décoloration des chairs dans la région du poignet ? Comment la peau est écaillée ? La pauvre fille a été ligotée avec une vulgaire corde à linge.

— Eh bien…

— Elle se rongeait les ongles, aussi. C'est pas beau, ça.

Il rabattit le drap sur le bras d'Edda Lou.

— Cette contusion à la base du crâne, reprit-il en tournant la tête de la victime, prouve qu'elle a été frappée avant de mourir. Et avec assez de force, sans doute, pour lui faire perdre conscience — le temps, pourrions-nous dire, de l'attacher et de la bâillonner. Des restes de fibres relevés sur ses lèvres ainsi que sur sa langue indiquent qu'un chiffon rouge a été utilisé pour cette dernière opération.

— Tu peux vraiment déduire tout ça ? s'enquit Josie qui se surprenait à boire chacune de ses paroles.

— Oui, et bien plus encore.

— A-t-elle été… violée ?

— L'hypothèse est en cours d'examen. Si par chance nous découvrons des traces de sperme, nous pourrons procéder à une identification génétique.

— Hum, je vois.

Elle avait déjà entendu cette expression quelque part.

— Ainsi, on retrouvera celui qui les a tués, elle et son bébé, conclut Josie.

— Mademoiselle est morte toute seule, la corrigea Teddy. Son gradient hormonal était plat.

— Comment ?

— Elle n'avait pas de polichinelle dans le tiroir.

— Ah ouais ?

Josie baissa les yeux sur le visage inanimé avec une moue perplexe.

— Je le lui avais bien dit, qu'elle mentait.

— Dit à qui ?

Elle secoua la tête. Ce n'était pas le moment d'évoquer le nom de Tucker, se dit-elle. Elle préféra détourner les yeux d'Edda Lou et parcourut la pièce du regard.

Au vrai, une fois qu'on s'y était habitué, l'endroit était fascinant avec toutes ses bouteilles, ses éprouvettes, ses instruments effilés et chatoyants. Elle alla d'un pas nonchalant se saisir d'un scalpel. Mais, voulant en éprouver le fil, elle se coupa le gras du pouce.

— Zut.

— Faut pas toucher à ça, mon petit.

Plein de sollicitude, Teddy sortit un mouchoir et se pencha pour éponger le mince filet de sang. Josie contemplait le visage cadavérique sur la table d'embaumement. La bière lui faisait tourner la tête.

— Je ne savais pas que c'était aussi tranchant.

— Suffisamment tranchant pour te découper en petits morceaux.

Il tamponna la blessure jusqu'à ce qu'elle retrouvât le sourire.

« C'est vraiment un ange », se dit-elle.

— Je me sentirais encore mieux si tu me suçais la plaie.

Elle leva le pouce contre sa bouche et le fit glisser entre ses lèvres. Tandis qu'il lui léchait sa blessure, elle ferma les yeux. Elle éprouvait un violent sentiment de volupté à le savoir ainsi en train de goûter son propre sang. Lorsqu'elle rouvrit enfin les paupières, son regard était lourd de désir.

— J'ai quelque chose pour toi, Teddy.

Tout en le laissant engloutir son pouce, elle tendit l'autre main au-dessus du plateau où reposaient les instruments acérés et tâtonna un instant à la recherche de son sac. Les paumes de Teddy remontèrent le long de ses cuisses jusqu'à son short. Elle sentit ses propres doigts se serrer dans le sac, au moment où Teddy glissait les siens sous l'élastique de sa culotte.

— Tiens !

Elle poussa un petit soupir, et lui tendit un préservatif. Puis, ses yeux mordorés brûlant de convoitise, elle lui ouvrit la braguette.

— Et si je te le mettais moi-même ?

Teddy frémit en sentant son pantalon lui tomber sur les chevilles.

— Mais je t'en prie.

Quand, vers 2 heures du matin, Josie déboula dans l'allée de Sweetwater, moulue et repue de plaisir, Billy T. Bonny était accroupi devant le pare-chocs avant de la Porsche de Tucker. Il jura en voyant les phares percer les ténèbres à deux doigts de sa tête. A dix minutes près, il serait parti tranquille, sa tâche accomplie.

Son cœur manqua un battement lorsque Josie enfonça la pédale de frein. Un nuage de gravier vint mourir sur le bout de ses grosses chaussures de travail. Ses doigts maculés de graisse se refermèrent sur le manche de sa clé à molette.

Tandis que Josie descendait de voiture, il se roula en boule contre la Porsche, les yeux fixés sur les pieds de la jeune femme. Ceux-ci étaient nus, leurs ongles laqués de vernis carmin. Une fine chaîne d'or ceignait une de ses chevilles. Billy T. se sentit aussitôt émoustillé. Le parfum de Josie s'était répandu dans la nuit, un parfum sucré et capiteux auquel se mêlaient les notes profondes de récentes étreintes.

La jeune femme était en train de fredonner *Crazy* de Patsy Cline quand, soudain, son sac lui échappa des mains, et le contenu s'en déversa sur le sol : du rouge à lèvres, de la menue monnaie, un rayon entier de produits de beauté, deux miroirs, une pleine poignée de préservatifs ensachés, un flacon d'aspirine, un adorable pistolet à la crosse ornée de perles et trois boîtes de *Tic-Tac*. Billy T. étouffa un juron quand elle se baissa pour récupérer ses biens.

Plaqué contre la carrosserie de la voiture, il regarda ses jambes fuselées se replier dans le mouvement qu'elle fit pour s'accroupir, et la vit remplir son sac en y enfournant avec les objets une belle proportion de gravier.

— Et zut, marmonna-t-elle.

Elle se redressa en bâillant et se dirigea vers la maison.

Après que la porte d'entrée se fut refermée, Billy T. attendit une bonne demi-minute avant de se remettre au travail.

9

Le dimanche matin, la plupart des habitants d'Innocence se rassemblaient dans l'une ou l'autre des trois églises de la ville. L'église de la Rédemption accueillait les méthodistes, raflant ainsi une large part de la dévotion locale. Le lieu de culte consistait en un petit bâtiment cubique et grisâtre planté au milieu de la ville. Il avait été édifié en 1926 car, suite aux inondations de 1925, la première église méthodiste avait été balayée, ainsi que le révérend Scottsdale — et la sacristaine en compagnie de laquelle ce dernier contrevenait à plusieurs saints commandements.

A l'extrémité sud de la ville se dressait l'église de la Bible d'Innocence, où se retrouvaient les fidèles de couleur. Aucune loi divine ni humaine n'avait institué cette ségrégation raciale dans le domaine de la religion. Mais la tradition se révélait souvent plus puissante que la loi.

Chaque jour du Seigneur, les chants sacrés, portés par un chœur de voix sonores, se déversaient à flots de ses fenêtres, avec une clarté que les méthodistes ne pouvaient qu'envier.

Un pâté de maisons plus bas, en face de l'église de la Rédemption, se trouvait l'église luthérienne de la Trinité, célèbre pour ses ventes de gâteaux. Responsable en titre de ce commerce, Della Duncan prétendait que c'était grâce aux bénéfices retirés de la vente des brownies et des tartes à la crème que sa communauté avait pu s'acheter la grande vitre teintée qui ornait la façade de l'édifice. Ce qui avait poussé Happy Fuller à organiser trois festins de poissons-chats pour assurer à l'Eglise de la Rédemption une devanture plus imposante encore.

Quant aux choristes de l'église de la Bible, ils se contentaient de leurs carreaux clairs et de leurs voix pures.

Le dimanche à Innocence était donc un temps de prière, de recueillement et d'âpres compétitions. Le nom du Seigneur y tonnait depuis trois chaires à la fois, et le péché y était remis à sa place. Sur des bancs de bois dur, vieillards et enfants courbaient le chef sous la canicule tandis que les femmes agitaient frénétiquement leurs éventails. Les orgues beuglaient et les bébés braillaient. L'argent durement gagné coulait dans les sébiles, et la sueur sur les fronts.

En chacun de ces trois lieux saints, les prédicateurs, tête baissée, rappelaient à leurs ouailles le triste sort d'Edda Lou. Des prières étaient sollicitées pour Mavis Hatinger, pour son mari — Austin n'étant nommément cité dans aucune des églises — et pour les enfants qui leur restaient.

Assise sur le dernier banc de l'Eglise de la Rédemption, Mavis pleurait en silence, livide et bouleversée. Trois de ses cinq enfants l'avaient accompagnée. Vernon, qui avait hérité l'air taciturne et le mauvais caractère de son père, se tenait auprès de sa femme, Loretta. Cette dernière s'ingéniait à calmer leur bambin avec une tétine déchiquetée et force tressautements des genoux. Sa robe de coton se tendait à craquer sur son ventre de future parturiente.

Ruthanne se tenait sans mot dire à son côté, les yeux secs. Elle avait dix-huit ans — et déjà dix jours derrière elle depuis sa sortie du lycée Jefferson Davis. Elle regrettait la mort de sa sœur, même si elle ne l'avait jamais appréciée. Pour l'heure, coincée dans l'atmosphère suffocante de l'église, elle ne pouvait penser qu'à une chose : le temps qu'il lui faudrait pour rassembler suffisamment d'argent afin de quitter Innocence au plus vite.

Quant au jeune Cy, il s'ennuyait ferme et aurait voulu partir de là tout de suite. Ses pieds étaient retenus dans d'épaisses chaussures noires déjà trop justes, et son cou était irrité par l'amidon que sa mère avait vaporisé sur le col de sa chemise. Sa famille lui pesait, mais à quatorze ans, il n'avait d'autre choix que de la supporter.

Il exécrait surtout la manière dont le prédicateur laissait entendre qu'ils étaient bien à plaindre et qu'il fallait prier pour eux. Beaucoup trop de ses copains se trouvaient en ce moment dans l'église, et son visage s'empourprait chaque fois que l'un d'eux venait à lui jeter un coup d'œil par-dessus son épaule. Aussi éprouva-t-il un immense soulagement quand le service fut achevé et que chacun put se lever. Tandis que des dames empestant la lavande s'avançaient vers sa mère pour lui présenter leurs condoléances, il se faufila entre l'assise et le dossier du banc, et courut se griller une cigarette derrière chez Larsson.

Il se sentait dégoûté de tout. Sa sœur était morte, son père et son frère en prison. Sa mère, elle, ne faisait rien de plus que se tordre les mains et parler à ce type de l'Assistance juridique à Greenville. Quant à Vernon, il n'avait que la vengeance à la bouche, et Loretta acquiesçait à chacune de ses paroles — ce qu'elle avait appris à faire automatiquement pour s'épargner un coup de poing dans l'œil. Une sacrée bonne comédienne, cette Loretta.

Cy alluma l'une des trois Pall Mall qu'il avait chipées à Vernon et desserra son nœud de cravate.

Ruthanne était encore la plus sensée de toute la famille, se dit-il. Mais elle était constamment en train de compter son argent — exactement comme le Silas Marner de George Eliot. Cy savait qu'elle cachait son magot dans une boîte de serviettes hygiéniques — où jamais son père n'irait regarder. Mais parce qu'il avait un certain sens de la loyauté, et qu'il serait aussi ravi de la voir partir, il n'avait révélé ce secret à personne.

Il avait déjà conçu le projet de prendre lui-même la poudre d'escampette dès qu'il aurait son bac en poche. Il n'avait aucune chance d'aller à l'université, et comme il était doté d'un esprit vif et curieux, il en ressentait une très grande frustration. Mais il était aussi du genre pragmatique et savait prendre la vie comme elle venait.

Quoiqu'il ne trouvât encore aucun plaisir à fumer, il prit une nouvelle bouffée de tabac.

— Hé!

Jim March contourna prudemment le magasin de nouveautés. C'était un grand garçon dégingandé dont la peau avait la couleur de la mélasse. Tout comme Cy, il avait revêtu ses habits du dimanche.

— Qu'est-ce que tu fiches?

En vieux complice, il se laissa tomber à côté de Cy.

— J'en grille une. Et toi?

— Rien.

Heureux de se retrouver ensemble, ils se turent un moment.

— Je suis bien content que l'école soit finie, déclara enfin Jim.

— Ouais, renchérit Cy, qui aurait été fort gêné d'admettre le contraire. On a tout l'été devant nous maintenant.

En réalité, cela lui paraissait interminable.

— Tu vas prendre un job? lui demanda Jim.

Cy haussa les épaules.

— Je n'en ai pas en vue.

Jim replia soigneusement sa cravate écarlate et la rangea dans sa poche.

— Mon père est en train de travailler pour la Waverly, dit-il.

Il jugea plus délicat de ne pas préciser que ce dernier remplaçait les carreaux que le père de Cy avait cassés.

— Il va aussi lui repeindre toute sa maison. Je vais l'aider.

— Ta fortune est assurée, à ce que je vois.

— Tu parles ! répliqua Jim avec une grimace comique.

Il se mit à tracer des dessins dans la poussière.

— Cela dit, ça va me rapporter un peu d'argent de poche. J'ai déjà gagné deux dollars.

— C'est toujours plus que ce que j'ai.

Les lèvres plissées dans une moue dubitative, Jim jeta un coup d'œil à son ami. Ils n'étaient pas censés être amis, du moins pas selon le vieil Austin. Pourtant ils avaient réussi à le rester. En cachette.

— J'ai entendu dire que les Longstreet embauchaient pour leurs champs.

Cy eut un sursaut dépité et passa sa cigarette à Jim pour qu'il la finît.

— Mon père me tannerait le cuir si je m'approchais de Sweetwater.

— J'imagine.

Mais son père était en prison, se rappela soudain Cy. Et s'il pouvait se trouver un travail, il serait à même de commencer à amasser son propre trésor de guerre, exactement comme Ruthanne.

— Ils embauchent vraiment ?

— A ce qu'on dit. Mlle Della est à la vente de gâteaux. Tu peux aller à l'église le lui demander.

Il sourit à Cy.

— Ils ont des tartes au citron, là-bas, reprit-il. M'en prendrai bien pour deux dollars. Sûr que ça serait chouette de descendre avec de la tarte au citron au Gooseneck Creek pour y pêcher quelques poissons-chats.

— Sûr, admit Cy.

Il regarda son ami avec un lent sourire, étonnamment affectueux.

— Mais il faut que je t'aide à manger tes pâtisseries, autrement tu vas te faire mal à l'estomac.

*
* *

Tandis que les deux garçons négociaient leurs parts de tarte, et que les femmes arboraient fièrement leur toilette du dimanche, Tucker se prélassait sur son lit dans un engourdissement bienheureux.

Il adorait le dimanche. Della se trouvant en ville, et les autres étant encore endormis ou affalés quelque part devant leur journal, la maison était aussi silencieuse qu'une tombe.

Du temps de sa mère, c'était différent. A cette époque, le dimanche, toute la famille se mettait sur son trente et un pour aller s'aligner en bon ordre sur le premier banc de l'église. Sa mère sentait la lavande et portait le collier de perles de son aïeule.

Après la messe, on commentait amplement le sermon, puis on parlait du temps et des moissons. On s'extasiait sur les derniers-nés, on leur faisait risette. Les parents exhibaient fièrement leurs grands enfants venus leur rendre visite, et les adolescents profitaient de l'occasion pour partir flâner et se conter fleurette.

Enfin, le soir venu, on s'asseyait tous ensemble pour le repas dominical : au menu, jambons cuits en gelée, patates, feuilletés, haricots verts cuisinés et, parfois, un peu de tarte aux noix de pécan. Et puis des fleurs, il y avait toujours des fleurs sur la table. Sa mère y veillait.

Ce jour-là, par égard pour elle, le père de Tucker ne touchait pas à la bouteille de l'aube au crépuscule. Si bien que ces longs après-midi avaient rétrospectivement la consistance d'un rêve plaisant — illusion, certes, mais illusion réconfortante.

Tucker regrettait un peu ce temps-là. Néanmoins, c'était pour lui un grand bonheur de sommeiller dans une maison tranquille, avec le pépiement des oiseaux pour fond sonore, le bourdonnement du ventilateur brassant l'air de sa chambre et la réjouissante perspective de n'avoir aucun rendez-vous ni aucune corvée prévus pour la journée.

Au bruit d'un moteur, il se retourna sur son lit. Son mouvement réveilla en lui quelques douleurs. Il grogna et attendit que la gêne s'évanouît.

Un coup frappé à la porte l'obligea à ouvrir un œil. Ebloui par un rayon de soleil, il laissa échapper un soupir d'exaspération et envisagea un instant de faire le mort, espérant que Josie ou Dwayne allait s'occuper de l'importun. Mais la chambre de sa sœur était située de l'autre côté de la maison, et son frère aîné devait être tout aussi vaseux que la veille au soir, lorsqu'il l'avait repêché dans l'étang.

— Zut. Allez au diable.

Il enfonça sa tête sous l'oreiller et s'efforça de retrouver le sommeil.

Les coups cessèrent bientôt. Il faillit s'en féliciter, lorsque la voix de Burke s'éleva sous sa fenêtre.

— Tucker, lève-toi. Il faut que je te parle. Bon sang, Tuck, c'est important !

— Dieu du ciel, c'est toujours important, marmonna-t-il en s'extirpant du lit.

Toutes ses plaies et ses contusions se remirent aussitôt à le lancer. D'une humeur massacrante, il se rendit sur la terrasse dans le plus simple appareil.

— Jésus…

Burke jeta sa cigarette et contempla longuement le corps de Tucker. C'était un festival de noir, de bleu et de jaune.

— Il t'a vraiment laminé, hein, fils ?

— Est-ce que tu es venu me réveiller uniquement pour me faire part de cette éblouissante constatation ?

— Non, descends, je vais te dire pourquoi. Et puis mets-toi quelque chose sur le dos avant que je t'arrête pour outrage à la pudeur.

— Ça va, shérif.

Tucker revint en titubant dans la chambre, contempla ses draps froissés avec regret, puis enfila un pantalon de toile et chaussa ses lunettes de soleil. En matière d'habillement, il n'avait pas l'intention d'en faire plus.

Toujours irrité contre Burke, il prit quand même le temps d'aller dans la salle de bains se soulager la vessie et se brosser les dents.

— N'ai même pas avalé une foutue tasse de café, grommela-t-il en débouchant sous la véranda.

Le shérif était assis dans un des rocking-chairs. Vu l'aspect luisant de ses chaussures et la raideur de son col de chemise, il était évident qu'il venait tout droit de l'église.

— Désolé de te sortir du lit si tôt. Doit pas être plus de midi.

— Donne-moi donc une cigarette, mon salaud.

Burke obtempéra et attendit que Tucker eût satisfait sa petite manie.

— Tu crois vraiment que les raccourcir va te faire arrêter de fumer ?

— Va savoir.

Tucker aspira une bouffée de tabac et, grimaçant sous la brûlure de la fumée, la recracha aussitôt.

— Alors, Burke, qu'est-ce qui me vaut ta visite ?

Burke contemplait d'un air perplexe le massif de pivoines que Tucker avait essayé d'arranger.

— J'ai parlé au Dr Rubenstein tantôt. Il prenait son petit déjeuner au Chat 'N Chew. M'a fait signe d'entrer.

— Hmm, bougonna Tucker.

Tout cela le ramenait à son propre petit déjeuner. Peut-être qu'en manœuvrant habilement, songea-t-il, il pourrait convaincre Della de lui préparer quelques gâteries.

— Il voulait me dire deux mots — certainement plus pour énerver Burns qu'autre chose. Il est très service-service — Burns, je veux dire. M'a presque remplacé au poste. Enfin, y a pas de mal.

— Toutes mes condoléances. Je peux retourner au lit, maintenant ?

— Tucker, c'est au sujet d'Edda Lou.

Burke tripotait son insigne de shérif. Il savait qu'il n'était pas parfaitement réglementaire de transmettre ainsi des informations à Tucker, d'autant que le FBI le considérait toujours comme suspect. Mais certaines formes de loyauté avaient des racines plus profondes que la loi.

— Il n'y avait pas d'enfant, Tuck.

— Hein ?

— Elle n'était pas enceinte, reprit Burke en soupirant. C'est apparu durant l'autopsie. Il n'y avait pas d'enfant. Je pensais que tu avais le droit de le savoir.

La tête emplie d'un grondement soudain, Tucker fixa le bout de sa cigarette. Lorsqu'il reparla, ce fut d'une voix lente et circonspecte.

— Elle n'était pas enceinte ?

— Non.

— Sûr et certain ?

— Rubenstein sait ce qu'il dit, et selon lui elle ne l'était pas.

Les yeux clos, Tucker s'assit à son tour et se mit à se balancer. Il se rendait compte qu'une large part de son sentiment de culpabilité était liée à l'enfant. Mais il n'y avait pas d'enfant, il n'y en avait jamais eu, et le remords en lui se muait en une soudaine rancœur.

— Elle m'a menti.

— Je ne peux pas affirmer le contraire.

— Elle se tenait là, debout, devant tous ces gens, et elle m'a menti sur un sujet aussi grave.

Gêné, Burke se redressa.

— Tu devais le savoir. Ça ne me semblait pas bon que tu continues à penser que… Enfin, je me suis dit que tu devais le savoir.

Des remerciements ne lui paraissant pas une réaction appropriée,

Tucker se contenta de hocher la tête. Il ne rouvrit les yeux que lorsqu'il entendit la voiture de patrouille repartir en vrombissant sur la longue allée sinueuse.

Il serra alors les poings. Une colère noire le soulevait, jaillissant du creux de son estomac, le submergeant de dégoût. Il reconnaissait ces symptômes et, en un autre temps, aurait pu s'en effrayer.

Il voulait casser quelque chose, le fracasser, le mettre en pièces, le pulvériser.

Une lueur sauvage passa dans son regard. Pris d'une subite impulsion, il rentra dans la maison et gravit en trombe l'escalier. Dans sa chambre, il prit ses clés et se défoula sur une lampe qu'il écrasa contre le mur. Puis il se saisit de sa chemise sur le bras du fauteuil et l'enfila à la diable tout en ressortant dans le couloir.

— Tuck?

Josie venait à sa rencontre, les yeux cernés, revêtue d'une nuisette de soie rouge.

— Tuck, j'ai quelque chose à te dire.

Tucker lui décocha un regard si farouche avant de se précipiter au bas de l'escalier qu'elle en fut aussitôt complètement réveillée. Elle courut à sa poursuite.

— Tuck! Attends…

Elle le rattrapa auprès de sa voiture, dont il venait d'ouvrir la portière à la volée.

— Tucker, qu'est-ce qui ne va pas?

Il l'écarta rudement tout en essayant de contenir sa rage.

— Fiche-moi la paix.

— Mais, mon chéri, je veux juste t'aider. On est frère et sœur, tous les deux.

Elle voulut lui prendre ses clés, et sentit avec stupeur les doigts de Tucker se refermer brutalement autour de son poignet.

— Fous-moi le camp, je te dis.

— Ecoute-moi seulement, lui cria-t-elle, les yeux brouillés de larmes. Tucker, je suis sortie avec le médecin l'autre soir. Le médecin du FBI.

La Porsche gronda. Elle se mit à hurler.

— Edda Lou n'était pas enceinte. Il n'y avait pas d'enfant, Tuck. C'était un piège, exactement comme je te l'avais dit.

Tucker tourna brusquement la tête, ses yeux rivés sur ceux de Josie.

— Je sais.

Il s'engagea dans l'allée en faisant éclater une gerbe de gravier.

Heurtée par un caillou, Josie poussa un cri de douleur et saisit son mollet blessé. Puis, furieuse, elle attrapa une poignée de gravillons qu'elle lança en direction de la voiture.

— Doux Jésus, qu'est-ce que c'est que tout ce raffut ?

C'était la voix de Dwayne. Josie se retourna d'un bond, et aperçut son frère sous la véranda. Les mains en visière, il clignait des yeux, vêtu de son seul caleçon.

— Ce n'est rien, lui répondit Josie en soupirant.

Elle remonta les marches. Si elle ne pouvait plus rien faire pour Tucker, se dit-elle, du moins pouvait-elle s'occuper de Dwayne.

— Allons nous prendre un peu de café, mon chou.

Le volant vibrait sous les mains de Tucker lorsqu'il braqua pour prendre le chemin de la ville, et l'arrière de la voiture chassa sur le côté dans un crissement de pneus. Tout à sa fureur, il n'y accorda aucune attention.

Elle n'allait pas s'en tirer comme ça. Il tournait et retournait cette seule et unique pensée dans sa tête. Non, sacré bon sang, elle n'allait pas s'en tirer comme ça. Les mâchoires crispées, il appuya sur la pédale d'accélérateur et bondit jusqu'à cent trente.

Malgré les virages et les sinuosités de la route, il pouvait voir devant lui sur des kilomètres. Des ondes de chaleur s'élevaient du bitume zébré de traînées miroitantes, transformant les lointains en un mirage fluide. Il ne savait pas où il allait ainsi, ni ce qu'il comptait y faire. Mais ce serait fait, et maintenant.

Il referma une main sur le levier de vitesse, se préparant à rétrograder pour négocier le dernier virage avant la maison des McNair. Cependant, lorsqu'il voulut braquer, les roues restèrent bloquées. Il s'acharna sur le volant en jurant et n'eut que le temps d'enfoncer la pédale des freins. En vain.

Le visage protégé du soleil par un des chapeaux à large bord de sa grand-mère, Caroline s'attaquait aux pousses exubérantes qui débordaient sur l'allée. En dépit de la chaleur et des crampes qui lui raidissaient les bras, elle était aux anges. Le sécateur, affûté comme un rasoir, avait des poignées de bois patinées par le temps et l'usage. De plus, les gants de jardinage qu'elle avait enfilés la protégeaient contre les ampoules. Elle s'imaginait sa grand-mère portant ces mêmes gants, en train d'accomplir la même corvée domestique.

Elle savait qu'elle aurait pu attendre et confier la tâche à Toby. Mais elle se plaisait dans le soleil, la chaleur poussiéreuse et l'odeur acide des fourrés. Tout autour d'elle régnaient le chœur des oiseaux, la rumeur de l'après-midi, la pesanteur de la solitude. Et c'était précisément ce qu'elle désirait, songea-t-elle en frottant son épaule ankylosée, avant de trancher une plante grimpante de l'épaisseur de son pouce.

Soudain, elle entendit le rugissement d'un moteur de voiture. Avant même qu'elle eût porté la main à ses yeux pour regarder la tranche de route visible depuis le bout de son allée, elle sut qu'il s'agissait de Tucker. L'engin arrivait trop vite pour qu'elle pût s'y tromper, et elle reconnut bientôt le ronronnement puissant de la Porsche.

Un de ces jours, pensa-t-elle, une main sur la hanche, il allait en faire de la ferraille et atterrir à l'hôpital. D'ailleurs, s'il venait la voir, elle ne manquerait pas de le lui dire. Pourquoi diable les hommes…

Sa réflexion s'arrêta là. Un crissement aigu de gomme sur le bitume venait de s'élever. Elle entendit le cri poussé par le conducteur et, quoiqu'il exprimât plus de rage que de peur, elle se mit aussitôt à courir. Il y eut un fracas de verre brisé et de tôle froissée.

Elle se débarrassa vivement du sécateur. Hormis les battements furieux de son cœur, le seul bruit qui lui parvenait était la voix tonitruante du jeune Carl Perkins interdisant à tout le monde de marcher sur ses *Blue Suede Shoes.*

— Oh! mon Dieu!

D'abord elle aperçut les deux tranchées parallèles creusées dans l'accotement herbu puis, l'instant d'après, la Porsche affalée contre le poteau où était naguère accrochée sa boîte aux lettres. Des débris de verre, éparpillés sur la route, scintillaient comme des brillants. Enfin elle vit Tucker couché sur le volant, et se précipita vers la voiture.

— Oh, Seigneur! Mon Dieu! Tucker!

Terrifiée à l'idée de devoir le bouger, et voulant encore moins le laisser là, elle lui appliqua doucement la main sur le visage — et poussa un cri d'effroi quand il redressa brusquement la tête.

— Zut!

Elle prit trois inspirations frémissantes.

— Espèce d'imbécile! J'ai cru que tu étais mort. Et tu devrais l'être, vu la manière dont tu roulais. Quand même, un grand garçon comme toi, dévaler la route comme un gamin déluré et irresponsable. Comment peux-tu…

— La ferme, Caro.

Il posa une main sur son front palpitant et découvrit qu'il saignait. Bon, se dit-il, voyons si le reste fonctionne. Il tâtonna à la recherche de la poignée. Caroline ouvrit la portière à la volée.

— Si tu n'étais pas blessé, je te casserais la figure.

Elle se pencha cependant vers lui pour l'aider à se remettre sur pied.

— Gare, s'écria-t-il, je ne suis pas d'humeur à tendre l'autre joue.

Sa vision se brouilla, ce qui le mit en rage. Il s'appuya sur le pare-chocs arrière, le seul qui fût encore intact.

— Eteins la radio, veux-tu ? Et récupère les clés.

En grommelant, la jeune femme coupa le moteur et retira les clés du tableau de bord.

— Tu as bousillé ma boîte aux lettres. Enfin, quand on pense qu'il aurait pu y avoir à la même place une deuxième voiture !

— Je t'en ferai poser une autre demain.

Elle passa un bras autour de sa taille pour le soutenir. La peur avait rendu sa voix mordante.

— C'est facile pour toi de réparer tes erreurs, hein ?

— La plupart, oui.

A ce rythme, songea-t-il, sa tête allait lui tomber des épaules. Et cela serait autrement moins facile à réparer. Caroline ne cessait de le bousculer en voulant le guider jusqu'à la maison. Sans compter la morsure aiguë du gravier sous ses pieds, qui lui rappelait qu'il avait négligé de se chausser avant de partir. Enfin, il sentait du sang couler le long de sa tempe.

— Laisse-moi, Caroline.

Sous cet accès de colère perçait une détresse qui alerta la jeune femme.

— Appuie-toi sur moi un peu plus, chuchota-t-elle. Je suis plus forte que j'en ai l'air.

— Sans doute, parce que tu sembles pouvoir être emportée par la première bonne brise venue.

La maison tremblait dans son champ de vision. Il eut peur de s'évanouir. Il cligna des yeux. Son coquard le lança suffisamment pour qu'il recouvrât ses esprits.

— Tu parais si fragile. Cela ne m'avait jamais frappé jusqu'ici.

— Ravie du compliment.

— Mais tu ne l'es pas. Tu es une dure, Caro, et tu es furax contre moi. Si tu pouvais seulement arrêter de hurler.

— Pardi, pourquoi hurlerais-je ?

La voix caverneuse de Tucker indiquait qu'il était sur le point de défaillir. « Maintiens-le en colère, se dit-elle, fais-lui remonter l'adrénaline. » C'était important : s'il tombait, elle ne serait pas capable de le relever.

— Crois bien qu'il m'aurait été indifférent de te voir finir en bouillie sur la chaussée. Seulement, la prochaine fois, je souhaiterais que tu agonises ailleurs que près de mon allée.

— Fais ce que j'ai pu. Faut que je m'assoie, mon chou.

— On est presque à la véranda, dit-elle en le traînant à moitié. Tu t'assoiras là-bas.

— Jamais aimé les femmes dominatrices.

— Eh bien, comme ça, tu me laisseras tranquille.

Quand ils furent arrivés sous la véranda, elle constata qu'il tenait encore debout ; aussi l'entraîna-t-elle à l'intérieur.

— Tu as dit que je m'assoirais…

— J'ai menti.

Il eut un rire éteint et quelque peu lugubre.

— Comme toutes les femmes.

— Voilà, c'est bon.

Elle l'aida à s'installer sur le canapé au dossier orné d'un impact de balle. Après lui avoir étendu les jambes, elle lui cala la tête avec un coussin.

— Je vais appeler le Dr Shays, déclara-t-elle. Ensuite, je nettoierai tes plaies.

Il tendit la main vers la sienne mais ne put l'attraper. Son mouvement, cependant, arrêta la jeune femme.

— Ne l'appelle pas, dit-il. Un bleu de plus ou de moins…

— Tu pourrais avoir un traumatisme crânien.

— Bah. Tout ce qu'il fera, ce sera de me planter une aiguille quelque part. J'ai vraiment horreur des piqûres, tu sais ?

Elle le savait, et comme de plus elle ne voulait pas le brusquer, elle hésita un instant. Il ne semblait pas avoir subi un choc trop violent, et était manifestement lucide.

— Bon, je désinfecte tes blessures et on avisera après.

— Et si tu m'apportais aussi un seau de glace avec une bière dedans ?

— De la glace oui, de la bière non. Reste allongé.

— Jamais cette femme ne m'apportera une bière, marmonna Tucker. Je suis là à perdre mon sang, et tout ce qu'elle fait c'est me gronder comme une vieille rosse.

— J'ai entendu, lui lança Caroline depuis la cuisine.

— Comme toutes les autres.

Il referma les yeux avec un soupir, et ne les rouvrit que lorsqu'il sentit un linge glacé contre la plaie de son front.

— Comment peux-tu porter cet horrible chapeau ? demanda-t-il.

— Il n'est pas horrible.

Caroline poussa un soupir de soulagement en s'apercevant que la blessure était bénigne.

— Mon chou, si toi tu l'as sur la tête, moi je l'ai sous les yeux, et je te certifie qu'il est horrible.

— Bon.

Irritée, elle envoya balader le chapeau et se saisit d'une bouteille de teinture d'iode qu'elle avait disposée sur la table avec le reste du contenu de son armoire à pharmacie.

Tucker considéra la bouteille d'un air sinistre.

— Non, pas ça.

— Allons, bébé.

Il lui prit le poignet en souriant.

— Je te trouve aussi très mignonne, tu sais.

— Ce n'était pas une invite.

Elle saisit la bouteille dans l'autre main et lui tamponna le front. Il couina et jura.

— Oh, du cran, Tucker !

— Tu pourrais au moins souffler dessus.

Ce qu'elle fit. Tucker en profita pour effleurer sa cuisse. Elle souffla une dernière fois sur la plaie et lui ôta sa main d'une petite claque.

— Jésus ! Un peu de déférence pour les blessés, je te prie.

— Reste tranquille, le temps que je te panse.

Elle coupa un morceau de gaze et le lui enroula autour du front.

— Et si tu te remets à avoir les mains baladeuses, je te file un coup de poing gros comme ça.

— Oui, m'dame.

Elle avait les doigts délicats, et en dehors de la migraine qui lui martelait le crâne, il se sentait considérablement mieux.

— As-tu d'autres blessures ?

Sa peau fine avait la fraîcheur exquise des ondées.

— Peux pas dire. Si tu vérifiais ?

Ignorant le ton égrillard de sa voix, Caroline lui déboutonna sa chemise.

— J'espère que cela t'apprendra… Oh, mon Dieu ! Tucker !

Il rouvrit les yeux instantanément.

— Quoi ? Quoi ?

— Tu es tout noir et bleu.

Il remercia le ciel qu'elle ne lui eût pas découvert une côte défoncée.

— Ce sont de vieilles blessures, dit-il enfin. Austin.

— Eh bien, c'est ignoble.

L'horreur altérait sa voix, faisant ressembler ses yeux verts à des émeraudes.

— On devrait l'enfermer, ajouta-t-elle avec véhémence.

Tucker ne put se retenir de sourire.

— C'est fait, mon ange. A l'heure qu'il est, il croupit dans la prison du comté. Carl l'y a transféré hier.

Caroline posa délicatement les doigts sur ses côtes contusionnées.

— Il t'a bien esquinté.

Le sang de Tucker ne fit qu'un tour.

— Il n'est pas reparti le sourire aux lèvres, répliqua-t-il avec fierté.

— Ah bon. Alors tout va bien, n'est-ce pas ?

Elle retira vivement sa main et déboucha un flacon d'antalgiques que le Dr Palamo lui avait prescrits pour ses migraines nerveuses.

— Les hommes sont tous des imbéciles.

Tucker se redressa précautionneusement sur ses coudes.

— Ce n'est pas moi qui ai commencé, c'est lui.

— Tais-toi et prends ça.

— Qu'est-ce ?

— Un remède qui ne traitera pas ta migraine à la légère — car je suppose que tu as la migraine, n'est-ce pas ?

Il prit le comprimé avec reconnaissance, mais n'en lut pas moins attentivement l'étiquette du flacon. Si cela le soulageait, se dit-il, il demanderait au Dr Shays de lui en réserver quelques flacons pour ses douleurs à venir. Caroline lui tendit un verre. Il avala le comprimé avec une gorgée d'eau.

— Aurai-je droit à ma bière si je suis capable de me tenir debout ?

— Non.

Il reposa sa tête sur le coussin.

— Comme tu veux. Chérie, fais-moi au moins la grâce de téléphoner à Junior Talbot pour qu'il vienne remorquer la voiture.

— Je m'en occupe, dit-elle en se relevant.

Puis, avec un regard menaçant :

— Ne dors pas, surtout, ajouta-t-elle. On ne doit pas dormir lorsqu'on a eu un traumatisme crânien.

— Ah ! Pourquoi donc ?

— Je ne sais pas, répondit-elle d'une voix vibrante de frustration. N'étant pas médecin, je répète seulement ce que tout le monde dit.

— Je ne m'endormirai pas si tu promets de revenir me tenir la main.

Caroline eut un haussement de sourcils.

— Si tu t'endors, j'appellerai le Dr Shays pour lui demander de venir avec sa plus grosse aiguille.

— Seigneur ! tu es une méchante.

Ses lèvres esquissèrent cependant un sourire tandis que la jeune femme ressortait de la pièce.

Caroline ne lui laissa que trois minutes pour caresser l'idée de tomber dans les bras de Morphée.

— Junior a dit qu'il arriverait dès que possible, lui annonça-t-elle en revenant avec un sac de glaçons.

Comme Tucker se contentait de grogner, elle lui appliqua le sac sur la tête, et le grognement se transforma bientôt en un long *ah* de gratitude.

— Je ne savais pas si je devais appeler ta famille.

— Non, plus tard. Della reste en ville quelque temps encore. Je viens de me rappeler qu'elle s'occupe d'une vente de gâteaux aujourd'hui. Quant à Josie, elle n'est à même d'aller nulle part, surtout si Dwayne se réveille avec sa gueule de bois dominicale.

Seigneur, songea-t-il, qu'il était fatigué ! Et cette fatigue n'avait rien de la langueur plaisante des après-midi oisifs ; elle l'engourdissait jusqu'à la moelle des os.

— De toute manière, conclut-il, casser des voitures est une sorte de passe-temps familial.

Caroline le considéra en fronçant les sourcils. Comme il reprenait des couleurs, elle se sentit autorisée à lui demander une explication.

— Tu ferais mieux de te consacrer au croquet ou à la broderie. Où diable filais-tu ainsi ?

— Je ne sais pas. N'importe où.

— N'importe où n'est pas une réponse pour qui roule pieds nus à cent soixante kilomètres à l'heure.

— Cent trente. Tu exagères toujours.

— Tu aurais pu te tuer.

— Comme je me sentais d'humeur à tuer quelqu'un d'autre, c'eût été un moindre mal.

Il rouvrit les yeux. Caroline s'aperçut alors que les pilules magiques du bon Dr Palamo avaient accompli leur office. Le regard de Tucker, néanmoins, trahissait à présent quelque chose de plus profond que la douleur physique, de plus déchirant aussi.

— Que s'est-il passé ?

— Il n'y avait pas d'enfant, s'entendit-il répondre.

— Pardon ?

— Elle n'était pas enceinte. Elle m'a menti. Elle est venue me dire droit dans les yeux qu'elle attendait un enfant, et elle mentait.

Il fallut un moment à Caroline pour comprendre qu'il était en train de parler d'Edda Lou — cette même Edda Lou qu'elle avait retrouvée flottant dans l'étang.

— Je suis désolée.

Elle joignit les mains sur ses genoux, ne sachant que dire ni quel ton adopter.

Tucker ignorait pourquoi il lui racontait tout ça, mais maintenant qu'il avait commencé, il ne pouvait plus se contenir.

— Durant tous ces derniers temps… cela m'a rongé de repenser à sa mort. Edda Lou avait de l'importance pour moi, jadis. Elle signifiait quand même quelque chose pour moi. Alors repenser à tout ça, songer qu'une partie de moi-même était morte avec elle, c'était… mais il n'y avait rien de moi dans Edda Lou, rien d'autre que ce mensonge.

— Peut-être s'était-elle trompée. Peut-être croyait-elle être réellement enceinte.

Tucker eut un rire bref.

— Je n'ai pas couché avec elle pendant près de deux mois. Une femme comme Edda Lou fait terriblement attention à ce genre de choses. Elle savait.

Il referma les yeux pour les rouvrir aussitôt, une lueur rageuse dans le regard.

— Pourquoi est-ce que ça me rend dingue à ce point-là de savoir qu'il n'y avait pas d'enfant ? Elle a menti, ce qui veut dire qu'aucun enfant n'est mort, et que je n'ai donc plus à me torturer là-dessus.

Caroline lui prit la main et, pour le réconforter, la porta à sa joue. Elle ne s'était pas rendu compte qu'il pouvait être la proie de sentiments si complexes et profonds.

— Quelquefois on se torture plus sur ce qui pourrait avoir été que sur ce qui est.

Tucker retourna sa paume contre la sienne. Leurs doigts s'entrelacèrent. Caroline avait les yeux les plus charmants et les plus tristes qu'il eût jamais vus.

— J'ai l'impression que tu sais de quoi je parle.

Elle sourit, et le laissa sans protester lui embrasser le dos de la main.

— C'est vrai, admit-elle.

Mais, prudente, elle s'écarta avant que sa peau ne frémît au contact de la sienne.

— Je vais aller voir si Junior est arrivé.

Tucker ne voulait pas rompre immédiatement le charme, pas tout de suite. Il se redressa avec effort.

— Et si nous y allions ensemble ?

La pièce se mit à chavirer, lentement, puis retrouva sa stabilité.

— Il faudrait que tu me donnes la main, ajouta-t-il.

Caroline considéra un instant la main qu'il lui tendait. C'était pure folie, songea-t-elle, de croire qu'il lui demandait plus qu'un soutien momentané. Aussi refoula-t-elle cette impression passagère et lui offrit-elle la sienne.

10

Junior Talbot descendit de sa camionnette de remorquage, fourra un doigt sous sa casquette de cultivateur frappé au sigle des Atlanta Braves et, farfouillant dans sa tignasse rousse et embroussaillée, se gratta le crâne. Puis, lentement, et à distance respectueuse, il fit le tour de la Porsche cabossée de Tucker. Des éclats de verre crissaient sous ses chaussures de travail J. C. Penney. De ses yeux bleu pâle qui ressortaient dans sa face ronde et constellée de taches de rousseur, il examinait gravement l'engin tout en tiraillant d'un air absorbé l'appendice charnu de sa lèvre inférieure.

— On dirait que vous avez eu quelques pépins par ici, déclara-t-il enfin.

— Des pépins, oui, convint Tucker. T'aurais pas une clope, Junior ?

— Faut voir.

Il sortit un paquet de Winston de la pochette de sa chemise graisseuse. Ejectant une cigarette d'une secousse, il remit précautionneusement le paquet en place après que Tucker se fut servi. Puis il s'accroupit pour examiner le pare-chocs tordu de la voiture. Il y eut un autre long moment de silence.

— Sûr que ça devait être une belle voiture.

Tucker savait que Junior ne voulait pas remuer le couteau dans la plaie : constater les évidences était chez lui une seconde nature. Se penchant en avant, il ouvrit la boîte à gants et en sortit des allumettes.

— Peut-être qu'ils pourront me l'arranger à Jackson.

Junior réfléchit un instant.

— P't-être, ouais. Mais se pourrait aussi que t'aies voilé le châssis. Enfin, maintenant ils ont des machines pour redresser tout ça. Dans le temps, quand tu voilais le châssis, c'était direct à la casse.

Tucker esquissa un sourire derrière la fumée de sa cigarette.

— On n'arrête pas le progrès.

— Tu l'as dit.

Junior se redressa lentement, puis étudia les marques creusées dans l'accotement et les éclats de vitre au sol. Il ne distinguait aucune trace de freinage. Après mûre réflexion, il décida de prendre lui-même une cigarette.

— Tu sais, Tucker, j'ai toujours pensé que tu étais le meilleur pilote que j'aie jamais connu depuis l'époque où j'allais voir les 500 à Daytona.

Caroline eut un hoquet de dépit qui fut poliment ignoré.

— Je me rappelle encore comment tu as raflé vingt dollars aux fils Bonny dans la course sur l'A 1 — en juillet 66, que c'était. Ils avaient engagé leur Camaro contre ta Mustang.

Il prit l'allumette que lui tendait Tucker et la gratta d'un claquement sec.

— Tu les as battus à plate couture.

Tucker s'en souvenait encore avec jubilation.

— Ç'aurait été plus serré si Billy T. avait laissé John Thomas conduire.

— Plus serré, peut-être, admit Junior. Mais aucun d'eux n'était aussi doué que toi.

— Imbéciles, marmonna Caroline entre ses dents.

Junior, qui l'avait sans doute entendue, ne réagit pas. Après plus de dix années de mariage, il savait fort bien quand un homme devait ou non faire la sourde oreille.

— Il faut tout de même que je te demande une chose, poursuivit-il de sa voix traînante et monocorde. Comment t'as fait pour percuter ce poteau ?

— Eh bien…, répondit Tucker en tirant méditativement sur sa cigarette, on pourrait dire que la voiture a échappé à mon contrôle. La direction s'est bloquée.

Junior opina du chef, en tirant sur sa cigarette. Caroline faillit leur demander s'il fallait qu'elle aille leur chercher des transats pour qu'ils puissent continuer à leur aise cette conversation.

— Vu ce que je vois, tu n'as pas dû te servir des freins.

— Si, répondit Tucker. Mais ils ne répondaient plus.

Junior prit l'air le plus concentré qu'il eût jamais adopté dans sa vie. N'importe qui à sa place aurait rejeté cette explication d'un haussement d'épaules. Mais il connaissait le talent de Tucker au volant, et l'admirait.

— Eh bé, c'est une énigme. La direction en l'air, les freins idem, et tout ça à la fois, dans cette voiture-là ? L'a pas plus de six mois, ta fillette, non ?

— Tout juste.

Junior hocha de nouveau la tête.

— Faut que j'y jette un coup d'œil.

— Je t'en serais reconnaissant, Junior.

Voyant ce dernier revenir à sa camionnette, Caroline ne contint plus son impatience.

— Que nous importe cette histoire de dingue vieille de plus de quinze ans alors que tu viens de détruire ma boîte aux lettres ?

Tucker sourit.

— *C'était* une soirée de dingue. Maintenant, mon chou, recule-toi. La voiture pourrait partir de côté au moment où il l'accrochera.

Désireux cependant de ne pas perdre la douce compassion de Caroline, il glissa un bras autour des épaules de la jeune femme et s'appuya un peu sur elle pour reculer lui-même de quelques pas.

— Tu as le vertige ?

La voix de Caroline exprimait une si tendre sollicitude qu'il préféra mentir.

— Un peu, oui, répondit-il avec un aplomb qu'il jugea parfait. Mais ça va passer.

Quand elle le prit par la taille pour le soutenir, il eut du mal à se retenir de sourire.

— Allons, dit-elle, retournons à ma voiture.

Elle avait insisté pour le reconduire jusqu'en haut de l'allée plutôt que de le laisser marcher jusque-là.

— Je vais te ramener chez toi, déclara-t-elle.

Chez lui ? songea Tucker. Mais c'est qu'il commençait tout juste à se sentir mieux.

— Peut-être que je pourrais m'étendre un peu sur ton canapé, suggéra-t-il, le temps que je reprenne des forces.

Elle hésita, il en aurait mis sa main au feu. On entendit alors retentir un Klaxon. Tucker étouffa un juron. D'un grand coup de frein, Dwayne venait d'arrêter sa Caddie au beau milieu de la route. Il ne s'était pas encore rasé et ses cheveux rebiquaient dans tous les sens. Il avait enfilé un pantalon sur son caleçon et complété sa tenue avec un maillot de lutteur.

— Doux Jésus, mon garçon.

Il jeta un œil à Tucker et, constatant que celui-ci tenait sur ses pieds, reporta ses regards sur la voiture que Junior était en train d'arrimer.

— En promenade dominicale, Dwayne ?

— Crystal a appelé.

Dwayne laissa échapper un sifflement en avisant le devant de la Porsche.

— Semble bien que Singleton Fuller était à la station quand Junior a reçu l'appel, reprit-il. Fuller est ensuite allé chez Jed Larsson, où Crystal l'a croisé au moment où elle passait chercher un pack de Coke. Heureusement que j'ai répondu au téléphone avant Josie, autrement elle serait à coup sûr tombée en syncope.

Grâce au stock de pilules et de médicaments que possédait sa sœur, il était suffisamment sobre pour pouvoir ressentir quelque compassion à l'égard des malheurs d'autrui.

— Nom de Dieu, Tuck, t'as vraiment écrabouillé ce joujou.

A bout de patience, Caroline prit une profonde inspiration.

— Votre frère, lui, n'a rien de cassé, cria-t-elle soudain. Ça aurait pu être pis, et il se trouve qu'il s'est juste éraflé la tête. Je comprends votre inquiétude à son égard, mais laissez-moi vous rassurer : il va bien.

Junior s'était arrêté dans son travail pour la regarder d'un air ahuri, la cigarette tressautant au coin des lèvres. Dwayne cligna des yeux. Tucker, pour sa part, s'efforçait de ne pas perdre son titre de grand blessé en ayant l'air trop réjoui.

Décidément, se dit-il, elle était folle de lui.

— Oui, m'dame, répondit Dwayne sur un ton de respect étudié. Je le vois bien. Je venais justement le ramener à la maison.

— Quelle belle famille vous faites ! Chaleureuse, unie.

— Oui, on se serre les coudes, voyez-vous.

Il souriait. Caroline lui trouvait un air plutôt charmant malgré ses yeux injectés de sang et sa dégaine de pilier de bar.

— Je n'ai jamais connu une famille comme la vôtre, déclara-t-elle avec la plus grande sincérité.

— Tuck, j'ai mis sa laisse à ta fillette, intervint Junior. Je te ferai savoir ce qu'elle a.

— Je compte sur toi. Merci.

Tucker détourna les yeux. Il ne pouvait supporter de voir sa voiture ainsi remorquée. C'était presque aussi moche que de voir un être cher emporté sur une civière.

— Ravi de vous avoir revue, Caroline, lança Dwayne avant de retourner vers sa voiture. Allez, Tucker, on y va. J'étais sur un match quand Crystal a appelé. J'ai dû déjà louper tout le premier tour de batte.

— Un instant, répondit Tucker.

Il se tourna vers Caroline.

— Je te remercie pour le pansement, dit-il en portant une main à ses cheveux. Et aussi pour m'avoir écouté. Je ne m'étais pas rendu compte à quel point j'avais besoin que quelqu'un m'écoute.

Il fallut un moment à Caroline pour comprendre qu'il était sincère. Il n'y avait aucune lueur malicieuse dans ses yeux, aucune nuance de moquerie dans sa voix.

— A ton service.

— Je voudrais te prouver ma gratitude.

Elle se mit à secouer la tête. Il lui prit doucement le menton.

— J'aimerais te recevoir ce soir à dîner à Sweetwater.

— Vraiment, Tucker, tu n'as pas à…

— En fait, reprit-il en lui caressant la joue du pouce, je souhaiterais que tu me voies sous un meilleur jour. Et puis j'ai simplement envie de te revoir, toi. Un point c'est tout.

Caroline sentit son cœur palpiter. Sa voix, cependant, demeura ferme.

— Il y a certain genre de relation que je ne veux plus entretenir avec personne.

— Inviter ses voisins au repas dominical est une vieille tradition campagnarde.

Elle ne put retenir un sourire.

— Bon. Les relations de bon voisinage me sont encore supportables.

— Zut, Tuck, embrasse-la et filons.

Rendant son sourire à la jeune femme, Tucker effleura ses lèvres du doigt.

— L'embrasser ? Elle ne voudra pas. C'est trop tôt. Viens vers 17 heures, Caro. Je te ferai visiter Sweetwater.

— Très bien.

Elle le regarda se diriger vers la Caddie et s'installer précautionneusement à côté de son frère. Il lui adressa un rapide signe de tête avant que Dwayne ne redémarre en trombe, en direction de Sweetwater.

*
* *

— Alors voilà, je me dépêche de rentrer de l'église en pensant que tu t'es fracassé le crâne, ou pire, et tu m'annonces que nous allons avoir de la compagnie!

Della frappa rageusement la pâte à tarte avec son rouleau à pâtisserie.

— Eh quoi, reprit-elle, je ne sais pas combien on a récolté à la vente de gâteaux. J'ai dû laisser Susie Truesdale prendre le relais, elle qui ne comprend rien au commerce.

Comme il entendait le même refrain depuis près de trois heures, Tucker décida de réagir. Il sortit un billet de vingt dollars de sa poche et le plaqua sur le comptoir.

— Voilà. Ceci est ma contribution à la vente de l'église luthérienne de la Trinité.

— Pfff!

Della n'en referma pas moins prestement ses doigts sur le billet pour l'enfourner au fond de l'ample poche de son tablier. Mais elle était loin d'en avoir encore fini.

— Ça m'a fichu un coup quand Earleen est venue en courant m'apprendre que tu avais eu un accident de voiture. Je te l'avais pourtant dit quand tu l'as achetée : une marque étrangère, ça ne te rapportera rien de bon. Pas plus qu'écumer les routes le jour du Seigneur.

Elle plaqua la pâte contre le plat à tarte.

— Et quand je me précipite ici pour savoir si tu vis encore, tu m'annonces que tu as invité quelqu'un à dîner!

L'air furieux, elle ajusta la pâte sur le rebord cannelé du plat après en avoir détourné l'excédent.

— Comme si ce jambon allait se cuire tout seul dans le four. Et la petite-fille d'Edith, en plus. J'aimais beaucoup Edith, tu sais. Elle m'a raconté que Caroline était allée en France, à Paris, en Italie. Paraît même qu'elle s'est rendue à Buckingham Palace, et le président des Etats-Unis l'a invitée à dîner, à la Maison Blanche.

Elle se mit à marteler la pâte suivante.

— Et voilà qu'elle vient pour dîner alors que je n'ai pas eu le temps de voir si l'argenterie avait besoin d'être astiquée. Ta maman — Dieu la bénisse — se retournerait dans sa tombe si la bonne argenterie n'était pas prête.

Elle s'essuya le front du dos de la main. Ses lourds bracelets fétiches tressautèrent sur son bras en cliquetant.

— C'est bien les hommes, ça, de croire que le repas dominical va se faire tout seul.

Tucker considéra avec un froncement de sourcils la patate qu'elle était en train de peler.

— Je t'aide, non ?

Elle le gratifia d'un reniflement dédaigneux avant de le regarder de biais.

— Ah, elle est belle, ton aide ! Tu ne fais rien que te goinfrer de viande — et mettre des épluchures partout sur le sol que je viens de laver.

— Seigneur Dieu...

Les yeux de Della étincelèrent d'une rage froide que Tucker avait appris à redouter.

— Ne blasphème pas le nom du Seigneur, pas dans ma cuisine un dimanche.

— Je nettoierai le sol, Della.

— J'y compte bien — et pas avec un de mes torchons à vaisselle, je te prie.

— Non, m'dame.

Le moment était venu de sortir la grosse artillerie, se dit-il. Il porta les patates sous le robinet de l'évier et se retourna pour entourer de ses bras l'imposante taille de la cuisinière.

— J'aimerais seulement remercier Caroline comme il se doit de m'avoir pansé la tête.

Della poussa un grognement entendu.

— J'ai vu à quoi elle ressemblait, va, et je peux très bien me l'imaginer, ton « remerciement ».

La tête enfoncée dans ses folles boucles rousses, Tucker laissa échapper un sourire.

— Peux pas dire que l'idée ne m'ait pas traversé l'esprit.

— Hmm, m'est avis que c'est pas ton esprit qui est en jeu, répliqua-t-elle avec une moue amusée. Me semble pourtant un peu trop maigrichonne pour être à ton goût.

— Ouais, eh bien je pense qu'elle va se remplumer d'ici peu, surtout lorsqu'elle aura goûté à ta cuisine. Tu sais, personne dans le comté n'a ton talent en matière de bons petits plats. Et comme j'ai l'intention de lui en mettre plein la vue, ton jambon cuit à la gelée de miel me semble l'arme suprême.

Della se tortilla en émettant un reniflement soupçonneux — mais les joues rouges de fierté.

— En tout cas, je ferai tout mon possible pour servir à cette jeune fille un repas décent.

— Décent ? s'exclama Tucker en l'étreignant. Mais, ma douce, elle n'aura pas eu mieux à la Maison Blanche, je t'en fiche mon billet.

Della se dégagea de son étreinte avec un petit gloussement.

— Hmm, en attendant, elle n'aura rien du tout si je ne finis pas à temps. Ajoute-moi donc ces patates au chou que j'ai mis à blanchir et débarrasse-moi le plancher. Je terminerai plus vite sans toi dans les pattes.

— Oui, m'dame.

Tucker lui appliqua un baiser sur la joue, qui tira à Della un sourire de contentement. Quelques instants plus tard, il sortit de la cuisine enfumée, et trouva Dwayne affalé dans le salon en train de regarder un deuxième match de base-ball.

— Ça ne te ferait pas de mal de te raser.

Dwayne étendit le bras vers la bouteille de Coke posée sur le plancher.

— C'est dimanche. Je ne me rase jamais le dimanche.

— Nous avons de la visite, je te signale.

Dwayne but une longue gorgée, et jura en voyant le batteur frapper la balle en plein vol d'un coup sec et lifté.

— Si je me rase, elle pourrait s'apercevoir que je suis plus beau que toi. T'en ferais une drôle de tête, alors.

— J'en prends le risque.

— Si ça continue, reprit Dwayne avec un reniflement dépité, ils vont éliminer ce lanceur avant la fin du tour — si du moins ils ont un brin de jugeote. J'irai me raser après, conclut-il.

Satisfait, Tucker gagna l'étage. Josie le héla avant qu'il eût rejoint sa chambre.

— Tucker ? C'est toi, mon chou ?

— Je vais prendre une douche.

— Viens par ici m'aider une minute.

Ayant jeté un coup d'œil à la vieille pendule de grand-papa, il vit qu'il avait encore une demi-heure devant lui avant l'arrivée de Caroline. Il remonta donc sans se presser le couloir jusqu'à la chambre de sa sœur… et s'arrêta net sur le seuil. On aurait dit un grand magasin le soir d'une liquidation. Robes, chemisiers, dessous, chaussures étaient jetés sur le lit, dans le fauteuil, sur la banquette disposée au-dessous de la fenêtre. Un caraco de dentelle noire pendait lascivement de la trompe d'un éléphant rose en peluche que quelque obscur prétendant avait gagné pour Josie à la foire de l'Etat.

La jeune femme, toujours revêtue de sa nuisette de soie rouge, la tête enfoncée dans sa penderie, farfouillait dans les affaires qui pouvaient encore y rester.

Comme d'habitude, il régnait dans la pièce une odeur tenace où se mêlaient les fragrances des parfums, des poudres et des lotions, le tout fondu en une senteur unique évoquant à la fois le rayon cosmétiques d'un grand magasin et le bordel de luxe.

Tucker inspecta la chambre d'un rapide coup d'œil, avant d'en tirer la conclusion qui s'imposait.

— Tu as un rendez-vous ?

— Teddy m'emmène à la séance de 9 heures à Greenville. Je lui ai dit de passer dîner, puisque de toute façon nous avons de la visite. Qu'est-ce que tu penses de ça ?

Elle se retourna, une jupette en peau orange plaquée sur la taille.

— Il fait trop chaud pour porter du cuir.

Josie eut une moue chagrine : la jupe lui découvrait pourtant les jambes à ravir. Après un moment d'hésitation, elle la lança de côté.

— Tu as raison. Je sais ce qu'il me faut : la petite robe de coton, la rose. Quand je l'ai portée à la garden-party des Jackson, le mois dernier, j'ai eu droit à une demande en mariage et à trois propositions indécentes. Bon, où diable est-elle fourrée, celle-là ?

Tucker la regarda chambouler les vêtements déjà éparpillés un peu partout dans la pièce.

— Je croyais que tu devais essayer le « docteur » pour Crystal.

— C'est fait.

Elle releva la tête en souriant.

— Finalement, j'ai décidé que ce n'était pas du tout le type de Crystal. Et puis il repart dans le Nord dans un jour ou deux. Ça lui briserait le cœur, à cette pauvre fille. Elle ne pourrait se payer le voyage jusque chez lui si les choses prenaient une tournure plus sérieuse entre eux deux. Moi, si. Tu as toujours mal à la tête ?

— Pas trop.

— Regarde un peu, dit-elle en montrant un léger bleu sur son mollet. Tu as filé si vite tout à l'heure que tu m'as envoyé du gravier dans les jambes. Maintenant, il va falloir que je maquille tout ça si je veux porter une jupe.

— Désolé.

Elle haussa les épaules et se remit à chercher sa robe rose.

— Ça ira pour cette fois. Tu étais bouleversé. Mais tu sais, Tucker, tout le monde va savoir qu'elle mentait. Et cela avant même l'enterrement mardi prochain.

— Je sais.

Avisant un bout de tissu rose nacré dépassant d'un tas d'affaires, il s'accroupit pour le tirer et en extirper la robe.

— Je me suis calmé, Josie. La nouvelle m'avait mis complètement hors de moi, c'est tout.

Elle tâta du doigt son bandage. Le frère et la sœur se tenaient debout l'un près de l'autre, dans une bouffée de parfum capiteux. Ils partageaient tous deux plus que les traits de leur mère, plus encore que le nom des Longstreet. Le lien qui les unissait était plus profond même que celui du sang : il plongeait jusque dans leur cœur.

— Je suis désolée qu'elle t'ait fait du mal, Tucker.

— Bah, ce n'est jamais qu'une petite blessure d'orgueil.

Il embrassa doucement les lèvres de Josie.

— Tout cela s'est vite recousu.

— Tu es trop bon avec les femmes, Tucker. Ta gentillesse les attire, et après tu n'y gagnes que des ennuis. Si tu étais un peu plus dur avec elles, tu ne leur donnerais pas de faux espoirs.

— Merci du conseil. La prochaine, je lui dirai qu'elle est horrible.

Josie s'esclaffa et remonta la robe contre sa poitrine pour s'examiner devant sa psyché.

— Ne va pas non plus leur réciter de la poésie.

— Qui t'a raconté ça ?

— Carolanne. Elle m'a dit que tu lui avais parlé poésie le jour où tu l'avais emmenée à Lake Village admirer les étoiles.

Tucker fourra les mains dans ses poches.

— Mais comment les femmes en viennent-elles donc à se confier les détails les plus intimes de leur vie privée chez le coiffeur ou la manucure ?

— De la même façon que les hommes se vantent de la dimension de leur engin au troquet. Ça me va comment ?

Il prit un air renfrogné.

— J'en ai plus qu'assez de servir des compliments aux femelles.

Josie se contenta de ricaner et le laissa aller prendre sa douche.

Caroline se trouva si éblouie par Sweetwater qu'elle arrêta sa voiture au milieu de l'allée pour contempler le tableau qu'elle avait sous les yeux. La demeure, d'un blanc opalescent sous la lumière de l'après-midi, était toute en courbes gracieuses, en fer forgé délicatement ouvragé, en colonnes élancées, en vitrages scintillants. Il était aisé d'imaginer des dames en jupes à cerceaux flânant sur la pelouse et des gentilshommes en redingotes assis sous la véranda, en train de discuter l'éventualité d'une sécession tandis que des Noirs taciturnes leur servaient les rafraîchissements.

Des fleurs poussaient partout, grimpant à des treillis, débordant de massifs aux bordures de brique. Les senteurs entêtantes des gardénias, des magnolias et des roses embaumaient l'atmosphère.

Un drapeau confédéré aux couleurs fanées, râpé sur les bords, pendait du haut d'un poteau blanc dressé au milieu de la pelouse principale.

Au-delà de la résidence se distinguaient des bâtiments de pierres sèches qui, jadis, devaient être les maisons des esclaves, le fumoir et la cuisine d'été. De l'autre côté, la pelouse laissait place à des arpents de plaines fertiles ensemencées de coton. Caroline aperçut un arbre solitaire au milieu d'un des champs, un immense et vieux cyprès épargné par paresse ou par sentimentalisme.

Pour quelque obscure raison, la vision de cet arbre l'émut jusqu'aux larmes. Son austère majesté, l'endurance qu'il symbolisait la touchaient profondément. Sans doute âgé d'un siècle et plus, il avait dû assister à l'essor du Sud comme à son déclin, à son combat pour préserver son mode de vie et à la fin définitive de celui-ci.

Combien de semailles de printemps avait-il connues, combien de moissons en été ?

Son regard se porta vers la résidence. Elle aussi représentait la continuité dans le changement, cette élégance fastueuse du Vieux Sud que tant de gens du Nord prenaient pour de l'indolence. Des êtres avaient vécu toute leur vie entre ces murs, du berceau à la tombe. Et, en ce coin du delta où le rythme s'écoulait invariablement, culture et traditions du temps jadis n'avaient cessé de survivre.

Elle en avait la preuve là, devant elle, tout comme dans la maison de sa grand-mère, ainsi que dans les demeures, les fermes, les champs qui se succédaient jusqu'à Innocence. Et dans Innocence elle-même.

Elle se demanda pourquoi elle commençait seulement à comprendre cela.

Lorsqu'elle vit Tucker franchir la porte d'entrée pour venir l'attendre sous la véranda, elle se demanda si elle ne commençait pas également à le comprendre, lui aussi. Elle relança la voiture, contourna le massif de pivoines et s'arrêta devant la résidence.

— A te voir ainsi immobile au milieu de l'allée, je craignais que tu n'aies changé d'avis.

— Non, dit-elle en ouvrant la portière pour sortir de la voiture. J'admirais seulement l'endroit.

Tucker, qui l'admirait, elle, préféra se taire jusqu'à ce que l'émotion cessât de lui serrer le cœur. Elle portait une robe de coton légère dont il imaginait déjà la jupe ondoyant glorieusement sous la brise. Des bretelles de la largeur d'un doigt retenaient son bustier aux épaules, lui laissant les bras nus. Son cou était orné d'un collier de pierres fines, et elle avait tiré ses cheveux en arrière de façon à dégager ses oreilles où pendaient deux boucles cristallines. Elle avait aussi souligné la profondeur de son regard et foncé la teinte de ses lèvres, nimbant son visage d'une aura de féminité mystérieuse.

Alors qu'elle gravissait les marches pour le rejoindre, il perçut les premières fragrances, subtiles et envoûtantes, de son parfum.

Il lui saisit la main droite et la fit tourner lentement sous l'arche de son bras, comme dans un pas de danse. Elle s'esclaffa en virevoltant. C'est alors qu'il vit l'ampleur du décolleté qui lui découvrait le dos. Il déglutit avec difficulté.

— Je dois te dire une chose, Caroline.

— Oui ?

— Tu es horrible.

Il secoua la tête avant qu'elle n'ait eu le temps de répondre.

— Il fallait que je te le dise.

— Voilà une approche intéressante.

— L'idée est de ma sœur. C'est censé empêcher les femmes de tomber amoureuses de moi.

Pourquoi lui donnait-il toujours envie de sourire ? se demanda-t-elle avant de déclarer tout haut :

— Ça pourrait bien marcher. M'invites-tu à entrer ?

Il lui prit l'autre main.

— J'ai l'impression que cela fait une éternité que je n'attends que ça, murmura-t-il doucement.

Il la conduisit jusqu'à la porte, qu'il ouvrit devant elle. Il s'arrêta un instant sur le seuil pour l'observer, désireux de voir l'air qu'elle avait dans l'entrée de *sa* maison — avec les fleurs et les magnolias en arrière-plan. Eh bien, se dit-il, elle avait l'air parfaite.

— Bienvenue à Sweetwater.

A l'instant même où elle pénétrait dans la demeure, Caroline fut accueillie par un tonnerre d'imprécations.

— Si tu invites quelqu'un à venir s'asseoir à ma table, tu peux au moins m'aider à la mettre !

Della se tenait sous le jour de l'escalier, une main étreignant le pilastre d'acajou, l'autre posée sur sa robuste hanche.

La réponse fusa aussitôt de l'étage.

— J'ai dit que je le ferais, non ? clama Josie. Je ne vois pas pourquoi tu te mets dans un état pareil. Je finis de me maquiller et j'arrive.

— Vu le bazar qu'elle s'étale sur la figure, on y est encore la semaine prochaine.

Della se retourna. Lorsqu'elle avisa Caroline, l'indignation qui se peignait sur sa face le céda à la curiosité.

— Eh bien, eh bien, n'est-ce pas la petite-fille d'Edith que voilà ?

— Hmm, oui.

— Edith et moi avons taillé de bonnes bavettes ensemble sous sa véranda. Vous avez un peu de sa beauté, surtout dans les yeux.

— Merci.

— Voici Della, intervint Tucker. C'est elle qui veille sur nous.

— Dis plutôt que je m'y essaye depuis trente bonnes années — mais le résultat est piteux. Bon, tu l'installes dans le salon et tu lui sers une goutte de notre bon sherry. Le dîner sera prêt d'ici peu.

Reprenant son air renfrogné, elle haussa une dernière fois la voix en direction de l'étage.

— Et si Son Altesse voulait bien s'arrêter de se plâtrer la face, elle pourrait enfin mettre la table.

— Je serais ravie de le faire, proposa Caroline.

— Non, mademoiselle, rétorqua Della en l'entraînant vers le séjour. Pas question. Tucker a déjà épluché les patates et cette jeune fille là-haut va s'occuper de la porcelaine. C'est bien le moins qu'elle me doive après avoir invité ce Dr Croque-mort à ma table.

Elle tapota affectueusement le bras de Caroline et repartit en trombe vers sa cuisine.

— Que… un « docteur croque-mort » ?

Le sourire aux lèvres, Tucker alla nonchalamment prendre la bouteille de sherry dans un antique buffet de noyer.

— Le médecin légiste.

— Oh, Teddy ! C'est assurément… un personnage intéressant.

Elle promena lentement son regard autour de la pièce, s'arrêtant sur les hautes fenêtres, les rideaux de dentelle, les tapis turcs, la paire de canapés. Ces derniers — des méridiennes, elle en était certaine — étaient tapissés d'étoffes aux motifs pastel estompés. Les teintes douces prédominaient dans les lignes discrètes du papier peint, dans les coussins brodés à la main et le tissu de l'ottomane rebondie. De somptueux meubles d'époque ajoutaient encore au raffinement du lieu. Sur le manteau de l'âtre en marbre blanc se dressait un vase de Waterford empli de roses naines.

— C'est une demeure ravissante, dit-elle en prenant le verre que Tucker lui offrait. Merci.

— Je te sortirai le grand jeu, un de ces jours. Tu sauras toute l'histoire.

— J'ai hâte de l'entendre.

Elle marcha jusqu'à la fenêtre qui ouvrait sur le jardin et, au-delà, sur les champs et le vieux cyprès.

— Je ne savais pas que vous aviez une exploitation.

— Nous sommes planteurs, précisa-t-il en venant se placer derrière elle. Les Longstreet sont planteurs depuis le XVIIIe siècle — depuis l'époque où Beauregard Longstreet a spolié Henry Van Haven de deux cent quarante hectares de belles et bonnes terres cultivables du delta, à la suite d'une tricherie perpétrée au cours d'une partie de poker menée deux jours durant à Natchez, en 1796. Cela se passait dans la maison de tolérance dite de la Red Star.

Caroline se retourna.

— Tu viens d'inventer cette histoire.

— Non m'dame, je vous répète mot pour mot ce que m'a raconté mon papa, qui le tenait lui-même de son papa, et ainsi de suite jusqu'à cette nuit décisive du mois d'avril 96. Bien sûr, la tricherie elle-même n'est que pure hypothèse. Ce sont les Larsson qui ont ajouté cet ornement au récit — lesquels Larsson se trouvent être cousins avec les Van Haven.

— Médisances de mauvais perdants, suggéra Caroline en souriant.

— Certes — ou bien vérité pure et simple. Mais cela ne change rien à l'histoire.

Tucker adorait la manière dont elle le dévisageait, les lèvres légèrement retroussées, le regard rieur. Cela le grisait.

— En tout cas, poursuivit-il, Henry se trouva si contrarié de perdre cette terre qu'il voulut tendre un traquenard au vieux Beau après que ce dernier eut fêté sa bonne fortune avec une fille de la Red Star. Une dénommée Millie Jones.

Caroline prit une gorgée de sherry et secoua la tête.

— Tu devrais écrire des contes, Tuck.

— Je me contente de te rapporter les faits. Cela dit, Millie était enchantée de la prestation de Beau — à ce propos, t'ai-je fait part de la réputation d'amants exceptionnels qu'ont toujours eue les Longstreet ?

— Non, je ne crois pas.

— Elle est pourtant attestée depuis des lustres.

Tucker se plaisait à observer comment l'amusement faisait briller les yeux de la jeune femme, attendrissait sa bouche. S'il n'avait pas eu d'histoire à raconter, bon Dieu, il en aurait bien inventé une !

— Millie, donc, par reconnaissance envers la fougue de Beau — et les cinq dollars en or de pourboire dont il l'avait gratifiée — courut à la fenêtre pour lui dire au revoir. Elle aperçut alors Henry à l'affût dans les fourrés, son fusil à briquet à la main. Elle cria. Juste à temps. Le coup partit. Beau eut le bras de sa redingote roussi, mais le réflexe vif. Il sortit son couteau et le lança aussitôt dans les fourrés en direction du coup de feu. « Henry l'chopa raide dans l'palpitant », comme disait mon grand-père.

— Naturellement, c'était un expert en lancer de couteau aussi bien qu'en amour.

— Un homme aux multiples talents, approuva Tucker. Et comme il était également prudent, il décida qu'il valait mieux ne pas traîner à Natchez où il aurait à répondre à d'embarrassantes questions sur quelque sombre affaire de transfert de titres agrémenté d'un sanglant épilogue. Esprit romanesque, il enleva la jeune et sémillante Millie de ladite maison de tolérance pour partir s'installer avec elle dans le delta.

— Et planter du coton.

— Planter du coton, s'enrichir et assurer sa descendance. Ce fut son fils qui entreprit la construction de cette maison en 1825.

Caroline se tint coite pendant quelques instants. Il n'était que trop facile de se laisser prendre au bagout de Tucker, à sa faconde. « Mais la question n'est pas là, se dit-elle. Le problème n'est pas de démêler la part du vrai de celle de la fabulation, c'est l'habileté du conteur lui-même. » Elle s'éloigna de la fenêtre, absolument certaine qu'il était sur le point de la toucher de nouveau — et peu convaincue qu'elle ne le laisserait pas faire.

— Pour ma part, je ne sais pratiquement rien de ma propre famille. Et encore moins de ce qu'elle était il y a deux cents ans.

— On prête plus d'attention au passé qu'à l'avenir dans le delta. Le passé est la meilleure matière à cancans. Quant à l'avenir… eh bien, il parlera de lui-même, n'est-ce pas ?

Il crut l'entendre soupirer, mais d'un souffle si ténu que c'eût pu être un silence.

— J'ai passé toute ma vie à penser au lendemain, reprit-elle. A organiser mon existence pour le mois suivant, la saison suivante. Mais ici, c'est différent. Ce doit être une question d'atmosphère.

Cette fois-ci, son soupir fut audible, et il exprimait une sorte de mélancolie.

— J'ai à peine pensé à la semaine suivante depuis que je me suis installée chez ma grand-mère. Je ne le désirais pas, de toute façon.

Elle songea alors aux coups de téléphone de son impresario, qu'elle avait pris soin d'éviter depuis qu'elle avait décidé de descendre dans le Mississippi.

Tucker, quant à lui, ressentit à cet instant le vif désir de la serrer contre lui, juste pour lui offrir la protection de ses bras, le soutien de ses épaules. Mais il craignait aussi que ce geste ne ruinât d'un coup tout ce qui avait pu se nouer entre eux jusque-là.

— Pourquoi es-tu malheureuse, Caro ?

Elle le regarda d'un air étonné.

— Mais je ne le suis pas.

Ce qui, elle le savait, n'était qu'une demi-vérité. Et une demi-vérité n'était guère qu'un mensonge.

— Je sais écouter presque aussi bien que je parle, dit-il en lui caressant doucement la joue. Peut-être me feras-tu confiance un de ces jours.

— Peut-être.

Puis elle se recula brusquement, mettant une distance entre eux.

— Quelqu'un arrive, dit-elle

Sachant que l'occasion était désormais perdue, Tucker se retourna vers la fenêtre.

— C'est le Dr Croque-mort, annonça-t-il avec un sourire contrit. Allons voir si Josie a mis la table.

11

Dans la prison du comté de Greenville, assis sur la paillasse raide et dure ménagée entre la cuvette sans abattant des toilettes et les murs tissés de graffitis, Austin Hatinger contemplait les barreaux de lumière à ses pieds.

Il savait pourquoi il était ainsi enfermé comme un vulgaire criminel, comme un animal. Il savait pourquoi il était ainsi obligé de contempler ces barreaux dans une cage aux murs suants, souillés de paroles ignobles.

C'était parce que Beau avait eu de l'argent. Parce qu'il n'avait été qu'un rupin de planteur blasphémateur qui avait refilé toute sa fortune corrompue à ses bâtards d'enfants.

Et bâtards, se dit-il, ils l'étaient assurément. Madeline avait eu beau porter au doigt l'anneau de sa traîtrise, au regard du Seigneur, elle n'avait jamais appartenu qu'à un seul homme.

Ce n'était pas Beau qui était parti s'embourber en Corée, ce trou puant, pour servir sa patrie et protéger les bons chrétiens du péril jaune. Oh, non! Beau était resté planqué à l'arrière pour se vautrer dans le confort et le péché. Et se faire encore plus d'argent. Voilà longtemps qu'Austin soupçonnait Beau d'avoir forcé Madeline au mariage par la ruse. Non pas que cela excusât à ses yeux la félonie de cette dernière, mais les femmes étaient faibles, faibles de corps et de volonté, faibles d'esprit.

Sans une main ferme pour les guider — et les corriger à l'occasion —, elles étaient destinées à sombrer dans la frivolité et la luxure. Et Dieu lui était témoin qu'il avait fait de son mieux pour maintenir Mavis dans le droit chemin.

Il l'avait épousée dans l'aveuglement du désespoir, circonvenu par les assauts de son propre désir. « C'est la femme que tu as mise auprès de moi qui m'a donné de l'arbre, et j'en ai mangé. » Oh, oui, Mavis l'avait tenté, et sa chair étant faible, il avait succombé.

Austin savait que depuis Eve, c'était d'abord à la femme que Satan adressait les paroles mielleuses de la séduction. Etant plus encline au péché, elle chutait et, la malice au cœur, entraînait l'homme avec elle.

Mais il n'en était pas moins demeuré fidèle à Mavis. En trente-cinq ans de mariage, il ne s'était tourné qu'une seule fois vers une autre femme.

S'il y avait des moments où, accomplissant son devoir conjugal avec elle, il percevait, goûtait et sentait dans le noir la présence de Madeline, ce n'était que le moyen choisi par le Seigneur pour lui rappeler ce qu'il avait perdu.

Madeline avait fait semblant d'éprouver de l'indifférence à son égard. Mais il avait toujours su, durant toutes ces années, qu'elle ne s'était tournée vers Beau que pour l'aguicher et le tourmenter, ainsi que le font toutes les femmes. En fait, elle n'avait jamais appartenu qu'à lui. A lui seul. Le refus indigné qu'elle avait opposé à sa déclaration avant qu'il ne s'embarquât pour la guerre n'avait été qu'un faux-semblant de plus.

Sans Beau, elle aurait sagement attendu son retour. Voilà où avaient commencé ses malheurs.

Ne s'était-il pas écorché les mains, ne s'était-il pas cassé le dos, n'avait-il pas sué sang et eau pour donner une vie décente à la famille qu'il avait fondée ? Et tandis qu'il travaillait en vain, qu'il s'échinait sur une terre étrécie de jour en jour, Beau, lui, se prélassait dans sa belle maison blanche en riant de ses efforts.

En riant, oui.

Mais Beau ne savait rien. En dépit de tout son argent, de son linge fin et de ses belles voitures, il ne savait pas qu'une fois, au plein de l'été, dans l'atmosphère épaisse et lourde d'une journée poussiéreuse, sous un ciel chauffé à blanc par la canicule, Austin Hatinger avait pris ce qui lui revenait.

Il se souvenait encore de l'allure qu'avait la jeune femme ce jour-là. Cette image s'imposa à lui avec une telle acuité que ses mains en tremblèrent tandis que son sang bouillait dans ses veines.

Elle était venue le voir sous sa véranda, un panier à la main, un grand panier d'osier empli d'aumônes pour lui, pour son fils braillant de faim et pour sa femme qui, couchée à l'intérieur, mettait laborieusement au monde leur deuxième enfant.

Elle portait une robe bleue et un chapeau blanc autour duquel elle avait noué une longue et fine écharpe azurée. Madeline avait toujours aimé les écharpes flottantes. Ses cheveux noirs, qui retombaient en boucles du chapeau, rehaussaient la peau veloutée de son visage — une peau qu'elle pouvait entretenir avec les lotions que lui payait l'argent impie de Beau.

Gracieuse comme un matin de printemps, elle avait survolé le chemin fangeux qui menait à sa véranda délabrée, les yeux tendres et rieurs, comme si elle ne voyait pas la misère, les parpaings fêlés qui tenaient lieu de marches, les habits pouilleux pendus sur la corde à linge, les poules efflanquées picorant les cailloux.

Elle avait pris un ton si tendre en lui offrant ce panier empli de vêtements — des vêtements que Beau avait jadis achetés pour habiller les bébés qu'il lui avait faits, à elle, sa promise — qu'il était devenu sourd à tout, sourd aux gémissements plaintifs de sa femme qui le suppliait d'aller chercher le médecin au plus vite.

Il se rappelait encore comment Madeline s'était précipitée à l'intérieur, inquiétée soudain par le sort de sa propre épouse, cependant qu'il songeait que Mavis n'aurait jamais été là dans ce lit, son lit à lui, si Madeline ne l'avait trahi et déçu.

— Allez donc chercher le médecin, Austin, lui avait dit celle-ci de sa voix tendre et fraîche comme l'eau vive.

Et la bonté qui illuminait ses yeux d'ambre avait comme percé un trou ardent dans ses tripes.

— Hâtez-vous d'aller le chercher. Je resterai auprès d'elle et de votre petit.

Ce ne fut pas la folie qui le saisit. Oh, non! Il ne l'aurait jamais toléré. Ce fut un sentiment de justice. Une sainte colère qui le poussa à entraîner Madeline hors de la véranda, à la jeter dans la poussière. L'appel même de la Vérité.

Oh, elle fit bien semblant de ne pas vouloir de lui. Elle cria et se débattit. Mais tout cela n'était que mensonge. Il avait le droit, le droit divin de la posséder. Et peu importaient ses semblants de pleurs et de supplications : ce droit, elle avait fini par le reconnaître.

Il s'était vidé en elle de sa semence et, malgré toutes ces années, il se souvenait encore de la formidable jouissance qu'il en avait retirée, des sursauts et frémissements de son propre corps au moment où sa virilité retrouvée se déversait en elle.

Elle avait cessé de pleurnicher. Et, tandis qu'il roulait sur le côté, le dos dans la poussière et les yeux levés vers le ciel pâle, elle s'était redressée et s'en était allée, lui laissant la tête emplie d'une musique triomphale et un goût d'amertume dans la bouche.

Puis, jour après jour, nuit après nuit, il avait attendu la venue de Beau. Son second fils était né ; sa femme gisait livide sur sa couche, et lui attendait, sa Winchester chargée sur les genoux, torturé par le besoin de tuer.

Mais Beau n'était jamais venu. Il sut alors que Madeline avait gardé leur secret. Et qu'elle l'avait maudit.

Maintenant Beau était mort. Et Madeline aussi. Tous les deux reposaient côte à côte au Blessed Peace Cemetery.

C'était le fils, désormais, le fils qui avait fait revenir la roue du destin à son point de départ. Une génération après l'autre, se dit-il. Cette fois, le fils avait séduit et profané sa fille. Et sa fille était morte.

Le châtiment était donc son droit. Le châtiment était son glaive.

Il cligna des paupières et fixa de nouveau les barreaux de lumière à ses pieds. De nouveaux barreaux qui renaissaient des anciens. Des barreaux qui s'étaient déplacés avec l'approche du crépuscule. Il était demeuré assis au milieu de son passé pendant plus de deux heures.

Il songea qu'il était temps de se préparer pour le temps présent. Avec répugnance, il considéra les jambes flasques de son pantalon bleu. Son uniforme de prisonnier. Il s'en débarrasserait bientôt. Il sortirait d'ici. Le Seigneur aidait ceux qui s'aidaient eux-mêmes, et il trouverait le chemin de Son assistance.

Il reviendrait à Innocence pour y accomplir ce qu'il aurait dû faire plus de trente ans auparavant. Il tuerait ce qui restait de Beau en son fils.

Au nom de la justice.

Caroline sortit sur le patio paré de fleurs et inspira profondément une bouffée d'été. La lumière s'adoucissait, déclinant paisiblement vers le crépuscule ; les insectes s'éveillaient dans l'herbe. La jeune femme jouissait d'un sentiment de satisfaction et de plénitude dont elle avait oublié qu'il pût être aussi plaisant.

Le repas avait été bien plus qu'une succession de mets servis dans des plats d'argent. Il avait été un lent et presque langoureux moment d'éternité empli d'odeurs, de saveurs et de conversations. Teddy avait exécuté des tours de magie avec sa serviette et les assiettes.

Dwayne, plutôt sobre ce soir, avait démontré un talent remarquable pour l'imitation, passant des célébrités comme Jimmy Stewart et Jack Nicholson à des personnalités locales telles que Junior Talbot.

Tucker et Josie n'avaient cessé de la faire rire avec le récit tortueux, et souvent savoureux, de scandales scabreux qui remontaient pour la plupart à cinquante ou soixante ans.

Cela avait été si différent, songeait-elle maintenant, des dîners qu'elle avait connus dans sa propre famille, et où sa mère décidait des sujets convenables à aborder de sorte que nul débordement ne vînt tacher le damas de la nappe amidonnée. Ces dîners-là étaient si mornes et si guindés qu'ils ressemblaient plus à un conseil d'administration qu'à un repas de famille. Les frasques des aïeux n'y auraient pas été évoquées, et Georgia McNair Waverly n'aurait guère trouvé amusant qu'un convive fît jaillir une fourchette à salade de son décolleté.

Non, vraiment pas.

Mais Caroline, elle, avait apprécié cette soirée plus que n'importe quelle autre par le passé, et regrettait qu'elle fût déjà pratiquement terminée.

— Tu me parais bien contente, lança Tucker.

— Et pourquoi ne le serais-je pas ?

— Ça me fait seulement plaisir de le constater.

Il lui prit la main, et ce qu'il ressentit en mêlant ses doigts aux siens ne fut pas tant de la réticence que de l'hésitation.

— Une promenade ?

La soirée était belle, l'endroit charmant et son humeur complaisante.

— Très bien, répondit-elle.

Ce n'était pas vraiment une promenade, se dit-elle en déambulant à travers les rosiers et les capiteuses senteurs des gardénias. Plutôt une flânerie. Sans précipitation, ni but, ni soucis. Une flânerie qui s'accordait à merveille à la personnalité de Tucker.

— Est-ce un lac ? demanda-t-elle en apercevant un plan d'eau réfléchissant les derniers rayons du soleil.

— Sweetwater, répondit-il en changeant obligeamment de direction. C'est ici que Beau a construit sa maison, sur la berge sud. On peut encore y voir ce qu'il reste des fondations.

Ce que Caroline distinguait, pour sa part, c'étaient des pierres éparpillées.

— Quelle belle vue ils avaient ! Quel effet cela fait-il d'avoir un domaine sur des hectares et des hectares ?

— Je ne sais pas. C'est comme ça, voilà tout.

Déçue, elle reporta ses regards sur les immenses champs de coton. Elle était une enfant de la ville et, en ville, même les gens aisés possédaient tout au plus quelques pâtés de maisons, cependant que la plupart des autres citadins, affamés d'espace, s'entassaient les uns sur les autres.

— Quand même, posséder cette terre…

— C'est la terre qui vous possède.

Tucker fut lui-même surpris de s'entendre dire cela. Il haussa les épaules.

— Tu ne peux t'en détourner, reprit-il pour achever sa pensée. Pas si elle t'a été transmise. Tu ne peux la voir en friche dès lors que tu te souviens que les Longstreet s'en sont occupés depuis maintenant deux bons siècles.

— Et tu voudrais t'en détourner ?

— Il y a certes d'autres endroits que j'aimerais visiter.

Il haussa de nouveau les épaules, trahissant un sentiment de frustration que la jeune femme connaissait bien mais qu'elle ne se serait pas attendue à lui voir éprouver.

— Mais enfin, voyager est une activité compliquée. Cela exige beaucoup d'efforts.

— Oh, arrête donc.

Le ton agacé de sa voix le fit presque sourire.

— Je n'ai encore rien arrêté, il est vrai, dit-il en lui caressant le bras. J'y pense cependant.

Irritée, Caroline se recula.

— Tu sais très bien ce que je veux dire. A un moment tu te comportes comme si tu avais un autre but que te la couler douce, et l'instant d'après tu abandonnes.

— Je n'ai jamais compris l'intérêt qu'on pouvait trouver à se choisir un chemin semé d'embûches.

— Qu'en est-il du bon chemin ?

Il était rare qu'il tombât sur une femme qui aime parler philosophie, songea Tucker. Se saisissant d'une cigarette, il prit ses aises pour poursuivre la conversation.

— Eh bien, ce qui est bon pour l'un ne l'est pas forcément pour l'autre. Regarde Dwayne. Il est parti décrocher un diplôme qui ne lui sert strictement à rien pour la simple raison qu'il aime mieux rester assis à refaire son passé. Quant à Josie, elle prend ses cliques et ses claques, se marie deux fois, file Dieu sait où sur un coup de tête, et tout cela pour revenir chaque fois ici en affirmant que rien ne saurait améliorer son existence.

— Et ton existence à toi, en quoi consiste-t-elle ?

— Elle consiste à prendre les choses comme elles viennent. Quant à la tienne…

Il lui jeta un bref coup d'œil.

— La tienne te fait courir après l'avenir au détriment du présent. Ce qui ne signifie pas que l'un de nous a raison.

— Si ton avenir te déplaît, pourquoi ne pas le changer ?

— On peut toujours essayer, admit-il. « Il existe une divinité qui exécute à notre gré les ébauches de nos desseins. »

Il inhala une bouffée de tabac.

— Hamlet.

Caroline le considéra, bouche bée. C'était bien le dernier homme sur terre qu'elle aurait soupçonné de pouvoir citer du Shakespeare.

— Tiens, prenez ce champ.

Il la saisit amicalement aux épaules pour lui présenter le paysage.

— Eh bien — toutes choses étant égales par ailleurs —, pour faire pousser ce coton, une simple couche arable est encore plus souhaitable qu'une pleine épaisseur d'engrais, et si, pour le moment, nous sommes en train d'exterminer ces sacrés charançons, après l'été il suffira de récolter le tout, de l'empaqueter et de le transporter sur le lieu de vente. Moralité : j'aurai beau me tourmenter sur le résultat, ça ne fera pas avancer mes affaires d'un pouce. Maintenant, je dois avouer que j'ai un contremaître qui se tourmente à ma place.

— Cela requiert certainement plus d'attention que tu le dis.

— Considérons la situation simplement, veux-tu ? Le coton, ça se plante, ça se récolte, et en fin de parcours ça devient cette jolie robe que tu portes ce soir. Evidemment, je pourrais passer mes nuits à me demander avec anxiété si nous aurons assez de pluie, ou si au contraire nous n'en aurons pas trop. Si les transporteurs ne vont pas débrayer, ou si ces ânes bâtés de Washington ne sont pas sur le point de tout bouleverser en nous remettant une nouvelle dépression sur le dos. Je pourrais aussi m'octroyer le sommeil du juste. De toute façon, le résultat serait exactement le même.

Elle se retourna vers lui avec un petit rire.

— Pourquoi tout cela me paraît-il sensé ? dit-elle en secouant la tête. Il doit y avoir une faille dans cette belle logique.

— Fais-le-moi savoir si tu la trouves, mais je crois que tu perds ton temps. Permets-moi de te donner un autre exemple : tu ne me laisseras pas t'embrasser parce que tu crains de trop apprécier mon baiser.

Elle haussa brusquement les sourcils.

— Tu ne manques pas de toupet. Il se pourrait aussi bien que ce baiser, je ne l'apprécie pas du tout.

— En tout cas, reprit-il d'un ton charmeur en glissant un bras autour de sa taille, tu cherches encore une solution avant même que le problème existe. Ce qui est exactement le genre de souci qui te donne la migraine.

— Vraiment ?

Sa réplique avait été sèche, et elle avait gardé les bras le long du corps.

— Crois-moi, Caroline, j'ai longuement étudié la chose. C'est comme si tu restais immobile sur le bord d'une piscine à te demander si l'eau n'est pas trop froide. Il vaudrait cent fois mieux pour toi que quelqu'un t'y pousse à coups de pied dans le derrière.

— Est-ce ce que tu es en train de faire ?

Les lèvres de Tucker esquissèrent un sourire.

— Je pourrais toujours te dire que j'agis pour ton bien, pour qu'une fois tombée dedans tu cesses de te tourmenter inutilement. Mais en fait…

Il pencha la tête vers elle. Caroline fut prise d'angoisse en sentant son haleine chaude lui effleurer les lèvres.

— En fait, penser à ça m'empêche de dormir.

Il lui taquina le menton du bout des dents.

— Et j'ai besoin de tout mon sommeil.

Caroline se raidit tandis que les lèvres de Tucker voletaient sur sa bouche avec la légèreté d'un papillon de nuit. Pure manœuvre de séduction, se dit-elle en sentant son cœur s'emballer. Elle n'avait pas oublié combien les hommes étaient habiles à exploiter les aspirations d'une femme.

— Tu peux répondre à mon baiser si tu veux, lui chuchota Tucker contre ses lèvres. Sinon, je serai le seul à prendre du plaisir.

Il se permit d'abord de lui embrasser doucement le visage, déposant des baisers sur ses tempes, ses paupières closes, ses joues. Les impératifs de la galanterie étaient trop profondément ancrés en lui pour qu'il donnât libre cours au besoin pressant qu'il éprouvait d'étreindre Caroline. Il aimait mieux guetter son premier frémissement, goûter l'alanguissement progressif et radieux de son corps contre le sien. Et sentir sa respiration se précipiter tandis qu'avec une douce lenteur, il se rapprochait de sa bouche.

Et puis, qu'il était bon d'assister à ce lent fléchissement de l'âme féminine, d'entendre les sursauts fugaces du souffle de la jeune femme, de humer son parfum émergeant des odeurs de l'eau et de la pénombre tandis qu'ils s'abandonnaient tous deux au baiser.

Cette fois, les lèvres de Caroline s'ouvrirent au premier contact. Et, tandis que Tucker accentuait la pression, lentement, douloureusement, il sentit les mains de la jeune femme se refermer soudain sur ses bras. Sa dernière pensée cohérente fut qu'il plongeait dans cet univers de sensations beaucoup plus profondément qu'il ne s'y était attendu.

Caroline, pour sa part, ne pouvait plus penser à rien du tout. Pas avec ce vrombissement insistant dans ses oreilles. Elle s'était agrippée à Tucker pour ne pas perdre l'équilibre, mais maintenant, elle avait beau s'accrocher de toutes ses forces, le monde tournait vertigineusement autour d'elle. Toute prudence l'avait quittée. Avec un gémissement bref et désespéré, elle plongea à son tour dans le baiser.

Tucker buvait et respirait son souffle. Mais ce n'était pas encore assez. De ce goût brûlant et suave il n'était toujours pas rassasié. Alors il l'approfondit. Et la douleur s'approfondit aussi.

Il n'aurait pourtant pas dû *souffrir* d'un baiser, se dit-il. Son esprit n'aurait pas dû sombrer ainsi lorsqu'elle l'avait enveloppé de tout son être ; lui-même n'aurait pas dû trembler quand elle avait gémi son nom.

Il savait ce que c'était de désirer une femme. C'était l'un des aspects naturels et plaisants du simple fait d'être un homme. Cela ne vous déchirait pas de la sorte, ni ne creusait un tel abîme dans vos entrailles. Cela ne vous rendait pas les genoux flageolants au point de vous faire tomber sur le sol en suppliant.

Il se sentait en train de vaciller sur l'extrême bord d'un gouffre. L'instinct de conservation lui criait de battre des bras pour échapper à la chute. Précautionneusement, il mit ses mains sur les épaules de Caroline et la fit reculer. Puis il laissa son front reposer contre le sien et s'efforça de recouvrer son souffle.

Caroline le tenait à la taille de ses mains tremblantes. Peu à peu, à travers le brouillard de ses sensations, elle s'obligea elle-même à refaire surface. Et à s'y maintenir. Voilà trop longtemps qu'elle n'avait pas joui du réconfort d'une étreinte, se dit-elle, ni assouvi le désir nu des lèvres d'un homme : autant de raisons suffisantes pour excuser ce moment d'égarement.

Mais elle était revenue à elle, désormais. Le sang ne lui martelait plus la tête. Elle percevait de nouveau les remuements et les crissements des insectes, les coassements des grenouilles. Le tendre appel à trois notes de l'engoulevent.

La lumière s'ombrait, prise dans la magie ultime de l'instant qui sépare la nuit du jour. Déjà la clarté déclinait, se retirait, remportant la chaleur étourdissante avec elle.

— Je crois que nous pourrions avoir eu tort tous les deux, dit Tucker.

— A quel sujet ?

— Tu pensais que tu n'aimerais pas m'embrasser, et moi je m'imaginais que je dormirais mieux après.

Il releva la tête en poussant un long soupir.

— Je vais te dire une chose, Caroline. Embrasser une femme a toujours été pour moi un plaisir. Et ce, depuis un certain jour de mes quinze ans où Laureen O'Hara et moi nous sommes mutuellement arraché nos vêtements dans la grange de son père. Tu es la première femme que j'ai rencontrée depuis ce jour mémorable qui m'ait compliqué ce plaisir.

Elle voulait le croire — croire que ce qu'il venait de ressentir était plus obscur, plus profond, plus dangereux que tout ce qu'il avait éprouvé jusqu'alors. Et parce qu'elle le croyait effectivement, elle en fut effrayée au point de se dégager de ses bras.

— Je crois qu'il vaut mieux en rester là.

Le regard de Tucker s'égara sur ses lèvres, encore molles et gonflées de leur baiser.

— Tes yeux disent le contraire, murmura-t-il doucement.

— Je suis sérieuse, Tucker, insista-t-elle d'une voix où perçait une légère détresse. Je viens juste de mettre fin à une relation affligeante, et je n'ai pas l'intention d'en commencer une autre. Et puis ta vie est déjà assez compliquée comme ça sans que j'y ajoute la mienne.

— En temps ordinaire, j'en serais sans doute convenu. Tu sais, tes cheveux te font comme une auréole dans cette lumière. Peut-être ai-je envie d'être racheté. L'ange et le pécheur. Voilà toute la différence entre nous, et Dieu sait que je ne mens pas.

— C'est bien là la plus ridicule…

Il leva si prestement la main que les mots moururent sur les lèvres de la jeune femme. Il referma alors les doigts sur ses cheveux et sa voix douce parut se couler dans un moule d'acier.

— C'est à cause de toi, Caroline. Je ne sais fichtrement pas ce que c'est, mais ça me ronge aux moments les plus inattendus. Il y a certainement une bonne raison à cela. Et je pense que je finirai par la découvrir un jour.

— Je ne vis pas au même rythme que toi, Tucker.

Caroline trouva sa propre voix remarquablement calme, d'autant plus qu'elle avait le cœur qui lui battait dans la gorge.

— Dans quelques mois je serai en Europe. Et une brève aventure d'été n'est pas dans mes projets.

Une ombre de sourire passa sur les lèvres de Tucker.

— Des projets, tu en fais bien pourtant. Je n'ai pas manqué de le remarquer.

Il s'approcha d'elle et appliqua sur ses lèvres un baiser fougueux qui la fit chavirer.

— Je t'aurai, Caroline. Tôt ou tard, nous nous enverrons en l'air comme des fous tous les deux. Je m'efforcerai simplement de te laisser le choix du moment.

— Voilà la plus indigne, la plus outrageusement arrogante des déclarations machistes que j'aie jamais entendues.

— Ça dépend des points de vue, répliqua-t-il d'un ton affable. Ce que je viens de te dire est un avertissement gracieux. Mais je ne voudrais pas t'irriter au point de troubler ta digestion.

Il lui empoigna la main pour reprendre le chemin de la maison. Des lucioles virevoltaient en scintillant dans la nuit qui tombait.

— Et si nous allions nous étendre un instant sous la véranda ?

— Je n'ai l'intention de m'étendre nulle part avec toi.

— Eh bien, mon chou, continue à me parler sur ce ton, et je vais finir par croire que tu me trouves irrésistible.

Elle laissa échapper un rire moqueur qui arracha un sourire à Tucker.

— Le jour où je ne saurai plus résister à un soi-disant don Juan du delta…

Il s'esclaffa à son tour et, la soulevant du sol, la fit tournoyer dans ses bras.

— Je suis dingue de cette petite bouche effrontée que tu as là, s'écria-t-il en y appliquant un baiser enthousiaste. Je parie que tu es allée dans une de ces écoles huppées de Suisse où les jeunes filles apprennent les bonnes manières.

— Absolument pas, et je te prie de me reposer à terre.

Elle se débattit quelques instants.

— Assez, Tucker ! Quelqu'un arrive.

Sans la relâcher, il regarda dans la direction qu'elle lui indiquait. Une paire de phares se rapprochait d'eux à grande vitesse.

— Poursuivons simplement notre promenade jusque-là, veux-tu ? Nous verrons bien qui nous réclame.

Il la porta jusqu'à l'allée, autant pour la faire enrager que pour avoir le plaisir de tenir ainsi dans ses bras son long corps élancé. Et puis il se doutait qu'une fois passée son irritation, elle saurait bien apprécier le romantisme de la situation.

— Voici les premières étoiles, annonça-t-il sur un ton détaché.

Elle émit un son qui avait tout l'air d'un grognement.

— Tu sais, tu ne pèses guère plus lourd qu'un gros sac de farine. Même si c'est plus chouette avec toi, évidemment.

— Et poète avec ça, marmonna Caroline, furieuse de goûter malgré tout l'humour de sa remarque.

Il ne put résister.

— « Belle comme la première étoile solitaire dans le ciel. »

Il lui adressa un sourire.

— Mais je crois que Wordsworth l'a dit mieux que ça, non ?

Avant qu'elle ait eu le temps de peaufiner sa réplique, il la redéposa à terre, lui donna une petite tape sur les fesses et salua de la main Bobby Lee, qui s'extirpait de sa Cutlass mangée par la rouille.

— Hé, mon gars, t'étais pas censé sortir faire la noce avec Marvella ?

— Tucker…

Bobby Lee redressa d'une main sa banane avachie. Dans la lumière des phares, qu'il avait négligé d'éteindre, son visage était pâle de frayeur et d'excitation.

— Je suis arrivé dès que j'ai fini, dit-il.

Avec quelque temps de retard, il salua Caroline d'un signe de tête.

— 'Soir, mam'zelle Waverly.

— Salut, Bobby Lee. Si vous voulez bien m'excuser, j'aimerais remercier une nouvelle fois Della pour son dîner avant de partir.

Elle n'avait pas encore fait un pas que Tucker la rattrapait par la main.

— Il est encore tôt.

Puis, se tournant vers le garçon :

— Qu'est-ce qui t'amène ? lui demanda-t-il.

— Junior a amené ta voiture cet après-midi. Doux Jésus, c'était un vrai massacre !

Tucker porta en grimaçant une main à son bandage.

— Hmm, tu peux le dire, ça me fend le cœur. Elle n'avait même pas deux mille au compteur. Alors, châssis voilé ?

— Eh ouais, ratatiné comme une vieille bouse — sauf votre respect, m'dame. On a vu ça dès qu'on l'a mise sur le pont. On s'est dit alors que tu devrais la faire remorquer jusqu'à Jackson, mais comme on n'avait pas eu de vrai accident depuis que Burky Larsson avait aplati sa Buick sur la 61 durant la tempête de neige de janvier dernier, on a quand même voulu y jeter un œil.

Tucker s'adossa contre la Cutlass.

— Cette Buick, on aurait dit qu'un tank lui avait roulé dessus quand vous l'avez remorquée en ville. Jamais pu comprendre comment Burky s'en était sorti avec seulement dix-huit points de suture et une vertèbre déplacée.

— N'empêche qu'il a un drôle d'air depuis, ajouta Bobby. Cela dit, l'a toujours eu, maintenant que j'y pense.

Tucker approuva du chef.

— Sa maman a été effrayée par un nid de mocassins quand elle l'avait dans le ventre. C'est ça qu'a dû lui embrouiller le cerveau.

Caroline ne ressentait plus du tout la nécessité de partir. En revanche, elle devait résister à l'envie pressante de se tordre de rire.

— Tu as fait tout ce chemin uniquement pour apprendre à Tucker que sa voiture était esquintée ?

Les deux hommes la toisèrent d'un même regard perplexe. Pour eux, il était évident que Bobby Lee n'en était qu'au préambule.

— Non, m'dame, répondit-il poliment. Je suis venu dire à Tucker *comment* elle a été esquintée. Tucker est un pilote de première. Tout le monde sait ça.

— Merci, Bobby Lee.

— C'est la vérité. Eh bien, en fait, Junior m'a raconté qu'il n'y avait pas de traces de freinage ni rien du tout.

— Les freins ont lâché.

— Ouais. C'est ce qu'il a dit. Alors je me suis mis à gamberger, tu vois, et quand la vieille à Junior a téléphoné pour lui rappeler comme quoi il lui avait promis de l'emmener avec le petit manger des spaghettis à Greenville, je lui ai proposé de rester m'occuper de la station. C'est calme le dimanche, de toute façon, alors j'ai pensé comme ça que j'allais jeter un coup d'œil à tes freins.

Il sortit un Malabar de sa poche, le déballa et le fourra dans sa bouche.

— J'ai donc jeté un bon coup d'œil aux durits, et puis au système hydraulique de la direction aussi. L'aurais sans doute pas vu si j'avais pas été aussi curieux. Mais je l'ai bien vu.

Il fit une pause.

— Quoi donc? s'enquit Caroline en constatant que Tucker laissait le silence s'éterniser.

— Des trous partout dans les durits. Pas de la corrosion, hein? Des trous. Comme avec un poinçon, ou peut-être un pic à glace. Le fluide a dû s'échapper par là. C'est pourquoi que tes roues se sont bloquées, tu vois? Tu aurais pu faire avec si tu avais su, mais au premier virage un peu sec, eh bien, la voiture a continué tout droit. Alors t'as appuyé sur les freins et ça t'a servi comme de pisser dans un violon — mille excuses, mam'zelle Waverly.

— Mon Dieu, s'exclama cette dernière en enfonçant ses doigts dans le bras de Tucker. Tu veux dire que quelqu'un a délibérément saboté la voiture? Mais ça aurait pu le tuer!

— Ça aurait pu, ouais, convint Bobby Lee. Mais c'est pas ce qu'on a voulu. Tout le monde par ici sait que Tucker conduit comme un pilote de formule 1.

— Je te remercie d'être venu jusqu'ici pour m'en parler, repartit Tucker en jetant sa cigarette.

Ses yeux suivirent le bout encore rougeoyant du mégot. La colère lui faisait battre le sang aux tempes. Il avait besoin de se calmer.

— Tu vas passer voir Marvella, ce soir?

— J'en avais l'intention.

— Bon, alors profites-en pour répéter à son shérif de père ce que tu viens de me dire. Mais à personne d'autre, compris? Uniquement à lui.

— Si c'est ce que tu veux.

— Pour l'instant, oui, j'aimerais que ça n'aille pas plus loin. Bon, retourne vite en ville avant que Marvella ne te fasse payer cher ton retard.

— J'y cours. A la prochaine, Tucker. Bonsoir, mam'zelle Waverly.

Caroline ne pipa mot avant que les feux arrière de la Cutlass ne s'éteignissent au bout de l'allée.

— Il a pu se tromper, déclara-t-elle enfin. Ce n'est qu'un gamin.

— C'est l'un des meilleurs mécaniciens du comté. Ça ne m'étonne pas, de toute façon. Si je n'avais pas été aussi secoué, je l'aurais vu moi-même. Reste à savoir qui est assez remonté contre moi pour me créer des ennuis.

— Des ennuis ? répéta Caroline. Tucker, quelle que soit l'opinion de Bobby Lee sur tes talents surhumains de pilote, tu aurais pu être gravement blessé, et même tué.

— Tu t'inquiètes pour moi, mon ange ?

Bien qu'absorbé dans ses pensées, il sourit à la jeune femme et lui caressa le bras.

— J'adore ça.

— Arrête donc de faire l'imbécile.

— Et toi, Caro, cesse de monter sur tes grands chevaux — même si tu es ravissante quand tu te mets en colère.

La voix de Caroline se glaça aussitôt.

— Je ne supporterai pas une minute de plus que tu me laisses sur la touche comme si j'étais une femelle inutile. Je suis en train de te proposer mon aide, Tucker.

— C'est aimable à toi, mais je n'en veux pas.

Caroline fit volte-face en maugréant. Il la saisit par le bras.

— Comprends-moi, Caroline. Tant que je n'aurai pas éclairci toute cette affaire, nul ne pourra m'aider.

— Oui, eh bien, il me semble évident que le responsable doit être un proche d'Edda Lou, dit-elle en redressant la tête. A moins, naturellement, que tu n'aies toute une liste de maris jaloux à passer en revue.

— Je ne sors pas avec des femmes mariées. Quoique, une fois…

Il s'interrompit en surprenant le regard de la jeune femme.

— Enfin, peu importe. Austin est en prison et je vois mal cette pauvre vieille Mavis se glisser sous ma voiture avec un pic à glace.

— Edda Lou avait aussi des frères, répliqua Caroline en relevant le menton.

— Bien vu.

Tucker serra les lèvres en réfléchissant à cette dernière éventualité.

— Vernon ne reconnaîtrait pas un vilebrequin d'un poteau télégraphique. Et puis la sournoiserie n'est pas son genre. Il est plus direct que ça, comme son père. Quant au jeune Cy… je n'ai jamais vu quelqu'un d'aussi dénué de méchanceté.

— Ils ont peut-être engagé quelqu'un.

Tucker laissa échapper un reniflement de dédain.

— Et avec quoi ?

Il pressa tendrement ses lèvres contre la tempe de Caroline.

— Ne te mets pas martel en tête, mon chou. Tout cela ne m'empêchera pas de dormir.

Elle se recula pour le dévisager.

— Oui, dit-elle lentement, je pense que tu en serais capable. Je crois effectivement que, même après un tel choc, tu pourrais bel et bien t'assoupir comme un bébé.

— Tu sais, j'ai déjà ma voiture esquintée et le front bandé. Je ne vois pas pourquoi je devrais en plus donner au responsable de ce forfait le plaisir de me voir passer une nuit blanche.

Il avait dans les yeux une certaine lueur que Caroline commençait à reconnaître. Une lueur qui déclenchait une alarme dans sa tête et des palpitations dans son cœur.

— Mes nuits blanches, c'est à toi que je les dois, poursuivit-il. Maintenant, si nous…

Il s'arrêta net en apercevant une autre voiture qui remontait l'allée en cahotant.

— Dieu tout-puissant, mais c'est qu'il y a foule aujourd'hui !

— Bon, j'y vais, maintenant, déclara Caroline d'un ton décidé. J'appellerai Della demain pour la remercier.

— Attends un peu.

Il était en train d'essayer de deviner la marque du véhicule. Mais tout ce qu'il pouvait affirmer pour l'heure, c'était que la pétarade du moteur aurait pu réveiller un mort. Enfin, une luxueuse Lincoln noire s'arrêta en bringuebalant à côté de la BMW de Caroline. Vraiment, songea Tucker, il était à peine croyable qu'une voiture de cette classe pût émettre un bruit aussi vulgaire.

Quand la portière s'ouvrit, une petite femme aux cheveux blancs sortit du véhicule. Chaussée de rangers, elle arborait un T-shirt orné de motifs psychédéliques, qu'elle portait sur un jean. Tucker hurla de joie tandis qu'un large sourire lui illuminait le visage.

— Cousine Lulu !

— C'est toi, Tucker ?

Elle avait une voix qu'on pouvait comparer à un train de marchandises — forte, trépidante et pleine de poussière.

— Que fais-tu donc dans le noir avec cette jeune fille ?

— Moins que je souhaiterais.

Il rejoignit la vieille dame en quelques enjambées et dut presque se casser en deux pour embrasser ses joues poudrées et parcheminées.

— Tu es toujours aussi mignonne, cousine.

Elle lui donna une petite tape en gloussant.

— C'est toi le plus mignon de la bande, répliqua-t-elle. Ce que tu peux ressembler à ta maman, tout de même !

Elle pointa un doigt en direction de Caroline.

— Hep ! vous là-bas, venez par ici que je vous regarde un peu.

— Ne va donc pas l'effrayer, la prévint Tucker. Cousine Lulu, je te présente Caroline Waverly.

— Waverly, Waverly... Pas un nom du coin, ça.

Elle toisa la jeune femme de la tête aux pieds avec des yeux étincelants d'oiseau de proie.

— Ce n'est pas non plus ton type habituel, Tucker. N'a pas l'air d'avoir le derrière à la place de la cervelle.

Caroline fut heureuse de l'apprendre.

— Merci, dit-elle.

— Yankee ! hurla Lulu dans un piaillement à pulvériser du cristal. Par le Christ, une Yankee !

— A moitié seulement, se hâta de préciser Tucker. Elle est la petite-fille d'Edith.

Le regard de Lulu se fit soudain plus inquisiteur.

— Edith McNair ? L'Edith de George et Edith ?

— Oui, m'dame, répondit Caroline sur un ton pince-sans-rire. Je suis venue passer l'été dans la maison de mes grands-parents.

— Sont morts, hein ? Oui, évidemment. N'empêche que c'étaient des compatriotes pure souche, alors ça compte. C'est vos cheveux, là, ma fille, ou une perruque ?

— Mes...

Caroline porta instinctivement une main à la tête.

— Euh, oui, ce sont mes cheveux.

— Bien. Me méfie autant des femmes chauves que des Yankees. Enfin, on verra. Tucker, tu prends mes bagages et tu me sers un brandy. Il faut aussi que tu m'appelles le fils Talbot, là, pour qu'il voie ma voiture. J'ai perdu le silencieux aux environs du Tennessee. Ou peut-être en Arkansas, je ne sais plus.

Elle s'arrêta au bas des marches.

— Allons, ma fille, je vous attends.

— C'est que... je m'apprêtais à partir.

— Tucker, tu apprendras à cette jeune fille que quand je condescends à boire un brandy avec une Yankee, ladite Yankee ferait mieux d'accepter.

Sur ce, elle grimpa sous la véranda en martelant l'escalier de ses rangers.

— C'est quelque chose, la cousine Lulu, hein ? lui souffla Tucker en coupant le moteur grondant de la Lincoln.

— Plutôt, oui, convint Caroline.

Et après tout, songea-t-elle, un brandy risquait effectivement d'être le bienvenu.

12

Cy Hatinger avait les paumes moites. Quant au reste de sa personne, il n'était pas franchement « sec », comme disaient les publicités. Ses aisselles étaient poisseuses de sueur en dépit d'applications méticuleuses de déodorant à bille. Des poils y avaient poussé depuis maintenant une bonne année, de même qu'entre ses jambes — transformation qui l'embarrassait et le faisait frissonner d'aise à la fois.

Sa sueur était celle de la jeunesse, une sueur limpide qui, la plupart du temps, n'agressait pas les narines, et qui ce jour-là résultait de la conjonction d'un matin torride et d'une peur mêlée d'excitation. Ce qu'il s'apprêtait à entreprendre allait lui valoir la sainte colère de son père, songeait-il, et quelques cinglants coups de ceinture.

Il s'apprêtait à demander du travail aux Longstreet.

Bien sûr, son père était en prison, ce qui le rassurait quelque peu — mais lui donnait aussi par instants un brûlant sentiment de culpabilité qui le faisait suer plus encore.

« Vous êtes heureux d'utiliser Dial ? s'entendit-il penser. Conseillez-le autour de vous ! »

Il ignorait pourquoi il se mettait ainsi à penser à coups de slogans. Peut-être parce que sa mère laissait l'écran de la vieille télé allumé jour et nuit. « Pour avoir de la compagnie », lui disait-elle en se tordant les mains, tandis que ses yeux rougis le fixaient d'un regard morne. Elle pleurait pratiquement tout le temps à présent, et semblait à peine consciente de son existence et de celle de Ruthanne.

Il lui arrivait parfois de la retrouver en peignoir au beau milieu de la journée, assise sur le canapé défoncé et délavé, un panier de linge à ses pieds, en train de suivre en reniflant *Days of Our Lives*. Dans ces moments-là, Cy se demandait si c'était son propre malheur qu'elle pleurait ainsi, ou bien plutôt les procès et tribulations diverses affligeant les habitants de Salem, la légendaire cité du feuilleton.

En tout cas, les Horton et les Brady de Salem semblaient au garçon plus réels que sa propre mère, qui errait chaque nuit comme une âme en peine à travers la maison tandis que la télé laissait échapper dans un bourdonnement confus le monologue de Leno, des rediffusions de sitcoms ou des publicités pour des gadgets — comme le Clapper, cet enchantement des foyers qui permettait d'un seul claquement de mains d'allumer les lumières et d'éteindre la télé.

Autant applaudir une prise électrique, se dit Cy. Il trouvait cela sordide.

Il pouvait d'ici imaginer sa mère en possession d'un de ces engins, en train de gémir dans le séjour tout en frappant dans ses mains pour faire jaillir la lumière et clignoter la télé.

— Merci, merci, s'exclamerait l'écran poussiéreux. Et maintenant, très chers pécheurs, le révérend Samuel Harris va vous montrer comment se faufiler à travers les portes du paradis !

Oh, oui, sa maman était une fanatique de toutes ces émissions religieuses où tel révérend inspiré tonnait d'une voix hypnotique contre le péché et troquait le salut des âmes contre les chèques de l'assistance sociale.

Lorsque, la veille, il était revenu de sa partie de pêche avec Jim, il n'avait eu qu'à se laisser guider à travers la cuisine par la musique d'orgue et les alléluias pour retrouver sa mère en train de contempler l'écran du salon d'un regard vitreux. Pendant un instant — mais un instant seulement —, il avait frémi, croyant voir dans les traits du télévangéliste ceux de son père, qui le fixait avec ses yeux omniscients.

— Qui prend du poil entre les jambes accueille en son esprit des pensées diaboliques, l'avait averti l'image. La prochaine étape est la fornication. *La fornication !* C'est l'instrument du Malin que tu as entre les jambes, mon fils.

Tout en marchant sur le bas-côté poussiéreux de la route, Cy rajusta dans sa culotte ledit instrument du Malin, lequel paraissait bien s'être ratatiné au souvenir de l'anathème paternel.

Allons, se dit-il en essuyant de l'avant-bras son front suant, son père ne pouvait pas le voir. Il était en prison, et y resterait sans doute pour quelque temps encore. Tout comme A.J., qui était passé du vol à l'étalage de cigarettes et de barres Mars au trafic de voitures. Dès que les portes de la cellule s'étaient refermées sur le jeune homme, son père avait décrété qu'il n'avait plus de fils du nom d'Austin Joseph. Et à présent qu'Austin se trouvait dans la même panade, Cy se demandait si cela voulait dire qu'à son tour, il n'avait plus de père.

La délicieuse impression de soulagement qu'il éprouva à cette éventualité réveilla aussitôt en lui son sentiment de culpabilité.

Mieux valait oublier le vieux, songea-t-il, et réfléchir aux moyens d'obtenir ce job. Il savait que sa mère lui aurait interdit de mettre les pieds à Sweetwater. S'il lui en avait parlé, son visage aurait pris ce teint livide et brouillé qu'elle avait chaque fois que son mari décrétait qu'elle avait mérité un châtiment.

Mais quels péchés avait donc commis sa mère ? se demanda Cy en serrant convulsivement les poings. Quels péchés si graves qu'elle dût les racheter de son propre sang ?

Pis encore : lorsqu'un œil tuméfié, une lèvre déchirée ou une côte fêlée étaient supposés l'avoir sauvée de l'emprise de Satan, elle allait prétendre devant les voisins qu'elle était tombée. Et si le shérif venait à passer, elle arborait ce sourire si familier, ce sourire horriblement déformé par la terreur, pour soutenir, encore et toujours, qu'elle avait manqué une des marches de la véranda.

Quelles que fussent la fréquence et la méchanceté avec lesquelles son père la labourait de ses gros poings, maman, lui disait-elle, resterait toujours aux côtés de papa.

Par conséquent, Cy savait qu'elle lui aurait interdit de se rendre à Sweetwater. Et ne lui avait donc pas parlé de ses projets.

De toute manière, hormis ce qui se passait dans le poste et ce qui la poussait à donner des coups de fil larmoyants à son avocat, elle remarquait si peu de choses depuis quelque temps que Cy avait eu toute facilité pour s'éclipser de la maison ce matin-là. Il n'avait même pas couru sur la terre battue du chemin, sachant fort bien que si, par hasard, elle l'avait aperçu marchant tranquillement, elle aurait un bref instant cligné des paupières pour reporter aussitôt ses regards hébétés vers l'écran.

Au bout de cinq kilomètres, Cy avait enfin foulé le gravier de Gooseneck Road, et avait eu la chance d'être pris par le vieux Hartford Pruett dans la cabine de sa camionnette Chevrolet — ce qui lui avait épargné trois kilomètres de marche sur les neuf et demi qui le séparaient alors de Sweetwater.

Il avait contracté une soif terrible en atteignant la boîte aux lettres cabossée et le poteau fêlé devant l'allée des McNair. Il pouvait sentir la chaleur cogner à travers la semelle de ses chaussures. Sa gorge était aussi sèche qu'un os rongé jusqu'à la moelle. Et dans le silence matinal lui parvenait la voix du père de Jim fredonnant la douceur du temps jadis.

La profonde nostalgie du chant l'accabla alors avec une telle promptitude qu'il en demeura suffoqué.

Il savait que son ami Jim avait déjà senti la grande main calleuse de son père s'abattre sur son postérieur. Il savait aussi, de la bouche même de Jim, que lorsqu'à l'âge de quatre ans il s'était égaré dans les marais, son père, après l'avoir retrouvé, l'avait fait danser sous la cravache durant tout le chemin du retour jusqu'à la maison.

Cependant, jamais ce père-là n'avait roué son fils de coups de poing ni ne l'avait enfermé dans sa chambre deux jours entiers avec du pain et de l'eau pour seule nourriture. Et selon Cy, le papa de Jim n'avait non plus jamais, au grand jamais, levé la main sur sa maman.

De plus, il avait vu, de ses yeux vu, la main de Toby reposer avec tendresse, sinon avec fierté, sur l'épaule de son fils. Il les avait également vus partir tous deux ensemble à la pêche, et si alors leurs corps ne se touchaient pas, ce n'était pas faute d'être proches l'un de l'autre.

La gorge pitoyablement serrée, Cy lutta contre le désir de descendre le chemin pour aller voir Jim et son papa étaler de la peinture sur les murs de planches recouvrant l'ancienne maison de Mme Edith. Il imaginait d'ici Toby se retournant pour lui sourire, découvrant des dents blanches comme un rayon de lune dans sa face d'ébène — une face balafrée par son propre père près de vingt ans auparavant.

— Regarde donc qui voilà, Jim, dirait-il. Ce garçon m'a bien l'air capable de tenir un pinceau. On a emporté de chouettes sandwichs à la tomate pour le déjeuner. Si tu te sens disposé à prendre cette brosse et à te mettre au travail, petit, peut-être que je pourrais en trouver un pour toi.

Cy mourait d'envie de dégringoler l'allée. Il pouvait presque sentir son corps en prendre de lui-même la direction alors que ses pieds restaient encore plantés sur le bitume jonché d'éclats de verre.

« Aucun de mes fils n'ira fréquenter des nègres, s'exclama soudain la voix de son père dans sa tête, coupant court à ses tergiversations. Si le Seigneur avait voulu que nous ayons des relations avec eux, il en aurait fait des Blancs. »

Pourtant, ce ne fut pas cela qui poussa le garçon à poursuivre son chemin sans s'arrêter, mais la certitude que s'il passait sa matinée à peindre et à manger des sandwichs à la tomate avec Jim et son père, il ne trouverait plus jamais l'énergie nécessaire pour parcourir les quelques centaines de mètres qui le séparaient encore de Sweetwater.

Sa chemise à carreaux délavée lui collait à la peau lorsqu'il franchit le portail en fer forgé de la résidence. Il avait marché durant près de douze kilomètres dans la chaleur sans cesse croissante, et regrettait maintenant de n'avoir pas pris le temps de manger un peu avant de partir. Son estomac laissait échapper des grognements menaçants, pour l'instant d'après se soulever et lui donner des sueurs froides.

Il sortit un mouchoir décoloré de sa poche revolver pour s'éponger le front et le cou. Peut-être valait-il mieux qu'il eût sauté le petit déjeuner, se dit-il, car s'il avait eu quelque chose dans l'estomac, cela lui serait très certainement remonté à la gorge en un rien de temps. Il avait déjà manqué le dîner de la veille au soir, rendu à moitié malade par la part de tarte au citron qu'il avait ingurgitée durant sa partie de pêche.

Le souvenir de cette tarte au citron lui mit le cœur au bord des lèvres. Il déglutit deux fois, péniblement, pour le faire redescendre à sa place, et contempla avec envie le frais gazon qui s'étendait derrière la rangée de magnolias. Peut-être que, s'il s'y étendait rien qu'une minute, histoire de rafraîchir son visage bouillant dans l'herbe tendre...

Mais il songea soudain que quelqu'un pourrait le surprendre, et qu'il perdrait alors le boulot.

Il se remit donc en marche, se forçant à poser un pied devant l'autre.

Il n'avait visité Sweetwater qu'une fois ou deux auparavant. Sa mémoire lui avait parfois restitué la magnificence de la demeure, avec ses murs blancs et ses hautes fenêtres miroitantes. Mais la réalité dépassait toujours son imagination. L'idée que des gens vécussent en ce lieu, y prissent leurs repas, y dormissent la nuit, était un constant sujet d'émerveillement pour lui qui avait passé toute sa vie dans une masure exiguë entourée d'un jardin mal entretenu.

Ivre de chaleur et de faim, il contempla ces murs blancs et ces hautes fenêtres miroitantes sur lesquels croulaient des flots de soleil. La vapeur s'échappant des gravillons lui donnait l'impression de regarder un paysage sous-marin. Un palais sous les eaux, songea-t-il en se rappelant vaguement une légende qu'il avait lue autrefois sur des tritons habitant sous l'océan.

Il se sentait lui-même comme un promeneur des fonds marins. Il avait le pas lent, la démarche stagnante. L'air qu'il inhalait était semblable à un fluide épais et chaud qu'il buvait au lieu de respirer. Légèrement anxieux, il contempla ses pieds et ne sut trop s'il était soulagé ou déçu d'y retrouver ses chaussures craquelées et poussiéreuses au lieu d'une rutilante queue verte.

Un puissant parfum de fleurs l'environna quand il contourna le massif de pivoines où son père avait récemment administré une raclée à Tucker.

Il espérait que ce serait Mlle Della qui viendrait lui ouvrir. Il adorait cette femme aux cheveux roux flamboyants et aux bijoux chatoyants. Un jour, elle lui avait donné vingt-cinq *cents* uniquement pour transporter ses provisions de l'épicerie à sa voiture — alors qu'il savait très bien qu'elle avait des bras assez vigoureux pour s'en charger elle-même et s'épargner ainsi cette dépense.

Si c'était elle qui lui ouvrait, elle lui dirait peut-être de faire le tour par la cuisine et, une fois là, lui offrirait un verre de limonade fraîche, voire un gâteau. Alors lui, poli et tout, il la remercierait et lui demanderait si Lucius Gunn, le contremaître, était dans le coin, parce que, hmm, il cherchait du travail.

Pris d'un léger vertige, il se retrouva devant le heurtoir de cuivre de la lourde porte sculptée. Il mouilla ses lèvres sèches. Et leva la main.

La porte s'ouvrit à la volée avant même qu'il eût atteint le heurtoir. Debout devant lui, en lieu et place de Mlle Della, se dressait une petite vieille qui portait un rouge à lèvres orange et, planté dans les cheveux, ce qui avait tout l'air d'être une plume d'aigle. Son cou décharné s'ornait d'un rang de pierres brillantes qui — Cy ne pouvait guère le savoir — n'étaient autres que des diamants de Russie. Enfin, elle avait les pieds nus et une paire de bongos sous le bras.

— Mon arrière-grand-père du côté de maman était à moitié Chickasaw, annonça Lulu au garçon ébahi. Il a dû y avoir une époque où mes aïeux arrachaient la peau du crâne aux tiens.

— Oui, m'dame, approuva Cy, pris de court.

Les lèvres orange de Lulu se retroussèrent en un sourire gourmand.

— Mais dis-moi, tu as là un fort joli scalp, mon garçon.

Elle redressa la tête et poussa un cri de guerre suraigu qui fit chanceler Cy en arrière.

— Je voulais seulement… je… seulement, articula avec effort le pauvre adolescent.

— Cousine Lulu, tu es en train de terrifier ce garçon.

Tucker vint d'un pas nonchalant jusqu'à la porte.

— Elle blague, dit-il avec un sourire engageant. Ne t'inquiète pas.

Au bout d'un instant, cependant, il reconnut le garçon, et son sourire s'éteignit aussitôt.

— Que puis-je faire pour toi, Cy ?

— Je… je suis venu vous demander du travail, balbutia l'adolescent avant de s'évanouir.

Cy reprit connaissance en sentant quelque chose goutter sur ses tempes. Envahi par un sentiment d'horreur indicible, il crut un moment que c'était son propre sang qui coulait de sa tête scalpée par l'autre cinglée. Le geste las, il lutta pour échapper à l'univers sirupeux de l'inconscience et essayer de s'asseoir.

— Du calme, fils.

C'était la voix de Mlle Della. Cy en fut si soulagé qu'il manqua défaillir une nouvelle fois. Mais Della eut tôt fait de lui administrer une série de petites tapes sur les joues qui le réveillèrent.

Elle portait des boucles d'oreilles de bois peint représentant des perroquets. Cy les regarda se balancer tandis qu'elle lui rafraîchissait la figure avec un linge humide.

— Assommé pour le compte, lui dit-elle d'un ton jovial. Si Tucker n'avait pas eu le réflexe de te rattraper au vol, tu te serais brisé la tête sur le sol de la véranda.

Lui passant une main sous la nuque, elle porta un verre à ses lèvres.

— Je l'ai bien vu, j'étais en train de descendre l'escalier. Crois bien que Tucker n'a jamais été aussi rapide depuis le jour où son papa s'est rendu compte qu'il avait cassé un des carreaux du solarium.

La tête de Lulu apparut soudain au-dessus du dossier du canapé, à deux doigts de celle de Cy — qui s'aperçut alors qu'elle embaumait comme un plein massif de lilas.

— N'avais pas l'intention de te faire mourir de peur, mon garçon.

— Non, m'dame. Il y a seulement que… j'avais trop pris le soleil, voilà tout.

Sa voix vibrait d'une honte qui poussa Tucker à réagir.

— Arrêtez de le harlecer comme ça, dit-il en s'approchant du groupe. Ce n'est pas le premier qui s'évanouit dans cette maison.

Della, qui se retournait pour lui répliquer, lut dans son regard un avertissement plein de sollicitude, et comprit aussitôt.

— Bon, j'ai à faire, déclara-t-elle. Cousine Lulu, je te serais reconnaissante de bien vouloir m'accompagner. J'ai le projet de changer les rideaux dans la chambre rose.

— Vois pas pourquoi, rétorqua Lulu.

La vieille dame se montra cependant suffisamment intéressée pour lui emboîter le pas.

Quand ils furent enfin seuls, Tucker s'assit sur la table basse à côté du garçon.

— Cousine Lulu s'est découvert une passion pour ses racines indiennes.

— Oui, monsieur.

Se sentant déjà humilié au-delà de toute rédemption, Cy se remit en chancelant sur ses pieds.

— Je crois que je serais mieux debout.

Tucker releva les yeux vers son visage livide aux joues osseuses, où l'embarras allumait deux oriflammes écarlates.

— Tu as fait un long chemin pour venir parler travail.

Quinze bons kilomètres, songea Tucker. Par le Christ, avait-il vraiment effectué tout un tel trajet à pied par cette chaleur ?

— Et si tu me suivais dans la cuisine ? J'allais justement prendre mon petit déjeuner. Je t'invite. On recausera de tout cela à table.

Cy sentit une lueur d'espoir poindre à travers le brouillard de son esprit.

— Oui, monsieur. Merci, monsieur.

Il s'efforça de ne pas avoir l'air trop éberlué en foulant à la suite de Tucker le parquet éblouissant de l'entrée. Il y avait sur les murs des peintures plus somptueuses et plus raffinées que toutes celles qu'il avait vues jusqu'alors. Il dut même garder les coudes serrés le long de son corps pour résister à l'envie d'en toucher une.

Dans la cuisine au comptoir fuchsia et à la céramique d'un blanc éclatant régnait une douce clarté dorée.

Les sucs gastriques de Cy entrèrent en action à la minute même où Tucker, ouvrant la porte du réfrigérateur, révéla des étagères bourrées de provisions. Et quand Cy le vit y prendre une pleine assiettée de jambon, ses yeux lui sortirent presque de la tête.

— Assieds-toi pendant que j'en grille quelques tranches.

Pour sa part, Cy les aurait mangées froides. Et même crues, bon sang ! Il étouffa le gémissement qui lui montait à la gorge et prit un siège.

— Oui, monsieur, dit-il.

— Je crois qu'il reste aussi quelques gâteaux dans le coin. Café ou Coke ?

Cy essuya ses mains moites sur ses cuisses.

— Coke, monsieur Longstreet, ce sera parfait.

— Puisque tu t'es évanoui sous ma véranda, tu peux aussi bien m'appeler Tucker.

Ce dernier décapsula une bouteille fraîche d'un demi-litre et la posa sous le nez du garçon.

Le temps qu'il jetât deux tranches de jambon dans la poêle, Cy avait déjà avalé la moitié de la bouteille. L'adolescent laissa échapper un rot qui rendit sa face blafarde aussi cramoisie qu'une rose American Beauty.

— Vous demande pardon, murmura-t-il.

Tucker se retint à grand-peine de glousser.

— Toutes ces bulles, ça travaille son homme, dit-il.

Tandis que le jambon commençait à grésiller, répandant un fumet qui mettait Cy au supplice, Tucker poussa devant lui un feuilleté glacé.

— Tiens, pour faire passer les bulles. Je vais terminer de cuire le reste dans cette chaudière atomique — si du moins j'arrive à la mettre en route.

Alors qu'il se penchait sur les manettes du four à micro-ondes, Tucker vit du coin de l'œil Cy engloutir le feuilleté en deux bouchées voraces, et décida d'ajouter des œufs au jambon. Le garçon mangeait comme un loup affamé.

Les œufs sortirent de l'engin avec le jaune un peu clapoteux et le blanc un tantinet grillé sur les bords, mais Cy n'en ouvrit pas moins des yeux ronds de gratitude lorsque son hôte disposa le plat en face de lui.

Puis Tucker s'installa devant sa propre assiette et observa le garçon qui engloutissait les œufs au jambon.

Le môme avait une bonne tête, se dit-il. Curieusement, il lui rappelait un portrait de l'apôtre Jean aperçu jadis dans la bible familiale. Comme lui, il semblait jeune, gracile et rayonnant de quelque feu interne. Mais il était aussi maigre qu'un clou — non pas de la minceur propre à tous les adolescents, mais d'une véritable maigreur qui lui faisait saillir l'os du coude et rendait ses poignets aussi fluets que des brindilles. A quoi diable pouvait donc penser ce salaud d'Austin ? s'interrogea-t-il. A lui ouvrir les portes du paradis en le faisant crever de faim ?

Prenant patience, il attendit que Cy eût nettoyé son assiette.

— Alors, comme ça, tu venais chercher du travail ?

Cy hocha la tête, la bouche encore pleine.

— Et tu avais quelque chose en vue ?

Le garçon avala prestement sa dernière bouchée.

— Oui, monsieur. Entendu dire que vous embauchiez pour les champs.

— Lucius est bien mieux placé que moi pour embaucher des saisonniers, lui fit remarquer Tucker. Malheureusement, il est actuellement à Jackson pour un jour ou deux.

Cy sentit vibrer en lui toute l'énergie que lui avait redonnée cette bonne nourriture. Il n'était pas venu jusque-là pour s'entendre dire qu'il devait retourner chez lui et tenter sa chance une autre fois !

— Mais c'est quand même vrai que vous embauchez ?

Oui, songea Tucker, mais il était hors de question d'envoyer dans un champ de coton ce gamin blafard aux yeux caves et aux bras fins comme des crayons. Il allait lui répondre qu'ils disposaient déjà de tous les saisonniers dont ils avaient besoin, quand une certaine lueur dans le regard sombre et renfrogné du garçon l'arrêta.

Cy était le frère d'Edda Lou, se rappela-t-il. Le fils d'Austin. Or la dernière chose dont il avait envie en ce bas monde, c'était d'embaucher un Hatinger. Dieu savait qu'il n'avait nul intérêt à se soucier d'aucun d'entre eux. Cependant, les yeux du garçon ne cessaient de le fixer, emplis d'espérance et de détresse à la fois, de toute la folle juvénilité de son âge.

— Tu sais conduire un tracteur ?

L'espoir de Cy accusa un surcroît de vigueur.

— Oui, monsieur.

— Tu sais reconnaître les mauvaises herbes ?

— Je crois bien.

— Tu sais donner des coups de marteau ailleurs que sur ton pouce ?

Cy eut un tic qui le surprit lui-même.

— La plupart du temps, répondit-il.

— Ce qu'il me faut, c'est plus qu'un saisonnier. C'est quelqu'un qui soit capable de maintenir la résidence en état. Une sorte d'homme à tout faire, si tu préfères.

— Je… je peux faire tout ce que vous voulez.

Tucker sortit une cigarette.

— Bon, alors moi, je peux te donner quatre dollars de l'heure.

Cy, sidéré, laissa échapper un hoquet de surprise que Tucker fit semblant de ne pas entendre.

— Et Della te servira ton repas vers midi. Tu peux prendre le temps de déjeuner, mais ne va pas oublier l'heure. Je ne te paie pas pour t'empiffrer.

— Vous ne serez pas volé avec moi, monsieur Longstreet — monsieur Tucker.

— Non. Je m'en doute.

Décidément, songea Tucker, entre ce garçon et sa famille, c'était le jour et la nuit. Voilà une énigme qu'il lui faudrait creuser un jour.

— Tu peux commencer maintenant si tu le désires.

— Tout de suite, répondit Cy en se levant déjà de table. Je serai ici tous les jours, à la première heure. Et je peux…

Sa voix s'éteignit. Il venait de se rappeler que les funérailles de sa sœur avaient lieu le lendemain.

— Je… euh… c'est-à-dire que, pour demain…

— Je sais, fit Tucker, embarrassé. Tu commences aujourd'hui comme on a décidé et tu reviens vendredi, ce sera parfait comme ça.

— Oui, monsieur. Je serai là. Comptez-y.

— Bon, alors suis-moi.

Tucker l'accompagna à travers le patio jusqu'à une remise située au bout de la pelouse. Après en avoir cogné les parois pour en chasser d'éventuels serpents venus y faire la sieste, il ouvrit le battant. Les gonds de la porte grincèrent comme de vieux os.

— Ce serait bien que tu les graisses de temps à autre, dit-il d'un air absent.

L'odeur du lieu l'avait saisi aux narines, moiteur capiteuse de la tourbe que sa mère mêlait jadis à la terre avant les semis. Ce qu'il cherchait était appuyé contre le mur qui faisait face aux instruments de jardinage — bêches, binettes, émondoirs… Le sourire aux lèvres, il sortit son vieux Schwinn à dix vitesses.

Les deux pneus étaient à plat, mais il y avait une pompe et des rustines. La chaîne avait cent fois plus besoin d'être graissée que les gonds de la porte, et la selle était recouverte d'une bonne épaisseur de terreau.

Tucker actionna le levier de la sonnette accrochée au guidon. Elle tinta. Il se revoyait encore en train de dévaler la route de bitume jusqu'à Innocence — il conduisait déjà vite à cette époque —, dévorant les kilomètres qui le séparaient des sorbets à la cerise et des canettes de Coke. Le soleil dans le dos et toute la vie devant soi.

— J'aimerais que tu me le nettoies.

— Oui, monsieur.

Cy posa une main respectueuse sur le guidon. Lui aussi avait eu un vélo jadis, un vieux clou branlant qu'il avait acquis pour le prix d'une flûte taillée dans une branche de bouleau. Et puis, un jour, il l'avait laissé par mégarde sur le chemin de la maison, et son père l'avait écrasé sous les pneus de sa camionnette.

« Voilà ce qu'il en coûte de s'attacher aux biens de ce monde. »

— Après ça, je veux que tu veilles à son bon fonctionnement, poursuivait Tucker.

Cy se força à revenir à la réalité présente.

— Car, vois-tu, une belle bicyclette est comme une belle…

Zut, songea Tucker, il avait failli dire « une belle femme ».

— Comme une belle jument. Il faut la monter bien et souvent. Euh… Enfin, je suppose que l'aller-retour quotidien entre chez toi et ici devrait faire l'affaire.

La bouche de Cy s'ouvrit et se referma par deux fois.

— Vous voulez que je prenne cette bicyclette ?

Les mains du garçon lâchèrent aussitôt le guidon.

— Je ne crois pas que je peux accepter, dit-il.

— Tu ne sais pas faire du vélo ?

— Si, monsieur, je sais, mais… ça ne me paraît pas bien.

— Faire près de trente kilomètres pour venir s'évanouir sous ma véranda ne me paraît pas bien non plus, répliqua Tucker en posant ses mains sur les épaules de Cy. J'ai ce vélo, vois-tu, et je ne m'en sers pas. Alors si tu veux toujours travailler pour moi, tu as intérêt à m'obéir au doigt et à l'œil.

— Non, monsieur, répondit le garçon en s'humectant les lèvres. Si mon père l'apprend, il sera fou furieux.

— Tu m'as l'air d'un garçon intelligent, Cy. Et un garçon intelligent comme toi devrait savoir qu'on peut toujours ranger un vélo comme celui-là quelque part sur la route, là où personne n'y fera attention.

Cy se souvint alors de la conduite qui passait sous Dead Possum Lane. Jim et lui y avaient souvent joué à la guerre.

— Vous avez peut-être raison, dit-il.

— Parfait. Tu trouveras tout ce qu'il te faut dans cette remise.

Sinon, tu peux toujours demander à Della ou à moi-même. Allez, au pas, camarade. Le jour de solde est le vendredi.

Tucker fit demi-tour. Cy le regarda s'éloigner. Puis ses yeux se reportèrent sur les piqûres de peinture bleu terne qui se devinaient sous la crasse maculant la barre de la bicyclette.

Trois heures plus tard, après avoir accompli tout le travail que Tucker pouvait songer à lui donner en un si bref laps de temps, Cy partait écumer le bitume sur son nouveau vélo. Le dix-vitesses n'avait plus grand-chose du bolide de compétition qu'il était du temps de Tucker, mais pour Cy c'était un destrier, un pur-sang, un Pégase se jouant de la brise.

Repassant devant la boîte aux lettres de Caroline, il s'engagea résolument dans l'allée. La machine dérapa dangereusement sur le gravier mais lui, chuchotant un « Tudieu, la Belle ! » à sa fidèle monture, réussit à retrouver son équilibre.

Il aperçut Jim et son père sur des échelles appuyées contre la façade latérale de la maison. La peinture bleue fraîchement passée luisait sous le soleil. Arrivé à mi-côte, il ne put se retenir de pousser un hurlement de triomphe.

La brosse de Jim demeura suspendue dans les airs.

— Par la Sainte Croix, regarde un peu ce que Cy a dégoté.

Puis, se tournant vers ce dernier :

— Où t'as eu ça ? cria-t-il. Tu l'as volé ou quoi ?

— Que dalle !

Il freina de justesse, manquant rouler sur quelques pétunias — il avait un peu perdu la main.

— C'est comme qui dirait mon véhicule de service.

Il glissa de la selle et déplia la béquille.

— Je me suis trouvé un boulot à Sweetwater.

— Sans déconner ? s'exclama Jim qui en avait oublié la présence de son père.

Son laisser-aller lui valut une petite tape sur l'occiput.

— Pardon, fit-il sans pour autant cesser de sourire à Cy. Tu travailles aux champs ?

— Non-on. M. Tucker a dit que j'allais être son homme à tout faire. Et il me paye quatre dollars de l'heure.

— Non… c'est vrai ?

— Dieu me foudroie si je mens. Et puis il a dit…

— Holà, les mômes! intervint Toby en branlant du chef. Vous allez rester longtemps à brailler comme ça? Si vous n'arrêtez pas, mam'zelle Waverly va nous envoyer tous aux pelotes.

— Non, elle n'en fera rien, s'écria Caroline.

Amusée par toute la scène, elle avait passé la tête par une fenêtre entre l'échelle du fils et celle du père.

— Mais le moment ne m'en semble pas moins propice pour une pause, reprit-elle. J'ai attendu toute la journée que vous m'offriez une autre tasse de la limonade de votre femme.

— Avec plaisir. Allez, Jim, on descend. Et surtout regarde où tu mets les pieds.

Au vrai, Toby avait lui-même hâte de connaître le fin mot de l'histoire.

A peine avait-il touché le sol, que déjà Jim s'extasiait devant le Schwinn. Toby alla chercher la Thermos de sept litres tandis que Cy relatait son aventure.

— Evanoui? s'écria Jim, terriblement impressionné. Comme ça, juste sous leur véranda?

Caroline, qui venait d'ouvrir la moustiquaire, fronça les sourcils en entendant le garçon. Toute au récit de Cy, elle murmura un merci distrait à l'adresse de Toby qui lui tendait un gobelet de carton rempli de limonade aigrelette. Tucker avait donc engagé Cy, se dit-elle sans trop y croire. Et en plus, Seigneur Dieu, comme homme à tout faire — faire les corvées que monsieur était trop paresseux pour accomplir lui-même, oui. Le gamin avait le corps décharné et les yeux caves. Peu de temps auparavant, songea-t-elle cependant, elle ne valait pas mieux elle-même. Et elle se sentit une subite et douloureuse compassion pour le garçon.

— Cet enfant ne devrait pas travailler, murmura-t-elle.

— Oh, un peu d'argent de poche ne lui fera pas de mal, répliqua Toby sur un ton détaché.

— Un bon repas chaud lui ferait sans doute plus de bien encore.

Elle s'apprêtait à héler le garçon, résolue à lui préparer elle-même de quoi déjeuner, lorsqu'elle s'aperçut qu'elle ne connaissait même pas son nom.

— Comment s'appelle-t-il, au fait?

— Cy, mam'zelle Waverly. Cy Hatinger.

Elle sentit son sang se figer dans ses veines.

— Hatinger ? fit-elle en interrogeant Toby du regard.

Ce dernier cligna des paupières et détourna les yeux.

— Il n'a absolument rien de son père, mam'zelle Waverly.

Repris par sa vieille manie, il fit courir un doigt sur la cicatrice qui lui balafrait la joue.

— C'est un bon garçon. Je ne voudrais pas me mêler de ce qui ne me regarde pas, mais je l'aime bien, ce môme. C'est un copain à Jim.

Caroline se débattit un instant avec sa conscience. Après tout, se dit-elle, ce n'était qu'un enfant. Elle n'allait pas lui crier de quitter sa propriété uniquement parce qu'il portait le nom des Hatinger. Et en partageait le sang.

La sonnette du vélo se mit à retentir tandis que Cy et Jim l'examinaient sous toutes les coutures.

Tenait-il de son père ? se demanda Caroline en regardant le fils d'Austin. Non, elle ne pouvait y croire, pas lorsqu'elle avait ainsi sous les yeux le visage émacié de ce garçon arborant un sourire angélique.

— Cy.

Il redressa la tête — non pas comme un ange, mais comme un loup : vif et aux aguets.

— M'dame ?

— J'allais me préparer quelque chose à manger. Je t'invite ?

— Non, m'dame, merci, m'dame. J'ai déjà pris un petit déjeuner à Sweetwater. M. Tucker m'a préparé lui-même des œufs au jambon.

— Il… je vois.

En fait, elle ne voyait rien du tout. A côté d'elle, Toby éclata de rire.

— Tu as goûté de la cuisine à Tucker et tu tiens encore debout ? Eh bien, mon gars, tu dois avoir un estomac en acier blindé !

— Il fait bien la cuisine, répliqua Cy. Il a un micro-ondes. Il a mis des gâteaux dedans, et en un clin d'œil ils sont ressortis de là tout fumants.

Repartant de plus belle, Cy raconta comment il aurait son déjeuner préparé chaque jour par Mlle Della, comment M. Tucker en était venu à lui prêter le vélo et à lui donner d'emblée deux dollars d'avance sur son salaire.

— Et puis il a dit que j'avais le droit de les dépenser comme je le voulais — car c'est le privilège de tout homme avec sa première paie — tant que ce ne serait pas pour du whisky et des femmes.

Il rougit légèrement et jeta un coup d'œil à Caroline.

— Il ne faisait que blaguer, précisa-t-il.

Caroline sourit.

— Je n'en doute pas.

Cy pensa qu'elle était la plus jolie femme qu'il eût jamais vue. Il craignait, en continuant à la regarder ainsi, de sentir son satané instrument du Malin se réveiller. Aussi baissa-t-il les yeux vers le sol.

— Je suis affreusement désolé pour les fenêtres qu'a cassées mon père.

Caroline détestait voir les épaules malingres du garçon se crisper de la sorte.

— Elles sont toutes réparées maintenant, Cy.

— Oui, m'dame.

Il allait poursuivre, et peut-être lui proposer les deux dollars en compensation des dégâts, lorsqu'il entendit une voiture s'approcher. Avant même que les autres n'entendissent à leur tour le bruit du moteur changeant de régime et le crissement des pneus sur le gravier, il s'était déjà tourné vers l'allée.

— C'est le type du FBI, dit-il d'une voix atone.

Tous regardèrent en silence Matthew Burns déboucher dans la clairière devant la maison.

Matthew n'était pas vraiment ravi de tomber sur une telle foule. Il avait espéré se trouver seul avec la jeune femme pour bavarder avec elle en toute amitié. Il se plaqua néanmoins un sourire affable sur le visage avant de descendre de la voiture.

— Bonjour, Caroline.

— Salut, Matthew. Que puis-je pour vous ?

— Rien d'officiel. Comme j'avais une heure de libre, j'ai voulu passer voir comment vous alliez.

— Je vais bien.

Ce qui, elle le savait, ne suffirait pas à satisfaire Matthew.

— Un peu de thé glacé ?

— Ce serait divin.

Il s'arrêta près de la bicyclette que tenait Cy, les yeux obstinément baissés.

— Tu es le jeune Hatinger, exact ?

— Oui, m'sieur.

Le garçon se rappelait encore comment Burns était venu chez lui essayer de tirer quelques paroles sensées à sa maman alors que celle-ci n'arrêtait pas de sangloter dans son tablier.

— Je crois que je ferais mieux de rentrer, dit-il.

— Allons, Jim, le travail nous attend.

— Prenez votre temps, Toby, intervint Caroline. Le soleil est si fort.

— Toby ? répéta Matthew en fixant un regard inquisiteur sur le Noir à l'imposante carrure. Toby March ?

— C'est moi, oui, acquiesça Toby, tous les muscles tendus.

— Il se trouve que votre nom figure sur la liste des personnes que je dois interroger. Cette cicatrice sur votre visage, c'est Hatinger qui vous l'a faite ?

— Matthew…, murmura Caroline en désignant Cy des yeux.

— Il faut que j'y aille, lança précipitamment ce dernier. Peut-être que je passerai te voir demain, Jim.

Il sauta sur le Schwinn et repartit en pédalant furieusement.

— Matthew, étiez-vous vraiment obligé de poser vos questions devant cet enfant ?

Burns leva les mains.

— Dans une ville comme celle-ci, je suis sûr que tous les gamins sont déjà au courant. Maintenant, monsieur March, si vous aviez un instant à m'accorder.

— Jim, retourne donc me gratter cet encadrement de fenêtre.

— Mais, papa…

— Fais ce que je te dis.

La tête rentrée dans les épaules, Jim obtempéra.

— Vous désirez m'interroger, monsieur Burns ?

— Agent Burns. Oui. C'est au sujet de votre cicatrice.

— Je l'ai depuis vingt ans, depuis le jour où Austin Hatinger m'a sauté dessus en prétendant que j'étais un maraudeur.

Toby se pencha pour prendre un seau de peinture encore fermé et le fit tourner entre ses épaisses mains.

— Il vous a accusé de vol.

— Il a dit que j'avais pris de la corde chez lui. Mais jamais de toute ma vie je n'ai pris ce qui ne m'appartenait pas.

— Et depuis cette époque vous nourrissez un ressentiment l'un envers l'autre.

Toby ne cessait de tripoter le récipient. Caroline entendait la peinture clapoter faiblement à l'intérieur.

— Nous ne sommes pas ce que vous pourriez appeler de bons voisins.

Burns sortit un calepin de sa poche.

— Le shérif Truesdale m'a communiqué un rapport sur un

incident à connotation raciste ayant eu lieu dans votre propriété il y a environ six mois. Une croix incendiée. Selon votre propre déclaration, vous soupçonniez Austin Hatinger et son fils, Vernon, d'en être les responsables.

Un éclair glacé traversa le regard de Toby.

— Je n'en avais pas la preuve. Je n'avais pas non plus de preuve le jour où, en sortant de chez Larsson, j'ai retrouvé les pneus de ma camionnette lacérés. Et Vernon Hatinger, debout de l'autre côté de la rue, en train de se curer les ongles avec son couteau de poche en souriant. Même lorsqu'il m'a dit que je devrais être heureux que ce soit juste les pneus ce coup-ci et pas ma figure, même là je ne pouvais rien prouver. Alors j'ai seulement dit ce que je croyais. Hatinger n'aime pas voir son fils avec le mien.

— Une altercation a eu lieu entre Austin et vous quelques semaines plus tard, dans la quincaillerie. Il aurait alors menacé de se venger sur votre fils si vous ne le teniez pas éloigné de Cy. Est-ce exact ?

— Il m'est tombé dessus au moment où j'étais en train d'acheter pour trois pence de clous. On a eu des mots.

— Vous rappelez-vous lesquels ?

Toby serra les mâchoires.

— Il a dit : « Sale nègre, tiens ton négro de bâtard éloigné des miens ou je lui arrache la peau. » Je lui ai répondu que s'il touchait à mon fils, je le tuerais.

Le ton neutre et paisible avec lequel il avait proféré ces derniers mots fit courir un frisson dans le dos de Caroline.

— Il a dit encore autre chose en citant les Ecritures et en déblatérant des insanités comme quoi nous autres, « ratons », on oubliait trop souvent de rester à notre place. Et puis il a pris un marteau. On a commencé à se battre en pleine boutique et quelqu'un est parti chercher le shérif, je crois, car ils ont fini par nous séparer.

— Est-il exact que vous avez répondu à Hatinger que…

Il s'interrompit pour consulter une nouvelle fois son calepin.

— Je cite : « Tu ferais mieux de t'inquiéter des parties de jambes en l'air de ta fille plutôt que des parties de pêche de Cy avec mon gamin » ?

— Ça se pourrait.

— Et ladite jeune fille dont vous parliez était Edda Lou Hatinger, depuis lors décédée ?

Lentement, Toby reposa le seau de peinture par terre.

— Il était en train d'insulter ma famille. De hurler des grossièretés sur Jim, ma petite Lucy et ma femme. Même pas une semaine après que Vernon avait arrêté mon épouse dans la rue pour lui dire qu'elle aurait intérêt à garder un œil sur son fils si elle ne voulait pas qu'il se casse un bras ou une jambe. Un homme n'a à supporter cela de personne.

— Et donc vous avez évoqué les mœurs sexuelles de Mlle Hatinger.

Toby se sentit bouillir de rage.

— J'étais furieux. Mais peut-être n'aurais-je pas dû m'en prendre aux siens, puisque c'était à lui que j'en voulais.

— Tout de même, je serais curieux de savoir comment vous pouviez avoir connaissance des mœurs sexuelles de la défunte.

— Tout le monde sait qu'il ne lui en fallait pas beaucoup pour écarter les cuisses.

Il adressa à Caroline un regard repentant.

— Et cela, vous l'avez su… personnellement ?

Cette fois-ci, la colère de Toby fut manifeste, étincelant dans son regard telle une épée de feu. Effrayée, Caroline vint lui poser la main sur le bras pour l'exhorter au calme.

— Voilà quinze ans que j'ai juré fidélité à ma femme, répliqua-t-il en serrant les poings. Je ne l'ai jamais trompée depuis.

— Pourtant, monsieur March, des témoins m'ont affirmé vous avoir vu pénétrer par trois ou quatre fois dans la chambre d'Edda Lou Hatinger à la pension de famille d'Innocence.

— Ce ne sont que des saloperies de mensonges. Je ne suis jamais allé dans sa chambre, du moins pas quand elle y était.

— Mais vous êtes bien allé dans sa chambre ?

Toby commençait à sentir comme un nœud coulant se serrer autour de sa gorge.

— Mme Koons m'avait demandé un coup de main pour des travaux. J'ai remplacé les encadrements des fenêtres dans toutes les chambres. Et puis j'ai fait un peu de peinture aussi.

— Et quand vous travailliez dans la chambre d'Edda Lou, vous étiez seul ?

— Tout à fait.

— Vous ne vous êtes jamais trouvé dans cette chambre avec elle ?

Toby dévisagea Burns pendant cinq longues secondes.

— Quand elle y entrait, j'en sortais, répondit-il simplement.

Bon, il faut que je retourne travailler maintenant, et voir comment se débrouille mon garçon.

Lorsque Toby quitta enfin l'abri de la véranda pour regagner la façade latérale, Caroline s'aperçut qu'elle tremblait.

— C'était horrible.

— Je suis désolé, ma chère, dit Burns en rangeant son calepin. Interroger des suspects n'est pas toujours facile.

— Vous ne croyez tout de même pas qu'il a tué cette fille à cause des forfaits de son père ?

Elle aurait voulu lui crier la suite à la face, mais se força à parler doucement.

— C'est un père de famille. Regardez-le cinq minutes avec son fils et vous comprendrez aussitôt ce qu'il est réellement.

— Croyez-moi, Caroline, un meurtrier n'a pas toujours l'air d'en être un. Surtout les meurtriers en série. Je pourrais vous fournir des statistiques et des profils psychologiques qui auraient de quoi vous surprendre.

— Non merci, répliqua-t-elle sèchement.

— Je suis désolé de vous voir sans cesse mêlée à cette affaire, reprit-il en souriant. J'avais espéré en venant ici passer une heure tranquille avec vous à poursuivre notre conversation de l'autre jour. Et, naturellement, vous persuader de jouer pour moi.

La jeune femme prit trois profondes inspirations. Sans doute ne pouvait-il s'empêcher de se conduire comme le froid crétin arrogant qu'il était, se dit-elle.

— Je suis désolée, Matthew, mais je suis précisément en vacances.

— Oh, fit-il avec une grimace de désappointement. Eh bien, ce sera pour une prochaine fois peut-être. Je pense avoir un peu de temps libre vers la fin de la semaine. Après avoir mené ma petite enquête, j'ai appris qu'il y avait un restaurant de fruits de mer plutôt correct à Greenville. J'aimerais vous y emmener.

— Merci, Matthew, mais je préfère profiter des joies de la maison pour le moment.

Il se raidit quelque peu sous le coup de la rebuffade.

— C'est fort dommage. Mais, bon, le travail m'attend. Je ferais mieux de rentrer.

Il regagna sa voiture, chagriné mais non vaincu.

— Avec votre permission, dit-il, je me réserve le droit d'honorer votre offre de thé glacé un peu plus tard.

— C'est cela. Au revoir.

Quand la poussière fut retombée, Caroline rentra chez elle. Et, pour la première fois depuis des jours, elle prit son violon et se remit à jouer.

13

Durant la nuit, une averse lourde et drue était venue imbiber la terre assoiffée. Avant le milieu de la matinée, elle s'était lentement déplacée vers l'Arkansas après avoir transformé le sol en une gadoue glissante qui serait sèche dès l'après-midi.

Un petit groupe de personnes se tenaient devant la tombe ouverte, enfoncées jusqu'aux chevilles dans des lambeaux de brume que consumait déjà la clarté du soleil. A quelques centaines de mètres de là se dressait une rangée chétive de chênes qui s'égouttaient avec un clapotis monotone, rappelant à Cy le robinet rouillé de la salle de bains qui fuyait inlassablement.

Il lui arrivait parfois de rester toute la nuit étendu dans son lit à songer que cet incessant plic-plic-plic allait le rendre fou. Exactement comme dans cette torture de la goutte chinoise qu'il avait trouvée décrite quelque part dans un livre. Il était alors Cy Hatinger, agent secret, et l'eau tombait, plic-plic-plic, au milieu de son front; mais il était aussi ce héros qui ne se laisserait jamais briser, même si l'eau lui traversait peau et os pour venir lui percer la cervelle.

Non, ils ne le briseraient jamais. Il était Bond — James Bond. Il était Rambo. Il était Indiana Jones.

Puis il était de nouveau Cy, coincé dans sa chambre puant le moisi, et il se levait enfin pour aller boucher la fuite avec un vieux torchon qui transformait le plic-plic-plic en un plop supportable.

Cette fois-ci, cependant, il n'essayait pas d'étouffer le bruit, mais se concentrait au contraire dessus, s'en servant pour distraire son esprit du lieu où il se trouvait et de ce qu'il était en train d'y faire.

Le révérend Slater lui semblait une antiquité vivante, bien qu'en vérité le brave homme n'eût pas encore atteint la soixantaine. Mais le jeune Cy n'avait d'yeux que pour les maigres touffes de cheveux blancs qui parsemaient son crâne rôti par le soleil, le réseau de rides gravé sur son visage buriné par le vent et la peau flasque de son cou, ballottant de son menton osseux à sa poitrine creuse.

Dans l'esprit de Cy, le révérend était trop vieux pour connaître la vie. Et voilà qu'en ce jour de deuil, ce dernier était de nouveau tenu de se montrer un expert.

Sa voix montait et descendait, charriant mélodieusement des sentences connues sur le salut et la vie éternelle, et surtout sur la volonté divine.

Cy se demanda ce qui arriverait s'il allait arracher sa bible au révérend.

« Excusez-moi, dirait-il, mais tout ça, c'est que des salades. Dieu n'a rien à voir avec le massacre de ma sœur. De quel droit le Lui mettre sur le dos ? De quel droit invoquer la volonté du Seigneur alors que nous savons tous que c'était bel et bien un homme qui tenait le couteau ? »

Il était écœuré d'entendre présenter tous les malheurs de la sorte. Si la grêle venait à réduire en bouillie les jeunes plants de coton, c'était encore Sa volonté.

Mais lui, Cy, savait d'où venait la grêle : cela se résumait au choc d'une masse d'air chaud contre une masse d'air froid qui transformait la pluie en petites billes de glace dure. Cy ne pouvait s'imaginer Dieu, assis là-haut sur Son trône doré, décidant soudain que l'heure était venue d'envoyer la grêle sur la maigrelette récolte de coton d'Austin Hatinger.

Pas plus qu'il ne pouvait se L'imaginer en train de désirer qu'Edda Lou fût hachée menu avant d'être jetée dans un étang.

Il aurait voulu crier ces mots, qui lui brûlaient presque la langue à force d'attendre d'être formulés. Mais Cy savait aussi que sa mère ne ferait alors que pleurer plus fort, et gémir, et se balancer. Ruthanne le forcerait à se taire, mortellement embarrassée. Vernon, lui, le calotterait si rudement que ses oreilles en tinteraient. Quant aux autres, ils le regarderaient stupidement.

La majeure partie de l'assistance était constituée de dames engoncées dans des robes noires. Il y avait là Mme Fuller et Mme Shays, qui formaient un groupe compact avec Mme Larsson et Mme Koons. Darleen était également présente, soulevée par une douleur si furieuse que sa maman s'était finalement approchée d'elle pour lui enlever des bras le bébé qu'elle étouffait à moitié.

Il y avait encore d'autres femmes : quelques-unes étaient des amies d'Edda Lou, et la plupart n'étaient venues que pour accomplir leur devoir de chrétiennes. Les hommes, en revanche, étaient rares. Le type du FBI se tenait à l'écart, la mine austère, la tête penchée. Mais Cy savait que ses yeux ne cessaient d'observer — d'observer encore, d'observer toujours.

— Je suis la Voie, la Vérité et la Lumière, entonna Slater.

A ces mots, Mavis chancela si violemment contre Vernon que ce dernier bouscula à son tour sa femme, et la réaction en chaîne entraîna vers le côté tout le cercle des pleureuses. Tout un chacun trépigna et tressauta sur place l'espace d'un instant tandis que le révérend, impassible, poursuivait sa litanie.

— Quiconque croit en Moi entrera dans le royaume des cieux.

Cy voulait hurler, hurler à tous ces gens qu'Edda Lou, elle, n'avait jamais cru qu'en Edda Lou. Que tous ces prêchi-prêcha ne faisaient que rendre leur malheur encore plus sordide. Mais il se tint coi, et garda la tête baissée. Car il y avait à ces funérailles quelqu'un qu'il craignait encore plus que le Dieu du révérend.

Et ce quelqu'un, c'était son père.

Austin Hatinger se tenait raide dans son costume du dimanche, entravé aux poignets et aux chevilles par des chaînes, flanqué de deux suppléants à l'air maussade.

Tout en écoutant la parole sacrée, tout en regardant le cercueil sombrer dans sa demeure humide et ténébreuse, il préparait son coup.

Tout en entendant le long hurlement de remords poussé par sa femme, tout en contemplant les ravages causés sur sa figure par des pleurs incessants, il peaufinait son plan.

Et lorsque l'herbe moite eut rendu son dernier soupir vaporeux, il courba de nouveau la tête. Dieu l'avait voulu ainsi, se dit-il. Rassemblant ses forces, il considéra sans ciller le trou creusé pour sa fille. Des larmes lui vinrent aux yeux. « Tant mieux, songea-t-il. Laissons-les croire que je suis rongé par le remords. Laissons-les croire qu'ils n'ont devant eux qu'un homme affaibli et désemparé. »

Et il attendit, attendit jusqu'à la fin du service. Et il attendit encore tandis que les femmes allaient murmurer à son épouse de vaines paroles de condoléances.

Comme chacun revenait enfin à sa voiture, l'un des suppléants le poussa du coude.

— Hatinger…

— S'il vous plaît, dit-il en faisant trembler sa voix, les yeux rivés sur la tombe. J'ai besoin de… prier. De prier avec ma femme.

Il pouvait deviner, à la manière dont ils piétinaient le sol, que les suppléants eux-mêmes avaient été émus par le service et les sanglots de l'assistance. Prenant soin de dissimuler ce qui s'agitait dans le fond de son cœur, il releva la tête. Tout ce que les policiers virent alors fut le regard humide et désespéré d'un père en deuil.

— S'il vous plaît, répéta-t-il. C'était ma fille. Ma seule et unique fille. Il n'est pas normal qu'un homme enterre son enfant. Vous pouvez comprendre ce que je ressens, n'est-ce pas ?

Il baissa les yeux pour leur cacher sa haine.

— Il faut que je console ma femme, reprit-il. Elle n'est pas bien forte, vous savez, ça pourrait la tuer. Laissez-moi seulement la serrer dans mes bras.

Il leur présenta ses poignets.

— Un homme a bien le droit de serrer sa femme dans ses bras sur la tombe de sa fille, non ?

— Ecoutez, je suis désolé, mais…

— Ça va, Lou, intervint le deuxième suppléant, qui avait lui-même une fille. Où diable veux-tu qu'il aille avec des menottes aux chevilles ? Allons, laissons-le une minute avec sa femme.

Austin, tête baissée, vit avec une joie mauvaise la clé tourner dans la serrure des menottes.

— Mais nous allons rester à côté de vous, l'avertit le suppléant dénommé Lou. Et vous n'avez que cinq minutes.

— Dieu vous bénisse.

Du coin de l'œil, Austin remarqua que Burke s'éloignait déjà dans sa voiture de patrouille. Les quelques femmes qui restaient s'étaient éparpillées au milieu des vieilles tombes pour saluer leurs parents disparus. Austin s'avança vers sa femme, les bras grands ouverts. A bout de forces, celle-ci se laissa aveuglément tomber contre lui.

Il la tint un moment dans ses bras, tous les sens aux aguets, notant que les suppléants, gênés et respectueux de leur peine, s'étaient mis à regarder ailleurs. Il était dans la nature humaine d'offrir une intimité à l'affliction. Les personnes encore présentes dans le cimetière se détournèrent aussi.

C'est alors qu'il passa à l'action, si rapidement que Cy, qui n'avait jamais vu ses parents s'étreindre, en trébucha dans l'herbe humide.

Austin lança rudement sa femme contre l'un des suppléants, les faisant tous deux basculer dans la tombe ouverte. Mavis poussa un cri perçant. L'autre suppléant voulut saisir son arme, mais déjà Austin le frappait violemment à la poitrine, tête en avant, tel un bélier humain. Le combat qui s'ensuivit ne dura qu'un instant, cependant que Lou, toujours au fond de la tombe, s'efforçait de se dépêtrer d'une Mavis hystérique et déchaînée.

Se saisissant de l'arme, Austin en assomma le suppléant d'un coup sur la tête et saisit au collet Birdie Shays.

— Je vais la tuer, hurla-t-il d'une voix de possédé. Je vais la tuer aussi raide que ma fille, tu m'entends ? Jette ton arme et les clés ou je lui fiche un trou dans la tête à y faire passer un semi-remorque.

Birdie tendait ses mains impuissantes vers l'arme en piaillant. Quelques mètres plus loin, Ruthanne se mit à pleurer, certaine de ne pas survivre à cette ultime humiliation.

— Où veux-tu aller ? lui demanda Lou.

Il détestait être ainsi accroupi sur un cercueil avec une femme en larmes agrippée à son dos. Les gars du poste allaient lui faire payer ça en s'acharnant sur lui comme un congressiste sur une tapineuse à vingt dollars.

— Réfléchis bien, Hatinger. Où penses-tu aller ?

— Là où le Seigneur me conduira.

Et certes, il pouvait sentir la puissance et le feu de ce Dieu vengeur lui embraser le sang. Ses yeux en étincelèrent.

— Maître, je Te suivrai ! cria-t-il, interrompant net les pépiements de Birdie. Encore dix secondes et je la descends. Dix secondes et je remplis ton trou de plomb. C'est tout.

Furieux, Lou lui envoya les clés en jurant.

— Ton arme de ceinture, aussi.

— Sacré bon sang…

— *Cinq* secondes.

D'un mouvement de tête, Austin fit signe à Vernon de venir lui déverrouiller ses chaînes.

— Tu as intérêt à les descendre, papa, lui dit ce dernier entre ses dents tout en tournant la clé.

La perspective d'un massacre lui faisait affluer le sang au visage.

— Flingue-moi ces bâtards sans Dieu et filons au Mexique.

— Je n'irai nulle part avant d'en avoir fini ici.

Lou se redressa, l'arme au poing, voulant tenter sa chance — et rentra aussitôt la tête en voyant une motte de gazon s'envoler à deux doigts de son crâne sous l'impact d'une balle de 38 mm.

« L'est sacrément cinglé s'il croit que je vais finir avec un trou dans la tête ! » se dit-il. Et il jeta son arme.

Austin poussa devant lui la gazouillante Birdie. Celle-ci oscilla un instant au bord de la tombe, les yeux écarquillés d'horreur, les bras tendus comme un plongeur préparant un double saut périlleux, et atterrit sur Lou dans la position de l'ange.

Le temps que chacun s'extirpât de la mêlée, Austin Hatinger était parti dans la Buick de Birdie Shays, deux Police Special à la ceinture et le cœur vibrant de haine.

Sifflotant entre ses dents, Jim March attendait patiemment dans l'entrée le retour de Caroline pour lui demander si elle voulait que les étais de la véranda arrière fussent réparés quand la maison aurait été repeinte.

Son papa étant descendu en ville chercher quelques fournitures, il avait préféré continuer à travailler. Il avait alors remarqué que le plancher de la véranda en question était en train de fléchir et de s'affaisser, et songé que son papa serait ravi si sa sagacité leur valait du travail supplémentaire.

Il était donc allé frapper à la porte de la maison. Caroline, depuis l'étage, lui avait crié d'entrer. Ce faisant, il avait pris soin d'essuyer ses pieds, comme sa maman le lui avait toujours appris. Tous les deux ou trois sifflotements, donc, il progressait d'un pas supplémentaire dans ses Keds maculées de peinture. Il savait que le violon était dans le salon pour l'avoir aperçu par la fenêtre. Il voulait le voir de plus près, aussi captivé par l'instrument que si ç'avait été un gant de base-ball Wilson flambant neuf disposé dans la vitrine de chez Larsson.

Il atteignit ainsi le seuil du salon avec un naturel qu'il estima parfait. Le violon était là. Il jeta un rapide coup d'œil par-dessus son épaule en direction de l'escalier, puis se faufila dans la pièce. Il regarderait juste un peu l'instrument, se jura-t-il, rien qu'un peu. Juste une seconde, et il reviendrait prestement dans le couloir.

Depuis que Caroline en avait joué la veille, il rêvait de son violon. Jamais de toute sa vie il n'avait entendu une musique pareille, au point qu'il s'était demandé si ce violon n'avait pas quelque chose de spécial, quelque chose de différent du vieux crincrin sur lequel s'échinait Rupert Johnson durant les soirées d'été.

Il s'escrima un moment avec les attaches de l'étui, puis il en fit basculer le couvercle. L'instrument apparut alors, niché dans son écrin de velours noir profond, et Jim sut aussitôt qu'il *était* différent. Oh, il semblait bien avoir la même forme et la même taille que l'engin du vieux Rupert, mais il luisait comme un sou neuf. Et lorsque Jim eut trouvé le courage de le toucher, sa surface lustrée lui parut douce comme la soie — telle, du moins, qu'il l'imaginait.

Oubliant la promesse qu'il s'était faite de n'y jeter qu'un simple coup d'œil, il passa délicatement son pouce sur les cordes.

Caroline entendit l'arpège révélateur au moment où elle parvenait au bas de l'escalier. Sa première réaction fut l'irritation. Personne ne touchait à son instrument. Personne. Elle l'accordait et l'astiquait elle-même, ce qui d'ailleurs amusait souvent les concertistes avec lesquels elle était amenée à jouer.

Luis s'était plaint plus d'une fois de la voir s'occuper de son instrument plus que de lui-même. Ce dont elle avait ressenti quelque culpabilité — jusqu'à ce qu'elle découvrît qu'il s'adonnait lui-même à moult « occupations » hors programme.

Elle déboulait dans le salon, un sermon au bord des lèvres, quand elle s'arrêta net. Jim était agenouillé devant l'étui du violon et en frottait les cordes du pouce aussi tendrement qu'il eût caressé la joue d'un enfant. Mais ce fut surtout son visage qui retint Caroline de prononcer les paroles blessantes qu'elle avait en tête. On aurait dit qu'il venait de découvrir quelque merveilleux secret. Un sourire illuminait sa figure, exprimant non la satisfaction, mais une joie profonde. Son regard même en était éclairé.

— Jim, murmura-t-elle d'une voix douce.

Il sauta sur ses pieds comme une marionnette dont on eût tiré les fils, et ses yeux s'écarquillèrent tellement que la jeune femme crut qu'ils allaient lui manger le reste du visage.

— Je… je… je ne faisais que regarder. Je vous demande pardon, mam'zelle Caroline, je sais que je n'avais pas le droit. Ne renvoyez pas mon père.

— Ce n'est pas grave.

Et dans son esprit, cela ne l'était effectivement pas. Ah ça! se dit-elle. Luis serait surpris de voir qu'elle pardonnait à un jeune enfant noir de toucher à son violon alors qu'à lui, elle permettait à peine de souffler dessus !

— Vous pouvez ne pas me payer pour le travail ni pour rien, enchaîna Jim. Je sais que je n'aurais pas dû faire ça.

— Je t'ai dit que ce n'était pas grave, Jim.

Elle posa une main sur son épaule. L'amusement serein dont témoignait sa voix réussit à calmer l'affolement du jeune garçon.

— Vous n'êtes pas furieuse ?

— Non, mais il aurait mieux valu que tu m'en demandes l'autorisation d'abord.

Auquel cas, évidemment, elle lui aurait répondu non. Mais alors, elle n'aurait pu être témoin de cet instant de pur ravissement — ravissement qu'elle se souvenait d'avoir une fois, jadis, ressenti elle-même.

— Oui, m'dame, je m'excuse. Vraiment. Je n'avais pas le droit de venir dans votre salon.

Encore ébaubi par sa bonne fortune, il repartit de la pièce à reculons.

— Je venais vous demander si vouliez consolider votre véranda arrière, et alors j'ai seulement…

Il lui parut soudain qu'il serait plus avisé d'en rester là.

— Qu'est-ce qui t'a donné envie de le voir ?

Et voilà, se dit-il, elle allait le dénoncer à son père. Sûr et certain. Ça allait chauffer.

— Il y a seulement que… je vous ai entendue l'autre jour. Jamais je n'avais entendu un violon jouer comme ça. Alors j'ai pensé… enfin, je me suis demandé s'il n'avait pas quelque chose de spécial.

— Il est fait à ma main.

Précautionneusement, elle retira le violon de son étui, comme d'innombrables fois par le passé. Son poids, sa forme, son contact, tout lui était si familier. Elle lui vouait un tel amour. Et une telle haine.

— En as-tu déjà tenu un ?

Jim déglutit avec difficulté.

— Eh bien, le vieux Rupert — c'est le grand-papa du suppléant Johnson —, il m'a montré comment jouer quelques airs sur son instrument. Mais ils n'étaient pas moitié aussi chouettes que les vôtres. Faut dire aussi que c'est pas le même genre de musique.

De fait, Caroline doutait fort que le vieux Rupert possédât un Stradivarius. Elle fut alors prise d'une envie qui la surprit elle-même. Puis elle se rappela que réprimer ses envies était précisément ce qui l'avait conduite dans cet hôpital de Toronto. Et que, pour se libérer de ses blocages, elle avait finalement débarqué à Innocence, pour le meilleur comme pour le pire.

— Et si tu me montrais ce que tu sais faire ? dit-elle en tendant le violon au garçon.

Ce dernier cacha immédiatement ses mains derrière son dos.

— Non, m'dame, je ne peux pas. Ça ne serait pas bien.

— Même si c'est moi qui te le demande ?

Elle vit ses yeux se fixer sur l'instrument, et lut sur son visage la bataille qui se déroulait en son esprit entre son désir et le respect du bien d'autrui. Ses mains, enfin, s'approchèrent lentement du violon. Et le saisirent.

— Par la Sainte Croix, murmura-t-il, qu'est-ce qu'il brille, hein ?

Sans dire un mot, Caroline prit l'archet et frotta les crins de colophane.

— Je n'étais guère plus âgée que toi la première fois que j'ai tenu ce violon.

Elle se retrouva plongée dans ses souvenirs, loin, très loin en arrière, au cœur de cette soirée où ses parents lui avaient offert l'instrument. C'était dans sa loge à l'*Academy of Music* de Philadelphie, avant son premier grand récital en soliste. Elle avait seize ans, et venait juste de vomir — aussi silencieusement et discrètement que possible — dans les toilettes attenantes.

Ses parents étaient entrés, son père si rayonnant de fierté et sa mère animée d'une ambition si féroce que le malaise, à côté, n'avait aucune chance d'être considéré.

Caroline n'avait jamais su vraiment si ce violon était un cadeau, une récompense ou un moyen de pression. En tout cas, elle avait été incapable de le refuser. Qu'avait-elle donc joué ce soir-là, se demanda-t-elle, dans la loge à l'atmosphère saturée par le parfum des fleurs et les remugles de maquillage ?

Du Mozart, se souvint-elle avec un pâle sourire.

— Joue, dit-elle simplement à Jim en lui tendant l'archet.

Celui-ci chercha un instant ce qui conviendrait le mieux. Puis il posa le violon sur son épaule, passa rapidement l'archet sur les cordes pour en éprouver la tension, et se lança dans *Salty Dog*.

Avant qu'il n'eût achevé l'exécution du morceau, toute trace d'égarement avait disparu de son visage, qui arbora bientôt un sourire extatique. Il n'avait jamais mieux joué, il le savait ; et, emporté par la musique, il enchaîna sur *Casey Jones*.

Caroline, assise sur le bras du fauteuil, le contemplait. Oh, il y avait bien quelques fausses notes par-ci par-là, et la technique du garçon manquait un peu de fluidité. Mais elle n'en était pas moins impressionnée, par son jeu d'abord, qui était fin et brillant, et aussi par son regard, un regard qui disait tout le plaisir qu'il prenait à jouer.

Ce plaisir dont elle avait toujours été privée — et qu'elle s'était refusé à elle-même — pendant près de vingt-cinq ans.

Jim, remis de son émotion, se racla la gorge. La musique dansait et virevoltait encore dans sa tête. Ses doigts même ne cessaient d'en vibrer. Cependant, il avait peur aussi d'avoir trop forcé sa chance.

— Ce ne sont que des trucs que m'a montrés le vieux Rupert, dit-il. Ça n'a rien à voir avec ce que vous jouiez. Ce que vous jouiez était… divin.

Caroline ne put se retenir de sourire.

— Je crois que nous pouvons faire un marché, Jim.

— M'dame ?

— Tu me montres ce que le vieux Rupert t'a appris…

Les yeux de Jim lui sortirent de la tête.

— Vous voulez que moi, je vous apprenne ces airs-là ?

— Exactement, et en échange tu en sauras d'autres.

— Comme ceux que vous avez joués hier ?

— Oui, comme ceux-là.

Se sentant les paumes moites, il se força à lui rendre le violon avant de le salir et de tout gâcher.

— Il faut que je demande à mon papa.

— C'est moi qui le ferai.

Elle redressa la tête.

— Si du moins tu le veux bien.

— Et comment !

— Alors viens voir par ici.

Elle demeura assise pour lui permettre de bien observer ses doigts.

— Cet air-là s'appelle la *Valse-Minute.* C'est de Frédéric Chopin.

— Chopin, répéta Jim dévotement.

— Nous ne la jouerons pas encore en une minute. Ce n'est pas une course, c'est juste pour…

— Le plaisir ?

— Oui.

Elle cala le violon sous son menton, goûtant la signification de ce simple mot.

— Pour le plaisir.

Ils étaient déjà bien engagés dans la première leçon, lorsque arriva le suppléant Carl Johnson. Il venait leur annoncer qu'Austin Hatinger s'était échappé.

Après que Carl Johnson l'eut quittée pour aller transmettre la mauvaise nouvelle à Sweetwater, Caroline prit deux résolutions : premièrement, reprendre l'entraînement au tir ; deuxièmement, s'acheter un chien. Le réflexe instinctif de plier armes et bagages qui l'avait d'abord saisie l'avait quittée aussi vite. Ce qui l'avait remplacé était un sentiment plus fort et plus profond. Cette maison était la sienne désormais, et elle comptait bien la protéger.

Suivant les conseils et les indications de Jim, elle prit Hog Maw Road pour se rendre chez les Fuller. Jim lui avait appris que Princesse, le terrier de Happy Fuller, avait mis bas deux mois auparavant.

Happy, qui avait troqué sa robe de deuil contre des vêtements de jardinage, l'accueillit avec plaisir. Et ce, non seulement parce qu'elle était ravie de se débarrasser du chiot qui lui restait encore sur les bras, mais aussi parce qu'elle désirait une oreille neuve pour se soulager de toute l'excitation de la journée.

— Jamais je n'ai eu aussi peur, dit-elle en conduisant Caroline vers le jardin de derrière.

Elles croisèrent un troupeau d'oies en céramique et parvinrent devant un massif d'impatiens.

— Je me tenais à l'écart, poursuivit Happy. A côté de la tombe de maman. Elle est décédée en 85 d'un cancer des ovaires. Voulait pas voir le docteur, maman. Voulait même pas en entendre parler. Ça a eu raison d'elle aussi vite que Grant a pris Richmond. Moi, je vais me faire faire tous les six mois un frottis vaginal chez le Dr Shays.

— Vous avez bien raison.

— Ça ne mène à rien de faire l'autruche.

Happy s'arrêta devant une petite girouette qui représentait un homme sciant du bois. L'atmosphère était si lourde et si peu venteuse que le petit bonhomme semblait à moitié endormi sur sa bûche.

— Enfin, reprit Happy en se penchant pour arracher une mauvaise herbe qui avait eu l'impudence de se mêler à ses zinnias, je me tenais à côté de maman lorsque j'ai entendu tout ce remue-ménage. Des cris, des hurlements et j'en passe. Je me suis retournée juste à temps pour voir ce suppléant de Greenville trébucher avec Mavis dans la tombe d'Edda Lou. Au même moment, Austin, il a donné un méchant coup à l'autre suppléant — un gamin, celui-là — et l'a assommé pour le compte avec son propre pistolet. Alors je me suis dit : Seigneur Dieu, doux Jésus, il va tuer tout le monde avec cet engin. Mais non. Le voilà qui attrape Birdie à la gorge et qui ordonne au suppléant — celui qui était dans la tombe — de lancer les clés de ses chaînes. Mavis, de son côté, hurlait et criait à vous réveiller un mort. Et, mon Dieu, des morts, il y en a à réveiller à Blessed Peace ! Et voilà cette pauvre Birdie, blanche comme un linge, avec un pistolet pointé droit sur sa tête. J'ai cru que mon cœur allait flancher. Birdie est une très chère amie à moi.

— Oui, je sais.

Caroline, qui avait déjà entendu toute cette histoire de la bouche de Carl Johnson, se résigna à l'entendre encore. Et encore.

— Quand Austin a laissé partir un coup, j'ai plongé derrière la pierre tombale de maman, je le dis sans honte. C'est une pierre de bonne taille. J'ai dû batailler avec mon frère Dick pour l'avoir, celle-là, il la trouvait trop chère. Dick a jamais été qu'un grippe-sou. Eh quoi, il vous serrerait un penny jusqu'à ce que Lincoln crie grâce. Alors le Vernon — qui est aussi retors que son père — lui a défait ses chaînes. Et voilà qu'Austin envoie cette pauvre Birdie dans le trou, en plein sur la tête de ce suppléant de Greenville et de cette pauvre Mavis ! Birdie criait, Mavis hurlait et le suppléant sacrait comme un marin ivre pendant une relâche de deux jours.

Les lèvres de Happy se retroussèrent en un sourire qu'elle aurait très certainement réprimé, si elle n'avait perçu en retour une lueur d'amusement dans le regard de Caroline.

Elles se dévisagèrent un instant tout en s'efforçant de garder leur sérieux. Caroline perdit la première. Elle laissa échapper un petit rire étouffé qu'elle tenta de faire passer pour une quinte de toux. Puis elles s'esclaffèrent de concert, debout dans l'éclatante lumière de l'après-midi, poussant des hurlements hilares jusqu'à ce que Happy dût prendre son mouchoir pour s'essuyer les yeux.

— Ah non, je vous jure, Caroline, c'était un spectacle dont je me souviendrai encore dans cent ans si je vis jusque-là. Aussitôt qu'Austin s'est envolé dans la Buick de Birdie, j'ai couru jusqu'à la tombe. Ils étaient tous là, emmêlés en un tas de bras et de jambes sur le couvercle du cercueil. Et la première chose que j'ai pensée — Dieu me pardonne —, c'était que ça ressemblait tout à fait à une de ces positions contre nature qu'on voit dans les films X.

Elle cligna de l'œil.

— Non que j'en aie jamais vu, notez bien.

— Non, admit Caroline avec une petite voix. Bien sûr que non.

— Birdie avait ses jupons retroussés pratiquement jusqu'à la taille. Elle est un peu forte, la Birdie, et je crois bien qu'elle a dû faire voir trente-six chandelles au suppléant sur lequel elle a atterri. Il avait la face rouge comme un radis. Et pendant ce temps, Mavis s'accrochait aux jambes du malheureux en hurlant des choses sur la main de Dieu.

— Affreux, réussit à articuler Caroline avant de piquer un nouveau fou rire. Oh, c'est affreux.

Happy se moucha bruyamment et dut retenir une nouvelle salve de gloussements.

— Alors le jeune suppléant s'est réveillé. Toutes celles qui étaient restées avec moi au cimetière étaient à ce moment en train de m'aider à hisser Birdie en entier hors du trou. Le pauvre garçon trébuchait un peu partout et, par le Christ, si Cy ne l'avait pas retenu, il serait tombé droit dans le trou avec les autres. C'était encore mieux que de regarder *I Love Lucy!*

Caroline eut à l'esprit une image de Ricky Ricardo plongeant la tête la première dans une tombe. « Luuu-cy, c'est moi ! » Se tenant les côtes, elle s'assit sur un muret de pierre qui bordait le massif d'impatiens.

Happy l'y rejoignit en soupirant.

— Oh ! là là ! je suis bien contente de m'être soulagée de ça. Birdie ne m'aurait jamais pardonné un fou rire.

— C'est horrible. Ho-rri-ble.

Commentaire qui leur coûta cinq minutes de plus pour retrouver quelque dignité.

— Bon, reprit Happy en rangeant son mouchoir, le souffle encore un peu court. Appelons donc ce satané chien. Pendant que vous le regarderez, je vais nous préparer un rafraîchissement. Princesse ! Princesse, viens un peu par ici avec ton cabot de fils.

Puis, se retournant vers Caroline :

— Je n'ai plus que le dernier, ajouta-t-elle d'un ton désinvolte. Et je serai heureuse de vous le laisser. Peux rien vous dire au sujet du père, car Princesse n'est pas franchement difficile. Je vais la faire opérer ce coup-ci. J'y pensais déjà avant, d'ailleurs.

Caroline vit une grande chienne efflanquée au pelage feu et à la gueule chagrine traverser le jardin en trottinant. Un gros chiot de même couleur courait en cercle autour d'elle. Il se précipitait à tout instant sous son ventre pour lui tirer un de ses tétons flasques. Et chaque fois Princesse, qui en avait visiblement assez de la maternité, se dégageait avec mauvaise humeur.

— Allons, par ici, s'exclama Happy en claquant des mains.

Le chiot abandonna aussitôt sa quête de lait maternel et gambada joyeusement en direction de sa maîtresse.

— Tu n'es rien qu'un sale petit vaurien, hein ?

Le chiot aboya en signe d'agrément, remuant sa queue si vite et si violemment que son postérieur lui cognait presque le nez.

— Je vous laisse faire connaissance, dit Happy en se levant. Je vais nous préparer un peu de thé glacé.

Caroline considéra le chiot d'un air fort dubitatif. Assurément il était mignon, et il avait une manière charmante de poser ses grosses pattes sur ses genoux. Mais elle voulait un chien de garde, non un chiot. Et puis, songea-t-elle, il ne lui servirait à rien de concevoir un attachement pour un animal dont il lui faudrait se défaire dans quelques mois.

Par ailleurs, il avait beau être d'une taille déjà respectable, il n'avait pas vraiment l'air féroce avec ses longues oreilles de nigaud et sa langue pendante. Sa mère arrivait presque à la ceinture de Caroline, et celle-ci se demandait combien de temps il faudrait à son petit pour atteindre ce gabarit.

Bon, pensa-t-elle, elle s'était trompée. Elle aurait dû se rendre dans la plus proche fourrière pour en libérer quelque doberman aux crocs baveux qu'elle pourrait tenir enchaîné près de la porte de service.

Le pelage du chiot n'en était pas moins doux et chaud. Tandis qu'elle le regardait en fronçant les sourcils, il lui lécha la main en remuant la queue si fort qu'il roula cul par-dessus tête et se retrouva assis sur le derrière à essayer de reprendre avec acharnement son équilibre.

Après s'être copieusement épuisé à ce petit jeu, il poussa un jappement joyeux et revint en courant vers la jeune femme, ses grands yeux bruns emplis de perplexité et de désappointement canin.

— Corniaud, va, murmura-t-elle en le prenant dans ses bras.

« Et zut », se dit-elle tandis qu'il lui passait la langue partout sur les joues et la gorge.

Quand Happy revint avec le thé glacé, Caroline lui avait déjà donné un nom : « Vaurien », et décidé qu'il aurait l'air très coquet avec un collier rouge.

Elle lui en acheta un chez Larsson, et prit en outre un sac de cinq kilos de nourriture pour chiot, une laisse, une double gamelle en plastique et un coussin à motif floral qui pourrait lui servir de couche.

Vaurien hurla dans la voiture tout le temps qu'elle demeura dans le magasin. Elle sortit un instant pour le surveiller et s'aperçut qu'il avait les pattes appuyées sur le tableau de bord et qu'il la regardait de ses grands yeux bruns emplis de reproche et de terreur. A la seconde même où elle retourna dans la voiture, il vint se pelotonner sur ses genoux.

Caroline le laissa recroquevillé contre elle pour le trajet du retour.

— Tu ne me rapporteras rien de bon, lui dit-elle, tandis qu'il poussait un frémissant soupir de satisfaction. Je le vois d'ici. Le problème est que j'ai toujours voulu un chiot depuis ma petite enfance. On ne pouvait pas en avoir à la maison. Un chiot, c'était des poils dans le salon et des saletés sur les tapis. Et puis, dès l'âge de huit ans, je voyageais déjà à droite à gauche pendant l'été. Alors, évidemment, un chiot, c'était hors de question.

Elle le caressait tout en conduisant, heureuse de sentir peser contre elle sa chaleur.

— En fait, vois-tu, je ne vais rester ici qu'un mois de plus, peut-être deux, alors ce ne serait pas vraiment raisonnable de devenir trop proches l'un de l'autre.

Vaurien posa sa tête dans la saignée de son bras et leva vers elle des yeux énamourés.

— Non pas que nous ne puissions entretenir des relations amicales, poursuivit-elle. Enfin, je veux dire que nous avons assurément le droit d'éprouver un certain attachement l'un pour l'autre, un certain respect aussi, sinon un certain agrément à être ensemble — pour autant que ça dure, c'est-à-dire, comme nous le savons tous deux, aussi longtemps que…

Vaurien se cala contre sa poitrine et lui lécha le menton.

— Et zut, conclut-elle.

Quand elle s'engagea dans son allée, elle était déjà amoureuse du chiot et s'en blâmait vertement.

Pour couronner le tout, elle avisa Tucker assis sur les marches de la véranda, une bouteille de vin posée à côté de lui et une brassée de roses thé sur les genoux.

14

— Tu ne travailles donc jamais ? demanda Caroline en s'efforçant de rassembler le chiot frétillant, son sac à main et quelques-uns de ses achats.

— Seulement sous la contrainte.

Tucker posa le bouquet à côté de lui et se redressa paresseusement.

— Qu'est-ce que tu as là, Caro ?

— Ça s'appelle un chien.

Il gloussa et porta ses pas vers la BMW que la jeune femme avait réussi à caser le long de l'immense Oldsmobile.

— L'a une bonne bouille, dit-il en passant sa main dans le pelage de l'animal.

Puis il jeta un œil dans le coffre de la BMW.

— Besoin d'aide ?

Caroline souffla sur les cheveux qui lui tombaient dans les yeux.

— A ton avis ?

— A mon avis, tu es heureuse de me voir.

Il profita de ce qu'elle avait les bras chargés pour l'embrasser.

— Et tu aimerais ne pas l'être, ajouta-t-il. Allez, porte ça à l'intérieur, je me charge du reste.

Caroline s'exécuta — ne fût-ce que pour voir s'il était capable de faire quelque chose de ses dix doigts, à part mettre une femme dans tous ses états. Puis elle s'assit sur les marches et s'évertua à passer le collier autour du cou de Vaurien, qui se mit à couiner.

— On dirait que tu as tout ce qu'il te faut, dit-il en inspectant le contenu du coffre.

Il en extirpa le sac des aliments pour chiot, qu'il jeta sur son épaule. Caroline regardait avec intérêt ses muscles rouler légèrement sous sa peau, quand il brandit le coussin fleuri d'un air médusé.

— Qu'est-ce que c'est ?

— Il faut bien qu'il dorme sur quelque chose, répliqua-t-elle.

« Sur ton lit, oui », songea Tucker avec amusement. Ce chiot-là n'avait pas l'air d'être un attardé.

— Alors, comme ça…

Il se débarrassa de sa charge sous la véranda et s'assit à côté d'elle.

— … c'est un des chiots des Fuller ?

— Oui.

Vaurien abandonna Caroline pour aller renifler la main de Tucker. La jeune femme pouvait sentir les roses qu'il avait apportées, et résolut de ne pas se laisser séduire par ce présent, de ne pas en demander la raison ni même de le remarquer.

— Salut, mon gars.

Tucker gratta le chiot à un endroit qui le fit grimacer d'aise et battre la mesure de la patte arrière sur le plancher de la véranda.

— C'est un bon chien. Un adorable petit chien. Au fait, il s'appelle comment ?

— Vaurien, marmonna Caroline tandis que le chiot — *son* chiot — s'étendait béatement sur les genoux de Tucker. Et je vois déjà qu'il ne vaudra rien comme chien de garde.

Tucker fronça un instant les sourcils.

— Un chien de garde ?

Il chatouilla la bête pour l'amener à se retourner sur le dos.

— Hé, mon gars, laisse-moi voir tes crocs.

Vaurien mâchonna de bon cœur les doigts de Tucker.

— Ouais, eh bien, ils pousseront toujours assez vite. Comme le reste, d'ailleurs. Dans deux ou trois mois, il commencera à prendre du poids.

— Dans deux mois, je… je serai en Europe. En fait, je risque de partir encore plus tôt. J'ai un récital à préparer dès le mois d'août à D.C., une invitation que je suis forcée d'honorer.

— Forcée ?

Elle n'avait pas voulu l'exprimer ainsi.

— J'ai un récital, répéta-t-elle sans autre commentaire. Mais je pense que je trouverai un bon foyer pour le chiot avant de partir.

Tucker leva les yeux vers elle, des yeux mordorés et placides, un peu durs aussi. Il avait parfois une façon de la regarder, se dit-elle, qui balayait tous les faux-semblants et atteignait au cœur même de la vérité.

— Je pense que tu pourrais emmener un chien avec toi, si tu le désirais.

Sa voix était tranquille, à peine plus qu'un frémissement dans l'air lourd et chaud.

— Tu es très respectée dans ta partie, non ?

Elle détourna la tête, et se le reprocha aussitôt. Mais elle devait cacher à Tucker certain sentiment qu'elle tenait encore secret.

— Les tournées sont une affaire complexe, déclara-t-elle pour couper court à la discussion.

Mais Tucker refusa d'en rester là.

— Et tu aimes cela ? lui demanda-t-il.

— Cela fait partie de mes obligations.

Elle tendait la main pour reprendre Vaurien sur ses genoux, lorsque le chiot quitta ceux de Tucker pour partir à l'aventure.

— Il pourrait se perdre, dit-elle.

— Il renifle son territoire, ne t'inquiète pas. Tu n'as pas répondu à ma question, Caroline. Aimes-tu cela ?

— Le problème n'est pas d'aimer ou de ne pas aimer. Jouer oblige à se déplacer.

Et ce, pensa-t-elle, d'aéroport en aéroport, de ville en ville, d'hôtel en hôtel, de répétition en répétition… Elle sentit au creux de son estomac une contraction, un nœud, un tiraillement — symptômes qui l'engageaient d'ordinaire à se détendre si elle ne voulait pas subir la présence importune de son vieil ami M. Ulcère.

Quoique souffrant rarement lui-même de tension nerveuse, Tucker en reconnut les signes avant-coureurs. Il posa doucement une main sur sa nuque et se mit à la masser.

— Je n'ai jamais pu comprendre pourquoi des gens choisissaient de faire ce qu'ils n'aiment pas.

— Je n'ai pas dit…

— Oh ! que si. En tout cas, tu ne m'as pas abruti avec des : « Oh, mon très cher Tuck, c'est un bonheur sans égal que de s'envoler vers Londres, de passer par Paris, de se retrouver à Vienne, à Venise… » Maintenant, il est vrai que j'aimerais moi-même aller voir quelques-uns de ces endroits. Mais toi, tu n'as pas l'air d'en avoir retiré énormément de plaisir.

Voir ? songea-t-elle. Mais qu'avait-elle réellement *vu* entre les interviews, les répétitions, les récitals et les heures passées à boucler et défaire ses bagages ?

— Il y a des gens en ce bas monde qui ne conçoivent pas le plaisir comme le but de toute leur vie.

Elle reconnut dans sa propre voix un ton dédaigneux qui la dégoûta elle-même.

— Eh bien, c'est vraiment regrettable, rétorqua Tucker en se reculant pour allumer une cigarette. Tu vois ce chiot en train de renifler un peu partout ? Il est aussi heureux qu'une grenouille gavée de mouches. Il mouillera ton gazon, se mordra la queue si l'envie lui en prend, et puis se couchera par terre pour une bonne petite sieste. J'ai toujours pensé que les chiens avaient trouvé le meilleur truc pour se la couler douce.

Un sourire apparut sur les lèvres de Caroline.

— Préviens-moi tout de même, si tu ressens le besoin pressant de mouiller mon gazon.

Tucker ne lui rendit pas son sourire. Il étudia un instant l'extrémité brasillante de sa cigarette, puis tourna la tête vers elle pour lui lancer un de ses regards aussi placides qu'acérés.

— J'ai demandé au Dr Shays ce qu'étaient ces pilules que tu m'avais données. « Le *Percodan* ? m'a-t-il dit. C'est un médicament puissant. » Pourquoi prends-tu ces pilules, Caroline ?

Elle se raidit. En la voyant ainsi se renfrogner, Tucker songea à un porc-épic se roulant en boule pour montrer ses piquants à quiconque aurait l'imprudence de vouloir s'y frotter.

— Ça ne te regarde pas, répondit-elle.

Il lui posa une main sur la joue.

— Caroline, je tiens à toi.

Elle était parfaitement consciente — tout comme lui, d'ailleurs — qu'il avait déjà dit ces mots à des douzaines d'autres femmes auparavant. Et en même temps, tous deux savaient, pour leur plus grand embarras, que cette fois-ci, c'était différent.

— J'ai des migraines, lâcha-t-elle d'une voix acerbe et revêche qu'elle détesta encore.

— Souvent ?

— Mais à quoi joues-tu ? C'est un examen ? Beaucoup de gens ont des migraines, surtout ceux qui ne passent pas leurs journées sur le rocking-chair de leur véranda.

— Pour ma part, je préfère un bon hamac de corde, répliqua-t-il d'un ton égal. Mais nous étions en train de parler de toi.

Le regard de la jeune femme devint inexpressif et froid.

— Laisse-moi tranquille, Tucker.

D'ordinaire, il aurait obtempéré, étant peu enclin à chatouiller la susceptibilité d'autrui quand il risquait de se faire taper sur les doigts.

— Je n'aime pas te voir souffrir, ajouta-t-il, voilà tout.

— Je ne souffre pas.

Elle sentait cependant la migraine lui fondre sur le crâne à la vitesse d'un cheval au galop.

— Ni te voir te tourmenter.

— Me tourmenter...

Elle répéta ces mots deux fois, avant de s'esclaffer, la tête en avant. Son rire avait un accent hystérique qui poussa le chiot à venir se coucher à ses pieds en gémissant.

— Oh, mais pourquoi me tourmenterais-je ? Parce que quelques maniaques éventrent des femmes avant de les abandonner dans mon étang ? Parce que Austin Hatinger est de nouveau libre d'agir à sa guise et qu'il pourrait décider de revenir pulvériser mes carreaux ? Allons donc ! Et pourquoi devrais-je également passer des nuits blanches à me dire qu'il va très certainement revenir te trouer la peau, hein ?

— Je ne tiens pas à avoir plus de trous que je n'en ai à l'heure actuelle, dit-il en lui caressant doucement le dos pour la réconforter. Et puis, tu sais, nous, les Longstreet, avons le chic pour nous sortir de toutes les situations.

— Oh, je le vois bien : avec un œil au beurre noir et la tête en capilotade.

Tucker eut un léger froncement de sourcils. Il ne pensait pas que son œil avait si piteux aspect.

— D'ici à la semaine prochaine les bleus auront disparu et Austin sera de nouveau en prison. Ainsi va la bonne fortune des Longstreet, mon chou. Tiens, prends le cousin Jeremiah.

Caroline poussa un grognement qu'il ignora.

— Eh bien, c'était un bon ami à Davy Crockett. Un gars du Kentucky, vois-tu.

Il avait naturellement pris le ton du conteur.

— Ils avaient combattu ensemble durant la guerre d'Indépendance. Bien sûr, Jeremiah n'était qu'un gamin à l'époque, mais il aimait déjà sacrément se battre. Après la guerre il a erré de-ci de-là, ne sachant trop que faire de sa vie. Ne s'est jamais installé nulle part. On aurait dit qu'il n'arrivait pas à donner un but à son existence. Et puis voilà qu'un jour il entend parler de tout ce charivari qui a lieu au Texas, et il se met en tête d'aller rendre visite à son vieil ami Davy. Et d'en profiter pour tirer sur quelques Mexicains au passage. Il est encore de ce côté-ci de la Louisiane, lorsque son cheval se prend le sabot dans un terrier de lapin. Voilà notre Jeremiah qui fait la culbute. Le cheval se casse une jambe, lui aussi. Doit alors tuer le cheval, ce qui lui fait de la peine étant donné qu'ils sont restés ensemble pendant huit bonnes années.

» C'est alors que survient un fermier qui hisse Jeremiah sur sa charrette et le transporte jusque chez lui. Ledit fermier a une fille, comme tout fermier qui se respecte, et à deux ils lui remettent la jambe en état — c'était une méchante fracture, et Jeremiah a bien failli y succomber. Mais après quelques semaines il est capable de clopiner en s'aidant d'une béquille.

» Au bout de quelque temps, donc, Jeremiah tombe amoureux de la fille du fermier et lui donne une belle nichée d'enfants. Plus tard, toute la progéniture s'enrichit en plantant du coton et autres espèces qui se cultivent en Louisiane.

» Mais là n'est point la morale de cette histoire. La morale est que, si Jeremiah perdit son cheval et boita le reste de ses jours, il n'alla jamais non plus rejoindre Davy au Texas. A Alamo. »

Caroline, la tête sur les genoux, avait tourné les yeux vers Tucker pour le regarder tandis qu'il raconterait la fin de l'histoire — laquelle n'était probablement qu'un pur mensonge. Mais, curieusement, sa migraine avait cessé en même temps que les morsures alarmantes dans son estomac.

— J'en conclus, déclara-t-elle, qu'un Longstreet aura toujours l'opportunité de se casser une jambe afin d'éviter un destin plus funeste.

— Tu as tout compris. Maintenant, ma douce, que dirais-tu de prendre tes cliques, tes claques et ton chien pour venir t'installer quelque temps à Sweetwater ?

La réaction de défiance immédiate qu'il lut dans les yeux de la jeune femme le fit sourire.

— Nous avons une douzaine de chambres, aussi n'auras-tu pas à séjourner dans la mienne, reprit-il en lui taquinant le bout du nez. A moins que tu ne sois prête à admettre que tu finiras bien un jour ou l'autre par t'y retrouver.

— Je te remercie de ton aimable proposition, mais je ne peux que la décliner.

Un fugace sentiment d'irritation voila le regard de Tucker.

— Caroline, tu auras tous les chaperons que tu souhaites et une bonne grosse serrure sur la porte de chaque chambre à coucher, si tu me soupçonnes de vouloir me glisser entre tes draps.

— Je ne le soupçonne pas, j'en suis certaine, rétorqua-t-elle en riant. Et ne va pas te rengorger en pensant que je crains de ne pouvoir te résister. Je dois rester ici, c'est tout.

— Ce n'est pas un déménagement définitif que je te suggère, précisa-t-il, surpris de ne pas frissonner lui-même à cette idée. Juste un séjour, le temps qu'Austin retrouve la cellule qu'il n'aurait jamais dû quitter.

— Je dois rester ici, répéta-t-elle. Tucker, au cours des derniers mois, je ne me suis jamais arrêtée nulle part. Et toute ma vie, j'ai toujours fait ce qu'on m'a dit de faire, je suis toujours allée où on me disait d'aller et j'ai toujours agi en conformité avec les attentes d'autrui.

— Raconte-moi ça.

Elle poussa un long soupir.

— Non, pas maintenant. Plus tard. Peut-être. Mais ici c'est chez moi, c'est ma maison, et j'y reste. Ma grand-mère a passé ici toute son existence d'adulte, et c'est ici que ma mère est née, même si elle n'aime pas qu'on le lui rappelle. J'aimerais croire qu'il y a assez de sang McNair en moi pour me permettre de tenir au moins un été.

Voulant égayer l'atmosphère, elle secoua la tête et lui sourit.

— Alors, tu me les donnes, ces fleurs, ou tu les laisses se faner sur l'escalier ?

Tucker envisagea un instant plusieurs arguments imparables pour convaincre la jeune femme, puis se ravisa. Quand une personne n'était pas autorisée à vivre comme elle l'entendait, elle était plus susceptible de se briser que de plier.

— Ces fleurs-là ? dit-il en brandissant le bouquet avec un air des plus innocents.

Leurs tiges avaient été enveloppées dans de petits sachets de plastique remplis d'eau pour que leur fraîcheur fût préservée.

— Tu les veux vraiment ?

Elle haussa les épaules.

— Je ne veux pas qu'elles finissent à la poubelle, surtout.

— Moi non plus, car je suis allé jusqu'à Rosedale pour les trouver — ainsi que ce vin, d'ailleurs. J'ai dû emprunter la voiture de Della.

Il huma complaisamment les pétales.

— Et avec Della, reprit-il, rien n'est gratuit. Tu devrais voir la liste de corvées qu'elle m'a donnée : passer chez le teinturier, faire les courses... Et comme elle avait dégoté un prospectus pour les soldes de chez Wollworth, j'ai dû y aller aussi. J'ai tout de même mis le holà quand il s'est agi de récupérer un déshabillé pour la fille de sa sœur Sarah, dont les noces doivent être célébrées la semaine prochaine. Chacun sa façon de voir, mais pour ma part je n'achète de dessous chic qu'aux femmes avec lesquelles je suis en relation intime.

— Tu es un honnête homme, Tucker.

— C'est une question de principe.

Il posa les roses sur les genoux de Caroline. Les fleurs élégantes, protégées par des cornets de papier, y brillèrent comme des gouttes de soleil.

— J'ai pensé que les roses thé t'iraient le mieux.

— Elles sont magnifiques, dit Caroline en respirant leur doux et puissant parfum. Je suppose que je dois te remercier pour ces fleurs, ainsi que pour toute la peine qu'elles t'ont coûtée.

— Un baiser suffira. C'est même ce que je préfère.

Il sourit en voyant son front se plisser, et lui tapota le menton du bout du doigt.

— Arrête d'y penser, Caroline. Fais-le. C'est meilleur que toutes les pilules pour guérir la migraine.

Aussi, tenant toujours le bouquet éclatant contre son sein, se pencha-t-elle pour l'embrasser. Le goût des lèvres de Tucker lui parut aussi doux et puissant que le parfum des roses. Et, découvrit-elle également, aussi apaisant. Le regard légèrement vaporeux, elle voulut se reculer. Tucker recueillit sa nuque dans le creux de sa paume.

— Oh, vous, les Yankees, murmura-t-il, vous êtes toujours pressés.

Et il appliqua de nouveau ses lèvres contre les siennes.

Il savourait cet instant. Caroline le comprit alors même que son esprit commençait à se brouiller sous le coup de l'émotion. Elle s'apercevait combien un baiser pouvait être langoureux et profond lorsqu'on s'y abandonnait de tout son être. Alors, poussant un léger soupir, elle se laissa aller.

Même lorsqu'elle sentit les doigts de Tucker se crisper contre sa peau, elle ne s'en inquiéta pas. Sous sa main un peu tremblante, pressée sur le torse musclé, elle sentait le cœur de son compagnon s'emballer à grands coups, et cette lourde rythmique, au lieu de lui tendre les nerfs, lui procurait du plaisir.

Et durant tout ce temps les lèvres de Tucker naviguaient sur les siennes, si bien que le baiser était comme un plongeon dans une eau fraîche et bleue moirée de soleil.

Ce fut lui qui, cette fois-ci, émergea le premier. Il ne l'avait pas touchée. Ses doigts avaient certes resserré leur étreinte contre sa nuque, mais il ne l'avait pas touchée. Il n'avait pas osé. Car il savait que, dès l'instant où il l'aurait fait, il n'aurait plus été capable de se contenir.

Il y avait là comme une mélodie inédite dans un air trop bien connu, et aussi ardu lui fût-il de se contenir, Tucker savait qu'il devrait auparavant éclaircir ce mystère.

— J'imagine que tu ne vas pas me proposer d'entrer?

— Non.

Elle laissa échapper un long soupir.

— Pas tout de suite.

— Je ferais mieux de m'en aller, alors.

Après un bref combat intérieur entre son désir de rester et la nécessité de partir, il se redressa enfin.

— J'ai promis à cousine Lulu une partie de Parcheesi. Elle triche, tu sais.

Il eut une grimace comique.

— Mais moi aussi, ajouta-t-il, et je suis plus rapide qu'elle.

— Merci pour les fleurs. Et le vin.

Tucker enjamba le chiot qui était en train de ronfler sur la dernière marche de l'escalier. Comme Caroline avait garé sa BMW à quelques centimètres à peine de l'Olds de Della, il dut se glisser jusqu'au volant en entrant par le côté passager. Ayant fait démarrer le moteur, il abaissa la vitre.

— Gardez ce vin au frais, mon chou. Je reviendrai.

Alors qu'il remontait en trombe son allée, Caroline se demanda pourquoi cette dernière forfanterie avait à ce point l'allure d'une menace.

Crystal et Josie s'étaient assises sur leur banquette favorite au Chat 'N Chew — prétendument pour dîner. Cependant, comme toutes deux étaient en régime perpétuel, c'était plutôt pour cancaner.

Josie piochait dans sa salade de poulet d'un air maussade. Elle aurait mieux aimé un steak épais et une assiettée de bonnes grosses frites bien graisseuses. Mais elle surveillait sa ligne. A trente ans passés, elle veillait à se prémunir contre tout affaissement, relâchement ou embonpoint.

Sa maman avait gardé une silhouette fine et élancée jusqu'au moment où elle avait défailli dans ses rosiers. Et Josie comptait bien réitérer cette performance.

Depuis le jour où elle s'était rendu compte que sa maman était différente de son papa, elle était entrée avec elle dans une compétition aussi discrète qu'acharnée. Cela lui avait parfois donné quelque remords, mais elle n'avait jamais su résister au désir d'être aussi jolie que sa mère. Puis plus jolie qu'elle. De paraître aussi désirable aux yeux des hommes. Puis plus désirable encore.

Jamais, cependant, elle n'avait su conquérir la paisible dignité de sa mère, et elle avait pitoyablement échoué à s'en prévaloir au cours de son premier mariage. Aussi s'était-elle rabattue sur les manières franches et gaillardes de son papa. La combinaison qui en avait résulté lui convenait mieux, finalement : des allures renversantes de femme fatale et un caractère direct. Comme un enfant, elle avait ajusté une à une les pièces de sa personnalité. Désormais, le puzzle dénommé Josie Longstreet était un ouvrage solide.

Tandis que cette dernière chipotait dans sa salade de poulet, Crystal ne faisait qu'une bouchée de sa tomate farcie au thon. Elle babillait sans discontinuer tout en enfournant des fourchetées de poisson. Et, comme d'habitude, Josie lui prêtait une attention intermittente.

Elle aimait beaucoup Crystal, et ce depuis le jour où elles avaient pris la décision solennelle d'être les meilleures amies du monde. Elles n'avaient alors que cinq ans et vivaient en filles de milieux aisés, ignorant totalement à quel point leurs existences devaient par la suite diverger. Josie avait suivi une voie — celle des bals des débutantes et de ce premier mariage convenable — et Crystal une autre, après que son avocat de père se fut enfui vers des contrées inconnues en compagnie de sa secrétaire. Elle avait dès lors pris le chemin de la vie active, pour se retrouver mal mariée, et finalement divorcée après deux fausses couches.

Néanmoins elles étaient demeurées amies. Chaque fois que Josie revenait à Innocence, elle passait toujours quelques moments avec Crystal. Par sentimentalité, elle avait voulu jouir d'une amitié d'enfance dans sa vie d'adulte. En outre, elle appréciait la complémentarité de leurs deux personnes. Son amie était ronde et menue, tandis qu'elle-même était grande et mince. Crystal avait une peau blanche parsemée d'une myriade de taches de rousseur ; elle avait laissé une fortune dans l'achat de la panoplie complète des produits gommants disponibles sur le marché, jusqu'à ce qu'elle eût finalement accepté cette particularité comme un trait distinctif de sa personnalité. Elle avait alors appris à prendre soin de sa peau à Lamont, dans l'Ecole de beauté de Madame Alexandra, dont elle était sortie troisième de sa promotion, ainsi qu'il était notifié sur son diplôme.

Au bout du compte, elle avait définitivement adopté cette carnation fleurie de fille de ferme qui constituait un parfait faire-valoir au teint mat de Josie. Ses cheveux, qu'elle réarrangeait tous les deux ou trois mois en guise de réclame pour ses talents, arboraient pour l'heure la teinte Sparkling Sherry de chez Clairol et étaient apprêtés en une sorte de ruche férocement laquée. Crystal soutenait que le genre était en train de revenir à la mode.

— Et puis, alors que Bea s'occupait des ongles de Nancy Koons, voilà que la Justine se met à raconter ce que Will lui a dit : figure-toi que les types du FBI pensent que c'est un Noir qui a tué Edda Lou et les autres. Paraît qu'ils savent ça à cause de la manière dont on les a tuées, et parce qu'ils ont retrouvé ce bout de poil pubien et tout.

Crystal fourrageait dans sa tomate, poussant méticuleusement les morceaux de thon sur sa fourchette avec son petit doigt.

— Maintenant, j'ignore de quoi il retourne vraiment, mais je ne crois pas que c'était correct de sortir ça devant Bea — qui est aussi noire que l'as de pique — assise par terre en train de lui polir les ongles. J'étais franchement gênée, Josie, mais Bea, elle a continué son travail en demandant simplement à Nancy si elle voulait un peu de vernis égaliseur.

Josie tira sur sa paille.

— Justine est tellement entichée de Will, commenta-t-elle, que s'il lui assurait que les grenouilles chient des crottes en or, elle irait plonger son tamis dans le Little Hope Creek.

— Ce n'est pas une raison, rétorqua Crystal sur un ton vertueux. Je veux dire, nous savons tous que c'était sans doute un homme de couleur, mais tu ne me verras jamais le répéter devant Bea. Eh quoi ! c'est ma meilleure employée. Alors j'ai tordu la tignasse de la Justine, et quand elle s'est mise à couiner, je lui ai dit, gentille et tout : « Oh, mon chou, je t'ai fait mal ? Je suis *affreusement* désolée. Toutes ces histoires de meurtre me rendent si nerveuse. Encore heureux que je ne t'aie pas coupé le lobe de l'oreille dans un faux mouvement. Une oreille coupée, ça saigne pire qu'un cochon égorgé. »

Elle eut un sourire mauvais.

— Ça lui a fermé son clapet aussi sec.

— Je vais peut-être aller demander à Will de me raccompagner à la maison ce soir, pensa tout haut Josie en repoussant son abondante crinière. Comme ça, Justine aura au moins des raisons de couiner.

Crystal laissa échapper un de ces brefs pépiements qui lui tenaient lieu de rires.

— Oh! Josie. T'es vraiment un sacré numéro.

Puis son regard se reporta vers la porte du café qui venait de s'ouvrir à la volée.

— Tiens, voilà la Darleen Talbot avec son bébé.

Elle renifla dédaigneusement et aspira le fond de son verre de Coke.

De son côté, Josie sortit de sa rêverie pour regarder Darleen s'installer à son tour sur l'une des banquettes.

— Billy T. Bonny, hein?

— Tiens, reprit Crystal qui adorait les histoires de fesses, je l'ai vu entrer par la porte de derrière chez Darleen même pas dix minutes après que Junior était sorti par celle de devant. Comme je te le dis. Et tout ce qu'elle avait sur les épaules à ce moment-là, c'était une nuisette rose tout juste bonne à couvrir les fesses d'une poupée. Je les ai parfaitement vus depuis la fenêtre de la cuisine de Susie Truesdale. J'étais en train de rincer les cheveux de Susie dans l'évier. A ce propos, la Susie, elle tient sa cuisine propre comme un sou neuf, même avec tous ces enfants qu'elle a. Si son benjamin n'avait pas eu une indigestion, elle serait venue dans le salon pour se faire laver et coiffer comme d'habitude — et moi je n'aurais rien vu.

— Qu'a dit Susie?

— Eh bien, elle avait la tête dans l'évier, mais tandis que je lui séchais les cheveux, je lui ai rapporté la chose comme si de rien n'était. Et j'ai bien vu à son air qu'elle savait tout. Mais elle m'a seulement répondu qu'elle ne prêtait jamais attention à ce qui se passait chez les voisins.

— Alors, comme ça, Darleen trompe Junior avec Billy T...

Les lèvres de Josie s'arrondirent en un sourire autour de sa paille. Son regard avait pris cette lueur trouble et lointaine que connaissait bien son amie.

— Tu as une idée derrière la tête, Josie.

— Non, Crystal. Je songeais juste que Junior était bel homme, même s'il est un peu terne. Et je l'aime vraiment beaucoup.

— Tu parles, lâcha Crystal en tripotant le reste de sa tomate. Tu me diras si je me trompe, mais je crois qu'il est à peu près le seul type de cette ville entre vingt et cinquante ans dont tu n'aies jamais eu envie.

— Je peux très bien aimer un homme sans vouloir coucher avec lui.

Josie considéra sa paille un instant. Celle-ci portait une trace écarlate à l'une de ses extrémités.

— Tu ne crois pas que quelqu'un devrait le mettre un peu au courant de ce qui se passe sous son propre toit quand il est absent ?

— Je ne sais pas, Josie.

— Moi si, répliqua-t-elle en sortant de son sac un carnet et un crayon. Voyons. Je pourrais lui écrire un petit mot que tu irais lui porter...

— Moi ? s'écria Crystal.

Elle jeta des regards craintifs autour d'elle.

— Comment veux-tu...

— Allons, nul n'ignore que tu t'arrêtes régulièrement à la station-service pour t'acheter un Milky Way, en revenant du salon.

— Oui, bien sûr, mais...

— Bon, alors, poursuivit Josie tout en griffonnant furieusement, quand tu seras là-bas, il te suffira d'attirer l'attention de Junior dès qu'il aura ouvert son tiroir-caisse, d'y glisser ce billet et de t'éclipser dehors. Simple comme bonjour.

— Mais tu sais bien que chaque fois que je suis nerveuse, ça me donne de l'urticaire sous les bras.

Elle avait déjà l'impression de sentir la peau lui démanger.

— Deux secondes suffiront, insista Josie.

Voyant son amie trembler, elle décida de sortir la grosse artillerie.

— A propos, j'ai déjà dû t'apprendre que Darleen répétait à tout le monde que la couleur dont tu te servais pour tes cheveux tournait au jaune pisseux et qu'elle préférait économiser son argent en se passant elle-même du Miss Clairol... non ? En tout cas, elle ne se gêne pas pour prétendre que c'est criminel de ta part de proposer à dix-sept dollars et quinze *cents* une coloration que n'importe qui peut se faire lui-même pour cinq dollars la boîte.

— Cette petite garce n'a aucun droit de parler ainsi à mes clientes, s'indigna Crystal, complètement remontée. Eh quoi ! elle a les cheveux comme un tampon à récurer. Je le lui ai déjà dit d'ailleurs, dit et redit, qu'il fallait qu'elle se les fasse soigner si elle ne voulait pas devenir chauve. Peuh ! J'espère que c'est ce qui lui arrivera.

Le sourire aux lèvres, Josie agita le billet sous le nez de son amie qui, cette fois, s'en empara.

— Non, mais regarde-la, reprit Crystal. Assise là à se tartiner les lèvres de rouge, pendant que son gamin se met de la glace partout.

Josie tourna discrètement la tête pour profiter à son tour du tableau. Elle songea d'abord que Darleen serait bien mieux elle-même avec un peu de glace vanille-cerise sur la figure. Puis elle avisa le reflet doré de son étui de rouge à lèvres et se figea net.

— Oh non, c'est trop drôle, murmura-t-elle.

— Quoi donc ?

— Rien. Attends-moi là.

Elle se leva, et se dirigea d'un pas nonchalant vers Darleen tout en laissant courir son doigt sur le dossier des banquettes.

— Salut, Darleen. Mais dis-moi, ton petit devient sacrément costaud.

— Ça lui fait huit mois, maintenant.

Surprise et flattée que Josie vînt la saluer, Darleen reposa le rouge à lèvres sur la table pour essuyer fébrilement le visage de Scooter avec une serviette en papier. Furieux de cette interruption, le bébé se mit à hurler. Josie considéra le rouge à lèvres tandis que mère et fils s'agaçaient mutuellement.

Elle ne s'était pas trompée, se dit-elle. Non, aucune erreur là-dessus. C'était bien le rouge à lèvres qu'elle avait acheté à la boutique Elizabeth Arden de Jackson. Le même étui doré, la même nuance de rouge.

Comme par hasard, elle avait perdu le sien. Et cela depuis... depuis le soir où elle s'était envoyée en l'air avec Teddy Rubenstein dans la salle d'embaumement de chez Palmer. Après, elle était rentrée chez elle et, se souvint-elle, avait laissé tomber son sac en sortant de la voiture. Tout s'était alors éparpillé sur le sol.

Et le lendemain, Tucker avait un accident de voiture parce que quelqu'un avait percé des trous dans ses durits.

— C'est un bien joli rouge à lèvres que tu as là, Darleen. Il te va bien.

Josie avait pris le regard dur des prédateurs. Darleen, cependant, ne fit attention qu'au compliment.

— Le rouge est sexy, je trouve. Les hommes préfèrent les femmes aux lèvres pulpeuses.

— Moi aussi j'aime bien cette couleur, mais je n'en avais jamais vu d'une telle nuance. Où l'as-tu acheté ?

— Oh…

Darleen rougit légèrement. Elle se trouva néanmoins assez flattée pour présenter l'étui à la lumière du soleil.

— C'est un cadeau, dit-elle.

Josie eut un sourire féroce.

— Non ? J'adore les cadeaux, sais-tu. Pas toi ?

Et, sans attendre la réponse, elle fit volte-face et sortit du café à grands pas en passant devant une Crystal éberluée.

Un quart d'heure plus tard, Tucker, qui était en train de se remettre de trois parties de Parcheesi âprement disputées, vit son repos troublé par Josie, qui était venue le réveiller brutalement pour lui déballer toute l'histoire.

Clignant des paupières sous les derniers feux du soleil, il s'efforça de rassembler ses esprits.

— Moins vite, Josie, pour l'amour de Dieu. Je ne suis pas encore bien réveillé.

— Alors dépêche-toi, sacré bon sang.

Elle lui donna une tape qui faillit le faire basculer du hamac.

— Je suis en train de te dire que celui qui a bousillé ta voiture n'est autre que Billy T. Bonny. Comment comptes-tu réagir ?

— Attends, tu es en train de me dire qu'il s'est servi d'un tube de rouge à lèvres pour percer mes durits de frein et de direction ?

— Mais non, cervelle de pois chiche !

Elle reprit son souffle et le récit de l'affaire.

— Comment, amour, juste parce que Darleen a un rouge à lèvres de la même couleur que le tien, tu…

— Tucker !

La patience n'étant pas l'une de ses vertus, elle lui assena un rude coup de poing.

— Une femme sait reconnaître son propre rouge à lèvres quand elle le voit.

Tucker, tout en se frottant le bras, lui accorda cela volontiers.

— Mais tu aurais pu le perdre n'importe où et…

— Ce n'est pas n'importe où que je l'ai perdu. C'est ici même, au beau milieu de l'allée. Je l'avais encore sur moi l'autre soir, quand je suis sortie avec Teddy, et je ne l'avais plus le lendemain matin. Pas plus que mon miroir de poche en nacre.

Un sursaut de rage embrasa son regard.

— Ce doit être cette garce qui l'a, aujourd'hui.

Tucker se leva en soupirant. Il était peu probable qu'il pût faire une autre sieste. Cependant il n'était pas encore furieux : tout cela lui semblait un peu trop tiré par les cheveux.

— Où vas-tu ? s'enquit sa sœur.

— Informer Burke.

Josie se donna une claque sur la cuisse.

— Papa serait déjà allé coller le canon de son fusil au cul de Billy T.

Tucker se retourna. Ses yeux démentaient le calme apparent de son visage.

— Je ne suis pas papa, Josie.

L'air désolé, elle courut aussitôt le prendre dans ses bras.

— Oh, mon chou, c'était horrible de ma part. Surtout que je ne le pensais pas. Seulement, ça m'a rendue si furieuse…

— Je sais, dit-il en la serrant contre lui. Laisse-moi régler l'affaire à ma manière.

Il se recula pour l'embrasser.

— La prochaine fois que j'irai à Jackson, je t'achèterai un nouveau rouge à lèvres.

— Rouge Cruel, s'il te plaît.

— Allez, rentre te reposer maintenant. Je vais prendre ta voiture.

— D'accord… Tuck ?

S'étant retourné, Tucker vit qu'elle avait de nouveau le sourire.

— Peut-être bien que c'est Junior qui lui fera sauter les noix, tu sais.

15

Tucker se rendit d'abord au bureau du shérif, mais n'y trouva que Barb Hopkins, l'opératrice radio à mi-temps, assise derrière son petit bureau, dans un coin. Son garçon de six ans, Mark, était en train de jouer au récidiviste dans une des deux cellules.

— Salut, Tuck.

Barb, qui avait pris vingt-trois kilos depuis la dernière année qu'elle avait passée avec Tucker au lycée Jefferson Davis, se redressa avec effort et reposa sur le bureau le livre de poche qu'elle était en train de lire. Sa face ronde et avenante s'étoila de mille sourires.

— On a eu de l'animation par ici, hein ?

— On dirait bien.

Tucker avait toujours ressenti de l'affection pour Barb. Mariée à Lou Hopkins à l'âge de dix-neuf ans, elle avait depuis lors accouché d'un nouvel enfant tous les deux ans. Quand Mark était arrivé à son tour, elle avait prévenu Lou qu'il devrait fermer le robinet s'il ne voulait pas s'installer à demeure sur le canapé du salon.

— Où est le reste de ta nichée, Barb ?

— Oh, dans les environs, à faire les quatre cents coups.

Tucker s'arrêta à deux pas de la cellule pour jeter un coup d'œil au garçon. Celui-ci avait la bouille crasseuse et le cheveu en bataille.

— Alors, mon gars, pourquoi t'es là ?

— J'les ai zigouillés, répondit Mark en secouant les barreaux avec un sourire diabolique. J'les ai tous zigouillés, mais elle n'est pas encore née, la prison qui m'arrêtera.

— Je m'en doute. Nous avons là un dangereux criminel, Barb.

— Comme si je ne le savais pas. Quand je suis passée en ville, ce matin, il en a profité pour mettre le thermostat de l'aquarium au maximum et m'a grillé tous les guppys. Me voilà avec un tueur de poissons sur les bras.

Elle piocha dans un sachet de cubes de fromage aux épices posé sur le bureau et se mit à mâchouiller.

— Alors, que puis-je pour toi, Tuck ?

— Je voulais voir Burke.

— Il a nommé deux trois adjoints, puis il est parti avec eux et Carl à la recherche d'Austin Hatinger. Le shérif du comté est venu aussi, dans son hélicoptère. On a droit à une chasse à l'homme dans les règles, maintenant.

Elle fit une pause pour engouffrer une nouvelle bouchée de fromage.

— Remarque, reprit-elle sur un ton suffisant, ce n'est pas tellement parce qu'Austin t'a tiré dessus et a cassé les vitres de Caroline Waverly. C'est plutôt que l'évasion d'Austin a mis le suppléant du comté dans un sacré pétrin, et que ça embête l'autre dans les grandes largeurs. Désormais Austin passe pour un criminel en cavale. Ce qui est très mauvais pour lui.

— Et le FBI ?

— Oh, l'agent spécial Costard-Cravate ? Eh bien, il préfère laisser le boulot aux gars du cru. L'est parti avec eux pour sauver les apparences, mais il était plus intéressé par ses interrogatoires.

Et d'ingurgiter une pleine poignée de cubes de fromage.

— Il se trouve que j'ai pu regarder une de ses listes. Il semble qu'il veuille parler à Vernon Hatinger, Toby March, Darleen Talbot et Nancy Koons.

Elle lécha le piment sur ses doigts.

— Et à toi aussi, Tuck.

— Ouais, je me disais bien aussi qu'il allait revenir à la charge. Tu peux appeler Burke là-dessus ? demanda-t-il en désignant la radio. Histoire de voir où il est et s'il peut m'accorder une minute…

— Bien sûr que je peux. Ils ont pris les talkies-walkies.

Obligeamment, Barb essuya ses doigts maculés de crème salée, tripota quelques manettes, se racla la gorge et appuya sur l'interrupteur du micro.

— Ici la base à unité 1. Base à unité 1. A vous.

Elle se retourna vers Tuck avec une grimace hilare, une main posée sur le micro.

— Le Jed Larsson nous a demandé d'utiliser des noms de code

dans le genre Renard des Neiges et Ours Polaire. C'est-y pas un drôle de zigue, tout de même ?

Elle secoua la tête et se pencha de nouveau vers l'engin.

— Base à unité 1. Et alors, Burke chéri, qu'est-ce que tu fous ?

— Unité 1 à base. Désolé, Barb, j'avais les mains pleines. A toi.

— J'ai Tucker à côté de moi, Burke. Dit qu'il doit te parler.

— Eh bien, passe-le-moi.

Tucker s'approcha du micro.

— Burke, j'ai une information à te communiquer. Je peux venir te rejoindre ?

Il y eut un bruit de parasites, suivi d'un juron agacé.

— Je suis sacrément occupé en ce moment, Tuck, mais tu peux venir à l'endroit où Lone Tree Road continue Dog Street. Nous y avons installé un barrage. A toi.

— J'arrive. Et, hmm...

Il considéra un instant le micro d'un air dubitatif, puis :

— Ah oui, conclut-il, à toi, et terminé.

— A ta place, intervint Barb en faisant la grimace, je garderais un fusil à portée de main. Austin a emporté deux Police Special avec lui ce matin.

Au moment de sortir du poste, Tucker entendit Mark frapper les barreaux de sa cellule en hurlant allègrement :

— J'les zigouillerai. J'les zigouillerai tous !

Il frémit : pour sa part, ce n'était pas à des poissons qu'il songeait.

En sortant de la ville, il avisa deux hélicoptères volant en cercles dans le ciel. Un groupe de trois hommes progressaient au-dessus du champ de Stokey. Un autre passait au peigne fin l'élevage de silures de Charlie O'Hara. Tous étaient armés.

Cela rappelait douloureusement à Tucker la battue organisée pour retrouver Francie. Aussitôt, sans qu'il pût la refouler, la face blanche et cadavérique de la jeune fille revint flotter dans son esprit. Etouffant un juron, il farfouilla dans les cassettes du vide-poches, et s'aperçut avec soulagement qu'il n'avait pas enclenché dans le lecteur du Tammy Winette ni du Loretta Lynn — deux des chanteuses préférées de Josie — mais du Roy Orbison.

Les accents plaintifs et argentins de *Crying* l'apaisèrent. Ce n'était pas une battue pour retrouver un corps, se dit-il. C'était seulement une opération de police pour remettre la main sur un imbécile. Un imbécile armé d'une paire de 38 mm.

Sur la longue route droite, le barrage était visible à huit kilomètres. Tucker songea que si Austin déboulait par ici dans la Buick de Birdie, il ne manquerait pas de l'apercevoir lui-même. Les chevaux de frise orange vif brillaient dans la lumière étale du soleil. Derrière, deux voitures de patrouille du comté étaient garées nez à nez, tels deux gros chiens pie se reniflant le museau.

Le long de l'accotement se trouvaient rangés la camionnette Dodge flambant neuve de Jed Larsson — entre sa boutique et la revente de poissons-chats, Jed se récoltait un joli petit magot —, le camion de Sonny Talbot avec ses gros phares ronds accrochés au toit de la cabine comme deux yeux jaunes, la voiture de patrouille de Burke et le van Chevy de Lou Hopkins.

Ce dernier était aussi crotté qu'un vieux braque. Quelqu'un avait écrit « Lave-moi ! » sur la crasse de la vitre arrière.

Tout en ralentissant, Tucker remarqua que deux policiers du comté s'approchaient de lui avec des fusils fraîchement graissés et chargés. Il pensait bien qu'ils n'allaient pas tirer sans sommation, mais fut tout de même soulagé en voyant Burke leur faire signe de s'écarter.

— Mais ce sont les grandes manœuvres, dis-moi, lui lança-t-il en sortant de la voiture.

— Ordres du shérif du comté, marmonna Burke. Il n'a pas apprécié que le FBI soit témoin de l'impair. Il pense qu'Austin doit être en route pour le Mexique à l'heure qu'il est, mais il ne veut pas l'admettre publiquement.

Tucker sortit ses cigarettes et en offrit une à Burke.

— Et toi, qu'en penses-tu ? lui demanda-t-il après avoir allumé la sienne.

Burke expira lentement la fumée. Ç'avait été une interminable journée de chien, et il était heureux de parler à Tucker.

— D'après moi, si un homme connaît bien les marais et les cours d'eau du coin, il peut y rester caché pendant un sacré bout de temps. Surtout s'il a des raisons pour cela.

Il considéra Tucker un moment.

— Nous allons poster deux gars à Sweetwater.

— Oh, non.

— Sois raisonnable, Tuck.

Il posa une main sur son épaule.

— Tu as des femmes, là-bas.

Tucker laissa son regard se perdre au-delà de la plaine, jusqu'à la limite des bois qui lui masquaient la vue des marais.

— Quel foutu bazar !

— Je ne te le fais pas dire.

Quelque chose dans la voix de Burke le poussa à se retourner vers lui.

— Qu'y a-t-il d'autre ?

— Tout cela ne te suffit pas ?

— Je te connais depuis trop longtemps, fils.

Après avoir jeté un coup d'œil par-dessus son épaule, Burke s'éloigna de quelques pas supplémentaires du groupe des suppléants du comté.

— Bobby Lee est passé à la maison, l'autre soir.

— Eh bien, en voilà une nouvelle.

Burke le dévisagea d'un air malheureux.

— Il veut épouser Marvella. Il a pris son courage à deux mains pour venir me demander un entretien en privé. On est allés s'installer sous la véranda derrière la maison. Oh, bordel, Tuck, je n'en menais pas large. Je croyais qu'il allait m'avouer qu'il l'avait mise enceinte. S'il m'avait dit cela, je l'aurais tué.

Voyant le sourire de Tucker, il hocha pitoyablement la tête.

— Ouais, je sais, je sais. J'ai fait pareil. Mais c'est différent quand il s'agit de sa propre fille. Enfin…

Il s'interrompit pour tirer sur sa cigarette.

— Il ne l'a pas encore mise enceinte, poursuivit-il en recrachant la fumée. J'ai l'impression que les gosses prennent plus de précautions de nos jours. Tiens, je me rappelle encore avoir filé à Greenville pour m'acheter des capotes quand je draguais Susie, jadis.

Il eut un sourire.

— Et puis, quand on s'est retrouvés sur la banquette arrière de la Chevy de papa, j'ai oublié de les sortir de ma poche !

Son sourire s'évanouit.

— Mais si j'y avais pensé, évidemment, nous n'aurions pas eu Marvella.

— Qu'est-ce que tu lui as répondu, Burke ?

— Que pouvais-je répondre ? murmura-t-il tout en posant une main distraite sur la crosse de son pistolet. Marvella n'en fait qu'à sa tête, maintenant. Elle le veut, un point c'est tout. Il s'est trouvé un job correct chez Talbot, et c'est un brave garçon. Il est fou amoureux d'elle, et je dois avouer qu'il n'a pas tort. Mais, bon sang, cela m'a presque brisé le cœur.

— Et Susie, comment a-t-elle pris la chose ?

— En pleurant comme une Madeleine.

Avec un soupir, Burke laissa tomber sa cigarette et l'écrasa du talon.

— Et lorsque Marvella a annoncé qu'ils pensaient partir s'installer à Jackson, j'ai cru qu'elle allait nous inonder la maison. Puis Marvella s'est mise à pleurer aussi. Quand elles se sont retrouvées à sec, elles ont commencé à discuter robe de mariage. Je les ai laissées à leur conversation.

— T'en as gros sur la patate, hein ?

— Oh, que ouais !

Burke ne s'en sentait pas moins soulagé d'avoir vidé son sac.

— Mais tu gardes ça pour toi. Les mômes vont aller ce soir porter la nouvelle chez les Fuller.

— Te sens-tu en état d'écouter autre chose ?

— Je serais ravi de mettre un instant tous ces soucis de côté.

Tucker s'appuya donc contre la voiture de Josie et débita son histoire de rouge à lèvres et d'adultère.

— Darleen et Billy T. ?

Burke étudia le fait en fronçant les sourcils.

— Je n'ai pas eu vent de cela.

— Demande à Susie.

Burke hocha la tête en soupirant.

— Dieu sait que ma femme peut garder un secret. Elle portait déjà Tommy depuis trois mois quand elle me l'a annoncé. Elle ne voulait pas m'inquiéter. On était dans une passe difficile à l'époque. Et puis maintenant, avec cette liaison entre Marvella et le frère de Darleen, je vois bien que c'est pareil.

Il secoua ses clés d'un air méditatif.

— Le problème, Tucker, c'est que je ne peux pas aller voir Billy T. comme ça, uniquement parce que Darleen utilise le même rouge à lèvres que Josie.

— Je sais que tu es très pris en ce moment, Burke. Je me disais seulement que je devais t'en informer.

Burke acquiesça d'un grognement. Ils n'auraient bientôt plus de lumière, songea-t-il, et Dieu seul savait où Austin était parti se terrer.

— J'en parlerai à Susie ce soir. S'il est vrai que Billy T. voit Darleen en douce, j'aurai toujours le temps de m'en inquiéter.

— Je te remercie.

Et maintenant que son devoir était fait, se dit Tucker, il pourrait aussi bien s'inquiéter de son propre sort.

Le lendemain matin, après cinq pauvres heures de sommeil, Burke plongeait sa cuillère dans son bol de corn-flakes en repensant avec angoisse qu'il avait un évadé en arme sous sa juridiction — on avait retrouvé la Buick abandonnée sur Cottonseed Road, et désormais plus personne ne croyait qu'Austin était au Mexique. Par-dessus le marché, se posait le problème de savoir s'il devrait louer un frac pour conduire sa fille devant l'autel.

Susie était déjà en train de parler à Happy Fuller au téléphone, et toutes deux mettaient au point le détail de la cérémonie avec l'ardeur machiavélique de généraux en campagne.

Burke se demandait pendant combien de temps encore il devrait subir la présence du shérif du comté, quand des cris et des bruits de chute provenant de la maison voisine le firent se dresser d'un bond.

Doux Jésus, se dit-il, comment diable avait-il pu oublier les Talbot ? Le temps que Susie revînt précipitamment dans la cuisine, Burke franchissait déjà la palissade qui séparait les deux jardins.

— Tu l'as tué ! hurlait Darleen. Tu l'as tué !

Réfugiée dans un des coins de la petite cuisine en désordre, elle était en train de s'arracher les cheveux. Le col élastique de sa minuscule nuisette, descendu à la taille, s'était coincé sous l'un de ses seins blancs et tremblotants.

Burke détourna poliment les yeux et avisa la table renversée, les restes éparpillés de céréales poisseuses et le corps étendu de Billy T. Bonny qui reposait, face contre terre, dans un monceau de débris.

Il secoua la tête d'un air navré. Junior Talbot se tenait debout au-dessus de Billy T., une poêle en fonte à la main.

— J'espère vivement que tu ne l'as pas tué, Junior.

— Je ne crois pas, répliqua ce dernier en reposant la poêle avec un calme de bon aloi. J'l'ai juste un peu sonné.

— Ouais, eh bien, voyons ça.

Burke se pencha vers le corps tandis que Darleen continuait à hurler en se tirant les cheveux. Assis dans son parc, Scooter l'accompagnait à pleins poumons.

— Tu l'as juste assommé pour le compte, déclara Burke en palpant l'imposante bosse qui commençait à apparaître à l'arrière du crâne de Billy T. On devrait l'emmener quand même chez le médecin.

— Je vais t'aider à le charger.

Toujours accroupi, Burke releva les yeux vers lui.

— Tu peux me raconter ce qui s'est passé, Junior?

— Eh bien…, articula l'homme en redressant une chaise, j'avais oublié de dire quelque chose à Darleen, et quand je suis rentré, j'ai vu le Billy T. qui s'était faufilé dans ma cuisine et la violentait.

Il décocha à sa femme un regard qui coupa ses hurlements aussi promptement que s'il avait appuyé sur un interrupteur.

— N'est-ce pas, chérie?

— Je…

Elle renifla, et ses yeux allèrent successivement de Burke à Billy T., puis à Junior.

— C'est cela, dit-elle enfin. Je… il m'est tombé dessus si vite que je ne savais pas quoi faire. Alors Junior est arrivé, et…

— Va t'occuper du bébé, lui demanda tranquillement son mari.

Puis, avec le même calme imperturbable, il tendit la main pour remonter la rayonne rose sur son sein.

— Ne t'inquiète pas au sujet de Billy T. Il ne t'ennuiera plus.

Darleen déglutit péniblement et secoua la tête par deux fois.

— Oui, Junior.

Elle sortit précipitamment. L'instant d'après, les hurlements du bébé se transformaient en sanglots hoquetants. Junior reporta son regard sur Billy T., qui était en train de s'agiter quelque peu.

— Un homme doit protéger les siens, n'est-ce pas, shérif?

— Comme tu dis, Junior, approuva Burke en passant un bras sous celui de Billy T. Allez, transportons-le dans la voiture.

Cy était heureux. Il ressentait bien quelque honte à éprouver autant de bonheur alors que sa sœur venait à peine d'être enterrée et que toute la ville cancanait sur son père, mais c'était plus fort que lui.

A quoi tenait son bonheur? D'abord, et cela aurait presque suffi, au simple fait d'être dehors, et de ne plus avoir sous les yeux le spectacle de sa mère étendue dans le salon, gavée des pilules du Dr Shays, en train de regarder l'émission *Today* d'un œil vitreux.

Mais il y avait mieux encore, mieux que d'être enfin dehors, mieux que de s'éloigner de la voiture de police planquée dans le jardin dans l'attente du retour éventuel de son père. Il allait travailler. Et avec enthousiasme.

Il s'avançait en sifflant, soulevant la poussière du chemin du bout de ses chaussures. La perspective de marcher, puis de pédaler sur quinze kilomètres ne le chagrinait pas le moins du monde. Il était en train d'entreprendre la constitution du Fonds de libération de Cy Hatinger. Le fonds qui serait son viatique pour quitter Innocence à son dix-huitième anniversaire.

Certes, les quatre ans qui lui restaient encore à tirer lui paraissaient bien longs, mais certainement moins affligeants depuis qu'il était devenu homme à tout faire.

Il aimait ce titre, et s'imaginait déjà avec l'une de ces cartes de visite professionnelles, semblables à celle qu'un vendeur de bibles de Vicksburg avait laissée à sa mère au mois d'avril précédent. Sur la sienne se lirait :

CYRUS HATINGER
HOMME À TOUT FAIRE
Du petit boulot
aux grands travaux

Oui, très cher, il allait faire sa pelote. Et d'ici à ses dix-huit ans, il aurait économisé assez d'argent pour se payer un billet pour Jackson. Ou peut-être même pour La Nouvelle-Orléans. Sacredieu ! Il pourrait même aller jusqu'en Californie si l'envie lui en prenait.

Fredonnant *Californie, me voici*, il quitta le chemin de terre pour franchir la barrière du champ est de Toby March. Peut-être que Jim était encore chez Mlle Waverly pour repeindre sa maison, se dit-il. S'il avait le temps, il passerait lui dire un petit bonjour.

Il traversa le Little Hope Creek, qui n'était guère qu'un petit cours d'eau asséché à cette époque de l'année, et le suivit jusqu'à la conduite.

Il se rappelait encore le jour où Jim et lui avaient inscrit leurs noms avec des Crayolas sur les parois de béton incurvées. Et aussi de cet autre jour, plus récent, où ils avaient dévoré ensemble un numéro de *Playboy*, que lui-même avait chipé sous le matelas de son frère A.J.

Ah ! ces images-là, se souvint-il, c'était quelque chose ! Pour lui qui n'avait jamais vu de femme nue auparavant, l'expérience avait été grandiose. Son petit oiseau était devenu dur comme la pierre. Et cette nuit-là, son sacré instrument du Malin l'avait entraîné dans sa première et fascinante songerie érotique.

Ah ! la surprise de sa mère quand elle l'avait vu le lendemain laver son linge lui-même !

Souriant à ce souvenir — et espérant qu'il réitérerait cette expérience sous peu —, il se laissa glisser le long de la berge en pente douce du Little Hope et se dirigea vers l'entrée de la conduite.

Une main s'abattit sur sa bouche, coupant net son sifflotement allègre. Il n'essaya pas de crier ni de lutter. Il connaissait cette main, sa forme, son contact, son odeur même. Et la terreur qu'il ressentit était trop profonde, trop désespérée pour qu'il pût hurler.

— J'ai trouvé ton trou à rat, murmura Austin. L'antre de tes péchés plein de livres ignobles et d'inscriptions de négro. Vous venez ici entre garçons vous tripoter, hein ?

Cy fit non de la tête, et poussa un grognement étouffé lorsque son père le plaqua contre la paroi dure et incurvée de la conduite. Il s'attendait à voir jaillir la ceinture. Cependant, alors même qu'il se raidissait dans l'attente du coup, il s'aperçut que son père n'en portait pas.

« On enlève leur ceinture aux prisonniers avant de les mettre en cellule, se souvint-il. Pour qu'ils ne se pendent pas avec. »

Il déglutit avec difficulté. Austin était plié en deux sous la voûte trop basse. Mais cette position ne l'amoindrissait en rien. Au contraire, elle accentuait sa carrure et soulignait sa force. Le dos courbé, les jambes fléchies et écartées, le visage et les mains noirs de terre, il avait l'air d'un monstre s'apprêtant à la curée.

Cy déglutit une nouvelle fois.

— On te recherche, papa.

— Je sais qu'on me recherche. Mais on ne m'a pas encore trouvé, n'est-ce pas ?

— Non, père.

— Et tu sais pourquoi, fils ? Parce que Dieu est avec moi. Ces bâtards de mécréants ne me trouveront jamais. Désormais, c'est la guerre sainte.

Il sourit, et Cy sentit comme de la glace lui couler dans les entrailles.

— Ils m'ont mis en prison en laissant cet enfant de putain en liberté.

Il demeura songeur un instant.

— Oui, c'était une putain, reprit-il doucement. La putain de Babylone. Se vendant à tous alors qu'elle n'appartenait qu'à moi.

— Oui, père, approuva Cy qui ne voyait pas de quoi il parlait.

— Ils seront châtiés. « Ils recevront le châtiment requis pour leur iniquité. »

Ses poings commencèrent à se contracter et à se desserrer lentement.

— Tous autant qu'ils sont. Jusqu'à la dernière génération.

Son regard revint se poser sur Cy.

— Où as-tu eu cette bicyclette, mon garçon ?

Cy était sur le point de prétendre qu'elle appartenait à Jim, mais devant son père qui le dévisageait, il craignit de sentir sa langue se dessécher sous la brûlure du mensonge.

— On me l'a prêtée, c'est tout.

Il s'était mis à trembler, sachant qu'il n'y avait nulle échappatoire.

— Je me suis trouvé un boulot. Un travail à Sweetwater.

Toute expression disparut du regard d'Austin, qui posa un pied en arrière, comme s'il prenait son élan. Ses gros poings crasseux ne cessaient de se serrer convulsivement.

— Tu es allé là-bas ? Dans ce repaire de serpents ?

Cy n'ignorait pas que, pires que les coups de ceinture, il y avait les coups de poing. Ses yeux s'emplirent de larmes.

— Je n'y retournerai pas, papa. Je le jure. Je voulais seulement...

Sa voix mourut. La main d'Austin venait de se refermer sur sa gorge, chassant l'air de ses poumons.

— Trahi par mon propre fils. Par la chair de ma chair, l'os de mon os.

Il jeta le garçon de côté comme une vieille chaussette. Le coude de Cy heurta rudement le béton. Cependant il se tint coi et, durant un long moment, on ne perçut que le bruit de leurs deux respirations.

— Tu y retourneras, décréta enfin Austin. Tu y retourneras et tu ouvriras l'œil. Tu me diras ce qu'il fait, dans quelle chambre il dort. Tu me diras tout ce que tu verras et entendras.

Cy s'essuya les yeux.

— Oui, père.

— Et tu m'apporteras à manger. A manger et à boire. Tu m'apporteras ça ici, matin et soir.

Souriant de nouveau, il s'accroupit près de son fils. Il avait l'haleine aussi lourde et fétide que l'atmosphère d'un tombeau. La lumière filtrant par l'ouverture de la conduite frappait en plein ses iris, qui en devenaient presque blancs.

— Tu n'en parles pas à ta maman, tu n'en parles pas à Vernon, tu n'en parles à personne.

— Oui, père, répondit Cy en hochant désespérément la tête. Mais Vernon t'aiderait, papa. Il pourrait prendre son camion et…

Austin lui donna une taloche sur la bouche.

— J'ai dit personne. Vernon est surveillé. Surveillé tout le temps parce qu'on sait qu'il est de mon côté. Mais toi… On ne fera pas attention à toi. Rappelle-toi seulement que je t'ai à l'œil. Des fois je serai là, tout près, à te regarder. Des fois non. Mais je te tiendrai toujours à l'œil. Compris ? Je te tiendrai à l'œil et je t'écouterai. Le Seigneur me prêtera Ses yeux et Ses oreilles. Et si tu commets une faute, Sa colère s'abattra sur toi et te fendra en deux d'un coup d'un seul.

Cy se mit à claquer des dents.

— Je t'apporterai tout ce que tu veux, déclara-t-il en hachant ses mots. Promis. Tout ce que tu veux.

Austin laissa retomber ses mains de brute sur les épaules du garçon.

— Si tu ne sais pas tenir ta langue, Dieu lui-même ne pourra pas te sauver.

Il fallut presque une heure à Cy pour rouler jusqu'à Sweetwater. Au quart du trajet, il dut s'arrêter pour rendre son petit déjeuner. Quand il se fut soulagé, il rinça sa face poisseuse dans le cours chétif du Little Hope. Puis, les jambes tremblantes, il dut continuer en pédalant lentement pour éviter une chute. A chaque instant il lançait un regard angoissé par-dessus son épaule, quasi certain de retrouver son père derrière lui, un sourire mauvais sur les lèvres, en train de faire claquer la ceinture qu'on lui avait enlevée à la prison du comté.

Quand il arriva enfin à Sweetwater, il aperçut Tucker, assis sur la terrasse latérale, qui triait le courrier du matin. Il rangea sa bicyclette avec des gestes précautionneux.

— Bonjour, Cy.

— Monsieur Tucker.

Sa voix était rauque. Il toussa pour s'éclaircir la gorge.

— Je suis désolé d'être en retard. J'ai été…

— Tu es maître de ton temps, Cy, l'interrompit Tucker en considérant d'un air absent un bulletin de cote, qu'il mit de côté. Nous n'avons pas de pointeuse, ici.

— Oui, monsieur. Si vous pouviez me dire par où commencer, je m'y mettrai tout de suite.

— Pas si vite, repartit Tucker d'un ton amusé.

Il jeta un morceau de bacon à l'insatiable Buster.

— T'as pris ton petit déjeuner ?

Cy repensa à ce qu'il avait rejeté sur le bas-côté de la route. Son estomac se rebella furieusement.

— Oui, monsieur.

— Bon, alors viens par ici le temps que je termine le mien. Après, on verra ce qu'il y a à faire.

Cy grimpa à contrecœur les trois marches incurvées qui menaient à la terrasse. Au même instant, Buster releva la tête, frappa de la queue sur le sol par pur réflexe canin et lâcha un rot.

— Ta compagnie l'émeut, commenta laconiquement Tucker.

Il jeta un des catalogues adressés à Josie sur le pouf posé à côté de lui et sourit au garçon.

— Eh bien, puisque tu as le feu sacré... Mais que diable t'es-tu fait ?

— Monsieur, s'écria Cy d'une voix où perçait la panique, je n'ai rien fait du tout.

— Enfin, regarde-moi ça, fils, tu as le coude complètement éraflé !

Il prit le bras du garçon pour l'examiner. Du sang perlait encore de l'écorchure, maculé de visibles impuretés.

— Ce n'est qu'une chute.

Le regard de Tucker se fit inquisiteur.

— C'est Vernon qui t'a blessé ?

Il avait déjà eu lui-même maille à partir avec l'aîné d'Austin, et savait fort bien que ce dernier n'aurait eu aucun scrupule à frapper son frère.

Tel père, tel fils.

— Non, monsieur, répondit Cy, soulagé de pouvoir au moins s'abstenir d'un mensonge. Je vous jure que Vernon ne m'a pas touché. Il pique des colères quelquefois, mais je m'arrange toujours pour m'éloigner jusqu'à ce qu'il se calme. Il n'est pas comme papa...

Il s'interrompit soudain, rouge de confusion.

— Ce n'était pas Vernon. J'ai juste fait une chute, c'est tout.

Tucker avait haussé les sourcils en entendant le garçon bredouiller ses explications. Il était inutile de le mettre à la question et d'accroître son embarras en le forçant à admettre que son père comme son frère se servaient de lui comme d'un punching-ball.

— Ouais, eh bien, roule moins vite à l'avenir. Allez, rentre et demande à Della de te nettoyer.

— Je ne...

— Ecoute, fils, l'interrompit Tucker en se renfonçant dans son fauteuil. L'un des privilèges de l'employeur est de donner des ordres. Alors tu rentres, tu te fais nettoyer ça et tu te prends un Coke dans le frigo. Après, je déciderai comment tu vas pouvoir gagner ta pitance aujourd'hui.

— Oui, monsieur.

Ployant sous le remords, Cy se releva et pénétra dans la maison, le cœur lourd.

Tucker le suivit des yeux d'un air perplexe. Le garçon avait une mine horrible, se dit-il, voilà la vérité. Mais qui pourrait le lui reprocher ? Il lança au chien un autre morceau de bacon, et résolut de donner à Cy suffisamment de travail pour le distraire de ses soucis.

Avant que le soleil ne fût au zénith, il avait posté le garçon pour le reste de la journée sur la selle de la tondeuse à gazon. Des échos de l'affaire Talbot avaient déjà couru dans la ville et, grâce au téléphone rouge reliant Della à Earleen, la rumeur avait fini par atteindre Sweetwater alors que les pansements de Billy T. étaient encore tout frais.

A l'instar de la glace en été, la nouvelle fut disponible en plusieurs variétés, et savourée avec délectation. Quant à Tucker, qui voyait ainsi confirmé le lien entre Darleen et Billy T., il n'était intéressé que par un des aspects de l'histoire.

Junior avait trouvé sa femme couchée sous Billy T. Bonny, sur la table de la cuisine. Ce dernier s'en était sorti avec une bosse grosse comme un œuf d'oie à l'arrière du crâne, mais aucun des deux hommes n'avait déposé plainte.

Et tant qu'il n'y aurait pas d'autre événement pour évincer celui-ci, cette histoire-là resterait en tête des cancans d'Innocence.

Tucker prit la journée pour y réfléchir, puis il dégusta une part de tarte à la crème confectionnée par Della, et y réfléchit encore. C'était une question de principe, après tout. Si un homme pouvait se détacher de beaucoup de choses, il n'allait jamais bien loin quand il s'agissait de ses principes.

Il arracha à Della l'autorisation de prendre sa voiture en lui promettant de refaire le plein et de lui acheter une nouvelle paire de boucles d'oreilles. En chemin, il passa devant chez Caroline, qu'il songea à inviter au cinéma. Un kilomètre plus bas, au croisement d'Old Cypress Road et de Longstreet, il s'arrêta.

Pour effectuer le trajet entre la ville et sa maison, Billy T. devait passer par ce croisement. Et d'aussi loin que Tucker s'en souvînt, Billy T. n'avait jamais manqué une soirée chez McGreedy depuis qu'il était en âge de tenir une queue de billard.

Tucker sortit une cigarette et prit patience.

Il était assis sur le capot de la voiture de Della à se demander s'il allait en allumer une deuxième, lorsqu'il avisa le chiot de Caroline, qui promenait sa maîtresse en tirant sur sa laisse rouge.

La jeune femme s'arrêta presque dans sa fuite en avant — c'est-à-dire dans ses vaines tentatives pour apprendre au chiot à marcher à son pas — en percevant une lueur inquiète dans le regard de Tucker. Ce dernier en retrouva le sourire.

— Mais, mon chou, où ce chien te mène-t-il donc ainsi ?

— Nous allons faire une promenade.

Elle haletait quelque peu lorsqu'elle parvint à la voiture. Vaurien bondit sur Tucker en tortillant la queue et lui mordilla les chevilles.

— On n'est pas en ville, ici, lui fit remarquer Tucker, qui se pencha pour gratter la tête du chiot dressé sur ses pattes arrière. Tu n'as qu'à le laisser vivre sa vie dans ton jardin.

— J'essaye de lui apprendre à porter la laisse.

Comme pour démontrer l'inutilité de l'entreprise, Vaurien se retourna d'un bond pour saisir le ruban de cuir dans sa gueule.

— Apparemment, il la porte très bien lui-même, commenta Tucker en souriant. Tu as l'air fatiguée, Caro. La nuit a été dure ?

— Eh bien, Vaurien n'a pas cessé de hurler.

Et quand il s'était enfin calmé, la crainte d'entendre Austin Hatinger frapper à sa porte l'avait empêchée de dormir.

— Alors boîte en carton et réveil mécanique.

— Je te demande pardon ?

— Il pleure sa maman. Mets-le donc dans une boîte en carton — avec ton coussin, si tu y tiens — et colle-lui un réveil mécanique sous l'oreille, qui battra comme un cœur. Cela le rassurera.

— Oh.

Elle considéra un instant la suggestion, résolue à ne pas lui avouer que le chiot s'était déjà trouvé amplement rassuré lorsqu'elle l'avait pris avec elle dans le lit.

— Il faudra que j'essaye ce truc, dit-elle. Mais que fais-tu là, planté sur le bas-côté de la route ?

— En réalité, j'y suis assis, précisa-t-il. Et je passe le temps.

— Curieux endroit pour le passer. Hatinger n'a pas encore été repris, n'est-ce pas ?

— Pas que je sache.

— Tucker, Susie est venue me voir tantôt et m'a parlé de Vernon Hatinger. Elle m'a confié qu'il était aussi mauvais que son père.

L'air absent, Tucker claqua des doigts pour taquiner Vaurien.

— Je dirais plutôt qu'il s'y efforce.

— Elle m'a appris qu'il était toujours en train de chercher la bagarre et que…

— Il lui est effectivement arrivé de se battre avec moi, l'interrompit-il. M'a botté le train, je l'avoue à mon grand regret. Mais Dwayne lui a botté le sien.

Il sourit en se rappelant quel homme était son frère avant que la boisson n'en fît une loque.

— Je n'ai jamais pu avoir l'ombre d'un muscle quand j'étais enfant. J'avais beau travailler aux champs, mes membres restaient aussi fins que des cure-dents. Dwayne, lui, a pris une sacrée carrure. Ses bras lui ont valu un poste de *quarterback* dans l'équipe de football, et les regards pâmés de toutes les filles. Aussi, quand Vernon a voulu me rentrer un peu de respect dans le crâne, Dwayne lui a-t-il rendu la politesse.

Il laissa échapper un long soupir de satisfaction.

— Le péché a remporté une sacrée victoire ce jour-là.

— Voilà certes une touchante histoire d'amitié virile, remarqua Caroline, mais ce que je veux te faire comprendre, c'est que tu dois te méfier de Vernon autant que de son père.

— Je n'ai à me méfier d'aucun des deux.

— Et pourquoi ça ? s'écria Caroline. Parce que ton grand frère va les abrutir de coups à ta place ?

— Oh, non ! Aujourd'hui, il est trop occupé à s'abrutir lui-même d'alcool.

Ayant jeté un coup d'œil vers le bas de la rue, il aperçut un nuage de poussière, puis le reflet du soleil sur les vitres de la Thunderbird de Billy T.

— Tu ferais mieux de revenir sur tes pas et d'oublier tout ça. Je passerai plus tard voir l'avancement des travaux.

— Qu'est-ce qui se passe, Tucker ?

Caroline lui avait déjà vu ce regard auparavant. Lorsqu'il était étendu sur elle, et que volaient autour d'eux les éclats des vitres pulvérisées par les balles d'Hatinger. Lorsqu'il lui avait demandé si elle avait un fusil, aussi. Elle comprit alors qu'il n'était pas homme à laisser son grand frère ni qui que ce fût d'autre se battre à sa place. Elle se retourna vivement en entendant le grondement du moteur de Billy T.

— Qu'est-ce qu'il y a, Tucker ?

— Ce ne sont pas tes affaires. Rentre chez toi, Caroline.

Il se laissa glisser du capot juste au moment où Billy T. s'arrêtait devant lui dans un crissement de freins.

Caroline prit le chiot dans ses bras et resta campée où elle était.

— Salut, toquard… euh, Tucker.

Ravi de son jeu de mots, Billy T. fit rouler son cure-dent entre ses lèvres avec une moue canaille. Son moral n'était pas précisément au beau fixe. La tête l'élançait toujours, et son orgueil s'en ressentait encore plus que son crâne. Bref, il était d'une humeur massacrante.

— Billy T…

Tucker traversa nonchalamment la route, les mains fourrées dans les poches.

— Entendu dire que t'avais eu un petit accident ce matin.

— En quoi ça te regarde ? rétorqua Billy T. d'un air mauvais.

— C'était juste pour faire la conversation. Tiens, tu vois comme le hasard arrange les choses : j'étais précisément en train de t'attendre.

— Sans rire ?

— Ouais.

Tucker vit du coin de l'œil que Caroline l'avait suivi. Bien qu'elle fût à quelques mètres d'eux, cela l'ennuyait grandement.

— J'ai un petit point à régler. Si tu as le temps.

Avant que Billy T. ait compris où il voulait en venir, Tucker s'était penché vers le tableau de bord pour en ôter la clé de contact. Décidément, il pouvait être plus rapide qu'un serpent.

— Et même si tu ne l'as pas, ajouta-t-il avec un sourire satisfait.

— Bordel ! s'exclama Billy T. en ouvrant sa portière. J'ai comme l'impression que tu cours après un autre coquard.

— C'est à voir. Caroline, si tu fais un pas de plus, je risque de me montrer extrêmement désagréable avec toi.

Billy T. lança à la jeune femme un regard complaisant, qui remonta de ses cuisses à sa poitrine.

— Laisse-la donc, Tuck. Quand j'aurai fini de t'écrabouiller sur le bitume, madame aura peut-être envie de venir prendre une bière avec un vrai mec.

— Tout ce que je vois pour le moment, répliqua-t-elle en relevant le menton, c'est une paire de morveux mal léchés. Tucker, je ne sais pas ce qui te prend, mais je souhaiterais que tu me raccompagnes chez moi. Tout de suite.

Billy T. grimaça un sourire et jeta d'un coup de pouce son cure-dent.

— Tu mouilles déjà, ma grande ? Et toi, serais-tu en panne, Tucker ?

Scandalisée, Caroline voulut marcher sur le malotru. Tucker lança prestement son bras en avant pour l'arrêter.

— Eh bien, en voilà une manière de parler aux dames, Billy T. On réglera ça tout à l'heure. Pour le moment, j'aimerais qu'on discute un peu de ma voiture.

— Entendu dire qu'elle était à Jackson pour se faire redresser le châssis.

— Exact. Toi et moi, on n'a jamais été copains, hein ? Et je ne crois pas qu'on le sera jamais. Mais ce que tu as fichu à ma voiture, ça, je ne peux tout simplement pas l'encaisser.

Billy T. eut un reniflement de dédain et cracha par terre.

— Tu l'as cassée tout seul, à ce qu'on raconte.

— Ouais, mais c'est après que tu t'es faufilé comme un putois à Sweetwater pour venir la tripatouiller.

Tucker savait que la réflexion n'était pas le point fort de Billy T., aussi lui mentit-il sans sourciller.

— Darleen a mangé le morceau, on sait que c'est toi qui as percé les durits. J'avoue que ce n'était pas très loyal de sa part, surtout après que tu lui as offert le rouge à lèvres de Josie.

— Une salope de menteuse, voilà ce qu'elle est.

— Peut-être, mais sur ce point-là, je crois bien qu'elle a dit la vérité.

Billy T. repoussa d'un coup de tête la mèche qui lui barrait le front.

— Et alors ? s'exclama-t-il. Tu ne peux rien prouver.

Ses lèvres se retroussèrent en un sourire narquois.

— Tiens, même que je te le confirme là, comme ça. Oui, c'est moi. J'ai traversé ta chic pelouse pour aller percer des trous dans ta chic voiture. Darleen t'en voulait d'avoir brisé le cœur d'Edda Lou, alors pour lui faire plaisir… Et puis il y a que je n'aime pas les toquards dans ton genre. Mais, tu vois, tu ne peux rien prouver.

Comme s'il pesait le pour et le contre, Tucker sortit une cigarette.

— Tu viens peut-être de marquer un point, mais cela ne signifie pas que tu en sois quitte pour autant.

Il arracha un bout de sa cigarette et l'alluma. Caroline se recula prudemment. Elle savait ce que présageaient le ton et la mine de Tucker.

— Vois-tu, je me dis que quelqu'un de ma famille aurait pu prendre ma voiture, ce matin-là. Quelqu'un qui n'aurait pas su tenir un volant aussi bien que moi. Et ça, tu comprends, ça me fout en rogne.

— Et alors, tu veux faire quoi ?

Tucker considéra un instant l'extrémité de sa cigarette.

— Ce que je suis en train de faire en ce moment même. Je dois t'avouer que je n'ai guère envie de me retrouver de nouveau avec la figure en capilotade.

— T'as toujours été qu'une poule mouillée, lui lança Billy T.

Puis il étendit les bras, le sourire aux lèvres.

— Allons, montre-moi plutôt de quoi t'es capable.

— Ah bon ! puisque c'est toi qui me le demandes...

Et Tucker lui envoya carrément le pied dans les parties.

Billy T. se plia en deux en laissant échapper un râle qui ressemblait au sifflement d'une cocotte sous pression. Les mains à l'entrejambe, il s'écroula sur le bas-côté de la route. Tucker s'accroupit auprès de lui et s'assura une solide prise sur son anatomie déjà mise à mal. Les yeux de Billy T. se mirent à rouler dans leurs orbites.

— Ne flanche pas tout de suite, mon gars, je n'ai pas fini. Quand t'auras récupéré un peu, tu commenceras peut-être à réfléchir, et je veux que tu réfléchisses à ce que je vais te dire. Tu écoutes ?

— *Goui*, dut se contenter d'articuler Billy T.

— Bien. Tu sais à quel nom est hypothéquée la terre de ta famille ? Voilà trois mois consécutifs que je n'ai pas reçu de remboursements. Et je serais vraiment navré d'opérer une saisie. Quant à cette égreneuse de coton sur laquelle il t'arrive de travailler quelques heures par semaine, eh bien, il se trouve qu'elle m'appartient aussi. Maintenant, si tu veux exercer des représailles à mon encontre, je ne pourrai sans doute pas t'en empêcher. Mais tu perdras ta terre et ton travail et, Dieu m'en est témoin, je ferai de mon mieux pour te transformer en soprane pendant que j'y suis.

Il serra les doigts pour illustrer son propos. Billy T. n'eut d'autre choix que de gémir et de se rouler en boule.

— J'étais extrêmement attaché à cette voiture, poursuivit Tucker en soupirant. Et il semble bien que je sois aussi très attaché à cette jeune dame que tu as insultée. Alors, ne viens plus me chatouiller les moustaches, Billy T. Je ne suis plus un petit maigrichon de dix ans.

— Arrête, réussit enfin à proférer Billy T. Tu m'as cassé quelque chose. Je ne les sens plus.

— T'inquiète, trois petits tours et elles reviendront. C'est pour ça qu'on les appelle des valseuses.

Quand il se releva, Tucker remarqua que Caroline avait lâché Vaurien, qui était en train de se soulager sur les chaussures de Billy T.

Il eut un sourire réjoui, mais ramassa tout de même le chiot.

— Eh bien, voilà qui ajoute l'injure à la voie de fait.

Et il se retourna vers Caroline qui, figée sur le bord de la route, le contemplait, bouche bée.

— Allons, en route, mon petit, lui dit-il, le chiot sous le bras. Je peux te raccompagner, maintenant.

— Tu vas le laisser dans cet état? demanda-t-elle en tordant le cou en direction de Billy T., tandis que Tucker l'entraînait vers l'Oldsmobile.

— Notre emploi du temps est très serré, vois-tu. Je me disais que nous pourrions aller au cinéma ce soir.

— Au cinéma, répéta-t-elle d'une voix atone. Tucker, je viens juste de te voir donner à cet homme un coup dans les…

— Les parties, c'est ainsi qu'on les appelle entre gens de bonne compagnie. Allez, grimpe — à moins que tu ne veuilles conduire?

Tout en se frottant la tempe du plat de la main, Caroline s'exécuta.

— Mais c'était un coup bas, non? hasarda-t-elle.

— Bas, abject, je le reconnais. Hélas, toutes les bagarres le sont, Caroline, et c'est pourquoi je m'évertue à les éviter.

Il se pencha pour lui donner un rapide baiser avant de tourner la clé de contact. Puis, avec un geste désinvolte, il lança celle de Billy T. de l'autre côté de la route.

— Alors, on y va?

Caroline poussa un long soupir.

— Qu'est-ce qu'on joue au cinéma?

16

— Peut-être voudriez-vous un verre d'eau, madame Talbot ?

Darleen dévisagea l'agent Burns de ses yeux tuméfiés et rougis que soulignaient impitoyablement des traces d'eye-liner.

— Oui, monsieur, répondit-elle d'une voix humble.

En fait d'humilité, les dernières quarante-huit heures lui avaient beaucoup appris.

— Je vous en serais reconnaissante.

Plein de sollicitude, Burns se leva pour aller remplir au robinet des toilettes un gobelet d'eau tiède. Il se tenait lui-même pour un expert ès interrogatoires — il avait même dirigé un cours sur le sujet. Et comme il aurait pu le dire à sa classe de l'école du FBI, la première règle d'un bon interrogatoire était de connaître la personne à interroger.

Burns pensait avoir saisi le style à adopter avec Darleen Talbot.

Compassion, flatterie et fermeté courtoise. Tels étaient les mots-clés du cas présent. Burns estimait la durée de l'interrogatoire à trente minutes, dont quatre de préambule pour gagner la confiance du sujet. Il tendit le gobelet à Darleen en la gratifiant d'un sourire affable.

— Je vous remercie d'avoir pris le temps de venir me parler ce matin, madame Talbot.

Darleen leva précautionneusement le gobelet à ses lèvres dénuées d'artifice. Elle avait aussi perdu le goût du rouge à lèvres.

— Junior m'a assuré que c'était mon devoir.

— Certes, mais je sais qu'il est difficile à une jeune mère de se trouver un moment, alors que son emploi du temps est si exigeant. Et… où est votre petit aujourd'hui ?

Burns cocha mentalement « demander des nouvelles de la famille » sur la liste qu'il gardait en tête.

— Maman veille sur Scooter. Elle aime bien rester avec lui.

Darleen tripotait nerveusement le col de son chemisier fleuri et balayait la pièce du regard, ses yeux voletant sur tout et n'importe quoi, sauf sur l'agent spécial Matthew Burns.

— C'est son seul petit-fils, vous savez. Mes deux sœurs ont eu des filles.

— Un bien joli garçon, Scooter, avança Burns, qui n'avait pourtant jamais vu le benjamin des Talbot.

— Il est mignon. Il a les cheveux bouclés comme un agneau.

Une ombre de sourire passa dans le regard de la jeune femme. Elle savait parfaitement que la seule raison pour laquelle Junior ne l'avait pas chassée de la maison était l'affection qu'il éprouvait pour son fils.

— C'est un rapide, aussi. Quand il file à quatre pattes, on dirait une anguille. Je ne sais pas comment j'arriverai à le tenir quand il se mettra à gambader.

— Oh, je me doute qu'il doit requérir toute votre attention.

Plus détendue, Darleen reposa le gobelet de carton. Eh quoi, se dit-elle, ce type du FBI n'avait pas l'air si méchant. Il suffisait de le connaître.

— Vous avez des petits, vous aussi ?

— Non, je n'en ai pas.

Ses goûts délicats lui ôtaient d'ailleurs l'envie de jamais en avoir.

— Mon travail me tient éloigné de chez moi, et très occupé.

— A rechercher les criminels.

— Tout à fait, s'exclama-t-il en la considérant avec une mine épanouie, comme si elle venait de répondre à une question fort complexe. Et ce sont précisément des citoyens responsables comme vous qui me facilitent la tâche.

Sans se départir de son sourire, il sortit son Dictaphone.

— C'est mon aide-mémoire, précisa-t-il.

Darleen considéra l'appareil avec méfiance. Elle se mit à se tordre les mains dans son giron.

— Je devrais peut-être avoir un avocat, non ?

— Euh, certainement, si vous le désirez, repartit Burns en s'asseyant derrière le bureau encombré de Burke. Mais je vous assure que cela n'est pas nécessaire pour ce genre d'entretien informel. J'ai juste besoin d'une petite précision sur votre amie Edda Lou.

Il lui prit les mains d'un air paterne.

— Je sais combien tout cela vous est pénible, Darleen. Je peux vous appeler Darleen ?

Mazette, songea-t-elle, il était aussi aimable qu'un serveur de restaurant huppé. La comparaison eût certes hérissé l'agent spécial, mais elle mit Darleen dans des dispositions favorables à son égard.

— Je vous en prie, répondit-elle.

— Perdre une amie est toujours douloureux. Cependant, étant donné le caractère particulièrement tragique du décès…

Il ménagea un silence propre à apaiser les inquiétudes de la jeune femme.

— … j'essaierai de ne pas vous bousculer.

C'était bien moins pénible, ou même douloureux, que terriblement excitant, s'avoua Darleen.

— Voyez-vous, rien que d'en parler me met au supplice, dit-elle en sortant un mouchoir froissé de sa poche.

Elle s'en tamponna un instant les yeux.

— Mais je veux aider la justice, ajouta-t-elle bravement. Edda Lou était ma plus chère amie.

— Je sais.

Ravi, Burns enclencha le Dictaphone.

— Agent spécial Matthew Burns. Affaire Edda Lou Hatinger. Entretien avec Darleen Talbot. 25 juin. Et maintenant, Darleen, si vous me parliez d'Edda Lou ?

Darleen se moucha si bruyamment que Burns fit la grimace.

— Elle était ma plus chère amie, répéta-t-elle. Nous sommes allées à l'école ensemble et elle a été ma demoiselle d'honneur. C'était quasiment une sœur pour moi.

— Et comme toutes les sœurs, je suppose que vous échangiez des confidences.

— Nous n'avons jamais eu de secret l'une pour l'autre. Prenez mes propres sœurs de sang, Belle et Starita ! Eh bien, je ne pouvais jamais leur parler comme je le faisais avec Edda Lou.

Une deuxième larme perla à sa paupière. Elle la rattrapa du doigt.

— Et je suis sûr qu'elle devait vous trouver tout aussi sympa.

L'expression rendit Darleen perplexe.

— J'imagine, oui.

— Je vois bien que vous êtes une femme compréhensive et sensible. Nul doute qu'Edda Lou avait confiance en vous.

Darleen parut flattée du compliment.

— Ça, c'est sûr, elle avait tendance à se reposer sur moi. Mais ça m'a jamais dérangée.

— Et comme vous étiez une femme mariée, Edda Lou devait assurément solliciter vos conseils — au sujet de ses liaisons masculines, j'entends.

Des conseils ? songea Darleen. C'était plutôt Edda Lou qui aurait pu lui en donner ! Elle jugea cependant préférable de n'en rien dire.

— Nous parlions beaucoup. Je crois qu'il ne se passait pas un jour sans que nous nous téléphonions.

— Et à l'époque de sa mort, était-elle en relation avec quelqu'un de particulier ?

— Bien sûr. Tout le monde sait qu'elle s'accrochait aux basques de Tucker Longstreet. Elle aurait pu avoir beaucoup d'autres amis. Elle prenait vraiment soin de sa personne, vous savez. Elle consultait les magazines pour sa coiffure, les trucs de maquillage et tout le tralala. Elle ne sortait jamais de sa chambre sans s'être arrangé le visage. Mais voilà, elle avait jeté son dévolu sur Tucker. Une fois son but atteint, j'étais censée... Enfin, je veux dire, une fois la date fixée, je devais être sa dame d'honneur. Nous sommes allées ensemble à Greenville pour choisir des robes et tout le reste.

Ah, quel malheur ! songea Darleen. Jamais plus elle n'aurait l'opportunité de porter la toilette qu'elle s'était alors choisie. Elle était pourtant si jolie, cette robe d'organdi rose à manches bouffantes, avec son gros nœud dans le dos !

Burns, quant à lui, hochait la tête d'un air encourageant tout en prenant bonne note de cette déclaration sur son calepin réglementaire.

— M. Longstreet et Edda Lou étaient sur le point de se marier ?

Darleen s'humecta les lèvres en fixant des yeux le Dictaphone. La loyauté envers son amie le disputait en elle au désir de dire la vérité — désir qui, en l'occurrence, relevait de l'instinct de conservation. La récente algarade avec Junior l'avait rendue prudente.

— Edda Lou était entichée de lui.

— Et M. Longstreet ?

— Eh bien... il l'avait sortie un peu partout. Edda Lou n'était pas du genre à lâcher le morceau quand elle y avait planté les dents.

— Ainsi donc, vous estimez qu'elle aurait su persuader M. Longstreet de la demander en mariage ?

— Je crois qu'on peut le dire comme ça.

— En exerçant des pressions sur lui ? insista Burns avec le même sourire benoît. Aurait-elle été au courant de quelque faiblesse, quelque problème qui aurait pu amener M. Longstreet à... hmm, se ranger à ses vues ?

Darleen considéra l'éventualité un moment puis, au grand désappointement de Burns, secoua la tête.

— Non, Tucker n'est pas un gars à problèmes. Quand il en a, il s'en débarrasse, voilà tout. En vérité, j'ai essayé de faire comprendre à Edda Lou que s'il avait rompu avec elle, c'était parce qu'elle devenait trop collante. Les hommes n'aiment pas être forcés au mariage.

Darleen crut bon de piocher dans son vaste registre des béatitudes conjugales.

— Tenez, prenez mon Junior, par exemple. Je me suis contentée d'attendre, calme et tout, comme une vraie dame, jusqu'à ce qu'il trouve le courage de demander ma main. Si ç'avait été moi qui en avais parlé la première, il aurait pris la poudre d'escampette. Par nature, les hommes rechignent à l'idée de s'installer. Je l'ai pourtant dit à Edda Lou.

Elle appuya sa déclaration d'un hochement de tête.

— Mais elle n'écoutait rien. Aussi butée que ça, elle était. Et puis elle voulait à tout prix vivre à Sweetwater — enfin, être avec Tucker. Elle était folle de lui.

— Je ne doute pas qu'elle y ait été très attachée, murmura Burns avec une ironie qui échappa totalement à Darleen. Elle et M. Longstreet ont eu une altercation le jour de sa mort, n'est-ce pas ?

— Elle est venue me voir juste après.

Darleen se cala plus confortablement sur sa chaise. C'était pile comme à la télé, se dit-elle.

— Elle était furibarde. Voyez-vous, Tucker avait rompu avec elle, et elle comptait prendre du champ une semaine ou deux, jusqu'à ce qu'il ne puisse plus supporter d'être seul sans elle. C'est exactement de cette façon qu'elle m'a présenté la chose. Elle s'imaginait que faire l'amour avec elle avait été si bon, et tout, qu'il serait revenu lui renifler le bas de la jupe en un rien de temps.

S'apercevant qu'elle s'était laissée aller, elle rougit.

— Enfin, elle savait qu'il l'aimait, quoi.

Burns opina du chef avec le plus grand sérieux.

— Je comprends tout à fait.

— Elle commençait à devenir un peu enquiquinante. Alors Tucker s'est mis à voir Chrissy Fuller — puisqu'elle était divorcée et tout. Eh bien, Edda Lou n'était toujours pas prête à laisser tomber, pas une seule seconde. Elle a filé Tuck jusqu'au Chat 'N Chew pour lui dire ses quatre vérités.

— Et prétendre qu'elle était enceinte.

Darleen pinça les lèvres tout en baissant les yeux sur le bout de ses chaussures.

— Je crois bien qu'elle a fait une erreur, là. Mais elle était tellement bouleversée à l'idée que Tucker soit en train de lui échapper.

— C'est ce qu'elle vous a confié quand elle est venue chez vous cet après-midi-là ?

— Elle était tellement bouleversée, oui, répéta Darleen en se tordant les doigts. Une femme a le droit de se défouler quand elle a le cœur brisé. Elle était déchaînée en arrivant chez moi, c'est vrai. Il n'allait tout de même pas la mettre au rancart comme un vieux rebut, qu'elle disait. Ni lui faire subir ce que M. Beau avait fait à son propre père.

— Pardon ?

Darleen eut un frémissement de joie. Il était toujours gratifiant d'être la première à communiquer une rumeur — même si celle-ci remontait à plus de trente ans.

— Il y a des années de cela, le papa d'Edda Lou courtisait Mlle Madeline — la maman de Tucker, vous voyez ? Enfin, il ne la courtisait pas vraiment, comme vous le diront tous ceux qui s'en souviennent encore. Ce n'était pourtant pas faute de le vouloir. Epouser Mlle Madeline était devenu chez lui une idée fixe, même si son papa à elle était un sénateur d'Etat et tout, alors que lui n'était qu'un fermier crasseux. Mais le hic, c'était que Mlle Madeline, elle était folle de Beau Longstreet. Et plus elle aimait M. Beau, plus Austin Hatinger la voulait. Il n'a jamais vraiment apprécié les Longstreet, vous savez.

— Bon, l'interrompit Burns avec l'espoir d'abréger cette histoire qui promettait d'être longue. Il y a eu du grabuge entre les deux familles pendant un temps, c'est cela ?

— Du sale grabuge, oui. Un jour, Austin et M. Beau se sont presque querellés au beau milieu de la messe. Mon papa est allé les séparer avec quelques autres. Il vous le confirmera lui-même.

Burns s'éclaircit la gorge.

— Tout cela est fort intéressant, Darleen, mais…

— Ce que j'essaye de vous dire, c'est qu'à cause de tout ça, Edda Lou, dont le père estimait que Beau lui avait pris ce qui lui revenait, a pensé qu'elle avait, elle, un droit sur les Longstreet. Et si elle s'est mise après Tucker, c'est que… eh bien, il a belle allure et n'est pas chiche de son pognon comme son père. Mais je crois qu'elle aurait surtout aimé faire rager son père. C'est pourquoi elle lui en voulait vachement — à Tucker, je veux dire — de lui avoir déclaré devant tout le monde qu'il ne tenait pas à elle. Alors, après, elle m'a assuré : « Il va ravaler ces paroles, Darleen. On va voir ce qu'on va voir. »

— Vous aurait-elle par hasard révélé comment elle comptait s'y prendre ?

— Elle allait le laisser mariner dans son jus et attendre que la nature fasse le reste, répondit Darleen en adressant à Burns un clin d'œil entendu. Elle prenait vraiment soin de sa personne, l'Edda Lou. Toujours pomponnée et habillée de façon à tournebouler les hommes.

— Des hommes en particulier ?

— Avant Tucker ? Elle n'avait pour ainsi dire pas une minute à elle. L'avait eu le John Thomas Bonny sur le dos l'hiver dernier, et avant ça le Judson O'Hara et le Will Shiver. Et puis aussi Ben Koons. Mais celui-ci, comme c'était un homme marié, elle ne l'a jamais pris au sérieux.

Burns nota scrupuleusement tous ces noms en lettres capitales sur son carnet.

— Attirante comme elle l'était, remarqua-t-il, l'air de rien, elle a peut-être continué à avoir l'un ou l'autre de ces hommes… sur le dos après s'être liée avec M. Longstreet.

— Oh, Edda Lou se vantait assez de ce que les hommes ne la laissaient pas partir sans pleurer. Elle aurait pu tous les avoir si elle avait voulu.

— Je vois. Et Toby March ?

— Oh…

Darleen vida le fond de son gobelet.

— Eh bien…

— Oui ?

— Rien, monsieur Burns. Vraiment rien. Edda Lou aimait l'aguicher, je dis pas, elle était comme ça.

— Elle aguichait M. March ?

— C'était juste un petit jeu, répondit Darleen.

Elle porta un pouce à sa bouche et se mit à le mordiller.

— De toute façon, Edda Lou n'aurait pas voulu d'un Noir. Ça l'aurait intriguée, peut-être.

— Etait-elle *intriguée* par M. March ?

— C'était juste pour faire tourner son père en bourrique. Austin a filé une raclée à Toby, il y a quelques années, et lui a laissé une belle cicatrice en souvenir. Et comme le frère d'Edda Lou, Cy, il était ami avec le fils de Toby, tout ça mettait Austin dans une sacrée colère. Et puis Edda Lou aimait bien draguer Toby, juste pour l'agacer, parce qu'il en devenait tout guindé.

— A-t-elle eu des rapports avec lui ?

— Peux pas dire, répondit Darleen en se rongeant l'ongle jusqu'au sang. Ce n'était pas sérieux, en tout cas. Ce n'était qu'un jeu.

Mais cela aurait pu être pris au sérieux par un Noir, songea Burns. Un Noir marié, dans une petite ville du Sud où certaines limites ne pouvaient être franchies qu'avec risques et périls.

— Quand s'est-elle mise à l'aguicher, Darleen ?

— Oh, surtout après que Tucker a rompu avec elle. A l'époque, Toby travaillait dans la pension. Mais elle n'aurait pu rien faire, honnêtement. Eh quoi, son père l'aurait tuée. Il aurait pendu le Toby, et elle, il l'aurait écorchée vive. Et si ce n'avait pas été lui, ç'aurait été Vernon. Edda Lou et Vernon n'étaient pas très liés, mais il n'aurait pas supporté d'apprendre que sa sœur avait fait ce que vous savez avec un gars comme Toby.

Burns sourit. Voilà qui lui faisait trois suspects de plus. Et trois mobiles également.

— Merci, Darleen. Vous m'avez été d'un grand secours.

Profitant de ce que Toby et le jeune Jim frappaient à coups redoublés sur les étais de la véranda de derrière, Caroline braqua son revolver en direction d'une boîte de soupe. Et la loupa.

— Vise un peu plus à droite, lui conseilla Susie. Tu bouges vers la gauche chaque fois que tu appuies sur la détente.

— Je ne sais pas pourquoi je fais ça.

— Pour accuser le recul. Retiens ta respiration ce coup-ci. Juste avant de tirer.

Susie fit la moue en voyant Caroline manquer une nouvelle fois la cible.

— Tu y arriveras mieux quand tu auras appris à ouvrir les deux yeux à la fois. Malgré tout, je crains que tu ne doives renoncer au concours du 4 juillet.

— J'en toucherai quand même bien une avant de partir !

— Peut-être que ça t'aiderait de repenser à ce Luis.

— Que non. Je suis presque arrivée à l'oublier.

— Zut. Moi qui espérais que tu me raconterais les détails de cette relation sordide dans un moment de faiblesse.

— Pas sordide. Banale. Je l'ai surpris avec une autre femme.

— Oh ! s'exclama Susie, l'air songeur.

Caroline visa la cible d'une main plus ferme.

— Une flûtiste aux gros nichons était en train de lui faire une vidange, précisa-t-elle.

— Mon Dieu. Et tu as coupé la jauge ?

Comme Caroline s'esclaffait, l'arme se mit à trembler au bout de son bras.

— Non. J'étais encore dans ma période nunuche, à l'époque.

— Tu sembles t'en être remise, en tout cas.

— De ma période nunuche ou de Luis ?... Enfin, c'est vrai, je m'en suis remise. Et plutôt bien.

Elle loupa de nouveau la cible.

— Sacré bon sang, il faut que j'en aie une. Ce n'est qu'une question de discipline. Et question discipline, personne ne s'y connaît mieux qu'une musicienne.

Relevant l'arme, elle se concentra de nouveau sur la boîte de conserve.

— Je vais faire chanter ce tas de ferraille !

Elle en érafla le flanc et, quoique la boîte ne se mît pas précisément à chanter, elle reçut l'impact avec un léger claquement qui suffit à contenter la jeune femme.

Susie la félicita d'une tape sur l'épaule.

— Joli coup, Œil-de-Lynx. Et si on prenait une pause ?

— Pourquoi pas ?

Caroline ôta les cartouches de son revolver avec précaution. Contrairement à Susie, elle ne se sentait pas très à l'aise avec une arme chargée.

— J'ai fait des progrès, dit-elle. Hier, il m'a fallu deux heures pour toucher l'une de ces stupides boîtes de conserve. Aujourd'hui, cela m'a pris...

Elle consulta sa montre.

— Une heure trois quarts seulement.

Faute de leur trouver un endroit plus approprié, elle fourra le reste des cartouches dans sa poche.

— Tu veux un verre ?

— Oh, avec plaisir.

Elles revinrent vers la maison.

— Tu emploies Toby et Jim à plein temps, à ce que je vois. J'aime bien cette nouvelle couleur bleue. Ça donne un vrai coup de neuf à la maison.

— Ils vont repeindre les vérandas, aussi. En blanc. On peut traverser, Toby ?

— Bien sûr. Regardez seulement où vous mettez les pieds. Bonjour, madame Truesdale.

— Salut, Toby. Quand tu auras fini ici, pourrais-tu venir me réparer la porte sur le côté de la maison ? Elle coince toujours. Et cela fera rougir un peu Burke, qui remet toujours cela à plus tard.

Toby eut une grimace comique et s'épongea la face avec son mouchoir. La poussière tombée du plancher de la véranda lui collait à la peau, incrustée par la sueur dans les moindres plis de son visage.

— Pourtant, je lui ai déjà dit comment s'y prendre. Ça devait être il y a six mois de cela.

— Je sais, il m'avait promis qu'il s'en occuperait, reprit Susie en contournant la boîte à outils. Mais je crois qu'il a eu trop de soucis pour y repenser depuis.

Toby cessa de sourire.

— Oui, m'dame. Attention, Jim, tiens bon cette planche.

Il garda les yeux rivés sur ses mains tandis que Caroline guidait Susie jusqu'à la cuisine.

— Eh bien, eh bien, voilà donc le petit chiot dont j'ai tant entendu parler !

Susie s'accroupit près d'une des chaises de la cuisine sous laquelle Vaurien s'était réfugié dès la première détonation. Le chiot lui lécha la main en tremblant et en gémissant.

— Ouais, mon féroce chien de garde. Je devais être folle quand je l'ai accepté.

— Non, seulement attendrie.

Susie se redressa pour prendre le verre de thé glacé que lui tendait Caroline.

— Merci. Voilà longtemps que j'avais envie de me changer les idées. La maison est sens dessus dessous depuis que Marvella s'est fiancée.

— C'est ce qu'on m'a dit.

Remarquant l'air abattu de Susie, Caroline chercha dans ses placards quelque chose à grignoter, qui fût à la fois riche en sucre et bas en calories. Elle opta pour les goûters qu'elle avait achetés pour les quatre heures de Jim.

— Tiens, voilà ta ration de chocolat et de conservateurs.

— Merci.

Susie déchira l'emballage en reniflant.

— Non, je te jure, je suis comme un robinet qui fuit depuis qu'elle m'a annoncé ça. Je n'arrête pas d'y penser, et hop, je me remets à chialer.

Elle mordit dans le goûter.

— Je savais que cela devait arriver, bien sûr. Ils sortaient ensemble depuis deux ans. Et quand ils ne sortaient pas ensemble, ils se faisaient la tête — c'est un signe qui ne trompe pas.

— Elle est toujours ta fille!

— Ouais, dit Susie en essuyant une larme. Mon petit bébé. Mon tout premier petit bébé. Quand je suis prise dans la préparation de la noce, je n'y pense pas trop mais, dès que je m'assois, les larmes recommencent à couler.

Caroline considéra un instant la boîte de gâteaux et décida qu'elle en méritait un elle-même.

— Ils ont fixé une date?

— Ce sera en septembre. Marvella a toujours eu un faible pour les chrysanthèmes. Elle en veut plein l'église, et a demandé à ses cinq demoiselles d'honneur de s'habiller avec des robes couleur d'automne. Elle a ses idées à elle, et elle y tient. Roux et doré, qu'elle a dit.

Un peu calmée, Susie lécha les miettes de gâteau sur ses doigts.

— Mais moi je lui ai fait remarquer que le roux, c'était comme du rouge, et que ce n'était pas vraiment convenable pour un mariage à l'église. Mais elle s'est obstinée. Ne veut même pas entendre parler de tons pastel.

Susie surprit de l'amusement dans le regard de Caroline et se mit à sourire elle-même.

— Je sais, les couleurs ne sont qu'un symbole. Seulement, ça me distrait de penser à ces détails, et à la musique, ou encore de me demander si, au lieu d'organiser la réception dans notre jardin, nous ne ferions pas mieux de louer le Moose Hall.

Elle soupira lentement.

— Burke et moi, nous sommes mariés civilement.

— Je suis sûre que tout va se passer à merveille pour Marvella.

— Je me sentirais tout de même mieux si je pouvais la persuader d'abandonner le roux pour le rose, repartit Susie en terminant son gâteau. Nous allons descendre faire des courses à Jackson, ce week-end. Tu es la bienvenue.

— Je te remercie, mais je n'ai besoin de rien.

— Quand une femme doit se chercher une raison pour courir les magasins, c'est qu'elle a des problèmes.

Caroline mordilla son doigt maculé de crème blanche.

— Bah ! Des problèmes, je n'en ai pas plus que les autres.

— Depuis qu'Austin s'est échappé, Burke ne rentre plus à la maison que pour s'écrouler sur le lit une heure ou deux.

Elle redressa soudain la tête.

— Mais dis-moi, mon chou, tu n'as pas peur qu'il revienne te déranger, tout de même ?

— Je ne sais pas.

Caroline se redressa, anxieuse.

— J'y pense malgré moi, même si je me dis qu'il n'aurait aucun motif sensé pour agir ainsi.

Elle regarda par la fenêtre, et son regard fut aussitôt attiré par le rideau d'arbres. Elle se rappela ce qui s'était tenu derrière.

— C'est plus que ça, Susie. On dirait que la traque d'Austin a fait oublier tout le reste. Mais moi, je me souviens encore comment je suis tombée sur sa fille près de l'étang, il y a quelques semaines à peine.

— Personne n'a oublié Edda Lou. Pas plus que Francie ou Arnette. Seulement, si tu y repenses trop, tu deviens folle.

Puis, baissant la voix :

— Cet agent Burns, poursuivit-elle, il interroge tout le monde en ville. Il est allé voir Darleen pas plus tard que ce matin. C'est Happy qui me l'a dit. L'ennui, c'est qu'il ne travaille pas avec Burke, il le court-circuite. Ne veut pas que la police du cru lui gâche son affaire fédérale, j'imagine, mais c'est une erreur. Burke connaît tous ces gens, et ils lui font confiance. En revanche, ils se méfient de ce Yankee aux croquenots luisants.

Caroline, le sourire en coin, contempla ses propres chaussures.

— Les miennes n'ont pas été cirées depuis des semaines.

— Oh, avec toi, c'est différent, répliqua Susie en balayant d'un revers de main ses accointances nordistes. Tes parents sont d'ici. Evidemment, on pourrait toujours dire que ce Burns et toi, vous parlez le même langage.

Caroline eut un haussement de sourcils.

— On pourrait, oui, mais je ne crois pas que ce soit entièrement le cas.

— Il m'a semblé avoir beaucoup de respect pour toi.

— Pour Caroline Waverly, concertiste de son état. Ce qui est différent.

Caroline se rassit en soupirant.

— Et si tu cessais de tourner autour du pot, Susie?

— Eh bien, voilà ce que je pensais : étant donné que l'agent Burns et toi évoluez pratiquement dans les mêmes sphères, il pourrait t'écouter si tu lui faisais une suggestion.

— Laquelle?

— De ne pas laisser Burke sur la touche, lâcha Susie avant de jeter un regard malheureux sur les miettes de gâteau qui parsemaient sa robe. Je ne dis pas ça seulement parce que je suis son épouse, que je l'aime et que je sais à quel point il se mine. Je dis ça en tant que femme, en tant que membre de cette communauté. Il faut attraper le meurtrier de ces jeunes filles, et cela s'annonce bien plus difficile sans Burke pour aplanir le terrain avec les gens et les amener à parler à cœur ouvert.

— Je suis d'accord avec toi, Susie. Mais je ne vois vraiment pas en quoi je puis être utile.

— Tu pourrais peut-être trouver l'occasion de lui en parler. Comme ça, en passant.

— Si l'occasion se présente, je ne manquerai pas de tenter ma chance. Voilà tout.

— Je me doute qu'il ne te fait rien, reprit Susie. Sentimentalement parlant, j'entends.

Caroline s'esclaffa en secouant la tête.

— Non, pas vraiment. De même qu'aucun autre homme qui continuera à me faire passer après ma musique.

— Oh, voilà qui annonce une belle histoire.

Et Susie, tout ouïe, de se caler le menton dans les mains.

— Disons simplement que j'ai eu une relation avec un homme qui me considérait plus comme un instrument que comme une femme. Et l'agent Burns me regarde exactement de la même manière.

— Tu as eu le cœur brisé?

Les lèvres de Caroline esquissèrent un sourire.

— Fendillé, seulement.

— Eh bien, le meilleur remède pour le retaper, n'est-ce pas encore une aventure avec un homme accommodant? insinua Susie en la regardant d'un air taquin. J'ai entendu dire que tu étais allée au cinéma avec Tucker, hier soir.

— Serais-je espionnée?

— C'est Josie qui l'a raconté à Earleen. Et selon moi, Tucker Longstreet est un baume souverain pour les cœurs brisés.

— Fendillé, lui répéta Caroline. Et puis nous sommes juste allés au cinéma. Cela ne fait guère une « aventure ».

— Oui, mais c'est en préparer le terrain que d'apporter des roses à une femme.

Susie sourit en voyant Caroline fermer les paupières.

— Il est passé prendre Marvella pour l'emmener déjeuner, lorsqu'il est descendu les acheter à Rosedale.

— Ces fleurs, ce n'était qu'un geste amical.

— A d'autres! Un jour, Burke m'a offert un bouquet de violettes, et neuf mois plus tard nous avions Parker. Allons, allons, ne rougissez point, ma fille. Je ne suis qu'une petite curieuse. Et, tiens, puisque tu as quelques sentiments… amicaux envers Tucker, il t'intéresserait peut-être de savoir que notre fameux agent spécial se renseigne beaucoup sur lui.

— A quel sujet?

— Au sujet d'Edda Lou.

— Mais…

Caroline sentit son cœur bondir douloureusement dans sa poitrine.

— … mais je croyais qu'il n'était pas suspect puisqu'il se trouvait chez lui la nuit du meurtre.

— Peut-être que le FBI aimerait découvrir un biais pour le coincer quand même. Encore que M. Burns pose des questions sur beaucoup d'autres gens.

Elle lança un coup d'œil entendu en direction de la porte de service, derrière laquelle était en train de fredonner Toby.

— Suivez mon regard…

— Susie!

Caroline se mordit aussitôt la langue et baissa la voix.

— Mais c'est absurde!

— C'est ce que tu crois, et moi aussi, surtout connaissant Toby et sa Winnie comme je les connais, et depuis si longtemps. Mais l'agent Burns, lui, n'est pas de cet avis.

Elle se pencha vers Caroline.

— Il est passé interroger Nancy Koons. Voulait savoir si Edda Lou et Tucker ne s'étaient jamais disputés dans la pension. S'il avait eu des gestes violents avec elle. Et il lui a aussi posé des questions sur Toby.

— Que lui a-t-elle répondu ?

— Quasiment rien, elle n'a pas aimé sa manière de poser ses questions, répondit Susie en traçant des lignes sur la buée de son verre. Et c'est justement pour cela qu'il a besoin d'avoir Burke avec lui. Burke sait comment s'y prendre avec les gens. Les gens lui parlent, à lui. A ce propos, je pense que le Burns ne va pas tarder à repointer le bout de son nez par ici. C'est toi qui as trouvé le corps, après tout.

— Je n'ai rien à ajouter à ce que j'ai déclaré.

— Mon chou, j'ai comme l'impression que les visites de Tucker pourraient avoir réveillé son intérêt.

Caroline se massa le front, sentant y poindre un début de migraine.

— Ma vie privée ne le regarde pas. Voilà ce que je lui dirai.

Longtemps après que Susie l'eut quittée, Caroline repensait encore à chaque point de leur conversation. Puis elle entendit Toby et son fils s'en aller après leur journée de travail, et elle se tourmenta davantage. Une fois seule, elle se mit à errer à travers la maison en essayant de discerner son rôle dans toute cette affaire.

Elle n'était qu'une étrangère de passage. Et pourtant, sa famille était originaire d'Innocence. Elle n'avait pas connu Edda Lou, et pourtant c'était elle qui l'avait retrouvée. Elle n'avait jamais dit un seul mot à Austin Hatinger. Et pourtant il lui avait tiré dessus.

Elle ne connaissait pas non plus ce Matthew Burns. Oh, le type d'homme que c'était, très certainement, mais pas l'homme lui-même. Néanmoins, il était vrai qu'ils évoluaient dans les mêmes sphères, qu'ils connaissaient les mêmes endroits et parlaient le même langage. Seulement, elle ne voyait absolument pas comment tout cela pourrait contribuer à la résolution d'une affaire criminelle. Et pourtant, Susie lui avait donné le sentiment qu'elle y avait une part de responsabilité.

Elle était — pour ainsi dire — liée avec un des suspects. Un autre travaillait pour elle.

Aussi se sentait-elle plus responsable encore.

Oh, les responsabilités, elle savait fort bien ce que c'était. Elles vous tombaient dessus en douce, se collaient à vous comme autant de petites sangsues et vous suçaient jusqu'à la moelle.

Elle avait dû assumer des responsabilités envers ses parents, son talent, ses professeurs, les chefs d'orchestre, ses collègues musiciens, ses admirateurs. Sans oublier Luis, qui le lui avait rappelé jusqu'au bout.

Or, alors qu'elle était précisément venue à Innocence pour échapper à ces mêmes responsabilités durant quelque temps, voilà qu'elle s'y trouvait de nouveau empêtrée.

Elle ne pouvait s'en sortir. Elle le comprenait maintenant. Elle l'avait toujours voulu ainsi, préférant constamment dire amen plutôt que regimber.

Mais n'était-ce pas différent cette fois-ci ? Ne serait-ce pas plutôt en ne faisant rien qu'elle dirait amen ? Bien qu'elle doutât d'être de quelque utilité, elle était impliquée. Pas seulement avec Tucker, mais avec toute la petite ville d'Innocence. Et pour le moment, Innocence était son seul foyer.

— Bon, très bien, dit-elle tout haut en se pressant les tempes. J'irai lui parler. Je lui ferai deux trois petites suggestions, de Yankee à Yankee.

S'étant saisie de son sac à main, elle se dirigeait déjà vers la porte lorsqu'elle aperçut la voiture de Matthew Burns qui s'engageait dans son allée.

« Eh bien, songea-t-elle en soupirant. Même le hasard s'en mêle. »

— Vous alliez sortir, peut-être ? lui lança Burns en ouvrant sa portière.

— Non… enfin, oui.

Le sourire aux lèvres, Caroline modifia rapidement son plan d'attaque.

— Mais je peux vous accorder cinq minutes, déclara-t-elle. Voudriez-vous entrer ?

— Volontiers. Très volontiers.

A l'instant même où il posait le pied sous la véranda, Vaurien se mit à gronder derrière la moustiquaire.

— Ce n'est qu'un chiot, lui dit Caroline pour le rassurer. Il se méfie un peu des étrangers.

Elle ouvrit la porte et prit Vaurien dans ses bras.

— Le joli toutou, fit Burns.

Caroline n'entendit pas moins « le sale bâtard » aussi clairement que s'il l'avait hurlé.

— C'est un excellent compagnon, renchérit-elle.

Décidant finalement de ne pas laisser Vaurien dehors, elle l'emporta avec elle dans le salon.

— Que puis-je vous offrir ? Thé glacé, café ?

— Thé glacé, ce sera parfait. J'ai bien peur de ne jamais m'habituer à cette chaleur.

— Quelle chaleur ? s'enquit Caroline du même ton moqueur dont les autochtones avaient si souvent usé à son égard. Oh, il ne fera pas chaud avant le mois d'août. Mais asseyez-vous, je vous prie. Je reviens tout de suite.

Vaurien dans les bras, elle s'éclipsa en pouffant dans la cuisine. Quand elle revint, Burns se tenait debout, les mains croisées dans le dos, et étudiait d'un air soucieux l'impact de balle dans le dossier du canapé.

— Pittoresque, n'est-ce pas ? dit-elle en posant le plateau chargé de rafraîchissements. Je me demande si je ne vais pas le laisser en l'état.

— C'est lamentable. Hatinger tirant ainsi sur cette demeure sans s'inquiéter de vous blesser. Il ne vous connaissait même pas.

— Fort heureusement, Tucker a l'esprit vif.

— S'il avait eu de l'esprit tout court, il ne vous aurait pas exposée à un pareil danger.

Caroline prit un siège, sachant que les manières guindées de Burns ne l'autoriseraient jamais à s'asseoir le premier.

— En vérité, je doute que Tucker ait été conscient qu'Austin se tenait dehors en embuscade. Cela nous a surpris tous deux. Citron ou sucre ?

— Juste un peu de sucre, je vous prie.

Il s'installa sur le canapé et se tourna légèrement pour regarder Caroline.

— Ma chère, j'apprécie votre musique depuis tant d'années que j'ai déjà le sentiment de vous connaître.

— Il est curieux que les gens fassent si souvent la même erreur, répondit Caroline sans se départir de son sourire courtois. Car, voyez-vous, la musique que je joue étant toujours celle de quelqu'un d'autre, d'innombrables compositeurs en fait, elle n'est en rien *la mienne*.

Burns s'éclaircit la gorge.

— Je voulais dire que j'ai si longtemps admiré votre talent, et suivi votre carrière, que je me sens une certaine affection pour vous. J'espère pouvoir m'exprimer en toute franchise.

— Moi de même, répliqua Caroline en sirotant son thé.

— Eh bien, je suis inquiet, Caroline, très inquiet. J'ai entendu raconter que vous fréquentiez Tucker Longstreet.

Elle se renfonça dans le creux du canapé.

— Voilà qui est merveilleux dans les petites villes, n'est-ce pas ? Il suffit de vous asseoir cinq minutes quelque part pour tout savoir sur tout le monde.

Burns devint raide comme un piquet.

— Personnellement, je ne m'intéresse ni aux rumeurs, ni aux cancans, ni aux insinuations.

Il pinça les lèvres en la voyant s'esclaffer.

— Je suis désolée, riposta-t-elle. Mais dans votre bouche, on dirait le refrain d'une chanson ou le code déontologique d'un cabinet d'avocats.

Voyant que Burns se renfrognait encore davantage, Caroline ravala le gloussement qui lui montait à la gorge. Se moquer de lui n'était certes pas la meilleure manière de l'amadouer, songea-t-elle.

— Les cancans font partie intégrante des mœurs locales, Matthew, reprit-elle calmement. Ils pourraient même se révéler utiles.

— De fait, si détestable que me soit cette manie, j'aurais tort d'en ignorer les avantages. Et vous seriez bien avisée d'en faire autant. Tucker Longstreet est toujours interrogé au sujet d'un crime aussi bestial que pervers.

Les yeux fixés sur le représentant du FBI, Caroline jouait nerveusement avec son verre.

— A ma connaissance, on interroge plusieurs personnes à l'heure actuelle. Entre autres, moi.

— Au regard de la procédure, votre statut est celui d'une innocente résidente ayant fortuitement trouvé un corps.

— Il n'y a pas que ça, Matthew. J'ai trouvé le corps, certes, mais je suis également membre de cette communauté. Et je…

Elle sourit : ce qu'elle s'apprêtait à déclarer était la pure vérité.

— … et j'ai des amis ici. Sans doute aussi d'innombrables « cousins » — vrais ou faux.

— Et vous considérez Tucker Longstreet comme un ami ?

— Je ne sais pas exactement ce qu'il représente pour moi, répliqua-t-elle d'un ton glacial. Une telle question fait-elle partie de la procédure ?

— J'enquête sur une série de meurtres, répondit-il d'une voix atone. Je n'ai pas encore rayé M. Longstreet de ma liste de suspects.

J'estime que c'est quelqu'un à surveiller. A surveiller de très près. Vous ne savez peut-être pas qu'il a eu des relations avec les deux précédentes victimes.

— Matthew, je suis ici depuis deux bonnes semaines. Je le sais donc parfaitement. Je n'ignore pas non plus que le mariage de Woodrow et Sugar Pruett bat de l'aile, ou encore que l'un des fils de Bea Stokey, LeRoy, a écopé d'une amende pour excès de vitesse sur la R1. Enfin, je suis persuadée que Tucker aurait été incapable de perpétrer ces crimes odieux.

Burns poussa un long soupir de lassitude et reposa son thé glacé. La facilité avec laquelle les femmes pouvaient être dupées ne manquait jamais de le sidérer.

— Tout le monde était conquis par le charme et les manières séduisantes de Ted Bundy, déclara-t-il. Les meurtriers en série ne se laissent pas aisément distinguer du commun des mortels. Ils sont rusés, machiavéliques, et souvent extrêmement intelligents. Souvent aussi, fort souvent, ils passent par des périodes où il ne leur reste aucun souvenir de leurs méfaits. Et lorsque ce n'est pas le cas, ils cachent la mémoire de leurs crimes sous le masque de l'affabilité et de la sollicitude. Mais ils mentent, Caroline. Ils mentent, parce que toute leur existence est tournée vers le meurtre. Ils ont soif de tuer et se repaissent de leur habileté à traquer leurs victimes, à les filer, à les massacrer.

Voyant la jeune femme pâlir, il lui prit la main.

— Je vous effraye, ce me semble. Tant mieux. Il y a quelqu'un ici, fort probablement un membre de cette petite communauté rurale, qui, caché derrière un masque respectable, complote déjà son prochain forfait. J'userai de toutes mes compétences, de toute mon expérience pour l'arrêter. Mais cela peut se révéler insuffisant. Et si tel est le cas, il tuera de nouveau.

Caroline dut reposer son verre. Elle n'avait plus besoin de boisson fraîche, désormais. Tout son sang s'était glacé dans ses veines.

— Si du moins ce que vous dites est vrai.

— Ça l'est.

— Mais alors, insista-t-elle, ne devriez-vous pas mettre à profit toutes les bonnes volontés ?

— Je vous demande pardon ?

— Vous êtes un intrus ici, Matthew. Votre insigne n'y change rien. Votre statut d'agent fédéral vous marginalise même encore plus. Si vous voulez vraiment aider ces gens, faites donc appel à Burke Truesdale.

Burns redressa le buste en arborant un sourire crispé.

— J'apprécie votre sollicitude, Caroline, mais vous ignorez tout de la situation.

— Certes. Mais je suis parfaitement au courant des problèmes de direction et d'autorité. On ne joue pas avec des douzaines d'orchestres différents, et sous la direction de douzaines de chefs différents, sans acquérir quelque connaissance en la matière. Croyez-moi, Matthew, ici, vous êtes autant un intrus que je l'ai été moi-même durant la majeure partie de ma vie. Burke connaît ces gens. Vous, non.

— Ce qui n'arrange précisément pas la situation. Il connaît ces gens, dites-vous, et il est même en bons termes avec eux — mais cela le rend justement dépendant d'eux, de leur amitié, souvent fort ancienne, qu'il lui faut ménager.

— Vous évoquez de nouveau Tucker.

— En l'occurrence, oui. L'expression en usage dans le coin est « braves gars », n'est-ce pas ? Ils éclusent deux trois canettes ensemble, mitraillent quelques lapins et autres petites créatures, et s'assoient sous leur véranda pour parler femmes et coton.

Il s'interrompit pour enlever une peluche de son pantalon.

— Bon, reprit-il. Il est vrai que je ne connais pas ces gens, Caroline, mais je connais leur genre. La dernière chose dont j'aurais besoin pour résoudre cette affaire, c'est bien d'enrôler Burke Truesdale pour m'aplanir le terrain. Je le crois honnête homme. Et loyal aussi. Mais c'est précisément cette loyauté qui m'inquiète.

— Puis-je à mon tour vous parler franchement, Matthew ?

Il leva les mains.

— Faites.

— Vous agissez comme un crétin prétentieux.

Le visage de Burns se décomposa.

— Vos méthodes pourraient peut-être marcher à D.C. ou à Baltimore, mais ici, dans le delta, ça coince. Si un nouveau meurtre a lieu — comme vous semblez le craindre —, alors commencez par vous demander si vous n'auriez pas pu *vous-même* l'éviter. Ne serait-ce qu'en vous liant d'amitié avec ces gens au lieu de les écraser de votre morgue et de votre supériorité.

Il se redressa de toute sa taille.

— Je regrette que nous ne partagions pas les mêmes vues sur ce sujet, Caroline. Néanmoins, et quels que soient vos sentiments à son égard, il est de mon devoir de vous conseiller de mettre un terme à vos relations avec Tucker Longstreet jusqu'à ce que cette affaire soit résolue.

— Je crains, hélas, d'avoir la déplorable manie de faire fi des conseils.

— Je vous aurai prévenue, rétorqua Burns en inclinant la tête. Je vous demanderai seulement de passer demain à mon Q.G. provisoire. Vers 10 heures, si cela vous agrée.

— Pourquoi ?

— J'ai quelques questions à vous poser. Des questions officielles.

— Alors vous aurez droit à des réponses de ma part. Des réponses officielles.

Caroline ne prit pas la peine de le raccompagner jusqu'à la porte.

17

Caroline n'eut pas à réfléchir plus avant sur sa loyauté envers Tucker. Avant même que la poussière soulevée par la voiture de Burns fût retombée, elle prenait Vaurien sous le bras et se dirigeait vers sa BMW. Les clés pendaient encore au tableau de bord, à l'endroit même où elle les avait laissées.

Tout en mettant le contact, elle tourna la tête vers la maison. Elle n'avait pas verrouillé les portes, et n'y avait même pas pensé. Ce qui était sans doute insensé, vu la violence qui régnait depuis quelque temps à Innocence. Mais verrouiller les portes sans fermer fenêtres ni volets était encore moins raisonnable. Et tout barricader transformerait la maison en un piège à canicule.

En moins d'un mois elle avait pris les habitudes de la campagne.

— Je ne vais tout de même pas avoir peur dans ma propre maison, déclara-t-elle à Vaurien en installant ce dernier dans la voiture.

Le chiot posa immédiatement ses pattes avant sur le tableau de bord, la langue pendante à la perspective de la balade.

— Ma maison…, répéta-t-elle en contemplant la peinture fraîche, les fenêtres lavées, le rocking-chair éraflé.

A la fois satisfaite et résolue, elle grimpa à son tour dans la voiture.

— Allons, Vaurien, l'heure est venue de participer à la rumeur.

Elle remonta l'allée en marche arrière — sans remarquer la silhouette qui l'épiait dans l'ombre du sous-bois.

Le chant larmoyant des Statler Brothers s'échappait d'un énorme baffle posé sous la véranda de la résidence, où Lulu et Dwayne se tenaient mutuellement compagnie. Lulu portait toujours sa plume d'aigle et ses bottes de combat. Pour compléter sa tenue, elle avait revêtu une blouse d'artiste constellée de taches de peinture qui pendait sur son Levis, et s'était accroché aux oreilles une paire de rubis aussi gros que des œufs de poularde.

Elle se tenait devant une toile, les jambes plantées au sol et le corps tendu — position qui, songea Caroline, lui donnait moins l'allure d'un peintre que celle d'un catcheur se préparant à entamer son troisième round. Dwayne, lui, était affalé dans le rocking-chair de la véranda, un gobelet plein de Wild Turkey dans la main, et le sourire doux et conciliant de l'ivrogne sur la face.

— 'Jour, Caroline, fit-il en levant son verre pour la saluer. Qu'est'qu'vous v'nez faire dans le coin ?

Caroline reposa Vaurien par terre. Le chiot partit immédiatement renifler les fourrés marqués par Buster.

— Je vous présente mon chien. Bonjour, madame Lulu.

La vieille dame tapota le bout de son pinceau contre la toile en grognant.

— Ma grand-maman a chassé une paire de déserteurs yankees de sa plantation en 1863.

Caroline inclina la tête en souriant : elle s'était préparée à la confrontation.

— Et le grand-père de ma grand-mère a perdu une jambe à Antietam, en repoussant du pont de pierre les troupes du général Burnside.

Lulu pinça les lèvres d'un air méfiant.

— Ah tiens ? Quand donc ?

— Le 17 septembre 1862, répondit Caroline en bénissant la Bible familiale soigneusement documentée de sa grand-mère. Et il s'appelait Silas Henry Sweeney.

— Sweeney, Sweeney. Crois me souvenir que mon mari avait des cousins de ce nom-là — mon second mari, Maxwell Breezeport.

Lulu plissa les paupières en direction de Caroline. Et apprécia ce qu'elle avait sous les yeux. La jeune femme, selon elle, était aussi fraîche qu'un litre de lait frais tiré du pis. Et puis il y avait quelque chose de dur et d'obstiné dans son regard comme dans le dessin de son menton, qui lui donnait entière satisfaction.

Le sang yankee devait être copieusement dilué dans ses veines, se dit-elle. Enfin, de toute manière, il était temps que Tucker trouvât chaussure à son pied.

— Vous êtes venue faire la belle devant Tucker, hein ?

— Certainement pas, répondit Caroline, qui ne parvint cependant pas à trouver la question offensante. Cela dit, je suis venue lui parler. Si du moins il est ici.

— Oh, il ne doit pas être loin.

Lulu contempla un instant sa palette, et décida de plonger sa brosse dans une flaque de peinture vert pomme.

— Approchez donc, ma fille, ne restez pas là à me regarder bêtement pendant que je travaille. Dwayne, où se trouve donc ton frère ? Cette jeune fille est venue le courtiser, tu imagines un peu ?

— Je ne suis pas venue…

Caroline s'interrompit net et recula d'un pas en voyant Lulu se pencher vers elle en reniflant.

— Alors, petite cachottière, on ne porte pas de parfum ? dit-elle en lui remuant sous le nez sa brosse dégoulinante. Quand un homme ne connaît que des femmes qui se pomponnent à longueur de journée, il tombe raide amoureux de l'odeur pure de l'eau et du savon.

Caroline eut un haussement de sourcils.

— Vraiment ?

— Allons, vous le savez bien. On n'apprend pas à un vieux singe… Mais dis-moi, Dwayne, ça me fait combien maintenant ?

— Quatre-vingt-quatre ans, il me semble, cousine Lulu.

— Quatre-vingt-quatre ? Quatre-vingt-quatre ?

De la peinture goutta sur ses chaussures.

— Tu es soûl comme une grive, Dwayne. Aucune dame du Sud n'atteindrait jamais l'âge pitoyable de quatre-vingt-quatre ans. Ce serait malséant.

Dwayne étudia son verre de whisky. Quoique déjà gris, il n'avait pas encore perdu toute présence d'esprit.

— Soixante-huit, rectifia-t-il enfin. Je voulais dire soixante-huit ans.

— Voilà qui est mieux, approuva Lulu en s'étalant de la peinture sur la joue. C'est un âge honorable. Mais rentrez donc, Yankee, allez user de vos charmes sur ce pauvre et infortuné garçon. Sachez cependant que je vous tiens à l'œil.

— Je ne l'oublierai pas, repartit Caroline.

Incapable de résister, elle jeta un œil au tableau. Il représentait Dwayne, écroulé dans le rocking-chair, serrant dans ses bras un énorme verre de whisky d'une taille disproportionnée. La facture de l'œuvre tenait à la fois de Picasso et des caricatures des journaux satiriques.

Le visage de Dwayne était vert, ses yeux sillonnés de lignes rouges brisées. De longues oreilles pourpres de baudet jaillissaient de sa tête.

— Hmm, c'est une vision intéressante, déclara Caroline.

— Mon papa disait toujours que quiconque vivait de la boisson était condamné à devenir un âne.

Caroline considéra tour à tour le portrait et l'artiste. Les deux femmes échangèrent un regard éloquent. Et la plus jeune des deux comprit que cette cousine Lulu n'était pas aussi folle qu'elle le laissait croire.

— Je me demande pourquoi certains choisissent de vivre de la boisson, dit-elle.

— Pour ceux-là, la vie elle-même est une raison suffisante. Dwayne, où donc se trouve ton frère ? Cette jeune fille l'attend et je ne peux peindre avec quelqu'un dans mon dos.

— A la bibliothèque, répondit-il en avalant une solide lampée de whisky. Allez-y, Caroline, ne vous gênez pas. Si vous prenez le couloir, c'est la troisième porte à droite.

Caroline pénétra dans la demeure. Un tel calme y régnait qu'elle ressentit aussitôt le besoin de crier pour annoncer sa présence. La lumière y avait cet éclat de vieil or qu'elle avait toujours associé aux musées, mais le silence ressemblait plutôt à celui du boudoir sophistiqué d'une dame qui serait pour l'heure assoupie dans sa chambre.

Elle se demanda si la maison n'était pas complètement déserte et se surprit à parcourir le couloir sur la pointe des pieds.

La porte de la bibliothèque était close. Tout en levant la main pour frapper au battant, elle s'imagina Tucker à l'intérieur. Il serait étendu de tout son long sur le plus confortable et le plus moelleux des canapés, les mains derrière la nuque, les jambes croisées. Et, naturellement, il serait en train de faire sa sieste de la mi-journée, supposée le mener sans encombre du déjeuner au dîner.

Elle cogna doucement à la porte et n'obtint aucune réponse. Tournant alors le bec-de-cane, elle poussa la porte. Tant pis si elle le réveillait, songea-t-elle en haussant les épaules. Elle avait des choses à lui dire, et le moins qu'il pût faire serait de rester éveillé suffisamment longtemps pour l'écouter. Car, pendant qu'il occupait sa vie à dormir, les événements, eux…

Mais il n'était pas sur la causeuse aux formes sinueuses disposée sous la fenêtre ouest. Il n'était pas non plus étendu dans le fauteuil à oreillettes, devant l'âtre de pierre. Fronçant les sourcils, Caroline parcourut la pièce, contemplant avec curiosité les murs recouverts de volumes reliés, un très beau Georgia O'Keeffe, une délicate desserte Louis XV.

Et elle l'aperçut enfin, assis derrière un massif bureau de chêne, penché sur des papiers et des livres, en train de pianoter distraitement — non : *studieusement* — sur le clavier d'un élégant petit ordinateur.

— Tucker ?

Une incommensurable surprise était contenue dans ce seul mot. Tucker lui répondit par un grognement et entra quelques données supplémentaires dans l'ordinateur avant de relever la tête. Son visage perdit aussitôt son air absent.

— Salut, Caroline. Tu es le seul rayon de soleil dans cette morne journée.

— Que fais-tu donc ?

— Deux trois calculs.

Il se recula du bureau et se leva, l'allure svelte et languide dans son T-shirt et son pantalon de coton.

— Mais il n'y a là rien qui ne puisse attendre. Allons nous asseoir sous la véranda de derrière pour admirer le coucher de soleil.

— Je ne comptais pas m'attarder.

— J'ai tout mon temps, lui dit-il en souriant.

Caroline secoua la tête et fit un pas de côté lorsqu'il contourna le bureau pour venir auprès d'elle. Le repoussant d'une main, elle se rapprocha de la table de travail pour voir de quoi il retournait exactement.

Elle vit des livres de comptes, des sorties d'imprimante avec des colonnes de chiffres, des factures, des reçus. Le regard inquisiteur, elle fit courir un doigt sur une rangée de dossiers : LAVERIE, CHAT 'N CHEW, QUINCAILLERIE, SOCIÉTÉ GOOSENECK I, PENSION DE FAMILLE, CAMPING.

Il y avait une pile de papiers concernant l'exploitation de coton — graines, pesticides, engrais, cours du marché, compagnies de transport — et une autre constituée de chemises, où l'on trouvait divers appels à souscription et des bulletins de cote.

Caroline se redressa en passant une main dans ses cheveux.

— Tu travailles.

— Hmm. Vas-tu oui ou non me laisser t'embrasser ?

Elle le repoussa de nouveau, essayant de comprendre ce qu'elle avait sous les yeux.

— De la comptabilité. Tu tiens une comptabilité.

Tucker eut une grimace comique.

— Ma chère, cela n'est illégal que si tu en tiens une double. Ce que mon grand-papa fit avec succès pendant vingt-cinq ans. Aussi devrait-on plutôt dire que cela n'est illégal que si l'on se fait prendre — ce qui ne lui est jamais arrivé, étant donné qu'il a vécu jusqu'à sa mort en pilier de cette communauté.

Il s'assit sur le bord du bureau.

— Si tu ne veux pas que nous nous tripotions sous la véranda, que puis-je donc pour toi ?

— Tu as un ordinateur.

— Eh bien, en fait, au départ, je n'étais pas pour. Mais ces satanées petites machines te font gagner un temps certain, une fois que tu as saisi le truc. J'en suis fana maintenant.

— Est-ce toi qui fais tout ça ?

— Tout quoi ?

— Ça !

Irritée, elle saisit une liasse de papiers qu'elle lui brandit sous le nez.

— Est-ce toi qui tiens tous ces bilans, tous ces comptes ? Est-ce toi qui gères toutes ces affaires ?

Il lui caressa le menton d'un air absorbé, puis revint vers l'ordinateur, qu'il éteignit.

— La plupart du temps, elles se gèrent seules. Je me contente d'y ajouter les chiffres.

— Tu es un tricheur ! s'écria-t-elle en reposant violemment les papiers sur le bureau. Toutes tes allures de bon à rien, de paresseux de Sudiste, style « quitte à m'asseoir, autant me coucher » — tout ça, c'était de la comédie !

— Regarde toi-même, je ne te cache rien, répliqua-t-il, amusé par ses déambulations frénétiques dans la pièce. Il me semble seulement que vous avez dans le Nord une autre définition de la paresse que la nôtre. Par ici, on appelle cela de la détente.

Il la gratifia d'un regard désolé.

— Eh, mon chou, j'aimerais sincèrement que tu apprennes à te détendre. Rien qu'à te voir brasser tout cet air, ça m'épuise.

— Chaque fois que je crois enfin te saisir, tu m'échappes. On croirait un virus.

Elle se retourna.

— En fait, tu es *un homme d'affaires.*

— Je doute que l'expression me convienne, Caro. Quand je pense, moi, à un homme d'affaires, je vois quelqu'un comme Donald Trump ou Lee Iacocca. Des tas de costumes chic, des divorces tortueux, des cohortes d'ulcères. Bien sûr, il y a également Jed Larsson, qui ne porte de costume que le dimanche — et encore, plus par convenance que par goût — et qui est marié à Jolette depuis des temps immémoriaux. Mais il souffre, lui aussi, de brûlures d'estomac.

— Tu détournes la conversation.

— Non, j'y revenais, au contraire. Tu pourrais dire que je surveille quelques placements de-ci de-là. Et comme je suis doué pour les chiffres, ça ne me coûte justement pas trop d'efforts.

Caroline se laissa tomber sur la causeuse et le contempla d'un air renfrogné.

— Tu ne gâches donc pas ta vie…

— Pour ma part, j'ai toujours pensé que j'en profitais, déclara-t-il en venant la rejoindre sur le petit canapé. Mais si cela te fait plaisir, je pourrais bien essayer de la gâcher un petit peu.

— Oh, tais-toi donc. J'essayais de réfléchir.

Elle croisa les bras sur sa poitrine. Infortuné ? se dit-elle. Etait-ce bien ainsi que l'avait qualifié Lulu ? Quelle blague ! Cet homme savait exactement ce qu'il faisait, et manifestement il le faisait comme bon lui semblait, et à son propre rythme, depuis des années. Pourquoi ne l'avait-elle pas compris plus tôt ? N'avait-elle donc pas vu la manière qu'il avait de la regarder avec son sourire d'endormi pour, l'instant d'après, la percer au cœur d'un seul coup d'œil ?

— L'autre jour, avant cette histoire avec Bonny, ne m'as-tu pas raconté que tu travaillais jadis aux champs avec Dwayne ?

— Tout le monde te le confirmera.

— Et je ne sais plus à quel moment, tu as évoqué un diplôme que Dwayne aurait décroché en vain. Mais tu ne m'as pas précisé si tu en avais un toi-même.

— Peux pas dire que je sois vraiment diplômé. Je n'ai jamais eu le truc pour me faufiler à travers les mailles du système scolaire comme Dwayne. Oh, j'ai bien étudié un peu la gestion et la comptabilité…

Il eut un sourire tranquille.

— Faut pas réfléchir beaucoup pour comprendre qu'il est plus agréable de s'asseoir derrière un bureau que de suer dans un champ de coton. Tu veux que je te sorte mes bulletins scolaires ?

Caroline laissa échapper un soupir agacé.

— Quand je pense que je venais te protéger… J'ai du mal à y croire.

— Me protéger ?

Il passa un bras autour de ses épaules, heureux de pouvoir humer ses cheveux blonds.

— C'est terriblement gentil de ta part, mon trésor, mais… mon Dieu, que tu sens bon ! Mieux encore qu'une tarte aux cerises qui sort du four.

— Ce n'est que du savon, marmonna-t-elle entre ses dents. Juste du savon.

— Ça me rend dingue, dit-il en l'embrassant dans le cou. Complètement dingue. Surtout cet endroit, là.

Il lui mordilla le lobe de l'oreille. Elle frémit.

— Je suis venue pour te parler, Tucker, pas pour… oh.

Sa voix mourut tandis qu'il commençait à lui appliquer de furtifs et suggestifs baisers derrière l'oreille.

— Vas-y, je t'écoute, l'encouragea-t-il. Ça ne me dérange pas le moins du monde.

— Change un peu d'attitude, je te prie.

— Très bien.

Et il abandonna son oreille pour se concentrer sur son cou.

— Je t'écoute toujours.

L'esprit un peu confus, Caroline releva la tête pour faciliter les mouvements de Tucker.

— Matthew Burns est venu me voir, dit-elle.

Elle sentit ses lèvres s'écarter, ses muscles se tendre puis, lentement, très lentement, se détendre de nouveau.

— Je ne peux pas dire que cela me surprenne. Il a un faible pour toi. Ça crèverait les yeux à un aveugle.

— Sa visite n'avait rien à voir avec… enfin, ce n'était pas personnel.

« Oh, et puis tant pis ! » songea Caroline — et elle se tourna vers Tucker pour l'embrasser. Un langoureux soupir lui échappa, tandis qu'elle prenait son plaisir avec lui dans de petits baisers lents et taquins.

— Il m'a conseillé de me méfier de toi.

— Hmm. Je dois avouer, pour ma plus grande frustration, qu'il n'y a pas encore de raison pour cela.

— Non, il parlait de l'enquête. Du meurtre.

Elle eut comme un éclair de lucidité et bondit en arrière.

— Du meurtre, répéta-t-elle.

Puis, baissant les yeux, elle contempla, bouche bée, son chemisier grand ouvert.

— Mais que fais-tu ? s'écria-t-elle.

Tucker dut reprendre son souffle.

— J'étais seulement en train de m'ingénier à enlever tes vêtements. Et depuis un certain temps, je dois dire.

Il se renfonça dans la causeuse tout en la dévisageant.

— Mais visiblement, je vais devoir attendre encore un peu.

— Quand je voudrai être déshabillée, repartit Caroline en reboutonnant à la va-vite son chemisier, je te le ferai savoir.

— Caroline, tu me l'as déjà fait savoir. Du moins avant que tu te remettes à cogiter.

Désireux de calmer le feu de leur étreinte, il se leva pour se préparer un verre.

— Tu en veux un ? lui demanda-t-il en agitant une carafe.

— Non.

— Eh bien, moi, si.

Il se versa deux doigts de whisky.

— Tu as le droit d'être contrarié, dit-elle, la tête haute. Il n'en reste pas moins que…

— Contrarié ? l'interrompit-il en lui lançant un regard furieux. Mais, mon chou, c'est un mot bien trop doux pour désigner l'effet que tu me fais. Je n'ai jamais vu une femme me mettre dans tous mes états avec autant d'aisance que toi.

— Je suis venue ici pour te prévenir, c'est tout.

— C'est exactement le problème.

Il termina son verre et, après avoir hésité à en prendre un second, opta finalement pour une demi-cigarette.

— Qui est Luis ?

Caroline ouvrit et ferma la bouche par deux fois avant d'être en mesure de répondre.

— Je te demande pardon ?

— Non, tu ne me demandes pas pardon. Tu esquives tout simplement ma question. Susie a fait allusion à un certain Luis qui te rendrait furax.

Il examina d'un air chagrin le filtre qu'il était en train de fumer.

— Quel nom stupide !

— Celui de Tucker est infiniment plus respectable, n'est-ce pas ?

Tucker parvint à sourire.

— Cela dépend du point de vue, je suppose[2]. Alors, Caro, qui est-ce ?

— Quelqu'un qui me rend furax, murmura-t-elle. Maintenant, si tu veux bien écouter ce que je suis venue te…

— Il t'a fait du mal ?

Caroline riva ses yeux sur les siens. Et n'y vit que de la patience, de la compassion et, de façon inattendue, une force sûre et tranquille.

— Oui, dit-elle.

— J'aimerais te promettre que ce ne sera pas mon cas, Caroline, mais je ne voudrais pas te mentir.

Caroline sentit quelque chose s'animer en elle. Une porte qu'elle pensait avoir étroitement verrouillée, et qui se mettait à pivoter lentement sur ses gonds.

— Tu peux garder tes promesses, répliqua-t-elle sur un ton presque désespéré.

— Je n'ai jamais été enclin à en faire. Les promesses sont dangereuses.

Les sourcils froncés, il considéra de nouveau sa cigarette, avant de l'écraser.

— Pourtant, j'ai beaucoup d'affection pour toi. On pourrait même dire que j'en ai à ne plus savoir qu'en faire.

— Je crois que… je ne suis pas prête…

Elle se leva, les bras ballants, désemparée.

— J'ai moi aussi de l'affection pour toi, Tucker. Mais il faut qu'on en reste là. Je suis venue te dire que Matthew Burns cherche un moyen de te mettre le meurtre d'Edda Lou Hatinger sur le dos.

— Il risque de chercher longtemps.

Sans la quitter des yeux, Tucker glissa les mains dans ses poches.

— Je n'ai pas tué Edda Lou, Caroline.

— Oh, je le sais bien. Même si je ne te comprends pas toujours, ça, au moins, je le sais. Matthew veut trouver un lien entre Arnette, Francie et Edda Lou, et tu es le candidat idéal. Il a aussi lâché quelques allusions au sujet de Toby, et cela m'inquiète. Je n'oublie pas que nous sommes dans le Mississippi profond, et qu'il reste ici des tensions raciales qu'on a dépassées ailleurs.

Elle haussa les épaules.

2. En américain, tucker peut à la fois signifier « protecteur », « glouton » et, à la limite, « assommant ».

— La plupart des gens de cette ville ont beaucoup de respect pour Toby et Winnie, remarqua Tucker. Il n'y en a pas tant que ça par ici, des types dans le genre de Bonny ou d'Hatinger.

— Il y en a tout de même. Je ne voudrais pas qu'il arrive malheur à Toby ni à sa famille.

Elle se rapprocha de Tucker.

— Et surtout, je ne veux pas qu'il t'arrive malheur, à toi.

— Alors il faudra que je veille à t'épargner ce spectacle.

Il tendit la main pour lui redresser le menton, le regard ferme et pénétrant.

— Ta migraine est revenue.

Il massa doucement la fine ligne de tension qu'il devinait entre ses sourcils.

— Il me déplaît de croire que j'y suis pour quelque chose.

— Ce n'est pas toi.

Comme d'habitude, elle ressentit une honte fugace envers la faiblesse qui, pour elle, était toujours associée à la douleur.

— C'est la situation. Pas toi.

— Eh bien, cessons de penser à la situation, dit-il en appliquant un baiser sur son front. Sortons plutôt prendre l'air. Et ne te sens surtout pas obligée de me tripoter. Sauf si tu le désires, bien sûr.

Cela fit sourire la jeune femme, ainsi qu'il l'escomptait.

— Et ton travail ?

— Mon chou, répondit-il en passant un bras autour de sa taille pour l'entraîner dehors, avec le travail, on peut être sûr d'une chose : lui, au moins, ne cherchera pas à vous échapper.

Ils s'assirent sous la véranda, où ils parlèrent de la pluie et du beau temps, du mariage de Marvella, des progrès du jeune Jim au violon ; et, tandis que le soleil regagnait peu à peu la ligne d'horizon en ensanglantant l'azur, que le chiot frétillant essayait de persuader le vieux Buster de jouer avec lui et que les Oak Ridge Boys prenaient le relais des Statler Brothers, ni l'un ni l'autre ne remarquèrent le reflet clignotant accroché au loin par les lentilles d'une paire de jumelles.

Austin tenait l'engin cabossé entre des mains crispées. Il surveillait le couple tout en articulant de fervents et muets anathèmes, l'esprit sombrant de plus en plus profondément dans la folie, les deux Police Special accrochés à la ceinture de son pantalon du dimanche.

Quand Cy parvint à la conduite le lendemain matin, son père l'attendait. Il agrippa aussitôt le garçon à la chemise.

— Tu n'as parlé à personne ? Je le saurai si tu mens.

— Non, papa.

C'était chaque matin la même question. Et chaque matin la même réponse.

— Je te jure que je n'ai rien dit. Je t'ai apporté un peu de poulet et un friand.

Austin lui arracha le sac en papier qu'il tenait à la main.

— Tu as aussi apporté le reste ?

— Oui, père.

Cy lui présenta un bidon de plastique rempli d'eau, espérant qu'il serait tranquille après ça. Mais sachant qu'il n'en serait rien.

Austin dévissa le bouchon du bidon et y but trois longues gorgées.

— Allons, la suite, dit-il après s'être essuyé la bouche du dos de la main.

Cy sentit ses doigts trembler. Sa gorge était trop contractée par la frayeur pour que pût en sortir un seul mot. Il détacha le fourreau de cuir qui pendait à sa ceinture et tendit à son père le couteau de chasse.

— Papa, la police est toujours à la maison, mais ils ont levé le barrage sur la R1. Tu pourrais aller sans problème jusqu'en Arkansas si tu le souhaitais.

— Impatient de me voir filer, mon garçon ?

Les lèvres retroussées en un sourire grimaçant, Austin dégaina le couteau. La lame jaillit en scintillant dans le cône de lumière.

— Non, père, je voulais seulement...

— Oh, tu aimerais bien me voir loin d'ici, hein ?

Il fit jouer la lame au soleil. Hypnotisé, Cy regarda le fil luisant avec des yeux horrifiés.

— Tu as envie que je m'en aille, que je te laisse tranquillement te livrer au péché et à la débauche. T'acoquiner avec des nègres et lécher le cul de bébé de M. Tucker Longstreet.

— Non, père. Je voulais seulement... je... voulais... seulement...

Cy fixait la lame. Un seul geste, une seule torsion rapide et désinvolte du couteau, et il était mort.

— Il y a seulement qu'ils sont encore tous là, dehors, à te traquer. Pas autant qu'avant, mais ils te recherchent toujours.

— Le Seigneur est mon berger, mon garçon. Il pourvoit à mon salut.

Toujours souriant, Austin éprouva le fil du couteau. Une fine ligne écarlate apparut sur son pouce.

— Et tranchante est Son épée. Je vais te dire ce que tu vas faire maintenant.

Austin retourna le couteau contre son fils. Durant un vertigineux moment, Cy sentit ses intestins se glacer, certain que la pointe de la lame allait s'enfoncer dans sa gorge. Cependant, elle s'arrêta à un souffle de sa peau.

— Tu m'écoutes, mon garçon ? Tu m'écoutes ?

Cy hocha lentement la tête. Il avait peur de déglutir. Peur que le couteau s'enfonçât dans sa pomme d'Adam au moindre mouvement.

— Et tu vas faire exactement ce que je vais te dire, n'est-ce pas ?

Cy détourna ses yeux du couteau et fixa Austin en répondant :

— Oui, père.

Cy s'abrutit de travail pour oublier sa peur. Il transporta de pleines brouettées de paillis et creusa des trous pour planter les nouveaux massifs de pivoines que Tucker avait achetées pour remplacer celles qui avaient succombé sous son poids ; il gratta de la vieille peinture et en étala de la nouvelle ; il arracha les mauvaises herbes jusqu'à en avoir les doigts gourds — mais la peur, tel un plat indigeste, continuait à lover ses anneaux bouillants et musculeux dans son estomac.

Il ne toucha pas au repas que lui avait préparé Della, ne prenant même pas la moitié de sa ration ordinaire. Au lieu de cela, il rangea les copieux sandwichs au porc et les généreuses tranches de gâteau au citron dans son havresac.

Il ne pouvait même pas en supporter la vue. Son père allait avoir un bon dîner ce soir-là, songea-t-il.

Oh, oui, il aurait un fameux appétit quand il en aurait fini avec Tucker.

Cy essuya la sueur qui lui tombait dans les yeux et s'efforça de ne pas penser à ce qui était juste ou injuste, bien ou mal. Tout ce à quoi il devait penser, se dit-il, c'était sa propre survie. C'était venir à bout de chaque jour qui passait jusqu'à ce que les quatre années qu'il lui restait encore à tirer fussent enfin derrière lui.

Il promena son regard sur Sweetwater, sur les champs de coton verts et féconds, sur l'eau sombre et tranquille, sur les taches de couleur que faisaient les fleurs. Peut-être son père avait-il raison. Peut-être seuls des gens comme les Longstreet pouvaient-ils se permettre de planter des fleurs d'agrément au lieu de plantes comestibles.

Peut-être était-il vrai aussi qu'ils ne méritaient pas leur belle et grande demeure, ainsi que toute cette terre et la vie facile qu'ils menaient. Peut-être était-ce leur faute si sa propre famille était pauvre comme Job et devait grappiller chaque penny.

Et puis Edda Lou avait été sa sœur, et la famille, c'était sacré. Son papa disait que c'était à cause de Tucker qu'elle était morte.

S'il y croyait, s'il pouvait y croire, alors ce qu'il avait à faire lui paraîtrait moins dur.

Mais peu importait que cela fût dur ou non, se dit-il en rejoignant la façade latérale pour se nettoyer les mains et le visage au tuyau de jardinage. De toute façon il devait obéir, s'il ne voulait pas subir un terrible châtiment. Car il aurait beau essayer de se cacher, son père le retrouverait. Et il le lui ferait payer plus chèrement qu'avec des coups de ceinture, plus chèrement qu'avec des coups de poing.

— Si ton œil t'offense, arrache-le, lui avait dit son père. Tu es mon œil, mon garçon. Tu es mes deux yeux.

Et il avait approché la pointe acérée et luisante du couteau si près de son œil gauche que Cy avait craint de ciller.

— Ne m'offense donc pas, mon garçon. Amène-le ici, et laisse-moi me charger du reste.

— T'as eu ta dose pour la journée, fils ?

Entendant la voix de Tucker, Cy se retourna si vivement qu'il en trempa ses chaussures. Tucker se contenta de sourire et porta la flamme d'une allumette à l'extrémité d'une demi-cigarette.

— Della m'a prévenu que tu étais plutôt agité. Tu ferais mieux de fermer ce robinet avant de te noyer.

— Oui, monsieur. J'en ai fini pour aujourd'hui.

Cy contempla sa propre main, et vit ses doigts se nouer autour du robinet métallique pour le tourner.

— Tant mieux, reprit Tucker, car j'étais moi-même fatigué en te voyant te démener de la sorte. Tu veux un Coke, un autre morceau de gâteau ?

— Non, monsieur.

Tête baissée, Cy se mit à jouer avec le robinet. Il sentait quelque chose qui ressemblait dangereusement à des sanglots lui monter à la gorge. Peut-être que ça ne marcherait pas, se dit-il avec désespoir.

Peut-être que l'arrivée de Tucker ferait fuir son père. Les lèvres serrées, il partit en boitillant reprendre son vélo.

— Qu'est-ce qui t'est arrivé à la jambe ?

Cy garda le dos tourné à la maison, les yeux fixés droit devant lui.

« Eveille sa pitié, mon garçon. Arrange-toi pour qu'il te prenne dans une de ses chic voitures. Et amène-le jusqu'à moi. »

— Ce n'est rien, monsieur Tucker. Je crois que j'ai juste un peu trop forcé sur un muscle.

Il se remit à avancer en clopinant, et il priait le ciel que Tucker se contentât de le laisser repartir avec un haussement d'épaules.

— Si tu demandais à Della de t'examiner ?

Cy referma les doigts sur le guidon de la bicyclette et lança un coup d'œil par-dessus son épaule.

— Non, monsieur, je ferais mieux de rentrer.

Tucker fronça les sourcils en voyant une larme briller dans les yeux du garçon. L'orgueil des adolescents était décidément un organe bien sensible, se dit-il.

— Bon. Il se trouve que je dois descendre en ville faire quelques courses.

Il sortit de la véranda d'un pas nonchalant, improvisant son discours au fur et à mesure.

— Cette satanée Della me rendra fou à toujours me demander d'aller récupérer ceci ou chercher cela. Pourquoi les femmes ne se décident-elles pas à savoir exactement ce qu'elles veulent une bonne fois pour toutes ?

Cy gardait les yeux baissés sur le guidon argenté, son regard rivé sur les piqûres de rouille.

— Je ne sais pas, dit-il.

— Voilà bien une des énigmes de l'univers, poursuivit Tucker en posant une main sur son épaule.

Il le sentit tressaillir, et s'aperçut de nouveau combien le garçon était fluet. Puis, pris d'un remords soudain, il se rappela combien il avait travaillé ce jour-là.

— Tu ne veux pas charger la bécane dans l'Olds ? Je peux te reconduire jusque chez toi ou presque, c'est sur ma route.

Les phalanges de Cy blanchirent sur le guidon.

— Je ne voudrais pas vous déranger, monsieur Tucker.

— Penses-tu, je dois de toute manière passer devant ton chemin pour descendre en ville. Allez, viens, hâtons-nous avant que Della ne me trouve une autre commission à faire.

— Oui, monsieur.

Cy, tête basse, fit rouler la bicyclette jusqu'à l'allée. Son crâne cognait comme une enclume quand Tucker retira les clés du tableau de bord pour ouvrir le coffre.

— Dieu seul sait pourquoi elle s'acharne à rouler dans ce paquebot, marmonna-t-il. On pourrait loger trois cadavres dans le coffre.

Il poussa de côté le bazar de Della : un plein carton de vieux vêtements destiné aux œuvres de la paroisse, trois paires de chaussures à confier au cordonnier de Greenville, des bocaux de confiture et une Winchester à canons superposés.

Cy ouvrit des yeux ronds en voyant le fusil, puis s'empressa de regarder ailleurs. Tucker remarqua ce petit manège alors qu'il hissait le Schwinn dans le coffre.

— Elle se trimballe ce machin depuis des mois, dit-il. Prétend qu'elle pourrait en avoir besoin pour descendre un violeur fou si sa voiture tombait en panne.

Il sortit du coffre une longueur de corde, qu'il attacha sans ménagement au pare-chocs.

— J'ai du mal à l'imaginer assise sur le capot avec cette carabine sur les genoux, en train de guetter l'arrivée de violeurs fous. Allez, c'est bon. Grimpe.

Sans dire un seul mot, Cy monta dans la voiture. Tucker sortit une de ses cassettes personnelles de la boîte à gants.

— Je les garde planquées là, avoua-t-il à Cy. Une femme n'ira jamais fouiller dans un vide-poches. Et si on se mettait un peu de Presley ?

— D'accord, répondit le garçon en nouant ses doigts gourds contre son ventre. Ça sera très bien.

— Mon garçon, Presley n'est pas « très bien ». Il est sublime.

Tucker enclencha le lecteur et lança le moteur au rythme de *Heartbreak Hotel.* Il en chanta les premières mesures avec le « King » tout en redescendant l'allée.

— Comment ça se passe à la maison ?

— A la maison ?

— Ta maman va mieux ?

— Elle… elle s'en sort.

— S'il te faut quoi que ce soit — de l'argent, n'importe quoi —, tu peux me le demander. Tu n'auras pas besoin de lui dire d'où ça vient.

Cy dut détourner les yeux vers le paysage. Il ne pouvait supporter cette sollicitude, cette gentillesse naturelle.

— On fait avec, dit-il.

Il aperçut fugitivement la camionnette de Toby au bout de l'allée de Caroline et eut envie de pleurer. Comment pourrait-il jamais se remettre à siffler après Jim ? Ce soir, il ne vaudrait pas mieux qu'un meurtrier.

— Tu veux me dire ce qui te tracasse, Cy ?

— Monsieur ? s'écria le garçon en tournant vivement la tête, le cœur battant la chamade. Mais rien, monsieur Tucker. Rien du tout.

— Voilà longtemps que je n'ai plus quatorze ans, poursuivit Tucker sur un ton détaché. Mais je m'en souviens encore. Je sais ce que c'est d'avoir un père qui a la main lourde et qui est prompt à s'en servir.

Tucker le regarda. Ses yeux témoignaient d'une telle compréhension, que Cy dut une nouvelle fois détourner la tête.

— Tu ne boitais plus quand tu es monté en voiture, Cy.

Le nœud de terreur qui serrait l'estomac du garçon se contracta soudain.

— Je crois… je crois que ma jambe va mieux.

Tucker se tint coi un instant.

— Comme tu veux, dit-il en haussant les épaules.

Ils longeaient à cet instant le maigre ru du Little Hope Creek. Cy savait qu'il restait à peine plus de un kilomètre avant la conduite.

— Je… je range le vélo près de la rivière. Dans la conduite.

— Parfait. Je te conduis jusque-là, si tu veux.

— Peut-être pourriez-vous…

« M'aider à la descendre là-bas. M'aider à la faire rouler de la route jusqu'à la conduite, où mon père vous attend. Et vous m'aiderez, je le sais, parce que vous êtes toujours prêt à aider les gens qui vous le demandent. »

— Oui ? s'enquit Tucker.

Encore quelques centaines de mètres. Juste quelques centaines de mètres. Cy essuya le dos de sa main moite sur ses lèvres sèches. Ce n'était plus une peur glacée qui lui étreignait désormais l'estomac, mais le poing ignoble et pourri de l'horreur. « Je n'ai qu'à le lui demander et il le fera. » Cy vit alors étinceler un reflet de soleil — un reflet renvoyé par des lentilles de jumelles. Ou la lame d'un couteau.

— Arrêtez ! Arrêtez la voiture !

Pris de panique, il s'agrippa au volant et manqua envoyer la voiture dans le ruisseau.

— Enfer ! s'exclama Tucker en braquant brutalement dans l'autre sens.

L'Olds s'immobilisa en travers de la route.

— Aurais-tu donc perdu l'esprit ?

— Faites demi-tour, monsieur Tucker, demi-tour, vite. Jésus tout-puissant, reculez !

Il bondit en sanglotant sur le volant pour essayer de mouvoir lui-même la masse inerte de la voiture.

— Seigneur, je vous en supplie, vite, avant qu'il ne vienne nous tuer. Il va nous tuer tous les deux !

— Voilà. Du calme.

L'Olds vira avec une pesanteur de pétrolier quittant son port d'attache, puis s'élança de nouveau sur la route. Cy se recroquevilla sur le siège en mordant ses poings serrés, le regard fixé sur la vitre arrière, cependant que le regretté « King » égrenait des paroles de tendresse enflammée.

— Il va venir pour moi. Je sais qu'il va venir. Mes yeux, il va m'arracher les yeux !

Il se plia en deux, les mains serrées sur l'estomac. Hystérie ou pas, Tucker décida de se ranger sur le bas-côté. Il tira le garçon de la voiture et lui maintint la tête tandis qu'il se soulageait en grelottant.

Puis, voyant qu'il n'avait plus rien à rendre, Tucker sortit un mouchoir de sa poche pour lui éponger le front.

— Essaye de respirer lentement. Ça y est, maintenant ? Tu crois que c'est fini ?

Cy hocha la tête et se mit à pleurer. Ce n'étaient pas d'âpres et gémissants sanglots, mais des larmes muettes qui fendaient le cœur. Abasourdi, Tucker posa une fesse sur le siège avant et caressa les cheveux du garçon.

— Allez, vide ton sac. Tu te sentiras mieux après.

— Je ne pouvais pas, je ne pouvais vraiment pas le faire. Il va me tuer maintenant.

— Qui donc ?

Cy tourna vers lui un visage rougi par les pleurs. A lui voir une mine aussi pitoyable, Tucker songea qu'il ressemblait à un chien battu à mort attendant le coup de grâce.

— C'est mon papa. Il m'a dit de vous amener ici. Il m'a dit de faire ça pour Edda Lou, et que si ton œil t'offense, tu dois l'arracher. Je lui ai apporté à manger tous les jours. Et je lui ai apporté sa ceinture et une chemise propre et les jumelles. Je devais le faire. Et aujourd'hui j'ai dû lui apporter aussi le couteau.

Les paroles se bousculaient dans la bouche du garçon. Tucker le saisit au collet et le secoua pour lui faire recouvrer ses esprits.

— Ton père se cache dans cette conduite ?

— Il voulait vous surprendre. J'étais censé vous amener à lui. Mais je n'ai pas pu.

Ses yeux roulèrent dans ses orbites.

— Il pourrait arriver, là, maintenant. Il pourrait arriver. Il a les pistolets, aussi.

— Remonte dans la voiture.

Cy se disait qu'il allait très certainement se retrouver en prison, pour avoir aidé un évadé et s'être rendu complice de sa fuite — ou quelque chose d'approchant. Mais la prison était encore préférable à un coup de couteau dans les yeux.

— Qu'est-ce que vous allez faire, monsieur Tucker ?

— Je vais te ramener à Sweetwater.

— Me ramener ? Mais… mais…

— Et une fois là-bas, ajouta-t-il en regardant le garçon avec un air sévère, tu vas appeler le shérif Truesdale pour lui raconter toute l'histoire. Compris ?

— Oui, monsieur, répondit Cy en s'essuyant les joues. Je le ferai, je vous le jure. Je lui dirai où est papa. Je lui dirai tout.

— Et tu lui diras aussi qu'il ferait mieux de rappliquer au plus vite. A fond de train, même.

Il engagea la voiture sous le portail de la résidence.

— Je le lui dirai. Je suis désolé, monsieur Tucker. J'avais trop peur.

— On reparlera de ça plus tard, fit-il en enfonçant la pédale de frein.

Une gerbe de gravier jaillit sous les roues de la voiture.

— Allez, vas-y. S'il n'est pas au poste, appelle-le chez lui. Della te donnera le numéro. Et si tu n'arrives toujours pas à le joindre, alors préviens Carl.

— Oui, monsieur. Qu'est-ce que vous allez faire ? répéta-t-il.

Il regarda avec des yeux ronds Tucker ouvrir le coffre, jeter le vélo dans l'allée et sortir la carabine.

— Vous allez lui courir après ? C'est ça, monsieur Tucker ? Vous allez lui courir après ?

Tucker bascula le canon de la carabine pour vérifier qu'elle était chargée. Puis il releva la tête et riva ses yeux sur ceux du garçon.

— Oui, répondit-il, je vais lui courir après. Quant à toi, va dire à Burke que je viens à l'instant de me nommer suppléant.

Cy fit volte-face et se précipita vers la maison.

18

Tucker n'envisageait pas sans frémir la perspective d'une fusillade. Sa décision était tout simplement aberrante. Tout en se hâtant vers Dead Possum Road, il songea que c'était la seconde fois qu'Austin le mettait dans la fâcheuse obligation d'avoir à porter une arme.

Et c'était bigrement agaçant.

Mais il ne pouvait aller s'asseoir sous la véranda pour attendre que Burke et Carl vinssent prendre les choses en main. Pas quand il avait encore à l'esprit le visage terrifié de Cy, et que l'odeur de la terreur laissée par l'enfant planait lourdement dans l'habitacle.

« Il va m'arracher les yeux ! »

Où diable le gamin avait-il pu pêcher ça ?

Réponse : de son cinglé de père.

Les traits crispés, les yeux couleur de bronze patiné, il se rangea sur le bas-côté et empoigna la carabine puis, se servant de la voiture comme bouclier, il gagna la banquette arrière pour récupérer les jumelles de Della — laquelle en possédait une paire comme tous les autres habitants d'Innocence.

Quand il les eut portées à ses yeux et qu'il eut fait le point, l'arc de béton de la conduite lui apparut avec une netteté effarante. Lentement, il parcourut ses abords. Il n'y avait âme qui vive à l'entrée ni aucun mouvement visible sur la berge du Little Hope. Rien non plus dans le champ au-delà.

Il capta un reflet argenté renvoyé par les toits des caravanes du camping, cinq kilomètres plus loin. Portant ses regards légèrement en deçà, il vit distinctement la sœur d'Earleen, Laurilee, sortir de sa caravane et se mettre à beugler en agitant une canette de Mountain Dew.

« A table, les enfants ! » crut entendre Tucker. Puis il balaya lentement le reste du paysage de ses jumelles. Il aperçut des cochons en train de fouiller leur auge du groin dans la porcherie de la ferme de Stokey, du linge qui séchait au vent chez les March ainsi qu'un panache de poussière qui s'éloignait de la ville — Burke venant le rejoindre, sans doute.

Dans les champs et les prés, en revanche, rien ne bougeait. Le silence, d'une consistance de plomb, n'était troublé que par le babil du ruisseau roulant cailloux et vase, et par quelques oiseaux chantant étourdiment dans la chaleur vaporeuse de l'après-midi.

Si Austin était là à l'attendre, ce ne pouvait être que dans l'ombre poussiéreuse et glauque de la conduite. Et il n'y avait qu'un seul moyen de s'en assurer.

Tucker prit soin de mettre quelques cartouches de réserve dans sa poche, tout en souhaitant sincèrement ne pas être obligé d'y avoir recours. Procédant avec lenteur, les yeux fixés sur l'ouverture béante, il contourna la conduite. Quand il n'en fut plus qu'à cinq pas, il se coucha à plat ventre, la carabine calée contre l'épaule.

— Seigneur, je ne Te demanderai qu'une seule faveur de toute ma vie : ne me force pas à tirer sur cet imbécile.

Il prit une profonde inspiration et expira lentement.

— Austin ! Tu sais que je suis là, j'en suis sûr.

Plus tard, il se souvint que sa peau était sèche comme un vieil os — mais ses mains fermes comme le roc.

— Tu t'es attiré des tas de problèmes en m'invitant ici, poursuivit-il en rampant jusqu'à la berge inclinée du ruisseau. Et si tu sortais pour qu'on discute de tout ça en adultes responsables ? A moins que tu ne préfères te débrouiller avec Burke.

La conduite demeurait silencieuse. Du ciel lui parvenait le croassement d'une corneille.

— Tu commences à m'énerver, Austin. Je vais devoir venir te chercher. T'as vu comment t'as tourmenté ce pauvre garçon ? Ça, je ne peux pas l'avaler. Alors, qu'est-ce que tu veux ? Qu'on se tire dessus jusqu'à ce qu'un de nous deux reste sur le carreau ?

Poussant un faible soupir, Tucker tendit la main pour ramasser une pierre.

— Quitte à ce qu'il y en ait un qui meure, je ne tiens vraiment pas à ce que ce soit moi.

Il lança le caillou dans la conduite et s'attendit à une déflagration. Rien ne vint.

— Zut, marmonna-t-il.

Il se laissa glisser dans le mince filet du Little Hope. Il entendait maintenant comme un rugissement dans son crâne, un tonnerre continu de peur et de fureur. La carabine à la hanche, il se précipita dans la conduite, certain de devoir essuyer des coups de feu.

Mais la conduite était vide. Tucker se tint un instant immobile, se sentant parfaitement ridicule avec son arme à la main et le cœur battant comme un orchestre de jazz. Il pouvait entendre les échos de sa propre respiration ricocher sur les parois de béton.

— Ça va, chuchota-t-il doucement. Ça va, il n'y a personne ici pour se moquer de toi.

Il revint vers l'entrée de la conduite, avant de s'arrêter net.

Et si Austin se tenait dehors ? Et s'il s'était trouvé quelque trou suffisamment large pour s'y tenir caché ? Est-ce qu'il n'était pas en train de l'attendre tranquillement, prêt à le cueillir d'une balle à la sortie ?

Allons, c'était idiot, se dit-il en reprenant sa marche. Puis il s'arrêta de nouveau en étouffant un juron. Ne valait-il pas mieux être idiot que mort ?

Bon, mais que diable allait-il faire maintenant ?

Il repensa absurdement à la scène finale de *Butch Cassidy et le Kid*, où Newman et Redford se livraient au ralenti à une fusillade désespérée.

Tucker, fils de Beau Longstreet, ne se réjouissait guère d'une belle tuerie en guise d'apothéose. Non, vraiment pas.

Certes, il n'ignorait pas que, lorsque les fusils avaient parlé, Butch et le Kid s'étaient du même coup retrouvés catapultés au sommet de la gloire. Mais là, debout dans la conduite exiguë, il se dit qu'il n'était ni un hors-la-loi ni un héros, même si sa fierté se ressentait grandement de devoir rester ainsi terré dans ce trou, condamné à attendre.

Le grondement d'un moteur, suivi du claquement sec d'une portière rabattue à la volée, coupa court à ses tergiversations.

— Tucker ! Tuck, ça va ?

— Par ici, Burke.

Il appuya son fusil contre la paroi.

— L'oiseau s'est envolé.

Il entendit son ami ordonner à Carl d'inspecter les environs, puis la large carrure du shérif se découpa dans l'entrée.

— Mais qu'est-ce qui se passe par ici, bon Dieu ?

— Eh bien, fils, je vais te le dire.

*
* *

— Suis pas arrivé à comprendre la moitié de ce que racontait le gamin, lança Burke en allumant la demi-cigarette de Tucker. Mais il avait l'air fichtrement certain que son papa et toi, vous alliez vous entre-tuer.

— Je ne saurais te dire si je suis désolé ou soulagé de ne pas avoir eu l'occasion d'essayer, repartit Tucker. Cy est un brave garçon, Burke. Austin l'avait affolé avec des menaces ignobles, mais il a agi justement.

Il tira sur sa cigarette et en exhala lentement la fumée.

— Tiens, je suis en train de penser qu'il vaudrait peut-être mieux pour lui qu'il demeure à Sweetwater quelque temps. Rester chez lui serait dangereux. Si Austin n'arrive pas à lui remettre la main dessus, alors ce sera Vernon qui lui fera payer sa trahison. Mon Dieu, je te jure que je ne vois pas comment Cy peut être parent avec ces deux escogriffes.

— Avec un peu de chance, Vernon n'entendra pas parler de cette affaire avant un jour ou deux. Pour l'instant, il faut que nous retrouvions son père.

Puis, hochant la tête à l'adresse de Tucker :

— Et on peut dire que tu es d'ores et déjà mon suppléant.

— Heureux de me voir investi en bonne et due forme, répliqua Tucker en ramassant sa carabine.

C'est alors qu'il aperçut un graffiti sur le mur.

— Que diable…

Il s'approcha de la paroi en plissant les paupières.

— Tu me caches la lumière, Burke.

Il jura brusquement en déchiffrant l'inscription :

ŒIL POUR ŒIL

— Jésus tout-puissant, murmura Burke en passant le pouce sur le premier O. On dirait qu'il a écrit ça avec du sang. Je vais appeler du renfort. Nous mènerons l'enquête maison par maison, nous fouillerons chaque pouce du comté, mais nous rattraperons ce cinglé de salaud avant la nuit.

« Il va m'arracher les yeux ! »

Tucker se pressa les paupières tandis que la voix terrifiée de Cy résonnait dans sa tête.

— Je crois bien que je vais t'accompagner. Dis, j'aurai droit à une de tes étoiles en fer-blanc ?

*
* *

Une heure plus tard, Burke avait sous ses ordres quinze volontaires musclés. Il ressentit bien quelque embarras à voir Billy T. Bony et Junior Talbot se tenir côte à côte avec un fusil sous le bras, mais dut se contenter d'espérer que la frénésie d'une chasse à l'homme éclipserait pour un temps les rancœurs personnelles. Par mesure de précaution, cependant, il inscrivit Junior dans le groupe dirigé par Carl et garda Billy T. dans le sien. Il avait pris le risque de confier à Jed Larsson, homme lent mais avisé, la direction d'un troisième groupe.

Penché sur une carte du comté, il délimitait à présent les aires de battue.

— Alors, prudence, hein? Austin a deux pistolets et, à moins qu'il ne se soit amusé à tirer des lapins, il n'a pour l'instant utilisé qu'une seule balle. Je détesterais terminer la journée en annonçant à quelque épouse ou petite amie que son homme s'est fait canarder comme un imbécile.

— On est toujours plus malins que ces gros culs de suppléants du comté, répliqua Billy T., excité à l'idée de se servir d'une arme.

Sa rodomontade fut saluée par une bordée de rires où chacun put se soulager de sa tension. Burke attendit que le silence revînt.

— La dernière fois qu'Austin a été aperçu, c'était dans cette conduite, juste là. Désormais, il a au moins une heure d'avance sur nous, et il est à pied. Mais il connaît la région, et il n'a que l'embarras du choix pour se cacher. Maintenant, il faut le ramener, et le ramener vivant. Si vous l'apercevez, vous lancez un appel radio. Vos armes ne doivent servir qu'à vous défendre.

Quelques hommes échangèrent des regards entendus. Austin ne leur était guère sympathique.

— S'il meurt, certains d'entre vous auront à répondre à des questions plutôt embarrassantes.

Ce disant, il passa le groupe en revue pour souligner son propos d'un regard appuyé.

— Vous ne partez pas chasser le daim, les gars; vous êtes des fonctionnaires dûment assermentés. Bon, allez, on y va, et faites gaffe à vos miches.

Il se tourna pour rassembler son propre groupe.

— Et que Dieu nous assiste.

Trois des suppléants se serrèrent dans la voiture de patrouille avec Burke et Tucker : Billy T., Singleton Fuller et Bucky Koons. Singleton s'empressa aussitôt d'allumer un des cigares que Happy lui interdisait de fumer à la maison.

— Tu n'as pas appelé les gars du comté, Burke, lança-t-il d'un ton désinvolte.

Les doigts du shérif se crispèrent sur le volant.

— Non. C'est chez nous, ici.

Un murmure approbateur se fit entendre derrière le nuage de fumée odoriférant.

Au croisement d'Old Cypress Road et de Longstreet— « Base A » de l'opération —, Burke se rangea sur l'accotement. Tucker, à qui le lieu rappelait certain souvenir, lança un bref coup d'œil à Billy T. dans le rétroviseur. Ce dernier lui renvoya un regard hargneux.

Puis ils se séparèrent. Les trois suppléants partirent vers l'est sous la direction du circonspect Singleton. Burke et Tucker se dirigèrent vers l'ouest.

— Tu peux me dire ce qui se mijote entre toi et Billy T. ? demanda Burke tandis qu'ils entamaient la large manœuvre d'encerclement qui devait les amener à rejoindre le reste du groupe devant l'étang des McNair.

— Oh, ça fait plus que mijoter, répondit Tucker. Ça bout. Ça déborde, même.

Il lança un regard anxieux en direction de la maison de Caroline.

— Tu crois vraiment qu'il a pu arriver jusqu'ici ?

— Je ne crois rien. Il pourrait être parti n'importe où, et je pourrais aussi avoir commis une erreur en n'appelant pas les autorités du comté.

— Pour l'efficacité dont ils ont fait preuve la dernière fois…

— Mouais, repartit Burke, peu désireux d'approfondir le sujet. Cela dit, il peut très bien être retourné chez lui.

Il eut une pensée inquiète pour Carl et son groupe.

— Les gars du comté sont toujours en planque là-bas, et Austin le sait, mais j'ai comme l'impression que le bonhomme n'a plus toute sa tête.

Tucker considéra la distance qui séparait la maison d'Austin de celle de Caroline et en retira quelque soulagement.

— J'espère fichtrement que c'est là qu'il se trouve. Comme ça, ils le cueilleront au vol et nous en débarrasseront aussi sec.

Tucker se retourna et contempla intensément un rayon de soleil réfléchi par une fenêtre, au premier étage de la maison de Caroline.

— Il n'a pas seulement perdu la tête, Burke. On dirait plutôt qu'il est devenu comme enragé. Tiens, le jour où on s'est étripés, il en est arrivé à me prendre pour mon père. J'ai presque cru qu'il voulait moins me tuer, moi, que le vieux Beau.

Il se sentit tenaillé par une furieuse envie de fumer, qu'il s'efforça de refouler.

— Et si tu veux mon avis, reprit-il, ce n'était pas moi non plus qu'il souhaitait voir amener dans cette conduite.

Burke fronça les sourcils. Il n'y connaissait pas grand-chose en psychologie — à moins que le terme ne désignât en fait que le fonds éternel de la nature humaine. En même temps, il savait pertinemment qu'un homme pouvait être amené à des actes désespérés lorsqu'une femme le poussait à bout. Comme se pendre dans sa propre grange, par exemple.

— En vouloir si longtemps à une femme est peu banal, remarqua-t-il cependant.

— Peut-être, mais du temps, par ici, on en a plus qu'il n'en faut. Ma maman se levait et sortait de la pièce chaque fois qu'on prononçait le nom d'Austin. Et cela, jusqu'au dernier jour de son existence.

Tucker s'arrêta à côté de Burke, qui s'était mis à scruter les environs de ses jumelles.

— Alors ça m'a fait réfléchir, reprit Tucker. Un jour, j'ai demandé à Edda Lou si Austin avait un comportement anormal à ce sujet. Elle a ri.

Pour le coup, il sortit une cigarette.

— Elle m'a dit que, parfois, quand il flanquait une volée à sa mère, il l'appelait du nom de la mienne.

Un frisson lui parcourut l'échine.

— Tu vois quelque chose ?

— Que dalle.

Burke sortit son talkie-walkie pour vérifier la progression des autres groupes.

Tucker eut un autre frémissement. Il tira avidement sur sa cigarette, se disant qu'il était tout à fait normal de se sentir nerveux au cours d'une chasse à l'homme. Puis il se surprit une fois de plus, non pas en train de lancer un coup d'œil par-dessus son épaule ni d'interroger le paysage en écarquillant les yeux, mais de porter ses regards vers le reflet de lumière accroché par la fenêtre de la chambre de Caroline.

Quelque chose n'allait pas. Il pouvait presque le sentir, telle une trace d'ozone dans l'atmosphère après le flash d'un éclair. Oui, il y avait quelque chose qui clochait.

— Burke, je voudrais aller jeter un coup d'œil chez Caroline.

— Je te l'ai déjà dit, Susie l'a appelée pour lui demander de passer à la maison. Elles sont probablement assises dans la cuisine à parler arrangements floraux et gâteau de mariage.

— Ouais, marmonna Tucker en roulant des épaules comme si son dos le démangeait. Mais je veux quand même aller voir.

Il marchait déjà à grandes enjambées lorsqu'ils entendirent les coups de feu.

Caroline avait mis du pain de maïs à cuire dans le four. Une vieille recette de famille de Happy Fuller. Elle était en train de finir de pétrir la pâte quand Susie avait appelé. Elle n'était pas vraiment enchantée par l'invitation à dîner — ou plutôt par la perspective de devoir « aider » la future mariée à choisir des couleurs agréant à sa mère. Mais Susie avait ajouté qu'Austin avait été aperçu à moins de quinze kilomètres de là, et qu'il serait donc imprudent qu'elle restât seule à la maison.

Caroline l'avait remerciée de sa sollicitude, et comme, après l'appel, elle s'était mise à sursauter au moindre craquement et à la moindre ombre sur les murs, elle se sentit bientôt on ne peut plus disposée à honorer l'invitation. Non qu'elle imaginât Austin débarquant sans prévenir devant sa porte. Certes non. Mais plus l'après-midi avançait, plus elle appréciait l'idée de profiter d'un moment de sécurité dans la cuisine bruyante de Susie.

Elle renifla l'odeur qui embaumait la pièce. Le pain de maïs était presque cuit. Quand il le serait complètement, elle le calerait dans sa voiture avec Vaurien et descendrait en ville.

Consultant l'horloge du four, elle vit qu'elle avait encore un peu plus de cinq minutes à patienter. Elle entrouvrit la moustiquaire pour appeler le chiot.

— Vaurien ? Viens, mon gars.

Elle frappa dans ses mains comme elle avait vu Happy le faire, puis siffla.

— Allons, Vaurien. On va faire une balade.

Entendant un couinement s'élever tout près, elle se mit à quatre pattes pour regarder à travers les lattes du plancher de la véranda. Elle aperçut alors le chiot recroquevillé contre un des nouveaux étais.

— Allons, gros nigaud, viens donc. Mais qu'est-ce qui te fait peur comme ça?

Il poussa deux petits jappements brefs et se rencogna contre l'étai. Lasse de cette comédie, Caroline s'assit sur les talons.

— Il a dû voir une couleuvre, murmura-t-elle.

Ayant résolu de l'attirer dehors avec un Milk Bone — Vaurien manifestait un penchant incoercible pour ces biscuits —, elle s'apprêta à se relever. C'est alors qu'elle aperçut Austin Hatinger.

L'espace d'un instant, elle crut à une hallucination. Il ne pouvait exister vraiment, cet homme qui traversait son jardin avec deux pistolets accrochés à sa ceinture et un couteau dans la main. Elle ne pouvait que l'inventer, cet individu qui écrasait du talon les pensées qu'elle venait juste de planter et qui s'approchait d'elle avec ce sourire figé, ces yeux rougis de dément.

Elle était toujours sur les genoux quand il se mit à parler.

— Dieu m'a guidé jusqu'à toi.

Son sourire semblait lui fendre la figure comme une déchirure dans un sac de toile.

— J'ai entendu Sa volonté. Tu étais avec lui, je t'ai vue avec lui. Tu dois être immolée.

Il s'approcha de la véranda en faisant tourner la lame du couteau au soleil.

— Comme Edda Lou. Il faut que ce soit exactement comme pour Edda Lou.

Tel un sprinter se préparant sur la ligne de départ, Caroline se redressa sur les mains, puis se rua dans la cuisine, dont elle verrouilla aussitôt la porte derrière elle. L'horloge du four sonna la fin de la cuisson. Elle hurla d'effroi, cependant qu'Austin s'abattait de tout son poids sur le battant. Sous le choc, elle sentit ses jambes cotonneuses se dérober.

Sans réfléchir, poussée par l'instinct, elle sortit précipitamment de la cuisine en s'emparant au passage du colt de son grand-père. Il lui fallait rejoindre la voiture, se dit-elle. Mais à l'instant même où elle parvenait dans le couloir, elle entendit la vieille porte de bois de la cuisine céder avec un craquement.

Elle se souvint alors que l'arme que serrait sa main moite n'était pas chargée.

Des sanglots lui montèrent à la gorge. Elle ouvrit la porte d'entrée à la volée tout en fouillant dans ses poches. Une balle glissa de ses doigts trop moites. Elle manqua trébucher au bas de la véranda. Lorsqu'elle se fut remise fébrilement sur ses pieds, elle vit que sa voiture avait les quatre pneus crevés.

Austin apparut derrière elle dans l'encadrement de la porte.

— Tu ne peux échapper à la volonté de Dieu. Tu es l'instrument de Sa colère. Œil pour œil, dit le Seigneur.

Caroline, cependant, courait déjà vers les marais. Une autre balle roula de sa main comme un savon humide pour se perdre dans l'herbe. Son cri n'était plus qu'un souffle rauque.

— Arrête… Arrête donc! dit-elle à sa main tremblante tout en insérant une, puis deux balles dans le barillet. Oh, mon Dieu, je vous en supplie!

Elle était presque parvenue aux arbres. Plus que quelques pas et elle atteindrait le sous-bois. Là-bas était la sécurité. Là-bas aussi était l'horreur. Jetant un coup d'œil désespéré par-dessus son épaule, elle s'aperçut qu'Austin était près de la rejoindre. Le regard brouillé par les larmes, elle fit volte-face et appuya sur la détente.

Le chien cliqueta dans le vide. Austin sourit.

— Aujourd'hui tu es l'agneau de Dieu.

Le couteau décrivit un arc de cercle dans l'espace, éclair d'argent et de mort fondant sur la jeune femme. Caroline vit alors plus que de la démence dans les yeux de son agresseur. Elle y vit un abominable triomphe.

Soudain, Vaurien jaillit comme une petite balle de feu et referma ses dents de chiot sur le derrière d'Austin. Ce dernier hurla, plus de rage que de douleur, puis, d'un seul coup de pied, envoya l'animal rouler, inanimé, sur le gazon.

— Mon Dieu! cria Caroline.

Serrant la crosse du revolver à deux mains, elle tira de nouveau. Le recul, cette fois-ci, la fit chanceler en arrière. Abasourdie, elle fixa d'un œil hagard l'horrible fleur de sang qui s'épanouissait sur la chemise blanc sale d'Austin.

Le forcené s'était remis à sourire, arborant un rictus grimaçant. Il esquissa encore un pas vers elle, le couteau haut levé.

— Non, non, je vous en supplie, gémit Caroline.

L'arme tonna une nouvelle fois dans son poing. Avec une horreur sans nom, elle vit le visage d'Austin disparaître. Son grand corps musculeux tressauta. L'esprit paralysé de terreur, elle crut qu'il avançait toujours. Que toujours et implacablement il marchait sur elle. Alors, elle recula sur les fesses, la gorge brûlée par ses propres cris, ses talons labourant le sol.

Le couteau retomba à ses pieds, bientôt suivi d'Austin.

Tucker dérapa sur le gravier de l'allée et s'arrêta net à l'orée de la clairière. Le cœur battant encore la chamade, il aperçut Caroline qui louvoyait dans le jardin, son chiot dans les bras. Au-delà était étendu Austin, la face enfouie dans l'herbe maculée de sang.

— Il a frappé mon chien, se contenta-t-elle de murmurer lorsqu'elle passa devant lui pour regagner la maison.

— Seigneur Jésus, Burke.

— Je m'en occupe, répliqua ce dernier en rengainant son arme pour se saisir de son talkie-walkie. Va la rejoindre à l'intérieur. Et veille à ce qu'elle y reste jusqu'à ce que j'en aie fini ici.

Tucker retrouva Caroline assise sur le rocking-chair du salon, son chiot encore étourdi sur les genoux.

— Mon chou…

Il s'accroupit à son côté et lui caressa le visage, les cheveux.

— Il t'a fait mal ?

— Il allait me tuer.

Elle ne cessait de se balancer, craignant de devenir folle si elle s'arrêtait.

— Tucker, il allait me tuer avec son couteau. Il aurait pu me tirer dessus, mais non, il fallait qu'il le fasse avec son couteau. Comme pour Edda Lou, a-t-il dit.

Vaurien commença à s'agiter sur ses genoux en gémissant. Caroline le prit contre sa poitrine aussi doucement que si elle avait tenu un bébé.

— Tout va bien maintenant. Tout va bien.

— Caroline, Caroline, regarde-moi, mon petit.

Tucker attendit qu'elle tournât la tête vers lui. Ses pupilles étaient si dilatées que les iris, autour, n'étaient guère plus qu'un mince cercle vert.

— Je te monte dans ta chambre. Allez, viens, on va à l'étage et j'appelle le médecin.

— Non.

Elle poussa un long soupir en sentant Vaurien lui lécher le menton.

— Je ne suis pas en train de devenir hystérique. Je ne vais pas tomber en morceaux. Cela m'est déjà arrivé à Toronto. En tout petits morceaux. Mais c'est fini.

Elle déglutit péniblement et pressa sa joue contre le pelage du chiot.

— J'étais occupée à préparer du pain de maïs. Je n'avais jamais fait de pain de maïs, avant. Happy m'en a donné la recette, et j'allais la passer à Susie. C'est si bon de se sentir participer à la vie d'ici.

Vaurien lécha une larme qui coulait sur sa joue.

— Tu vois, je pensais venir ici pour être seule, mais je ne savais pas combien j'avais besoin de participer à la vie des autres.

— Tout va bien se passer, maintenant, dit Tucker, désemparé. Je te promets que tout va bien se passer.

— Je faisais du pain de maïs dans le four de ma grand-mère. Et j'ai tiré sur Austin Hatinger avec le revolver de mon grand-père. Curieux, non ?

— Caroline.

Il lui prit le visage entre les mains. Elle pouvait deviner dans ses yeux toute la violence et la rage que sa voix parvenait à contenir.

— Je vais juste te porter un petit peu, tu veux bien ?

— Je veux bien.

Il la souleva dans ses bras, et elle laissa sa tête reposer contre son épaule. Puis, sans ajouter un mot, Tucker la coucha doucement avec le chiot sur le canapé. Ni l'un ni l'autre ne réagirent lorsque le téléphone sonna.

— Je vais rester ici pour la nuit, lui dit-il. Juste là, sur le canapé.

— Tucker, je ne suis pas en train de tomber en morceaux.

— Je sais, mon amour.

Caroline poussa un soupir.

— L'horloge du four est toujours en train de sonner.

Elle se mordit la lèvre pour raffermir sa voix.

— Je crois que le pain est brûlé.

Puis elle enfonça la tête dans l'épaule de Tucker et se mit à pleurer.

19

Lorsque Caroline redescendit de sa chambre, elle se sentait comme vidée de sa substance. Le contrecoup du choc émotionnel et les somnifères qu'elle avait avalés l'avaient plongée dans une étrange apathie. Elle ne savait rien de l'heure qu'il pouvait être, sinon que le soleil était éclatant et la maison silencieuse comme une tombe.

L'atmosphère était déjà suffocante. Même la robe de coton léger qu'elle avait enfilée lui semblait d'une moiteur insupportable contre sa peau. Elle décida qu'elle prendrait son café glacé… dans sa voiture. Et avec l'air conditionné.

Elle avait tué un homme.

La simple brutalité de ce fait la figea au bas de l'escalier, le poing serré contre son cœur, à la manière d'un coureur essayant de retrouver son souffle après un sprint éreintant. Et, comme ce même coureur, elle sentit ses jambes mollir au point qu'elle dut s'asseoir sur le palier, la tête entre les mains.

Elle avait tiré deux balles dans le corps d'un homme, sauvant ainsi sa propre vie au prix de la sienne. Oh, elle savait bien que c'était de la légitime défense. Même si Burke ne l'avait pas interrogée avec autant de ménagement, même s'il ne lui avait pas apporté son soutien tacite, elle l'aurait su quand même. De toute évidence, le cerveau dérangé d'Austin Hatinger lui avait dicté de se retourner contre elle, et elle avait dû réagir.

Mais les circonstances ne changeaient rien au résultat. Elle avait pris la vie d'autrui. Elle, dont le plus grand acte de violence avait été jadis de briser une flûte à champagne contre le mur du Hilton de Baltimore, elle avait tiré deux balles de 45 mm sur un homme avec lequel elle n'avait jamais échangé le moindre mot.

Pour un grand saut, c'en était un, songea-t-elle en se passant les mains sur la figure. Et si l'atterrissage faisait encore un peu trembler ses jambes, elle avait du moins appris quelque chose sur elle-même.

Elle pouvait vivre avec.

Et elle ne chercherait pas à se le reprocher. Elle ne se torturerait pas l'esprit pour savoir comment elle aurait pu éviter cette tragédie, la prévenir, en modifier l'issue. C'étaient une vieille faiblesse, un orgueil illusoire qui, jusqu'à présent, lui avaient fait croire qu'elle avait le droit, le devoir, le *pouvoir* d'assumer tous les fardeaux de son existence — fussent-ils un concert, les désirs de sa mère ou les infidélités d'un amant. Ou encore la mort violente d'un dément.

Non, se dit-elle, Caroline Waverly n'était plus disposée à écouter cette petite voix sournoise qui torturait son esprit en égrenant fautes, blâmes et erreurs.

Elle se releva et se dirigea vers la cuisine. Un grattement se fit alors entendre à la porte d'entrée. Son cœur bondit dans sa poitrine. Déjà un hurlement se frayait un chemin jusqu'à sa gorge, lorsqu'elle reconnut le gémissement de Vaurien. Le cri mourut sur ses lèvres en un bref soupir, tandis qu'elle allait ouvrir la porte.

Ivre de gratitude, le chiot s'élança vers elle et se mit à sautiller frénétiquement autour de ses jambes, sa queue fouettant l'air avec force.

— Mais que faisais-tu donc derrière la porte ?

Elle se pencha pour lui gratter les oreilles, se prêtant complaisamment aux coups de langue affectueux du fidèle animal.

— Comment t'es-tu retrouvé dehors, hein ?

Vaurien gambada autour d'elle en jappant, ses pattes cherchant désespérément un appui sur le parquet ciré, puis il se rua dans le salon.

— Allons, tu te prends pour Lassie ? lui demanda Caroline en le suivant. J'espère que tu ne m'emmènes pas jusqu'au puits où est tombé Timmy ou au…

Sa voix mourut lorsqu'elle vit le chiot se coucher avec satisfaction devant le canapé… sur lequel Tucker était étendu sans chemise ni chaussures.

Il n'avait pas l'air innocent dans son sommeil. Ses traits trahissaient une bien trop grande fermeté. En revanche, il paraissait très mal installé. Ses pieds dépassaient du canapé à deux places et, à l'autre extrémité, sa nuque reposait de guingois entre l'assise et le bras. Il avait croisé les mains sur son ventre, moins par bienséance, comprit Caroline, que parce qu'il n'avait su où les poser. Malgré l'inconfort de sa position, pourtant, et en dépit du rayon de soleil qui lui tombait droit sur les yeux, sa poitrine se soulevait et retombait doucement, au rythme d'une respiration aussi calme que profonde.

La jeune femme, qui avait oublié sa présence, se souvint alors combien il avait été gentil pour elle, avec quelle tendresse il l'avait serrée dans ses bras tandis qu'elle se soulageait de sa tension en sanglotant. Et comment, rien qu'en la tenant ainsi contre lui, il lui avait donné la force et la sérénité nécessaires pour répondre aux questions du shérif.

Tucker était aussi celui qui l'avait emmenée au lit, passant outre ses protestations, avec la patience d'un père envers un enfant épuisé. Puis il était resté assis à son chevet le temps que les somnifères aient raison de son agitation. Enfin, pour chasser les derniers spectres de l'angoisse, il lui avait raconté quelque histoire idiote au sujet de son cousin Ham qui vendait des voitures d'occasion à Oxford.

La dernière chose que Caroline se rappelait concernait une Pinto 72 qui, à peine sortie du parking, avait perdu sa transmission, et un client mécontent venu réclamer, le fusil à la main.

Elle sentit sauter les verrous de son cœur. Et soupira.

— Tu caches bien ton jeu, hein, Tucker ?

Vaurien dressa les oreilles en entendant ce nom, et bondit sur le dormeur pour lui lécher le visage. Ce dernier s'agita en grognant.

— Oui, oui, mon chou. Tout à l'heure.

Amusée, Caroline se rapprocha de lui.

— J'espère que ça en vaudra la peine.

Le sourire aux lèvres, Tucker prit le chien dans ses bras.

— Ça en vaut toujours la peine…

Ses mains caressèrent le dos du chien jusqu'à sa queue, qui battait joyeusement. Puis il ouvrit les paupières avec lenteur et considéra la face canine qui le dévisageait.

— Tu n'es pas exactement comme dans mon souvenir, dit-il.

Nullement désappointé, Vaurien recula pour aller se coucher sur la poitrine de Tucker. Celui-ci le gratifia d'un distrait chatouillis et referma les yeux.

— Je ne t'avais pas mis dehors ?

— Il voulait rentrer.

Tucker rouvrit aussitôt les yeux et, écartant le chiot, regarda Caroline. Celle-ci constata qu'il n'avait plus son air endormi. Au contraire, il l'examinait attentivement.

— Salut.

— Bonjour.

Il libéra un peu de place sur le canapé. Acceptant l'invitation, Caroline s'assit à côté de lui.

— Je suis désolée de t'avoir réveillé.

— Oh, je me serais levé un jour ou l'autre, tu sais.

Il tendit la main pour lui caresser la joue du bout des doigts.

— Comment va ?

— Ça va. Vraiment. Je voulais te remercier d'avoir veillé sur moi.

Une grimace déforma légèrement ses traits tandis qu'il étirait sa nuque.

— C'est drôle, je peux m'endormir n'importe où.

— Je le vois bien.

Emue, elle écarta de son front une mèche de cheveux.

— Tu as été vraiment gentil, Tucker. Je t'en suis reconnaissante.

— Dois-je répondre que c'est parfaitement normal entre voisins, c'est ça ?

Elle retira sa main. Il la prit dans la sienne.

— Tu m'as rendu malade d'inquiétude, sais-tu ? Tu avais perdu toutes tes couleurs quand tu t'es finalement endormie.

— Je vais mieux maintenant.

Elle regrettait tout de même de ne pas avoir un miroir pour s'en assurer.

— Tu aurais pu utiliser un des lits de l'étage.

— J'y ai songé.

Cependant, lorsque, pour la quatrième ou cinquième fois de la nuit, il était allé voir si elle dormait paisiblement, il avait aussi songé à se glisser à son côté, dans le lit. Juste pour la tenir dans ses bras, la garder tout près, se réjouir qu'elle fût encore vivante. Et cela l'avait ébranlé au point qu'il s'était promis d'avoir une discussion sérieuse avec elle. Mais, pour l'heure, il désirait simplement goûter ce moment d'intimité.

— Viens là.

Elle hésita un instant, puis obtempéra, pressée par le besoin de se rapprocher encore de lui. Quand elle eut sa tête calée contre son épaule, et le chien affalé sur ses jambes, elle poussa un nouveau soupir.

— Je suis heureuse que tu sois là.

— Désolé de ne pas être arrivé plus tôt.

— Non, Tucker.

Il lui embrassa les cheveux.

— Il faut que je te le dise quand même, Caroline. Ça m'a donné des sueurs froides durant toute la nuit. Il ne se serait pas attaqué à toi s'il n'avait voulu se venger de moi. C'était moi qu'il voulait, et c'est encore moi qui t'ai fourrée dans ce pétrin.

Elle lui posa une main sur le cœur, songeant qu'elle ne s'était sans doute jamais sentie aussi tranquille ni aussi rassurée.

— Avant, je fonctionnais toujours ainsi, lui confia-t-elle. Je me croyais le centre du monde, et chaque fois que quelque chose allait de travers, je me sentais coupable. C'était une forme d'orgueil, je crois. Ce genre d'orgueil qui te mine, te vide et te force à te gaver de pilules et de séances chez le psy pour compenser. Ne deviens pas comme moi, Tucker. Je commence tout juste à être séduite par ta manière de vivre au jour le jour.

— Ça m'a effrayé.

Il resserra son étreinte, et Caroline se pelotonna encore plus étroitement contre lui, pour le réconforter, et se réconforter elle-même.

— Non, reprit-il, rien ne m'a jamais autant effrayé que ces coups de feu alors que j'étais si loin de toi.

— Oh, moi j'ai déjà eu peur auparavant. Tellement peur. C'est horrible à dire, mais hier, pour la première fois, j'ai réagi contre cette peur.

Elle serra les poings puis, lentement, posément, les desserra.

— Je ne me réjouis pas de ce qui est arrivé, Tucker, et je crois que je me souviendrai toujours du moment où j'ai appuyé sur la détente. Mais je peux vivre avec.

Tucker contempla la danse des grains de poussière dans un rayon de soleil. Il y avait des choses qu'il n'oublierait pas non plus de sitôt, songea-t-il. Comme la terreur sans nom qu'il avait éprouvée en volant au-dessus des labours dans le bruit des détonations. Ou encore l'air hagard et choqué de la jeune femme quand elle était passée devant lui, le chiot évanoui dans ses bras.

— Je ne suis pas un héros, Caroline, et Dieu sait que je ne veux pas le devenir, mais je veillerai désormais à ce qu'il ne t'arrive plus rien de mal.

Elle sourit.

— Voilà une grande et téméraire décision, dit-elle en levant la tête pour le regarder.

Tucker, cependant, ne lui sourit pas en retour. Ce fut au contraire d'un geste presque rude qu'il lui saisit le menton.

— Tu es importante pour moi, murmura-t-il d'une voix sourde, comme s'il s'expliquait la situation à lui-même. Personne ne l'a jamais été autant pour moi, et c'est difficile à vivre.

Caroline sentit sa respiration se bloquer dans ses poumons, comme naguère, lorsqu'elle se tenait sur la scène encore obscure, juste avant que la lumière des projecteurs la trouve.

— Je sais, répondit-elle. Je crois que c'est difficile pour nous deux.

Elle le tenait toujours serré contre elle. Ses yeux demeuraient rivés aux siens. Cependant, Tucker vit une légère frayeur voiler son regard ; et parce qu'elle était effectivement importante pour lui, parce que tout ce qui la concernait lui était même devenu vital, il s'efforça de prendre un ton badin.

— Voilà en tout cas une situation inédite pour moi, remarqua-t-il en lui caressant la joue d'un geste plus doux. Je suis là, collé contre une femme, et je n'ai toujours pas essayé de la déshabiller. Si ça se sait, ma réputation risque d'en souffrir.

— Et si tu essayais maintenant ?

Ses doigts se figèrent contre sa joue.

— C… comment ?

— Je dis : et si tu essayais maintenant ?

Le regard toujours empli de crainte, de désir et de doute à la fois, elle leva la tête pour embrasser ses lèvres.

Tucker se sentit comme fondre en elle — et ça aussi, c'était inédit, cette lente et langoureuse plongée dans la tendresse. Il n'éprouva aucun de ces brûlants sursauts de désir auxquels, jusqu'alors, il se laissait toujours aller. Il percevait plutôt une sorte de glissement subtil dans ses perceptions, un changement aussi ténu que l'illumination progressive du ciel avant l'aube.

Tandis que le corps de la jeune femme se coulait contre le sien, tandis que ses soupirs se mêlaient intimement à son souffle, il comprit qu'elle lui offrait plus que de la passion. Elle lui donnait sa confiance. Il en fut confondu et troublé. Elle n'était pas du genre à se livrer à n'importe qui, alors que lui… lui avait toujours pris ce qu'une femme était prête à lui donner, sans réticence ni remords aucun.

— Caroline.

Il effleura ses joues du bout des doigts et passa la main dans ses cheveux doux.

— Caroline, répéta-t-il, je te veux.

Son cœur cognait précipitamment contre le sien. Il lui couvrit le visage de baisers. La gravité sereine de sa déclaration fit sourire la jeune femme.

— Je sais, dit-elle.

— Non, tu ne peux pas savoir.

La robe avait glissé de ses épaules. Il laissa ses lèvres errer dans le creux doux et chaud de ses seins.

— Je crois bien que j'ai attendu ton consentement dans la minute même qui a suivi notre première rencontre.

Caroline sentit son corps trembler et s'arquer sous celui de Tucker. Mais de quoi parlaient-ils donc ? se demanda-t-elle. Pourquoi tant de mots quand il ne s'agissait que de s'abandonner aux sensations ?

— Ça aussi, je le sais.

— Il y a seulement que…

Tucker effleurait sa poitrine si blanche, si douce. Il ne pouvait y résister.

— Je n'ai jamais vraiment su me retenir avec les femmes.

Elle caressa son dos nu, explorant des mains cette étendue mystérieuse et ondoyante.

— Dis-moi quelque chose que je ne sais pas, murmura-t-elle.

— Je ne voudrais pas que tu regrettes cet instant.

Il frotta sa joue contre la sienne, puis se recula. Son regard s'était assombri sous l'effet de sentiments que Caroline n'envisageait pas sans frémir.

— Je ne crois pas que je pourrais supporter de te décevoir, ajouta-t-il.

— Je ne t'aurais jamais soupçonné d'être si compliqué en amour.

— Cela m'étonne aussi, répliqua-t-il en glissant profondément les doigts dans ses cheveux. Mais ce n'est pas simple avec toi, Caroline. Je pense que je devrais essayer d'y voir un peu plus clair.

Ce qu'elle lisait dans ses yeux était pourtant parfaitement clair, songea-t-elle. Et alimentait d'ailleurs la houle de panique qui menaçait son âme.

— Tout est déjà assez clair comme ça.

Désespérée, elle ramena ses lèvres contre les siennes.

— Je suis en vie, et j'ai uniquement besoin de me sentir vivre.

Son désir submergea Tucker, l'engloutit, l'absorba. Elle lui réclamait ce qu'il avait lui-même toujours recherché chez d'autres femmes : un plaisir simple et partagé. Si quelque remords l'effleura, il décida de l'ignorer. Répondant à son élan, il ouvrit grande sa robe et se reput de sa chair. Elle était fine, pâle, soyeuse. Et bien que Caroline ne fût pas pour lui n'importe quelle femme, bien qu'elle ne fût pas uniquement une femme de plus, il refoula toutes ces pensées gênantes pour se consacrer à la seule jouissance de son corps.

Caroline se démenait avec égarement dans la canicule, dévorant le désir mâle comme une affamée un quignon de pain. Elle n'était plus qu'un corps recherchant le plaisir d'un autre corps. Plus de pensée, se jura-t-elle. Plus de sentiment. Rien que des sensations, une volupté heureuse, purifiante, libératoire. Et lorsque Tucker l'eut enfin conduite jusqu'à une jouissance âpre, aiguë, elle poussa un cri qui la laissa frémissante.

Elle pouvait entendre la respiration tendue et oppressée de son compagnon, alors même que ses gestes se faisaient plus lents, plus doux. Il lui murmura quelque chose et, quoiqu'elle n'en comprît pas le sens, la gentillesse de son ton faillit l'amener à se serrer contre lui en sanglotant.

Elle s'efforça de maîtriser cette impulsion, mais les sentiments qui la sous-tendaient l'effrayèrent. Elle n'en voulait plus, de ces sentiments-là, et pour les refouler, elle réagit avec une promptitude presque brutale. Il chuchotait encore, ses lèvres contre les siennes, quand elle tira sur le jean qu'il portait encore et saisit son sexe dur d'une main avide et brûlante.

Tucker eut un instant l'impression que la pièce basculait. Il voulut lutter pour recouvrer ses esprits. Mais Caroline, déjà, se collait à lui.

— Caroline, attends.

Elle le tenait cependant, et, sans plus attendre, le fit plonger profondément en elle, le pressant de s'accorder à son rythme frénétique.

Il était piégé en elle comme dans les exigences de son propre corps. Aussi courut-il à sa suite jusqu'au terme d'une jouissance dont il savait d'ores et déjà qu'elle serait vaine.

Elle reposait dans une immobilité presque parfaite, sa robe retroussée sur les cuisses. Elle se sentait repue de vie. Endolorie, tuméfiée, tremblante, et repue de vie. Mais c'était une vie, hélas, qui la vidait.

Si seulement il pouvait dire quelque chose, pensa-t-elle. Si seulement il pouvait lever la tête et lui faire en souriant quelque blague idiote qui saurait dissiper entre eux cette gêne.

Mais le silence s'éternisait. Elle avait senti son cœur se calmer contre le sien, et le silence s'éternisait.

Tucker, pour sa part, savait qu'il devait peser sur elle, mais il reculait le moment de la soulager de son corps — ce moment où il affronterait son regard. Et sa propre conscience.

Ç'avait été bon, se dit-il. Oui, bon et simple, abstraction faite de toutes ces émotions insidieuses qui l'avaient déconcerté. De l'amour élégant, songea-t-il avec quelque dégoût. Mais pourquoi se sentait-il ainsi... lassé ? Il aurait voulu pouvoir en rire.

Etait-ce là la raison de l'amertume qu'Edda Lou lui avait témoignée sur la fin ? Avec un soupir, il rouvrit les yeux et considéra la pièce vide. Non, Edda Lou ne tenait pas à lui. A son argent, à son nom, à sa situation, oui, mais pas à lui. L'amour n'avait été pour elle qu'un moyen de parvenir à ses fins.

Et il avait manifesté un égal cynisme à son égard.

Pourtant, il devait bien y avoir eu une femme, jadis, un être ayant croisé son chemin entre la première étreinte de son adolescence et cet ultime corps à corps avec Caroline, qui avait tenu à lui. Qui avait dû se contenter de ce qu'il lui offrait. Et qui, une fois l'orage passé, s'était recroquevillée en silence sur ses blessures.

Il n'avait donc que ce qu'il méritait, pensa-t-il. Pour une fois qu'il réclamait plus que le simple plaisir charnel, il se heurtait à un refus sans appel.

Enfin, il lui restait toujours sa fierté. Ce qui était un maigre réconfort, mais valait toujours mieux que de s'humilier en vain.

Il se leva et remonta son pantalon.

— Tu m'as eu par surprise, mon chou.

Ses lèvres esquissèrent un sourire. Ses yeux, cependant, demeuraient sans éclat.

— Tu ne m'as même pas laissé le temps de, eh bien, me préparer pour cette petite partie de plaisir.

Il fallut un moment à Caroline pour comprendre qu'il faisait allusion au préservatif qu'il avait omis d'enfiler. Elle se força à hausser les épaules.

— Disons, en ce cas, que c'était une surprise-partie.

Evitant son regard, elle s'assit pour rajuster sa robe.

— Je prends la pilule.

— Parfait.

Il voulut la toucher, caresser ses cheveux emmêlés, mais retint son geste.

— On dirait bien que nous avons fait mourir le chiot d'ennui, reprit-il en désignant Vaurien qui ronflait sous une chaise.

Il enfonça ses mains dans ses poches.

— Caroline…

— Je crois que je vais préparer un peu de café, s'écria-t-elle en se relevant brusquement, comme si la voix de Tucker avait actionné en elle quelque ressort. Et puis le petit déjeuner. Je t'en dois un, d'ailleurs.

Tucker la dévisagea. Elle se mordait convulsivement la lèvre inférieure tandis que ses yeux, cernés par la tension nerveuse, ne cessaient de l'éviter.

— Comme tu veux. Verrais-tu un inconvénient à ce que je prenne une douche ?

— Non, je t'en prie, répliqua Caroline un peu vivement.

Et un soupir lui échappa. Ne sachant trop si c'était un signe de soulagement ou de déception, elle le dissimula sous un flot de paroles.

— C'est en haut, la deuxième porte à droite. Il y a des serviettes propres sur l'étagère. L'eau met un peu de temps à chauffer et…

— Je ne suis pas pressé, l'interrompit Tucker avant de quitter la pièce d'un pas nonchalant.

Se laver avec le savon de la jeune femme le mit dans de meilleures dispositions. Il utilisa aussi sa brosse à dents — faute d'en trouver une de rechange —, et cela lui laissa comme un goût d'elle dans la bouche.

Des sensations concrètes. Il était plus rassurant de se concentrer sur des sensations concrètes. Il ne servait à rien de se perdre en réflexions métaphysiques sur la signification profonde d'une agréable étreinte matinale sans chichis.

Il enfila sa chemise tout en regagnant le rez-de-chaussée. Une odeur de café et de bacon lui chatouilla les narines. Ce n'étaient là que parfums quotidiens, se dit-il. Pourquoi lui faisaient-ils ainsi battre le cœur ? Il examinait d'un air renfrogné le couloir qui menait dans la cuisine — à Caroline —, lorsqu'il entendit un bruit de moteur dans l'allée.

Chemise ouverte, les pouces enfoncés dans les poches, il se dirigea vers la moustiquaire et aperçut l'agent spécial Matthew Burns en train de garer sa voiture. Ils se toisèrent mutuellement, l'un en costume sombre, la cravate au cou, l'autre à demi nu, les joues ombrées de barbe. Une même animosité se dressa aussitôt entre eux tel un gros chien rageur.

Tucker ouvrit la moustiquaire d'une seule poussée et s'appuya au chambranle.

— Un peu tôt pour une visite, non ?

Burns ferma la portière de sa voiture et rangea les clés dans sa poche.

— Je viens à titre officiel.

Il considéra le torse nu de Tucker et ses cheveux encore mouillés. Puis il sentit les odeurs de petit déjeuner s'échappant de la maison.

— Désolé de vous déranger, reprit-il d'un ton pincé, mais c'est absolument nécessaire.

— Vous auriez pu nous déranger, en effet, repartit laconiquement Tucker. Que puis-je pour votre service ?

— Vous en retirez beaucoup de fierté, n'est-ce pas, Tucker ?

L'interpellé eut un haussement de sourcils.

— De quoi donc ?

— De votre charme recuit de Sudiste.

— Est-ce pour cela que vous êtes venu ? Pour profiter de mes conseils ?

Le sourire affable de Tucker était devenu carnassier.

— Si c'est le cas, ça risque de prendre un moment. Vous avez beaucoup de progrès à faire, Burns.

Ce dernier serra les mâchoires. Le simple fait qu'une femme comme Caroline lui préférât Tucker lui rongeait les tripes comme un ulcère.

— Je trouve votre… style, puisqu'il faut l'appeler ainsi, pitoyable.

— Si c'est une insulte, elle tombe à plat. Vous n'êtes absolument pas mon genre.

— Non, car votre genre, ce sont les femmes sans défense, n'est-ce pas ?

— Voyez-vous, rétorqua Tucker en se frottant la barbe, je n'ai jamais rencontré dans ma vie de femme « sans défense », comme vous dites. Et Caroline n'en est pas dépourvue, croyez-moi. Peut-être est-elle un peu éprouvée en ce moment. Il se peut aussi qu'elle ait besoin de l'appui de quelqu'un jusqu'à ce qu'elle se sente remise d'aplomb. Et, pour cela, je suis à sa disposition aussi longtemps qu'il lui plaira. Vous feriez mieux de le comprendre tout de suite.

— Ce que je comprends, c'est que vous n'avez aucun scrupule à abuser des faiblesses d'une femme. Vous n'êtes qu'un profiteur, Tucker, et vous n'avez pas plus de maturité affective qu'un champignon. Edda

Lou Hatinger ne fut que la dernière proie sur votre tableau de chasse. Jetée sitôt consommée. Quant à Caroline…

— Elle peut se défendre toute seule, l'interrompit la jeune femme en venant poser une main sur le bras de Tucker.

Etait-ce pour lui apporter son soutien ? Le retenir ? Aucun des deux n'aurait su le dire.

— Vous vouliez me parler, Matthew ?

Burns s'efforça de refouler un sursaut de rage aveugle. Caroline était manifestement nue sous sa robe, et la façon dont elle se collait à Tucker trahissait plus encore que sa préférence : elle révélait aussi leur intimité. Burns s'en sentit mortifié. Cela gâchait définitivement l'image raffinée qu'il avait d'elle. Tout brillant que fût son talent, et délicate sa beauté, voilà qu'elle s'était avilie de son plein gré.

— J'ai pensé qu'il vous serait moins pénible de me faire votre déposition à domicile.

— Oui, effectivement. Je vous en remercie.

Tentée de lui proposer une tasse de café dans le salon, Caroline s'en retint, car elle n'avait nulle intention de le laisser de nouveau seul avec Tucker.

— Si vous voulez bien me suivre dans la cuisine… Je viens juste de préparer le petit déjeuner.

— J'avais également l'intention de recueillir la déposition de M. Longstreet, ajouta-t-il sèchement.

— Eh bien, vous ferez d'une pierre deux coups, remarqua la jeune femme.

Ils rentrèrent dans la maison. Caroline tint les deux hommes à l'œil tandis qu'ils traversaient le couloir.

— Voulez-vous des œufs, Matthew ?

— Merci, répondit-il en s'asseyant, j'ai déjà pris mon petit déjeuner.

Il avait l'air aussi peu à sa place dans la cuisine rustique qu'un frac sur les épaules d'un jardinier.

— Je me contenterai d'un café — avec votre permission.

Caroline prit la cafetière et la posa sur un trépied métallique en forme de coq. Etrange, se dit-elle tout en disposant les œufs au bacon sur un plat. Jusqu'à ce moment précis, elle ne s'était plus rappelé qu'elle avait naguère traversé cette pièce en courant, attrapé un revolver sur le comptoir et hurlé en entendant des poings s'abattre contre sa porte.

Elle parcourut la pièce des yeux. Seule la moustiquaire tenait encore à l'encadrement de la porte. Burke — à moins que ce ne fût

Tucker — en avait ôté le battant démantibulé. Quelques esquilles de bois, cependant, demeuraient encore sur le plancher.

— Si vous voulez recueillir ma déposition sur ce qui s'est passé hier, dit-elle tout en versant un peu de crème dans son café, vous pouvez vous adresser à Burke. Je lui ai déjà tout raconté.

— Je sais. J'ai consulté ses notes.

Tucker remarqua que si les mains de la jeune femme ne tremblaient pas, ses yeux, en revanche, ne cessaient de se tourner vers la porte. Il leva une main pour lui caresser doucement l'épaule.

— Je n'y connais pas grand-chose en matière judiciaire, intervint-il, mais ce qui est arrivé hier ne relève-t-il pas plutôt des autorités locales ?

— En d'autres circonstances, oui. Maintenant, Caroline, si vous le voulez bien, j'apprécierai grandement que vous reveniez sur tout ce qui s'est passé.

Il enclencha le Dictaphone.

— Pour mes archives, précisa-t-il.

Caroline trouva cette requête moins pénible à exaucer qu'elle ne l'aurait cru. Les événements de la veille lui semblaient relégués dans un lointain vaporeux. Il lui suffit donc d'un simple retour en arrière pour se les remémorer, comme s'ils avaient été enregistrés sur une bande magnétique. Burns la laissa dévider toute l'histoire sans l'interrompre, se contentant de prendre par moments quelques notes rapides sur son carnet.

— Il est tout de même singulier que cet individu n'ait usé d'aucune des armes à feu qu'il portait à la ceinture, fit-il remarquer d'un ton détaché tout en se versant une deuxième tasse de café. Pourtant, elles étaient toutes les deux chargées et, d'après mes informations, Hatinger était réputé excellent tireur. Quand vous décrivez votre fuite depuis la véranda de derrière jusque dans la clairière en passant par cette pièce, il apparaît qu'il aurait pu tirer sur vous à tout instant. Cependant, il n'a même pas porté la main à l'un de ses pistolets.

— Il avait le couteau, dit Caroline.

Sa voix, sans qu'elle en eût conscience, avait marqué une légère hésitation. Tucker le remarqua.

— Je ne vois pas l'intérêt de tout cela, Burns. Pour moi, la réponse est évidente : peut-être avait-il tout bonnement oublié qu'il avait ces pistolets sur lui.

— Peut-être, admit Burns.

Il versa un maigre filet de crème dans son café.

— Pensez-vous, Caroline, qu'il se soit rendu compte que vous étiez vous-même armée ?

Il porta la tasse à ses lèvres, but une gorgée de café et poursuivit aussitôt :

— Vous dites avoir emporté le revolver dans votre fuite alors qu'Hatinger était encore à l'extérieur de la maison.

— Oui, je m'étais entraînée auparavant sur des cibles. Je déchargeais toujours l'arme après chaque séance, et quelquefois je rangeais les balles dans ma poche. Je me souviens encore d'avoir songé que c'était une mauvaise habitude, et que je devrais m'en défaire.

Elle reposa sa fourchette. L'assiette tinta.

— En fait, c'est une mauvaise habitude qui m'a porté chance.

— Mais qui ne vous aurait servi à rien si vous n'aviez eu la présence d'esprit de recharger le revolver.

Elle gratifia Burns d'un pâle sourire.

— J'ai appris depuis longtemps à dominer le trac, vous savez.

L'agent fédéral lui répondit par un simple hochement de tête.

— Si nous revenons maintenant aux dernières secondes de votre fuite, soit à l'instant où vous vous retournez pour faire feu, pouvez-vous soutenir qu'à ce moment-là Hatinger n'avait toujours pas conscience que vous étiez armée ? N'a-t-il pas esquissé un geste pour se saisir d'un de ses pistolets ?

— Tout est arrivé si vite.

En fait, non, se reprit-elle. Elle avait plutôt eu le sentiment de se mouvoir dans du sirop. Il ne lui était guère difficile de se repasser la scène : on aurait dit une séquence de cauchemar filmée au ralenti. Rien ne manquait : le mur de chaleur tremblotant qui vous forçait à lutter désespérément pour recouvrer votre souffle ; l'impression horrible que la pelouse était devenue un sable mouvant qui aspirait chacun de vos pas ; l'éclair argenté de la lame sous la lumière implacable. Et puis ce sourire… ce sourire large, vorace.

— Je…

Les lèvres serrées, elle refoula le dernier reste nauséeux de frayeur.

— … j'ai essayé de tirer, mais rien ne s'est passé. Il a seulement continué à avancer avec son couteau, avec son sourire. Oui, il a seulement souri. Je crois que je pleurais, ou que je criais, ou que je priais, je ne sais plus, mais lui, il continuait à avancer et à sourire. Je tenais le pistolet juste devant moi. Il était en train de dire que j'étais l'agneau de Dieu, une offrande. Que ça allait être comme pour Edda Lou. Que ça devait être comme pour Edda Lou.

— Vous êtes sûre? s'enquit Burns, sa tasse suspendue à deux doigts de la soucoupe. Vous êtes sûre qu'il a dit que ça devait être comme pour Edda Lou?

— Oui.

Elle rentra la tête en frissonnant, puis repoussa l'assiette à laquelle elle n'avait pas touché.

— Je ne suis pas près d'oublier une seule de ses paroles.

— Attendez un peu, intervint de nouveau Tucker.

Il posa une main raide sur le bras de Caroline. Il avait fait plus qu'écouter durant l'entretien : il avait observé, et Burns ressemblait à quelqu'un qui vient juste de se voir confirmer quelque secrète hypothèse.

— Vous n'êtes pas ici pour enquêter sur le décès d'un maniaque en cavale, dit-il. Tout ça, c'est de la petite bière, le genre de broutille dont un agent fédéral se contrefiche. Espèce de salaud.

— Tucker, je t'en prie.

— Non, s'écria-t-il en posant sur Caroline un regard farouche. Tu ne vois donc pas? Tout cela concerne Edda Lou, Edda Lou et les autres. Cela n'a strictement rien à voir avec toi — sauf que tu as réussi à ne pas être la victime suivante.

— La victime suivante? répéta-t-elle.

Elle se figea soudain, le visage livide.

— Oh, mon Dieu! le couteau. Il ne m'a pas tiré dessus parce que… parce que ça devait être comme pour Edda Lou. Ça devait être avec un couteau.

— Ouais, le couteau, confirma Tucker en lui donnant sa main à étreindre. Alors, Burns, à profiteur, profiteur et demi, hein?

Sa voix avait perdu son accent traînant pour devenir coupante et froide comme de la glace.

— Vous vous servez de Caroline pour rassembler des preuves contre Hatinger. Vous vous servez d'elle pour résoudre votre affaire, et vous ne prenez même pas la peine de la mettre au courant.

Burns reposa précautionneusement sa tasse sur la soucoupe.

— Je suis en train de mener une enquête fédérale sur une série de meurtres. Je ne suis censé en référer qu'aux seules personnes autorisées.

— Oh, assez! Vous savez très bien ce qu'elle vient de traverser.

Vous auriez pu lui dire que tout était fini. Cela ne vous aurait rien coûté et l'aurait grandement soulagée.

— Procédure réglementaire, insista Burns.

Caroline serra la main de Tucker avant que ce dernier pût répliquer.

— Je peux me défendre toute seule, tu l'as reconnu toi-même.

Puis, après deux profondes inspirations :

— Je ne connaissais même pas Edda Lou, reprit-elle, mais je la verrai flotter dans l'étang jusqu'à la fin de mes jours. Je n'ai jamais accompli de geste violent dans ma vie. Oh, j'ai un jour lancé un verre de champagne à la tête de quelqu'un mais, comme je l'ai loupé, ça compte à peine. Et hier, voyez-vous, j'ai tué un homme.

Elle porta une main à son estomac pour calmer la brûlure sourde et familière.

— Cela peut ne pas vous sembler si terrible, Matthew, étant donné que ces événements-là font partie de votre travail quotidien et qu'après tout, je ne faisais que sauver ma propre vie, n'est-ce pas ? Mais j'ai *tué* un homme. Et voilà que vous venez ici me demander de ressusciter cet horrible drame sans même avoir la courtoisie d'être sincère avec moi.

— Ce n'était qu'une simple hypothèse de ma part, Caroline, et pour votre propre bien…

Caroline avait relevé vivement la tête. La voix de Burns mourut dans un bafouillage.

— Laissez-moi vous apprendre une chose, Burns, ajouta-t-elle lentement. Un jour, j'ai menacé quelqu'un de mort s'il utilisait une telle expression avec moi. Ce n'était qu'un de ces avertissements en l'air qu'on lance toujours lorsqu'on n'a jamais réellement tué personne. Maintenant, je dois vous prévenir, *pour votre bien*, de ne plus jamais me servir ce boniment. Il me fait sortir de mes gonds.

Ravi, Tucker se balança sur sa chaise avec un grand sourire.

— Là, vous l'avez piquée au vif, mon vieux. Croyez bien que cela me réjouit de la voir s'en prendre pour une fois à un autre que moi.

— Si je vous ai bouleversée, répliqua Burns sèchement, je vous prie de m'en excuser. Mais j'effectue mon travail, et ce, de la manière qui me paraît la plus idoine. Pour l'heure, la responsabilité de Hatinger n'est pas définitivement établie pour les trois meurtres perpétrés dans cette région, ni pour celui de Nashville. Toujours est-il qu'eu égard à l'incident d'hier, nous concentrons effectivement l'enquête sur sa personne.

— Pouvez-vous affirmer qu'il s'agissait du même couteau ? demanda Caroline.

— Il faut attendre les résultats des tests en cours pour déterminer s'il s'agissait du même type de couteau, répondit Burns avec une visible réticence.

Il éteignit le Dictaphone.

— Ce que je puis vous dire, maintenant, c'est que Hatinger avait en partie le profil psychologique attendu chez un meurtrier de ce genre. Il nourrissait un ressentiment profond à l'égard des femmes, comme le prouvent ses fréquents mouvements d'humeur contre son épouse. Il souffrait également d'un délire à caractère religieux en vertu duquel il se jugeait sans doute absous de toute culpabilité, sinon investi d'une mission salvatrice. Nous pourrions même avancer que le fait de plonger dans l'eau les corps de ses victimes n'était pas pour lui qu'un moyen d'effacer les preuves de ses crimes, mais aussi une sorte de baptême. Malheureusement, il ne peut plus être interrogé sur ses mobiles. J'ai donc l'intention, sur la base des indices recueillis jusqu'à présent, de procéder à une reconstitution de son emploi du temps et de tenter par là de localiser ses déplacements à la date de chacun des trois meurtres. Ce faisant, je n'en continuerai pas moins de poursuivre les autres pistes que m'ont suggérées les interrogatoires.

Son regard s'appesantit sur Tucker, qui se contenta de sourire.

— Eh bien, fils, vous avez du pain sur la planche, on dirait. Nous ne voudrions pas vous retenir.

— Il faut que je parle au gamin, Cy Hatinger.

Le sourire de Tucker s'évanouit.

— Il est à Sweetwater.

— Parfait, déclara Burns en se levant.

Il ne put cependant résister au plaisir de lâcher une dernière pique.

— Il est tout de même curieux qu'Hatinger se soit directement rabattu sur Caroline, vous ne trouvez pas ? Il y en a qui ont le truc pour reporter leur poisse sur les autres.

En matière de culpabilité, Burns était expert : il eut la joie d'en lire les symptômes sur le visage de Tucker.

— Si vous vous rappelez quoi que ce soit qui pourrait nous aider, Caroline, vous savez où me joindre. Merci pour le café. Je connais le chemin.

— Tucker…, murmura Caroline quand ils furent seuls.

Ce dernier secoua la tête et se leva à son tour.

— Il faut que je réfléchisse à tout ça.

Il se passa une main dans les cheveux. Ils étaient secs, maintenant, et sentaient le parfum du shampooing de la jeune femme. Cette odeur, si infime fût-elle, suffit à lui serrer le cœur.

— Ça ira ? Tu veux que je demande à quelqu'un de venir ? Josie ? Susie ?

— Non, non, ça ira, lui assura Caroline, soucieuse de lui cacher son trouble. Matthew aime bien jouer les inquisiteurs, Tucker. Il trouvera toujours le moyen de te reprocher quelque chose.

— Je m'en reproche déjà assez moi-même. Ecoute, il faut que je rentre. Je ne veux pas laisser Cy seul avec lui.

Il enfonça de nouveau ses mains dans ses poches.

— Ce n'est qu'un enfant.

— Vas-y.

Mieux valait qu'elle restât seule, se dit-elle. Cela reculerait d'autant le moment de reparler de ce qui s'était passé entre eux le matin même.

— Ça ira, crois-moi.

Elle débarrassa la table, songeant que Vaurien aurait un appétit de loup à son réveil.

A peine s'était-elle tournée vers l'évier, que Tucker lui posa une main sur l'épaule.

— Je vais revenir.

— Je sais.

Elle attendit qu'il fût parvenu à la porte pour ajouter :

— Tucker ? Merci d'avoir dit à Matthew que je n'étais pas sans défense. Pour moi qui ai toujours été entourée de gens peu soucieux de mon autonomie, cela compte beaucoup.

Elle lui tournait le dos, droite comme un I. Tucker savait qu'elle contemplait la partie de la pelouse où le sang était en train de sécher.

— Il faudra que nous ayons une discussion, tous les deux. Sur des sujets multiples.

Comme elle ne répondait pas, il la laissa seule.

20

Son papa était mort. Mlle Della le lui avait dit.

Son papa était mort. Il ne sentirait plus sa ceinture le cingler ni ses poings le frapper implacablement. Il ne l'entendrait plus invoquer un Dieu vengeur pour qu'il punît les pécheurs de leurs égarements, de leur paresse, de leurs pensées ignobles.

Mlle Della l'avait fait asseoir dans l'étincelante cuisine pour tout lui dire. Elle avait eu pour lui des regards pleins de gentillesse.

Il avait peur, si peur de n'avoir d'autre destinée que de pourrir en enfer. De voir sa vie s'achever dans la fosse ardente, hurlante et noire de l'enfer que son père s'était souvent complu à lui décrire. Comment pouvait-il espérer le pardon, voire une place à la table du Seigneur, alors qu'il portait en son âme un si ténébreux secret ? Et le secret se chuchotait dans son esprit avec la voix éraillée et ricanante du Malin.

Son papa était mort. Et il en était ravi.

Quand des pleurs lui étaient enfin montés aux yeux, ces pleurs que Mlle Della avait patiemment attendus pour les lui essuyer, ce n'avait pas été des pleurs de douleur ni de remords. Mais des pleurs de soulagement. Un flot de joie, de gratitude, d'espoir.

Et c'était cela, se disait-il tout en arrosant le potager, qui le vouerait à une damnation éternelle.

Il avait été responsable de la mort de son père. Et il ne le regrettait nullement.

Mlle Della lui avait dit qu'il pourrait rester à Sweetwater aussi longtemps qu'il le souhaiterait — ce que M. Tucker lui avait confirmé. Il n'était plus obligé de rentrer chez lui, il n'était plus obligé de revenir dans cette maison de la peur et du désespoir. Il n'était plus obligé d'affronter Vernon, de voir son père dans les yeux de son frère, de sentir la colère de son père dans les poings de son frère.

Une simple lâcheté avait suffi à balayer quatre années d'attente. Son père était mort, et il était libre.

Cy s'accroupit, laissant le tuyau arroser la pelouse jusqu'à former une grosse flaque à ses pieds. Puis il se frotta les yeux du dos de la main, pleurant de joie pour sa nouvelle existence. Et de terreur pour son âme.

— Cy…

Le garçon bondit aussitôt sur ses pieds. Ce ne fut que la rapidité de ses réflexes qui permit à Burns de se mettre hors de portée du tuyau d'arrosage. Ils se firent face un instant, séparés par la gerbe d'eau — lui, le jeune garçon à la face congestionnée et au regard terrorisé, et l'autre, qui voulait prouver qu'Austin Hatinger, son père, taillait des femmes au couteau à ses moments perdus.

Burns tenta son sourire le plus engageant. Ce qui mit Cy immédiatement sur ses gardes.

— J'aimerais te parler quelques minutes.

— Je dois donner de l'eau aux plantes.

Burns considéra les légumes détrempés.

— On dirait que c'est déjà fait.

— J'ai encore du travail.

Burns se pencha pour couper l'eau lui-même. L'autorité lui était aussi naturelle que le port de la cravate.

— Ça ne prendra pas longtemps. Peut-être pourrions-nous aller à l'intérieur.

« Et échapper à cette chaleur accablante… », poursuivit-il en silence.

— Non, monsieur, il ne faudrait pas que je laisse des traces partout sur le sol que nettoie Mlle Della.

Burns regarda les pieds du garçon. Tout le blanc de ses espadrilles disparaissait sous l'herbe et les traces de boue.

— Non, en effet, admit Burns. Sur la terrasse alors, côté façade.

Avant que Cy ait pu protester, l'agent fédéral le prenait par le bras et l'entraînait à travers les massifs de fleurs.

— Tu aimes bien travailler à Sweetwater ?

— Oui, monsieur. Je ne voudrais pas perdre mon boulot en me faisant surprendre assis à causer.

Parvenu sur la terrasse pavée d'ardoises, Burns indiqua au garçon des poufs disposés sous un parasol rayé.

— M. Longstreet est-il donc un tyran ?

— Oh non, monsieur, fit Cy en s'asseyant à contrecœur. Du

travail, moi, je trouve qu'il ne m'en donne jamais assez. Et il me dit toujours de prendre mon temps et de me calmer. Toujours très attentionné avec moi. Quelquefois, quand il est dans le coin à la fin de ma journée, il m'apporte lui-même un Coca-Cola.

— Un patron prodigue, en somme, dit Burns en sortant son carnet et son Dictaphone. En ce cas, je suis sûr qu'il ne verra pas d'inconvénient à ce que tu prennes une pause pour répondre à quelques questions.

— Et si vous le lui demandiez ? suggéra Tucker.

Il sortit d'un pas nonchalant de la cuisine, une bouteille de Coke glacée à la main.

— Tiens, Cy, dit-il en posant la boisson fraîche devant le garçon. Rince-toi la glotte.

— C'est M. Burns qui… Il m'a demandé de venir ici pour parler, articula Cy d'un air affolé.

— C'est bon, le rassura Tucker.

Il lui donna une petite tape sur l'épaule avant de tirer un fauteuil pour lui-même.

— Personne ne s'attendait à te voir travailler aujourd'hui, de toute façon.

Cy serra les lèvres et baissa les yeux vers la table blanche.

— Je ne savais pas quoi faire d'autre.

— Eh bien, dans les jours qui viennent, tu feras ce qui te chantera.

Tucker sortit ses cigarettes, songeant qu'avec sa méthode habituelle il ne devait plus en être qu'à un demi-paquet par jour.

— Tiens, par exemple, l'agent Burns que voici est lui-même très occupé ce matin.

Ses yeux se rivèrent sur ceux de Burns par-dessus la flamme de l'allumette, lui adressant un avertissement aussi clair que le message qu'Hatinger avait écrit de son sang sur la paroi de la conduite.

— Alors, tu lui dis ce que tu peux, et puis on ira ensemble taquiner le goujon une heure ou deux.

— Je vous ferai savoir quand vous pourrez disposer de lui, répliqua Burns sur un ton sec.

Tucker prit une lampée du Coke de Cy pour se calmer.

— Non, dit-il. Comme ce garçon travaille ici et, pour l'instant, y demeure, je me considère un peu comme son tuteur. Je resterai donc, à moins que Cy lui-même ne me demande de partir.

Cy leva des yeux terrorisés sur Tucker.

— Je préférerais que vous restiez, monsieur Tucker, s'il vous plaît. Je pourrais mal répondre.

— Contente-toi simplement de dire la vérité et tout ira bien. N'est-ce pas, agent Burns ?

— Absolument. Aussi, je…

Il s'interrompit en voyant Josie arriver dans une toilette rose d'une légèreté affolante.

— Eh bien, s'exclama-t-elle, il n'est pas courant qu'une femme trouve trois hommes en train de l'attendre à la porte de sa cuisine.

Elle se rapprocha pour ébouriffer les cheveux de Cy, mais elle n'avait d'yeux que pour Burns.

— Agent spécial, je commençais à croire que vous m'aviez prise en grippe. Eh quoi, vous n'êtes même pas venu nous faire la causette une seule fois.

Elle posa une fesse sur le bras du fauteuil de Tucker. Puis elle se pencha pour cueillir une des cigarettes de ce dernier, offrant ainsi à l'agent fédéral un aperçu suggestif de sa personne.

— J'en étais même à comploter un forfait dans le seul but que vous m'interrogiez.

Burns était peut-être guindé, mais il n'était pas de bois. Pour le moment, en tout cas, il trouvait que sa cravate lui serrait un peu trop la gorge.

— J'ai bien peur de n'avoir que peu de temps à consacrer aux relations amicales lorsque je suis sur une affaire, mademoiselle Longstreet.

— Oh, c'est vraiment dommage.

Sa voix était aussi capiteuse et entêtante que la senteur des magnolias. Elle tendit la boîte d'allumettes à Burns en battant des paupières, puis tint sa main dans la sienne pour guider la flamme vers le bout de sa cigarette.

— Et moi qui mourais d'envie de vous entendre me raconter vos aventures…

— De fait, je me suis trouvé confronté à quelques cas intéressants.

— Il faudra sans faute que vous me les narriez en détail. Je bous littéralement d'impatience.

Ce disant, elle fit glisser un doigt le long de sa gorge jusqu'à l'échancrure bâillante de sa robe, sous le regard complètement fasciné de Burns.

— Teddy m'a affirmé que vous étiez un sacré calibre, reprit-elle d'une voix tranquille.

Burns réussit enfin à déglutir.

— Teddy ?

— Le Dr Rubenstein, précisa Josie en lui décochant une œillade assassine sous ses cils charbonneux. Il m'a dit que vous étiez l'expert numéro un des meurtres en série. Et j'adore positivement discuter avec des hommes intelligents qui font un boulot dangereux.

Tucker lui lança un regard peu amène.

— Josie, intervint-il, ne devais-tu pas aller te faire vernir les ongles, ou Dieu sait quoi encore, ce matin ?

— Euh, oui, mon chou, effectivement.

Elle leva les mains en se trémoussant. Sa robe remonta de quelques centimètres supplémentaires.

— Je pense qu'une femme ne peut être séduisante si elle ne soigne pas ses mains.

Puis elle se leva, satisfaite d'avoir troublé l'agent Burns au beau milieu de ses œuvres.

— Je vous reverrai peut-être plus tard en ville, agent spécial. J'aime bien m'arrêter au Chat 'N Chew pour prendre un rafraîchissement, après ma séance de manucure.

Elle s'éloigna, le laissant avec l'image fascinante de ses appas oscillant sous le léger tissu de sa toilette rose.

Tucker enfonça sa cigarette dans un seau de cuivre empli de sable.

— Bon, vous le mettez en marche, ce magnétophone ?

Burns le dévisagea d'un air absent, avant de revenir à sa tâche.

— Je vais poser des questions à Cy, commença-t-il, le regard toujours attiré vers la porte de la cuisine. Je ne vois aucune objection à votre présence, mais je ne tolérerai aucune ingérence.

Tucker leva les mains en signe d'agrément et se renfonça dans son fauteuil.

Burns enclencha le Dictaphone, émit les indications requises, puis se tourna vers Cy avec un sourire grave.

— Je sais que c'est un moment difficile à passer pour toi, Cy, et je compatis à ta douleur.

Cy allait l'en remercier, lorsqu'il comprit que Burns ne faisait pas allusion au décès d'Edda Lou, mais à celui de son père. Il se réfugia de nouveau dans la contemplation de la table.

— Je sais très bien que tu as parlé au shérif Truesdale l'autre soir, et ton témoignage nous a été précieux. Mais il faut que nous en rediscutions encore. Avant, cependant, j'aimerais obtenir de ta part quelques précisions. Ton père a-t-il déjà mentionné Mlle Caroline Waverly devant toi ?

— Il ne la connaissait presque pas.

— Donc, il ne t'en a jamais parlé, ni à toi ni à d'autres en ta présence ?

Cy risqua un coup d'œil en direction de Tucker.

— Il se peut qu'il ait dit quelque chose un jour où je lui apportais le petit déjeuner qu'il m'avait demandé. Il racontait beaucoup de choses, quand il avait ses crises.

— Ses crises ? s'enquit Burns.

— Oui, quand il prétendait que Dieu lui parlait.

— Et ces crises-là, les avait-il régulièrement ?

— Plutôt, oui, répondit Cy en engloutissant une gorgée de Coke pour s'adoucir la gorge. D'après A.J., Dieu n'était pour lui qu'un prétexte pour faire du mal aux autres.

— Il lui arrivait souvent d'être violent avec toi et les autres membres de ta famille ?

— Il...

Cy se rappela soudain l'expression de Tucker.

— ... il avait la main lourde.

Ouais, songea-t-il, ça sonnait pas mal. Un peu comme « il avait le cœur dur ».

— Il ne supportait pas qu'on soit insolent avec lui. La Bible dit : « Ton père tu honoreras. »

Tucker se tint coi, mais n'en remarqua pas moins que Cy n'avait pas dit « ton père *et* ta mère ». Qu'Austin se fût abstenu de lui inculquer l'intégralité du saint commandement n'était guère pour le surprendre.

— Et il se servait de... sa main quand il avait ses crises ?

Cy haussa ses maigres épaules.

— Cette main-là, il s'en servait pratiquement tout le temps. Durant ses crises, elle était encore plus lourde, c'est tout.

— Je vois, déclara Burns.

Le ton détaché avec lequel le jeune garçon évoquait ces brutalités ne le laissait pas insensible.

— Et lorsque tu lui apportais dans la conduite ce qu'il te demandait, il avait aussi ses crises ?

— Je n'avais pas le choix ! s'exclama Cy.

Ses jointures se mirent à blanchir sur la bouteille de verre.

— Il m'aurait tué si je lui avais désobéi. Je n'avais pas le choix.

— L'agent Burns ne te reproche rien, Cy, intervint Tucker en posant sa main sur l'épaule du garçon.

Et cette main-là, songea Cy, était douce et rassurante.

— Personne ici ne te fait de reproche. Tu n'as rien fait de mal.

— Non, je ne te reproche rien, renchérit Burns d'une voix enrouée.

Il toussa pour s'éclaircir la gorge.

— Ni moi ni personne d'autre. Je veux seulement que tu me dises si ton père a parlé de Mlle Waverly.

— Un peu, répondit Cy en battant frénétiquement des paupières pour refouler ses larmes. Il affirmait qu'elle était pleine de péchés. Que toutes les femmes l'étaient. Comme la femme de Lot. Qui a été transformée en statue de sel.

— Oui, l'interrompit Burns en joignant les mains. Je sais. T'a-t-il expliqué pourquoi Mlle Waverly était pleine de péchés ?

— Il prétendait que…

Il adressa à Tucker un regard pitoyable.

— Il faut que je le dise ?

— Ce serait préférable, lui répondit Tucker. Mais prends ton temps.

Ce que fit Cy. Il avala une nouvelle gorgée de Coke, s'essuya la bouche avec le dos de la main et gigota un instant sur son pouf.

— Il disait qu'elle faisait la bête à deux dos avec M. Tucker.

Il devint rouge comme une betterave.

— Et puis qu'elle ne valait pas mieux qu'une putain, et que l'heure était venue de jeter la première pierre. Je suis désolé, monsieur Tucker.

— Ce n'est pas ta faute, Cy.

— Je ne savais pas que ça signifiait qu'il voulait la tuer. Je vous le jure. Il racontait tout le temps n'importe quoi. Alors on n'y faisait pas trop attention. Fallait se méfier des coups, c'est tout. Mais je ne savais pas qu'il lui en voulait, monsieur Burns. Je vous jure que je ne le savais pas.

— Je te crois. Ton père frappait ta mère, n'est-ce pas ?

Cy en perdit aussitôt toutes ses couleurs.

— On n'y pouvait rien. Elle ne se rebiffait jamais. Elle ne voulait pas laisser le shérif l'aider, parce qu'une femme est censée rester fidèle à son mari. Le shérif est passé quelquefois à la maison, mais elle lui racontait qu'elle avait seulement trébuché de la véranda et d'autres bêtises.

Il laissa sa tête retomber sur sa poitrine. Sa honte l'accablait presque autant que la peur.

— Ruthanne disait bien qu'elle aimait ça, elle, être battue, mais je la trouvais bizarre.

Burns jugea inutile de lui expliquer les rapports pervers maître-esclave. C'était plutôt du ressort de l'assistante sociale ou du psy.

— Oui, c'est bizarre. Frappait-il aussi Ruthanne ?

Cy eut un sourire faraud, comme en ont souvent les frères lorsqu'il s'agit de leur sœur.

— Elle sait sacrément bien esquiver.

— Et Vernon ?

— Des fois, ils se montaient la tête, répondit Cy avec un haussement d'épaules bref et méprisant. Mais la plupart du temps, ils étaient comme les deux doigts de la main. Vernon était son préféré. C'est lui qui tenait le plus du père. Au-dedans comme au-dehors, disait maman. Ouais, ils étaient pareils au-dedans comme au-dehors.

— Et Edda Lou ? Ton père la frappait-il aussi ?

— Elle était toujours en train de lui faire des niches, de le défier et ainsi de suite. Un jour qu'il lui donnait des coups de ceinture, elle lui a cassé le crâne avec une bouteille. C'est après ça qu'elle est partie. Elle est partie en ville et n'a plus jamais remis les pieds à la maison.

— Ton père disait-il aussi des choses au sujet d'Edda Lou ? Des choses comme il en disait sur Mlle Waverly ?

Une guêpe, attirée par l'odeur du Coke, vint tourner autour du verre de Cy. Il la chassa d'un revers de main.

— Nous ne devions pas prononcer son nom à la maison. Quelquefois, quand il s'énervait, il racontait que c'était une putain de Babylone. Vernon essayait aussi de le monter contre elle. Il voulait aller la chercher en ville et la ramener à la maison pour qu'ils puissent la châtier. Vernon disait que c'était leur devoir envers un membre de la famille, et en tant que chrétiens, mais je ne pense pas qu'il croyait autant à ce genre de trucs que papa. Il y a seulement que Vernon aimait bien battre les gens.

Il avait déclaré cela le plus simplement du monde ; il aurait pu utiliser le même ton pour mentionner que son frère aîné aimait bien les sundaes.

— Et puis papa a appris qu'elle voyait M. Tucker, et il a hurlé qu'il préférait la voir morte. Et puis il a battu maman.

Tucker se frotta les yeux, se demandant si sa mauvaise conscience cesserait jamais de le tourmenter.

— Cy, te rappelles-tu la dispute entre ton père et M. Longstreet ?

Tucker laissa retomber ses mains. Il en aurait presque ri. « Dispute » était un doux euphémisme pour désigner la bagarre qui avait occasionné tant de bleus sur ses côtes encore endolories.

— Oui, je m'en souviens très bien, répondit Cy. Papa est revenu à la maison avec la figure en compote.

— Et l'avant-veille au soir, reprit Burns, songeant à la nuit où Edda Lou avait été tuée, te rappelles-tu s'il avait une de ses crises ?

C'était la première question qui obligeait Cy à réfléchir. Il en oublia presque sa frayeur et son regard perdit un peu de son éclat vitreux. Il agita distraitement la main pour chasser la guêpe obstinée.

— Je ne m'en souviens pas exactement, répondit-il enfin. Quand il a eu vent des rumeurs concernant la grossesse d'Edda Lou, il s'est mis dans un sacré pétard. Mais je ne sais plus quelle nuit c'était.

Burns insista quelques instants, s'efforçant de rafraîchir la mémoire du garçon sans lui laisser deviner la raison de cette dernière question. A la fin, cependant, il renonça. Il lui restait toujours Ruthanne et Mavis Hatinger, songea-t-il. Peut-être auraient-elles des souvenirs plus précis.

— Très bien, Cy. Juste deux trois questions encore. Le couteau que tu as donné à ton père, l'avait-il souvent sur lui ?

— Seulement quand il partait à la chasse. Un couteau à daim est trop grand pour être porté tous les jours.

— Pourrais-tu me dire combien de fois il l'a pris, hmm, durant les six derniers mois ?

— Quatre ou cinq fois. Peut-être plus. Il était fana de viande d'écureuil.

— T'a-t-il jamais menacé de ce couteau, toi ou l'un des membres de ta famille ? S'est-il jamais vanté d'avoir châtié quelqu'un avec ?

— Il voulait étriper M. Tucker.

Il porta les mains à son visage.

— Il a dit que je devais amener M. Tucker à la conduite, poursuivit-il d'une voix étouffée. Qu'il allait l'étriper comme un lapin, qu'il allait lui couper les parties, parce que ainsi le voulait la justice divine. Qu'il allait le taillader comme Edda Lou, et que si je lui désobéissais, si je n'honorais pas mon père, alors il m'arracherait les yeux, pour faire la volonté du Seigneur. S'il vous plaît, monsieur Tucker...

Il ne pleurait pas, mais gardait ses mains pressées contre son visage comme les gamins qui veulent échapper au monstre dans les films d'horreur.

— S'il vous plaît, répéta-t-il, je ne veux plus y repenser.

— Ça va, Cy, ça va, répondit Tucker en se levant pour aller se placer derrière lui. Laissez-le tranquille, Burns.

L'agent spécial éteignit le Dictaphone et le remit dans sa poche avec son carnet.

— J'ai moi aussi un cœur, Longstreet.

Tandis qu'il s'écartait de la table, ses yeux allèrent du garçon tremblant à l'homme qui lui servait désormais de protecteur.

— Et je suis parfaitement conscient que les victimes de cette affaire ne sont pas seulement celles qui sont enterrées dans le cimetière.

Il regretta un instant de ne pouvoir manifester sa compassion aussi aisément que Tucker, d'un simple geste de la main. Il hocha donc la tête à l'adresse du garçon et se mit à lui parler avec des paroles aussi sobres que sincères.

— Tu as agi pour le mieux, Cy. Nul n'aurait su faire plus. Rappelle-toi bien cela.

Les mains sur les épaules de Cy, Tucker regarda Burns s'éloigner. Pour la première fois depuis qu'il avait posé son regard sur l'agent du FBI, il se sentait animé d'un certain respect à son égard.

— Je vais aller nous chercher des cannes, Cy. Le travail, c'est terminé pour aujourd'hui.

— La pêche, vois-tu, déclara Tucker en coinçant la canne entre ses genoux, le dos calé contre une souche de cyprès, est le sport des hommes d'esprit.

Cy renifla le paquet enveloppé de papier aluminium que Tucker tenait serré dans sa boîte à appâts.

— Je n'ai jamais utilisé ce genre de truc pour attirer les poissons, commenta-t-il. Comment ça s'appelle, déjà ?

— Du pâté, répondit joyeusement Tucker en rabattant sa casquette sur ses yeux. Du foie de canard, en l'occurrence.

Et Della pousserait certainement des hauts cris en s'apercevant qu'il avait disparu, se dit-il.

— Du foie de canard, répéta le garçon, la mine dégoûtée.

Avec cet air-là, il ressemblait enfin à l'enfant de quatorze ans qu'il était.

— C'est répugnant.

— On s'y fait, mon gars. En tout cas, les poissons-chats en raffolent.

Tucker étala un peu de pâté sur un cracker, et l'avala avec une lampée de limonade.

Ils s'étaient installés sur une berge retirée de l'étang de Sweetwater, sous l'ombre tachetée d'un saule que la mère de Tucker avait planté avant sa naissance.

— Le coton a l'air bien parti, monsieur Tucker.

— Hmm.

Le regard protégé par la visière de sa casquette, Tucker jeta un coup d'œil aux champs. Il y aperçut le contremaître accompagné de quelques saisonniers : le groupe inspectait les plants pour surveiller leur croissance et repérer les charançons.

— Nous aurons une belle récolte cette année, admit-il. Le coton est toute notre richesse.

Il poussa un léger soupir.

— Et s'enrichir avec le coton suppose de souiller ces eaux-là. Il faudra rejeter tous les poissons que nous pêcherons. Je suis en train de songer à y mettre de ces fameux microbes.

— Des microbes, monsieur Tucker?

— Des bactéries, si tu préfères. Ce sont des savants qui ont découvert qu'elles mangeaient les poisons, la pollution et Dieu sait quoi encore qui s'infiltre dans ces eaux pour les contaminer.

— Le poison mangé par des microbes? s'exclama Cy avec un reniflement amusé. Vous me faites marcher, monsieur Tucker.

Le rire du garçon, si faible fût-il, allégea le cœur de Tucker.

— Je te le jure devant Dieu. On a mis de ces microbes dans le fleuve Potomac, et ils l'ont curé jusqu'au lit.

Tucker contempla d'un air mélancolique les eaux sombres et mortes de l'étang.

— Crois-moi, Cy, je serais heureux de voir ces eaux claires de nouveau. Ma maman racontait souvent qu'elle y ferait construire un de ces jolis ponts pour le traverser. Tu sais, un de ces ponts cintrés comme ils en ont au Japon. On ne s'en est jamais occupé. Et je le regrette, car elle aurait aimé voir ça.

Cy ne connaissait rien au Japon ni aux ponts cintrés qu'on y trouvait, mais il aimait entendre parler Tucker. Selon lui, ce dernier pouvait parler de n'importe quoi et rendre tout passionnant.

Ils pêchèrent ainsi durant un moment, dans une tranquillité sereine, la voix de Tucker adoucissant l'atmosphère autour d'eux comme une brise. Cy attrapa un poisson, le considéra avec extase et le rejeta à l'eau.

— J'ai toujours eu envie de voyager, continuait Tucker tandis que Cy accrochait à son hameçon un morceau du succulent pâté de Della. J'avais un album d'images quand j'avais ton âge. J'y mettais des photos de magazines : Rome, Paris, Moscou. Je me dis maintenant que c'est bien dommage que je n'aie pas trouvé l'énergie d'aller visiter ces endroits par moi-même.

Il fit une pause.

— Et toi, Cy ? T'as jamais eu vraiment envie de quelque chose ?

— Si. D'aller à l'université.

Il devint rouge, s'attendant à des moqueries. Comme Tucker restait silencieux, il poursuivit précipitamment :

— J'aime bien l'école. Je suis bon élève et tout. M. Baker, mon professeur d'histoire, il dit que j'ai un esprit curieux et de bonnes prédispositions pour les études.

— Vraiment ?

— C'est un peu gênant quand il parle ainsi devant toute la classe. Mais ça me fait plaisir, aussi. Il a même ajouté que je pourrais peut-être postuler pour une bourse auprès de l'université de l'Etat, mais papa souhaite me voir quitter l'école aussitôt que la loi le permettra ; il veut que j'aille travailler avec lui à la ferme. Il dit qu'on n'apprend que des impiétés dans toutes ces universités, et...

Il s'interrompit, se rappelant soudain que son père était mort.

Toujours silencieux, Tucker sortit un poisson de l'eau. Il le tint en l'air un moment, le regarda lutter et se cabrer contre son destin fatal. Un enfant aussi pouvait se sentir dans cette position désespérée, se dit-il en ramenant le poisson à lui pour lui ôter délicatement l'hameçon de la gueule. Il rejeta sa prise dans l'étang, où elle retomba avec un « flac » sonore. Il était rare qu'un poisson, ou qu'un jeune garçon, se vît offrir une seconde chance. Il était rare également qu'un homme eût l'opportunité de lui offrir cette chance-là.

Cy irait à l'université, décida-t-il. Il y veillerait.

— Monsieur Tucker ?

Le garçon sentit avec horreur de nouvelles larmes lui monter aux yeux. Il avait l'impression de se comporter comme une fillette pleurnicharde.

— Ouais ?

— Vous pensez que je l'ai tué ?

Tucker allait lui opposer un refus outré, mais se retint. Il prit une inspiration mesurée et sortit une cigarette.

— Qu'est-ce qui te fait croire ça ?

— Je n'ai rien fait du tout de ce qu'il m'a dit. Je ne lui ai pas obéi et il s'est enfui. Il devait sûrement être fou de rage contre moi, et il s'en est pris à Mlle Waverly. Et maintenant il est mort. Je n'ai pas honoré mon père et il est mort.

Tucker frotta une allumette, comme pour se donner un temps de réflexion.

— Peut-être que oui, répondit-il enfin. Peut-être que non. Maintenant, demande-toi ceci : crois-tu que ce commandement veuille réellement dire que tu devais honorer ton père au point de l'aider à tuer un homme désarmé ?

— Non, monsieur, mais…

— Tu m'as sauvé la vie, hier, Cy.

Il attendit que les yeux hagards du garçon se relevassent vers lui.

— Voilà qui est sûr et certain. Si tu avais fait ce qu'il t'avait demandé, il serait peut-être encore en vie, et serait quand même aller embêter Caroline. Et moi, il m'aurait assassiné. Je me trompe ?

— Non, monsieur, je ne pense pas.

— Austin s'est tué lui-même. Et là non plus il n'y a pas à se tromper.

Cy aurait voulu le croire, désespérément. Il s'efforça de garder une voix calme.

— Je ne regrette pas qu'il soit mort, reprit-il. Je ne le regrette pas. Et maintenant je vais aller en enfer et brûler l'éternité durant parce que, quand le shérif m'a appris qu'il était mort, j'ai été content.

Seigneur, pensa Tucker en tirant sur sa cigarette, ça devenait délicat. Question paradis et enfer, il était bien piètre professeur. Et le gamin ne se contenterait pas de platitudes.

— Je ne suis pas très porté sur la religion, tu sais. Ma maman en était d'ailleurs terriblement déçue. Peut-être bien que l'enfer existe pour de bon. Et Dieu sait qu'il y a sur terre de quoi le remplir. Mais quand j'examine la chose, quand je m'assois tranquillement pour y penser très fort, alors je ne peux pas imaginer qu'on puisse y être envoyé pour des sentiments que par nature on ne contrôle pas. Comment tu agis, l'attitude que tu as avec ton prochain, ce que tu fais de ta vie — ça, en revanche, ça compte plus, je crois.

— Mais les pensées pécheresses…

Pour le coup, Tucker s'esclaffa. Il releva sa casquette et dévisagea le garçon avec un grand sourire.

— Fils, s'il est vrai qu'on va en enfer uniquement pour des pensées, alors les saints doivent se sentir bien seuls au paradis.

Il ébouriffa les cheveux de Cy, puis redevint sérieux.

— Je ne peux pas te dire pourquoi ton père a agi ainsi toute sa vie. Mais il avait tort. Te faire du mal, à toi comme à ta maman, ce n'était pas juste, Cy, même s'il n'arrêtait pas de citer tout le temps les Ecritures. Ce n'est absolument pas un péché de se sentir soulagé de ce poids-là.

Cy sentit le nœud qui lui serrait l'estomac se détendre.

— Ma maman, elle, elle ne va pas être soulagée.

— Tu ne peux assumer sa peine. Tu en as déjà assez de tes soucis. Ecoute, il y a quelque chose que je veux te dire, mais il faudra que tu y réfléchisses sérieusement.

— Oui, monsieur.

— Je sais que Della t'a proposé de rester ici aussi longtemps que tu le souhaiterais.

Les yeux du garçon s'écarquillèrent de terreur.

— Je ne vous dérangerai pas, monsieur Tucker. Je ne mangerai pas trop, promis, et puis je travaillerai dur. Je peux…

— Holà, mon gars ! Personne ne te met le canon sur la tempe.

Tucker chercha ses mots tout en tassant le tabac de sa cigarette.

— J'imagine que Vernon va s'occuper de la ferme de ton père, dit-il calmement. Il pourra ainsi subvenir aux besoins de ta maman. Et puis Ruthanne est presque une grande, maintenant.

— Elle fait des économies pour partir, lâcha le garçon.

Il se mordit aussitôt la lèvre.

— C'est un secret.

— Rien ne me ravit plus que de garder les secrets des dames. Bon, cela étant, je me disais que tu pourrais continuer à travailler pour moi à mi-temps quand l'école reprendra. Une partie de ta paie pourrait servir à aider ta maman. Et moi je t'assurerai le gîte et le couvert.

Cy sentit sa gorge se gonfler d'une émotion indicible. Il devinait à peine que c'était de l'espoir.

— Vous voulez dire que je peux venir à Sweetwater ? M'y installer ?

— Jusqu'à ce qu'il se présente un meilleur endroit pour toi. Si c'est bien ce que tu veux, Cy, je ferai mon possible pour que tu obtiennes satisfaction. Ta maman ne pourra que nous donner son accord, et il y aura sans doute quelques procédures légales à mener pour que je devienne une sorte de tuteur pour toi. Maintenant, tout dépend de ce que tu veux vraiment.

Cy le regardait avec ébahissement, craignant d'être dépassé par ses propres espérances.

— Je ferai tout ce que vous me direz. Je ne vous causerai aucun problème.

— On prendra nos précautions. Je vais d'ailleurs te fournir quelques textes de loi pour que tu saches dans quoi tu t'embarques.

Pour donner à Cy le temps de rassembler ses esprits, Tucker se prépara un nouveau cracker copieusement tartiné de pâté. S'il n'avait rien fait de bon ce jour-là, songea-t-il, il aurait au moins sorti le gamin de la misère.

— Pas d'alcool avant l'âge.

— Non, monsieur.

— Pas d'escapade sans m'avoir invité.

Cy laissa échapper un gloussement. Son propre rire le fit cligner des paupières.

— Non, monsieur.

— Pas de drague avec ma femme.

Mes femmes, rectifia-t-il silencieusement. C'était du moins ce qu'il avait voulu dire, non? Non : en fait, il pensait bien à Caroline.

Cy, pour sa part, en retrouva toutes ses couleurs.

— Non, monsieur.

— Comme ça, je n'irai pas draguer les tiennes.

Il fit un clin d'œil au garçon et lui sourit.

— A ce propos, t'as bien une petite amie, non?

— Non, monsieur. Enfin, pas exactement. Je regarde par-ci par-là, c'est tout.

— Eh bien, tu vas avoir le temps de faire plus que regarder. Alors, pas de copine?

Cy s'humecta les lèvres. Il ne pouvait pas mentir à Tucker. Mais ce n'était pas comme avec son père, comprit-il, ce n'était pas par peur. Plutôt par affection.

— Je, hmm, eh bien, j'ai « regardé » LeeAnne Hardesty. Elle a de la poitrine maintenant. Ça fait quand même une différence.

Tucker manqua s'étouffer avec son cracker.

— Et une sacrée, doux Jésus!

Il tapota du pied sur le sol vaseux.

— Et… tu regardes seulement ?

— Eh bien…

Cy courba la tête, le visage cramoisi.

— Une fois, on faisait la queue à la cantine ; elle était derrière moi et quelqu'un l'a poussée. Sa poitrine s'est écrasée sur mon dos. C'était vachement doux. Et puis elle a mis ses bras autour de ma taille, juste pour reprendre son équilibre, vous voyez ? Et alors je…

Il ravala sa honte.

— Je n'ai pas pu m'en empêcher, monsieur Tucker. J'avais beau essayer, je n'ai absolument pas pu m'en empêcher.

Tucker s'imaginait déjà Cy en train de bousculer LeeAnne Hardesty pour la violer sur le carrelage de la cantine.

— Et de quoi donc n'as-tu pu t'empêcher ?

— Eh bien, vous savez. Ça arrive quelquefois, même si on s'efforce au maximum de l'arrêter. Il devient… enfin, vous savez, l'instrument du Malin.

— L'instrument du Malin, répéta lentement Tucker.

Il en aurait ri. Il était même fichtrement certain qu'il en serait mort de rire par terre si Cy n'avait pas guetté ses réactions avec un air aussi abominablement coupable.

« Austin Hatinger, la Revanche », se dit-il en poussant un long soupir.

— C'est la première fois que je l'entends appeler de ce nom-là.

Puis, soucieux de cacher son sourire, il se caressa interminablement le menton.

— Enfin, il me semble que, puisque c'est le bon Dieu qui te l'a mis entre les jambes, ledit instrument doit plus relever de Son autorité que de celle du Malin.

— Ce sont les pensées diaboliques et les femmes de mauvaise vie qui l'influencent.

— Et tu peux en remercier le Seigneur.

Tucker se versa un nouveau verre de limonade, regrettant que ce ne fût pas du bourbon.

— Ecoute, fils, il n'y a pas un seul homme sur cette terre qui n'ait senti son petit oiseau devenir tout raide dans les circonstances les plus fâcheuses. C'est un phénomène naturel.

Il but son verre cul sec, marmotta une rapide prière et repartit à l'assaut.

— Bon, je suppose que tu sais comment les bébés, euh, sortent de leur coquille et tout le reste, hein ?

— Ouais, répondit Cy.

Jim — qui le tenait lui-même de son père — le lui avait appris.

— La femme a l'œuf et nous, le sperme. Mais il vaut mieux être amoureux, bien sûr.

— Tout à fait, s'exclama Tucker, submergé par un ineffable soulagement. Il vaut mieux aussi attendre de pouvoir être responsable de ses actes avant de se lancer.

Quand même, se dit-il, quel sacré baratineur il faisait !

— Car, vois-tu, regarder LeeAnne et penser à sa poitrine, d'une part, et, d'autre part, réagir en conséquence, sont deux choses différentes.

— Je crois bien.

Cy trouvait hallucinant de pouvoir ainsi parler de sujets interdits à voix haute sans recevoir une taloche. Aussi se risqua-t-il un peu plus avant.

— Malgré tout, il y a des fois… la nuit surtout… je me récite même la liste des Etats et de leurs capitales pour ne plus y penser, mais ça ne marche pas toujours. Et alors je le fais, vous savez ? J'ai l'impression que si je n'intervenais pas, j'exploserais pour de bon.

Il lança à Tucker un bref coup d'œil.

— C'est péché, n'est-ce pas, de se toucher comme ça ?

Tucker se gratta la tête.

— Il me semble qu'un homme doit de temps à autre savoir, comment dire… prendre ses affaires en main. Non pas que je recommande cela comme une ligne de conduite, mais faut bien se gratter un peu là où ça n'arrête pas de chatouiller.

— Et il ne vous arrive pas des choses ?

— Tu ne deviens pas sourd, et du poil ne te pousse pas dans la main, si c'est ce que tu veux dire.

— Vous êtes sûr ?

Cette fois-là, Tucker ne put s'empêcher de sourire. Il leva les mains et examina ses paumes avec attention.

— Absolument sûr, répondit-il.

Cy sourit alors à son tour, ce qui récompensa Tucker de tous ses efforts.

*
* *

La chambre de Burns, à Innocence, était exiguë et sommaire. Ce dernier se sentait néanmoins redevable à Nancy Koons de la garder d'une propreté impeccable. Et comme il laissait toujours derrière lui des indices révélateurs, il était également heureux que nul n'y pénétrât sans qu'il le sût ou n'y fouillât dans ses affaires. Par ailleurs, tant qu'il n'était pas en service, tous les documents relatifs à l'affaire en cours se trouvaient enfermés dans sa mallette.

Il disposait d'un grand lit, d'une commode et d'une penderie. Il lui avait fallu trois jours pour persuader Nancy Koons de lui fournir un bureau et une chaise de gros bois. Le ventilateur accroché au plafond hoquetait dans l'air lourd. L'insuffisance de ce système de climatisation avait poussé Burns à se procurer un ventilateur électrique chez Larsson. Et comme il avait eu la bonne fortune de se voir proposer une des deux chambres avec salle de bains de la pension, il estimait avoir tout le nécessaire pour son séjour.

Il n'avait osé espérer un extra.

Et pourtant, étendue sous lui, sur le matelas du lit de fer, reposait Josie Longstreet. Burns était encore tout frémissant de leur deuxième étreinte. Si on le lui avait demandé, il n'aurait vraiment pas su dire comment, du café où ils avaient partagé une limonade, ils avaient fini par atterrir tous deux sur ce sommier grinçant. Mais il ne s'en plaignait guère.

Il n'avait pu jouir d'un corps à corps si éreintant et échevelé depuis… Eh bien, en fait, il n'avait jamais autant joui tout court. Les femmes avec qui il était sorti jusqu'alors se montraient raides et compassées au lit comme à la ville. Tandis que cette femme-là était déjà en train de lui arracher ses vêtements cinq secondes après qu'elle l'avait entraîné à l'étage.

Pour l'heure, Josie considérait ses ongles fraîchement vernis par-dessus la tête de Burns. Elle avait choisi du *Péché écarlate.* Cette teinte lui semblait merveilleusement appropriée. Pour voir, elle fit glisser ses ongles sur le dos de l'agent fédéral. Le vernis rouge parut couler le long de sa peau blanche comme du sang.

— Mon chou, dit-elle, tu m'as pratiquement épuisée. Je savais bien qu'il y avait un tigre dans ce costume.

— Tu as été extraordinaire.

Burns n'ignorait pas que les femmes attendaient des compliments en de pareilles occasions, mais cette fois-ci les mots lui manquaient presque.

— C'était incroyable, ajouta-t-il.

— Je vous avais dans le colimateur, agent spécial. Je suis folle des hommes qui portent l'insigne.

Songeant à Burke, elle contempla le plafond en fronçant les sourcils.

— Tu me trouves séduisante ?

— Si je te trouve séduisante ? s'exclama-t-il en relevant la tête. Mais tu es la femme la plus séduisante du monde !

Cela la fit sourire. Elle le gratifia d'un petit baiser glouton.

— Et jolie, aussi ?

— Non, pas jolie, répondit-il.

Occupé à jouer avec les cheveux de la jeune femme, il ne remarqua pas la lueur sauvage qui s'allumait dans ses yeux.

— Tu es splendide, comme une gitane indomptable.

La sauvagerie disparut dans le regard de Josie pour laisser place au contentement.

— Tu dis ça parce que je suis complètement nue et que tu as ton petit oiseau qui te chatouille.

En d'autres temps, la susceptibilité de Burns en aurait été offensée. Mais en l'occurrence, elle n'avait que trop raison.

— Je dis ça parce que c'est vrai. Tu es étourdissante, Josie.

— J'adore la façon dont tu parles.

Elle soupira en le sentant bécoter sa poitrine. Bien que le ventilateur fût situé juste au-dessus du lit, la chaleur et leurs étreintes lui avaient rendu la peau collante de sueur. Pour autant, elle avait toujours pensé que la meilleure manière de combattre la canicule était de se coucher nue. Et quitte à se coucher nue, autant que cela ne fût pas en vain.

— Il n'est pas donné à tous les hommes de savoir dire aux femmes ce qu'elles aiment entendre. Tiens, mon premier mari par exemple, Franklin. Après deux ou trois mois de mariage, quand on n'en était déjà plus à effeuiller les pâquerettes, monsieur ronchonnait une fois l'affaire finie, et se mettait à ronfler. Beaucoup d'hommes sont comme ça. Ils prennent qui bon leur semble et passent à la suivante.

Pour toute réponse, Burns se contenta de grogner contre sa poitrine. Elle le laissa savourer son plaisir.

— Une femme a droit à des petits mots doux, poursuivit-elle. Bien sûr, il y en a qui s'en fichent, et qui recherchent exactement la même chose que les hommes. Mais moi je pense que savoir apprécier les petits mots doux est ce qui distingue une dame d'une traînée.

— Tu es une dame extraordinaire.

— Et toi, un vrai gentleman, lui répondit-elle avec un sourire radieux. Et puis tu es malin, aussi. J'adore t'entendre parler de ton métier.

Elle lui caressa distraitement les flancs.

— Mais je me dis que tu vas bientôt retourner dans le Nord.

Elle se coula sous lui pour l'embrasser.

— Quel dommage que nous ne soyons pas sortis ensemble plus tôt!

— Hélas, l'affaire semble bien être en voie de se régler.

— J'en étais sûre. Dès que je t'ai vu, j'ai su que tu étais capable de résoudre n'importe quelle affaire. Ça se lisait sur ton visage. Tiens, je me suis même dit que maintenant que tu étais là, nous, les femmes, nous allions enfin retrouver la sécurité.

Elle lui agaça les lèvres du bout de la langue.

— Tu es un héros, Matthew.

— Je ne fais que mon travail, répliqua-t-il en se rengorgeant, tandis qu'elle montait sur lui. Et puis c'était un cas on ne peut plus commun.

— Commun?

Elle effleura son torse de la bouche. Quoique blanc comme un poisson, se dit-elle, il était bien bâti.

— Eh quoi, personne n'avait rien trouvé avant que tu arrives.

— Il suffit d'avoir de l'expérience, et les instruments adéquats.

— Je suis tout simplement dingue de ton instrument, murmura-t-elle dans un ronronnement en refermant les doigts sur lui. Explique-moi encore comment t'as fait, Matthew. Cela me donne des frissons partout.

La respiration de Burns devint entrecoupée tandis que Josie le manipulait de ses doigts experts.

— D'abord, il faut avoir appris la psychologie des meurtriers en série. Leur pathologie, ses étapes. La statistique. La plupart des meurtres ordinaires sont compulsifs et ont des mobiles fort banals.

— Lesquels? insista Josie en pressant sa bouche contre son intimité. Dis-les-moi, ça me rend toute chose.

— La passion..., réussit à articuler Burns.

Une brume rouge lui brouillait peu à peu la vision.

— La convoitise, la rancune. Mais les meurtriers en série n'ont pas ces mobiles-là. Eux, c'est la domination, le pouvoir, le plaisir de la chasse qu'ils recherchent. Le fait de tuer est moins important pour eux que la traque.

— Oh oui, acquiesça-t-elle en faisant courir doucement sa langue sur l'intérieur de ses cuisses.

Elle se livrait à sa propre traque, et la fièvre de l'attente montait en elle comme un fleuve brûlant durant les indondations d'été.

— Encore…

— Le meurtrier en série n'arrête pas de mijoter ses coups. Là est son plaisir. Il choisit sa victime et la piste. Et pendant tout ce temps, il peut mener une vie parfaitement normale. Avoir famille, carrière, amis. Pourtant le besoin de tuer est son maître. Et sitôt qu'il l'a assouvi, ce besoin commence à renaître. Ainsi que le désir de domination, bien entendu.

Josie le prit dans sa bouche. Il referma les poings dans sa chevelure.

— Il aime provoquer les autorités, s'en servir, même.

Elle l'aspirait maintenant à grands coups. Il se mit à haleter.

— Il peut vouloir être attrapé, et aussi ressentir de la culpabilité, mais sa voracité balaye tous ses scrupules.

Josie remonta en ondulant le long de ses jambes.

— Et alors il se remet à tuer, compléta-t-elle. Jusqu'à ce que tu l'arrêtes.

— Oui.

— Et tu vas l'arrêter, cette fois-ci ?

— C'est déjà fait.

Elle porta les mains à ses cheveux, les ramena en arrière et lui tendit sa poitrine.

— Comment ça ?

— Jusqu'à nouvel ordre, je considère l'affaire comme close avec la mort d'Austin Hatinger.

La jeune femme frémit en sentant Burns la soulever par la taille et s'enfoncer en elle.

— Vous êtes un héros, agent spécial. Mon héros.

Et, rejetant la tête en arrière, elle entama sa chevauchée sauvage vers le septième ciel.

21

Une tempête s'annonçait. L'atmosphère de la soirée se rafraîchissait à son approche et, pour la première fois depuis des jours, une vraie brise agitait les ramées, charriant une douce odeur de pluie. Le crépuscule fut précoce. Le soleil s'était caché derrière de menaçants nuages couleur d'étain dont jaillissaient en crépitant des éclairs de chaleur.

Quoique la tempête promît d'être d'une rude espèce, de celle qui arrache les lignes à haute tension et emporte les berges des rivières, le delta semblait soulagé.

Pour des raisons totalement indépendantes du temps, Darleen Fuller Talbot était repartie de chez sa mère dans une colère noire. Cette dernière avait gratifié le petit Scooter de mille sourires et cajoleries, tout en l'assommant, elle, de récriminations au sujet de Billy T. D'ailleurs, se dit Darleen en claquant violemment la portière de sa voiture, son père ne valait pas mieux. Il n'avait su que secouer la tête avant de quitter la pièce. Vingt minutes durant, elle avait enduré les grommellements de sa mère. Junior était un honnête homme, répétait-elle, il ne méritait pas d'être trahi dans sa propre maison.

Eh quoi ! songea-t-elle, cette maison était aussi la sienne. C'était sa signature à elle qui se trouvait sur l'hypothèque. L'air renfrogné, elle essuya des larmes de rage avant de faire démarrer la voiture. Personne ne lui accordait la moindre attention. C'était toujours ce pauvre Junior ceci et ce pauvre Junior cela. Tout le monde se fichait pas mal que ce pauvre Junior eût encore moins de considération pour elle que pour la poussière qu'on relègue sous le tapis.

Quoi d'étonnant à ce qu'elle commençât à regretter le dérivatif que lui offrait Billy T. ? Son propre mari ne dormait même plus dans le lit avec elle. Non qu'il eût fait plus qu'y *dormir* auparavant.

Seulement, elle devrait désormais se coucher chaque soir avec une frustration de vieille fille.

Mais elle allait y remédier, se dit-elle. Et comme les premières gouttes de pluie s'écrasaient sur le pare-brise, elle redressa énergiquement le menton.

Scooter allait rester avec sa mamie toute la nuit. Et elle, eh bien, elle veillerait à ce que son mari accomplît son devoir conjugal.

Si les choses ne s'arrangeaient pas d'ici peu, elle pourrait aussi bien partir s'enterrer dans un couvent.

La pluie se mit à tambouriner sur la voiture. Se priver ainsi était en train de la rendre marteau, se dit Darleen en actionnant les essuie-glaces. Junior avait interrompu Billy T. juste avant qu'il n'eût achevé son œuvre. Tout bien calculé, voilà donc plus d'une semaine qu'elle faisait abstinence.

Ce n'était pas sain.

Sa nervosité et son irritabilité n'avaient d'ailleurs pas d'autre raison, elle en était certaine. Depuis des jours elle avait la sensation aiguë que quelqu'un la surveillait. Et ce n'était pas à cause des regards dédaigneux dont l'accablaient les mégères de la ville depuis que la rumeur allait bon train. Elle avait plutôt l'impression que quelqu'un lui en voulait. Et puis il y avait les coups de téléphone. Ces appels d'une personne qui demeurait obstinément silencieuse après qu'elle eut décroché.

Sans doute que Junior la tenait à l'œil, se dit-elle. Peut-être avait-il aussi demandé à l'un de ses copains de surveiller la maison, au cas où Billy T. repointerait le bout de son nez.

En fait, il était plus que probable que Billy T. ne lui reparlerait plus jamais.

Il ne lui semblait quand même pas juste d'avoir perdu son amant et son mari, et de devoir en plus subir les remontrances de sa mère, uniquement parce qu'elle avait voulu prendre un peu de plaisir.

Elle dérapa soudain sur la chaussée humide. Ralentissant l'allure, elle fit rouler la voiture au pas.

Fini de plier l'échine, se promit-elle. Les larmes n'avaient pas marché, bien qu'elle en eût pleuré par seaux entiers. Rendre la maison pimpante et préparer un repas chaud chaque soir n'avaient pas eu plus d'effet. Junior se contentait de manger ce qu'il trouvait dans son assiette et partait ensuite jouer avec Scooter.

Mais ce soir-là, se jura-t-elle, il jouerait avec sa femme.

Darleen savait très bien comment amorcer la chose. Elle avait d'abord ce nouveau déshabillé, commandé pour plaire à Billy T., certes — mais quelle importance! Et puis elle avait passé la majeure partie de la journée dans le salon de beauté à se faire laver et coiffer les cheveux. Elle avait même demandé à Betty Pruett de lui épiler les sourcils ainsi que le petit duvet qui ombrait sa lèvre supérieure — opérations qui n'étaient pas indolores.

Maintenant, il ne lui restait plus qu'à planter le décor.

Elle allumerait la bougie parfumée au cirier récupérée du Noël précédent, mettrait un disque de Randy Travis et ouvrirait une bouteille de champagne. Junior devenait positivement romantique après quelques verres de champagne.

Une fois qu'elle l'aurait entraîné au lit, il oublierait toute l'histoire avec Billy T. ainsi que sa fierté masculine. Et elle, elle redeviendrait son épouse dévouée. Et si jamais elle reprenait un amant, elle serait sacrément plus prudente.

Elle faillit ne pas appuyer à temps sur la pédale de frein. Le rideau de pluie qui obscurcissait la route lui avait caché une voiture garée en travers de la chaussée. Un peu plus, et il était trop tard. Les pneus patinèrent et glissèrent. La jeune femme, terrifiée, poussa un petit couinement en se sentant partir en tête-à-queue. Enfin, la voiture cessa de déraper, le pare-chocs à deux doigts de l'autre véhicule. Darleen retomba sur le siège en comprimant son cœur qui battait la chamade.

— Bon sang!

Elle cligna des paupières mais n'aperçut personne au-delà du pare-brise. Elle distinguait seulement la voiture abandonnée au beau milieu de la route.

— Eh bien, c'est le bouquet.

Encore secouée, elle ouvrit la portière et s'avança dans la tempête. Le vent et la pluie lui rabattirent aussitôt des mèches dans les yeux.

— Zut et zut de zut! hurla-t-elle en se décollant les cheveux du visage. Pour l'amour du ciel, comment suis-je censée reconquérir mon mari si je rentre à la maison avec une dégaine de chat mouillé?

En y repensant, cependant, elle se dit que cela pourrait tourner à son avantage en lui attirant la compassion de Junior. Mais si elle voulait que ce dernier fût à ses petits soins parce qu'elle avait pris la pluie, encore fallait-il d'abord qu'elle regagnât ses pénates. Les mains sur les hanches, elle donna un coup de pied dans l'un des pneus du véhicule abandonné.

— Et comment diable puis-je faire le tour de ce machin, moi ?

L'idée de rebrousser chemin pour trouver refuge chez sa mère lui parut si peu attrayante qu'elle préféra ignorer la pluie et contourner la voiture à la recherche d'une solution.

Elle était en train de regarder par la vitre, espérant apercevoir la clé de contact sous le volant, lorsqu'elle entendit un bruit derrière elle. Son cœur bondit dans sa poitrine. Puis elle poussa soudain un soupir de soulagement en reconnaissant la silhouette familière qui approchait à travers la tempête.

— Je me disais bien que ça devait être ta voiture, cria-t-elle. Les routes sont si glissantes par ce temps. Je te suis presque rentrée dedans. Junior m'aurait écorchée vive si je lui avais cassé sa voiture.

— Je vais lui épargner cette peine.

Darleen n'eut même pas le temps de voir la manivelle qui s'abattit sur son crâne.

Il y eut un coup de tonnerre particulièrement violent. La lumière clignota un instant, puis s'éteignit en grésillant. Caroline, cependant, avait pris ses précautions en disposant des bougies et des lampes à huile dans chaque pièce.

L'obscurité ne la dérangeait guère, pas plus que la tempête. Elle s'en réjouissait plutôt. Elle espérait que la foudre aurait même rompu les lignes téléphoniques, la déchargeant ainsi de l'obligation de répondre aux coups de fil inquiets et compatissants dont elle avait été harcelée toute la journée. Cela dit, si la lumière ne devait pas revenir de la nuit, elle ne désirait pas non plus être condamnée à marcher en aveugle dans la maison, au risque de tomber sur le fantôme grimaçant d'Austin Hatinger.

Elle contemplait la pluie et le vent depuis la véranda, cependant que Vaurien demeurait blotti à l'intérieur en gémissant. C'était du grand spectacle. Sans un seul arbre pour l'arrêter, le vent soufflait en chuintant entre les tuiles frémissantes, faisait vibrer les carreaux et se ruait en hurlant à travers les fourrés.

Caroline ignorait si une pluie de cette intensité était profitable ou non pour les moissons, bien qu'elle fût certaine d'avoir eu droit à toutes les opinions en la matière lorsqu'elle était descendue en ville. Pour le moment, il lui suffisait de regarder et de s'émerveiller, tout en sachant qu'elle pouvait à tout moment se retrouver bien au sec dans sa maison illuminée par les flammes des bougies. Son refuge.

Non, son abri, se reprit-elle en souriant. Qu'est-ce que le bon Dr Palamo aurait pensé de ce lapsus ? Oh, c'était une pure réaction réflexe, se dit-elle. Il n'était plus question pour elle de s'enfuir ou de se cacher. Pour la première fois de sa vie, elle *vivait* simplement quelque part.

Ou du moins s'y essayait.

Car nul doute qu'elle avait fui Tucker ce matin même. Elle avait accepté de partager son canapé avec lui, certes, mais pas son existence. Elle avait eu besoin de prouver qu'elle était effectivement vivante, et cependant elle avait eu peur de ses propres sensations.

Frissonnant malgré elle, Caroline se frotta les bras. Ce qui s'était passé la veille avait été suffisant pour tous les deux. Il avait eu envie d'elle, et réciproquement. Voilà tout.

Elle ferma les yeux et aspira profondément l'air encore chargé d'ozone après le dernier coup de tonnerre. C'était enivrant. Il y eut un nouvel éclair. Entendant le chiot japper de frayeur, Caroline s'esclaffa.

— C'est bon, Vaurien, je viens à la rescousse.

Elle le trouva sous le canapé du salon : le bout de son museau tremblant dépassait de la housse. Elle le prit dans ses bras en lui chuchotant des paroles de réconfort et le promena à travers la maison comme un bébé.

— Ça ne va pas durer. Les tempêtes ne durent jamais longtemps. Elles viennent juste nous secouer un peu pour mieux nous faire apprécier les moments de calme. Et si je te jouais un peu de musique, hein ? Cela nous apaiserait tous les deux.

Elle l'installa dans un fauteuil et se saisit de son violon.

— Allons, *furioso* !

Faisant courir prestement l'archet sur les cordes, elle accorda l'instrument à l'oreille.

— Sus à la tempête !

Elle commença avec du Tchaïkovski, enchaîna avec un mouvement de la Neuvième de Beethoven puis s'essaya à quelques airs que Jim lui avait appris, avant de terminer par une interprétation allègre de *Lady Madonna*.

Le crépuscule avait laissé place à la nuit noire quand elle s'arrêta de jouer. On frappa un coup à la porte. Elle sursauta. Vaurien, lui, décampa de la pièce pour se réfugier sous son lit à l'étage.

— Peut-être devrais-je l'envoyer en stage dans une section d'assaut.

Ayant reposé le violon, elle alla dans l'entrée… et vit Tucker se retourner pour la regarder à travers la moustiquaire.

Ses mains, si habiles quelques instants plus tôt, s'agitèrent frénétiquement. Elle les pressa l'une contre l'autre pour maîtriser leur tremblement.

— Ce n'est pas une nuit pour sortir.

— Je sais.

— Tu ne veux pas entrer ?

— Pas encore.

Elle se rapprocha de lui. Il avait les cheveux trempés, comme au sortir de la douche le matin.

— Ça fait combien de temps que tu es là ?

— Je suis arrivé juste avant que tu passes de ta musique échevelée à *Salty Dog.* Car c'était bien *Salty Dog*, n'est-ce pas ?

Caroline eut un bref sourire.

— Oui, Jim me l'a appris. Nous élargissons nos registres respectifs.

— C'est ce qu'on m'a dit. Toby en est ravi. Il cherche déjà un violon d'occasion pour l'offrir à son fils.

— Il est doué.

Caroline se sentit aussitôt ridicule. Pourquoi donc discutaient-ils ainsi de Jim de part et d'autre de la moustiquaire ?

— La… la lumière est partie.

— Je sais. Viens ici, Caroline.

Elle hésita. Il avait l'air si grave, si réservé.

— Il est arrivé quelque chose ?

— Pas que je sache, répondit-il en ouvrant la moustiquaire. Allez, viens.

— Bon.

Elle franchit le seuil de la maison, les nerfs à fleur de peau.

— Tout à l'heure, je me demandais si cette pluie était bonne ou non. Pour les moissons, je veux dire.

— Je ne suis pas venu ici pour parler cultures. Ni musique, d'ailleurs.

Il enfonça ses mains dans ses poches, et tous deux regardèrent un instant les éclairs sillonner le ciel.

— J'ai des questions à te poser sur ce qui s'est passé ce matin.

— Et si j'allais te chercher une bière ? proposa-t-elle en reculant d'un pas, la main posée sur la moustiquaire. J'en ai acheté quelques canettes l'autre jour.

— Caroline…

Ses yeux étincelèrent sur le fond du ciel obscur, l'arrêtant net dans son mouvement.

— Pourquoi ne veux-tu pas m'aimer ?

— Qu'entends-tu par là ?

Elle se passa une main dans les cheveux.

— Je t'ai aimé, non ? Nous avons fait l'amour juste là, sur ce canapé.

— Tu m'as laissé te posséder, oui, mais tu n'as pas voulu m'aimer. Il y a une différence. Une très grande différence.

Elle se figea. Le regard hautain qu'elle lui décocha fit presque sourire Tucker.

— Si tu es venu ici pour critiquer mes performances…, commença-t-elle.

— Je ne critique pas. Je pose des questions.

Il s'avança vers elle, sans la toucher cependant.

— Mais comme tu viens juste de le dire toi-même, c'était une performance. Peut-être avais-tu besoin de vivre quelque chose qui te prouve que tu existais — et Dieu sait que tu avais des raisons pour cela. Maintenant, je te demande : est-ce vraiment tout ce que tu veux ? Pour ma part je veux plus, et ce plus, j'ai besoin de le partager avec toi. A condition que tu l'acceptes.

— Je ne sais pas. Ce n'est pas seulement une affaire de volonté. Je ne suis pas sûre d'en être capable.

— Ecoute, je peux te laisser seule pour y réfléchir. Ou alors tu n'as qu'à me demander d'entrer.

Il tendit une main vers sa joue.

— Demande-moi d'entrer, Caroline.

Ce n'était pas seulement dans sa maison qu'il désirait être invité, comprit-elle alors. Mais aussi dans son intimité, physique et émotionnelle. Elle ferma les yeux quelques instants. Quand elle les rouvrit, il était toujours debout devant elle, en train d'attendre.

— Je risque de te décevoir.

Un sourire éclaira le visage de Tucker.

— Et moi donc.

Elle prit une profonde inspiration, puis s'écarta pour lui ouvrir la moustiquaire.

— Entre.

Tucker se remit à respirer. Au moment de franchir le seuil, il se tourna vers la jeune femme et la prit dans ses bras.

— Tucker…
— Rhett Butler l'a bien fait. Pourquoi pas moi ?
Il l'embrassa en silence avant de l'emmener à l'étage. Eh bien, songea Caroline, elle n'avait peut-être aucun Ashley qui l'obnubilait mais, bon sang, elle n'allait pas non plus repenser à Luis ce soir. Ni à personne d'autre.
— Tu es mouillé, lui dit-elle en posant la tête contre son épaule.
— Je vais bientôt te donner l'occasion de m'enlever mes vêtements.
Elle rit. Comme tout devenait facile ! pensa-t-elle. Il suffisait de se laisser aller.
— Tu es si bon avec moi.
— Avec toi, je peux être encore meilleur.
Il s'arrêta dans le couloir pour lui donner un long et langoureux baiser.
— Je suis impatiente de voir cela.
— Cette fois-ci, au contraire, il faudra que tu sois patiente.
Les flammes des bougies projetaient des ombres fantasques sur le mur. La chaleur accumulée durant toute la journée avait pris ses aises dans la pièce comme un vieil ami, supplantant avec morgue le vent dont le souffle fouettait les antiques rideaux de dentelle. On y sentait l'odeur de la cire, des sachets de lavande, de la pluie qui imbibait les moustiquaires et s'abattait en salves spasmodiques sur les tôles du toit.
Tout en lui agaçant tendrement les lèvres, Tucker la coucha sur le lit et, pour la détendre et apaiser son anxiété, lui effleura le visage du bout des doigts, puis de la bouche. Enfin, quand il n'y eut plus que le bruit de la pluie et de ses propres soupirs, que le grondement du tonnerre se fut éloigné vers l'est avec la tempête, Caroline lui tendit les bras pour l'accueillir.
Il s'allongea sur le lit à son tour, ses lèvres contre les siennes, et partagea avec elle un baiser fervent, intime et torride, qui la plongea au plus profond d'un océan de plaisir.
Elle n'avait plus d'autre choix que de laisser ses sensations l'emporter. Délicatement, longuement, Tucker attirait ses sentiments à la surface de son être. Et, sous cette lente poussée, Caroline sentait son pouls s'accélérer, ses muscles mollir, son cœur bégayer. Un bref sursaut de panique lui fit détourner la tête. Tucker se rabattit alors sur son cou. Et ses mains, plus habiles que celles du plus grand virtuose, achevèrent de réveiller son corps.

Il pouvait sentir le combat qui se livrait en elle entre désir et appréhension. Il en devinait le déroulement sur son visage. Retenant ses propres appétits, il apprivoisait ses craintes avec patience et même compassion. Ce ne furent que longs et bouleversants baisers, caresses nonchalantes et languides. Et, tandis que le corps de la jeune femme se mêlait au sien, qu'elle se mettait à bredouiller son nom, il comprit qu'il ne refoulait en fait nullement ses propres désirs. Que c'était exactement ce qu'il voulait.

Leurs regards se rencontrèrent et demeurèrent rivés l'un à l'autre tandis qu'il la déshabillait. La rendait nue. Vulnérable. Tous deux devinèrent alors que ces deux mots étaient interchangeables, et que ce simple geste avait donné à leur union une tout autre dimension que celle de leur copulation frénétique et hâtive sur le canapé du salon.

Avec des mains tremblantes, Caroline lui retira sa chemise détrempée, laissa ses doigts glisser sur son torse, jusqu'à son ventre. Une chaude et triomphale ardeur l'envahit quand elle sentit les muscles de Tucker frémir sous ce contact hésitant. Ayant pris une brève inspiration, elle défit la ceinture de son jean et s'assit pour le faire descendre le long de ses jambes.

Puis ils s'agenouillèrent tous deux sur le lit. Le matelas s'enfonça en gémissant, et la chaleur les submergea de nouveau tandis que le vent mourait et que l'averse se transformait en ondée. Les mains de Caroline se nouèrent autour de la taille de Tucker, qui enfouit le visage dans ses cheveux. De l'étonnement, un peu de peur aussi apparurent dans les yeux de la jeune femme lorsqu'il lui ramena la tête en arrière. Puis il pressa ses lèvres contre les siennes, lui communiquant toute sa passion.

La voici, se dit-elle, la bête qui se tapissait sous son vernis d'affabilité nonchalante. Elle pouvait presque la sentir gronder en lui, en elle, tirer sur ses liens, les menacer tous deux de les avaler d'une seule bouchée vorace.

Elle s'agrippa à ses hanches puis, défaillant sous l'emprise de Tucker, elle relâcha son étreinte. Il était en train de lui dire quelque chose, mais son chuchotement rauque se perdait dans les battements de son propre cœur.

Oui, songeait Tucker de son côté, voilà exactement ce qu'il voulait. Tout ce qu'il voulait. La sentir céder sous le plaisir. Goûter son désir brûlant sur sa bouche. Entendre ce gémissement doux et désemparé qui montait du fond de sa gorge tandis qu'elle se perdait en lui. Savoir qu'elle ne pensait à rien ni personne sauf lui.

— Caroline…

Voulant reprendre ses esprits, il pressa ses lèvres contre son épaule dont il mordilla la courbe parfumée.

— J'ai envie…

— Oui, dit-elle en tendant les mains vers lui.

Il la retint par les poignets.

— Non, pas ça. Pas encore.

Les yeux fixés sur elle, il la repoussa en arrière et la couvrit de son corps. Puis il lui bécota les lèvres, accroissant ainsi encore plus son insatisfaction.

— Ce dont j'ai envie…

Il lui mordit légèrement le menton et, avec délicatesse mais fermeté, lui immobilisa les mains.

— … c'est te rendre folle de plaisir.

— Tucker…

— Si je te laisse encore une fois poser les mains sur moi, tout finira beaucoup trop vite.

Glissant le long de sa poitrine, il posa sur le pourtour de ses seins de lents et brûlants baisers.

— Il y a un vieux dicton du Sud…

Il enveloppa tendrement de sa langue l'un de ses tétons, et vit ses yeux se voiler de plaisir.

— Il dit : « Quitte à faire quelque chose, autant le faire en douceur. »

Les mains de Caroline se contractèrent désespérément sous les siennes tandis qu'il posait sa bouche sur l'autre sein.

— Je ne peux pas.

— Oh ! que si, ma chérie.

Il la prit entre ses lèvres jusqu'à ce qu'elle criât grâce. Puis il la relâcha.

— Je vais te montrer comment on procède, poursuivit-il. Et si tu me dis que tu n'aimes pas ça, eh bien, nous essaierons encore.

Elle se débattit, sa tête roulant frénétiquement sur l'oreiller, tandis que le flot de sensations commençait à monter en elle. Tucker savourait sa chair de ses lèvres, de ses dents, de sa langue. L'atmosphère dc la chambre paraissait à la jeune femme d'une touffeur insupportable. Elle lutta pour recouvrer son souffle, aspirant et expirant tour à tour l'air qui sifflait entre ses lèvres tremblotantes. Mais alors même que son esprit regimbait, refusant la soumission totale, son corps était en train de la trahir. Il se délectait de la joie primaire et torride d'être possédé. Il se tendait en frémissant vers une libération sauvage que Tucker ne cessait de différer.

Leurs chairs moites glissèrent l'une sur l'autre tandis qu'il se coulait le long de son corps. Caroline poussa un gémissement d'abandon dans l'air lourd. Tucker frotta sa joue contre son ventre, la jouissance anticipée de son intimité l'enivrant comme une gorgée de vin. Naguère encore, il aurait pu prétendre tout connaître du plaisir. Naguère encore, il aurait nié que le plaisir pût être différent d'une femme à une autre.

Mais cette fois-là, c'était le parfum de Caroline qui lui embrasait les sens, ses soupirs haletants qui lui affolaient le cœur, sa peau douce et pâle qui ondoyait sous ses lèvres.

Et tout était différent.

Elle s'arc-bouta et se cabra lorsqu'il passa la langue sur le pli sensible entre ses cuisses. Puis il s'attarda à quelques centimètres de l'épicentre, les mettant tous deux au supplice, jusqu'à ce qu'il sentît le corps de la jeune femme se figer un moment, puis se détendre de nouveau.

Cette première commotion laissa Caroline sans force. Elle flottait maintenant, privée de toute pesanteur, désorientée, insensible à la chaleur, consciente uniquement d'un soulagement confondant. Ses lèvres esquissèrent un sourire. Ses mains, libérées, se mirent à palper son propre corps, effleurèrent sa peau lustrée de sueur, se posèrent sur les épaules de Tucker.

— Tout compte fait, je crois que j'aime bien ça, réussit-elle à articuler.

— Et ce n'est pas fini.

Il la saisit par les hanches, la souleva, et se mit à la dévorer.

Caroline replongea si vite au cœur de la tempête que son souffle s'étrangla dans sa gorge. Ses mains quittèrent les épaules moites de Tucker pour se mettre à serrer convulsivement les draps. Un océan de sensations la souleva, vague après vague, jusqu'à ce qu'entre elle et lui, entre lui et elle, il n'y eût plus qu'une seule et même faim. Tucker en avait fini avec les tendres agaceries, et ses mains la possédaient à présent avec une avidité aussi affolante qu'inattendue.

Il y avait un noir plaisir dans ses gestes, une volupté obscure née du tréfonds des brûlantes nuits d'été. Ils roulèrent sur le lit, se vautrant dans cette volupté avec la rage de bêtes s'accouplant au milieu des fourrés.

Résistant aux flots une ultime fois, Tucker l'attira contre lui de ses paumes frémissantes.

— Regarde-moi, dit-il.

Il vint au-dessus d'elle, la poitrine soulevée par l'effort.

— Caroline, regarde-moi.

Les yeux de la jeune femme s'ouvrirent en papillotant. Ses iris étaient sombres comme la nuit.

— C'est cela, aimer.

Il colla sa bouche contre la sienne. Ses mots furent étouffés contre ses lèvres tandis qu'il plongeait en elle.

— Oui, c'est cela, aimer.

Ereintée, Caroline gisait sur le lit dans un demi-sommeil, heureuse de sentir contre elle le poids de Tucker. Elle commençait bien à souffrir de quelques courbatures, mais cela même la faisait sourire. Elle s'était toujours considérée comme une partenaire accomplie — quoique, sur ce point, Luis aurait certainement été en désaccord avec elle sur la fin de leur relation ; cependant, jamais auparavant elle n'avait éprouvé un tel contentement.

Elle poussa un léger soupir et s'étira. Tucker grogna, puis roula sur le côté pour inverser leurs positions.

— Ça va mieux ? lui demanda-t-il quand il la vit couchée sur lui, la tête posée contre sa poitrine.

— C'était bien avant aussi, répondit-elle en souriant de nouveau. Parfaitement bien.

Elle poussa un autre soupir et ouvrit de lourdes paupières. A son grand étonnement, elle s'aperçut qu'ils étaient étendus au pied du lit.

— Comment sommes-nous arrivés là ?

— Question de souplesse. Donne-moi encore cinq minutes et nous pourrons essayer de nous remettre à l'endroit.

— Hmm.

Elle pressa ses lèvres contre son torse.

— La pluie s'est arrêtée, dit-elle. Mais il fait encore plus chaud qu'avant.

— On aurait dû prévoir le ventilateur avant de s'y mettre.

— Tu sais ce que je veux ? s'écria-t-elle soudain en redressant la tête.

— Ecoute, mon chou, une fois que j'aurai repris des forces, je ferai de mon mieux pour te donner tout ce que tu souhaites.

— Je m'en souviendrai. Mais…

Elle lui donna un baiser.

— … ce que je veux tout de suite, ce dont j'ai vraiment envie… c'est une glace.

Elle lui fit une grimace comique.

— T'as pas envie d'une glace, Tucker ?

— Je pourrais peut-être en prendre une bouchée, maintenant que tu en parles.

L'espace d'un instant, il eut l'idée fantasmatique et saugrenue de lécher une « Surprise » à la fraise sur quelque excitante partie de son anatomie.

— Tu la montes ici ?

— C'était mon intention.

Elle s'autorisa à lui donner un autre baiser, puis elle glissa du lit et se mit à farfouiller dans la penderie à la recherche de sa robe.

— Une boule ou deux ?

Les dents de Tucker étincelèrent dans la pénombre tandis qu'elle enfilait sa robe.

— Je suis un homme à double détente, je te rappelle. Tu veux un coup de main ?

— Je crois que je peux me débrouiller toute seule.

— Parfait.

Il croisa les mains sous la tête et referma les yeux. Caroline sortit de la chambre, certaine qu'il profiterait de ce répit pour faire un petit somme.

Parvenue dans la cuisine, elle prépara les coupes de glace à la lueur des lampes à huile. Voilà un moment qui resterait à tout jamais gravé dans sa mémoire, se dit-elle. Elle se souviendrait encore longtemps de l'atmosphère torride de la cuisine, de l'odeur de la pluie et de l'huile, ainsi que du bien-être puissant dont elle se sentait rayonner après l'amour. Et puis d'avoir préparé la glace pour la déguster au lit.

Tout en fredonnant, elle revint dans le couloir, les mains chargées. Même la sonnerie stridente du téléphone ne parvint pas à altérer sa bonne humeur. Ayant déposé une des coupes sur la table du téléphone, elle cala le combiné contre son épaule.

— Salut, fit-elle en piochant dans la crème glacée avec sa cuillère.

— Caroline ! Dieu merci.

La cuillère resta suspendue à mi-chemin de ses lèvres. Puis elle la laissa retomber dans la coupe et reposa celle-ci sur la table. Apparemment, il existait tout de même une chose qui pouvait altérer sa bonne humeur : la voix de sa mère.

— Bonjour, maman.

— Voilà plus d'une heure que j'essaye de te joindre. Il y a eu des problèmes sur la ligne. Ce qui ne me surprend guère, étant donné la piètre qualité des communications dans ce secteur.

— Nous avons eu une tempête. Comment vas-tu ? Et papa ?

— Nous allons bien tous les deux. Ton père est parti faire un saut à New York mais, comme j'avais plusieurs engagements, je n'ai pas pu l'accompagner.

Georgia Waverly débitait ses phrases à toute vitesse. Sa voix comme son cœur ne gardaient plus aucune trace de son enfance dans le delta.

— C'est toi qui m'inquiètes, poursuivit-elle.

Caroline l'imaginait, assise à son bureau de bois de rose, dans son boudoir immaculé et décoré avec soin, en train de rayer le nom de sa fille d'un de ses innombrables agendas.

Commander des fleurs. Assister au repas de charité. S'inquiéter du sort de Caroline.

La jeune femme en ressentit un désagréable sentiment de culpabilité.

— Il n'y a pas de quoi t'inquiéter.

— Pas de quoi ! Je dînais ce soir à la réception des Fullbright quand j'ai appris de Carter que ma propre fille avait été agressée !

— Je n'ai rien, répliqua précipitamment Caroline.

— Je le sais bien, rétorqua Georgia, qui supportait toujours mal les interruptions. Carter m'a tout expliqué. Je t'avais pourtant dit que tu n'avais rien à faire là-bas ; tu as refusé de m'écouter. Et voilà que j'apprends — alors que je déteste par-dessus tout entendre ces nouvelles-là au dîner ! — que tu es impliquée dans une sorte d'enquête criminelle.

— Je suis désolée, murmura Caroline en fermant les yeux.

Les excuses étaient toujours au menu quand elle avait affaire à sa mère.

— Tout est arrivé si vite, reprit-elle. Maintenant, c'est terminé.

Un mouvement dans l'escalier lui fit relever les yeux. Apercevant Tucker, elle détourna la tête d'un air las.

— Carter m'a affirmé que ce n'était pas le cas, continuait Georgia. Tu sais qu'il dirige l'antenne régionale de NBC, ici, à Philadelphie.

Eh bien, il m'a appris que les journaux étaient déjà sur l'affaire, et que plusieurs équipes de reporters s'étaient envolées dans le delta pour couvrir l'événement. Evidemment, dès que ton nom a filtré, le sujet est devenu d'une actualité brûlante.

— Oh, Seigneur!

— Je te demande pardon?

— Rien.

Elle se passa une main dans les cheveux. « Sois sage », se dit-elle. D'une manière ou d'une autre, elle devait se montrer raisonnable.

— Je suis désolée que tu aies appris cela par une tierce personne. Et je sais que ce genre de publicité te déplaît. Mais je ne suis pas plus responsable des agissements des reporters, mère, que je ne le suis de leur intérêt pour moi. Je suis désolée que cela te bouleverse.

— Bouleversée, je le suis, tu peux me croire. N'était-il pas déjà assez pénible de devoir étouffer le scandale de ton hospitalisation après que tu as décommandé tous tes récitals de l'été et désavoué Luis publiquement?

— Certes, répliqua sèchement Caroline. Cela a dû être un très mauvais moment à passer pour toi. Il était malavisé de ma part de tomber ainsi malade.

— Garde ce ton pour d'autres que moi, je te prie. Si tu n'avais pas été excédée par ce désaccord bénin avec Luis, rien de tout cela ne serait arrivé. Et voilà qu'en plus tu te mets en tête de descendre t'enterrer dans ce trou...

— Je n'y suis pas enterrée.

— ... et de gâcher ton talent.

La voix de Georgia avait tranché sur les protestations de sa fille comme une lame dans une terre meuble.

— Et de ruiner ton honneur et celui de ta famille. Je n'ai pas fermé l'œil depuis que je sais que tu es là-bas, toute seule, sans aucune protection.

Caroline sentit poindre une migraine.

— Voilà des années que je suis seule, murmura-t-elle en se frottant les tempes.

Georgia ignora ces dernières paroles, de même que la détresse qu'elles renfermaient.

— Et voilà que... eh bien, tu aurais pu être violée ou assassinée.

— Oh, oui, et cela aurait fait une très mauvaise publicité.

Il y eut un bref silence à l'autre bout du fil.

— C'était une remarque déplacée, Caroline.

— Oui, je le reconnais.

Elle se frotta les yeux et reprit la sempiternelle antienne :

— Je suis désolée. Je dois être encore un peu ébranlée par ce qui s'est passé.

« Mais quand donc me demanderas-tu ce qui s'est passé, mère ? Quand donc cesseras-tu de me reprocher mon comportement pour te soucier enfin de ce que je ressens, de ce que je désire ? »

— Je te comprends, Caroline. Et j'espère que tu comprends aussi mes inquiétudes. Je te demande instamment de revenir chez toi.

— Je suis chez moi.

— Ne sois pas ridicule. Tu n'es pas plus à ta place là-bas que je le fus moi-même. Je t'ai mieux élevée que ça, Caroline. Ton père et moi t'avons accordé toutes les chances pour réussir. Je ne veux pas te voir les gâcher pour une simple contrariété.

— Une contrariété ? Eh bien, voilà une curieuse manière de présenter les choses, mère. Tout ce que je puis t'affirmer, en tout cas, c'est que je suis désolée de ne pas agir selon ta volonté. De ne pas être non plus ce que tu désires que je sois.

— Je ne sais d'où ni de qui te vient un tel entêtement, mais il est très désagréable. Nul doute que Luis serait de mon avis, même s'il est plus indulgent que moi. Il est affreusement inquiet, lui aussi.

— Il… tu veux dire que tu l'as appelé ? Malgré mon souhait formel que tu t'en abstiennes ?

— Les souhaits d'une enfant vont parfois à l'encontre de ses intérêts. Enfin… je voulais surtout lui parler de ton récital du mois de septembre à la Maison Blanche.

Caroline sentit un nœud familier se resserrer dans son estomac.

— J'ai cessé d'être une enfant le jour où tu m'as poussée sur le devant d'une scène, dit-elle en portant la main à son ventre. Et je n'ai pas besoin des conseils de Luis.

— Je ne suis pas surprise par ton attitude. Voilà longtemps que j'appréhende une telle ingratitude de ta part.

La voix de Georgia s'était durcie. Caroline se l'imaginait en train de battre la mesure de ses ongles soigneusement manucurés sur le bois verni de son bureau.

— J'espère seulement que lorsque Luis te contactera, tu te comporteras mieux avec lui. Nous savons parfaitement tous les deux qu'il a été la meilleure opportunité de ta carrière. Il comprend ton tempérament d'artiste.

— Dis plutôt ma déplorable naïveté. Je suppose qu'il t'importe peu de savoir que je l'ai surpris en train de sauter la flûtiste dans le vestiaire ?

— Ton langage est digne de ce pays de rustres.

— Je peux être plus rustre encore.

— Bon. Trêve d'absurdités. Je te demande une nouvelle fois de revenir chez toi. Nous n'avons plus que quelques semaines devant nous pour préparer ta prestation à la Maison Blanche. Et comme de bien entendu, tu n'as accordé aucune attention à ta toilette. J'ai dû prendre sur mon propre temps pour consulter ton styliste. Et voilà qu'avec ce nouveau coup d'éclat... enfin, tout cela est très préjudiciable.

« Moins qu'un coup de couteau dans le cœur », pensa Caroline.

— Il n'est nullement indispensable que tu t'occupes de tout, répondit-elle sur un ton mesuré. J'ai déjà réglé les détails avec Frances. J'irai à D.C. pour le concert et en repartirai le lendemain. Quant à ma toilette, ma garde-robe a amplement de quoi y pourvoir.

— As-tu donc perdu l'esprit ? Ce récital est une des plus importantes étapes de ta carrière. J'ai déjà commandé les interviews, les séances photo...

— Eh bien, tu les décommanderas, répliqua laconiquement Caroline. Et rassure-toi, mère, je suis en vie et en bonne santé. L'homme qui m'a agressée est mort. J'en sais quelque chose : c'est moi qui l'ai tué.

— Caroline...

— Bisou à papa. Fais de beaux rêves.

Elle reposa précautionneusement le combiné, puis attendit une bonne minute, le temps d'être certaine qu'elle pourrait de nouveau parler sans hurler.

— La glace est fondue, dit-elle.

Elle ramassa alors les coupes et retourna dans la cuisine pour les vider dans l'évier.

22

Apparemment, l'heure était venue pour Tucker d'apaiser les rancœurs d'autrui et d'alléger ses propres remords. Il ne s'en demandait pas moins comment, après avoir traversé la majeure partie de sa vie en surfant au-dessus des remous, il pouvait ainsi se retrouver plongé jusqu'au cou dans un tel maelström de problèmes.

La tension de Caroline chargeait encore l'atmosphère qui l'entourait. Il aurait bien voulu fumer, mais son paquet de cigarettes était resté à l'étage et puis, de toute façon, avait dû prendre l'eau dans la pochette de sa chemise détrempée.

Il leva les yeux vers la pénombre de l'escalier, regrettant la paix et la solitude de la chambre. Puis son regard se porta en direction de la cuisine où grésillait la lampe à huile, et où couvait l'orage.

Lorsqu'il y rejoignit Caroline, elle se tenait debout devant l'évier, en train de regarder par la fenêtre, exactement comme la veille au matin, après le départ de Burns. Seulement, cette fois, elle faisait face aux ténèbres.

Tucker ne voulait pas qu'elle les affronte toute seule. Il vint se placer derrière elle, et éprouva aussitôt une amère frustration en sentant les épaules de la jeune femme se raidir à son contact.

— Tu sais, d'habitude, lorsque je me trouve avec une amie qui broie du noir, j'essaie de la détendre pour l'amener à revenir au lit. Et si ça ne marche pas, je cherche le plus court chemin pour m'éclipser.

Ignorant ses réticences, il se mit à masser ses épaules contractées.

— Mais avec toi, la méthode habituelle me paraît peu appropriée.

— Une petite blague ne me dérangerait pas, pourtant.

Il appuya son front contre sa tête. Quelle pitié ! songea-t-il. Hormis les souffrances de cette femme, rien ni personne ne parvenait à lui occuper l'esprit.

— Parle-moi, Caroline.

Elle ouvrit le robinet d'un geste brusque pour nettoyer l'évier.

— Il n'y a rien à dire.

Relevant la tête, Tucker avisa leur reflet dans la vitre sombre. Il savait qu'elle aussi pouvait le distinguer, mais il doutait qu'elle perçût comme lui la fragilité de ce couple fantomatique, la facilité avec laquelle il était susceptible de s'évanouir.

— Après que tu es descendue, tout à l'heure, je sentais encore ta présence contre moi. Tu étais tendre, détendue. Et voilà que tu es un véritable sac de nœuds. Je n'aime pas te voir dans cet état.

— Tu n'y es pour rien.

La rapidité avec laquelle il lui fit faire volte-face les surprit tous deux, de même que la violence à peine contenue de ses propos.

— Tout ce que tu souhaites, c'est te servir de moi pour ton seul plaisir. Pour tout oublier. Et, l'instant d'après, tes problèmes reviennent au galop, et je n'existe plus. Si ce qui s'est passé entre nous, là-haut, n'était pour toi qu'une simple galipette, alors dis-le et je me plierai à cette comédie. Mais, pour moi, c'était plus que ça.

Il la secoua un peu, comme pour ébranler le mur qui s'était brusquement dressé entre eux.

— Sacré bon sang, je n'ai jamais ressenti une chose pareille auparavant.

— Arrête de me bousculer.

Le regard étincelant, elle essayait de le repousser.

— Ma vie durant, j'ai dû accepter que les autres me bousculent. J'en ai fini avec cette histoire.

— Tu n'en as pas encore fini avec moi. Si tu crois pouvoir prendre ce qui te plaît pour me flanquer ensuite à la porte, tu te trompes. J'y suis, j'y reste.

Et, comme pour le lui prouver, il écrasa ses lèvres contre les siennes en un baiser âpre et possessif.

— Il va bien falloir que nous nous en accommodions tous les deux.

— Je n'ai à m'accommoder de rien du tout. Je peux te dire oui, comme je peux te dire non, et je peux aussi…

Elle s'interrompit soudain et ferma douloureusement les paupières.

— Oh, pourquoi suis-je en train de me disputer avec toi ? Ce n'est pas toi qui es en cause.

Prenant une profonde inspiration, elle lui glissa des bras.

— Non, ce n'est pas toi qui es en cause, Tucker. C'est moi, et me mettre en colère contre toi n'arrangera rien.

— Ça ne me dérange pas que tu te mettes en colère, si ça te fait du bien — enfin, pas trop tout de même.

Elle sourit tout en se frottant machinalement les tempes.

— Je crois qu'une des pilules miracles du Dr Palamo serait plus efficace.

— Essayons plutôt autre chose.

Il lui saisit les mains et la guida jusqu'à une chaise.

— Assieds-toi, je vais nous verser un peu de ce vin que je t'ai apporté l'autre jour. Après, tu m'expliqueras pourquoi ce coup de fil t'a rendue fumasse.

— Fumasse, répéta-t-elle en refermant les yeux. L'expression est parlante. Ma mère, elle, dirait « excédée ». Mais j'aime bien fumasse.

Elle rouvrit les yeux, une infime lueur d'amusement dans le regard.

— Eh bien, on m'a sacrément fait fumer ces derniers mois. C'était ma mère qui m'appelait.

— J'ai cru le comprendre, dit-il en rebouchant la bouteille. Et j'ai cru comprendre aussi qu'elle était… « excédée » par ce qui s'était passé hier.

— Absolument. Surtout qu'on lui en a parlé au cours d'une réception à laquelle elle assistait. Les Yankees ont aussi la manie des commérages — même si la coterie de ma mère les appellerait plutôt des causeries. Mais elle s'inquiétait surtout de voir la presse s'emparer de la rumeur, d'autant que je dois bientôt donner un important récital. Elle craint que le Président et le chef du Soviet suprême refusent d'entendre le Concerto n° 5 pour violon de Mozart, s'ils apprennent que la musicienne vient de pulvériser la tête de quelqu'un.

Elle prit le verre que lui tendait Tucker et porta un toast rapide.

— La fille de Georgia Waverly est censée éviter les publicités de mauvais goût, reprit-elle. Sinon, qu'en penserait le MLF ?

— Peut-être avait-elle peur pour toi.

— Peut-être. Oh, elle ne supporterait pas qu'il m'arrive quoi que ce soit, rendons-lui cette justice. Elle m'aime vraiment. A sa manière, du moins. Seulement, c'est une sorte d'amour qui est difficile à contenter.

Elle but une gorgée de vin. Le breuvage était glacé, aigre, revigorant.

— Elle a toujours voulu le meilleur pour moi, ou plutôt ce qu'elle pensait être le meilleur. Et j'ai passé ma vie à la satisfaire. Puis j'ai dû faire un sévère retour sur moi-même et me résigner à la décevoir.

— Les gens s'habituent à ce qu'on leur donne, repartit Tucker en s'asseyant en face d'elle, de l'autre côté de la table où palpitait la lampe à huile. Il lui faudra sans doute encore un peu de temps pour accepter que tu aies changé les règles du jeu.

— Elle peut aussi très bien ne jamais l'accepter. Je dois m'y attendre.

Réchauffant le verre entre ses deux mains jointes, elle parcourut la pièce des yeux. Le vieux réfrigérateur tonna soudain avant de reprendre son bourdonnement plaintif. La pluie gouttait mélodieusement du chéneau.

Sur le linoléum râpé et les rideaux défraîchis, la lampe projetait une lumière indulgente et fraternelle que la jeune femme, épuisée, trouvait prodigieusement réconfortante.

— J'aime cette maison, murmura-t-elle. Malgré tout ce qui est arrivé ici, je m'y sens bien. Et puis je désire…

— Quoi donc ?

— Me sentir chez moi quelque part. Un peu de simplicité, de stabilité.

— Il ne me semble pas qu'il faille t'en excuser.

Ainsi, il l'avait entendu, se dit-elle avec un petit sourire triste. Il était toujours là, cet immanquable ton d'excuse qu'elle prenait chaque fois qu'elle désirait quelque chose pour elle-même.

— Non, je n'ai pas à m'en excuser. C'est d'ailleurs un travers que je m'efforce de perdre. Mais, vois-tu, elle ne saisirait jamais ce que je suis en train de te dire. Ce que je ressens. Et elle ne peut pas comprendre davantage ce que je désire.

— Bon, alors il s'agit de décider si tu veux lui faire plaisir, à elle, ou te faire plaisir à toi.

— J'en suis arrivée moi-même à cette conclusion. Mais c'est difficile. Le fait de me faire plaisir la détache si complètement de moi. Elle a grandi dans cette maison, Tucker. Et elle en a honte. Elle a honte d'avoir eu un père qui gagnait sa vie en hachant du coton et une mère qui préparait des confitures. Honte de l'endroit d'où elle est issue, honte des personnes qui lui ont donné la vie et qui ont essayé de la lui rendre le plus agréable possible.

— C'est son problème, pas le tien.

— Pourtant, cette honte-là m'a amenée, moi, jusqu'ici. C'est ce qui nous relie l'une à l'autre. Je suppose néanmoins qu'il en est ainsi dans toutes les familles, et que personne ne peut vraiment choisir ses antécédents.

— Certes, mais tu peux au moins choisir ce qui viendra après toi.

— Ce qui vient ensuite est toujours lié à ce qui existait avant. Ma mère ne m'a jamais laissé une seule chance de connaître mes grands-parents. Ils ont dû beaucoup se priver pour l'envoyer à l'université, à Philadelphie. Mais cela…

Elle s'interrompit un instant.

— Cela, reprit-elle sur un ton d'amer regret, ce n'est pas elle qui me l'a appris. Je le tiens de Happy Fuller. Ma grand-mère s'est mise à faire du repassage et de la couture à domicile, ce que les dames appellent des ouvrages d'agrément, afin d'assumer les frais de scolarité. Mais ils n'ont pas eu à payer longtemps, ce qui a été une bénédiction pour eux, j'imagine. Ma mère a rencontré mon père avant la fin du premier semestre. Papa m'a souvent raconté comment il avait essayé de se défiler du rendez-vous qu'avait arrangé pour lui son colocataire. Et comment, au premier coup d'œil posé sur ma mère, il en était tombé amoureux. T'es-tu jamais figuré tes propres parents dans cette situation ? Tombant amoureux l'un de l'autre à la seconde où ils se voyaient ?

— Mon père a jeté son dévolu sur maman quand il avait à peine douze ans, expliqua Tucker. Elle l'a fait attendre six ans de plus.

— Ma mère a agi plus rapidement. Ils étaient tous deux mariés avant la fin de sa première année d'université. Les Waverly étaient une famille de la vieille bourgeoisie de Philadelphie. Mon père, à l'époque, se destinait déjà à devenir avocat d'affaires. Je sais bien qu'elle a dû déployer de gros efforts pour s'adapter à ce nouveau milieu mais, aussi loin que je m'en souvienne, elle a toujours été bien plus snob qu'aucun des Waverly. Une maison dans le quartier huppé de la ville, tous ses vêtements commandés chez les stylistes les mieux cotés, des vacances comme il faut dans des logements comme il faut à la saison qu'il faut.

— La plupart des gens ont tendance à en faire trop lorsqu'ils ont quelque chose à prouver.

— Oh, ça, elle en avait, des choses à prouver. Et en premier lieu, elle a mis au monde un enfant qui était censé l'aider dans cette tâche. J'avais une gouvernante pour s'occuper des aspects les plus fastidieux de mon éducation, tandis qu'elle, elle se chargeait des bienséances, du maintien, des bonnes manières. Elle avait coutume de m'envoyer chercher pour que je la rejoigne dans son boudoir. Là-dedans, ça sentait toujours la rose de serre et Chanel. Elle m'inculquait alors longuement ce qu'on attendait d'une Waverly.

Tucker tendit la main pour lui caresser les cheveux.

— Et qu'attendait-on d'une Waverly ?

— La perfection.

— C'est une rude exigence. En tant que Longstreet, mon père attendait seulement de moi que je sois « un homme ». Cela, évidemment, écrit dans son esprit en grosses lettres capitales. Nos idées sur le sujet ont divergé avec le temps. Cela dit, il ne me dressait pas non plus dans le salon. Son truc, c'était plutôt le bûcher.

— Oh, mère n'a jamais porté la main sur moi. Elle n'en avait pas besoin. C'est elle qui a voulu que j'apprenne le violon. C'était de bon ton, selon elle. Et après tout, je devrais lui en être reconnaissante, sans doute…

Elle poussa un soupir.

— Mais après, il ne lui a plus suffi que j'en joue bien. Je devais être la meilleure. Fort heureusement, j'avais du talent. Une enfant prodige — c'est ainsi qu'elle m'appelait. Je n'avais pas encore dix ans que l'expression me faisait déjà grincer des dents. C'est elle qui a choisi mon répertoire, mes professeurs, mes tenues de concert… et mes amis. Et puis j'ai commencé à effectuer des tournées, à titre exceptionnel d'abord, à cause de mon âge. Ensuite, j'ai eu des précepteurs, et le nombre des tournées s'est mis à augmenter. A seize ans, le pli était pris, et durant les douze années et quelques qui ont suivi, ça n'a fait qu'empirer.

— C'est ce que tu voulais ?

Cette simple question la fit sourire. Il était le premier à la lui poser.

— Chaque fois que je commençais à penser que j'avais le choix, elle venait me rappeler à l'ordre. En personne, par téléphone, ou encore par courrier. On aurait dit qu'elle pouvait sentir de loin l'instant où cette petite graine de rébellion se mettait à prendre racine. Elle la balayait alors d'une chiquenaude. Et moi, je la laissais faire.

— Pourquoi ?

— Je voulais qu'elle m'aime.

Ses yeux se remplirent de larmes. Elle battit des paupières pour les refouler.

— J'avais peur de perdre son affection. J'étais sûre qu'elle me la retirerait à la moindre défaillance.

Confuse, elle voulut chasser une larme qui lui avait échappé.

— Tragique, non ?

— Non, dit-il en lui essuyant la joue. Triste. Triste pour elle.

Caroline prit une inspiration frémissante, tel un nageur luttant contre la marée pour regagner le rivage.

— Il y a environ trois ans de cela, poursuivit-elle, j'ai rencontré Luis, à Londres. C'était le plus brillant chef d'orchestre avec lequel j'avais jamais travaillé. Il était jeune alors — trente-deux ans — et avait déjà conquis les faveurs de toute l'Europe. Il dirigeait les orchestres avec la maestria d'un matador dans l'arène. D'une manière impérieuse, arrogante, séductrice. Il avait un physique étourdissant, un charme irrésistible.

— Je vois le genre.

Elle eut un petit rire.

— Je n'avais que vingt-cinq ans à l'époque. Je n'avais jamais connu d'homme.

Tucker, qui avait levé son verre, le reposa aussitôt sur la table.

— Tu n'avais jamais…

— Fait des galipettes ?

L'air sidéré qu'affichait Tucker la fit sourire un bref instant.

— Non, jamais. Durant toute ma jeunesse, ma mère ne m'a laissé qu'une petite marge de manœuvre, et je n'ai jamais eu non plus le courage de lui désobéir très souvent. Quand j'avais besoin d'un cavalier pour quelque cérémonie, c'était elle qui me le choisissait. Disons que ses goûts et les miens ne se recoupaient guère. Je n'étais pas vraiment attirée par les hommes qu'elle estimait convenables.

— C'est pourquoi tu m'apprécies, remarqua-t-il en se penchant pour lui donner un baiser. Si ta mère me connaissait, elle en frémirait d'horreur.

— Tiens, c'est vrai. Je n'y avais jamais pensé.

Réjouie par cette idée, elle choqua son verre de vin contre le sien.

— Plus tard, quand j'ai commencé à entreprendre des tournées toute seule, mon emploi du temps était serré, et moi j'étais… coincée, dans tous les sens du terme.

Tucker revit leurs récentes étreintes dans la chambre.

— Mouais, fit-il.

Caroline n'aurait jamais pensé qu'un sarcasme pût être à ce point réconfortant.

— Ma sexualité se limitait à ma musique, je veux dire. Et je ne me serais vraiment pas cru du genre à tomber dans le lit du premier homme qui me ferait des avances.

Elle attrapa la bouteille.

— Eh bien, les trente-six heures de ma première répétition avec Luis me prouvèrent le contraire.

Elle haussa les épaules et prit une nouvelle gorgée de vin.

— J'étais subjuguée. Ce n'étaient que fleurs, regards lourds de sous-entendus, promesses désespérées d'amour éternel. Il ne pouvait vivre sans moi, prétendait-il. Son existence était vide avant qu'il me connaisse. Bref, le grand jeu. Je dois ajouter que ma mère l'adorait. Il descendait de la noblesse espagnole.

— Un homme « convenable », en somme.

— Oh, éminemment. Quand j'ai dû quitter Londres pour Paris, il me téléphonait tous les jours, m'envoyait d'adorables petits présents, des bouquets somptueux. Il s'est précipité à Berlin pour y passer un week-end avec moi. Et cela a continué ainsi pendant plus d'une année. Lorsque j'entendais dire qu'il courtisait une actrice en mon absence, ou se compromettait avec quelque demi-mondaine, j'ignorais ces racontars. Je pensais qu'ils étaient dictés par la méchanceté. Oh, j'ai bien eu quelques soupçons, mais quand je me suis hasardée à y faire allusion, il m'a reproché avec colère ma jalousie aveugle, mon caractère possessif, mon manque d'assurance. Par ailleurs, mon travail ne me laissait pas une minute à moi. Je venais juste de signer pour une tournée inopinée de six mois.

Elle redevint silencieuse, toute à ses souvenirs. Elle revoyait les aéroports, les hôtels, les répétitions, les récitals. La grippe qu'elle avait attrapée à Sydney et dont elle n'avait pu se débarrasser qu'à Tokyo. Les discussions houleuses avec Luis. Les promesses, les déceptions. Et la coupure de presse qu'une main anonyme avait laissée traîner sur la table de sa loge : on y voyait Luis serrer la taille d'une superbe actrice française.

— Il serait inutile de ressasser chaque détail sordide, reprit-elle, mais la tournée me parut interminable. Mes relations avec Luis commencèrent à devenir orageuses, et mon moral était au plus bas. Luis et moi avons finalement rompu après une scène abominable, pleine d'accusations et de larmes. C'était lui qui m'accusait, naturellement, et moi qui pleurais. A cette époque, je n'avais pas encore appris à me battre.

Tucker lui prit la main.

— Tu apprends vite.

— Une fois que je me décide, je fais des progrès fulgurants. Il est seulement bien regrettable que j'aie mis près de vingt-huit ans à me décider. Après m'être séparée de Luis, j'ai voulu prendre un peu de recul, mais j'avais déjà accepté de participer à plusieurs événements artistiques, ainsi qu'à une émission spéciale sur une chaîne câblée. Ma santé, cependant…

Il lui était difficile de l'admettre, encore maintenant. Aussi étrange que cela parût, elle se sentait toujours honteuse d'avoir pu tomber malade.

— Eh bien, ma santé s'est dégradée. Et je…

— Attends un peu. Que veux-tu dire par « dégradée » ?

Elle s'agita sur sa chaise avec une mine embarrassée, tandis que ses doigts jouaient avec le rebord de son verre.

— Des migraines. J'en avais déjà l'habitude auparavant, mais elles sont devenues plus fréquentes et plus sévères. J'ai perdu du poids, aussi. J'avais l'impression que ma vie devenait bancale. Ça m'a coupé l'appétit. Et puis j'avais des insomnies qui m'épuisaient.

— Tu ne t'es pas soignée ?

— Je pensais que c'était ma faute, que je me laissais aller. Que je faisais des caprices. Et puis j'avais des responsabilités. Des gens comptaient sur moi. Je devais jouer, pour eux, et jouer bien. Je ne pouvais tout simplement pas…

Elle s'interrompit net, et s'esclaffa.

— Des excuses, oui, comme dirait le sagace Dr Palamo. En fait… je me défilais. J'utilisais mon travail pour me fuir moi-même. Je n'étais pas seulement coincée sur le plan sexuel. On m'avait appris à me comporter en tout « dignement ». C'est-à-dire à ne jamais trahir mes propres possibilités et à soigner mon image. Et puis, aux yeux de ma mère, se sentir mal n'était pas une raison de mal faire, pour une dame. En fait, il m'était plus facile d'ignorer les symptômes que de les affronter. Alors que j'étais à New York en train d'enregistrer l'émission spéciale pour la chaîne câblée, ma mère est arrivée. En compagnie de Luis. J'étais si furieuse, si blessée que j'ai quitté le plateau.

Elle se remit à sourire. Puis le sourire se transforma en une franche hilarité.

— Je n'avais jamais osé une chose pareille auparavant ! Furieuse, je l'étais, et blessée, oh oui, mais en même temps, j'éprouvais de la fierté. J'avais soudain pris mon destin en main. J'avais agi impulsivement, sous le coup de l'émotion, et brusquement le monde s'était arrêté de tourner. Ce furent cinq minutes mémorables.

Elle ne pouvait plus rester assise, c'était impossible. Elle repoussa sa chaise et se mit à arpenter la pièce.

— Cinq minutes... Il ne lui en a pas fallu davantage pour se ruer dans ma loge et me communiquer sa version de cet acte de mutinerie : J'agissais en enfant capricieux, me dit-elle, en artiste gâtée, en prima donna. J'ai bien essayé de lui faire comprendre que je m'étais sentie trahie de la voir ainsi m'imposer la présence de Luis, mais elle s'est alors déchaînée — j'étais une brute, une écervelée, une ingrate... Luis était prêt à me pardonner mon entêtement, ma sensiblerie, ma jalousie insensée, et voilà que je le prenais de haut ! Alors, évidemment, je me suis excusée.

— De quoi donc ?

— De tout ce qu'elle voulait, répondit Caroline avec un geste évasif. Après tout, elle ne désirait que le meilleur pour moi. Et elle avait veillé à ce que je l'obtienne. Elle avait tant travaillé, consenti tant de sacrifices pour me donner une brillante carrière !

— Et ton talent ? Il ne comptait pas ?

Caroline laissa échapper un profond soupir, espérant par là évacuer toute son amertume.

— Elle ne pouvait s'empêcher de réagir ainsi, Tucker. Je suis encore en train d'essayer de l'accepter, et j'y arrive presque. Mais il y a eu une époque où, moi non plus, je ne pouvais m'empêcher de toujours baisser la tête. Luis est venu me voir dans ma suite d'hôtel ce soir-là. Il fut charmant, affable, avec des remords et des explications plein la bouche. Son égarement était dû à mon absence prolongée, disait-il, même si son infidélité à mon égard était effectivement impardonnable. Mais il s'était retrouvé si seul, si vulnérable. Et puis mes soupçons et mes questions n'avaient fait qu'aggraver les choses. Les autres femmes n'avaient été qu'un pis-aller, me jura-t-il.

Elle se saisit vivement de son verre sur la table.

— Peux-tu croire qu'une femme disposant d'un brin de jugeote soit capable de tomber dans un tel panneau ?

— Eh bien... ouais, se risqua à affirmer Tucker avec un grand sourire.

Elle se figea sur place et le dévisagea avec des yeux ébahis.

— Oui, bien sûr, s'exclama-t-elle en riant. Et, comme de bien entendu, je l'ai cru. Il demeurait toujours mon premier et mon unique amant. Peut-être que si je m'étais moi-même compromise dans quelques escapades, je n'aurais pas été si disposée à retomber dans son jeu. Peut-être que si j'avais eu autant confiance en moi comme femme que comme musicienne, je lui aurais montré la porte. Mais j'ai accepté d'oublier tous nos malentendus et de recommencer de zéro. Nous avons même parlé mariage. Oh, d'une manière très vague et réservée. Quand le moment serait favorable, disait-il. Quand les choses se mettraient d'elles-mêmes en place. Et comme il me le demandait, je me suis engagée avec lui pour une nouvelle tournée.

Elle contempla son verre, légèrement étonnée.

— Mais je suis en train de me soûler !

— T'inquiète pas, c'est moi qui conduis. Allez, raconte-moi la suite.

Elle s'appuya contre la tablette de la cuisine.

— Luis dirigerait l'orchestre, et moi je serais sa soliste. Ce serait éprouvant, bien sûr, mais nous serions ensemble. N'était-ce pas l'essentiel ? Le Dr Palamo — que j'avais alors commencé à consulter — me l'a déconseillé. Ce dont j'avais besoin, selon lui, c'était de paix et de tranquillité. Je couvais déjà cette petite saleté d'ulcère, vois-tu. Et puis il y avait les migraines, les insomnies, l'épuisement — tout cela dû au stress. Palamo fut catégorique : repartir sur les routes était suicidaire. Je ne l'ai pas écouté.

— Il aurait dû t'envoyer à l'hôpital et te ligoter dans un lit.

— Vous vous entendriez bien, tous les deux.

Amusée, elle but encore un peu de vin.

— Ma mère organisa une réception la veille de notre départ. Elle était là dans son élément. Ce fut son heure de gloire. Elle n'arrêtait pas de faire de fines allusions sur notre « engagement ». Luis approuvait avec force clins d'œil et moult rires entendus. Et puis nous sommes partis. Comme je te l'ai déjà dit, Luis est un chef d'orchestre brillant. Exigeant, irascible, mais incontestablement brillant. Nous avons commencé par l'Europe. Ce fut un triomphe. Au bout de la première semaine, il retournait coucher dans sa propre suite — mes insomnies troublaient son repos.

— Oh, le butor !

— Pas un butor, non, corrigea Caroline avec componction. Une anguille, plutôt. Enfin, je m'en suis accommodée. Professionnellement parlant, il m'était d'un précieux secours. Il me poussait toujours en avant. Il répétait que j'étais la plus grande artiste avec qui il avait jamais travaillé, mais que je pouvais encore m'améliorer. Il allait me modeler, me pétrir au mieux.

— Tu aurais dû lui proposer de s'acheter plutôt une poupée gonflable.

Elle gloussa.

— Je regrette de ne pas l'avoir fait. Tout de même, il faut dire qu'il n'a jamais calculé ses efforts pour me conseiller dans mon jeu. Il s'est trompé seulement dans sa manière de traiter la femme. Entre ses mains, j'ai commencé à me sentir comme un instrument. Un objet à accorder, à astiquer. Un jouet. J'étais si lasse, si dégoûtée de tout, si perdue. Il était terriblement ennuyé de me voir me présenter aux répétitions avec une mine si harassée, si pâlotte. Cela me pesait aussi. J'étais gênée de sentir peser sur moi les regards apitoyés des autres musiciens et des techniciens de la tournée.

» J'ai bien joué, cependant, vraiment bien. L'ensemble de la tournée n'est plus pour moi qu'un tourbillon confus de salles de concert et de chambres d'hôtel, mais je suis sûre d'avoir mieux joué que jamais, et peut-être ne rejouerai-je plus aussi bien de toute mon existence. J'ai attrapé une sorte de virus, là-bas. Je survivais à coups d'antibiotiques, de jus de fruits, de musique. Nous avions alors complètement cessé de coucher ensemble. Il disait que je ne lui donnais tout simplement pas le meilleur de moi-même. Et c'était vrai. Puis il m'a assuré qu'après la tournée nous partirions ensemble quelque part. Alors j'ai vécu là-dessus : la fin de la tournée, nous deux allongés sur une plage au soleil.

» Hélas, je n'ai pas tenu jusque-là. Nous étions à Toronto, aux trois quarts de la tournée. J'étais horriblement malade, et je craignais de ne pas venir à bout du récital qui devait avoir lieu dans la soirée. J'ai eu un vertige dans ma loge. J'étais terrifiée à l'idée de me retrouver paralysée sur le plancher.

— Doux Jésus, Caroline.

Il voulut se lever. Elle l'en empêcha d'un signe de tête.

— Il y a eu plus de peur que de mal. Je n'étais pas impotente, seulement épouvantablement fatiguée. Et puis j'avais une de ces méchantes migraines qui t'obligent à te rouler en boule en pleurant. Alors j'ai pensé à une seule chose : encore un récital, juste un. Je vais aller le voir, lui expliquer, et il comprendra. Je pars donc le rejoindre dans sa loge, et m'aperçois qu'il est, lui, bel et bien couché sur le plancher. Seulement, entre ce plancher et lui, il y avait la flûtiste. Ils ne m'ont même pas vue.

Elle avait prononcé cette dernière phrase à voix basse, comme pour elle-même.

— De toute manière, poursuivit-elle en haussant les épaules, je n'étais pas en mesure d'assumer une confrontation. Alors j'ai joué. Ce fut une prestation divine. Trois bis, le public debout, six rappels. Ça aurait pu durer encore longtemps, mais quand le rideau est tombé pour la sixième fois sur la scène, j'ai fait de même. La dernière chose dont je me souvienne, c'est de m'être réveillée à l'hôpital.

— C'est plutôt lui qu'on aurait dû emmener à l'hôpital.

— Il n'était pas seul en cause. Un des symptômes de ma maladie, tout au plus. C'est moi qui n'allais pas, avec cette crainte maladive de décevoir les attentes d'autrui. Non, ce n'était pas Luis qui m'avait mise dans cet état. J'y étais arrivée toute seule. Et les médecins n'ont plus eu qu'à constater l'épuisement.

Les épaules secouées d'un tremblement convulsif, elle revint vers la table pour se resservir du vin, prenant soin de recueillir les dernières gouttes dans son verre.

— Je m'en suis sentie humiliée. D'une certaine manière, j'aurais préféré m'entendre dire que j'avais une tumeur maligne ou quelque affection exotique. Ils m'ont soumise à une flopée d'analyses ; ils m'ont palpée, triturée, examinée — tout ça pour en revenir à ce bon vieux diagnostic d'épuisement aggravé de stress. Le Dr Palamo a pris le premier avion pour venir s'occuper de moi en personne. Il ne m'a adressé aucun reproche. Il m'a simplement prodigué ses soins avec compétence et gentillesse. Au vrai, il lui est arrivé une fois de chasser Luis de ma chambre à coups de pied au derrière.

— Un toast pour le Dr Palamo, s'écria Tucker en levant son verre.

— Il était bon avec moi, d'une bonté qui me faisait du bien. Si j'avais envie de pleurer, il me laissait tout bonnement pleurer. Et quand j'avais besoin de m'exprimer, il était là pour m'écouter. Ce n'est pas un psychiatre ; pourtant, et bien qu'il m'en eût recommandé un, c'est avec lui, et lui seul, que je trouvais un grand réconfort à parler. Quand il jugea le moment opportun, il me fit transférer à l'hôpital de Philadelphie. Enfin, ça ressemblait plutôt à ce qu'on a coutume d'appeler une maison de repos. Ma mère, pour sa part, racontait à tout le monde que j'étais partie me reposer dans une villa sur la Riviera. C'était tellement plus chic.

— Caroline, il faut que je t'avoue quelque chose : je ne crois pas que j'aime ta mère.

— Ce n'est pas grave. Elle ne t'aimerait pas non plus. Cela dit, elle a fait son devoir. Elle est venue me voir trois fois par semaine. Mon père m'appelait tous les soirs, même s'il devait me rendre visite le lendemain. La tournée se poursuivit sans moi, et la presse monta l'affaire en épingle. Ma faiblesse fut exagérée. On soutint que Luis entretenait désormais des relations très étroites avec la flûtiste. Notre maestro, lui, m'envoya des fleurs avec des petits mots doux, ne se doutant même pas que je l'avais surpris avec elle.

» Il me fallut trois mois pour être en état de revenir à la maison. Je crois que j'étais encore un peu chancelante. Pourtant, je me sentais plus forte que jamais auparavant. Je commençais à comprendre que j'avais fait mon propre malheur, que j'avais laissé exploiter sans merci un don que j'aurais plutôt dû chérir. Mon talent comme ma vie n'appartenaient qu'à moi seule. Mes sentiments aussi. Seigneur, tu ne peux pas imaginer quelle révélation ce fut pour moi. Mais quand les avocats m'informèrent du legs de ma grand-mère, je sus immédiatement ce que je voulais faire. Ce que j'allais faire.

» Je le dis à ma mère ; elle en devint livide. Et je ne me suis pas contentée de lui tenir tête, Tucker. C'est tout ce que je souhaitais au départ — imposer ma propre volonté —, mais une fois dans ce satané boudoir de duchesse, je me suis mise à hurler, à tempêter, à lui demander des comptes. Après quoi, évidemment, je me suis excusée. Les vieilles manies ont la vie dure ; cependant, je me suis accrochée à ce que je désirais vraiment. Et je suis descendue dans le Sud.

— Vers Innocence.

— Oui, en passant par Baltimore. Je savais que Luis s'y trouvait. On l'y avait invité pour une saison. Je l'avais prévenu de ma visite. Oh, il était tremblant d'émoi, ravi, enchanté. Quand je suis arrivée dans sa suite, j'ai vu qu'il avait commandé un dîner en tête à tête. Je lui ai alors lancé une coupe de champagne à la figure et je suis repartie aussi sec. Ça m'a fait un bien fou. Lui, en revanche, il était furieux. Il m'a rattrapée dans le couloir. C'est à ce moment que le bonhomme de la chambre d'en face — je n'ai jamais su son nom — est sorti, et qu'il a surpris Luis essayant de me ramener de force dans sa chambre. Il l'a étendu pour le compte.

Les yeux mi-clos, elle mima un direct du droit.

— Un seul coup à cette mâchoire si parfaitement modelée, et voilà Luis les quatre fers en l'air.

— A la santé du monsieur de la chambre d'en face!

— Cela aurait dû me suffire, je crois, mais j'étais encore tellement remontée que j'ai fait quelque chose que je n'aurais jamais osé faire auparavant. J'ai saisi ce monsieur par la cravate — un parfait inconnu, tu imagines? — et je l'ai embrassé à pleine bouche. Et puis, je suis partie.

— Et comment te sentais-tu à ce moment-là?

— Libre.

Elle se rassit en soupirant. C'est alors qu'elle se rendit compte que sa migraine avait complètement disparu. Son estomac n'était plus noué et ses muscles étaient détendus.

— Il arrive encore parfois que je retombe dans mes vieux travers — comme après ce coup de fil. On ne se débarrasse pas d'un coup de tout ce qu'on a été. Je sais toutefois que l'ancienne Caroline Waverly est morte et enterrée.

— Bien, dit Tucker.

Il lui fit un baisemain.

— Je préfère la nouvelle.

— Moi aussi.

Le verre avait laissé un rond humide sur la table. Elle se mit à y dessiner des figures.

— Peut-être que je n'arriverai jamais à me rapprocher de ma mère, reprit-elle. Et ce n'est pas facile à assumer. Mais j'ai découvert autre chose ici.

— Paix et tranquillité?

Elle sourit.

— Tout à fait. Rien de tel que quelques meurtres pour vous calmer les nerfs. En fait...

Elle releva la tête.

— ... je me suis enfin trouvé des racines. Je sais que cela peut paraître idiot, étant donné que je n'ai passé ici que quelques jours de mon enfance. Mais je préfère avoir des racines, même superficielles, plutôt que de ne pas en avoir du tout.

— Elles ne sont pas superficielles, Caroline. Dans le delta, tout pousse vite et profond. Et même quand les gens partent d'ici, ils ne se défont pas totalement de ces racines-là.

— C'est pourtant ce qu'a fait ma mère.

— Non, Caroline, dit-il d'une voix douce. Elle les a simplement laissées pousser en toi.

Il lui prit le visage entre les mains.

— Ce que tu as enduré est odieux.

Elle baissa les yeux.

— Non, regarde-moi, Caro. Je sais bien qu'il y a encore une partie de toi qui cherche à se le reprocher, que tu répugnes à voir que j'en suis, moi ou un autre, désolé pour toi. Mais comme pour ma part je n'ai jamais appris à être « coincé », il faudra bien que tu fasses avec. Je déteste t'imaginer contrariée, malade ou malheureuse. Pourtant, si c'est bien ce qui t'a amenée ici — à cette table-là, juste en face de moi —, alors, finalement, je ne peux pas en être trop désolé.

« Ici, oui, juste ici », songea-t-elle.

— Moi non plus, répondit-elle en souriant.

Elle avait l'air si fragile, songea Tucker. Ses os semblaient si fins, sa peau si pâle. Mais c'était une fragilité trompeuse. Il suffisait de regarder ses yeux. On devinait là des profondeurs insoupçonnées, une force encore latente. Et il souhaitait ardemment l'assister jusqu'au bout dans cette découverte d'elle-même.

— Il faut que je te dise certaines choses, reprit-il. Seulement, je ne sais pas trop comment les tourner.

Caroline lui prit les poignets.

— Plus tard, quand je me sentirai plus stable. Peut-être qu'alors j'aimerai les écouter. Pour le moment, je crois qu'il vaut mieux en rester là.

Jusqu'à présent, pensa Tucker, il avait toujours su se montrer patient. Qu'il était dur, cependant, de patienter quand on se tenait ainsi au bord de l'abîme et que le sol s'effritait sous vos pieds.

— Très bien, dit-il.

Il se pencha une nouvelle fois pour lui donner un baiser.

— Mais je passe la nuit avec toi.

Il sentit les lèvres de la jeune femme esquisser un sourire contre les siennes.

— J'ai bien cru que tu ne me le demanderais jamais.

Elle lui prit la main et se leva.

— Ne m'as-tu pas promis que si je n'aimais pas ta façon de faire l'amour nous essaierions encore ?

— Tu n'as pas aimé ?

— Eh bien… je n'en suis pas vraiment sûr. Peut-être que si tu me montrais une nouvelle fois, je pourrais me forger une meilleure opinion.

— Cela me semble sensé.

Puis il considéra la table de la cuisine et sourit.

— Et si nous nous y mettions ici même ? lui proposa-t-il en dénouant la ceinture de son peignoir. Nous nous installerions un… zut !

La jeune femme laissa retomber la tête sur son épaule en entendant à son tour la sonnerie du téléphone.

— Je vais répondre, dit-il. Et si j'échoue à la persuader de ne pas s'occuper de nous pour la nuit, tu prendras le relais.

Caroline hésita un instant. Après tout, pensa-t-elle, ce n'était pas une si mauvaise idée.

— Pourquoi pas ?

Il lui donna un rapide baiser.

— En attendant, débarrasse-nous cette table, lui lança-t-il par-dessus son épaule.

Elle s'esclaffa.

— Chère grand-maman, murmura-t-elle en ramassant le trépied en forme de coq, j'espère que tu n'en seras pas scandalisée.

Et elle porta verres et bouteille dans l'évier. Bah, se dit-elle, sa grand-mère aurait sans doute aimé l'idée de faire l'amour dans la cuisine !

— Eh bien, ce fut rapide, s'exclama-t-elle en entendant Tucker revenir. Je ne l'ai jamais vue céder si facilement. Qu'as-tu donc…

Les mots moururent sur ses lèvres tandis qu'elle se retournait et avisait la mine de Tucker.

— Qu'est-ce qu'il y a ? Qu'est-ce qui se passe ?

— Ce n'était pas ta mère. C'était Burke.

Il la prit dans ses bras, autant pour la préparer à la nouvelle que pour reprendre lui-même ses esprits.

— Darleen Talbot a disparu.

Il surprit de nouveau leur reflet dans la vitre. Dans la sombre vitre ouverte sur la nuit.

— Nous allons commencer les recherches dès l'aube, déclara-t-il en fermant les yeux.

23

— J'aimerais bien que tu essayes de prendre un peu de repos.

Tucker remâchait son impuissance tandis que Caroline utilisait son nécessaire de maquillage pour dissimuler les séquelles d'une longue nuit sans sommeil.

— Je ne pourrais pas, répondit-elle.

Elle appliqua une deuxième couche d'anticernes sous ses paupières et en estompa les contours.

— Tout ce que je ferais, ce serait rester assise, là, à attendre les coups de téléphone.

— Viens donc à Sweetwater avec moi, insista Tucker.

Debout derrière elle, il contemplait le reflet de la jeune femme dans le petit miroir de la salle de bains. Malgré les circonstances, il goûtait un sentiment d'intimité puissant et singulier à partager ainsi avec elle ce lieu réservé, à être le témoin de ce rituel féminin immémorial.

— Tu pourras faire la sieste dans mon hamac.

— Tucker, ne t'inquiète pas pour moi. Pensons plutôt à Darleen. Et puis aux Fuller, à Junior. A son petit bébé… Mon Dieu.

Luttant pour tenir le choc, elle plongea à plusieurs reprises la brosse de mascara dans le tube.

— Comment tout cela a-t-il pu arriver ?

— Nous ne savons pas encore s'il est arrivé quoi que ce soit. Peut-être est-elle juste partie quelque part. Billy T. affirme ne pas l'avoir vue. Mais même s'il l'avait vue, il préférerait encore mentir par peur des réactions de Junior.

— Pourquoi diable a-t-elle abandonné sa voiture sur le bas-côté de la route ?

Ils en revenaient toujours à la même question.

— Peut-être avait-elle rendez-vous à cet endroit. Le coin est sacrément désert, là-bas. Elle a pu quitter sa voiture pour rejoindre quelqu'un d'autre, dans l'espoir de faire passer une ou deux nuits blanches à son mari.

— J'espère que tu as raison.

Elle commença à se peigner les cheveux, puis se tourna brusquement.

— Dieu fasse que ce soit toi qui aies raison, reprit-elle. Autrement, cela voudrait dire que…

— Ne laisse pas ton imagination t'emporter, l'interrompit Tucker en lui serrant tendrement les bras. Rappelle-toi : « A chaque jour suffit sa peine. »

— J'essaye de ne pas l'oublier, crois-moi.

Elle s'abandonna un instant contre lui. La minuscule salle de bains était encore embuée par la vapeur de la douche qu'ils avaient prise ensemble. Les premières lueurs de l'aube poignaient derrière la haute baie qui éclairait la pièce.

— Si ma mère a vu juste, les journalistes devraient arriver avant la fin de la journée. Cela, néanmoins, je peux encore l'assumer.

Elle fit une pause et poussa un long soupir.

— Oui, je le peux. Mais je me sens aussi le devoir d'aller voir les Fuller pour apporter mon soutien à Happy, et ça, je ne suis pas sûre de pouvoir le supporter.

— Elle a déjà toutes les personnes qu'il faut autour d'elle. Tu n'es pas obligée d'y aller.

— Si. Soit je reste à l'écart ici, soit j'y trouve enfin ma place, et dans ce cas, mon succès dépend de la façon dont je me comporte avec les autres, n'est-ce pas ?

Tucker hocha la tête. N'avait-il pas, la veille même, tenu un propos semblable devant Cy ? songea-t-il. Assurément, il était dur de réfuter ses propres opinions.

— Je reviendrai te voir dès que possible. Enfin, *si* c'est possible.

Elle acquiesça à son tour. Un coup de Klaxon attira son attention vers la fenêtre.

— Ce doit être Burke, dit-elle. Il fait presque jour.

— Je ferais mieux d'y aller, alors.

— Tucker…

Elle le retint par la manche de la chemise et l'embrassa. D'un baiser doux, paisible, réconfortant.

— C'est tout.

Il laissa sa joue reposer contre la sienne un dernier instant.

— C'est assez, dit-il.

Bien qu'il fût à peine 8 heures du matin lorsque Caroline arriva chez les Fuller, Happy n'était pas seule. Les amis et la famille avaient resserré les rangs. Du café avait été remis à chauffer pour remplir le pot déjà vide. Bien que nul ne songeât au repas, des femmes, comme de coutume, s'étaient réunies dans la cuisine pour se rassurer l'une l'autre.

Caroline hésita sur le seuil de la pièce, en deçà du cercle de sympathie formé autour de Happy. Elle reconnut les personnes présentes : Susie faisait sauter Scooter sur ses genoux; la femme de Toby, Winnie, rinçait des tasses dans l'évier; Birdie Shays se tenait fidèlement au côté de Happy; quant à Marvella, elle était en train de déchirer silencieusement une serviette en papier.

Caroline ressentit si mal son intrusion qu'elle manqua s'en retourner chez elle. Ce fut Josie qui, l'apercevant la première, l'accueillit avec un sourire las et bienveillant.

— Caroline, tu as une mine de déterrée. Viens un peu par ici qu'on te bourre les veines de café.

— Je venais juste...

Elle jeta un regard désemparé sur chacune des personnes présentes.

— ... je venais juste voir si je pouvais être utile.

— Il n'y a rien à faire, sinon attendre, répondit Happy en lui tendant la main.

Caroline s'avança pour la lui serrer, pénétrant ainsi dans le cercle.

Elles attendirent donc, dans une atmosphère où se mêlaient parfums et chuchotements, en discutant des enfants, des hommes et de la manière de consoler un bébé qui n'arrêtait pas de pleurer. Della les rejoignit vers le milieu de la matinée, ses verroteries tintinnabulantes aux poignets et un panier de sandwichs sous le bras. Elle força Happy à se restaurer un peu, reprocha à Josie d'avoir préparé un café trop fort et calma les pleurs de Scooter en lui donnant à mâchouiller l'un de ses chatoyants bracelets de plastique.

— Il a les couches mouillées, ce petit, déclara-t-elle. Ça se sent à trois kilomètres.

— Je vais le changer, proposa Susie.

Elle souleva Scooter qui était occupé à faire rebondir le bracelet de Della sur le carrelage.

— Faut dire qu'il est fatigué, aussi. Hein, petit bout ? Je vais le coucher, Happy.

— Il dort mieux avec son petit ours en peluche jaune, déclara cette dernière.

Elle serra ses lèvres tremblantes.

— Darleen l'a laissé dans son parc hier, avant de partir.

— Et si tu allais le lui chercher, Happy ? intervint Della tout en prévenant du regard les protestations de Birdie.

Happy hocha la tête et sortit.

— Elle a besoin de s'occuper, poursuivit Della à voix basse. L'inquiétude est en train de la miner. On a d'ailleurs toutes besoin de s'occuper. Birdie, regarde donc si tu peux trouver de quoi nous faire un de tes parfaits à la gelée. Il aura le temps de refroidir d'ici à cet après-midi. Marvella, arrête de te tordre les mains et va nous presser quelques citrons. Winnie, je pense que tu devrais concocter une de tes fameuses tisanes pour Happy. Que ça la fasse dormir un peu.

— J'y avais déjà songé, mademoiselle Della. Mais je ne pensais pas qu'elle en boirait.

Della eut un sourire triste.

— Elle en boira si je le lui demande. Madame m'a tenu tête des années durant, mais j'ai de la patience. Josie, toi et Caroline, vous laverez la vaisselle.

— Une femme de ton autorité aurait dû se reconvertir en commandant des marines, s'exclama Josie en empilant toutefois les assiettes.

Désormais, chacune avait un but et se sentait solidaire des autres. Caroline se surprit à adresser un sourire à Della.

— Dites, madame, comment dois-je faire pour être comme vous quand je serai grande ?

Aux anges, Della se mit à jouer avec les gros boutons dorés de son corsage.

— Eh quoi, mon enfant, tu n'as qu'à apprendre à te servir de tes propres talents. Nous en avons tous, mais peu savent les utiliser de manière constructive.

— Les autres filles de Happy devraient être là, s'écria Birdie en refermant violemment les portes d'un placard. C'est leur devoir.

— Elles seront là quand il le faudra. Dis-moi, Marvella, c'est comme ça que ta mère t'a appris à presser des citrons ? Allons, ma fille, du nerf !

Satisfaite, elle commença à déballer les sandwichs qui n'avaient pas encore été entamés.

— Les filles de Happy doivent elles-mêmes s'occuper de leur famille, Birdie. Elles ont un travail, une maison à tenir. Ne serait-il pas déraisonnable qu'elles fassent tout ce chemin alors que Darleen est sans doute partie prendre un peu l'air ?

— Mademoiselle Della ? murmura Winnie.

La femme de Toby était en train de répandre des herbes dans une jarre qu'elle avait posée sur le feu. Elle avait de gracieuses petites mains. C'était une femme tranquille qui préférait l'action aux paroles. Et quand elle parlait, sa voix était aussi douce et onctueuse que de la crème.

— Je vais laisser le mélange infuser comme du thé. Il n'est pas fort, juste assez pour que ça la calme.

— Voyons voir, dit Della en la rejoignant devant la cuisinière.

Elles se mirent à marmonner de concert tout en reniflant la mixture. Birdie ignora leurs conciliabules. En tant que femme de médecin, elle jugeait malvenu d'approuver ces décoctions de rebouteux.

— Puisque ma présence ici n'est plus nécessaire, s'écria Josie en s'essuyant les mains à un torchon, je vais aller mener ma petite enquête.

— Dehors, il y a plus d'une douzaine d'hommes qui s'en sont déjà chargés, répliqua Birdie d'un ton mordant.

Josie eut un haussement de sourcils. Tant pis, se dit Birdie, il fallait bien qu'elle passe sa frustration sur quelqu'un !

— Les hommes ne savent pas toujours où il convient de rechercher une femme, repartit Josie en saisissant son sac à main. Je vais d'abord m'enquérir de cousine Lulu, Della. Ensuite, je passerai chez Billy T. S'il est au courant de quelque chose, il sera plus disposé à me le dire à moi qu'à un homme.

— Il n'y a vraiment pas de quoi s'en vanter, marmotta Della.

— C'est ainsi, on n'y peut rien, rétorqua Josie en haussant les épaules. Et puis, il vaut mieux que Happy sache au plus tôt ce qui s'est réellement passé. Elle va finir par se rendre malade à force d'attendre.

Personne ne trouvant à lui répliquer, elle sortit par la porte de la cuisine. Quelques instants plus tard, elles entendirent vrombir le moteur de sa voiture.

— Si le Billy T. sait où Darleen est partie..., commença Birdie.

— S'il le sait, l'interrompit Della, Josie le découvrira aussi sûrement que le Seigneur a créé des petites pommes vertes.

Elle tendit à Winnie une tasse pour que celle-ci la remplisse du sédatif qu'elle avait concocté.

— Il s'est endormi comme un petit ange, déclara Happy en revenant dans la pièce.

Elle arborait son fameux sourire, mais il était un tantinet crispé.

— Ce n'est pas comme sa maman, poursuivit-elle. Eh quoi, Darleen refusait toujours de s'endormir, à croire qu'elle avait peur que Satan vienne lui voler son âme durant son sommeil. J'ai bien dû marcher des millions de kilomètres sur le plancher de sa chambre rien que pour la…

Sa voix s'éteignit. Elle se frotta les yeux.

— Assieds-toi donc, Priscilla, lui ordonna Della en utilisant son nom de baptême pour la forcer à bouger. Tu te fais du mal, c'est tout.

Et, de ses grosses et larges mains, elle poussa Happy vers une chaise.

— Laisse-nous prendre en charge tes soucis un instant. Pour ça, il n'y a pas mieux qu'une pièce remplie de femmes. Winnie, apporte-moi la tasse.

— C'est très chaud, m'dame Fuller. Il faut souffler un peu dessus.

Winnie posa la tasse devant Happy, puis resta debout à côté d'elle, une main posée sur le dossier de sa chaise. Elle était allée à l'école avec l'aînée des Fuller, Belle, et celle-ci se trouvait être la première fillette blanche à l'avoir jamais invitée chez elle pour jouer à la poupée.

— Qu'est-ce que c'est ?

— Ce qu'il te faut, répondit Della en signifiant du geste à Winnie de s'écarter. Bois.

— Je ne veux pas d'une des potions magiques de Winnie, s'écria Happy, agacée. Je ne suis pas malade. Je suis seulement…

— Terrorisée et malheureuse, coupa Della. A voir ta tête, je devine que tu n'as pas fermé l'œil de la nuit. Et puis, tu sais bien que Winnie ne cherche qu'à t'aider. Allez, bois et va prendre un peu de repos.

— Ce qu'il me faut, c'est du café, rétorqua Happy en voulant se relever.

Della la repoussa contre le dossier de la chaise.

— Bon, tu vas m'écouter, maintenant. T'entêter n'arrangera rien. Si Dieu le veut, ta Darleen reviendra ici toute contente d'avoir provoqué ce remue-ménage. Mais pour le moment, tu as un bébé à l'étage qui, de toute manière, va avoir besoin de toi. Comment veux-tu t'en sortir avec lui si tu es épuisée ?

— Je veux seulement qu'elle revienne, s'exclama Happy, les larmes aux yeux.

Elle laissa reposer sa tête contre la robuste poitrine de Della.

— Je veux seulement que ma fille revienne. J'ai été si dure avec elle, Della.

— Tu as fait ton devoir, c'est tout.

— Jamais elle n'a été contente. Même bébé, elle en demandait toujours plus. J'ai désiré le meilleur pour elle, mais c'était comme si je n'arrivais jamais à le trouver.

Emue, Caroline s'avança vers elle.

— Tiens, Happy, dit-elle en lui tendant la tasse. Bois un peu.

Happy prit une gorgée de la tisane, puis deux, et serra la main de Caroline.

— Elle croit que je ne l'aime pas, mais c'est faux. En un sens, on préfère toujours l'enfant qui vous donne le plus de chagrin. Et voilà que lorsqu'elle est venue hier pour que je la console de ce qui s'était passé entre Junior et le fils Bonny, je n'ai pas su m'y prendre. Bien sûr, elle avait tort. Elle n'a jamais été capable de voir la différence entre le bien et le mal, c'est vrai, mais elle était venue me voir, moi, sa mère, pour que je la réconforte. Et je ne l'ai pas fait. Alors on a fini par se disputer, comme d'habitude, et elle est partie en claquant la porte. Je ne lui ai même pas jeté un coup d'œil quand elle a repris sa voiture.

Elle se mit à sangloter. Della la berça en lui caressant les cheveux. Susie, qui était revenue dans la pièce, avait passé un bras autour des épaules de Marvella.

— Et toutes ces autres filles, s'écria Happy en serrant convulsivement la main de Caroline. Oh, doux Jésus, toutes ces autres filles ! Je n'arrête pas d'y penser.

— Du calme, murmura Della en portant la tasse à ses lèvres. Les policiers ont bien dit que c'était Austin, non ? Et maintenant Austin est on ne peut plus mort. Eh quoi, Caroline ici présente lui a tiré en pleine figure, ce dont toutes les femmes d'Innocence lui sont reconnaissantes. Hormis Mavis Hatinger, peut-être, mais elle devrait elle aussi s'en réjouir, si du moins elle avait un grain de bon sens. Allez, viens avec moi, mon chou. Je t'emmène faire une chouette petite sieste.

— Une toute petite, alors.

Les paupières alourdies sous l'effet de la décoction de Winnie, Happy se laissa guider par Della hors de la cuisine.

— Oh, maman ! s'exclama Marvella en se retournant pour pleurer contre l'épaule de Susie.

— Allons, allons, tu ne vas pas t'y mettre, toi aussi ?

Elle lui tapota le dos.

— Si ça se trouve, il ne s'est rien passé du tout.

— Nous devons garder la foi, renchérit Winnie. Et tiens, à ce propos, je vais préparer un morceau au cas où d'autres arriveraient. Poulet grillé, ça va ?

— Parfait, répondit Susie en donnant une dernière petite tape sur l'épaule de sa fille. Chérie, épluche-nous donc quelques patates et mets-les à bouillir. On les mangera en salade. Nous laisser mourir de faim n'arrangera rien. Et nul ne sait combien de temps il nous reste à attendre.

Debout sur la berge du Gooseneck Creek, Tucker s'épongeait le visage avec son mouchoir. La température avait grimpé jusqu'à 39o, et l'air était lourd à couper au couteau. Le ciel bleu pâlissait sous la lumière blanchâtre d'un soleil implacable.

Tucker s'imagina un instant en train de piquer une tête dans les eaux fraîches. Cette idée le rasséréna quelque peu. Il plongea son mouchoir dans la rivière pour s'en humecter le cou et le visage.

C'était en ce même lieu qu'Arnette avait été retrouvée, se souvint-il — par le frère de Darleen. Il profita de ce qu'il était accroupi pour dire une rapide prière.

« Seigneur, faites que ce ne soit pas moi qui la retrouve. »

Car on allait la retrouver, il en était certain. Il ne partageait pas l'optimisme de ceux qui soutenaient qu'elle était partie avec un autre homme. Elle n'avait eu le temps de séduire que Billy T., et ce dernier soutenait, ainsi que toutes les amies de Darleen, qu'elle ne lui avait laissé aucune nouvelle.

Tucker le croyait. Il était persuadé que Billy T. n'avait pas non plus cherché à la voir. C'était une question de fierté masculine, et Billy T. n'allait pas risquer la sienne en continuant à fréquenter une femme dont le mari avait eu raison de lui avec une simple poêle à frire. D'ailleurs, Darleen n'avait pas vraiment compté à ses yeux. Pour lui, toutes les femmes se valaient.

La comparaison inévitable avec lui-même laissa à Tucker un goût amer dans la bouche.

Darleen n'avait pas abandonné sa voiture sur le bas-côté de la route, au beau milieu d'une tempête, pour sauter dans celle de quelque nouvel ami ou amant. C'était d'autant moins probable que Junior s'était aperçu qu'elle n'avait emporté aucun de ses vêtements, et qu'elle n'avait pas non plus touché aux économies domestiques qu'elle tenait serrées dans son pot à café.

Oui, on la retrouverait, se répéta Tucker. Et de nouveau il supplia le ciel de lui épargner cet horrible privilège.

Il se releva pour fouiller les roseaux. On lui avait assigné pour secteur de recherches une partie des berges de la rivière. Il devait donc patauger dans les herbes folles et la vase, tout en espérant — comme les autres, il en était sûr — n'y trouver que quelques vieilles bouteilles de bière, voire, au pis, un préservatif usagé.

Tout le monde était armé, ce qui le rendait passablement anxieux. Junior avait déjà pulvérisé un mocassin d'eau. Mais comme cela avait eu l'air de lui faire du bien, personne n'avait protesté.

En réalité, les hommes se parlaient peu. Ils œuvraient en silence, tels des soldats préparant une embuscade. Ou en craignant une. L'un des hélicoptères demandés aux autorités du comté passait de temps à autre au-dessus de leurs têtes. Le récepteur que chacun portait à la ceinture se mettait alors à crachoter des bribes de conversation ou des grésillements de parasites. Le FBI hésitait à prendre les choses en main. Les fédéraux, il est vrai, ne connaissaient pas Innocence ni ses habitants. Mais surtout, Burns était convaincu que Darleen n'était qu'une épouse insatisfaite de plus, partie voir ailleurs si l'herbe était plus verte.

Selon Tucker, l'agent spécial rechignait plutôt à admettre qu'un nouveau meurtre était venu infirmer ses belles conclusions.

Chassant un essaim de moustiques d'un revers de main, il se sentit lui-même assez énervé pour vouloir achever, d'un doigt sur la détente, ces bourdonnants suceurs de sang. Il entendit résonner longuement le sifflet du train et regretta de ne pas s'y trouver, en partance pour n'importe où.

Quand il eut fini de quadriller son secteur, il revint sur ses pas pour rejoindre Burke, Junior, Toby ainsi que les autres volontaires qui fouillaient la même rive que lui.

— Ils auront bientôt fini la battue sur l'autre berge, déclara Burke.

Il gardait un œil vigilant sur Junior, prêt à intervenir au cas où le mari de Darleen voudrait se soulager de son angoisse en tirant sur autre chose qu'un serpent.

— Singleton et Carl ont appelé du marais des McNair. Jusqu'à présent, rien à signaler là-bas non plus.

Toby March reposa son fusil sur le capot de sa camionnette. Il songeait à sa femme, à sa fille, et, à sa grande honte, remerciait le ciel du fond du cœur que le meurtrier préférât tuer des Blancs.

— Nous avons encore six bonnes heures devant nous avant le coucher du soleil, lança-t-il à la cantonade. Je me disais que quelques-uns d'entre nous pourraient peut-être descendre vers Rosedale ou Greenville pour interroger les gens.

— J'ai déjà demandé à Barb Hopkins d'appeler tous les motels, les hôpitaux et les postes de police du coin, répliqua Burke en prenant le fusil de Toby pour aller le remiser avec le sien dans la cabine du camion de police. Les autorités du comté sont par ailleurs en train de diffuser sa photo.

— T'inquiète pas, s'écria Will Shiver en donnant une tape amicale sur l'épaule de Junior. Je suis sûr que les gars du comté vont la retrouver terrée dans un motel, assise sur le lit à se repeindre les ongles de pied devant la télé.

Sans un mot, Junior se dégagea de l'étreinte de Will d'un haussement d'épaules et partit se mettre à l'écart.

— Laisse-le tranquille, murmura Burke.

Chacun détourna obligeamment la tête. Toby cligna des yeux tout en ajustant la visière de sa casquette pour se protéger du soleil.

— Quelqu'un arrive, dit-il.

Il fallut aux autres plusieurs secondes pour percevoir à leur tour le bruissement du gravier et distinguer le fugace reflet métallique d'une voiture à travers les ondes de chaleur qui montaient de la route.

— Vous, les Noirs, vous avez vraiment des yeux perçants, remarqua Will sur un ton jovial. La voiture doit bien être encore à trois kilomètres d'ici.

— S'il n'y avait que les yeux…, répliqua Toby.

Le sarcasme avait été décoché de façon si subtile et insidieuse que Tucker dut se mordre l'intérieur des joues pour s'empêcher de sourire.

— Tu sais ce qu'on raconte d'habitude du reste de notre anatomie ?

Will redressa la tête, intrigué.

— Ce ne sont que des racontars de bonnes femmes, à ce qu'il paraît.

— Non, monsieur, renchérit Toby sur un ton narquois. Beaucoup de femmes peuvent effectivement en témoigner.

Tucker toussa et détourna la tête pour allumer une cigarette. Il ne lui semblait pas convenable du tout de s'esclaffer en présence de Junior. Mais quoi, il était bon de se détendre une minute.

Il reconnut la voiture un instant après, à sa couleur — mais aussi à son allure.

— C'est Josie, affirma-t-il.

Il jeta un bref coup d'œil à Burke.

— Et on dirait bien qu'elle va écoper d'une nouvelle amende pour excès de vitesse.

Josie s'arrêta net sur l'accotement, provoquant une gerbe de gravier sous ses roues.

— Salut! leur cria-t-elle en agitant la main par la portière. Barb nous avait assuré qu'on pourrait tous vous retrouver ici. Earleen et moi vous apportons le casse-croûte, les gars.

Elle se coula hors de la voiture, l'air frais et dispos, avec son short et sa chemisette nouée au-dessus du nombril. Ses cheveux étaient retenus en arrière par un foulard de soie qui, songea Tucker, la faisait ressembler à leur mère.

— C'est vraiment charmant de votre part, mesdames, déclara Will en gratifiant Josie d'un sourire qui lui aurait valu un soufflet retentissant de la part de sa fiancée.

— C'est que nous aimons prendre soin de nos hommes, n'est-ce pas, Earleen?

Ayant rendu son sourire à Will, elle se tourna vers Burke.

— Mon chou, lui dit-elle, tu sembles épuisé. Viens un peu par ici que je te serve un verre de ce thé glacé. Nous en avons apporté deux pichets.

— Et puis une tonne de sandwichs au jambon, ajouta Earleen en saisissant une banne sur la banquette arrière.

Elle la posa sur le bas-côté de la route et en fit sauter le couvercle.

— Il faut reprendre des forces par cette chaleur, ajouta-t-elle.

— Oui, monsieur, un festin clé en main, renchérit Josie.

Et elle s'approcha du panier, tout en poursuivant son étourdissant babillage.

— Earleen et moi avons préparé tout cela si vite que nous pensons nous lancer dans la restauration rapide. Junior, viens prendre un de ces sandwichs si tu ne veux pas me briser le cœur.

Comme l'interpellé ne daignait même pas se retourner, elle se rabattit sur son frère.

— Tucker, sers-moi donc une tasse de thé.

En attendant qu'il s'exécutât, elle déballa un sandwich et le posa sur une serviette en papier.

— Regarde-moi ça, Earleen : ces gars risquent de nous laisser de quoi ravitailler la prochaine équipe, tu te rends compte ?

Elle se redressa, saisit la tasse que Tucker lui tendait et fit le tour du camion.

Junior continuait à fixer l'autre côté de la route. Josie pouvait voir tressaillir l'un des muscles de sa joue. Ayant laissé le sandwich sur le capot du camion, elle lui présenta la tasse de thé entre ses mains jointes.

— Tiens, bois, Junior. Cette chaleur te pompe toute ton énergie. Ah ! là, là ! Un homme pourrait boire des litres sans pisser une seule goutte. Allez, fais-moi plaisir.

Elle lui caressa doucement le dos.

— T'attraper un coup de chaleur n'arrangera rien.

— Nous ne l'avons pas trouvée.

— Je sais, mon chou. Vas-y, bois.

Elle lui poussa la tasse contre les lèvres.

— J'étais chez ta belle-mère, tout à l'heure. Quand je suis partie, ton petit garçon dormait comme un ange. Il a bon caractère, ce gamin. Et puis il a tes yeux, aussi.

Elle s'interrompit en voyant Junior avaler deux grosses gorgées de thé. Elle lui reprit la tasse et lui tendit le sandwich. Il se mit à mâcher machinalement, les yeux hagards de fatigue et d'inquiétude. Josie le prit par les épaules, sachant que peu de choses étaient aussi réconfortantes que le contact humain.

— Tout va bien se passer, Junior. Crois-moi. Sois un peu patient.

Les yeux de Junior se remplirent de larmes. Puis ses pleurs débordèrent de ses paupières, traçant des sillons à travers la sueur et la boue qui lui maculaient le visage. Il continuait cependant à manger.

— Je croyais que j'avais cessé de l'aimer depuis que je l'avais vue avec Billy T. dans la cuisine. C'était comme si mon cœur s'était fermé à ce moment-là. Mais maintenant, ce n'est plus pareil.

Emue par son chagrin, Josie pressa sa joue contre la sienne.

— Tout va s'arranger, Junior. Fais-moi confiance.

Il s'efforça de reprendre contenance.

— Je ne veux pas que mon fils grandisse sans avoir de mère.

— Rien ne l'y oblige, répliqua Josie.

Son regard s'assombrit tandis qu'elle lui essuyait ses larmes avec la serviette en papier.

— Non, reprit-elle, rien ne l'y oblige. Dis-toi bien ça, Junior, et tout ira pour le mieux.

Ils poursuivirent les recherches jusqu'à ce qu'il fît trop sombre pour que les hélicoptères pussent voler et les hommes y voir encore quoi que ce fût. Quand Tucker revint enfin chez lui, il fut accueilli par un Buster éreinté qui, durant toute la journée, avait essayé en vain d'éviter le chiot de Caroline.

— Je prends le relais, s'écria Tucker en gratifiant Vaurien d'une caresse distraite.

Il le prit dans ses bras. Se sentant ramené à l'intérieur, le chiot se tortilla et lécha Tucker en aboyant.

— Si tu es aussi turbulent depuis ce matin, je suis étonné que mon vieux braque n'ait pas attrapé une crise cardiaque.

Il se dirigea vers la cuisine tout en songeant rêveusement à une bière, une douche froide… et Caroline. Il y trouva Della en train de trancher un rosbif et cousine Lulu absorbée par une réussite.

— Mais qu'est-ce qui te prend d'amener ce chien dans ma cuisine ?

— Je laisse Buster souffler un peu.

Il reposa le chien, qui se faufila immédiatement sous la chaise de Lulu.

— Des nouvelles de Caroline ?

— Elle a appelé il y a dix minutes à peine, répondit Della. Elle comptait rester avec Happy jusqu'au retour de Singleton ou de Bobby.

Elle disposa sur le plat une nouvelle tranche de rosbif. Tucker la lui vola. Voyant combien il était fatigué, elle ne lui tapa pas sur le bout des doigts.

— Elle est en route pour passer prendre son sac à puces.

Tucker grogna, la bouche pleine, et sortit une bière du réfrigérateur.

— Donne-m'en une, lui lança Lulu sans relever la tête. Les cartes, ça donne soif.

Tucker rouvrit le réfrigérateur pour saisir une deuxième canette, puis se pencha sur le jeu de Lulu.

— Tu ne peux pas mettre un trois noir sur un cinq noir. Il te faut un quatre rouge entre les deux.

— Faut-il encore que j'en aie un, repartit Lulu en éclusant sa bière.

Puis, ayant dévisagé Tucker par-dessus la canette :

— Tu ressembles à un vieux machin qui aurait traîné dans les marais, ajouta-t-elle.

— Tu ne crois pas si bien dire.

— La jeune Fuller n'a toujours pas été retrouvée ? demanda-t-elle en tirant subrepticement un dix rouge de son paquet. Della a passé la moitié de la journée chez Happy. Je me suis retrouvée condamnée à la réussite.

— C'était mon devoir de..., commença Della.

Lulu l'arrêta d'un geste de la main.

— Nul ne te le reproche. Je t'aurais bien accompagnée, mais personne n'a songé à m'inviter.

— Je t'avais pourtant prévenue, s'exclama Della en plantant son couteau dans la planche à découper.

— Ce n'est pas la même chose que d'être invitée, rétorqua Lulu.

Puis elle décida de donner à la conversation un tour moins oiseux.

— Les gens entrent et sortent comme dans un moulin, ici. J'en ai même des palpitations. Josie est par monts et par vaux jour et nuit. Tucker que voici disparaît jusqu'au soir. Dwayne est resté à peine cinq minutes avant de repartir avec une bouteille de Wild Turkey.

Della voulut défendre sa nichée, puis se ravisa.

— Quand Dwayne est-il passé ? s'enquit-elle en fronçant les sourcils.

— Il y a une demi-heure. L'avait l'air aussi crotté et harassé que Tucker. L'est reparti dans le même état.

— En voiture ?

— Ça m'étonnerait, répondit Lulu en sortant un trousseau de clés de sa poche. Il avait pris la bouteille, alors moi je lui ai confisqué ceci.

Della approuva d'un hochement de tête.

— Où vas-tu encore ? demanda-t-elle à Tucker en voyant que ce dernier essayait de s'éclipser.

— Prendre une douche.

— Tu t'es traîné avec cette sueur sur le dos durant toute la journée, alors tu peux encore attendre un peu, non ? Va donc voir si Dwayne n'est pas à l'étang.

— Oh, zut, Della, j'ai déjà fait plus de cent cinquante kilomètres aujourd'hui.

— Eh bien, tu dois être en forme, maintenant. Je n'ai pas envie qu'il boive sa dernière tasse. Alors ramène-le ici, que je le nettoie et lui donne à manger. Les autres auront autant besoin de lui que de toi, demain.

Tucker reposa sa canette à moitié pleine en ronchonnant et sortit par la porte de service.

— Fasse le Seigneur qu'il n'ait pas encore eu le temps de se soûler, marmonna-t-il.

En fait, Dwayne n'était que gai — ce qui était précisément pour lui l'état éthylique préférable entre tous. Sa lassitude s'était fondue en un bourdonnement agréable et sympathique. Arpenter le marais des McNair en compagnie de Carl, Bobby Lee et les autres avait été pour lui une manière affligeante d'occuper sa journée.

Il avait fait cependant preuve de bonne volonté, et était prêt à recommencer le lendemain matin. Il n'avait mesuré ni son temps ni ses efforts, et comptait bien que personne ne lui mesurât en retour le petit moment de détente qui lui permettrait de noyer dans l'ivresse cette pénible journée.

Il avait surtout souffert pour Bobby Lee. Chaque fois qu'il avait regardé le visage tendu et terrorisé du jeune garçon, il s'était demandé ce qu'il aurait lui-même ressenti s'il avait dû partir ainsi à la recherche de sa propre sœur.

Cette pensée le poussa à se brûler les entrailles avec une nouvelle rasade de whisky.

Désormais, il désirait jouir de songeries plus divertissantes. Se plaire à écouter le contrepoint mélodieux que faisait à ses oreilles bourdonnantes le chant des grillons. Sentir la douceur de l'herbe sous ses pieds nus. Ou encore, pourquoi pas ? passer la nuit ici même, pour regarder la lune se lever et les premières étoiles apparaître dans le ciel.

Lorsque Tucker vint s'asseoir à côté de lui, il lui tendit obligeamment la bouteille. Tucker la prit, mais n'y but point.

— Cette saleté te tue à petit feu, fils.

Dwayne se contenta de sourire.

— Ça tombe bien, dit-il, je ne suis pas pressé.

— Tu sais bien que Della s'inquiète de te voir te détruire.

— Je ne le fais pas pour l'inquiéter.

— Alors pourquoi, Dwayne ?

Tucker ne s'attendait pas à une réponse. Il dévisagea son frère et vit qu'il était encore assez lucide pour rester cohérent, et assez soûl pour lui parler.

— « L'alcoolisme est une aliénation volontaire. » Je ne sais plus très bien de qui est cette phrase ; en tout cas, elle sonne juste.

— Je ne suis pas encore soûl ni aliéné, répondit Dwayne placidement. Mais j'y travaille.

Désireux de choisir ses mots avec soin, Tucker prit le temps d'allumer une demi-cigarette.

— Ça va de mal en pis, Dwayne. Durant ces deux dernières années, ça a vraiment empiré. D'abord j'ai cru que c'était à cause de toute cette avalanche de problèmes. La mort de papa, puis celle de maman. Le départ de Sissy. Puis j'ai pensé que c'était parce que papa était lui-même un gros buveur et qu'il t'avait légué ce gène.

Irrité malgré lui, Dwayne reprit la bouteille des mains de Tucker.

— Tu n'as pas non plus le coude rouillé.

— Ouais. Mais ce n'est pas ma seule raison de vivre.

— Chacun fait de son mieux, repartit Dwayne en avalant une nouvelle gorgée de whisky. De toutes les activités que j'ai essayées, me soûler est la seule où je sois sûr de ne pas me planter.

— Tout ça, c'est des conneries !

Tucker s'était exprimé dans un sursaut de rage si vif et si âpre qu'il s'en trouva lui-même choqué. Jusqu'à cet instant, il ignorait à quel point cela l'accablait, le rongeait de l'intérieur, d'assister ainsi à la déchéance de ce grand frère que jadis il admirait et enviait.

— Tout ça, c'est des conneries, répéta-t-il.

Il se saisit de la bouteille et se leva pour la jeter dans l'étang.

— Je suis fatigué de cette comédie, sacré bon sang. Je suis fichtrement fatigué de te ramener sans cesse à la maison, de m'ingénier à te trouver des excuses, de te regarder te suicider sans rien dire, bouteille après bouteille. C'est exactement ce qu'il a fait, lui aussi. Il s'est soûlé la gueule exprès avant de prendre ce satané avion. Notre vieux s'est tué aussi sûrement que s'il s'était mis le canon d'un fusil dans la bouche.

Dwayne se redressa en chancelant. Il titubait un peu, mais son regard était ferme.

— Je ne t'autorise pas à me parler ainsi. Tu n'as aucun droit non plus de parler de lui de cette manière.

Tucker le saisit par la chemise. Il y eut un craquement de coutures déchirées.

— Et qui diable aurait ce droit à part moi, moi qui ai grandi en vous aimant tous les deux ? en souffrant de vous deux ?

Les mâchoires de Dwayne se contractèrent.

— Je ne suis pas papa.

— Non, mais tu es un bel ivrogne comme lui. La seule différence, c'est que la boisson lui donnait un air pathétique, alors que toi, elle te rend seulement pitoyable.

— Mais pour qui te prends-tu ? s'écria Dwayne en saisissant à son tour son frère par le collet, le visage grimaçant de colère. C'est moi, l'aîné. C'est toujours contre moi qu'il se retournait en premier. J'étais toujours censé m'occuper de tout, veiller sur cette saloperie d'héritage des Longstreet. C'est encore moi qui ai été envoyé en pension, moi qui me suis retrouvé avec l'exploitation sur les bras. Pas toi. Jamais toi, Tucker. Je n'ai pas voulu tout ce qui m'est échu, mais pas question pour lui de me laisser vivre ma vie. Alors maintenant qu'il est mort, j'ai le droit de faire ce qui me plaît.

— Tout ce que tu fais, c'est te noyer dans l'alcool. Tu as deux enfants, je te rappelle. Lui, au moins, il ne nous a pas lâchés. Il a assumé son rôle de père.

Dwayne poussa un rugissement, et ils se retrouvèrent tous deux à lutter sur le gazon, grondant comme des bêtes enragées. Tucker reçut un coup sec dans ses côtes encore douloureuses, et le regain de souffrance décupla sa fureur. Il toucha son frère aux lèvres au moment même où il basculait avec lui dans l'étang.

Ils sombrèrent, accrochés l'un à l'autre, puis refirent surface en crachant et en jurant. Ils se repoussaient du pied et de l'épaule, mais l'eau ralentissant leurs coups, ils commencèrent à se sentir ridicules.

Tucker saisit alors Dwayne par sa chemise déchirée et prit son élan pour lui assener un direct à la face. Dwayne se mit aussitôt dans une position si exactement semblable qu'ils se contemplèrent un instant l'un l'autre, abasourdis et haletants.

— Et zut, lâcha Tucker en abaissant le poing.

Il dévisagea Dwayne d'un œil éteint.

— Tu cognais plus fort, avant.

Encore étourdi, Dwayne essuya du revers de la main sa bouche tuméfiée.

— Tu étais moins rapide avant.

Ils se relâchèrent pour patauger jusqu'à la terre ferme.

— Moi qui voulais une douche, me voilà servi, déclara Tucker en écartant les cheveux qui lui tombaient sur les yeux. Et va savoir ce qu'il y a dans cette eau.

— Un quart de litre de Wild Turkey au moins, répondit Dwayne en souriant. Dis, tu te rappelles quand on venait nager ici, autrefois ?

— Ouais. Tu crois que tu peux encore arriver avant moi à l'autre berge ?

— Tu parles.

Le sourire de Dwayne s'élargit. Il replongea dans l'eau et se mit à nager frénétiquement. Mais l'alcool accumulé au fil des ans le ralentissait. Tucker le dépassa avec la vélocité de l'anguille. D'un accord tacite, ils firent demi-tour et se laissèrent flotter sous la lune ascendante.

— Ouais, lança Dwayne après qu'ils eurent repris leur souffle. Tu étais moins rapide, avant. Les choses changent, on dirait.

— Beaucoup de choses, oui.

— Et j'en ai bousillé pas mal moi-même.

— Quelques-unes, c'est tout.

— J'ai la trouille, Tuck.

Il referma le poing dans l'eau. Ses doigts se refermèrent sur le vide.

— Tu sais, quand je bois… je vois bien quand je devrais m'arrêter, mais au bout d'un moment, je n'en comprends plus l'intérêt. Parfois, je ne me rappelle même plus ce que j'ai pu faire. Je me réveille plus tard avec la nausée et la migraine, et c'est comme si je sortais d'un rêve. Je n'arrive à me souvenir de rien.

— Tu peux t'en tirer, Dwayne. Il y a des lieux spéciaux pour ce genre de problème.

— J'aime être comme je suis, là, juste maintenant.

Dwayne regardait à travers ses cils les étoiles s'allumer une à une dans le ciel.

— Juste un chouette petit tournis, de quoi te dire que rien n'a vraiment d'importance. Le truc, ce serait de rester dans cet état-là pour toujours.

— Ce n'est pas une solution.

— Quelquefois je voudrais revenir en arrière pour repérer le moment où j'ai pris le mauvais chemin, pour arranger les choses.

— Tu as toujours su arranger les choses, Dwayne. Tu te rappelles ce modèle réduit d'avion que j'avais eu pour mon anniversaire ? Je l'avais cassé dès le deuxième vol. Je savais que papa m'étriperait quand il le trouverait, mais toi, tu l'as complètement réparé. Ouais, maman disait toujours que tu avais un don pour cela.

— J'ai longtemps voulu être ingénieur.

Surpris, Tucker reprit pied sur le fond de l'étang.

— Tu ne me l'as jamais dit.

— A quoi bon ? répondit Dwayne sans cesser de fixer les étoiles. Les Longstreet sont des planteurs et des hommes d'affaires. Toi, tu aurais peut-être pu prendre une autre voie. Mais moi, j'étais l'aîné. Papa ne m'a jamais laissé le choix.

— Ce n'est pas une raison pour ne pas faire ce que tu veux maintenant.

— Oh, Tuck, j'ai trente-cinq ans. Ce n'est pas un âge pour retourner à l'école apprendre un métier.

— Il suffit de le vouloir.

— Je le voulais très fort quand j'avais dix ans. Mais c'était il y a si longtemps. Tout cela est derrière moi, maintenant. Comme le reste.

Il essaya de mieux distinguer les étoiles, mais elles demeuraient comme voilées dans une lointaine brume lumineuse.

— Sissy va épouser son marchand de chaussures.

— Il était prévisible qu'elle se remarie, avec lui ou un autre.

— M'a écrit qu'il voulait adopter mes gosses. Leur donner son nom. Evidemment, elle cessera d'y penser dès que j'aurai augmenté le montant de sa pension.

— Il ne faut pas que tu te laisses faire, Dwayne. Ces enfants sont les tiens, et ils le resteront quelles que soient ses manigances.

— Ouais, reprit Dwayne d'une voix nonchalante. Je me défendrai. Tout homme a ses limites, même moi. Il faudra bien que Sissy l'apprenne.

Il soupira, son regard errant entre ciel et eau.

— Je me sens détaché de tout, Tucker.

Du coin de l'œil, il aperçut une ombre qui remuait dans l'eau. « Une bouteille vide, se dit-il. Vide comme ma vie. »

— C'est un des bienfaits de l'alcool, vois-tu.

— Un bienfait mortel.

— Ne recommence pas.

— Bon sang, Dwayne !

Tucker allait se rapprocher de lui, lorsque sa jambe effleura une masse molle et gluante. Il poussa un petit cri.

— Satanés poissons-chats, s'écria-t-il. M'a foutu une trouille du diable, celui-là!

Il donna une ruade dans l'eau tout en jetant un coup d'œil par-dessus son épaule.

C'est alors qu'il vit à son tour ce qui s'agitait sous la surface de l'étang, mais il ne le prit point pour une bouteille. La bouche sèche, le cœur affolé, il considéra avec effroi la main blanche qui flottait entre deux eaux.

— Jésus! Oh, doux Jésus!

— Allons, ce n'est pas la petite bête qui va manger la grosse, répliqua Dwayne d'une voix placide.

Tucker lui agrippa le bras.

— Mais qu'est-ce qui te prend encore?

— Je crois que nous avons retrouvé Darleen, réussit à articuler Tucker.

Puis il ferma les yeux, songeant que certaines prières n'étaient sans doute pas appelées à être exaucées.

24

Dégrisé par le choc, Dwayne se tira hors de l'eau et se traîna à quatre pattes sur le gazon en s'efforçant de contenir sa nausée.

— Seigneur, Tuck. Par le Christ sur la Croix, qu'allons-nous faire ?

Tucker ne répondit pas. Etendu sur le dos, il contemplait les étoiles tremblotant dans les vapeurs de chaleur. Il se sentait saisi par un froid si cruel que le simple fait de respirer lui ôtait déjà toutes ses forces.

— Dans l'étang, ânonna Dwayne.

Il déglutit avec un bruit sec.

— On l'a abandonnée dans notre étang. Nous étions là-dedans avec elle. Seigneur, nous avons *nagé* là-dedans avec elle.

— Ça ne peut plus la déranger, désormais, répliqua Tucker.

Il aurait voulu se cacher les yeux. Peut-être cela l'aurait-il aidé à refouler l'image de cette main plantée dans la vase, se dit-il. Cette main aux doigts recroquevillés, comme tendue vers lui, pour l'agripper, l'entraîner au fond des eaux.

Il avait déjà vu un corps inerte comme celui-là. Mais aujourd'hui, ç'avait été pis encore, car il s'était senti obligé d'être sûr. Sûr qu'il s'agissait bien de Darleen Talbot. Et qu'il ne pouvait plus l'aider en rien.

Il était donc allé, les dents serrées, saisir ce poignet rigide et froid, avait tiré sur le corps retenu par un poids. Et la tête avait surgi. Il avait alors vu — oh, Seigneur ! — vu l'œuvre du couteau parachevée par les poissons.

Le corps humain était si fragile, songea-t-il. Si vulnérable. Il était si aisé de le retailler en une odieuse caricature.

— Nous ne pouvons tout de même pas la laisser ici, Tuck.

Dwayne n'en frémissait pas moins à l'idée de retourner à l'eau pour poser la main sur ce qu'il restait de Darleen Talbot.

— Ce n'est pas correct.

— Non, certes, répondit Tucker.

Il pensait avec regret à la bouteille qu'il avait jetée dans l'étang. Quelques gorgées d'alcool l'auraient certainement revigoré.

— Attendons au moins que Burke soit là. Va l'appeler, Dwayne. L'un de nous deux doit rester ici. Appelle Burke et raconte-lui ce que nous avons trouvé. Dis-lui aussi que l'agent Burns ferait bien de l'accompagner.

Il se rassit pour retirer sa chemise détrempée.

— Et puis apporte-moi des cigarettes sèches, veux-tu ? Une petite bière serait également la bienvenue, et…

Il s'interrompit en jurant. Il venait d'apercevoir Caroline qui se dirigeait vers eux. Il se leva et, en trois longues enjambées, l'eut rejointe pour lui barrer le chemin.

— Alors, heureux de me voir ?

Elle s'esclaffa et lui donna un baiser rapide.

— On a décidé de faire trempette, à ce que je vois ? Della m'envoie vous dire que…

— Remonte tout de suite avec Dwayne.

Tucker aurait voulu qu'elle fût aussi loin que possible de la mort et du malheur.

— Attends-moi là-haut, reprit-il.

— Bon. Bien.

Se reculant, elle vit à sa figure qu'il y avait un problème. Elle jeta un regard prudent à Dwayne. Sa plaie à la lèvre s'était rouverte, laissant échapper un filet de sang qui paraissait noir sur son visage livide.

— Vous vous êtes battus ? Dwayne, vous avez la lèvre coupée.

Ce dernier baissa la tête. Della allait l'étriller pour ça.

— J'appelle Burke, dit-il.

— Burke ? s'exclama Caroline.

Tucker essaya de la faire reculer. Elle lui agrippa le bras.

— Pourquoi as-tu besoin de Burke ? demanda-t-elle avec un pincement au cœur. Tucker ?

De toute manière, songea-t-il, elle le saurait d'ici peu. Mieux valait sans doute qu'elle l'apprît de lui-même.

— Nous l'avons retrouvée, Caroline. Dans l'étang.

— Oh, mon Dieu !

Mue par un réflexe, elle regarda en direction de l'eau. Tucker s'interposa aussitôt.

— Dwayne s'en va appeler Burke. Remonte avec lui.

— Je reste avec toi.

Elle secoua la tête avant qu'il ait pu protester.

— Je reste avec toi, Tucker, répéta-t-elle.

Voyant ce dernier hausser les épaules, Dwayne s'éclipsa au pas de gymnastique. Un engoulevent entonna son chant d'amour doux et insistant.

— Tu es sûr?

A l'instant même où elle posait cette question, Caroline se rendit compte qu'elle était idiote.

— Ouais, répondit Tucker avant de pousser un long soupir. J'en suis sûr.

— Mon Dieu, pauvre Happy!

Il y avait cependant d'autres questions à poser. Elle eut besoin d'un moment pour trouver la force de les formuler.

— Etait-ce comme pour les autres?

Elle lui saisit la main et la serra fort jusqu'à ce que le regard hébété de Tucker se posât enfin sur elle.

— Il faut que je sache, Tucker.

— Oui, c'était comme pour les autres.

Il la prit alors fermement par la taille pour la détourner de l'étang et, côte à côte, ils écoutèrent le chant de l'oiseau nocturne en regardant les lumières de Sweetwater briller sous la voûte obscure.

Les autorités procédèrent avec une impitoyable efficacité. Des hommes entourèrent l'étang, leur visage rendu blafard par les puissants projecteurs postés sur le camion de Burke. On prit des clichés du lieu.

— Très bien, déclara Burns en indiquant l'eau du menton. Des volontaires pour la sortir de là.

Durant un instant, tous se tinrent cois. Serrant les lèvres, Burke défit le ceinturon de son pistolet.

— J'y vais.

Tucker s'était avancé, surpris par sa propre décision.

— De toute façon, je suis déjà mouillé.

— Ce n'est pas ton boulot, Tuck, protesta Burke en rangeant son ceinturon.

— Non, mais c'est chez moi, ici.

S'étant retourné vers Caroline, il la prit par les épaules.

— Retourne à la maison, lui dit-il.

— Nous y retournerons ensemble quand tout sera fini, répliqua-t-elle avant de l'embrasser sur la joue. Tu es un homme bon, Tucker.

A défaut d'être bon, pensa-t-il tout en se glissant dans l'eau, il était assurément stupide. Burke avait raison, ce n'était pas son boulot. On ne le payait pas, lui, pour s'occuper de telles horreurs.

Il se fraya un chemin à travers l'eau fraîche et sombre jusqu'à la main d'une blancheur d'os.

Pourquoi ressentait-il comme une obligation personnelle de tirer cette femme morte hors de l'eau ? se demanda-t-il. Elle n'avait jamais rien représenté pour lui. Ne devrait-elle pas lui être désormais moins que rien ?

Mais cet étang faisait partie de Sweetwater. Et lui, il était un Longstreet.

Pour la deuxième fois de la soirée, il saisit le poignet inanimé. Tandis que la tête apparaissait, il regarda les cheveux flotter à sa rencontre pour venir s'étaler en surface. Son estomac se révulsa. Il sentit un goût aigre dans le fond de sa gorge et le refoula férocement. Pataugeant dans la vase, il entoura le buste de la victime.

Le silence régnait sur la berge, un de ces silences si profonds qu'on pourrait presque entendre les battements de son propre cœur. Un silence de tombeau, se dit Tucker en luttant contre le poids qui tentait de l'entraîner au fond de l'étang.

Il regarda derrière lui. Des faces blafardes le fixèrent en retour. Il aperçut Dwayne serrant Josie contre lui. Leurs yeux semblaient immenses dans le flot de clarté. Burke et Carl se penchaient déjà en avant, prêts à le soulager de son fardeau. Caroline, le visage couvert de larmes, se tenait debout à côté de Cy, une main posée sur son épaule. Burns observait la scène à distance, comme s'il s'était agi d'un jeu médiocrement intéressant.

— Quelque chose la retient par les jambes, lança Tucker. J'ai besoin d'un couteau.

— Désolé, Longstreet, c'est un indice, répondit Burns en s'avançant. Je le veux entier.

— Sacré fils de…

Il réussit néanmoins à rapprocher le corps d'un pas supplémentaire.

— Et si vous veniez vous-même le récupérer, votre satané indice ?

— Je vais vous aider, monsieur Tucker.

Avant qu'on ait pu le retenir, Cy se jeta à son tour dans l'étang.

— Seigneur, mon garçon, va-t'en de là !

— Je peux vous aider, insista Cy en le rejoignant prestement. J'ai assez de forces.

Son visage perdit toutes ses couleurs quand il eut rejoint Tucker. Il ne se pencha pas moins à son tour vers le corps pour le saisir par les jambes.

— Je peux le faire, répéta-t-il.

— Garde les yeux fixés sur la berge, lui conseilla Tucker. Et essaye de ne penser à rien.

Cy prit appui sur le fond vaseux.

— Tout ce que je pense, pour le moment, c'est que ce type de FBI est un sacré connard.

— Et tu es encore loin du compte.

Leur baignade fut aussi brève que sordide. Quand ils atteignirent la berge, Carl et Burke passèrent chacun une main sous l'un des bras de Darleen.

— Regarde ailleurs, ordonna Tucker à Cy. Il n'y a pas de honte à ça.

Il aurait bien fait de même. Malheureusement, le corps occupait la quasi-totalité de son champ de vision. Il vit donc ce qu'on avait fait à Darleen. Et, tandis qu'elle était laborieusement tirée sur le gazon, il vit même absolument tout.

— Va rejoindre tout de suite Caroline, Cy... Non!

Il prit la tête du garçon entre les mains avant que ce dernier n'ait eu le temps de se pencher sur le cadavre.

— Ne regarde pas par là. Va rejoindre Caroline. Tu as fait ton devoir, mon gars.

— Oui, m'sieur.

Tucker se hissa hors de l'eau, puis resta assis un moment sur la berge, les pieds barbotant dans l'étang.

— Dwayne, file-moi une sèche.

Ce fut Josie qui lui apporta une cigarette. Elle l'avait déjà allumée.

— Après ça, je crois que tu en mérites une entière.

Elle pressa sa joue contre la sienne.

— Je suis désolée que ce soit tombé sur toi, Tuck.

— Et moi donc, dit-il en tirant avidement sur sa cigarette. Burke, tu n'as pas un drap pour la recouvrir? Ce n'est pas bien de la laisser comme ça.

— Je prierai les civils de regagner la résidence, intervint Burns. L'accès à ce lieu demeurera réservé jusqu'à la fin de l'enquête.

— Sacré bon sang, nous la connaissions tous ici, repartit Tucker d'une voix épuisée. Vous, non. Alors, si vous pouviez au moins la couvrir, ce serait déjà assez.

— Allons, Tuck, dit Burke en se penchant vers lui pour l'aider à se relever. Nous avons des choses à faire ici. Il vaudrait mieux que tu t'éloignes jusqu'à ce que nous en ayons fini. Nous essaierons de procéder aussi vite que possible.

— J'ai vu ce qu'on lui a infligé, Burke, répliqua Tucker sur un ton âpre. Vous risquez d'en avoir pour longtemps.

— Vous resterez à ma disposition, lança Burns. Vous et votre frère. J'aurai à vous interroger incessamment.

Sans rien ajouter, Tucker se retourna vers Caroline et Cy pour regagner avec eux la résidence.

Quoique piètre cuisinière, Caroline prit l'initiative de réchauffer un peu de potage pour accompagner les tranches de rosbif. Le potage, lui semblait-il, était un aliment propre à calmer les nerfs. Ce qui lui fut confirmé par l'empressement avec lequel Cy l'engloutit.

Dwayne, pour sa part, laissa devant lui une assiette proprement léchée.

— C'était succulent, commenta-t-il, un peu confus de sa propre gloutonnerie. J'aime votre façon de faire la cuisine.

— Oh, Della avait déjà presque tout préparé avant de partir chez les Fuller.

— Non, c'était vraiment bon, renchérit Josie. Cela dit, j'ai du mal à croire que Dwayne ait pu dîner avec la lèvre aussi gonflée. Tu t'es cogné dans une porte, mon chou?

— Tucker et moi nous sommes disputés.

Il tendit la main vers son verre de thé glacé. Tout bien réfléchi, il n'avait plus guère envie de se soûler ce soir.

— C'est Tucker qui t'a frappé?

Josie se cala le menton dans le creux de la main avec un petit sourire narquois.

— Ce garçon ne s'est jamais autant servi de ses poings que ces dernières semaines. Bon, et pourquoi donc vous êtes-vous battus? Ne me dites pas que vous aviez tous deux des vues sur Caroline?

Elle adressa un clin d'œil complice à la cuisinière improvisée.

— Non, pas du tout, répondit Dwayne en gigotant sur sa chaise d'un air embarrassé. Nous avons seulement eu un différend. C'est ce qui a tout déclenché. On s'est empoignés, et puis on a fini dans l'étang. Je crois qu'entre ça et notre course aller-retour jusqu'à l'autre berge, on a dû soulever un paquet de flotte. C'est juste après que Tucker... eh bien, il lui est pratiquement rentré dedans.

— Cesse d'y penser, lui conseilla Josie en mettant un bras autour de ses épaules. Ce n'est qu'une question de malchance. Malchance sur toute la ligne.

— L'explication est un peu simple, s'exclama Tucker en pénétrant dans la cuisine.

Josie maintint sa joue contre les cheveux de Dwayne.

— Peut-être, mais c'est la vérité, répliqua-t-elle. Et la vérité est parfois d'une cruelle simplicité. Si vous ne vous étiez pas battus auprès de l'étang, vous ne l'auriez pas retrouvée. Elle n'en serait pas moins morte, certes, mais elle serait restée au fond de l'eau, et vous deux, vous auriez l'air moins pâlichons.

Tucker se laissa tomber sur une chaise. Il avait les nerfs à fleur de peau, il le savait, mais l'indifférence de Josie l'irritait dangereusement.

— Nous n'aurons pas l'air « pâlichons » longtemps, Josie, tandis que Darleen, elle, est morte pour toujours.

— C'est précisément ce que je veux dire. La découvrir ainsi n'a fait que vous rendre les choses plus pénibles.

— Seigneur, Josie, tu as un cœur de pierre.

A cette repartie, la jeune femme se raidit, les yeux étincelants, les joues livides.

— J'ai toujours assez de cœur quand il s'agit de ma propre famille. Et si je ne me lamente pas sur le sort de cette petite traînée...

— Josie..., murmura Dwayne en grimaçant.

Il voulut lui prendre la main. Elle se dégagea vivement.

— Une petite traînée, oui, voilà ce qu'elle était, et sa mort n'y change rien. Je suis désolée pour Happy, d'accord, mais ça me rend tout simplement malade de voir comment toi et Dwayne vous êtes trouvés impliqués dans cette affaire. Et si tu estimes que cela fait de moi une personne au cœur froid, Tucker Longstreet, tant pis pour toi. Je me contenterai de garder ma chaleur humaine pour ceux qui savent l'apprécier.

Elle sortit en claquant la porte, laissant sa colère alourdir encore plus l'atmosphère torride de la pièce.

— Je devrais peut-être la rattraper, proposa Dwayne en se levant.

— Dis-lui que je suis désolé, si tu crois que c'est utile, suggéra Tucker.

Il se passa les mains sur le visage.

— Elle est ce qu'elle est après tout, reprit-il d'une voix résignée. Rien ne sert de le lui reprocher.

— Monsieur Tucker, vous voulez une bière ?

Tucker baissa les mains pour gratifier Cy d'un sourire las.

— Presque autant que souffler un peu, répondit-il. Mais je crois qu'un café me conviendrait mieux.

— Je m'en charge, proposa Caroline.

Elle ouvrit un des placards pour y prendre une tasse.

— Nous sommes tous à bout, Tucker. Elle s'inquiétait seulement pour toi.

— Je sais. Della est-elle repartie chez les Fuller ?

— Oui. Elle et Birdie vont passer la nuit avec Happy. Pour l'aider à s'occuper du petit. Cousine Lulu est en train de regarder un film à l'étage.

La vieille dame lui avait déclaré que les meurtres étaient plus intéressants à la télé que dans la réalité, et elle s'était en conséquence installée devant l'écran avec un plein bol de pop-corn et une bouteille de bière Dixie. Mais Caroline se garda d'entrer dans les détails.

— Tu ne veux pas aller la rejoindre, Cy ? suggéra Tucker. Elle aime bien avoir de la compagnie.

— Je peux prendre le chiot avec moi ?

Il tira Vaurien du refuge qu'il avait trouvé sous la table.

— Bien sûr, répondit Caroline en souriant. Mais ne laisse pas cousine Lulu lui donner trop de bière.

— Non, m'dame. 'Nuit, monsieur Tucker.

— Bonne nuit, Cy.

Il retint un instant le garçon par le bras.

— Et merci du coup de main.

— Je ferais n'importe quoi pour vous, monsieur Tucker.

Les mots étaient sortis précipitamment de sa bouche. Il rougit et se dépêcha de sortir de la pièce.

— Un dévouement pareil est un cadeau sans prix, remarqua Caroline en versant du potage dans un bol. Tu vas bien t'occuper de lui, n'est-ce pas ?

— Je m'y efforcerai.

Il frotta de la paume sa joue piquante. Bien qu'il eût pris deux douches dans la journée, il ne s'était toujours pas rasé.

— Cela me gêne tout de même un peu qu'il me considère comme Hercule, Platon et Clark Kent réunis.

Caroline posa le bol devant lui sur la table et lui passa une main dans les cheveux.

— C'est dur d'être un héros.

— C'est encore plus dur quand on n'en a pas l'étoffe.

— Oh, je crois que tu t'étonneras toi-même.

Elle s'assit en souriant à côté de lui.

— Je t'ai préparé du potage.

— Hmm, je le vois bien.

Il lui prit la main.

— Il est bien pratique de t'avoir à demeure, Caroline.

— Je n'ai pas arrêté de me surprendre ces derniers temps. Je suis heureuse que tu ne m'aies pas connue avant, Tucker.

— Le passé ne veut rien dire du tout.

— Eh, c'est toi qui parles ainsi? Toi qui peux au débotté me raconter des histoires sur des personnes mortes depuis des siècles?

— C'est différent.

Il goûta son potage, moins par faim que pour lui faire plaisir. Cependant, au bout de quelques cuillerées hésitantes, il se découvrit un appétit d'ogre.

— Le passé compte uniquement dans la mesure où il donne forme au présent. Mais ce que tu étais l'année dernière est bien moins important que ce que tu es aujourd'hui.

— J'aime ta façon de penser... Tucker?

— Hmm?

— Tu veux que je reste ici ce soir?

Il releva les yeux vers elle. Leurs regards se rencontrèrent, lourds de sentiments, de désir.

— Oui, je veux que tu restes.

Elle se mit debout avec un hochement de tête.

— Bon, je vais d'abord te préparer un sandwich.

Teddy était revenu. Josie savait qu'il était attendu pour l'avoir appris de la bouche même de Burns avec qui elle avait couché la veille au soir. L'idée de jongler avec un médecin légiste et un agent spécial du FBI avait apaisé la rage et la rancœur soulevées en elle par les paroles de Tucker.

Elle avait décidé de ne plus adresser la parole à son frère durant un jour ou deux — ou du moins aussi longtemps qu'il ne viendrait pas s'excuser en personne au lieu de passer par l'entremise diligente de Dwayne.

Elle en boudait encore le lendemain après-midi. Et, tandis que le reste d'Innocence se remettait péniblement de l'émoi suscité par le dernier meurtre, elle s'était assise au comptoir du Chat 'N Chew pour se contempler dans son nouveau miroir de poche et se refaire une beauté. Teddy avait promis de la rejoindre pour le déjeuner dès qu'il aurait achevé l'examen préliminaire du corps.

— Earleen…

Josie inclina le miroir avec une moue chagrine et fit bouffer ses cheveux.

— Tu trouves que je suis une femme au cœur de pierre ?

— Au cœur de pierre ?

Earleen s'accouda au comptoir pour masser ses pieds douloureux.

— Je vois mal comment tu pourrais avoir à la fois le sang chaud et le cœur froid.

Josie sourit, ravie.

— C'est vrai, dit-elle. Etre objective et détester les chichis ne vous rend pas froide pour autant. Eh quoi, c'est plutôt un signe de lucidité, non ?

— Tout à fait.

Josie parcourut la salle des yeux à l'aide de son miroir, sans tourner la tête. Plusieurs des box étaient occupés. Les conversations, couvertes par le chant langoureux de Reba McIntire qui s'échappait du juke-box, tournaient toutes autour de Darleen.

— Tu sais, reprit Josie, la moitié des gens d'ici se fichaient pas mal de Darleen lorsqu'elle était encore vivante.

Elle referma son miroir avec un claquement sec.

— Et maintenant qu'elle est morte, il n'y en a plus que pour elle.

— Ainsi va la nature humaine, repartit Earleen. C'est comme ces peintres dont les tableaux valent moins que de la crotte quand ils sont encore vivants. Et puis voilà qu'ils se suicident ou sont renversés par un camion, et les gens se battent pour avoir le droit de les payer une fortune. C'est la nature humaine, je te dis.

Josie savoura la comparaison.

— Ainsi, demanda-t-elle, Darleen est mieux cotée morte que vivante ?

Earleen aurait volontiers acquiescé, si une peur superstitieuse ne l'avait gardée de médire des morts.

— C'est Junior qui me fait de la peine, déclara-t-elle. Et puis son petit bout de chou.

Elle retourna en soupirant vers le passe-plat pour prendre une commande.

— Et puis Happy et Singleton, aussi, poursuivit-elle. Ce sont les vivants qui souffrent le plus, va.

Josie approuva tout bas, tandis qu'Earleen partait servir son client. Puis elle fouilla dans son sac à la recherche de son parfum dont elle se vaporisa généreusement les poignets et le cou.

Quand Carl pénétra dans le café, les conversations moururent quelques instants pour reprendre ensuite *mezzo voce*.

— Viens un peu t'asseoir par ici, lui cria Josie en tapotant le tabouret à côté d'elle. Tu as l'air éreinté.

— Merci, Josie, mais je n'ai pas le temps. Je suis juste venu chercher des sandwichs à emporter au poste.

— Qu'est-ce qu'il te faudra, Carl ? s'enquit Earleen en surgissant derrière le comptoir.

Elle espérait bien recueillir quelques informations en échange de la commande.

— Eh bien, ce sera une demi-douzaine de hamburgers, Earleen. Et puis peut-être un kilo de ta salade de patates et un autre de ta salade au chou. Prépare-moi aussi quatre bouteilles de thé glacé.

— Tu la veux comment, ta viande ?

— A point, ça suffira.

— Hé, Carl, s'exclama Josie en se saisissant de son Coke Light, vous devez marner, là-bas, pour pas même avoir le temps de faire la pause-déjeuner, non ?

— Tu l'as dit.

Il se sentait lui-même si fatigué qu'il aurait pu dormir debout. Il pensa alors, mais avec quelque temps de retard, à ôter sa casquette.

— Le shérif du comté est arrivé avec deux ou trois de ses gars. Le fax de l'agent Burns a cliqueté durant toute la matinée. Il fait une telle chaleur dans le poste qu'on pourrait y fumer du jambon.

— Avec tout ce monde sur le coup, vous devez bien avoir quelques pistes ?

— Des indices, c'est tout.

Il jeta un coup d'œil à Earleen qui, frémissante d'impatience, venait de quitter son gril.

— Ecoutez, je ne peux pas vous révéler ce qu'on a trouvé, c'est les consignes. Mais, bon, vous devez déjà tous savoir que Darleen a été tuée comme les autres. Avec la même arme, et par la même personne.

— Ce n'est pas bon, tout ça, commenta Earleen. Avec ce maniaque en liberté dans le secteur, plus aucune femme du comté ne se sent en sécurité.

— Non, ce n'est pas bon. Mais je te jure que nous allons l'arrêter. Tu peux me faire confiance.

— D'après Matthew, les meurtriers en série sont différents des autres, intervint Josie en tirant sur sa paille. Il prétend qu'ils peuvent être comme toi et moi, et c'est pourquoi ils sont difficiles à attraper.

— Celui-là, on l'attrapera, rétorqua Carl.

Puis, s'étant penché un peu plus vers la jeune femme :

— Il faut quand même que je te dise une chose, Josie, ajouta-t-il. De toute manière, tu l'apprendras bientôt. Eh bien, il semble que Darleen ait été tuée juste là-bas, tout près de l'étang.

— Doux Jésus ! s'exclama Earleen, partagée entre l'excitation et la terreur. A Sweetwater ?

— Nous avons des raisons de le supposer. Je ne veux pas t'effrayer, Josie, mais il faut que tu sois très prudente.

Elle prit une cigarette du paquet qu'elle avait posé sur le comptoir. Ses mains tremblaient légèrement.

— Je le serai, Carl, assura-t-elle. Pour *ça*, tu peux me faire confiance.

Elle tira sur sa cigarette et recracha lentement la fumée, résolue à savoir où en était exactement l'enquête dès qu'elle serait seule avec Teddy.

Des journalistes avaient pris possession du jardin de Caroline. Celle-ci avait cessé de répondre au téléphone. Invariablement, il s'agissait de reporters — hommes ou femmes — avides de renseignements. Pour se distraire, elle s'était mise à feuilleter l'album de famille qu'elle avait retrouvé dans la malle de sa grand-mère.

La majeure partie de sa propre vie s'y trouvait consignée. Il y avait là l'annonce du mariage de ses parents découpée dans des journaux de Philadelphie et de Greenville ; des photographies d'un style recherché, prises par des professionnels durant la noce, sur lesquelles on voyait sa mère revêtue d'une robe de mariée lui venant de sa belle-famille ; le faire-part de naissance de Caroline Louisa Waverly — le deuxième prénom étant celui de sa grand-mère paternelle.

Quelques clichés, de facture tout aussi professionnelle, témoignaient de la fierté de ses parents après l'heureux événement. Puis c'étaient des portraits de Caroline elle-même : un par année, exécuté en studio.

Aucun instantané, nota Caroline, nulle photographie floue ou naïve, excepté celles qui avaient été prises par ses grands-parents durant la brève visite qu'elle leur avait rendue bien des années auparavant.

Des coupures de presse témoignaient de sa carrière de concertiste, la montrant depuis ses débuts jusqu'à ce jour, en passant par sa sixième, sa douzième, sa vingtième année.

Ces clichés étaient l'une des rares traces que ses grands-parents avaient eues d'elle, se dit Caroline en remettant l'album dans la malle. Et ils étaient désormais l'une des rares traces qui lui restaient d'eux.

— Je suis si désolée, murmura-t-elle.

Elle aspira profondément le parfum de lavande et de bois de cèdre qui imprégnait la malle.

— Je regrette de ne pas vous avoir mieux connus.

Elle se pencha de nouveau pour prendre une boîte en carton. A l'intérieur, enveloppée dans du papier de soie, se trouvait une minuscule aube baptismale ornée de rubans blancs et de dentelle jaunissante.

Peut-être était-ce sa grand-mère ou son grand-père qui l'avait jadis portée, songea la jeune femme en caressant la fine batiste blanche. Et puis sa mère, sûrement.

— Vous l'avez gardée pour moi.

Emue, elle l'effleura de la joue.

— Je n'ai pas pu la mettre quand mon tour est venu, mais vous l'avez gardée pour moi.

Elle la reposa précautionneusement dans son emballage de papier de soie. Un jour, se promit-elle, son enfant la porterait.

Vaurien sortit précipitamment de la pièce pour se poster en haut de l'escalier, puis revint en courant alors qu'on frappait à la porte. Caroline rangea la boîte dans la malle, dont elle extirpa ensuite une paire de chaussures de bébé coulée dans le bronze. Elle eut un sourire.

— Ne t'inquiète pas, Vaurien. C'est seulement un stupide journaliste qui fait son cinéma.

— Caroline ! Bon sang, ouvre-moi vite avant que je n'assassine un de ces imbéciles.

— Tucker !

Caroline bondit dans l'escalier, le chien sur les talons.

— Oh, je suis désolée.

Tout en déverrouillant la porte, elle pouvait voir les reporters se masser derrière lui en hurlant des questions, micros tendus et appareils photographiques au poing. Elle tira Tucker par le bras et vint se planter sur le seuil.

— Eloignez-vous de ma véranda.

— Mademoiselle Waverly, quel effet cela fait-il de se retrouver au cœur d'une véritable énigme criminelle ?

— Mademoiselle Waverly, êtes-vous vraiment venue dans le Mississippi pour vous remettre d'une rupture ?

— Vous êtes-vous réellement évanouie…

— Est-il vrai que vous avez tué…

— Connaissiez-vous la…

— Allez-vous-en de ma véranda ! hurla-t-elle. Et allez-vous-en aussi de ma terre, tant que vous y êtes. Vous êtes en train de violer ma propriété, tous autant que vous êtes. Nous avons des lois, ici. Et si un seul d'entre vous pose ne serait-ce que le petit orteil chez moi sans y avoir été invité, je le lui ferai sauter à coup de grenaille !

Elle referma la porte à la volée et la verrouilla. Elle allait se retourner vers Tucker, quand ce dernier la prit soudain dans ses bras pour la faire tournoyer dans les airs.

— Mon chou, tu parles comme ma mère lorsqu'elle était furax.

Il l'embrassa avant de la redéposer à terre.

— Tu perds tes manières yankees, aussi. Dans pas longtemps, tu auras même l'accent des filles du coin.

Caroline s'esclaffa puis secoua la tête.

— Non, dit-elle.

Elle lui effleura la joue. Il ne s'était toujours pas rasé, mais semblait nettement plus reposé.

— Tu as l'air mieux que ce matin.

— Ce n'est guère difficile, vu que ce matin j'avais plutôt l'air d'un mort vivant. Et que je me sentais comme un mort vivant, aussi.

— Tu n'as pas dormi.

— J'ai somnolé une heure dans le hamac, cet après-midi. Ça m'a donné l'impression de revenir au bon vieux temps.

Il la serra de nouveau contre lui pour l'embrasser, mais longuement cette fois, doucement.

— Oui, comme au bon vieux temps. Je regrette vraiment que tu aies observé de trop près les règles de la bienséance pour partager mon lit, la nuit dernière. Je n'aurais pas dormi davantage, certes, mais le réveil m'aurait certainement paru plus agréable.

— Cela ne me semblait pas correct, avec toute la famille dans la maison et…

— Et la police farfouillant autour de l'étang jusqu'au petit jour, je sais.

Il se détourna de Caroline pour pénétrer dans le salon, puis jeta un coup d'œil par la fenêtre.

— Tu veux me faire plaisir, Caro ?

— Bien sûr.

— Prends tout ce dont tu as besoin et reviens à Sweetwater avec moi.

— Tucker, je t'ai déjà dit que…

— Tu t'es bien laissé convaincre hier soir.

— Parce que tu avais besoin de moi.

— J'ai toujours besoin de toi.

Comme la jeune femme ne répondait pas, il pivota brusquement.

— L'heure n'est plus à la poésie ni à la romance. Si je te demande de m'accompagner, ce n'est pas pour t'avoir dans mon lit. Je resterais ici si c'était possible…

— Eh bien, reste.

— Mais ce n'est pas possible. Ne me demande pas de choisir entre toi et ma famille, Caroline. Je ne le pourrais pas.

— Je ne te demande rien de semblable.

— Si je reviens seul à la maison, je finirai par mourir d'inquiétude. Et si je reste, ce sera au tour de Josie, de Della et de tous les autres de s'inquiéter.

Il la prit dans ses bras et la tint un instant serrée contre lui. Puis, l'esprit fébrile, il se recula brutalement et se mit à arpenter la pièce.

— Le meurtrier court toujours, Caroline. Et il était récemment à Sweetwater.

— J'entends bien, Tucker. Je n'ignore pas qu'il a abandonné le corps là-bas.

— Non : il l'a *tuée* là-bas.

Il se retourna, le regard éperdu d'angoisse.

— Il l'a tuée à deux pas de la maison, juste à côté du bois où j'ai pêché avec Cy il y a quelques jours à peine. Près de l'arbre que ma mère avait planté. Burke m'en a dit assez, peut-être un peu trop. Et tu vas savoir quoi à ton tour. Ce n'est pas que je le veuille, Caroline, mais il le faut, pour que tu comprennes vraiment pourquoi je dois maintenant retourner là-bas, et avec toi.

Il s'interrompit pour prendre une inspiration longue et mesurée.

— C'est sous cet arbre qu'il l'a ligotée. Ligotée aux pieds et aux chevilles. On a retrouvé les trous laissés par les pieux. Et puis du sang que la pluie n'avait pas encore enlevé. J'ai vu, de mes yeux, ce qu'il lui a fait. Je ne suis pas près d'oublier à quoi elle ressemblait lorsque j'ai aidé les autres à la sortir de l'eau. Je ne suis pas près non plus d'oublier qu'il lui a fait ça sous le saule planté par maman, à l'endroit même où j'avais l'habitude de jouer avec mon frère et ma sœur, juste en face de l'autre berge, là où je t'ai embrassée pour la première fois. Non, rien de tout cela, je ne pourrai l'oublier. Mais jamais plus il ne portera la main sur ce qui m'est cher. Maintenant, je te demande, encore une fois, d'emporter ce dont tu as besoin et de venir avec moi.

Il avait serré les poings. Caroline s'avança pour lui saisir les mains.

— Je n'ai pas besoin de grand-chose, dit-elle.

25

Caroline était habituée aux nuits blanches. Durant les quelques années qui venaient de s'écouler, elle avait conçu une jalousie féroce à l'égard des personnes qui pouvaient grimper dans leur lit et glisser sans effort dans les bras de Morphée sitôt leurs yeux fermés. Depuis qu'elle s'était installée à Innocence, cependant, elle avait été près de rejoindre le clan de ces dormeurs privilégiés. Et voilà qu'il lui semblait être revenue à la case départ avec, devant elle, la perspective de longues et sombres heures passées à chercher en vain le sommeil.

Les petits « trucs » des insomniaques lui étaient devenus une routine : bains bouillants, alcools chauds, livres assommants. Les deux premiers procédés parvenaient à détendre son corps, mais quand il s'agissait de son esprit, hélas, et qu'elle s'efforçait de lire, son attention se détournait très vite des pages imprimées. Et si elle avait pris la précaution de garder un téléviseur dissimulé dans une armoire en merisier, aucune des émissions diffusées aux heures tardives ne retenait suffisamment son intérêt ni ne l'ennuyait au point de l'assoupir.

De la chaleur, en tout cas, elle ne pouvait se plaindre. Sa chambre à Sweetwater était d'une tiédeur délicieuse. De plus, elle était habituée à dormir loin de chez elle. La pièce qu'on lui avait allouée était aussi élégante que les meilleures suites d'hôtel qu'elle avait pu connaître en Europe. Le lit à baldaquin, largement pourvu d'oreillers en dentelle, témoignait d'un raffinement tout féminin. Et comme si cela ne suffisait pas encore à son confort, elle disposait également d'un lit de repos douillet en satin bleu pastel qui, orienté vers les portes-fenêtres, offrait une vue magnifique du clair de lune.

Des vases de fleurs fraîchement coupées embaumaient dans la chambre. De ravissantes aquarelles étaient disposées le long des murs peints en rose. Sur une coiffeuse s'alignait une collection de flacons anciens aux formes gracieuses qui luisaient doucement sous l'éclat des lampes. La pièce était en outre agrémentée d'une petite cheminée de marbre bleu qui devait procurer chaleur et réconfort durant les glaciales soirées d'hiver. Caroline se voyait déjà, par une nuit venteuse de février, en train de contempler les ombres projetées sur les murs par les flammes pétillant dans l'âtre. Elle serait alors blottie sous l'ample couette cousue main.

Avec Tucker.

Il lui sembla soudain indécent de s'imaginer ainsi recroquevillée contre lui, dans un état de quiétude absolue, alors qu'il y avait tant de douleur et de chagrin autour d'elle. Une autre femme était morte, et reposait pour l'heure dans la solitude d'une pièce froide et obscure, tandis que sa famille se morfondait dans les pleurs et les remords.

Oui, se dit-elle, il devait être indécent de jouir de cette douce sensation de bonheur, de cet espoir renaissant, entêtant, alors que la mort rôdait toujours dans les parages.

Mais quoi… elle était amoureuse.

Elle prit appui en soupirant sur la banquette de la fenêtre. Devant elle s'étendait le jardin baigné de lune. Les fleurs détourées d'argent se tenaient immobiles comme sous l'effet d'un fragile enchantement. Au-delà, bien au-delà, brillait l'étang de Sweetwater. D'où elle était, les saules lui demeuraient invisibles. Et elle en était heureuse, car si cela revenait à fuir la souffrance, alors, pour une nuit au moins, elle fuirait. Pour l'heure, elle n'avait d'yeux que pour ce somptueux paysage tissé par la clarté lunaire.

Et puis elle était amoureuse.

De toute manière, songea-t-elle, il n'était pas possible de choisir le lieu ni le moment d'une passion. Elle en était même venue à penser qu'il était tout aussi impossible de choisir la personne avec qui la partager. Si elle avait pu choisir, en effet, elle n'aurait pas élu cet instant ni cet endroit. Ni même Tucker.

C'était une erreur de tomber amoureuse maintenant, alors qu'elle commençait tout juste à comprendre ses propres désirs et les moyens de les satisfaire. Alors qu'elle avait seulement commencé à se rendre compte qu'elle pouvait vivre seule sa propre vie. Oui, il était déraisonnable de tomber amoureuse ici, maintenant, en un lieu que bouleversait une violence aussi tragique qu'absurde et qu'elle serait amenée à quitter dans quelques semaines au plus tard.

Il était enfin ridicule de tomber amoureuse d'un homme qui

maniait le charme et la séduction avec un art consommé. D'un don Juan à la nonchalance avenante. D'un suspect dans une affaire de meurtres. D'un bon à rien roucouleur.

Ne s'était-elle pas déjà dit qu'il n'était qu'un second Luis avec des manières de Sudiste ? Et qu'en s'éprenant ainsi de lui, elle se donnait la preuve qu'elle était bien le genre de femme à se repentir sa vie durant de la médiocrité de ses choix ?

Pourtant, malgré l'envie qu'elle avait eue naguère de s'en convaincre, elle n'y arrivait plus tout à fait. Tucker était plus que cela, plus que ce qu'il admettait être lui-même. Elle l'avait constaté dans les soins dont il entourait Cy, dans son attachement indéfectible à sa famille, dans l'autorité tranquille avcc laquelle il gérait Sweetwater ainsi qu'une douzaine d'autres affaires, sans faire étalage de son pouvoir ni exiger de reconnaissance particulière.

Aimer Tucker ne l'avilissait pas. C'était plutôt la chance de sa vie. Car il était de ces hommes qui accomplissaient toujours leur devoir sans hésiter ni abrutir leur entourage de récriminations, de plaintes ou de lamentations sur l'avenir.

Au contraire, vivre dans l'entourage de Tucker prodiguait autant de calme et de quiétude que les siestes qu'il aimait lui-même prendre à l'ombre des arbres en été. On y trouvait une paix aussi grande que dans les longues histoires racontées lentement, avec un accent traînant, au son berceur du rocking-chair. Et le même réconfort qu'en savourant une bière fraîche par une nuit de canicule.

Voilà ce dont elle avait besoin, se dit Caroline en appuyant sa tête contre la vitre : cette certitude fondamentale que la vie était une pure plaisanterie qu'il suffisait d'accepter avec le sourire.

Et elle avait bien besoin de sourire en ce moment. Oui, elle avait besoin de cette oasis de sérénité que Tucker lui offrait avec tant de naturel.

Elle avait besoin de lui.

Bon, alors pourquoi restait-elle ainsi assise à rechercher le sommeil alors que ce qu'elle désirait si fort se trouvait à portée de sa main ?

Elle se leva aussitôt du fauteuil et se dirigea vers la terrasse. Au passage, elle cueillit une tige de freesia. Elle s'arrêta devant le miroir au cadre doré pour lisser ses cheveux. Puis elle mit la main sur la poignée de l'espagnolette. A cet instant précis, les portes-fenêtres s'ouvrirent d'elles-mêmes sur la nuit brûlante. Et sur Tucker.

Son cœur bondit dans sa poitrine. Prise d'un léger vertige, elle recula d'un pas.

— Oh, tu m'as fait peur.

— J'ai vu ta lumière.

Il portait un pantalon flottant en coton et tenait à la main un brin de pois de senteur.

— J'ai pensé que tu n'arrivais pas non plus à dormir.

— Non, effectivement.

Elle baissa les yeux sur sa tige de freesia puis, souriante, la lui tendit.

— Je venais te voir, murmura-t-elle.

Le mordoré de ses yeux devint plus profond tandis qu'il prenait la fleur qu'elle lui présentait et lui donnait la sienne en échange.

— Quelle coïncidence, n'est-ce pas ? Je me disais justement que, ton respect des convenances t'empêchant certainement de venir dans ma chambre, ce serait à moi de venir dans la tienne.

Il effleura ses cheveux des doigts, puis la saisit doucement par la nuque.

— « Le désir ne connaît pas de répit. »

Elle s'avança vers lui, avec l'impression de se fondre en lui.

— Je ne veux pas de répit.

Tendant la main derrière la jeune femme, il referma la porte.

— Alors je ne t'en donnerai aucun.

Il la serra contre lui, et ils échangèrent un premier baiser avide, comme si cela faisait non des heures, mais des jours qu'ils ne s'étaient embrassés. Ils goûtèrent tous deux à un désir d'une saveur aussi puissante qu'irrésistible, stimulant leur passion par des soupirs et des murmures.

Le souffle court, Caroline pressa ses lèvres contre son cou et se cramponna à lui tandis qu'ils vacillaient ensemble jusqu'au lit. Elle tendit sa main vers la lampe. Il la retint, prenant ses doigts dans sa bouche pour les sucer, les mordiller.

— Nous n'avons pas besoin de l'obscurité, dit-il.

Puis il sourit et la recouvrit de son corps.

Tandis qu'ils faisaient ainsi l'amour en pleine lumière, et que la plupart des habitants d'Innocence dormaient d'un sommeil agité, le bar de McGreedy était bondé. C'était le début d'un long week-end que devaient couronner les festivités du 4 juillet. Le conseil municipal — à savoir Jed Larsson, Sonny Talbot, Nancy Koons et Dwayne — avait, au terme d'un débat houleux, décidé de ne pas supprimer le défilé annuel, la fête foraine ni les feux d'artifice.

Des raisons patriotiques aussi bien que financières avaient emporté le vote. La société *FunTime* avait déjà reçu un généreux acompte pour les deux soirées que devait durer la fête, et les feux d'artifice avaient englouti une imposante part du budget municipal. Nancy avait par ailleurs fait remarquer que, l'orchestre du lycée Jefferson Davis et les majorettes des *Twinkling Batons* s'entraînant depuis des jours, annuler les festivités à une date aussi tardive décevrait les enfants et saperait le moral de tous.

Il fut allégué que se trémousser et concourir pour le titre de plus gros mangeur de tartes alors que le corps de Darleen Talbot était encore presque tiède serait inconvenant et déplacé. A quoi l'on objecta que le 4 juillet était une fête nationale, et qu'Innocence n'avait jamais manqué d'honorer ses devoirs patriotiques depuis un siècle et plus.

Il fut finalement décidé qu'un bref discours serait prononcé depuis la tribune de l'orchestre à la mémoire de Darleen et des autres victimes, et qu'on observerait ensuite une minute de silence.

Ainsi donc, drapeaux et banderoles furent tendus par toute la ville alors même que Teddy se livrait à l'autopsie du corps de Darleen dans la salle d'embaumement de chez Palmer.

Chez McGreedy, certains piliers de bar avaient déjà entamé les festivités. Les rires étaient certes un peu rudes et forcés, et les humeurs irascibles, mais McGreedy se rassurait en tâtant de temps à autre le manche de sa *Louisville Slugger* sous le bar.

Il gardait un œil sur Dwayne, qui était en train de se soûler avec un calme consciencieux à l'autre bout du comptoir. Comme ce soir-là, cependant, il se consacrait à la bière, McGreedy ne s'inquiétait pas trop. C'était le whisky qui rendait Dwayne mauvais. Et pour le moment, il semblait plus malheureux que gris.

McGreedy n'ignorait pas qu'il aurait sans doute à jouer de la batte et du coup de pied au derrière avant la fin du week-end. Ce soir-là, néanmoins, l'atmosphère semblait amicale — encore qu'une poignée d'esprits revêches se fût rassemblée dans un coin de la salle pour se rincer le gosier tout en parlant à voix basse. Quels que fussent leurs desseins, se dit McGreedy, il veillerait à ce qu'ils allassent faire leurs sales coups ailleurs.

Dans ce groupe se trouvait Billy T. Bonny, qui éclusait un gobelet de whisky maison. Que McGreedy le coupât avec de l'eau l'agaçait grandement, mais ce soir-là il avait d'autres soucis en tête. Chaque satané habitant de la ville savait qu'il voyait Darleen en cachette. Son meurtre ne pouvait donc le laisser indifférent. C'était une question de fierté.

D'ailleurs, plus il buvait, plus il était convaincu que Darleen et lui avaient vécu une véritable histoire d'amour.

Il était au milieu de ses amis, une demi-douzaine d'hommes partageant les mêmes opinions que lui, dont son frère, qui était en train de faire le plein d'alcool et de haine. Ils discutaient tout bas, désireux de rester entre eux.

— Ce n'est pas normal, marmonna Billy T. une nouvelle fois. Alors voilà, nous sommes censés rester là les bras croisés sous prétexte que cette espèce de bon à rien du FBI s'occupe de tout. Eh bien, moi je dis qu'il s'en fiche pas mal, de Darleen.

Il y eut un murmure général d'approbation. Des cigarettes furent allumées, des pensées profondes remâchées.

— Que diable pourrait ce policier yankee pour elle ? reprit Billy T. Lui, Burke et tous les autres, ils ne font que tourner en rond, et pendant ce temps on massacre toujours nos femmes. Oh, ils nous trouvent bien assez bons pour rechercher les corps, mais protéger les nôtres, ça, on n'en a pas le droit.

— Doit aussi les violer, marmotta Will dans sa bière. Doit les violer à mort avant de les découper en morceaux. Faut pas rêver.

Wood Palmer, cousin des entrepreneurs de pompes funèbres de la ville, eut un hochement de tête entendu.

— C'est le propre de tous les maniaques, dit-il. C'est parce qu'ils détestent leur mère et qu'ils veulent la tuer tout le temps, alors ils se rabattent sur les autres femmes.

— Des conneries, tout ça, rétorqua Billy T. en vidant son verre.

Il demanda à la serveuse de lui en apporter un autre. Peu lui importait que ses veines fussent déjà complètement imbibées.

— S'ils font ça, c'est parce qu'ils détestent les femmes tout court. Et les femmes blanches.

— C'est vrai, renchérit son frère John Thomas. On n'a tué aucune femme noire, hein ?

N'ayant pratiquement ingurgité que de l'eau-de-vie durant les deux dernières heures, il ne tenait plus en place.

— Quatre femmes assassinées, et aucune de couleur.

— Les faits sont là, approuva Billy T.

Il se saisit de son whisky à l'instant même où il fut déposé sur la table.

— Faut pas chercher ailleurs.

Wood se gratta le chaume qui lui piquetait les joues tandis que les autres grognaient leur assentiment. Considérée à travers une brume de tequila, l'hypothèse de Billy T. lui paraissait sensée.

— Pourtant, j'ai entendu dire que leur tête avait été tranchée comme avec un rasoir et leurs organes génitaux arrachés. Ce sont bien des procédés de maniaque, non ?

— C'est ce que les flics veulent nous faire croire, répliqua Billy T. en frottant une allumette.

Il regarda la flamme. Il se sentait du feu dans les veines ce soir-là, et ce feu réclamait un combustible.

— Tout comme ils veulent nous persuader qu'Austin Hatinger a tué sa propre fille. Mais c'est faux, on le sait bien.

Tandis que l'allumette grésillait entre son pouce et son index, il dévisagea ses compagnons de beuverie, et ce qu'il lut alors sur les visages le ravit.

— Nous, on sait bien que c'est un Nègre qui a fait le coup. Mais voilà, on a un flic yankee, un suppléant nègre et un shérif, et ceux-là aiment mieux boucler un Blanc qu'un homme de couleur.

Will écorça une cacahuète. Lui ne buvait que de la bière, et il la buvait lentement. Justine lui reprochait déjà de gaspiller la majeure partie de sa paie en alcool et en parties de billard.

— Allons, Billy T., dit-il. Le shérif Truesdale est un pro.

— S'il l'est tant que ça, pourquoi personne n'a-t-il encore payé pour ces quatre meurtres ?

Tous les regards se tournèrent vers Will. Encore assez sobre pour rester prudent, ce dernier préféra garder son opinion pour lui-même.

— Eh bien, moi, je vais te dire pourquoi, poursuivit Billy T. C'est parce qu'ils connaissent le coupable, aussi sûr que le Seigneur me regarde. Ils l'ont parfaitement repéré, mais ne veulent pas d'ennui avec le N.A.A.C.P.[3], ni avec aucun de ces autres groupes de mal-blanchis. Tout ça à cause des Nègres et de ces salauds de libéraux.

3. National Association for the Advancement of Coloured People (Association Nationale pour la Promotion des Personnes de Couleur).

— Faut dire aussi qu'ils n'ont interrogé aucun homme de couleur, marmonna Wood. Ça semble pas juste.

— Et ça ne l'est pas, repartit Billy T. de manière retorse. Mais il y en a quand même un qu'ils ont cru bon d'interroger.

Il frotta une deuxième allumette pour le seul plaisir de la voir se consumer.

— Ils sont allés voir Toby March. Et puis ce salaud d'agent spécial a posé des tas de questions sur lui.

— Parler, parler, c'est tout ce qu'ils font, grommela Wood. Et pendant ce temps, on se retrouve avec un autre cadavre sur les bras.

— Des mots, voilà de quoi ils sont capables, ajouta Billy T. avec un hochement de tête.

Les autres commençaient à s'agiter nerveusement sur leur chaise. Billy T. pouvait sentir le ressentiment, la peur et la frustration se fondre dans leurs esprits en un mélange détonant chauffé par la canicule et amorcé par le whisky.

— Ils n'arrêteront pas de parler et de poser des questions, et il en profitera pour recommencer. Et sur une de nos femmes, peut-être.

— Nous avons le droit de protéger les nôtres, tout de même !

— Il est temps que quelqu'un l'arrête. D'une manière ou d'une autre.

— Tout à fait, décréta Billy T.

Il s'humecta les lèvres et se pencha en avant.

— Et je pense que nous voulons tous agir comme il faut. C'est ce bâtard de March qui est le meurtrier. Ils sont allés directement chez lui, et puis après ils ont baissé leur froc. Il aime la chair blanche, pourtant, ils le savent bien.

— Il tournait autour d'Edda Lou, c'est sûr, intervint John Thomas. Quelqu'un aurait dû lui donner une bonne leçon. Oui, une bonne.

— Et savez-vous ce qu'il est en train de faire maintenant ?

Tous se retournèrent vers Billy T.

— Il est train de se moquer d'eux. De se moquer de nous. Il n'ignore pas, le bougre, qu'ici, dans le Mississippi, personne ne veut avoir de problèmes raciaux que les journaux yankees pourraient interpréter à leur manière. Il est sûr qu'on le laissera tranquille tant qu'on ne l'aura pas attrapé avec son couteau sur la gorge d'une femme blanche.

— C'est lui, y a pas de doute, approuva son frère. L'ai-je pas vu, moi, derrière la fenêtre d'Edda Lou ?

— Il travaillait à la pension, intervint Will.

— Oui, c'est ça, rétorqua Billy T. sur un ton sarcastique. Dis plutôt qu'il cherchait un moyen d'attirer Edda Lou dans les marais pour la violer et la tuer ensuite. Il a donné un coup de main à Darleen, aussi. C'est elle-même qui me l'a dit ; il était venu réparer son toit.

— Il a travaillé aussi au camping, là où vivaient Arnette et Francie, lâcha Wood. Je l'ai vu boire un soda et rigoler avec Francie.

— C'est comme ça qu'ils ont fait le rapprochement, dit Billy T. en tirant une dernière bouffée de sa cigarette. Il les aborde, et puis il se met à penser qu'il aimerait bien les tuer, qu'il les déteste parce que ce sont des femmes. Des femmes blanches. Les flics ferment peut-être les yeux, mais moi non. Je les ai grands ouverts, mes yeux, et je ne vais pas laisser à ce bâtard de Nègre la plus petite chance de recommencer sur une de nos femmes.

Il se pencha en avant, sentant que le moment était propice.

— J'ai une belle corde, bien solide, dans le coffre de ma voiture. Chacun de nous ici a un fusil dont il sait se servir. Eh bien, moi, je dis que nous allons fêter notre jour de l'Indépendance en débarrassant Innocence d'un meurtrier.

Il se recula de la table pour se lever.

— Que ceux qui veulent me suivre prennent leur fusil et me rejoignent à la maison. Nous avons un assassin à pendre ce soir.

Il y eut un remue-ménage de chaises sur le parquet éraflé. Les hommes gagnèrent la sortie avec un air déterminé et revanchard, ivres de leur bon droit, jouissant par avance de cette occasion de laisser libre cours à leur violence.

Tandis que leur cohorte s'apprêtait à rejoindre la nuit brûlante et moite, McGreedy nota qu'ils avaient des mines à chercher des problèmes. Mais comme ils allaient les chercher ailleurs, il se remit à ses comptes.

Arrivé à la porte, Wood se retourna vers Will qui était demeuré assis à la table.

— Tu viens, mon gars ?

— J'arrive.

Il leva sa chope, la gorge sèche, et engloutit d'un trait une lampée de bière.

— Je vous rejoins tout à l'heure.

Wood lui répondit par un hochement de tête aussi approbateur que menaçant, puis partit récupérer sa Remington.

— Oh, Jésus, murmura Will.

Il but une nouvelle gorgée de bière. Il ne voulait pas que les autres le prissent pour une lavette. C'était la pire chose que pouvait endurer un homme. Cependant, il commençait à se dire qu'il y avait peut-être pis encore.

Pendre un homme.

Bien qu'il ne fût pas assez soûl pour voir là une forme de justice, il n'était pas non plus suffisamment sobre pour considérer cela comme un meurtre. Tout ce qu'il voyait, c'était Toby March gigotant au bout d'une corde. Ses yeux exorbités lui sortant de la tête. Son visage virant au violet, ses pieds battant dans le vide.

Il n'avait pas assez de tripes pour contempler ce spectacle, voilà l'amère vérité. Et s'il flanchait au milieu de l'opération, il perdrait le respect de ces hommes avec lesquels il buvait pratiquement chaque semaine. Il n'y avait qu'une seule solution au terrible dilemme. Et cette solution, c'était d'arrêter le massacre avant qu'il ne commençât.

Il se dirigea vers Dwayne tout en s'humectant les lèvres.

— Dwayne ? Il faut que tu m'écoutes.

— Ça va, Will. Je t'ai promis de te laisser encore une semaine.

— Il ne s'agit pas de ce que je te dois. Tu as vu les types qui viennent de sortir ?

Irrité d'être ainsi interrompu dans sa beuverie, Dwayne considéra sa bière en fronçant les sourcils.

— Je m'efforce précisément de ne rien voir du tout.

— Ils vont chez Toby March. Et ils y vont avec une corde.

Dwayne releva lentement la tête et dévisagea Will.

— Et pourquoi diable avec une corde ?

— Ils veulent pendre Toby March, Dwayne. Le pendre haut et court pour avoir tué toutes ces femmes.

— Tu délires, mon gars. Toby n'a jamais tué qu'un opossum de toute sa vie.

— Peut-être, je n'en sais rien, mais ils sont partis chercher des fusils aussi. Billy T. est sûr et certain que c'est Toby le coupable, et il a poussé les autres à le lyncher.

— Zut ! s'exclama Dwayne.

Il se frotta vigoureusement la face.

— Eh bien, dit-il, je crois qu'il faut les arrêter.

— Moi, je ne peux pas, répondit Will en secouant la tête. Ils me charrieront jusqu'à l'année prochaine s'ils pensent que je me suis dégonflé. J'ai fait mon devoir, c'est tout.

Il était courant que Dwayne fût sujet à des emportements soudains lorsqu'il avait une bouteille à portée de main. Aussi nul ne s'étonna-t-il de le voir repousser brutalement la table pour saisir Will par le collet.

— Ton devoir ? Tu parles ! Toby va être agressé cette nuit, et je veillerai à ce que tu paies pour ça autant que les autres.

— Pour l'amour du ciel, Dwayne, je ne peux pas aller contre mes copains. Ne m'en demande pas trop.

— Ecoute, reprit Dwayne en soulevant Will du sol, si tu veux garder ta maison et ton job, tu as intérêt à filer tout de suite au poste. Et si tu n'y trouves pas Burke ou Carl, alors tu iras chez eux leur répéter ce que tu viens de me dire.

— Dwayne, Billy T. me tuera s'il apprend que je l'ai trahi.

— Bonny n'est pas près de tuer qui que ce soit.

Il poussa Will en direction de la porte.

— Cours.

A moitié endormie, tout engourdie de plaisir, Caroline se blottit contre Tucker, puis, levant la tête, se mit à lui bécoter doucement le torse jusqu'au menton.

— J'ai toujours pensé que les convenances, c'était dépassé.

— Reste près de moi, chérie, répliqua Tucker en la plaquant contre lui, et tu oublieras jusqu'à leur existence.

— Je crois que c'est déjà fait, murmura-t-elle.

Elle posa en souriant la tête contre son épaule.

— A ton avis, on peut dormir collés l'un à l'autre ?

— Comme des bébés, répondit-il.

Il lui caressa le dos d'une main nonchalante, écoutant distraitement le grondement d'une voiture qui remontait l'allée, puis le claquement d'une portière et le bruit de cavalcade dans l'escalier. Si c'était Dwayne qui revenait du bar, songea-t-il, ou encore Josie qui tempêtait contre une énième conquête, cela pourrait toujours attendre le lendemain matin.

Caroline, cependant, s'agita. Elle était sur le point de parler, lorsque Dwayne se mit à hurler le nom de Tucker.

— Merdouille, s'exclama ce dernier. S'il me cherche, il va me trouver.

Il embrassa Caroline sur l'épaule tout en roulant sur le côté, et se saisit de son pantalon.

— Ne bouge pas de là. Je vais le calmer.

On entendait Dwayne frapper aux portes en jurant. Tucker ouvrit la sienne à la volée et s'engagea dans le couloir.

— Doux Jésus, Dwayne, tu vas réveiller toute la maison.

— C'est déjà fait, s'écria Lulu depuis le seuil de sa chambre.

Elle portait un maillot de football aux couleurs des Redskins et avait des bigoudis violets plein les cheveux.

— Dire que j'étais plongée dans un rêve du tonnerre avec Mel Gibson et Frank Sinatra !

— Retourne te coucher, cousine Lulu. Je m'occupe de lui.

L'air hagard, Dwayne ressortit de la chambre de Tucker.

— Alors, personne ne dort plus dans son lit, ici ? Prends ton fusil, mon gars. Nous avons un problème.

— Le seul problème, pour l'instant, c'est le nombre de bières que tu as descendues chez McGreedy, rétorqua Della.

Elle l'attrapa par le bras pour le ramener de force dans sa chambre.

— Tiens, t'aurais bien besoin d'un bon seau de glace sur la figure pour te rafraîchir les idées.

Dwayne se dégagea de son étreinte pour se précipiter vers Tucker.

— Dépêche-toi. Ils vont lyncher Toby March.

— Mais de qui parles-tu ?

— Je parle des fils Bonny et de leur bande de débiles. Ils viennent juste de partir chez Toby avec une corde.

— Oh ! Seigneur, s'écria Tucker.

Il aperçut alors Caroline qui débouchait dans le couloir en serrant sa robe de chambre au col.

— Attends-moi là, lui dit-il.

— Je vais avec vous, cria Della en s'élançant vers l'escalier, revêtue de son peignoir en plumes rouges.

Tucker l'arrêta au vol.

— Reste ici. Je n'ai pas le temps de discuter. Appelle Burke et dis-lui que les feux d'artifice ont commencé avec un jour d'avance.

Debout à mi-hauteur de l'escalier, Della regarda les deux hommes se ruer dans l'entrée. Elle frémissait d'une telle indignation que ses plumes en bruissaient.

— Ils ne sont que deux, murmura Caroline derrière son dos. Si Burke ne vient pas avec du renfort, il n'y aura que Tucker et Dwayne.

Cousine Lulu examina ses ongles.

— Je suis encore capable de percer une pièce d'un *cent* à cinq pas, déclara-t-elle.

Della se retourna en hochant la tête.

— D'accord, dit-elle, mais enfile d'abord un pantalon.

Toby se retourna dans son lit en entendant Custer, son vieux chien, se mettre à aboyer.

— Satané clébard, marmonna-t-il.

— C'est ton tour d'y aller, dit Winnie d'une voix ensommeillée.

— Voyez-vous ça.

— Je te signale qu'il y a quelques années, je me suis levée toutes les nuits pour allaiter nos deux bébés.

Elle ouvrit les yeux et lui sourit dans la clarté de la lune.

— Et je vais recommencer dans, hmm, six mois.

Toby effleura de la main son ventre encore plat.

— Bon, alors il n'est que justice que je m'occupe du chien.

— Profites-en pour m'apporter un verre de soda à l'orange.

Elle lui tapota le derrière avant qu'il remontât son caleçon.

— Tu sais comment sont les envies des femmes enceintes.

— J'en ai eu un aperçu tout à l'heure.

Winnie gloussa et lui redonna une tape sur le derrière. Le pas encore mal assuré, Toby sortit de la pièce en bâillant.

Il aperçut le reflet du feu dans les fenêtres du salon. La lueur rouge et or le bouleversa.

Il ravala un juron rageur, comptant bien enlever cette obscénité de son jardin avant que sa famille ne s'en alarmât. C'était un homme d'une foi profonde, qui faisait de son mieux pour aimer son prochain. Mais pour l'heure, une colère froide lui étreignait le cœur à l'encontre de ceux qui avaient allumé cette croix sur sa propriété.

Poussant la porte d'entrée, il s'avança sous la véranda — et se retrouva avec un fusil braqué contre son ventre nu.

— C'est le jour du jugement dernier, négro, s'exclama Billy T. avec un sourire féroce. Et nous sommes venus pour t'envoyer en enfer.

Tout fier de son pouvoir, il enfonça le canon de son arme dans l'estomac de Toby.

— Toby March, vous avez été jugé et condamné pour viol et meurtre sur les personnes de Darleen Talbot, Edda Lou Hatinger, Frances Logan et Arnette Gentrey.

— Tu es cinglé.

Toby trouvait à peine la force de parler. Le chien était silencieux, désormais. Il le vit étendu sur le gazon — mort ou assommé. La fureur l'envahit. Puis il avisa la corde que John Thomas Bonny et Wood Palmer étaient en train d'accrocher à la branche d'un chêne noueux. Alors il eut peur.

— Je n'ai jamais tué personne, dit-il.

— Vous entendez ça, les gars ?

Billy T. laissa échapper un ricanement sans cesser de fixer Toby d'un regard sombre et froid.

— Il dit qu'il est innocent…

Malgré son effroi, Toby se rendit compte qu'ils étaient tous complètement ivres. Ce qui ne les rendait que plus dangereux.

L'un d'entre eux s'appuya sur son fusil et porta une bouteille de Black Velvet à ses lèvres.

— On pourrait aussi bien le pendre pour mensonge, lâcha ce dernier.

— De toute façon, on est là pour lui dégourdir la gorge, non ? rétorqua Billy T. avec un sourire grimaçant. Alors, négro, on a le rythme dans la peau ? Eh bien, on va te faire danser, ce soir. Tes pieds ne toucheront même plus le sol ! Et quand tu auras fini de danser, on brûlera ta maison de la cave au grenier.

Les entrailles de Toby se glacèrent d'effroi. Ces hommes allaient le tuer. Il pouvait lire leur horrible dessein dans leurs yeux. Et s'il se défendait, cela reviendrait au même. Mais il ne pouvait abandonner sa famille.

Il repoussa le canon du fusil. Le coup partit. Il sentit la balle lui déchirer le flanc.

— Winnie ! hurla-t-il avec terreur et désespoir. Va-t'en… Fuis avec les enfants !

Il porta la main à sa blessure. Billy T. lui braqua le fusil en pleine face.

— Je pourrais te tuer, murmura-t-il.

Secoué par un rire nerveux, il s'essuya la bouche du dos de la main.

— Oui, je pourrais te faire un trou dans le ventre. Mais j'ai mieux.

Il se retourna vers les autres.

— On va le pendre. Portez-le sous l'arbre.

Au même instant, il vit la femme surgir de la maison avec un fusil.

Et tirer. Dans sa frayeur, hélas, Winnie manqua sa cible. Billy T. la souffleta et lui arracha prestement l'arme des mains.

— Regardez qui voilà ! s'écria-t-il en la saisissant par la taille. Elle est venue protéger son homme.

Winnie se débattit et le griffa. Billy T. la frappa de nouveau. Elle roula à demi assommée sur le plancher de la véranda.

— Viens la tenir, Woody. Et ligote-la. Quand elle se réveillera, je montrerai à ce négro ce que ça fait de voir sa salope violée sous ses yeux.

— Je ne suis pas là pour violer des femmes, marmonna Wood qui commençait à douter de la légitimité de leur action.

— Contente-toi de regarder, alors, rétorqua Billy T.

Il prit Winnie par les cheveux et la traîna au bas de l'escalier.

— Mais viens donc t'occuper d'elle, sacré bon sang. Hé, John Thomas, va me chercher leur marmaille. Qu'on leur montre des choses qu'ils n'apprennent pas à l'école.

Winnie se mit à pousser des hurlements saccadés. Elle donna des coups de pied, mordit, griffa, cependant que Wood lui attachait les mains derrière le dos.

Un cri retentit soudain dans la maison, suivi d'un juron et d'un bruit de chute. John Thomas apparut en chancelant sur le seuil, une large entaille à l'épaule.

— Il m'a donné un coup de couteau !

Il tomba sur les genoux en exhibant sa main rougie de sang.

— Ce petit salopard m'a donné un coup de couteau.

— Jésus tout-puissant, s'exclama Billy T. Même pas capable de neutraliser un gamin…

Il se pencha pour examiner la blessure.

— Tu saignes comme un goret. Hé, vous autres, pansez-moi ça ! Et puis surveillez la maison. Si le môme sort, vous savez ce qui vous reste à faire.

Etendu près de la croix enflammée, Toby commençait à s'agiter en gémissant.

— Je vais m'en occuper moi-même, cria Billy T. Pour Darleen.

Il se pencha vers Toby. Ce dernier avait un œil qui disparaissait sous ses paupières tuméfiées. De l'autre, cependant, il fixait son bourreau avec horreur. Billy T. en fut charmé.

Là était la puissance, se dit-il. Une puissance d'une saveur enivrante. Toute sa vie il n'avait été qu'un médiocre. Mais maintenant il était sur le point d'accomplir un acte grandiose, héroïque même. Personne ne le regarderait plus jamais comme avant.

— Laisse-moi te mettre cette ficelle autour du cou, mon gars.

Il leva le bras et se saisit de la corde. Il força ensuite Toby à se mettre à genoux et fit descendre le nœud coulant le long de son cou.

— Tu vas avoir droit à une chouette cravate, bien serrée.

Tirant sur la corde, il bloqua vicieusement les torons de chanvre contre la gorge de Toby.

— Mais tu ne vas pas mourir tout de suite. D'abord, je vais faire à ta Winnie ce que tu as fait aux autres femmes.

Toby tira sur le nœud en hoquetant. Billy T. sourit.

— Je parie qu'elle aimera ça, reprit-il. Et quand elle me suppliera de recommencer, alors on te pendra.

— Si c'est pour violer une femme, je ne marche plus, intervint Wood, d'un ton ferme cette fois.

Billy T. se retourna d'un bond en grognant et le menaça de son fusil.

— Tu la fermes, maintenant. Ce n'est pas un viol, c'est un acte de justice.

— On ne peut pas arrêter le sang!

Billy T. jeta un œil aux hommes qui essayaient de soigner son frère.

— Eh bien, laissez-le donc saigner cinq minutes. Il n'en mourra pas.

Il perdait son ascendant sur eux. Il pouvait le sentir dans leur façon de traîner les pieds, de détourner les yeux de Winnie qui gisait, blessée, sur le sol.

Reposant son fusil, il défit son ceinturon, excité à l'idée de prendre une femme de force. Quand ils le verraient en action, se dit-il, quand ils comprendraient quel homme il était, nul doute qu'ils seraient de nouveau derrière lui.

— Quelqu'un arrive, Billy T.

— Sans doute le Will. Toujours en retard d'un jour.

Il enjamba Winnie et s'assit sur elle à califourchon. Il s'apprêtait à lui arracher le haut de sa chemise de nuit, lorsqu'une voiture déboula brusquement dans le jardin et s'arrêta en tête-à-queue, soulevant une volée de terre qui cingla l'air comme une décharge de canon.

— J'ai mon arme pointée droit sur tes parties, Billy T., lança Tucker.

Il sortit de la voiture, frémissant à l'idée d'avoir des fusils braqués sur lui.

— Et je peux te garantir que ce sera pis qu'un coup de pied.

— Ça ne te regarde pas, répliqua Billy T. en se redressant, furieux de ne plus avoir son fusil. Nous sommes venus ici exécuter ce qui aurait dû l'être depuis longtemps.

— Ouais, brûler des croix est bien dans ton genre. Tout comme tuer un homme sans défense.

Il aperçut avec révulsion le sang sur le visage de Winnie.

— Ou encore frapper des femmes. Ah, ça, vous devez en avoir, du cran, pour venir à — quoi ? six pour affronter un homme seul, une femme et deux enfants !

— Ce négro tue nos femmes. C'est un criminel.

Tucker eut un haussement de sourcils.

— De criminels, je ne vois que vous, ici.

— Nous allons tuer un assassin. Tu crois peut-être pouvoir nous en empêcher ? Toi et ton ivrogne de frère ?

Il souleva Winnie de terre et, se servant d'elle comme bouclier, recula pour récupérer son fusil.

— Vous êtes à deux contre six.

Une deuxième paire de phares trancha alors l'obscurité, et l'Olds de Della s'arrêta bientôt à côté de la voiture de Dwayne. Trois femmes armées en sortirent.

— Rappelle-moi de les engueuler plus tard, murmura Tucker à son frère.

Puis, se retournant vers Billy T. :

— On dirait bien que le vent tourne, lui cria-t-il. Ça fait cinq contre six, maintenant.

— Tu crois que je vais avoir peur d'une bande de femelles ?

En guise de réponse, Della lâcha un coup de feu qui laboura le sol entre les pieds de Wood.

— Ecoutez, vous tous, vous savez que je tire comme il faut. Quant à ces dames que voici, eh bien, elles peuvent avoir de la chance. Caroline, pointez-moi cette Winchester sur l'autre imbécile qui saigne là-bas, sous la véranda. Comme il n'est pas trop en état de s'agiter, ça vous fera une cible facile.

Caroline déglutit péniblement puis épaula la carabine.

— C'est bon, déclara Wood en lâchant son fusil. Je n'ai pas plus envie de tirer sur les femmes que de les violer.

— Alors tu ferais mieux de t'écarter de notre ligne de mire, lui conseilla Tucker. Cinq partout, Billy T.

Une sirène s'approchait. Il esquissa un sourire.

— Et ce n'est pas fini, ajouta-t-il. Maintenant, Billy T., si j'étais toi, je reposerais cette femme par terre. Et très, très doucement. Sinon, mon doigt pourrait bien glisser et je serais capable de trouer ton petit frère.

— Seigneur Dieu, Billy, lâche-la donc! s'écria John Thomas en se reculant précipitamment contre les marches.

Billy T. s'humecta les lèvres.

— Peut-être bien que je pourrais t'en mettre une dans le buffet.

— Certes. Mais comme tu ne peux manipuler cette carabine d'une seule main, tu devras d'abord reposer Winnie par terre. Et après, ce sera toi contre moi.

— Lâche-la, Billy, chuchota Wood. Et ton arme aussi. On est cinglés de faire ça.

Il se retourna vers les autres.

— On est tous cinglés de faire ça, répéta-t-il.

En signe d'agrément, ils lancèrent chacun leur fusil devant eux.

— Te voilà seul, désormais, cria Tucker. Tu peux mourir seul aussi. Pour moi, c'est du pareil au même.

Dégoûté, Billy T. relâcha Winnie, qui se mit à ramper en sanglotant vers son mari. Puis il laissa retomber son arme et se dirigea vers sa voiture.

— A ta place je ne bougerais pas, lui dit Tucker à voix basse.

— Tu ne me tirerais pas dans le dos, tout de même?

Tucker pressa la détente. Le pare-brise de la voiture de Billy T. vola en éclats.

— Tu paries?

— Vas-y donc, l'encouragea cousine Lulu. Cela épargnera de l'argent aux contribuables.

— Oh, assez! s'écria Caroline.

Elle essuya ses mains moites sur son jean et se précipita vers Winnie.

— C'est fini, maintenant. Ne vous inquiétez plus.

— Mes petits…

— Je m'en occupe dans un instant.

Elle s'ingénia à desserrer la corde qui entravait ses poignets, espérant la libérer avant que les enfants ne la vissent dans cet état. Ces derniers, cependant, se ruaient déjà hors de la maison. Jim tenait toujours le couteau de cuisine maculé du sang de John Thomas. Sa petite sœur le suivait en se prenant les pieds dans sa chemise de nuit.

— Voilà…, murmura la jeune femme en délivrant Toby du nœud coulant.

Ses yeux s'embuèrent de larmes quand elle prit le couteau ensanglanté pour couper ses liens. Ayant porté la main au flanc de la victime, elle l'en retira humide.

— Vous êtes blessé, déclara-t-elle. Il faut appeler le médecin.

— Nous allons le transporter à l'hôpital, répondit Tucker en s'agenouillant à côté d'elle.

Burke et Carl étaient en train de lire leurs droits à Billy T. et aux autres.

— Qu'en dis-tu, Toby ? reprit Tucker. Prêt pour une petite balade ?

Toby tenait sa famille dans ses bras, les serrant fort contre lui. Des larmes perlaient à son œil valide.

— Je crois que je peux encore me bouger, dit-il.

Il ébaucha un pâle sourire. Contre sa poitrine, Winnie pleurait à chaudes larmes.

— C'est vous qui conduisez ? demanda-t-il à Tucker.

— Bien sûr.

— Alors on y sera vite.

— D'accord. Dwayne, viens m'aider. Della, tu emmènes les enfants à Sweetwater. Caroline…

Il la chercha des yeux. Elle s'était relevée et s'éloignait à grands pas.

— Où vas-tu donc ?

Elle ne se retourna pas.

— Prendre une bêche pour enlever cette obscénité de profane, répondit-elle en désignant la croix.

26

Des cris s'élevèrent dans l'air brûlant. Des ululements suraigus leur répondirent, suivis de hurlements hilares. Puis des lumignons colorés s'allumèrent, clignotèrent, se mirent à tourner, transformant l'étendue inculte du Pré d'Eustis en une féerie animée.

La fête foraine débarquait à Innocence.

Les gens s'empressèrent aussitôt de sortir leur menue monnaie pour aller s'égarer dans les bras de la Pieuvre, virevolter sur la Culbute et perdre la tête dans le Tourbillon.

Des gamins aux doigts poisseux de barbe à papa, aux joues gonflées de galettes de maïs et de beignets frits, passaient à toutes jambes en poussant des cris de joie et des piaillements qui couvraient la mélodie flûtée de l'orgue Limonaire. Des adolescents hâbleurs se battaient pour renverser des bouteilles, faire sonner la cloche à coups de maillet, ou bien encore, comme le proclamait un de ces hardis gaillards, « rester sur l'Essoreuse jusqu'à en dégobiller » !

Les anciens, pour la plupart, s'adonnaient à des lotos à vingt-cinq *cents* le jeton. Les autres, possédés par le démon du jeu, dilapidaient leur salaire à essayer de ruser avec la roue de la Fortune.

A qui traversait l'Old Longstreet Bridge, le spectacle semblait celui d'une fête d'été ordinaire, installée aux abords d'une petite ville ordinaire du Sud. Les lumières et l'écho du Limonaire pouvaient même donner une poussée de nostalgie aux étrangers de passage.

Mais, sur Caroline, le charme demeurait inefficace.

— Je ne comprends pas pourquoi je t'ai laissé m'entraîner ici.

Tucker passa un bras autour de ses épaules.

— Parce que tu ne peux résister à mon charme fatal.

La jeune femme s'arrêta pour regarder des parieurs pleins d'espoir miser sur de la verroterie qu'ils auraient pu trouver à moitié prix dans n'importe quel marché digne de ce nom.

— Tout cela paraît indécent après ce qui s'est passé.

— Je ne vois pas en quoi une soirée à la fête foraine pourrait y changer quoi que ce soit. Elle peut tout juste t'arracher un petit sourire.

— Darleen sera enterrée mardi prochain.

— Elle sera enterrée mardi prochain, que tu sois ici ou non.

— Tout ce qui s'est passé hier soir…

— D'autres s'en chargent, l'interrompit Tucker. Billy T. et sa bande de débiles sont en prison. Le médecin assure que Toby et Winnie se portent bien. Et puis regarde donc…

Il lui montra Cy et Jim, serrés l'un contre l'autre dans une des nacelles de l'Essoreuse : les yeux écarquillés et la bouche ouverte sur des rugissements hilares, ils se laissaient emporter de concert dans une farandole démente.

— En voilà deux qui sont assez malins pour prendre un peu de bon temps quand il se présente.

Et, appliquant un baiser sur les cheveux de Caroline, il pousuivit son chemin.

— Tu sais pourquoi nous appelons cet endroit le Pré d'Eustis ?

— Non, répondit-elle.

Une ombre de sourire joua sur ses lèvres.

— Mais je suis sûre que tu vas me l'apprendre.

— Eh bien, le cousin Eustis — qui était en fait un oncle, mais à la suite d'alliances si complexes qu'il y a de quoi s'y perdre —, le cousin Eustis, donc, n'était pas ce qu'on pourrait appeler un homme tolérant. De 1842 à 1856, il occupa Sweetwater, dont il fit un domaine prospère. Et pas seulement grâce au coton. Il avait six enfants — légitimes — plus une douzaine d'autres rejetons adultérins. On raconte qu'il se plaisait à essayer ses esclaves quand elles étaient en âge de le satisfaire. Disons, vers treize, quatorze ans.

— C'est méprisable. Et vous avez donné son nom à un pré ?

— Je n'ai pas terminé, rétorqua Tucker.

Il s'interrompit pour allumer une demi-cigarette.

— Or donc, Eustis n'était pas ce que tu pourrais appeler un homme admirable. Il n'avait absolument aucun scrupule à vendre ses propres enfants — les basanés, s'entend. Sa femme, une papiste de la plus dévote espèce, avait beau le supplier de se repentir de ses péchés pour sauver son âme des flammes de l'enfer, il n'en continuait pas moins à écouter les voix de la nature.

— De la nature ?

— La sienne.

Une cloche retentit derrière eux : un caïd venait de remporter quelque concours, et son triomphe arracha aussitôt à sa compagne des cris énamourés.

— Un jour, l'une de ses esclaves prit la clé des champs, emmenant avec elle le bébé qu'elle avait eu de lui. Mais Eustis ne tolérait pas les fugues. Oh, que non ! Il attroupa hommes et chiens et partit lui-même traquer à cheval la fuyarde. Il l'aperçut dans ce pré et rameuta les autres. Normalement, la pauvrette n'aurait eu aucune chance d'échapper à sa monture ni à son fouet. Mais le cheval se cabra — nul ne sait pourquoi. Peut-être eut-il peur d'un serpent ou d'un chien. Ou peut-être des flammes de l'enfer qui couraient après son cavalier. Toujours est-il qu'Eustis se rompit le cou.

Tucker tira une dernière bouffée de sa cigarette et la rejeta d'une pichenette.

— Ça se passait juste ici, reprit-il, sous cette grande roue. Et, ironie du sort, c'est justement ici, à l'endroit même où Eustis Longstreet s'en alla comparaître devant son créateur, que s'amusent tous ces gens aujourd'hui, Noirs et Blancs mêlés — certains, sans doute, ayant même quelques gouttes de son sang dans les veines.

Caroline pencha la tête vers lui.

— Qu'est-il arrivé ensuite à la jeune femme et à son enfant ?

— C'est le plus drôle de l'histoire. Personne ne les revit jamais.

Elle huma une bouffée d'air chargé de senteurs sucrées.

— J'aimerais bien faire un tour sur la grande roue.

— Cela ne me déplairait pas non plus. Et que dirais-tu si après je gagnais pour toi l'un de ces beaux portraits sur soie noire d'Elvis ?

Caroline s'esclaffa et lui passa un bras autour de la taille.

— Ce serait un bonheur indicible.

— Tu ne veux pas plutôt te mettre à un petit loto, cousine Lulu ? s'enquit Dwayne avec espoir en serrant son estomac mis à rude épreuve.

— Et pourquoi diable irais-je m'asseoir pour poser des haricots sur des cartes ? répliqua Lulu.

Elle se dirigea à grands pas vers la caisse pour s'offrir un nouveau tour de manège.

— Nous n'avons été qu'une seule fois sur le Tourbillon et nous avons complètement fait l'impasse sur l'Essoreuse. Ce Coup de Fouet vaut bien un ou deux tours de plus.

Elle fourra les billets dans la poche de son treillis militaire.

— Tu me parais bien verdâtre, mon garçon. Indigestion ?

Dwayne déglutit avec difficulté.

— En quelque sorte, oui.

— Tu n'aurais pas dû manger ce gros beignet avant de monter là-dedans. Le mieux à faire, c'est de rendre tout cela et de te vider l'estomac.

Elle eut un large sourire.

— Un tour sur l'Essoreuse y pourvoira.

Voilà bien ce qu'il craignait.

— Et si nous allions plutôt faire le tour des stands, cousine Lulu ? On pourrait gagner des cadeaux.

— Peuh ! Tout ça, c'est de la couille en barre.

— Et en la matière, je suis imbattable, s'exclama Josie en s'approchant d'eux avec un énorme éléphant mauve dans les bras. Tenez, j'ai abattu douze canards, dix lapins, quatre souris et un grizzly menaçant pour mériter ce gros lot.

— Vois vraiment pas ce qu'une grande fille comme toi va pouvoir faire avec un éléphant en peluche, marmonna Lulu.

Puis son visage s'illumina quand elle aperçut le collier de strass qui ceignait le cou du pachyderme.

— C'est un souvenir, répliqua Josie en collant l'animal dans les bras de Teddy Rubenstein pour allumer une cigarette. Qu'est-ce qui t'arrive, Dwayne ? Tu ne m'as pas l'air bien.

— Il a l'estomac fragile, répondit Lulu, un doigt sur le plexus de Dwayne. Galettes de maïs et beignets. Toute cette graisse lui ballotte maintenant dans l'estomac.

Elle se mit soudain à dévisager Teddy avec un regard inquisiteur.

— Mais, je vous connais, vous. Vous êtes le médecin yankee qui gagne sa vie en découpant les cadavres. Dites, vous gardez les entrailles dans des bocaux ?

Dwayne poussa un cri étranglé et s'éloigna en titubant, la main sur la bouche.

— C'est aussi bien comme ça, déclara Lulu.

— Je crois que je ferais mieux d'aller lui tenir la tête, dit Josie.

Elle se retourna vers Teddy en soupirant.

— Et si tu emmenais cousine Lulu pour un tour, mon chou ? Je te rejoindrai plus tard.

— Avec plaisir, répondit Teddy en offrant son bras à la vieille dame. Alors, on est accro à quoi, cousine Lulu ?

Elle lui prit le bras, ravie.

— Je suis folle de l'Essoreuse.

— Permettez-moi alors de vous y accompagner.

— Quel est votre nom de baptême, mon garçon ? lui demanda-t-elle tandis qu'ils se frayaient un chemin à travers la foule. Autant vous appeler par votre prénom, puisque vous couchez avec une de mes parentes.

Le médecin légiste toussa pour s'éclaircir la gorge.

— Je m'appelle Theodore, m'dame. Teddy pour les amis.

— Très bien, Teddy. On est venus ici pour s'encanailler, alors vous pouvez me dire tout ce que vous savez sur ces meurtres.

Et, impériale, elle lui tendit les billets pour qu'il lui ouvrît le chemin.

— Cette « mademoiselle Lulu », tout de même, c'est quelqu'un, déclara Jim avec un hochement de tête respectueux tout en léchant un Snow-Kone.

Cy essuya le jus rouge qui lui tachait les lèvres et regarda Lulu tressauter et virevolter d'un air majestueux dans la nacelle de l'Essoreuse.

— Je l'ai vue debout sur la tête dans sa chambre.

— Ah bon ? Pourquoi ?

— Je ne sais pas exactement. D'après elle, cette position lui fait descendre le sang à la tête et l'empêche de devenir sénile ; enfin, un truc comme ça. Un autre jour, je l'ai trouvée étendue sur la pelouse. J'ai pensé qu'elle avait eu une crise cardiaque ou bien qu'elle était morte. Mais non. C'était parce que ce jour-là elle se prenait pour une chatte. Elle m'a engueulé comme c'est pas possible pour l'avoir dérangée dans sa sieste.

Jim sourit et lécha de nouveau sa glace.

— Ma mamie à moi passe la plupart de son temps assise dans son rocking-chair à tricoter.

Puis ils reprirent leur promenade, s'arrêtant de temps à autre près d'un stand pour regarder les lanceurs de balles ou de fléchettes. Ils dépensèrent tous deux vingt-cinq *cents* à la Mare aux Canards. Jim y gagna une araignée en caoutchouc et Cy un sifflet en plastique.

Après avoir hésité un instant à se faire dire la bonne aventure par Madame Mystique, ils optèrent finalement pour la Prodigieuse Voltura, qui absorbait des milliers de volts tandis que de petites diodes pétillaient et grésillaient sur toute la surface de son corps de rêve.

— Chiqué, murmura Cy.

Il donna un coup de sifflet.

— Ouais, doit fonctionner avec des batteries ou un truc de ce genre, renchérit Jim.

Cy racla le sol du pied.

— Je peux te poser une question ?

— Bien sûr.

— Je me demandais... eh bien, qu'est-ce que t'as senti en poignardant John Thomas Bonny ?

Sourcils froncés, Jim laissa pendre l'araignée de caoutchouc au bout de son fil. Avec ça, se dit-il, il pourrait arracher au moins un bon hurlement à la petite Lucy.

— Rien du tout, je crois. J'étais insensible, et puis j'avais les oreilles qui sonnaient. J'étais allé cacher Lucy dans la penderie comme maman me l'avait demandé, mais je pensais qu'ils allaient la trouver quand même. Et puis je ne savais pas ce qu'ils comptaient leur faire, à ma maman et à mon papa.

— Est-ce que...

Cy s'humecta les lèvres.

— ... est-ce qu'ils allaient vraiment le pendre ?

— Ils avaient une corde, et puis des fusils, répondit Jim.

Il passa sous silence la croix enflammée, qui était pour lui, en un sens, pire que le reste.

— Ils n'arrêtaient pas de dire qu'il avait tué toutes ces femmes. Ce n'est pas vrai.

— On a dit aussi que c'était mon papa, tu sais, murmura Cy.

Apercevant quelque chose de brillant par terre, il se pencha pour le ramasser, mais ce n'était qu'un morceau de papier aluminium arraché à un paquet de cigarettes.

— Mais je crois que ce n'est pas vrai non plus.

— Quelqu'un les a bien tuées, pourtant.

Les deux garçons se turent et contemplèrent le flot de gens qui passaient devant eux.

— Si ça se trouve, reprit Jim, c'est quelqu'un qu'on connaît.
— Sûr, si on y réfléchit un peu.
— Cy ?
— Ouais ?
— Lorsque j'ai donné ce coup de couteau à John Thomas Bonny, tu sais ? Eh bien, ça m'a comme tourné l'estomac de le voir s'enfoncer. Je ne comprends pas comment on peut s'acharner sur les gens de cette façon. Faut être fou.
— Alors c'est probablement un fou qui a fait le coup, répliqua Cy.
Il se rappelait encore le regard de son père. Question folie, il pensait avoir déjà tout connu. Il fouilla dans sa poche, voulant chasser le sentiment d'horreur qui l'étreignait.
— Il me reste trois billets.
Avec un sourire, Jim enfonça la main dans la sienne.
— Le Tourbillon ?
— Jusqu'à en dégobiller sur les godasses !
Ils poussèrent un cri de guerre et se précipitèrent à travers la foule vers les lumières virevoltantes du manège. Cy, tout à son plaisir innocent, s'arrêta brutalement en voyant Vernon surgir devant lui.
— Alors, on s'en paye une bonne tranche, mon gars ?
Cy leva les yeux sur son frère, sur ce visage que hantaient les traits de leur père. Son regard dur s'était encore figé sous le coup de la colère. Cy n'avait pas revu Vernon depuis les funérailles d'Austin. Ce jour-là, son frère ne lui avait pas adressé la parole, se contentant de le dévisager depuis l'autre bord de la fosse où leur père demeurerait pour l'éternité.
Les lumières de la fête semblèrent soudain reléguées dans l'obscurité.
— Je ne fais rien de mal.
— Tu fais toujours quelque chose de mal, répliqua Vernon en s'avançant d'un pas.
Derrière eux, Loretta serra son enfant contre son ventre gonflé en poussant un cri de détresse qui fut ignoré de tous.
— Tu t'es trouvé un boulot en douce à Sweetwater. Et puis tu passes tout ton temps avec ceux-là.
Il fit un geste du menton en direction de Jim.
— Ça ne te dérange pas, hein, que ces chocolats complotent contre les chrétiens blancs, tuent des femmes blanches et ta sœur avec ? Monsieur sait tirer les marrons du feu.
— Jim est mon ami, répliqua Cy sans baisser les yeux.

Son frère avait serré les poings. Le garçon savait qu'il allait sous peu récolter une volée de coups — et que, sous prétexte qu'ils étaient de la même famille, les gens autour d'eux préféreraient ne pas intervenir et passer leur chemin.

— Nous ne faisions rien de mal ensemble.

— Tu es bien, avec tes petits négros de copains, hein ? s'écria Vernon avec un rictus sauvage en saisissant Cy par le collet. Peut-être bien que tu les as aussi aidés à traîner Edda Lou dans les marais pour qu'ils puissent la violer et la tuer en toute tranquillité ? Peut-être même que c'est toi qui tenais le couteau et que tu l'as assassinée comme ton père.

— Je n'ai assassiné personne ! riposta le garçon.

Il voulut repousser la main de son frère. Celui-ci le souleva du sol.

— Ce n'est pas moi qui l'ai tuée, répéta-t-il. Papa allait faire du mal à Mlle Caroline, c'est pourquoi elle a dû lui tirer dessus.

— Ah, l'ignoble mensonge ! rétorqua Vernon.

Il frappa Cy de sa main libre. Celui-ci vit des étoiles éblouissantes danser devant ses yeux.

— Tu l'as envoyé à la mort et les autres l'ont traqué comme un chien. Et ils ont étouffé toute l'affaire avec leur argent impie. Tu crois peut-être que je ne suis pas au courant ? Tu crois que je ne sais pas que tu as tout arrangé pour pouvoir vivre dans cette grande maison chic en vendant la vie de ton père pour un lit douillet et une existence de pécheur ?

Il se mit à secouer son frère, dardant sur lui un regard d'une animosité reptilienne.

— Tu es possédé par le Malin, mon garçon. Et maintenant que papa n'est plus là, c'est à moi de te l'extirper du corps.

Il leva le poing. Cy se protégeait déjà le visage, lorsque Jim bondit. Il agrippa le bras de Vernon à deux mains et s'y accrocha de toute sa force tout en décochant des coups de pied. A eux deux, il leur manquait encore une vingtaine de kilos pour faire le poids, mais la peur et la loyauté leur donnaient un surcroît de vigueur. Vernon dut bientôt lâcher Cy pour désarçonner Jim. A peine celui-ci avait-il traîné hors de portée son camarade effondré sur le sol qu'il repartait à l'attaque avec une agilité de furet. Il remonta sur le dos de Vernon et crocheta son cou épais.

— Fuis, Cy ! hurla-t-il.

Il se cramponnait comme une sangsue à Vernon qui s'efforçait de le décrocher.

— Fuis donc, je le tiens!

Mais Cy ne voulait aller nulle part. Il secoua la tête pour recouvrer ses esprits et se remit sur ses pieds. Son nez saignait un peu à la suite de sa chute. Il l'essuya du dos de la main. Il pensait maintenant comprendre ce que Jim avait voulu dire par « insensible ». Oui, maintenant il était insensible. Un flot d'adrénaline faisait tinter ses oreilles, et dans sa poitrine son cœur cognait contre ses côtes comme une cuillère contre les parois d'un chaudron.

Toutes les lumières étaient braquées sur eux. Au-delà du cercle formé par Jim, son frère et lui-même, tout ne lui paraissait plus que ténèbres. La musique du Limonaire avait pris le rythme d'une marche funèbre.

Il s'essuya une nouvelle fois le nez, puis serra ses poings tachés de sang.

— Je ne m'enfuirai pas, s'écria-t-il.

Il avait déjà fui son père, jadis. Toute sa vie il avait fui. L'heure était venue de redresser la tête. Tout ce qui lui restait d'innocence s'était envolé. Il était un homme, désormais.

— Je ne m'enfuirai pas, répéta-t-il en levant ses poings ensanglantés.

Vernon repoussa Jim d'une secousse, la face grimaçante.

— Tu crois que tu peux me battre, sale petite crotte?

— Je ne m'enfuirai pas, dit encore une fois Cy d'un ton résolu. Et toi, tu ne me frapperas plus jamais.

Vernon ouvrit les bras, un large sourire sur les lèvres.

— Alors, vas-y, défoule-toi. Et fais ta prière.

Le bras du garçon se détendit brusquement, comme mû par un réflexe incontrôlé — mais il y songerait plus tard. Pour le moment, son poing serré, le feu qui le galvanisait, tout cela l'animait d'une volonté indépendante. Une volonté sanguinaire.

Du sang jaillit du nez de Vernon. Un rugissement s'échappa de la foule qui s'était rassemblée en cercle autour d'eux — ce rugissement féroce que les humains ne peuvent s'empêcher de pousser lorsqu'ils se repaissent d'une lutte fratricide. Pour Cy, dont le bras résonnait douloureusement de la puissance de son propre coup, ce cri était comme une houle de satisfaction qui montait jusqu'à lui.

— Eh bien, eh bien! s'exclama Tucker.

Surgissant hors de l'ombre qui cernait le champ de vision embrumé du garçon, il vint s'interposer entre les deux pugilistes.

— Vous vous lancez dans un spectacle parallèle ? C'est combien le droit d'entrée ?

Vernon découvrit les dents, le menton dégouttant de sang.

— Fous-moi le camp de là, Longstreet, ou je te rentre dedans.

— Il le faudra bien, si tu veux encore le toucher.

Le regard de Tucker reflétait la férocité de la foule agglutinée autour d'eux. Les lumières de la fête rendaient ses yeux dorés étincelants comme ceux des chats.

— Tu prends exemple sur ton père, hein, Vernon ? Tu frappes plus petit que toi ?

— C'est mon frère.

— Voilà qui restera toujours un mystère pour moi, repartit Tucker.

Comme Cy voulait le contourner, il lança son bras de côté pour l'arrêter.

— Toi, tu restes ici, fils. Je ne te le redirai pas.

Il pouvait sentir l'air trembler entre lui et le garçon. Mais ce n'était pas la peur qui les faisait ainsi frémir ; la peur n'avait pas cette pulsation-là. C'était de l'énergie pure. Le gamin aurait sans doute réussi à décocher quelques bons coups à son frère, songea Tucker. Mais ce dernier l'aurait ensuite réduit en charpie.

— Tu ne poseras plus jamais la main sur lui, Vernon.

— Qui va donc m'en empêcher ?

A l'idée d'avoir le visage une nouvelle fois amoché, Tucker se sentit nauséeux. Ses derniers stigmates s'estompaient à peine.

— Eh bien, moi, dit-il quand même.

— Et moi, s'écria Dwayne.

La figure en sueur, ce dernier vint se placer d'un pas encore chancelant à côté de son frère.

Puis, un à un, des hommes sortirent de la foule pour apporter leur soutien aux deux Longstreet. Cy s'était cru seul face à sa famille, jadis, mais il s'était trompé. Tous le démontraient aujourd'hui, Noirs et Blancs mêlés, en une barrière humaine qui lui prouvait éloquemment l'existence d'une justice.

Frustré, Vernon serra les poings.

— Il ne pourra pas m'échapper toujours.

— Oh, il n'a pas voulu t'échapper, rétorqua Tucker. Tu l'as bien vu, non ? Il n'a peut-être que la moitié de ta taille, Vernon, mais il est deux fois plus un homme que toi. Et il est sous ma protection. Ta mère a signé les papiers qui me confient sa garde. Tu ferais mieux de le laisser tranquille à l'avenir.

— Malgré tout l'argent que tu lui as donné pour acheter sa signature, il est toujours de mon sang. Et de mon sang, tu en as trop sur les mains.

Tucker s'avança et baissa le ton de sa voix afin que seul Vernon pût l'entendre.

— Il n'est rien pour toi. Nous le savons tous deux. La famille te sert de prétexte pour lui faire du mal. Ce coup-ci, personne n'est avec toi, Vernon. Personne. En t'en prenant à lui, tu te mettras tout le monde à dos. Et ta famille a déjà assez de malheurs comme ça.

— Ces malheurs, tu en es responsable, répliqua Vernon en rapprochant son visage de celui de Tucker. On n'en a pas encore fini, tous les deux.

— Oh, que non ! Mais pour ce soir, ça suffira.

Tucker se retourna et traversa la barrière humaine pour aller rejoindre Caroline qui était en train de tamponner avec précaution le nez ensanglanté de Cy.

— Décidément, j'adore les fêtes foraines, dit-il.

Il pressa l'épaule de Cy, voulant à la fois le rassurer et lui signifier son approbation.

— J'allais le battre, monsieur Tucker.

— Tu as agi justement.

Furieuse, Caroline roula en boule les mouchoirs en papier maculés de sang.

— Oh, vous, les hommes, vous croyez toujours pouvoir régler les problèmes à coups de poing !

— Heureusement, les femmes sont là pour nous consoler, repartit Tucker en lançant un clin d'œil à Cy.

Il attira Caroline contre lui pour lui donner un petit baiser.

— Cela dit, l'arme que je préfère, c'est encore la tendresse. Mais il en faut beaucoup.

— Ravie de te l'entendre dire ! s'exclama Josie en s'avançant vers eux d'un pas nonchalant.

Elle referma son sac à main d'un claquement sec après y avoir rangé son petit revolver orné de perles. Elle était presque déçue de n'avoir eu aucune raison de s'en servir. Le dos tourné à Tucker — dont elle attendait toujours les excuses —, elle se pencha vers Cy.

— Mon chou, lui dit-elle, tu es en passe de devenir le héros des festivités du 4 juillet.

Elle l'embrassa sur la joue. Cy rougit.

— Pas de blessure, Jim ?

— Non, m'dame, répondit ce dernier tout en essayant de se dépêtrer des congratulations excitées de l'assistance. J'ai juste atterri sur les fesses. A nous deux, on aurait pu le prendre, vous savez.

— Je n'en doute pas un seul instant, admit Josie.

Elle lui pinça le biceps et roula des yeux effarés.

— Mais nous avons là une paire de jeunes hercules, Caroline. Oserai-je vous demander, les garçons, de m'accompagner à la buvette ? On dirait bien que mon cavalier m'a laissée en plan pour une autre.

Elle fit un signe de tête en direction de l'Essoreuse, où Teddy et la cousine Lulu venaient de repartir pour un énième tour.

— Les hommes sont des créatures si volages…

Jim bomba le torse.

— Nous irons avec vous, mademoiselle Josie. Pas vrai, Cy ?

— Ça ira, monsieur Tucker ?

— Très bien.

Il passa une main dans les cheveux du garçon et l'y laissa un moment.

— Tout va très bien, Cy.

Ce dernier prit une profonde inspiration puis expira lentement.

— Oui, tout va bien, dit-il. Je ne me suis pas enfui. Plus jamais personne ne me fera fuir, ni lui ni un autre.

Tucker ôta sa main de la tête du garçon. Quel dommage que la jeunesse et toute sa fraîcheur s'évanouissent toujours aussi vite ! se dit-il.

— S'enfuir et s'éloigner sont deux choses différentes, reprit-il. Te garder de Vernon ne diminuera en rien ton courage de ce soir, et cela épargnera sans doute à ta mère un malheur supplémentaire. Penses-y.

— Oui, monsieur Tucker.

— Allez, va avec Josie.

Il les regarda s'éloigner avec quelque remords. Et des craintes pour l'avenir.

— Je crois que je vais rentrer, déclara Dwayne en plissant les paupières sous les lumières tournoyantes.

— Tu pourras retrouver seul le chemin de la maison ? lui demanda Tucker.

— Le peu que j'ai bu, je l'ai rendu, répondit son frère avec un pâle sourire. Je n'ai jamais eu le cœur assez bien accroché pour ce genre de manège.

— Ni l'estomac non plus. Ça te rend malade tous les ans. A ta place, je n'insisterais pas.

— Je n'aime pas gâcher les traditions. Della et cousine Lulu sont venues avec moi, mais j'ai l'impression qu'elles en ont encore pour un moment.

— Caro et moi les raccompagnerons à la maison.

— Très bien. Dans ce cas… 'Nuit, Caroline.

Longeant les baraques bruyantes et illuminées, il repartit seul vers la nuit. Tucker faillit le rappeler. Il lui semblait injuste que son frère dût supporter le poids d'une telle solitude. Mais il était trop tard : Dwayne avait déjà disparu dans la foule.

— Eh bien…, fit Caroline en jetant les mouchoirs ensanglantés dans une corbeille. Tu m'as entraînée dans une soirée des plus intéressantes !

— J'ai fait ce que j'ai pu, repartit Tucker.

Sentant la tension que trahissait la voix de la jeune femme, il lui entoura la taille d'un bras tendre.

— Tu ne te sens pas bien ? Tu es malade ?

— Malade ? Tu peux le dire. J'enrage de voir ce garçon obligé de se battre avec son propre frère. Il a déjà perdu deux parents, et le voilà en plus mis au ban de ce qui lui reste de famille, simplement parce qu'il est différent. Il est pénible de le savoir contraint de faire face à ce genre d'exigences et de pressions, à tous ces choix, alors qu'il n'est pas encore adulte.

Tucker la poussa devant lui pour la dévisager.

— De qui parles-tu exactement, Caro ? De toi ou de Cy ?

— Tout cela n'a rien à voir avec moi.

— Certes, mais je crois que tu projettes tes soucis sur lui. Tu le regardes, et tu te reconnais telle que tu étais à son âge, alors que tu devais toi-même affronter des problèmes qui te dépassaient.

— Je n'ai rien affronté du tout.

— Non, mais tu as redressé la tête, toi aussi, plus tard, à ta manière. Et cela n'est ni plus ni moins pénible lorsque c'est à sa propre famille qu'il faut tenir tête.

Il fit quelques pas de côté et l'attira jusqu'à une montée de terrain, d'où ils pouvaient admirer le jeu des lumières et des couleurs, les attroupements de la foule.

— Tu as envie de te réconcilier avec ta mère.

— Je ne veux…

— Tu as envie de te réconcilier avec elle, répéta-t-il avec une calme assurance qui coupa court à ses protestations. Je sais ce que je dis. Moi, je n'y suis jamais arrivé avec mon père. Je ne lui ai jamais révélé mes pensées, mes sentiments, mes désirs. J'ignore même s'il s'en serait soucié. Mais c'est bien là le problème : je l'ignore parce que je n'ai jamais trouvé le courage de lui dire tout cela en face.

— Ma mère connaît très bien mes sentiments.

— Alors c'est toujours ça de gagné. A toi de continuer. A ta façon. Je n'aime pas te voir triste, Caroline. Et je sais parfaitement combien les problèmes familiaux peuvent être lourds à porter.

— On verra, répliqua-t-elle.

Elle releva la tête pour le dévisager. Il était en train de contempler les lumières de la fête. Quelque chose dans son regard l'incita à se rapprocher de lui.

— A quoi penses-tu ?

— Aux liens familiaux, murmura-t-il. Et à ce qui se transmet avec le sang.

Il s'efforça de sourire. Son regard, cependant, demeurait songeur.

— Allons donc essayer cette grande roue, proposa-t-il.

Il la guida au milieu de la foule et du bruit. Mais il était toujours préoccupé. Si Austin avait eu l'âme d'un meurtrier, se demanda-t-il, qu'en était-il de son fils ?

« Les péchés de son père… » Voilà une parole qu'Austin aurait pu s'appliquer à lui-même, se dit-il. Peut-être Vernon portait-il en lui le même germe retors de violence.

Tandis que la grande roue entamait sa lente révolution, il glissa un bras autour des épaules de Caroline.

Il était au moins sûr d'une chose : parmi les rires et les lumières de la fête, un assassin rôdait.

27

— Il y a du café, Tuck, indiqua Burke en bâillant sur son bol de muesli. Mais, dis-moi, voilà bien vingt ans que je ne t'ai vu aussi matinal.

— Je voulais te parler avant que tu partes à ton bureau.

— Mon bureau..., répéta Burke avec une moue désabusée en tendant sa tasse à Tucker. C'est plutôt le bureau de Burns. Voilà trois jours que je n'ai pas posé les fesses dans mon fauteuil.

— Il sait où il va, au moins, ou il se contente de brasser de l'air ?

— En tout cas, il pond plus de paperasse que la Banque d'Angleterre. Et ce sont des fax, des envois exprès, des conférences téléphoniques avec Washington. Il nous a même placardé un tableau d'enquête avec des photographies de toutes les victimes punaisées dessus, leurs mensurations, l'heure et le lieu de leur décès. Et il y a ajouté des diagrammes de recoupements — et de recoupements croisés. A t'en faire tourner la tête.

Tucker prit une chaise.

— Tu ne m'apprends rien, Burke.

Celui-ci le regarda dans les yeux.

— Je n'ai pas le droit de t'en dire beaucoup plus, Tuck. Sauf que nous avons aussi une liste de suspects.

Tucker avala une gorgée de café en hochant la tête.

— J'y suis toujours ?

— Pour Edda Lou, du moins, tu as un alibi, répondit Burke.

Il porta une cuillerée de céréales à sa bouche, parut hésiter, puis la reposa dans le bol.

— Tu dois savoir que Burns t'a pris en grippe, ajouta-t-il. Il ne croit pas trop à cette histoire de partie de cartes avec ta sœur durant la moitié de la nuit.

— Je ne m'en inquiète pas trop.

— Tu devrais.

Burke s'interrompit brusquement en entendant du mouvement dans le séjour. Un instant plus tard, s'élevait joyeusement l'indicatif des dessins animés.

— 8 heures précises, dit-il en souriant. Ces mômes sont d'une ponctualité diabolique.

Il saisit sa tasse de café.

— Je vais te dire une chose, Tuck. Burns serait enchanté de te coller l'affaire sur le dos. En toute légalité et conformément à la procédure, bien sûr. Il n'empêche que s'il peut trouver un moyen de t'y impliquer, il le fera avec plaisir.

— Nous avons là un vrai choc de personnalités, repartit Tucker avec un faible sourire. A-t-on déjà déterminé l'heure de la mort de Darleen ?

— Teddy la situe entre 21 heures et minuit.

— Comme je me trouvais avec Caroline dès 9 heures, la nuit où Darleen a été tuée, je devrais être hors de cause.

— Dans une série de meurtres comme celle-ci, tout ne se résume pas à une question de mobile et d'occasion favorable. Burns a consulté un spécialiste pour définir le profil psychologique du meurtrier. Nous recherchons quelqu'un qui aurait un ressentiment contre les femmes, et plus particulièrement contre celles qui ne seraient pas du tout avares de leurs faveurs. Quelqu'un qui connaissait suffisamment chacune des victimes pour les attirer dans des endroits isolés.

Burke vit que ses pétales de maïs étaient en train de se ramollir. Il continua néanmoins à les avaler, plus par raison que par appétit.

— Le cas de Darleen est une énigme, poursuivit-il. Peut-être est-ce seulement le hasard qui lui a fait rencontrer le meurtrier sur la route. Il a pu agir alors poussé par l'instinct. Mais le hasard, comme l'instinct, ne cadrent pas avec notre hypothèse de travail.

Tucker médita ces paroles un instant. Il y avait là les germes d'une autre hypothèse, se dit-il, mais il était peu probable qu'on eût songé à faire les rapprochements qui s'imposaient.

— Revenons aux déductions du psy, si tu le veux bien. Vous voilà donc en présence de quelqu'un qui nourrirait un ressentiment à l'égard des femmes — et ce, sans doute, parce qu'il haïssait sa maman ou qu'une femme l'a laissé en plan. Je me trompe ?

— Non, pas trop.

— Avant Darleen, Austin était votre candidat le plus sérieux, n'est-ce pas ?

— Il correspondait au profil, admit Burke. Et avec l'agression de Caroline, l'hypothèse paraissait vérifiée.

— Cependant, à moins d'être revenu d'entre les morts, il n'a pas pu tuer Darleen…

Il s'interrompit pour changer de position.

— Que penses-tu de l'hérédité, Burke ? Des liens du sang, des gènes, des mauvaises prédispositions ?

— Quiconque a des enfants y pense un jour. Ou plutôt quiconque a des parents…

Il repoussa son bol.

— J'ai passé de longues années à me demander si je ne répéterais pas un jour les erreurs de mon père, si je ne me laisserais pas moi-même entraîner dans des situations sans issue ou si, comme lui, je ne les chercherais pas inconsciemment.

— Je suis désolé. J'aurais dû réfléchir avant de te poser cette question.

— Non, c'est fini maintenant. Tout cela remonte à près de vingt ans. Il vaut mieux penser à l'avenir, à ses propres enfants. Tiens, prends celui-là, par exemple.

Il désigna de sa cuillère le séjour où son benjamin regardait Bugs Bunny déjouer les manigances d'Elmer Fudd.

— Il me ressemble. J'ai l'impression de me voir à son âge. C'en est même effrayant.

— Vernon est lui aussi le portrait craché de son père, lâcha Tucker.

Il attendit patiemment que Burke eût reposé sa cuillère.

— Cela peut aller au-delà de la simple question de couleur de peau ou de forme du nez, Burke. Cela peut concerner le caractère, les penchants, les tics, les manies. J'en sais quelque chose avec ma propre famille.

Et Dieu lui était témoin qu'il n'aimait pas en parler, songea-t-il, pas même avec Burke.

— Dwayne a hérité du même travers dont est mort notre père. Peut-être a-t-il meilleur caractère, mais ce défaut-là est enraciné en lui. Et quand je veux revoir notre mère, je n'ai qu'à regarder un miroir, ou Dwayne, ou encore Josie. Maman est comme imprimée sur notre figure. Et puis, tiens, elle adorait les livres, surtout la poésie. Eh bien, moi aussi. Je ne l'ai pas cherché. C'est simplement là, en moi.

— J'aurais du mal à te soutenir le contraire. Marvella a une manière de redresser la tête qui est celle de sa mère, avec le même angle et tout. Et puis elle est aussi têtue qu'elle — du genre : « Je le veux et je l'aurai. » Nous leur léguons ce que nous sommes, les qualités comme les défauts, que nous le voulions ou non.

— Vernon n'est pas plus tendre avec sa femme que ne l'était Austin avec la sienne.

— Où veux-tu en venir, Tucker ?

— Tu as entendu parler de l'anicroche à la fête, hier soir ?

— Le jeune Cy qui a éclaté le nez de son frère ? Marvella et Bobby Lee y étaient. Personne n'a paru s'en offusquer.

— Vernon n'est pas très apprécié. Pas plus que ne l'était son père. Ils ont le même comportement général, Burke, le même regard.

Tucker recula sa chaise pour étendre ses jambes.

— Ma mère m'a montré un livre illustré, un jour. Un livre d'histoires bibliques. Je me souviens encore d'une image précise. Il s'agissait d'Isaïe ou d'Ezéchiel, j'ai oublié lequel. Tu sais, un de ces prophètes qui allèrent dans le désert pour y jeûner quarante jours durant et rencontrer le Seigneur ? Eh bien, cette image-là était censée le représenter après son retour, en train de prophétiser à chacun dans sa langue. Enfin, de faire tout ce que ces gars-là faisaient d'ordinaire après s'être ébouillanté la cervelle au soleil. Il avait le même regard dans les yeux. Des yeux hagards et révulsés, comme ceux du furet qui flaire le poulailler. D'ailleurs, je me suis toujours demandé pourquoi c'était par la bouche des cinglés que le Seigneur choisissait de parler. Peut-être bien parce qu'ils trouvent normal d'entendre des voix dans leur tête. Mais je crois aussi qu'il arrive à quelques-uns d'y entendre autre chose. Des messages pas vraiment glorieux ni pétris de bonnes intentions.

Burke se leva sans mot dire pour se verser encore un peu de café. Burns lui avait aussi parlé d'un tel phénomène. Certains meurtriers en série, prétendait-il, affirmaient avoir été guidés par des voix dans leurs actes comme dans leurs méthodes. Comme ce fils de Sam, qu'il mentionnait, et qui avait soutenu que ses meurtres lui avaient été commandités par le chien du voisin.

Pour sa part, Burke ne donnait pas trop dans le mysticisme. Il pensait plutôt que, tel David Berkowitz, beaucoup ne plaidaient la folie que pour échapper aux sanctions prévues par la loi. L'hypothèse de Tucker, cependant, le mettait mal à l'aise.

— Essaies-tu de me dire que Vernon entend des voix ?

— Je ne suis pas à l'intérieur de son cerveau, mais j'ai bien vu son regard hier soir. Le même qu'avait Austin quand il m'étranglait en me prenant pour mon père. Le fameux regard des prophètes. S'il avait pu briser Cy en deux, il ne s'en serait pas privé. Et je donnerais ma tête à couper qu'il aurait en plus considéré son action comme une mission sainte.

— A ma connaissance, Edda Lou mise à part, il n'avait que des rapports très distants avec les autres victimes.

— Nous sommes à Innocence, Burke. Personne ici ne peut ignorer tout ce qu'il y a à savoir sur la vie d'autrui. Et puis on parle bien de la voix du sang, n'est-ce pas ? Si Austin avait en lui des instincts meurtriers, son fils pourrait bien les avoir hérités.

— Bon, je lui en toucherai un mot.

Tucker eut un hochement de tête satisfait. Le téléphone sonna. Aucun des deux n'y accorda d'attention. Susie répondit à l'étage après la deuxième sonnerie.

— Tu vas venir à Sweetwater pour le feu d'artifice, ce soir ?

— Oui, si je ne veux pas que ma femme et mes enfants me quittent.

— Il y aura Carl aussi ?

— Je ne vois pas pourquoi il resterait en ville alors que tout le monde doit se retrouver chez toi. Pourquoi cette question ?

Tucker haussa nerveusement les épaules.

— Beaucoup de monde, de bruit, d'allées et venues. Je suis inquiet, surtout pour Josie et Caroline. Je me sentirais mieux en vous sachant, toi et Carl, dans les parages.

— Burke ! s'écria Susie en déboulant dans la cuisine.

Elle était encore revêtue du peignoir qu'elle avait enfilé après sa douche. Elle sentait le savon parfumé. Burke la considéra un instant, se disant qu'elle avait l'air d'avoir encore vingt ans.

— C'était le poste ? s'enquit-il.

— Non, c'était Della, répondit Susie en serrant la main de Tucker. Matthew Burns a emmené Dwayne pour interrogatoire.

S'il n'avait été aussi furieux, Tucker s'en serait gaussé. Dwayne, ce cœur tendre aux yeux rougis et larmoyants, suspecté de meurtre ! C'était vraiment risible. Pourtant, son frère avait bien été tiré du lit pour être interrogé en ville par un pète-sec du FBI, et cela, non, cela ne le faisait pas rire du tout.

Refoulant sa colère, Tucker pénétra dans le poste en compagnie de Burke. Il resterait calme, se promit-il. Il n'allait pas botter le train à l'agent spécial : celui-ci en serait trop heureux.

Il lança une cigarette à son frère et en alluma une lui-même.

— Déjà au travail, Burns, de si bon matin ? s'exclama-t-il sur un ton aigre-doux. Auriez-vous oublié que c'est férié, aujourd'hui ?

— Je sais très bien quel jour nous sommes, répliqua Burns en étendant ses jambes sous le bureau de Burke, les mains croisées sur le plateau. Je sais aussi que vous avez un défilé prévu pour midi. Shérif, je me suis laissé dire que vous comptiez bloquer l'artère principale vers 10 heures.

— C'est exact.

— Dans ce cas, j'aimerais que ma voiture soit déplacée afin que je puisse entrer et sortir de la ville à ma convenance, déclara-t-il en posant ses clés de contact sur le bureau.

Voyant une lueur d'animosité passer dans le regard de son supérieur, Carl s'avança pour les prendre.

— Je vais la garer dans Magnolia Street.

Puis, se tournant vers Tucker :

— Je suis désolé, Tuck, dit-il. J'avais des ordres.

— Ça va, Carl. C'est un malentendu qui sera vite dissipé. Paraît que ta fille va jouer du bâton aujourd'hui ?

— Elle s'est entraînée jour et nuit. Son papi a apporté un Caméscope pour enregistrer sa prestation.

— Je ne doute pas que ce soit là un sujet fort passionnant, suppléant, l'interrompit Burns, mais nous avons une affaire à régler.

Il reporta ses yeux sur Tucker.

— Une affaire officielle, ajouta-t-il.

— J'irai voir le spectacle, Carl, tu peux y compter, promit Tucker.

Il attendit que le suppléant fût sorti pour prendre une nouvelle bouffée de sa cigarette.

— Ils t'ont lu tes droits, Dwayne ?

— M. Longstreet n'est pas encore en état d'arrestation, intervint Burns. Il ne s'agit là que d'un simple interrogatoire.

— Il peut quand même avoir un avocat, non ?

— Effectivement, admit Burns en levant les mains. Si vous craignez de voir vos droits violés, monsieur Longstreet, ou de laisser échapper une parole qui pourrait être retenue contre vous, vous avez toute liberté d'appeler votre défenseur. Nous nous ferons un plaisir d'attendre sa venue.

— Je préfère en finir tout de suite, répondit Dwayne en lançant un regard pitoyable à Tucker. Cela dit, j'aimerais bien un peu de café, et puis un flacon d'aspirine aussi.

— On va te remonter, t'inquiète pas, lui répondit Burke en lui tapotant l'épaule.

Il se dirigea vers les toilettes.

— Ceci est une procédure réglementaire, Longstreet, déclara Burns à Tucker en lui désignant la porte du menton. Vous n'avez rien à faire ici.

— Burke m'a nommé suppléant temporaire, rétorqua Tucker avec un lent sourire.

Le shérif se figea net sur le seuil des toilettes, le flacon d'aspirine à la main. Il ne fit aucun commentaire.

— Il peut avoir besoin d'un coup de main aujourd'hui, ajouta Tucker.

Burke secoua la fiole pour en sortir une poignée de pilules.

— Ça, c'est sûr, approuva-t-il. Et comme en plus c'est l'anniversaire de mon benjamin, j'aimerais qu'on en termine au plus vite.

— Bon, admit Burns en enclenchant son Dictaphone. Monsieur Longstreet, vous demeurez bien dans la propriété dénommée Sweetwater sise dans le comté de Bolivar, Mississippi ?

— Tout à fait, répondit Dwayne, qui s'empressa de saisir la tasse de café et l'aspirine que lui tendait Burke. Les Longstreet habitent Sweetwater depuis bientôt deux siècles.

— Oui, bon.

Burns ne s'intéressait guère à l'histoire ni aux legs familiaux.

— Vous y résidez en compagnie de votre frère et de votre sœur, n'est-ce pas ?

— Il y a aussi Della. C'est notre gouvernante depuis plus de trente ans. Et puis cousine Lulu, qui est actuellement en visite chez nous.

Dwayne avala une gorgée de café bouillant, se brûla la langue, mais réussit à faire descendre l'aspirine.

— C'est une cousine du côté de maman, précisa-t-il. Peux pas vous dire combien de temps elle va rester. Cousine Lulu va et vient à sa guise depuis toujours. Tenez, je me souviens qu'une fois…

— Ça va, l'interrompit Burns, j'ai déjà eu droit à ce numéro. Je souhaiterais qu'on en finisse ici avant l'arrivée des orchestres et des majorettes.

Dwayne vit son frère sourire et haussa les épaules.

— Je répondais à vos questions, c'est tout. Ah, et puis nous avons aussi Caroline et Cy avec nous maintenant. Est-ce là ce que vous vouliez savoir ?

— Situation de famille.

— Divorcé. Depuis, hmm... Cela fera deux ans en octobre prochain. Tucker, c'est bien à ce moment-là que la paperasse a été réglée ?

— Tout à fait.

— Et votre ex-épouse demeure maintenant à... ?

— Nashville. Rosebank Avenue. Elle s'est dégoté une chouette maison là-bas, pas trop loin de l'école pour que les enfants n'aient pas trop de trajet à faire.

— Son nom de jeune fille est bien Adalaïde Koons ?

— Non : Sissy. Son petit frère n'arrivait jamais à prononcer « Adalaïde », alors on l'a appelée comme ça.

— Mme Longstreet était enceinte de votre premier fils lorsque vous l'avez épousée, n'est-ce pas ?

Dwayne contempla sa tasse de café en fronçant les sourcils.

— Je ne vois pas en quoi cela vous regarde. Mais, bon, ce n'est un secret pour personne, j'imagine.

— Vous vous êtes marié avec elle pour donner un nom à l'enfant.

— Nous nous sommes mariés parce qu'on pensait que c'était la meilleure solution.

Burns joignit les mains en murmurant une vague parole d'approbation.

— Et peu de temps après la naissance de votre second enfant, votre femme vous a quitté.

Dwayne avala ce qui lui restait de café. Ses yeux injectés de sang regardaient durement Burns par-dessus la tasse.

— Cela non plus n'est un secret pour personne.

— Vous reconnaissez également que cela a eu lieu à la suite d'une scène désagréable ? s'enquit Burns en baissant les yeux sur ses notes. Votre épouse vous a interdit l'accès de votre demeure après une violente altercation — vous étiez alors en état d'ébriété avancée, je crois — et a jeté vos affaires d'une fenêtre de l'étage. Elle est ensuite partie avec vos enfants à Nashville, où elle a pris résidence avec un vendeur de chaussures qui arrondit ses fins de mois comme musicien non déclaré.

Dwayne considéra un instant la cigarette que Tucker lui avait lancée.

— C'est à peu près ça, dit-il.

— Quel effet cela fait-il, monsieur Longstreet, de voir la femme que vous avez épousée par obligation vous quitter avec vos enfants pour se tourner vers un guitariste de seconde zone ?

Dwayne prit tout son temps pour allumer sa cigarette.

— Elle a agi au mieux de ses intérêts, je suppose.

— Ainsi donc, vous avez accepté docilement la situation ?

— Je n'ai pas essayé de la retenir, si c'est ce que vous voulez entendre. Je ne devais pas être fait pour le mariage de toute manière.

— A la suite de la procédure de divorce qu'elle a intentée contre vous, vous avez été reconnu coupable de cruauté morale, de violence, de comportement instable et lunatique, et considéré comme physiquement dangereux pour elle-même et vos enfants. Ce jugement ne vous a-t-il pas semblé manquer de mansuétude ?

Dwayne aspira une profonde bouffée de tabac, regrettant désespérément de n'avoir pas de whisky sous la main.

— J'imagine qu'elle ne devait pas en éprouver beaucoup à mon égard. Je mentirais en affirmant que j'ai été un mari et un père exemplaires.

Pour Tucker, c'en fut trop.

— Tu n'es pas obligé d'aller si loin, Dwayne, dit-il en prenant le bras de son frère. Tu n'es plus marié, maintenant, et tes sentiments d'alors ne concernent en rien ce salopard.

Burns inclina la tête.

— Y a-t-il une raison pour que votre frère refuse de me confirmer ce que je sais déjà ?

Tucker relâcha le bras de Dwayne pour frapper du poing sur le bureau.

— Non, je n'en vois pas. Mais je n'en vois pas non plus qui me retienne de botter vos fesses de rat d'ici jusqu'à D.C.

— Nous reparlerons de tout cela en temps utile, Longstreet. Pour le moment, si vous persistez à interférer dans une enquête fédérale, je vous envoie vous plaindre en cellule.

Tucker empoigna Burns par sa cravate à rayures et le souleva du fauteuil.

— Et si je vous montrais comment on règle nos problèmes par ici, dans le delta ?

— Laisse-le tranquille, intervint Dwayne en saisissant le poignet de son frère.

— Tu parles que je vais le laisser tranquille !

— Laisse-le tranquille, je te dis, répéta Dwayne en regardant Tucker droit dans les yeux. Je n'ai rien à cacher. Ce salaud de Yankee peut poser toutes les questions qu'il veut, ça ne changera rien. Allez, laisse-le, qu'on en finisse.

Tucker, non sans répugnance, lâcha prise.

— On se retrouvera, tous les deux, lança-t-il à Burns.

— Avec plaisir, répliqua froidement ce dernier en rajustant sa cravate.

Puis, toujours debout, il se tourna vers le tableau d'enquête disposé derrière lui.

— Monsieur Longstreet, étiez-vous en relation avec Arnette Gantrey ?

Il indiqua du doigt deux photographies, l'une représentant une blonde souriante, l'autre prise en noir et blanc par la police sur les berges du Gooseneck Creek.

— Je connaissais Arnette, oui. Nous sommes allés ensemble à l'école. Nous avons eu aussi quelques rendez-vous.

— Et Francie Logan ? demanda Burns en désignant les clichés suivants.

— Je connaissais également Francie, répondit Dwayne.

Il baissa les yeux.

— Tout le monde connaissait Francie, reprit-il. Elle a grandi ici. Elle a vécu à Jackson un moment, et puis elle est revenue dans le coin après son divorce.

— Et Edda Lou Hatinger ? Etiez-vous en relation avec elle ?

Dwayne se força à relever les yeux et les maintint rivés sur le doigt de Burns.

— Ouais, dit-il. Je connaissais aussi Darleen, si c'est à ça que vous voulez en venir.

— Avez-vous également connu une femme du nom de Barbara Kinsdale ?

— Je ne crois pas.

L'air perplexe, Dwayne se répéta mentalement le nom.

— Non, déclara-t-il enfin, il n'y a aucun Kinsdale par ici.

— En êtes-vous vraiment sûr ? insista Burns en décrochant une photographie du tableau. Regardez mieux.

Dwayne prit le cliché sur le bureau, remerciant le ciel que ce fût le portrait d'une femme bien vivante : une jolie brunette, dans les trente ans, avec des cheveux raides retombant sur des épaules fines.

— Je ne l'ai jamais vue auparavant.

— Ah, tiens ?

Burns récupéra ses notes.

— Barbara Kinsdale, lut-il. Un mètre cinquante-sept, quarante-sept kilos, cheveux bruns, yeux bleus. Trente et un ans. Cela ne vous dit vraiment rien ?

— Non, je ne vois pas.

— Vous devriez, pourtant. Il s'agit là du signalement presque exact de votre ex-épouse. Mme Kinsdale était hôtesse au Stars and Bars Club de Nashville. Elle demeurait au 3043, Eastland Avenue — soit à trois pâtés de maisons environ du domicile de votre ex-épouse. Quant à Emmett Cotrain, le concubin de cette dernière, il jouait dans ce même club tous les week-ends. Curieuse coïncidence, n'est-ce pas ?

Dwayne sentit une grosse goutte de sueur lui dégringoler le long du dos.

— Plutôt, oui.

— Mais le plus curieux, c'est que Mme Kinsdale a été retrouvée au beau milieu du lac Percy Priest, près de Nashville, à la fin du printemps. Elle était nue. Sa gorge avait été tranchée et son corps mutilé.

Burns poussa une autre photo devant Dwayne. Sur celle-ci, Barbara Kinsdale était bel et bien morte.

— Où étiez-vous le 22 mai dernier au soir, monsieur Longstreet ?

— Oh, Seigneur !

Dwayne ferma les yeux. Sur le cliché des services de police, le corps n'avait pas été recouvert. Sa chair grise et martyrisée avait été exposée à même le sol sous l'œil implacable des appareils photographiques.

— Je dois vous avertir que mes sources vous localisent à Nashville du 21 au 23 mai.

— J'ai emmené mes garçons au zoo, répondit Dwayne en se frottant les yeux de ses mains tremblantes.

Elle ressemblait vraiment à Sissy, songea-t-il. Dieu tout-puissant, surtout morte.

— Après le zoo nous sommes allés à la pizzéria. Ensuite, les enfants sont restés avec moi à l'hôtel.

— Dans la soirée du 22, vous avez été aperçu au bar de l'hôtel aux environs de 22 h 30. Vos enfants n'étaient pas avec vous.

— Ils dormaient. Je les ai laissés dans la chambre et je suis descendu prendre un verre.

Il fit une pause.

— Deux verres, pour être exact, poursuivit-il avec un soupir. Sissy m'avait harcelé pour que je lui donne plus d'argent. Elle voulait déménager dans une plus grande maison, une fois qu'elle se serait remariée avec son type. Mais je n'ai pas bu plus de deux verres, pour bien me souvenir que mes garçons se trouvaient là-haut.

— Et vous avez appelé votre ex-épouse du bar un peu avant minuit, n'est-ce pas ? Vous vous êtes disputé avec elle, et vous l'avez menacée.

— Je l'ai appelée, oui. Je ne trouvais pas juste de lui acheter une maison pour qu'elle puisse y vivre avec un autre homme.

Pâle et bouleversé, il releva la tête vers Tucker.

— Ce n'était pas une question d'argent, ajouta-t-il.

— Non, c'était une humiliation, suggéra Burns. Et une humiliation infligée par une femme. Elle vous avait déjà ridiculisé publiquement en vous interdisant l'accès de votre propre demeure, avant de vous quitter pour un autre homme. Et voilà qu'elle vous demandait un extra afin d'améliorer son ordinaire avec ce même individu.

— Je me fichais de savoir avec qui elle vivait. Simplement, je ne trouvais pas juste…

— Oui, vous ne trouviez pas ça juste, coupa Burns. Aussi lui avez-vous répondu que vous ne lui verseriez pas un sou de plus, et que vous la traîneriez devant les tribunaux si elle ne comprenait pas. Que vous le lui feriez payer cher.

— Je ne me rappelle plus les mots exacts.

— Elle, si. Oh, malgré votre différend, elle a quand même eu l'honnêteté d'ajouter que l'alcool vous poussait toujours aux excès verbaux. Elle n'a pris au sérieux aucune de vos menaces, et elle est même venue au bar entendre la suite. Elle y est même restée après la fermeture, les enfants ne requérant pas sa présence à la maison. Mais Barbara Kinsdale, elle, est sortie bien plus tard, vers 2 heures. Elle allait récupérer sa voiture au parking. Un parking désert, sombre. Le meurtrier l'a assommée et traînée jusqu'à son véhicule. Puis il l'a conduite au lac, où il l'a assassinée.

Burns s'interrompit un moment.

— Possédez-vous un couteau, monsieur Longstreet ? Un long couteau de chasse ?

— Mais c'est dingue, s'exclama Dwayne en laissant retomber ses mains sur ses genoux. Je n'ai tué personne !

— Où étiez-vous dans la soirée du 30 juin, entre 21 heures et minuit ?

— Pour l'amour du ciel, s'écria-t-il en se levant péniblement. Burke, pour l'amour du ciel !

— Je pense qu'il devrait avoir un avocat, intervint ce dernier d'une voix crispée. Je ne crois pas qu'il doive continuer à répondre à vos questions sans l'assistance d'un avocat.

Satisfait, Burns leva les mains en signe d'agrément.

— Naturellement, déclara-t-il. C'est son droit.

— J'ai juste fait une balade en voiture, lâcha soudain Dwayne. Il pleuvait et je ne voulais pas rentrer à la maison. J'avais une flasque avec moi. J'ai roulé dans le coin, c'est tout.

— Et la nuit du 20 juin ? enchaîna Burns en se rabattant sur le meurtre d'Edda Lou.

— Je ne sais pas. Comment voulez-vous que je me rappelle où j'étais chaque satanée soirée de l'année ?

— Ne dis plus rien, intervint Tucker en venant étreindre les bras de son frère. Ne dis plus rien. Tu m'entends ?

— Tucker, ce n'est pas moi. Tu le sais bien que ce n'est pas moi !

— Je le sais, oui. Calme-toi.

Tucker recula d'un pas pour se placer entre Burns et son frère.

— Allez-vous retenir des charges contre lui ?

Le week-end férié allait retarder la procédure, songea Matthew Burns. Tout le monde n'était pas aussi dévoué que lui à la justice.

— J'obtiendrai un mandat dans les vingt-quatre heures, répondit-il.

— Parfait. D'ici là, allez au diable. Viens, Dwayne, on rentre.

— Monsieur Longstreet…

Burns se leva, adressant un signe de tête à chacun des deux frères.

— Si, par hasard, l'envie vous prend de quitter la région, n'oubliez pas que l'administration fédérale a le bras long.

— J'ai besoin d'un verre.

— Tu as plutôt besoin de garder les idées claires, lui rétorqua Tucker.

Il enfonça l'accélérateur, faisant grimper la voiture de Josie à plus de cent dix kilomètres à l'heure.

— Tu vas rester sobre, Dwayne.

Il détourna les yeux de la route pour fusiller son frère du regard.

— Tant qu'on ne sera pas sortis de ce pétrin, tu restes sobre. Je ne plaisante pas.

— Ils croient que c'est moi.

Dwayne se frotta le visage avec une telle vigueur qu'il craignit lui-même de s'arracher des lambeaux de peau.

— Ils croient que c'est moi qui ai tué toutes ces femmes, Tuck. Même celle que je ne connaissais pas. Elle ressemblait à Sissy. Seigneur, elle ressemblait vraiment à Sissy.

— Nous allons appeler notre avocat.

Tucker avait parlé d'une voix calme, alors même que ses doigts blanchissaient sur le volant.

— Et toi, tu vas garder les idées claires pour repenser à tout cela. Et y repenser soigneusement. Il faut que tu te rappelles où tu étais et ce que tu faisais quand Arnette, Francie ou Edda Lou ont été tuées. Un seul alibi suffira. Il faut qu'un de ces soirs-là, tu te sois trouvé quelque part en compagnie de quelqu'un. Avec ça, l'inculpation s'effondrera d'elle-même. C'est une seule et même personne qui a commis tous ces crimes. Tu n'as qu'à te concentrer.

— Mais que crois-tu que je fasse ? s'exclama Dwayne en frappant du poing sur le tableau de bord, les dents serrées. Sacré bon sang, tu ne sais pas dans quel état je suis quand j'ai bu. Je t'ai déjà dit que j'oubliais des choses. J'ai ma saloperie de cervelle complètement lessivée.

Il laissa retomber la tête entre ses genoux et se mit à gémir.

— J'ai la cervelle lessivée, Tucker. Oh, mon Dieu, je ne suis conscient de rien quand je suis dans cet état. Peut-être bien que c'est moi.

Horrifié, il ferma convulsivement les paupières.

— Oui, Seigneur, c'est peut-être moi qui les ai toutes tuées, et je ne le sais même pas !

— Tout ça, c'est des conneries.

Furieux, Tucker obliqua brutalement vers l'accotement. Dwayne ouvrit des yeux larmoyants en sentant la voiture s'arrêter net. Puis il se mit à contempler le dessous du siège. Longtemps. Tucker le força à se redresser.

— Des saloperies de conneries, tout ça. Je ne veux plus en entendre parler.

Il poussa Dwayne contre la portière et approcha son visage de la face blafarde de son frère.

— Tu n'as tué personne, mets-toi bien cela dans le crâne. Et... et je crois savoir qui est le meurtrier.

Dwayne déglutit. La tête lui tournait autant que l'estomac. Il se raccrocha cependant à cette dernière phrase.

— Tu sais qui c'est ?

— Non, je *crois* le savoir. Mais je vérifierai mon hypothèse aussitôt que l'avocat se sera mis au travail.

Il maintint Dwayne fermement par le col de sa chemise.

— Bon, écoute maintenant. Tu ne vas pas inquiéter Della et Josie avec cette affaire. Tu essaies de tenir le coup tout seul comme un grand, compris ? Et tu gardes le secret jusqu'à ce que le problème soit réglé. Le vieux a eu beau nous en faire voir de toutes les couleurs, ce misérable avait au moins raison sur un point : nous avons une responsabilité envers la famille. Nous resterons unis, Dwayne.

— Envers la famille, répéta celui-ci.

Il frémit.

— D'accord, je ne vous laisserai pas tomber.

— Très bien.

Tucker relâcha Dwayne et resta assis un instant sans bouger pour apaiser les convulsions de son estomac.

— Nous allons montrer à ce salaud de Burns ce qu'il en coûte de pousser les Longstreet à bout. Je vais appeler le gouverneur. Histoire de donner à ce Yankee un peu de fil à retordre. Après cela, nous verrons combien de temps il mettra à l'obtenir, sa saloperie de mandat.

— Je veux rentrer à la maison, murmura Dwayne en fermant les yeux tandis que Tucker redémarrait. Une fois là-bas, je me sentirai mieux.

Quelques minutes plus tard, ils franchissaient le portail de Sweetwater.

— Dis-leur simplement que Burns t'a posé une série de questions stupides, lui conseilla Tucker. Pas un mot de plus. Et ne va surtout pas raconter cette histoire au sujet de Sissy et de l'affaire de Nashville.

— Je ne dirai rien, promit Dwayne tout en contemplant la résidence.

La maison était blanche, charmante, gracieuse, comme une femme dans la lumière du matin.

— Je vais retrouver mes souvenirs, Tucker. Ensuite, j'arrangerai tout. Comme jadis.

— Non. Ce coup-ci, tu me laisses faire.

Josie sortit de la maison à l'instant même où Tucker garait la voiture au pied de l'escalier. Elle était encore en robe de chambre et ses cheveux retombaient en désordre sur ses épaules. Il ne fallut pas plus de dix secondes à Tucker pour s'apercevoir qu'elle était d'humeur orageuse. Elle descendit l'escalier d'une démarche impériale tout en se frappant la paume de sa brosse à cheveux.

— Je crois bien que je vais devoir fermer ma voiture et garder les clés sur moi, à l'avenir.

Tucker retira les clés du volant avec un haussement d'épaules et les lui lança.

— J'avais à me rendre en ville. Tu dormais.

— Vous aurez sans doute remarqué, monsieur Longstreet, que c'est mon nom qui est inscrit sur la carte grise de ce véhicule. Je n'apprécie guère que vous la réquisitionniez chaque fois que le cœur vous en dit.

Elle lui enfonça la brosse dans les côtes.

— Et la plus élémentaire des politesses exige de requérir l'accord d'autrui avant d'accaparer son bien.

— Je pensais que tu dormais.

Josie parcourut l'allée des yeux en battant des paupières.

— Il y a pourtant d'autres voitures que la mienne ici !

— J'ai pris la première qui m'est tombée sous la main, répliqua Tucker.

Réprimant sa colère, il s'efforça de sourire.

— Mais dites-moi, très chère, vous vous réveillâtes du pied gauche, ce matin ?

Josie accueillit la boutade d'un regard hautain.

— Tant que le joujou qui vous sert de véhicule ne sera pas réparé, jeune homme, je vous saurai gré de choisir un autre moyen de transport que ma voiture.

— Bien, m'dame, acquiesça Tucker en l'embrassant sur la joue. Quand tu es comme ça, je jurerais voir maman.

Josie se recula avec un reniflement de dédain.

— Mais pourquoi diable me regardes-tu ainsi, Dwayne ?

Elle porta instinctivement la main à ses cheveux. Puis son expression s'altéra.

— Eh quoi, mon chou, tu as vraiment une mine sinistre. Qu'êtes-vous donc allés faire tous deux de si bon matin ?

— Deux trois courses en ville, s'empressa de répondre Tucker.

Cela dit, tu as intérêt à t'attifer autrement pour le défilé. Si du moins tu as toujours l'intention d'y aller.

— Et comment! Aucun Longstreet n'a jamais manqué un seul défilé du 4 juillet. Dwayne, rentre donc grignoter un morceau. Tu n'as pas l'air dans ton assiette.

— Il ne s'est pas encore remis de la fête.

— Ah bon?

Inquiète, Josie prit son frère par le bras.

— Va demander à Della de te préparer quelque chose. Cousine Lulu n'aurait pas dû t'entraîner dans ce Tourbillon.

— Je vais bien, Josie, dit-il en la serrant contre lui. Tout va aller pour le mieux maintenant.

— Bien sûr, mon chou, assura-t-elle en lui tapotant le dos. C'est un beau jour pour un défilé, et la nuit sera encore plus belle pour le feu d'artifice. Allez, rentre donc, que je puisse aller me maquiller comme il faut.

Elle le poussa vers l'intérieur, puis fit signe à Tucker de rester auprès d'elle. Elle avait oublié tous ses griefs à son égard.

— Qu'est-ce qui lui arrive?

— On l'a interrogé ce matin.

Le regard de la jeune femme s'embrasa soudain.

— Dwayne?

— De toute manière, on va tous y passer, j'imagine. C'est la procédure.

Elle recommença à se frapper la paume de sa brosse à cheveux.

— Ça tombe bien, remarque. J'ai deux mots à lui dire, à ce Matthew Burns.

— Laisse tomber, Jose. L'affaire n'en vaut pas la peine. Dwayne se sentira mieux dès que les festivités auront débuté.

— Bon, très bien, mais je garderai tout de même un œil sur lui.

Ils revinrent vers la maison. Josie tapota la poche où elle avait rangé ses clés.

— Et la prochaine fois, tu me demandes la permission, compris?

Elle croisa Caroline dans l'entrée.

— Méfiez-vous de cet individu, Caro. C'est un coquin.

— Je le sais déjà.

Caroline s'avança sous la véranda et, par jeu, se mit à tourner sur elle-même. Sa robe bleu pâle virevolta autour de ses hanches, avant de retomber gracieusement le long de ses jambes.

Tucker, qui s'était immobilisé une marche plus bas, lui prit les mains. La robe avait une encolure garnie de fleurs en dentelle et un dos décolleté jusqu'à la taille.

— Eh bien, tu vaux vraiment le détour.

— J'ai entendu dire que j'étais conviée à un pique-nique après le défilé.

— Affirmatif, répondit-il en lui embrassant le creux de la paume.

Il garda un instant la main de la jeune femme contre sa joue. « On dit parfois qu'on ne connaît son bonheur qu'une fois qu'on l'a perdu », songea Tucker. Eh bien, il venait de découvrir une autre vérité : « On ne connaît le bonheur qui manque à sa vie qu'une fois qu'on l'a trouvé. »

— Caroline ?

Elle retourna sa main pour nouer ses doigts aux siens.

— Qu'y a-t-il ?

— J'ai beaucoup de choses à te dire.

Il monta une marche de sorte que leurs lèvres pussent se rejoindre en un tendre baiser.

— Et j'espère du fond du cœur que tu seras prête à les entendre quand je te les dirai. Pour l'instant, hélas, j'ai une affaire à régler. Tu veux bien aller au défilé avec Della ? Je te rejoindrai là-bas.

— Je peux t'attendre, tu sais.

Il secoua la tête et l'embrassa de nouveau.

— Je préférerais être seul.

— Bon, dans ce cas j'irai avec Cy et la cousine Lulu dans la voiture de Della. A ce propos, cousine Lulu risque d'être l'attraction du jour : elle a mis un pantalon avec la bannière confédérée sur une jambe et le drapeau américain sur l'autre — le drapeau de la Révolution, devrais-je dire.

— Cousine Lulu n'en rate pas une.

— Tucker…

Elle lui prit le visage entre les mains.

— … si tu as des ennuis, j'aimerais que tu les partages avec moi.

— Ça viendra toujours assez tôt. Mais dis-moi, tu es superbe, Caroline. Debout sous cette véranda dans ta robe bleue, avec la porte ouverte derrière toi et les abeilles qui bourdonnent dans les fleurs. C'est vraiment parfait.

Il l'attira dans ses bras et la serra un moment contre lui, souhaitant que le monde fût toujours ainsi : beau, paisible, et aussi ravissant qu'une jolie femme vêtue de bleu.

— Prépare-toi aux feux d'artifice de ce soir, lui murmura-t-il. Et à ce que je vais te dire après.

Il resserra son étreinte.

— Caroline, j'aimerais…

— Mon Dieu, marmonna Lulu depuis l'entrée. Tucker, vas-tu donc rester là toute la journée à enlacer cette Yankee ? Si nous voulons trouver une bonne place pour regarder passer le défilé, c'est maintenant ou jamais.

— Ça va, vous avez encore le temps, répliqua Tucker.

Il relâcha cependant Caroline.

— Tiens, dit-il à Lulu, je te confie la Yankee en question.

Un large sourire illumina soudain son visage.

— Par ma foi, cousine Lulu, te voilà dignement parée pour monter au mat remplacer nos couleurs. Où as-tu trouvé ce pantalon ?

— C'est de la confection sur mesure, répondit-elle en écartant ses jambes maigrelettes sur lesquelles flottaient les étendards. J'ai aussi la veste qui va avec, mais il fait trop chaud pour la mettre.

Elle se planta une plume d'aigle dans les cheveux, la laissant retomber sur son oreille.

— Voilà, déclara-t-elle, je suis prête.

— Dans ce cas, vous pouvez y aller.

Il donna à Caroline un rapide baiser avant de rentrer dans la maison.

— Je vous envoie les autres. Cousine Lulu, prends garde à ce que Caroline ne se laisse pas embobiner par un beau parleur.

Lulu eut un reniflement indigné.

— Fais-moi confiance. Elle n'ira pas bien loin.

Caroline sourit.

— Je n'en ai pas l'intention.

28

— Dites voir un peu, demanda Lulu, combien de ces gugusses vont tomber à cause de la chaleur d'ici à 14 heures ?

Elle était confortablement calée dans un siège de metteur en scène marqué à son nom, au dossier duquel elle avait accroché un parasol portant les couleurs nationales, et crânement incliné. Elle serrait entre ses pieds une Thermos de whisky frappé à la menthe.

— Nous n'avons jamais plus de cinq ou six évanouissements durant le défilé, répondit placidement Della depuis sa chaise longue.

Elle ne croyait pas pouvoir rivaliser avec le pantalon de Lulu, mais avait tout de même planté un petit drapeau américain dans ses cheveux broussailleux.

— Ce sont les jeunes, surtout, qui tiennent mal le coup.

Un orchestre passa en braillant *Sousa.* Lulu l'accompagna sur un pipeau en plastique. Quoiqu'elle appréciât cette marée sonore et l'éclat des cuivres sous le soleil éblouissant, elle ne pouvait s'empêcher de penser que quelques musiciens défaillants eussent pimenté la chose.

— Hé ! Vous voyez ce joueur de tuba ? Le costaud avec des taches de rousseur ? Eh bien, me paraît avoir le regard un peu vitreux, celui-là. Dix balles qu'il flanche avant le prochain pâté de maisons.

Poussée par son goût naturel pour la compétition, Della examina le garçon en question. Il transpirait abondamment, et son pimpant uniforme allait certainement puer à dix mètres avant la fin de la journée. Néanmoins, il avait l'air coriace.

— Pari tenu, dit-elle.

— J'adore positivement les défilés, reprit Lulu en coinçant son pipeau derrière l'oreille comme un stylo, avant de se resservir à boire. Mis à part les mariages, les enterrements et les parties de poker, je ne connais rien de plus distrayant.

Della eut un reniflement outré et se rafraîchit le visage avec un petit ventilateur de poche.

— Si tu veux un enterrement, tu peux en avoir un dès demain. On en a à ne plus savoir qu'en faire, en ce moment.

Poussant un soupir, Della se rasséréna avec un peu du *mint julep* de Lulu.

— Je crois bien que c'est la première fois depuis quinze ans que Happy ne défile pas avec le Club horticole.

— Et pourquoi ça ?

— C'est sa fille qu'on enterre demain.

Lulu regarda les « pom-pom girls » du lycée Jefferson Davis passer en se trémoussant sur l'air de *It's a Grand Old Flag.*

— Un bon gros enterrement la remettra d'aplomb, affirma Lulu. Que prépares-tu pour le repas de funérailles ?

— Mon ambroisie à la noix de coco, répondit Della.

La main en visière, elle eut un large sourire.

— Hé ! cousine Lulu, n'est-ce pas la petite-fille de Carl, là, qui fait tourner ce bâton ? Mazette, on dirait un derviche !

— Un sacré numéro, oui, renchérit Lulu en gloussant.

Elle reprit une rasade de whisky.

— Tu vois, Della, la vie est comme un de ces bâtons. Tu peux la faire tourner entre tes doigts si tu es douée. Tu peux aussi l'envoyer en l'air et la rattraper au vol si tu es assez rapide. Ou bien elle peut t'échapper et blesser quelqu'un.

Elle sourit et saisit son pipeau.

— J'adore vraiment les défilés.

Debout derrière Lulu, Caroline médita un moment l'analogie et secoua la tête. Tout cela lui semblait avoir un sens un peu trop familier. Elle n'était pas sûre d'avoir jamais blessé quelqu'un avec le bâton de la vie, mais il lui avait déjà échappé des mains quelques fois. Et, pour l'heure, elle faisait de son mieux pour le faire tourner.

— Voici la Princesse du coton et sa suite, l'informa Cy. Elle est élue chaque année par tous les élèves du lycée. Normalement, elle devrait défiler assise à l'arrière de la voiture de M. Tucker, mais comme la Porsche est cassée, on a loué cette décapotable chez Avis à Greenville.

— Elle est ravissante, s'exclama Caroline en souriant à la jeune fille au visage radieux, revêtue d'une robe blanche à manches bouffantes.

— C'est Kerry Sue Hardesty.

Cy repensa à la jeune sœur de cette dernière, LeeAnne. Celle qui avait la poitrine aussi douce que séduisante. Tandis que la décapotable passait devant lui, il parcourut la foule des yeux, espérant l'y apercevoir. Il ne la vit point, mais remarqua Jim, auquel il adressa des signes frénétiques.

— Pourquoi ne vas-tu pas saluer ton ami, Cy ? lui suggéra Caroline. Tu nous rejoindras à la voiture après le défilé.

L'envie ne lui en manquait pas. Cependant il secoua la tête et demeura fidèle au poste. Tucker comptait sur lui pour rester auprès de Mlle Caroline. Ils avaient eu une vraie discussion d'homme à homme à ce sujet.

— Non, m'dame, répondit-il. Je suis très bien ici. Tenez, voici Mlle Josie et ce docteur du FBI. Il s'est mis à la boutonnière une fleur qui vous lance de l'eau à la figure. Avec lui, Mlle Josie ne doit pas s'ennuyer.

— Oh, je n'en doute pas, admit Caroline.

Elle parcourut à son tour la foule des yeux.

— Je me demande ce qui retient Tucker.

— Plus rien du tout, répliqua ce dernier en venant lui glisser un bras autour de la taille. Tu ne croyais tout de même pas que j'allais louper l'occasion de regarder un défilé en compagnie d'une jolie femme, non ?

Rassurée, Caroline s'appuya contre lui.

— Non.

— Vous voulez que j'aille vous chercher des rafraîchissements pour vous et Mlle Caroline, monsieur Tucker ? J'ai de l'argent sur moi.

— Ce ne sera pas nécessaire, Cy. Je crois que cousine Lulu garde dans cette bouteille un breuvage recommandé par la Faculté.

Cy bondit en avant pour prendre le gobelet que lui tendait Lulu, et le fit passer derrière lui.

— Il y a le gars du FBI en planque devant le bureau du shérif.

— Je l'ai vu, repartit Tucker.

Il avala une gorgée du savoureux cocktail, puis présenta le gobelet à Caroline.

Caroline, qui goûtait pour la première fois au *mint julep*, laissa le tonique glisser le long de sa gorge.

— Il n'a pas l'air d'apprécier le défilé, remarqua-t-elle en désignant Burns.

— On dirait qu'il est en train de renifler un cadavre de putois, renchérit Cy.

— Il ne comprend rien à rien, c'est tout, conclut Tucker.

Tenant toujours Caroline par la taille, il posa une main sur l'épaule du garçon.

— Tiens, reprit-il, voilà Jed Larsson et ses fils.

Voyant l'orchestre de fifres et de tambours guidé par Larsson passer en jouant *Dixie,* la foule poussa un vivat rugissant. Ceux qui étaient restés assis se levèrent pour applaudir.

Caroline sourit et posa sa tête contre l'épaule de Tucker. Elle, elle comprenait.

Le 4 juillet, c'était aussi le poulet frit, la salade de patates et les grillades fumantes. Ce jour-là, tous les participants à la fête agitaient des drapeaux, savouraient des tartes et sirotaient des bières fraîches à l'ombre. Certains, il est vrai, s'étaient réunis pour pleurer, cependant que la loi poursuivait sa quête laborieuse, mais, en cette radieuse journée d'été, Innocence avait jeté sur ses malheurs un voile de fête aux couleurs nationales.

Après le défilé eurent lieu une série de concours le long de Market Street ainsi que sur la place de la ville : concours de mangeurs de tartes, de tireurs à la cible, de sprinters, de lanceurs d'œufs ou encore — compétition toujours prisée — de cracheurs de pépins de pastèque.

Ebahie, Caroline s'était arrêtée devant le tournoi junior du concours de mangeurs de tartes, regardant sans mot dire des gamins de sept à quatorze ans enfouir leur visage dans des platées d'airelles et boulotter à grands coups de gosier sous les applaudissements de la foule. Les tartes étaient englouties l'une après l'autre, les plats se succédaient à une cadence infernale sous les faces maculées de jus violet. L'assistance hurlait encouragements et conseils gastronomiques, tandis que les jeunes concurrents tombaient l'un après l'autre de leur chaise en gémissant.

— Regarde Cy, s'exclama Caroline en pressant une main compatissante contre son estomac. Il a déjà dû en avaler une douzaine.

— Neuf et demie, précisa Tucker. Mais il est en tête. Allez, mon garçon, ne mâche pas. Laisse seulement glisser.

— Mais comment peut-il donc respirer ? murmura la jeune femme en voyant Cy enfouir son visage dans la tarte numéro 10. Il va être malade.

— Bien sûr qu'il va être malade. C'est ça, tu tiens le bon bout, mon gars ! Ne flanche pas maintenant.

Puis, se tournant vers Caroline :

— Il a un bon timing, dit-il. Et puis il ne plonge pas la tête dedans au petit bonheur la chance. Tu vois ? Il procède par cercles concentriques réguliers depuis l'extérieur.

Caroline se demandait comment Tucker pouvait en parler ainsi. Tout ce qu'elle voyait, pour sa part, c'était un garçon enfoui jusqu'au cou dans les airelles avec une foule déchaînée autour de lui. Voilà bien un jeu idiot, dégoûtant et pour le moins indécent, se dit-elle. Néanmoins, elle se surprit elle-même à se balancer sur les talons, frémissante d'excitation.

— Vas-y, Cy ! Fais-en qu'une bouchée. Ecrase-les tous. Regarde !

Elle releva la tête vers Tucker.

— Il attaque sa douzième. Oh, Seigneur, c'est dans la poche maintenant ! Il n'a qu'à...

Elle s'interrompit brusquement en remarquant l'air hilare de Tucker.

— Hein ? Quoi ?

— Je t'adore.

Il lui donna un long et voluptueux baiser alors même que Cy, la mine quelque peu verdâtre sous les éclaboussures violettes, était déclaré vainqueur.

— Je raffole de toi.

— Hmm, j'apprécie, dit-elle en lui caressant les joues et les cheveux. Cela dit, je devrais peut-être aller aider le vainqueur à se débarbouiller.

— Laisse-le donc, répliqua Tucker en l'entraînant vers le stand suivant, sa petite amie s'en occupera.

Ils quittèrent donc le parking de l'église luthérienne pour se diriger vers le stand de tir. McGreedy avait fourni les bouteilles de bière et l'Amicale des chasseurs les munitions. Les épreuves éliminatoires furent rondement menées. Leurs espoirs envolés, les candidats déçus déchargèrent de mauvaise grâce leur arme pour rejoindre les rangs du public.

Tucker fut heureux de voir Dwayne encore en lice. Au terme d'une discussion aussi brève que vive, il l'avait persuadé de participer aux festivités. Il ne voulait pas susciter de rumeur tant que cela pouvait être évité. Et, surtout, il voulait que Dwayne se comportât normalement — « normal », selon lui, équivalant à « innocent ».

— Dwayne et Josie ont passé le premier tour, remarqua Caroline.

— Nous avons tous appris à tirer dès notre plus jeune âge. Le vieux Beau était intraitable là-dessus.

— Et toi ? Tu ne veux pas remporter le gros lot — jambon fumé et ruban bleu ?

Il haussa les épaules.

— Je n'ai jamais vraiment aimé les armes. Tiens, voilà Susie qui s'y met.

Il attendit que la femme de Burke eût pulvérisé ses trois bouteilles sans coup férir.

— Seigneur, quelle gâchette ! Heureusement qu'elle a épousé un policier. Elle aurait pu mal tourner avec ce talent-là.

Caroline posa soudain une main sur le bras de Tucker. Lulu venait de gagner la position de tir d'un air conquérant. Une paire de colts rangés dans des étuis de cuir battait contre ses cuisses squelettiques.

— Crois-tu vraiment qu'elle doive…

Elle s'interrompit soudain en voyant la vieille dame dégainer et tirer. Les trois bouteilles visées explosèrent de concert.

— Oh, mon Dieu !

— Elle peut manipuler n'importe quelle arme du 22 long rifle à l'AK-47.

Avec un sourire réjoui, il regarda Lulu faire tournoyer l'un de ses colts autour d'un doigt avant de le laisser retomber dans son étui.

— Maintenant, si elle te demande de te mettre à dix pas avec une pomme sur la tête, je m'y oppose formellement. Elle n'a plus l'adresse de ses vingt ans, tout de même.

La compétition s'acheva après que Lulu eut évincé Susie et un Will Shiver fort chagrin. La foule revint se masser le long de la rue pour assister à la course à pied.

— Sweetwater a décidément de fiers champions, déclara Caroline en prenant la bouteille de Coke glacée que lui tendait Tucker. Tu ne vas pas courir ?

— Courir ?

Tucker alluma une cigarette.

— Mon chou, pourquoi irais-je m'attraper suées et courbatures pour simplement aller d'un point à un autre ?

— Suis-je donc bête ! s'écria Caroline avec un sourire en coin. J'aurais dû y penser.

Elle s'appuya en soupirant contre sa poitrine tandis que les premiers concurrents s'alignaient au départ.

— Alors tu ne vas participer à aucune compétition ?

— Eh bien, si, en fait.

Elle tourna la tête pour le dévisager.

— Laquelle ?

— Tu le verras bientôt.

Des cochons graissés ? Caroline pensait avoir tout compris de l'esprit de ces festivités, mais lorsqu'elle se retrouva derrière la barrière de l'enclos provisoire dressé sur la place de la ville, au milieu des couinements porcins, elle s'aperçut qu'il lui restait encore beaucoup à apprendre.

Tucker, qui avait dédaigné le concours de mangeurs de tartes tout comme la compétition de tir, et qui avait jeté les hauts cris à la seule idée de courir, se tenait maintenant au centre de l'enclos, torse nu, en train d'attendre le signal des organisateurs pour essayer d'attraper les cochons bardés de tranches de lard.

Caroline, estomaquée, s'appuya du coude sur l'épaule de Cy.

— Comment te sens-tu ?

— Oh, très bien maintenant, lui assura le garçon. J'ai pratiquement tout vomi. Quant au reste...

Il désigna le ruban bleu qu'il avait fièrement épinglé à son T-shirt.

— ... il est à sa place. M. Tucker va gagner, vous savez.

— Vraiment ?

— C'est toujours lui qui gagne. Il peut être vraiment rapide quand il veut.

Il hurla soudain avec le reste de la foule.

— C'est parti !

Les cris et les éclats de rire des spectateurs étaient aussi sauvages que les braillements des cochons et les jurons des hommes qui les pourchassaient. Pour corser l'affaire, de l'eau avait été versée sur le sol. Les hommes s'affalaient dans la gadoue en soulevant des gerbes de boue. Les chutes succédaient aux chutes. A plat ventre, sur le dos. Les bêtes glissaient entre les mains fébriles.

— Oh, mais pourquoi n'ai-je pas un appareil photo ? s'exclama Caroline.

Elle s'esclaffa en voyant Tucker déraper sur les fesses. Il se retourna prestement pour retenir un cochon qui sautait par-dessus ses jambes, et se releva les mains vides.

— Le docteur du FBI est un as ! s'écria Cy.

Il applaudit lorsque Teddy fit un croche-pied à une bête, manquant de peu la saisir.

— Oh ! L'aurait eu si Bobby Lee ne lui était pas rentré dedans. Tenez, M. Tucker court après le plus gros, là-bas. Allez, monsieur Tucker ! Montrez-leur un peu…

— Captivant tournoi, commenta Burns en s'arrêtant à côté d'eux. J'imagine que toute dignité est sacrifiée au frisson de la chasse.

Caroline se retint de lui décocher un regard courroucé : elle ne voulait rien perdre du spectacle.

— Quant à la vôtre, vous ne manquez jamais de la rappeler, n'est-ce pas ?

— Je crains de ne pas saisir l'intérêt qu'il y a à se vautrer dans la boue en poursuivant des cochons.

— Pas étonnant. Ces gens-là, voyez-vous, font ça pour le plaisir.

— Oh, j'entends bien. Au vrai, je ne me suis jamais autant diverti.

Il sourit en regardant Tucker s'étaler la tête la première dans la gadoue.

— Longstreet semble ici à son aise, ne trouvez-vous pas ?

— Je vais vous dire une bonne chose, Burns…, commença à répliquer la jeune femme.

Cy la saisit alors par le bras.

— Regardez ! Il l'a eu ! Il l'a eu, mademoiselle Caroline.

Et de fait, Tucker, gluant de boue et de graisse, brandissait un cochon couinant au-dessus de sa tête. Il adressa un large sourire à Caroline. Celle-ci regretta aussitôt de n'avoir pas une bottée de roses à lui lancer. Jamais aucun matador en habit de lumière ne lui avait jusqu'alors paru si éblouissant.

— « Au vainqueur les dépouilles », fit remarquer Burns. Mais, à propos, est-il censé garder ce cochon ?

— Jusqu'aux ripailles de l'hiver prochain, répondit Caroline, pince-sans-rire. Maintenant, si vous voulez bien m'excuser, je désirerais aller féliciter le champion.

— Un instant, rétorqua Burns en lui barrant le passage. Résidez-vous toujours à Sweetwater ?

— Jusqu'à présent, oui.

— Vous pourriez le regretter. Il n'est guère avisé de dormir sous le même toit qu'un meurtrier.

— Que voulez-vous dire ?

Burns jeta un coup d'œil à Dwayne et Tucker qui étaient en train d'écluser une bière.

— Demandez-le donc à votre hôte, répondit-il. Je peux néanmoins vous révéler que je procéderai à une arrestation demain matin, et que les Longstreet n'auront guère à s'en féliciter. Profitez bien des réjouissances.

Caroline se retourna silencieusement vers Cy et le suivit dans la foule.

— De quoi parlait-il, mademoiselle Caroline ?

— Je l'ignore. Mais je le saurai bientôt.

Quand ils eurent rejoint l'endroit où se trouvait Tucker, celui-ci n'y était plus.

— Où est-il passé ? s'enquit Caroline.

— Il est sans doute allé se laver chez McGreedy avec les autres. Tout le monde se prépare maintenant au pique-nique qui doit avoir lieu à Sweetwater avant le feu d'artifice. Et puis il y a encore la fête foraine.

Frustrée, Caroline s'arrêta brusquement. Elle ne se voyait pas en train de parler à Tucker au milieu d'une bande d'hommes trempés se donnant des claques dans le dos. Elle avait besoin de le voir seul. Se dressant sur la pointe des pieds, elle chercha un visage de connaissance.

— Tiens, voilà Della. Et si tu rentrais avec elle à la résidence ? Je resterai ici pour attendre Tucker.

— Non, m'dame. M. Tucker m'a demandé de ne pas vous quitter quand il n'était pas dans le coin.

— Ce n'est pas nécessaire, Cy. Je ne…

Elle s'interrompit en voyant le garçon lever fièrement le menton, et ravala un soupir.

— Très bien. Allons au moins nous asseoir quelque part.

Ils s'installèrent sous la véranda du magasin de chez Larsson et regardèrent la foule s'écouler devant eux.

— Vous ne devriez pas laisser ce type du FBI vous ennuyer, mademoiselle Caroline.

— Je ne suis pas ennuyée. Inquiète seulement.

Cy tira sur son ruban bleu pour relire la mention qui y était brodée.

— Il est comme Vernon.

Surprise, Caroline se retourna pour dévisager le garçon.

— L'agent Burns est comme ton frère ?

— Je ne veux pas dire qu'il cherche la bagarre ou qu'il frappe des femmes. Mais il pense lui aussi qu'il est plus malin et meilleur que les autres. Qu'il est le seul à savoir comment s'y prendre. Et puis il aime bien vous mettre le pied sur la gorge.

Le menton dans le creux de sa main, Caroline réfléchit. Burns détesterait la comparaison, songea-t-elle, mais celle-ci était singulièrement pertinente. Avec Vernon, c'étaient les Ecritures — interprétées à sa façon. Avec Burns, c'était la loi — interprétée elle aussi. Dans l'un et l'autre cas, il s'agissait de la même utilisation du droit et de la justice à des fins personnelles.

— Au bout du compte, ce sont ces gens-là qui sont le plus à plaindre, déclara-t-elle enfin.

Elle pensait également à sa mère, grande manipulatrice devant l'Eternel, maîtresse dans l'art et la manière d'imposer sa volonté.

— Parce que, si ce n'est sous la contrainte, personne ne recherche leur compagnie. Et c'est bien triste. Il vaut cent fois mieux que les gens vous apprécient, même si vous n'êtes pas toujours le plus malin, même si vous n'êtes pas toujours assuré d'avoir raison.

Elle se redressa. Tucker descendait la rue d'un pas nonchalant, sa chemise rejetée sur l'épaule, les cheveux dégoulinants et le jean détrempé.

— Semble bien que nous allons enfin rentrer à la maison, murmura-t-elle.

Elle traversa la rue pour le prendre dans ses bras. Il essaya de la repousser en riant.

— Mon chou, je ne suis vraiment pas d'une propreté irréprochable.

— Ce n'est pas grave.

Puis, tournant la tête :

— Il faut que je te parle, lui chuchota-t-elle à l'oreille. Seul.

Tucker aurait aimé croire au caractère sentimental de cette requête, mais la voix de la jeune femme était tendue et ses muscles crispés.

— Très bien, répondit-il. A la première occasion.

Ils se remirent à marcher en se tenant par la taille.

— Allez, en route, Cy. Paraît que Della nous a préparé un vrai festin. L'a dû faire cuire quelques tartes, aussi.

Cy eut un sourire grimaçant.

— Je crois que je ne goûterai plus de tartes d'ici au prochain 4 juillet.

— Allons, faut pas arrêter l'entraînement, mon garçon, répliqua Tucker en donnant une pichenette dans son ruban bleu. Tiens, tu sais pourquoi je suis si bon à attraper les cochons graissés ?

Il souleva Caroline de terre.

— Eh bien, c'est parce que je m'entraîne constamment avec une certaine femme qui a la bougeotte !

Caroline en retrouva un peu le sourire.

— Serais-tu en train de me comparer à une truie ?

— Oh, non, mon chou, certes pas. Je voulais juste dire qu'à condition d'y mettre du sien, n'importe qui est capable d'empêcher que l'objet de ses désirs lui échappe.

A Sweetwater, des couvertures avaient été étendues sur les pelouses. On entendait la complainte flûtée du Limonaire s'élever du Pré d'Eustis en contrebas, et près de l'étang, où flottait naguère un cadavre, sonnaient les cordes d'un violon, d'un banjo et d'une guitare.

Çà et là, des enfants épuisés faisaient la sieste, la plupart étendus à l'endroit même où ils s'étaient laissés tomber. Une partie impromptue de softball[4] était en cours, et de temps à autre un coup de batte arrachait des applaudissements. Les anciens s'étaient assis sur des chaises pliantes pour encourager les joueurs, cancaner et regretter tout haut leurs jambes d'antan. Des adolescents descendaient à la fête, où les tours de manège demeuraient à moitié prix jusqu'à 18 heures.

— C'est comme ça chaque année ? demanda Caroline.

Elle s'était installée assez près de la musique pour pouvoir en jouir, et assez loin de la fête pour ne pas avoir à subir l'aspect misérable que celle-ci avait en plein jour.

— Pratiquement, répondit Tucker.

Couché sur le dos, il était en train de se demander s'il serait encore capable d'engloutir une nouvelle cuisse de poulet.

— Et toi ? Que fais-tu d'ordinaire le 4 juillet ?

— Ça dépend. Si je suis à l'étranger, c'est un jour comme un autre. Quand je suis aux Etats-Unis, nous clôturons habituellement le concert par un feu d'artifice.

4. Succédané du base-ball qui se joue avec une balle plus grosse et plus molle.

Le violoniste se mit à jouer *Little Brown Jug.* Caroline l'accompagna mentalement.

— Tucker, il faut que je te pose une question. C'est au sujet de quelque chose que Matthew m'a dit tantôt.

Le nom de l'agent du FBI suffit à dégoûter Tucker de la volaille.

— J'aurais dû me douter qu'il trouverait un moyen de gâcher la fête.

— Il m'a annoncé qu'il allait procéder à une arrestation demain.

Elle lui prit la main.

— Tucker, as-tu des ennuis ?

Il ferma les yeux, puis, roulant sur le côté, s'assit en tailleur.

— Non, pas moi, Caro. Dwayne.

— Dwayne ?

Elle secoua la tête d'un air incrédule.

— Burns va arrêter Dwayne ?

— Je ne crois pas qu'il le puisse, répondit Tucker d'une voix mesurée. Notre avocat estime que Burns bluffe, peut-être pour amener Dwayne à dire des bêtises. Il n'a que des présomptions. Aucune preuve matérielle.

— Quel genre de présomptions ?

— Il peut affirmer que Dwayne était sur les lieux des meurtres, puisque nous n'avons pour l'instant aucun alibi à lui présenter. Quant au mobile, il peut arguer des problèmes qu'il a eus avec Sissy.

— Le divorce, pour justifier des meurtres ? s'exclama Caroline avec un haussement de sourcils. A ce compte-là, la moitié des hommes du pays seraient des assassins en puissance.

— Oui, tout cela semble bien mince, n'est-ce pas ?

— Tucker, pourquoi as-tu l'air si inquiet ?

— Parce que Burns a beau être un salaud de première classe, ce n'est pas un imbécile. Il sait que Dwayne boit, et il sait également combien Sissy l'embête. Et puis il n'ignore pas que Dwayne connaissait les victimes. Celle de Nashville est la plus embarrassante.

— De Nashville ? répéta Caroline.

Elle hocha la tête en poussant un long soupir.

— Raconte.

Tucker avait espéré la tenir à l'écart de tout cela jusqu'au dernier moment. Cependant, une fois qu'il eut prononcé les premiers mots, les autres suivirent naturellement. Et, sous ces mots, Caroline pouvait sentir à la fois de la colère et une crainte des plus tangibles.

— Que vous a conseillé votre avocat ?

— De continuer à vivre comme avant. D'attendre la suite des événements. Bien sûr, si Dwayne pouvait se trouver un alibi pour une seule de ces soirées, cela calmerait les esprits.

Il décapsula une bouteille de bière et se mit à en contempler le contenu en fronçant les sourcils.

— J'ai essayé d'appeler le gouverneur. Il est un peu difficile à joindre aujourd'hui, mais il doit me rappeler demain.

Caroline s'efforça de sourire dans l'espoir de dérider Tucker.

— C'est un cousin, je suppose ?

— Le gouverneur ?

Il eut un sourire fugitif.

— Non. Mais sa femme, si. Par conséquent, Burns devra présenter des éléments plus convaincants pour mettre les menottes à Dwayne.

— Je peux en parler à mon père, si tu veux. C'est un avocat d'affaires, mais il connaît deux ou trois excellents criminalistes.

Tucker prit une gorgée de bière.

— Espérons que nous n'en aurons pas besoin. Le pis dans cette affaire, Caro, c'est que Dwayne est si effrayé qu'il en vient à douter de lui-même.

— Comment ça ?

— Il se demande si, à force de se soûler, de ne plus avoir les idées très claires, il n'aurait pas pu…

Caroline sentit son cœur manquer un battement.

— Mon Dieu, Tucker, tu ne penses tout de même pas…

— Non, moi, non, répondit-il avec une rage à peine contenue. Seigneur, Caroline, Dwayne est aussi inoffensif qu'un jeune chiot. Il lui arrive de battre la campagne et de se bagarrer un peu quand il est soûl, mais il ne fait alors de mal qu'à lui-même. Et puis…

Il s'interrompit, perdu dans des cogitations qui ne cessaient de l'obnubiler.

— … et puis, reprit-il, il y a la manière dont ces femmes ont été tuées. S'il est vrai que c'étaient des meurtres pervers, perpétrés avec une violence quasi bestiale, ils étaient aussi longuement mûris, exécutés avec soin, intelligence même. Or un homme cesse d'être intelligent quand il est imbibé de whisky. Il devient une chiffe molle sans cervelle.

— Tu n'as pas besoin de m'en convaincre, Tucker, murmura Caroline.

Elle se demandait néanmoins si ce n'était pas lui-même qu'il essayait ainsi de convaincre.

— C'est mon frère, marmonna Tucker.

Pour lui, cela résumait tout. D'où il était, il pouvait voir Dwayne assis avec le vieux O'Hara, en train de boire à un cruchon que ce dernier devait avoir distillé lui-même. Et ce n'était pas de la limonade.

— Il sera soûl comme un putois avant la tombée de la nuit. Et je n'ai toujours pas le cœur de lui faire perdre ce vice.

— Mais tu y seras bien obligé tôt ou tard, n'est-ce pas ? dit-elle en lui posant la main sur la joue. Autrement, ce sera lui que tu perdras. Tu sais, j'ai repensé à ce que tu m'as conseillé au sujet des problèmes familiaux — qu'il ne fallait pas seulement redresser la tête mais essayer d'arranger la situation. Eh bien, je vais appeler ma mère.

— Si je te comprends bien, tu veux me convaincre que ce conseil qui t'a été profitable devrait l'être pour moi aussi ?

Elle sourit.

— En quelque sorte.

Tucker reporta ses regards sur Dwayne en hochant la tête.

— Il y a un endroit à Memphis, un centre réputé pour aider les gens à se débarrasser de l'emprise de la bouteille. Je pense qu'en me débrouillant, je devrais pouvoir le persuader d'y aller. Au moins une fois, pour voir.

— Mon chou, dit-elle en adoptant l'accent traînant du delta, doué comme tu es, tu serais capable de persuader un affamé de te donner son dernier croûton de pain.

— Vraiment ?

— Vraiment.

Il se pencha vers elle pour l'embrasser.

— Puisqu'il en est ainsi, je saurai peut-être t'amener à faire quelque chose pour moi. Quelque chose dont je meurs d'envie.

Caroline songea à sa chambre fraîche et solitaire qui les attendait dans la résidence derrière eux, à son grand lit à baldaquin.

— Je crois que tu arriverais effectivement à me persuader, assura-t-elle en lui rendant son baiser avec passion. Qu'as-tu donc en tête ?

— Eh bien, vois-tu, c'est un désir vraiment très fort.

Il tourna la tête pour lui mordiller l'oreille.

— Voilà qui s'annonce prometteur, murmura-t-elle.

— Cela dit, je ne voudrais pas te déranger.

Elle gloussa contre sa poitrine.

— Non, je t'en prie.

— Je songeais simplement que tu pourrais être un peu gênée de faire ça dehors, devant tous ces gens.

— Mais non, je... Comment !

Elle s'écarta avec un petit rire.

— Faire quoi devant tous ces gens ?

— Eh bien, jouer quelques airs, mon chou, lui répondit-il avec un léger sourire. De quoi croyais-tu que je parlais ?

Il haussa les sourcils avec une moue canaille.

— Eh quoi, Caroline, je vais finir par penser que toutes tes idées se ramènent à la bagatelle.

— Les tiennes, en tout cas, ont des détours curieusement tortueux.

Elle laissa échapper un soupir et se passa une main dans les cheveux.

— Alors tu veux que je joue du violon ?

— Presque autant, sans doute, que tu veux que je joue de ton corps.

Sur le point de répliquer, elle se figea puis secoua la tête.

— Tu as raison. J'en ai effectivement envie.

Tucker la gratifia d'un rapide baiser.

— Je vais te chercher ton instrument.

29

Les musiciens du petit orchestre l'accueillirent avec un plaisir mêlé de scepticisme. Le public se rassit poliment, respectueusement même, songea Caroline, comme une classe se préparant à écouter un conférencier aussi estimé qu'ennuyeux.

La jeune femme s'aperçut alors qu'elle avait fini par prendre goût aux ovations qui saluaient d'ordinaire ses entrées en scène. Un goût manifestement trop prononcé, se dit-elle en éprouvant soudain le trac. La petite étendue de gazon devant l'étang de Sweetwater n'était certes pas Carnegie Hall, mais elle n'en demeurait pas moins une sorte de scène. Et son public de l'heure se montrait réservé.

Elle se sentait grotesque et ridiculement déplacée avec son Stradivarius luisant à la main et ses années de formation chez Juillard derrière elle. Comme elle s'apprêtait à bafouiller une excuse avant de s'éclipser, elle vit le jeune Jim lui adresser un grand sourire.

— A vous de jouer, ma petite dame, lui cria le vieux Koons en plaquant un accord sur son banjo.

Ce dernier, pourtant incapable de voir à trois pas devant lui, était toujours à même de tirer le meilleur de son instrument.

— Par quoi voulez-vous commencer?

— *Whiskey for Breakfast?*

— O.K.

Il tapa du pied pour donner la cadence.

— Nous partons les premiers, ma jolie. Rejoignez-nous quand ça vous chantera.

Caroline laissa passer quelques mesures. L'orchestre avait une sonorité adéquate — généreuse et débridée. Quand le rythme fut établi, elle cala son violon sur son épaule et prit une profonde inspiration, avant de se lancer.

Et son toucher fut également adéquat — généreux et débridé. Comme le plaisir. L'assistance se mit à frapper des mains pour soutenir leur cadence infernale. Il y eut un tonnerre de vivats, et lorsque quelqu'un entonna les paroles de la chanson, les musiciens reçurent des hurlements d'encouragement.

— Ma parole, votre violon va fumer ! s'exclama Koons en recrachant sa chique. Allez, on enchaîne.

— Je ne connais que quelques airs, commença Caroline.

Koons balaya ses protestations d'un revers de main.

— Vous monterez en marche. Essayons avec *Rolling in My Sweet Baby's Arms.*

Et elle monta effectivement en marche. Son oreille comme sa sensibilité étaient suffisamment affûtées pour le lui permettre. Le trio entama ensuite une série de blues, avant de repartir sur une interprétation criarde de *The Orange Blossom Special,* et chaque fois Caroline se trouvait en parfait accord avec ses compagnons.

Cependant, tandis qu'elle se laissait entraîner par sa propre jubilation, elle remarqua que Burns l'observait, et qu'il observait aussi Dwayne. Elle vit également Bobby Lee enlacer Marvella au moment où ils ralentirent le rythme en passant à la *Tennessee Waltz.* Puis, comme la musique continuait à s'écouler à travers tout son corps, elle aperçut Tucker et Burke qui, l'air grave, se parlaient à voix basse. Plus loin, Dwayne était assis par terre, une bouteille à ses pieds, en train de fixer le sol d'un regard sombre.

Les problèmes demeuraient, songea Caroline. Alors même que le soleil se couchait, que les manèges de la fête tournoyaient dans le crépuscule, que les ombres s'allongeaient sur la pelouse, les problèmes demeuraient. Sous les sifflets et les rires, les nerfs étaient aussi tendus que les cordes du banjo de Koons.

Mais après tout, se dit-elle, que faisait-elle sinon participer à un jeu qui la dépassait ? Elle n'était qu'une simple joueuse parmi d'autres dans une partie embrouillée et délicate. Le hasard avait voulu qu'elle se perdît dans cette étuve où bouillonnaient le meurtre et la démence. Et elle survivait. Mieux : elle agissait. L'été était à moitié écoulé et elle se trouvait encore entière. Elle commençait même à penser qu'elle recouvrait ses forces.

Si elle devait quitter Innocence avec ce seul acquis, elle serait déjà satisfaite. Son regard se reporta sur Tucker. Oui, elle serait satisfaite, se répéta-t-elle avec un lent sourire. Mais il ne coûtait rien d'espérer plus encore.

— Eh bien, à côté de vous, j'ai l'air d'un vieux schnock ! lui lança Koons avec un rire asthmatique, en reposant le banjo sur ses genoux. Ah, ça, vous savez le faire danser, votre violon, ma petite. Et puis vous y allez franco.

— Hmm, merci, monsieur Koons.

— Bon, il est l'heure d'aller se prendre une bière.

Il se remit sur ses pieds avec moult craquements.

— Vous êtes sûre que vous êtes une Yankee ?

Caroline sourit, comprenant qu'il s'agissait là d'un compliment.

— Non, monsieur, je ne le suis pas. Pas sûre du tout.

Koons se tapa sur les cuisses et s'en alla clopin-clopant en criant à sa fille de lui apporter une bière.

— C'était vraiment chouette, mademoiselle Caroline, lui dit Jim.

Il s'était précipité pour jeter un coup d'œil sur le violon avant qu'elle le remît dans son étui.

— Il faudra que j'en remercie mon professeur, repartit Caroline.

Le garçon la contempla bouche bée, puis baissa les yeux. Mais il avait beau avoir la tête penchée en avant, Caroline pouvait deviner le sourire qui lui fendait le visage d'une oreille à l'autre.

— Pensez donc, je n'ai rien fait du tout, protesta le garçon timidement.

— Ce serait plutôt à nous de vous remercier, s'exclama Toby.

Serrant sa femme par les épaules, il s'avançait d'une démarche raide en prenant garde à son flanc bandé.

— Vous êtes venue nous prêter main-forte l'autre soir. Je sais que vous avez été d'un précieux réconfort pour Winnie.

— Je suis honteuse de n'avoir pu vous remercier mieux, Caroline, renchérit cette dernière. Je serais devenue folle si je n'avais su que vous et Mlle Della vous occupiez des enfants pendant que Toby était à l'hôpital. Je vous dois beaucoup.

— Non, je vous en prie. Entre voisins c'est normal, à ce qu'on dit.

— Mademoiselle Caroline, murmura la petite Lucy en tirant sur sa jupe, mon papa va chanter l'hymne national avant le feu d'artifice. C'est M. Tucker qui le lui a demandé.

— Mais c'est merveilleux ! Je ne vais pas manquer ce grand moment.

— Allons, ça suffit, protesta Toby en hissant sa fille sur sa hanche valide. Connaissant Tucker, je sais qu'il doit pour l'instant rechercher la dame que voici. Quant à nous, nous ferions mieux de nous trouver une bonne place pour le feu d'artifice. La nuit est en train de tomber.

— Ça commence quand ? s'enquit Lucy.

— Oh, dans une demi-heure au plus.

— Mais j'ai attendu toute la journée, déjà...

La complainte ne datait pas d'hier, songea Caroline en s'esclaffant, tandis que Toby et sa femme emmenaient la petite Lucy se lamenter ailleurs.

— Quel bébé ! lâcha dédaigneusement Jim.

Caroline soupira à cette moquerie. Le garçon avait défendu sa petite sœur au péril de sa vie, elle ne l'ignorait pas. Mais lui-même semblait l'avoir déjà oublié.

— Je viens de prendre conscience d'un fait, Jim. Tu sais quoi ?

— Non, m'dame.

— Je suis une fille unique.

Elle rit en voyant la mine perplexe du garçon, puis ramassa son étui.

— Va donc retrouver ta famille. Et si tu vois Tucker, dis-lui que je le rejoins dans un instant.

— Je pourrais peut-être ranger l'instrument pour vous, mademoiselle Caroline ? Ça ne me dérangerait pas.

— Non. De toute façon, il faut que je passe un coup de fil avant la nuit.

Voilà qui étonnerait sa mère, se dit Caroline en traversant la pelouse aux ombres vertes pour rejoindre les colonnes blanches de la résidence. Elle allait lui souhaiter un heureux jour de l'Indépendance. Heureux pour toutes les deux.

« Je suis indépendante, mère, et tu peux l'être aussi. Et peut-être, si nous nous regardons sans toutes ces cordes fragiles tendues entre nous, pourrons-nous vivre mieux. »

Elle se retourna pour contempler une dernière fois les champs de Sweetwater. Bien qu'il fît encore jour, les lumières clignotaient déjà dans le lointain. La fête avait perdu tout aspect misérable et paraissait maintenant rayonner d'espérance. Et, en tendant bien l'oreille, Caroline pouvait deviner la musique flûtée de l'orgue de Barbarie, à laquelle se mêlaient les rires des passagers du Coup de Fouet.

D'ici peu il ferait nuit. Alors le ciel s'illuminerait d'explosions et l'air tremblerait sous un tonnerre de pétarades. Caroline se détourna et hâta le pas vers la résidence. Pour rien au monde elle ne manquerait cet événement.

Son esprit était si tendu vers les prochaines réjouissances qu'elle ne prêta pas attention aux éclats de voix qui s'élevaient à quelques pas d'elle. Mais au son de la fureur qui s'en dégageait, elle s'arrêta pour de bon, se demandant comment elle pourrait éviter de se mêler à cette dispute.

C'est alors qu'elle aperçut Dwayne et Josie debout dans l'allée centrale, devant la voiture de cette dernière. Elle recula aussitôt dans l'intention de faire le tour par la terrasse latérale. Puis elle hésita. Et vit au même instant le couteau que tenait Dwayne.

Elle se figea sur place, juste derrière la dernière colonne de la gracieuse véranda, et observa, médusée, le frère et la sœur qui se défiaient du regard par-dessus la lame. De l'autre côté de la pelouse, au-delà du champ de coton, des fêtards attendaient impatiemment que la nuit se fît pour que commence le feu d'artifice. Ici, cependant, alors que les grillons se mettaient seulement à chanter et qu'un engoulevent appelait une compagne depuis le faîte d'un magnolia, les deux Longstreet s'affrontaient sans avoir conscience d'être épiés.

— Tu ne peux pas faire ça, s'écria Josie d'une voix rageuse. Tu ne peux pas, c'est tout. Il faut que tu le comprennes, Dwayne.

— Mais ce couteau… Seigneur, Josie.

Il tourna l'arme dans sa main, comme hypnotisé par l'éclat sourd de la lame.

— Donne-le-moi, murmura Josie d'un ton qu'elle s'efforçait de maintenir égal. Allons, donne-le-moi. Je m'occupe de tout.

— Ce n'est pas possible. Seigneur Dieu, Josie, il faut que tu comprennes que ce n'est pas possible. L'affaire est allée trop loin maintenant. Doux Jésus, Arnette… Francie. Je les vois, Josie. Je les vois encore. Comme dans un rêve affreux. Sauf que ce n'est pas un rêve.

— Arrête!

Approchant son visage à deux doigts du sien, Josie saisit son frère par le poignet pour lui faire lâcher le couteau.

— Arrête tout de suite. Ce que tu as en tête est dément, tout simplement dément. Je ne te le permettrai pas.

— Il faut que…

— Il faut que tu m'écoutes, un point c'est tout. Regarde-moi, Dwayne. Regarde-moi, bon sang!

Leurs regards se rivèrent l'un à l'autre.

— Nous sommes une famille unie, Dwayne, reprit-elle d'une voix plus calme. Et nous devons le rester.

Le manche du couteau glissa légèrement entre les doigts moites de Dwayne.

— Je ferais n'importe quoi pour toi, Josie. Tu le sais bien. Mais pas…

— Ça suffit.

Elle lui retira le couteau des mains avec un léger sourire. Caroline, toujours postée derrière la colonne, faillit en gémir de soulagement.

— Voilà ce que tu es en mesure de faire pour moi. Maintenant, je m'occupe de tout, aie confiance.

Dwayne secoua la tête et se couvrit la face.

— Comment peux-tu ?

— Laisse-moi agir comme je l'entends. Aie confiance en Josie, Dwayne. Allez, retourne au champ admirer le feu d'artifice et oublie-moi tout ça. C'est important, tu sais. Fais le vide. Je m'occupe de ce couteau.

Dwayne baissa les bras. Il avait le visage blafard et bouleversé.

— Je ne t'ai jamais voulu de mal, Josie. Tu sais que j'en serais incapable. Mais j'ai peur. Si ça recommence…

— Ça ne recommencera pas, l'interrompit Josie en rangeant le couteau dans son imposant sac à main. Ce n'est pas près de recommencer.

Elle le prit doucement par les épaules.

— Nous allons régler cette affaire.

— Je voudrais le croire. Peut-être que si on en parlait à Tucker, il pourrait…

— Non.

Irritée, Josie le secoua légèrement.

— Je ne veux pas qu'il l'apprenne, et le lui dire ne soulagera en rien ta conscience, Dwayne, alors laisse tomber. Laisse tomber, tu m'entends ? Retourne là-bas. Je fais le nécessaire.

Il se pressa les paupières des poignets, comme s'il voulait refouler l'horreur du moment.

— Je n'arrive plus à penser. Toutes mes idées s'embrouillent.

— Alors arrête de penser. Fais simplement ce que je t'ai dit. Allez, va. Je te rejoindrai dès que possible.

Il recula de deux pas, se retourna, puis s'arrêta soudain, la tête rentrée dans les épaules.

— Josie, qu'est-ce qui s'est passé ?

Elle tendit la main vers lui — mais ne le toucha pas.

— Nous en reparlerons plus tard, Dwayne. Ne t'inquiète plus, va.

Dwayne s'éloigna sans remarquer la présence de Caroline. Cette dernière, cependant, put voir l'horrible souffrance qui se peignait sur ses traits avant que les ténèbres ne l'engloutissent.

Durant un moment encore, elle se tint immobile comme une statue. Son cœur battait sourdement dans sa gorge, et l'odeur de la peur, mêlée à celle des roses, lui faisait tourner la tête.

Dwayne était donc responsable de la mort violente de cinq femmes. Le frère de l'homme qu'elle aimait était un meurtrier. Un frère auquel, Caroline le savait, Tucker était profondément dévoué.

Et elle en souffrait. Elle souffrait pour eux tous. Pour la douleur qu'ils avaient déjà subie comme pour celle qui restait à venir. De tout son cœur elle aurait voulu se détourner et passer son chemin, comme si elle n'avait jamais rien entendu, jamais rien vu. Jamais rien su.

Mais Josie avait tort. Tucker devait être mis au courant. Quelles que fussent la profondeur et la vigueur des liens familiaux, ce problème ne pouvait être résolu par une sœur aimante. Tucker devait être informé, et préparé à ce qui adviendrait forcément ensuite. La présence de Josie serait nécessaire. Et toutes les bonnes volontés requises.

Caroline traversa à pas feutrés la véranda et entra dans la maison. Au milieu d'un silence oppressant, elle monta à l'étage. Malgré tous ses efforts, elle n'arrivait toujours pas à trouver les mots adéquats. Elle s'arrêta devant la chambre de Josie et regarda à l'intérieur.

Le désordre du lieu contrastait vivement avec la tranquillité de la femme qui se tenait devant la porte-fenêtre. Le chaos allègre de parfums et de couleurs mêlés était englouti par la montée des ténèbres et la tristesse du moment.

— Josie…, murmura Caroline.

A ce chuchotement, l'interpellée se raidit, puis se retourna. Son visage cerné d'obscurité avait une pâleur de spectre.

— Le feu d'artifice va bientôt commencer, Caroline. Vous ne voudriez pas le manquer, je pense.

— Je suis désolée.

Se rendant compte qu'elle tenait toujours l'étui de son violon dans les bras, elle le posa de côté et se mit à agiter les mains avec désarroi.

— Josie, je suis si désolée. Je ne sais pas en quoi je puis vous être utile, mais je ferai tout mon possible.

— Mais de quoi êtes-vous donc désolée, Caroline ?

— J'ai tout entendu. Entre vous et Dwayne.

Elle poussa un frémissant soupir et pénétra dans la pièce.

— Je vous ai entendus, répéta-t-elle. J'ai vu Dwayne avec le couteau, Josie.

— Oh, mon Dieu.

Josie s'effondra dans un fauteuil avec un gémissement désespéré et se couvrit la face.

— Oh, mon Dieu, pourquoi ?

— Je suis désolée.

Caroline traversa la pièce pour venir s'accroupir aux pieds de la jeune femme.

— Je ne peux même pas imaginer ce que vous devez ressentir, mais je veux vous aider.

— Restez en dehors de tout cela, répondit Josie d'une voix crispée.

Elle laissa retomber ses mains. Bien que ses yeux fussent humides, on devinait au fond de son regard un feu qui aurait tôt fait de les sécher.

— Si vous voulez vraiment nous aider, restez en dehors de tout cela.

— C'est impossible, vous le savez bien. Et ce n'est pas seulement à cause de Tucker et des sentiments que j'ai pour lui.

— Cela devrait pourtant vous amener à réfléchir, répliqua Josie en lui prenant les mains.

Caroline sentit les doigts fins et nerveux de la jeune femme se nouer aux siens comme des câbles.

— Je sais que vous l'aimez, que vous ne lui voulez pas de mal. Alors, je vous en prie, laissez-moi m'occuper de tout.

— Mais qu'arrivera-t-il ensuite ?

— Eh bien, la vie continuera comme avant et l'affaire sera bientôt oubliée.

— Josie, ces femmes sont mortes. Dwayne a beau être malade, on ne peut ignorer ces assassinats. Ni les oublier.

— Tout révéler reviendrait à briser notre famille, et cela ne les fera en rien revenir à la vie.

— C'est une question de justice, Josie. Et Dwayne a besoin d'être aidé.

— Aidé ? s'écria-t-elle en se levant brusquement du fauteuil. Aller en prison ne l'aidera en rien.

— Il n'a pas toute sa tête.

Caroline se redressa péniblement. Comme la nuit commençait à tomber, enveloppant la pièce d'un voile sombre, elle alluma la lampe de chevet. Les ombres alentour s'écartèrent sous la pâle lueur rosée.

— L'amour ne suffit pas, Josie. Dwayne a besoin d'être pris en charge par des professionnels. Pas seulement pour trouver le pourquoi de sa conduite, mais aussi et surtout pour ne pas recommencer.

— Peut-être méritaient-elles de mourir…

Josie arpentait la pièce tout en massant convulsivement ses tempes douloureuses.

— Les faits sont là, reprit-elle. Ce n'est pas manquer de cœur que de les remarquer. Vous ne connaissiez pas ces femmes aussi bien que moi, alors de quel droit vous ériger en juge ?

— Je ne juge rien ni personne. Je pense simplement que nul ne mérite de mourir de cette façon. Et si l'on ne réagit pas, il y aura peut-être un autre meurtre. Vous-même n'y pouvez rien, Josie.

— Oui, sur ce point, vous avez sans doute raison, dit-elle en se passant une main sur les yeux. J'avais d'abord espéré le contraire, en voyant Dwayne si docile — mais je comprends maintenant que je me trompais.

Elle leva la tête pour se contempler dans le miroir.

— C'est à cause du sang, vous savez. Une fois qu'on y a goûté, on devient enragé, on ne peut plus revenir en arrière. On ne peut plus s'en passer, Caro.

Caroline vint se mettre derrière la jeune femme pour rencontrer son regard dans la glace.

— Nous lui trouverons des spécialistes compétents. J'en connais un moi-même. Il pourra l'aider.

— Des spécialistes, répéta Josie en s'esclaffant.

Elle tira sur le foulard qui lui retenait les cheveux.

— Quelle idiotie ! « Détestiez-vous votre mère ? Aimiez-vous votre père ? » Bah !

— Ce n'est jamais aussi simple que cela.

— Parfois, si. Ecoutez…

Elle ferma les yeux, un léger sourire sur les lèvres.

— Toby March est en train de chanter. On a dû le pousser devant un micro là-bas, à la fête. Voilà une voix qui porte joliment par une chaude nuit d'été.

— Josie, il faut que nous allions parler à Tucker. Et il faut que nous dénoncions Dwayne. Je suis désolée, mais c'est la seule solution.

— Je sais bien que vous êtes désolée, rétorqua Josie avec un soupir. Et je le suis, moi aussi. Plus encore que je ne saurais dire.

Elle se retourna, le canon de son revolver pointé sur Caroline.

— C'est vous ou la famille, Caroline. Vous ou les Longstreet. Alors, il n'y a effectivement pas d'autre solution.

— Josie…

— Vous voyez ce revolver ? l'interrompit la jeune femme. Mon papa me l'a offert pour mes seize ans. L'âge tendre, disait-il. C'était un partisan convaincu de l'autodéfense. Je l'adorais. Je détestais mon père, mais j'adorais vraiment mon papa.

Caroline, ébranlée, s'humecta les lèvres. Elle n'avait pas encore peur. Son esprit était trop embrouillé pour cela.

— Josie, lâchez cette arme. Vous ne pouvez aider Dwayne en agissant ainsi.

— Il ne s'agit pas seulement de Dwayne mais de nous tous. De la respectabilité, de l'honneur de tous les Longstreet.

— Mademoiselle Caroline ?

La voix de Cy retentit jusqu'à l'étage, faisant sursauter les deux jeunes femmes.

— Mademoiselle Caroline, vous êtes là ?

L'interpellée vit un éclair de panique traverser le regard de Josie.

— Dites-lui de partir. Vite, Caro. Qu'il sorte. Je ne veux pas faire de mal à ce garçon.

— Je suis dans ma chambre, Cy, cria Caroline, les yeux rivés sur le petit canon étincelant. Attends-moi dehors. Je te rejoins tout de suite.

— M. Tucker m'a demandé de rester avec vous.

Caroline se l'imaginait en train d'hésiter au pied de l'escalier, partagé entre le respect des convenances et ses obligations envers Tucker.

— J'arrive dans un instant, reprit-elle d'une voix altérée par un début de panique. Allez, attends-moi dehors.

— Oui, m'dame. Mais le feu d'artifice est sur le point de commencer.

— Alors va donc le regarder. Je n'ai besoin de rien.

Elle retint sa respiration jusqu'à ce qu'elle entendît la porte d'entrée se refermer.

— Je n'aurais pas voulu lui faire de mal, répéta Josie. J'ai une réelle affection pour ce garçon.

Ses lèvres se tordirent en un abominable rictus.

— Une affection familiale, même.

— Josie, murmura Caroline en s'efforçant de maîtriser sa voix, vous vous doutez bien que ce n'est pas une façon de résoudre vos problèmes. Et vous savez aussi que je ne souhaite pas le malheur de Dwayne.

— Non, mais vous ferez votre devoir. Et je ferai le mien.

Elle replongea la main dans son sac pour en sortir le couteau.

— Ça aussi, c'était à mon papa. Il adorait chasser. Il dépeçait les bêtes lui-même. Papa ne craignait pas de se mettre un peu de sang et de tripes sur les mains. Non, du tout. J'allais avec lui chaque fois qu'il me le demandait. Et j'ai fini par aimer ça.

— Josie, je vous en prie, lâchez ce couteau.

— Quant à Tucker, reprit Josie avec une moue en présentant la lame à la lumière, il n'a jamais trop aimé tuer. Alors il nous laissait partir seuls la plupart du temps — exprès.

Elle secoua la tête, comme navrée par cette mauvaise volonté.

— Seigneur, papa l'a pourtant accablé de reproches. Dwayne, lui, n'avait aucun scrupule à abattre un daim ou un lapin, mais quand il s'agissait de le dépecer, il devenait tout pâle. Une vraie femmelette. Alors papa disait : « Josie, viens donc montrer à ce garçon comment on fait. »

Elle eut un petit gloussement.

— Alors je le faisais. Le sang ne m'a jamais donné la nausée. J'y ai même pris goût. C'est violent et c'est doux à la fois.

Sous l'effet de la frayeur, Caroline recula de quelques centimètres. Elle avait la peau moite.

— Josie..., lâcha-t-elle dans un souffle rauque.

Leurs regards se rencontrèrent de nouveau.

— Quand papa est mort, on m'a confié le couteau.

Elle leva la main, et l'arme se remit à briller sous l'éclat de la lampe.

— Oui, on m'a confié le couteau.

Caroline, transie, contempla la lame étincelante, cependant que derrière elle, dans le ciel noir, éclataient les premières fusées.

30

Le petit revolver avait l'air d'un joujou, à présent. Comparé au long couteau de chasse, il semblait aussi ridiculement gênant qu'une mouche qu'on écarte de la main. Caroline n'esquissa cependant aucun geste dans sa direction. Toute son attention, toute sa terreur étaient concentrées sur les reflets accrochés par la fine lame argentée.

— Josie, vous ne pouvez protéger Dwayne comme vous le faites.

— Vous ne me croyez pas, hein ?

Josie faillit en rire. Il y avait une partie d'elle-même, cette partie qui avait depuis longtemps échappé à son contrôle, qui exultait de joie.

— Mais qui le croirait, de toute façon ? Personne n'irait soupçonner une femme, et notre brillant agent spécial encore moins que les autres. « Recherche quelqu'un qui déteste les femmes », lui ai-je dit. Mais il n'a rien compris. Vous et moi, Caroline, nous savons pourtant que la haine d'une femme est la pire de toutes.

Caroline sursautait chaque fois qu'une fusée explosait dans le ciel.

— Mais pourquoi cette haine ?

— Oh, pour des tas de raisons.

Elle se rapprocha de Caroline jusqu'à ce que sa silhouette s'encadrât entre les montants de la porte-fenêtre. Ses yeux étaient aussi éclatants que les feux qui criblaient le ciel derrière elle.

— Je devais protéger ma famille. Et je devais me protéger moi-même. Tout comme je le ferai tout à l'heure. Mais avec vous, Caroline, c'est différent. Ça ne me plaira pas de vous tuer, car je vous aime bien, je vous respecte. Et je sais combien cela va peiner Tucker.

Caroline bougea insensiblement.

— Non ! Je ne veux pas vous tirer dessus, mais je n'hésiterai pas si vous m'y obligez. Personne n'entendra.

Non, se dit Caroline, personne n'entendrait. Elle pourrait crier, comme Edda Lou naguère, et personne n'y prendrait garde. Le revolver était pointé sur sa gorge. Une balle minuscule, songeat-elle, pour une mort infime.

— Je ne veux pas que vous souffriez, ajouta Josie. Ce ne sera pas comme avec les autres. Car vous n'êtes pas comme les autres.

« Pense ! » s'exhorta Caroline. Oui, elle devait penser. La clé du problème était la famille.

Restait à savoir comment l'utiliser.

— Tucker et Dwayne en souffriront, Josie.

— Je sais. Je les aiderai à s'en remettre.

Des fleurs d'or palpitant s'épanouirent dans le ciel avant de se dissoudre en fumée. Josie détourna un instant la tête.

— N'est-ce pas un spectacle magnifique ? Les Longstreet tirent des feux d'artifice à Sweetwater depuis plus d'un siècle. Ce n'est pas rien, tout de même. Je me souviens encore quand papa me portait sur ses épaules pour me rapprocher du ciel. J'étais sa chandelle romaine, qu'il disait. Maman, elle, regardait seulement, sans prononcer un mot. Elle ne voulait pas de moi, vous savez.

— Pourquoi, Josie ?

Combien de temps encore allait durer le feu d'artifice ? se demandait Caroline. Combien de temps encore avant que Dwayne ou un autre vînt enfin s'enquérir de son sort ?

— Racontez-moi tout, Josie, que je comprenne pourquoi vous en êtes arrivée là.

— Oui, je peux tout vous dire. Nous en avons le temps. Et ce sera plus facile si vous me comprenez. Plus facile pour nous deux, je suppose.

Elle prit une longue et profonde inspiration.

— Austin Hatinger était mon père.

En voyant le visage de Caroline se décomposer, elle ébaucha un sourire.

— Eh oui, ce pseudo-prophète de malheur, ce salaud, ce serpent venimeux était mon vrai père. Il a violé ma mère, et m'a fourrée dans son ventre. Elle ne voulait pas de moi, mais quand elle s'est retrouvée enceinte, elle a dû faire avec.

— Comment pouvez-vous en être certaine ?

— Elle l'était, elle. Je l'ai entendue un jour en discuter avec Della dans la cuisine. Della savait. Mais Della seulement.

Josie glissa le revolver dans sa poche, se contentant de serrer le couteau dans sa main.

— Elle n'en a pas parlé à papa. Je crois qu'elle avait peur. Et puis elle voulait le protéger, lui et la famille, et Sweetwater. Alors je suis née, et elle m'a tolérée — et a cherché sans cesse à savoir jusqu'où irait ma ressemblance avec l'autre.

— Josie…

— J'étais déjà une adulte quand j'ai découvert le secret. Elle m'a menti durant toute ma vie. Ma mère, cet être si charmant, cette grande dame, cette femme à laquelle je voulais ressembler de toutes mes forces n'était rien qu'une menteuse.

— Elle voulait seulement vous épargner des souffrances.

— Oh, elle me détestait, répliqua Josie avec rage, en fendant l'air de son couteau. Chaque fois qu'elle posait les yeux sur moi, elle revivait son viol. Son viol dans la poussière, c'était moi, moi qu'on lui avait imposée malgré ses appels au secours. Et pourquoi ne s'est-elle jamais demandé la raison de sa propre conduite ? Qu'est-ce qu'elle allait faire là-bas, d'abord ? S'inquiétait-elle vraiment à ce point d'Austin et de sa pitoyable épouse ?

— Vous ne pouvez en vouloir à votre mère, Josie.

— Oh, que si ! Elle m'a obligée à vivre dans le mensonge, elle n'a pas arrêté de me regarder de haut en pensant que je valais moins qu'elle, que j'étais la dernière des dernières. Elle a dit à Della, ce jour-là, que je n'étais pas destinée à être heureuse, à avoir un foyer à moi, une famille à moi. A cause de mon sang. De mon sang souillé.

Elle cracha ces derniers mots sous un ciel embrasé de feux multicolores.

— Quand je suis revenue ici après mon second divorce, poursuivit-elle, elle m'a regardée avec cet air-là. Cet air de reproche. Et c'est à ce moment-là qu'elle a dit à Della que peut-être je n'aurais jamais de foyer ni d'enfants. Que c'était peut-être le châtiment que lui envoyait le Seigneur pour avoir gardé le secret, pour avoir couvé ce mensonge au fond d'elle-même. Elle se sentait misérable depuis quelque temps, oui, misérable. Lorsqu'elle est sortie pour aller à la roseraie, j'y suis allée aussi. Je voulais qu'elle me répète tout ça en face. Nous avons eu une horrible dispute, et je l'ai plantée là, en train de pleurer au milieu de ses roses. Un peu plus tard, Tucker est arrivé et l'a trouvée morte. Ce doit être moi qui l'ai tuée.

— Oh, non. Non, Josie. Ce n'était ni votre faute ni la sienne.

— Peu importe, car depuis ce temps-là quelque chose a grandi en moi. Ce n'était pas un enfant — les médecins m'avaient assuré que je n'en aurais jamais. Mais ce qui grandissait, là, au fond de moi, était pourtant bien réel. Et c'était bouillonnant. D'abord, ça a été Arnette. Elle voulait mettre le grappin sur Dwayne, exactement comme Sissy. Elle essayait de se servir de moi pour ça, et j'ai joué le jeu. Et puis j'ai réfléchi. Longtemps. Je passais des nuits entières allongée dans mon lit à penser, à me poser des questions. Maman avait gardé un secret en donnant la vie. Eh bien, moi, j'allais aussi en garder un. En la prenant.

Un rugissement s'éleva de la foule tandis que les fusées se succédaient dans le ciel pour le bouquet final.

— Cela dit, je devais avoir un mobile. Je n'étais pas une bête, tout de même. Il fallait que tout cela ait un sens. Alors j'ai choisi les femmes qui aguichaient les hommes, se pavanaient devant eux, leur racontaient des bobards. Moi-même, il est vrai, j'ai connu beaucoup d'hommes…

Elle sourit.

— … mais je n'ai jamais menti pour les attirer dans mon lit.

— Arnette… je croyais qu'elle était votre amie ?

— Ce n'était qu'une salope, répondit Josie avec un haussement d'épaules désinvolte. Ce n'était pourtant pas elle que je visais d'abord. C'était Susie. J'ai toujours pensé que Burke et moi, nous irions bien ensemble… Enfin, de toute façon, Susie ne convenait pas. Elle ne regardait jamais d'autre homme que Burke. La tuer n'aurait pas été juste. Et cela devait être juste.

En l'entendant chuchoter ces derniers mots, Caroline sentit son sang se glacer.

— Alors j'ai choisi Arnette. Il était si facile de la faire boire. Puis je l'ai emmenée au Gooseneck. Là, je l'ai frappée avec un caillou, je l'ai déshabillée et je l'ai ligotée. Mais je me sentais froide. Seigneur, si froide. Alors j'ai attendu qu'elle se réveille, et j'ai fait comme si j'étais mon père et qu'elle, elle était maman. Et j'ai continué comme ça jusqu'à ce que je sente mon cœur se réchauffer.

Elle s'interrompit un instant.

— Après, reprit-elle d'un air rêveur, je me suis trouvée mieux un moment. Et puis ça a recommencé à grandir au fond de moi. Alors il y a eu Francie. Elle s'accrochait à Tucker, je le savais. Ensuite, ça aurait dû être Sissy, mais j'ai commis une erreur. Et chaque fois, c'était encore mieux. Lorsque le FBI est arrivé, j'ai eu envie de rire, de rire. Personne ne me soupçonnerait. Teddy m'a même emmenée à la morgue pour que je puisse voir Edda Lou. Au début, ça a été horrible, mais après j'ai compris que c'était *moi* qui avais fait ça. C'était mon secret à moi, comme pour maman. Alors j'ai eu envie de recommencer, encore et encore, pendant que tout le monde cherchait partout le meurtrier. Darleen fut une proie parfaite. A croire qu'elle m'était prédestinée.

— Vous êtes pourtant restée au côté de Happy quand on la recherchait.

— J'étais désolée que Happy doive en souffrir. Il semblait juste que je la console un peu. Darleen ne mérite pas qu'on se lamente sur son sort. Aucune des autres non plus, d'ailleurs. Mais vous, Caroline, vous... Si seulement vous n'aviez pas été là. Je comptais tenir ma promesse à Dwayne, arrêter tout, puisque ça paraissait si important pour lui. Mais maintenant il faut que je trahisse cette promesse, pour une dernière fois au moins.

— Cette fois-ci, ils sauront.

— Peut-être, oui. Mais je m'occuperai de ce problème. Et puis, j'ai toujours pensé que je devrais m'arrêter un jour. A ma façon.

Les ultimes fusées partirent dans un crépitement de mitrailleuse.

— Je n'irai pas en prison ni dans un de ces endroits où on met les gens qui font des choses que les autres ne comprennent pas.

Elle fit un geste avec le couteau.

— Tournez-vous maintenant. Il faut d'abord que je vous ligote. Je vous promets que vous ne souffrirez pas longtemps.

Tucker fendait anxieusement la foule, tandis que des gerbes de feu éclataient au-dessus de sa tête. Il n'avait pas revu Caroline depuis une demi-heure. Ah, les femmes! se dit-il. Il avait déjà plein de soucis avec Dwayne et le type du FBI, et voilà qu'en plus elle choisissait ce moment précis pour jouer la fille de l'air!

On lui tendit une bière qu'il refusa d'un signe de tête avant de poursuivre son errance d'un groupe à l'autre.

— Superbe spectacle, lui cria cousine Lulu depuis son siège de metteur en scène.

— C'est cela, oui.

— Et comment le sais-tu? Tu l'as à peine regardé!

Pour lui faire plaisir, il leva la tête et s'extasia sur une ombrelle de flammes rouges, blanches et bleues.

— Tu n'aurais pas vu Caroline ?

— T'as perdu ta Yankee ? repartit Lulu.

Elle ricana et mit le feu à une allumette japonaise.

— On dirait bien, hurla Tucker pour couvrir les applaudissements. Je ne l'ai plus revue depuis qu'elle a fini de jouer.

— Et elle joue drôlement bien.

Lulu écrivit son nom dans les airs avec le bâtonnet crépitant.

— Crois savoir qu'elle doit bientôt jouer devant les têtes couronnées d'Europe.

— Mouais.

Les mains dans les poches, il passa la foule en revue.

— Difficile de retrouver qui que ce soit dans cette obscurité.

— Tu n'es pas près de la retrouver ici, de toute façon.

Lulu eut une moue chagrine en voyant son allumette japonaise s'éteindre en crachotant. Elle décida d'attendre la fin du feu d'artifice pour surprendre tout le monde avec le lâcher impromptu de la poignée de chandelles romaines qu'elle tenait serrée dans sa poche.

— Je l'ai vue se diriger vers la maison entre chien et loup.

— Pourquoi, diable... Oh, c'était sans doute pour aller ranger son violon. Cela dit, elle aurait dû être de retour depuis longtemps.

Il se retourna pour contempler la masse blanche et spectrale de la résidence dans le lointain. Il avait toujours pensé que la meilleure façon de comprendre une femme était de s'en abstenir.

— Je vais aller jeter un coup d'œil, dit-il.

— Tu vas manquer le bouquet final.

— Je reviendrai à temps.

Il repartit au pas de gymnastique, irrité d'être ainsi obligé de se dépêcher. Malgré tous ses efforts, il ne parvenait pas à deviner pour quelle raison elle s'était réfugiée dans la résidence. Peut-être avait-il eu tort de la forcer à jouer. Elle pouvait être indisposée, ou bien toute cette histoire lui avait donné une de ses fameuses migraines. Pris de remords, il étouffa un juron et accéléra l'allure. Il manqua marcher sur Dwayne.

— Doux Jésus, pourquoi es-tu assis là, dans le noir ?

— Je ne sais pas quoi faire, murmura Dwayne.

Recroquevillé sur lui-même, il ne cessait de se balancer.

— Il faut que je m'éclaircisse les idées, que je prenne une décision.

— Je t'ai déjà assuré que j'allais régler cette affaire. Burns brasse de l'air, c'est tout.

— Je pourrais dire que c'est moi le coupable, marmonna Dwayne. Ça serait peut-être la meilleure solution pour tout le monde.

— Bon sang, Dwayne ! s'exclama Tucker en se penchant vers son frère pour lui secouer l'épaule. Epargne-moi tes salades, ce n'est pas le moment. Nous en reparlerons plus tard, quand j'aurai le temps. Il faut que j'aille voir si Caroline est dans la maison. Viens avec moi. Il vaut encore mieux que tu ne parles à personne, ce soir.

— Je lui ai dit que je ne pourrais pas, reprit Dwayne, sans parvenir à se redresser. Mais il faut faire quelque chose, Tuck. Il faut faire quelque chose.

— Bien sûr qu'il le faut, répondit Tucker d'un air las en soutenant son frère par la taille. Et nous le ferons, crois-moi. Je sais tout ce qu'il y a à savoir, maintenant.

— Tu sais tout ?

Dwayne s'arrêta brusquement en chancelant. Tucker se mit à le tirer avec moult jurons.

— Mais elle m'a affirmé que tu ne savais rien ! Quand j'ai voulu qu'on te le dise, elle m'a répondu que non.

— Me dire quoi ?

— Au sujet du couteau. Le vieux couteau à daim de papa. Je l'ai trouvé sous le siège de sa voiture. Seigneur, Tuck, comment a-t-elle pu ? Comment a-t-elle pu faire toutes ces choses ? Qu'allons-nous devenir ?

Tucker sentit son sang se figer dans ses veines. Ses oreilles se mirent à bourdonner.

— Mais de qui parles-tu ?

— De Josie. Oh, mon Dieu, Josie…

Dwayne pleurait maintenant, accablé par la conscience soudaine de la tragédie.

— Elle les a tuées, Tuck. Elle les a toutes tuées. Et je ne peux pas la livrer à la police. Je n'y survivrai pas.

Tucker se recula lentement, laissant son frère osciller sur place.

— Tu perds complètement les pédales.

— Non, nous devons le faire. Je sais que nous le devons. Pour l'amour du ciel, c'était Sissy qu'elle voulait tuer à Nashville !

— La ferme !

Aveuglé par la rage et la colère, Tucker lança son poing dans la figure de Dwayne.

— Tu es ivre. Ivre et stupide. Si je t'entends ajouter un seul mot, je te…

— Monsieur Tucker…

Les yeux écarquillés, Cy se tenait en bordure de l'allée principale. Il avait tout entendu, tout ce qu'ils disaient, et ne savait plus que croire.

— Que diable fais-tu ici ? lui demanda Tucker. Pourquoi n'es-tu pas en train de regarder le feu d'artifice avec les autres ?

— Je… vous m'aviez demandé de rester auprès d'elle.

Cy sentait ses entrailles frémir sous le coup d'une frayeur qu'il avait bien cru ne jamais éprouver de nouveau.

— Elle est rentrée dans la maison, mais elle m'a crié de rester dehors. Elle m'a dit que je ne devais pas monter la voir en haut.

— Caroline ? s'exclama Tucker, déconcerté.

Le coup de poing avait dégrisé Dwayne. Tandis que Cy s'expliquait, il saisit Tucker par la chemise.

— Josie. Elle a pris le couteau avec elle. Elle a pris le couteau avant de rentrer dans la maison.

Tucker en eut le souffle coupé. Il voulait se battre, combattre le sentiment d'horreur qui prenait possession de son esprit. Mais, alors même qu'il serrait les poings, il lut toute la vérité dans les yeux de son frère.

— Pousse-toi de là.

Galvanisé par sa propre peur, il écarta rudement Dwayne, qui tomba sur les genoux.

— Caroline est à l'intérieur !

Puis il se mit à courir à toutes jambes vers la résidence, poursuivi par les vivats de la foule et l'haleine glacée de la terreur.

— Je ne me laisserai pas faire, Josie.

Caroline ne tremblait pas devant le revolver, elle ne se le serait pas permis. Mais elle éprouvait une crainte instinctive et profonde de la longue lame d'acier affûtée.

— Vous devez arrêter ça, vous le savez, insista-t-elle. Quels que soient vos sentiments et les fautes de votre mère, vous ne pouvez y remédier de cette manière.

— Je voulais être comme elle, mais les gens disaient toujours que je ressemblais à mon père.

Sa voix avait pris des intonations singulièrement douces, presque musicales.

— Ils ne savaient pas combien ils avaient raison — et ils ne le sauront jamais. C'est mon secret, Caroline. Et je vais vous tuer pour qu'il le reste.

— Oui, et après, Dwayne et Tucker en souffriront. Dwayne parce qu'il saura la vérité, et que cette vérité le rongera jusqu'à la fin de ses jours. Et Tucker parce qu'il est attaché à moi. Et parce que vous les aimez tous les deux, vous souffrirez aussi.

— Je n'ai pas le choix. Allons, tournez-vous maintenant, Caroline. Tournez-vous ou ce sera encore bien pis.

Les oreilles tintant encore des dernières explosions du feu d'artifice, Caroline s'exécuta lentement. Elle n'osa pas fermer les yeux, non, mais elle fit une brève et fervente prière. Puis, alors qu'elle s'était déjà aux trois quarts retournée, elle lança brusquement sa main pour précipiter la lampe sur le sol. Bénissant l'obscurité, elle plia alors les jambes et roula de l'autre côté du lit.

— Comme vous voudrez !

La voix de Josie frémissait maintenant d'excitation. La chasse recommençait. Et avec elle la faim.

— Vous me facilitez les choses. Je n'aurai pas à vous regarder. Ce sera comme pour les autres.

Caroline, blottie près du lit, entendit les pieds de Josie frôler le tapis. Elle se pencha en avant et scruta l'obscurité. Si seulement elle pouvait atteindre la porte, songea-t-elle. Si seulement elle pouvait se faufiler rapidement et sans bruit jusque dans le couloir.

— J'aime la nuit, poursuivit Josie.

Retenant sa respiration, Caroline s'éloigna du lit à reculons.

— J'ai toujours adoré chasser dans le noir. Papa disait que j'avais des yeux de chat. Et je peux entendre les battements de votre cœur !

Vive comme un serpent, elle bondit vers l'endroit où se tenait Caroline quelques secondes auparavant.

Celle-ci se mordit la lèvre pour s'empêcher de crier. Elle sentit un goût de sang dans sa bouche et se força à demeurer immobile. Ses yeux étaient en train de s'accoutumer à la pénombre. Dans la pâle clarté lunaire, elle distingua bientôt la silhouette de Josie, puis le tranchant mortel qu'elle tenait à la main. La jeune femme n'avait qu'à tourner la tête pour qu'elles se retrouvent face à face.

Et c'est ce que fit Josie. Lentement. Ses yeux accrochèrent un reflet de lune. Ses lèvres esquissèrent un sourire. Caroline crut alors revoir Austin tel qu'il était naguère, la menaçant de son couteau, assoiffé de sang, ivre de démence.

— Je vous promets que ce sera rapide, dit Josie en levant le bras.

Dans un dernier effort pour échapper à la mort, Caroline roula sur le côté. La lame s'enfonça dans le bas de sa robe, la clouant au sol. Elle poussa un hurlement de terreur et arracha l'étoffe avant de se diriger péniblement vers la porte, s'attendant à entendre le sifflement de l'acier lancé à sa poursuite, à sentir le choc brûlant de la lame dans sa chair.

Soudain, les lampes du couloir s'allumèrent, la plongeant dans une clarté aveuglante.

— Caroline !

Tucker déboula dans le couloir et la recueillit dans ses bras à l'instant même où elle s'écroulait sur le seuil de la chambre.

— Tu n'as rien ? Dis-moi que tu n'as rien.

Il la serra contre lui, et vit alors sa sœur.

Elle tenait toujours le couteau à la main, et son regard étincelait d'une telle sauvagerie que Tucker en demeura bouche bée.

— Josie. Au nom du ciel, Josie, qu'as-tu fait ?

Toute violence disparut aussitôt des yeux de la jeune femme.

— Je ne pouvais pas m'en empêcher, répondit-elle en se mettant à pleurer.

Puis, pivotant sur ses talons, elle courut vers la terrasse.

— Retiens-là, Tucker, cria Dwayne. Ne la laisse pas faire ça !

Tucker vit bientôt son frère apparaître en haut de l'escalier.

— Occupe-toi d'elle, ordonna-t-il en lançant Caroline contre lui.

Et il se précipita à la suite de Josie en hurlant son nom. Quelques-uns des fêtards qui rentraient chez eux s'arrêtèrent en entendant les cris et levèrent la tête pour contempler ce nouveau spectacle avec autant de curiosité et d'impatience que le précédent. Tucker se hâtait le long de la terrasse, ouvrant les portes à la volée et allumant les lumières. Lorsqu'il atteignit la chambre de ses parents, il trouva la porte close.

— Josie !

Après plusieurs essais frénétiques pour faire basculer le bec-de-cane, il tenta de pousser les battants de la porte-fenêtre.

— Josie, laisse-moi entrer. Il faut que tu m'ouvres. Tu sais que je suis capable de défoncer cette porte.

Il appuya son front contre la vitre, s'efforçant de comprendre ce que son esprit se refusait encore à admettre. Sa sœur était à l'intérieur. Et sa sœur était folle.

Il pesa de nouveau contre les battants, brisant les carreaux, se coupant les doigts.

— Ouvre-moi donc cette satanée porte !

Entendant un bruit derrière lui, il se retourna d'un bond. Burke s'approchait de lui.

— Va-t'en, s'écria-t-il en secouant la tête. Fous-moi le camp. C'est ma sœur.

— Tuck, Cy n'a pas su m'expliquer ce qui se passait, mais je…

— Je te dis de foutre le camp !

Poussant un hurlement de rage, il projeta son corps à travers la porte. Le tintement du verre brisé se perdit dans le bruit d'une détonation.

— Non ! cria Tucker en tombant à genoux.

Josie était étendue sur le lit que partageaient jadis leurs parents. Du sang coulait sur le couvre-lit de satin blanc.

— Oh, Josie, non !

Il se redressa péniblement, d'ores et déjà anéanti par le chagrin. Puis il s'assit sur le lit, prit sa sœur contre lui et la berça dans ses bras.

— Je suis heureuse que vous soyez venue me voir.

Caroline versa du café dans deux tasses avant de s'asseoir à la table de la cuisine, face à Della.

— Je voulais vous parler, reprit-elle, mais je pensais qu'il valait mieux attendre la fin des funérailles.

— Le pasteur a dit que désormais elle reposait en paix.

Della serra douloureusement les lèvres puis leva sa tasse de café.

— Je souhaite qu'il ait raison. Ce sont les vivants qui souffrent, Caroline. Tucker et Dwayne vont avoir du mal à se consoler. Et les autres aussi. Happy et Junior, Arnette et les parents de Francie.

— Et vous, ajouta Caroline en prenant sa main. Je sais que vous l'aimiez.

— C'est vrai, admit-elle d'une voix rauque, lourde de sanglots étouffés. Et je l'aimerai toujours, malgré tout. Il y avait quelque chose de malade en elle, et elle a fini par mettre en pratique le seul remède qu'elle connaissait. Mais si elle vous avait fait du mal…

Caroline sentit la main de Della trembler un moment dans la sienne.

— Enfin, Dieu merci, il n'en a rien été. Tucker aurait été incapable de le supporter. C'est pour vous dire cela que je suis venue ici aujourd'hui, parce que j'espère que vous ne vous retournerez pas contre le frère à cause de la sœur.

— Tucker et moi nous arrangerons ensemble. Della, je crois que vous avez le droit de savoir : Josie m'a tout raconté au sujet de sa mère et de sa naissance.

La main de Della se crispa convulsivement.

— Elle savait ?

— Oui, elle savait.

— Mais comment…

— Elle a entendu sa mère le mentionner un jour. Je sais qu'il a dû être dur pour vous, et pour Mme Longstreet, de garder si longtemps ce secret.

— Nous pensions que c'était la meilleure attitude à avoir. Quand elle est revenue à la maison ce jour-là, après qu'Austin l'avait violentée, sa robe était sale et déchirée, et son visage livide. Et ses yeux, ses yeux, Caroline, étaient comme ceux des somnambules : fixes, hagards. Elle est montée directement prendre un bain. Elle n'a pas arrêté de changer l'eau et de frotter, de frotter, jusqu'à se mettre la peau à vif. J'ai vu alors les traces de coups. Et j'ai su. J'ai su aussitôt. Et comme je savais aussi d'où elle revenait, j'ai compris tout de suite qui lui avait fait ça.

— Il n'est pas nécessaire d'en reparler, dit Caroline.

Della secoua la tête.

— Je voulais aller le rosser moi-même, reprit-elle, mais je ne pouvais la laisser seule. Je l'ai prise dans mes bras — elle était assise dans l'eau —, et elle a commencé à pleurer, pleurer, pleurer. Et à crier. Et chaque fois elle hurlait qu'il ne fallait pas le répéter à M. Beau ni à personne. Elle avait peur qu'ils s'entre-tuent tous les deux, et c'est ce qui serait arrivé. J'ai essayé de lui parler, mais je ne suis pas parvenue à la convaincre qu'elle n'était pas responsable de tout ça. M. Beau était tout pour elle, vous savez. C'était une

— Salut, mon gars ! Salut, mon pote ! T'as pris du poids, dis-moi.

— Vous êtes ici dans une propriété privée, il me semble, lui cria Caroline en arrivant à son tour devant l'étang.

Tucker ébaucha un demi-sourire tout en grattant les oreilles du chien.

— Votre grand-mère me laissait venir ici m'asseoir un moment.

— Ah bon. Dans ce cas…

Elle s'installa sur la souche à côté de lui.

— … je m'en voudrais de rompre une tradition.

Emue, elle regarda Vaurien lécher les mains et les poignets de Tucker.

— Tu lui as manqué, tu sais. Et à moi aussi.

— Il m'a été… difficile de revenir ici ces derniers temps.

Il lança un bâton pour faire courir le chiot.

— La chaleur a baissé, reprit-il d'une voix atone.

— On dirait.

— Je crains qu'elle remonte d'ici peu.

— Je le crains aussi, dit Caroline en joignant les mains sur ses genoux.

Tucker contempla l'eau un instant puis, sans lever les yeux, se remit à parler.

— Caroline, nous n'avons pas encore discuté de ce qui s'est passé cette nuit-là.

— Ce n'est pas nécessaire.

Elle voulut lui prendre la main. Il secoua la tête et se leva pour éviter son contact.

— C'était ma sœur, murmura-t-il d'une voix tendue.

Tandis qu'il continuait à contempler l'étang, Caroline vit à quel point il avait l'air fatigué. Elle se demanda si elle lui reverrait jamais ce sourire insouciant qui était naguère le sien. Elle espérait de tout cœur qu'il ne l'avait pas perdu.

— Elle était malade, Tucker.

— C'est bien ainsi que j'essaye de la considérer. Comme si elle avait eu une sorte de cancer. Mais… je l'aimais, Caroline. Et je l'aime encore maintenant. Elle était si pleine de vie, d'entrain. C'est dur de se rappeler tout ça. Dur aussi de repenser à tous ces meurtres dont elle est responsable. Mais le plus pénible, c'est quand je ferme les yeux et que je te revois sortir de cette chambre — et que je la revois, elle, te poursuivant avec ce couteau.

— Je ne peux pas te promettre qu'on l'oubliera. Ni toi ni moi. Mais j'ai aussi appris à ne pas regarder en arrière.

Il se pencha pour ramasser un caillou et le lança dans l'eau.

— Je pensais que tu ne voudrais plus me revoir, murmura-t-il.

— Tu avais tort.

Elle se leva, aussi agitée que le chiot qui courait autour d'eux avec le bâton dans la gueule.

— C'est toi qui m'as fait des avances, Tucker. Et tu ne voulais pas t'arrêter. Tu refusais même de m'écouter quand je te disais que je ne souhaitais plus m'engager avec qui que ce soit.

Il jeta un second caillou dans l'étang.

— C'est vrai, oui, répondit-il. Je me demandais simplement s'il ne fallait pas désormais te laisser poursuivre ton chemin. Tu pourrais reprendre ta vie là où elle en était avant que je ne vienne la gâcher.

Caroline regarda le caillou s'enfoncer dans l'eau en soulevant une série de vaguelettes à la surface de l'étang. Parfois, se dit-elle, il valait mieux provoquer des remous que d'abandonner la situation à un cours trop paisible.

— Oh, voilà qui est parfait ! s'écria-t-elle. Voilà qui est bien de toi. Alors, comme ça, on se défile dès que les rapports deviennent un peu plus sérieux, hein ?

Elle l'agrippa par le bras et le força à se retourner.

— Eh bien, sache que je ne suis pas comme les autres, moi.

— Ce n'est pas ce que je voulais dire.

— Ce que tu voulais dire ? répliqua-t-elle en lui assenant un rude coup sur la poitrine qui le fit hoqueter de stupeur. Je vais te le dire, moi, ce que tu voulais me dire : « C'était chouette, Caro. Mais maintenant c'est fini. A la prochaine. » C'est ça, hein ? Eh bien, n'y compte pas. Non mais, tu crois peut-être que je vais accepter que tu t'éclipses en sifflotant après avoir bouleversé ma vie ? Je t'aime, Tucker, et je veux savoir quelles sont tes intentions à ce sujet.

— Ne va pas croire que…

Sa voix mourut. Il ferma les yeux, comme sous le coup d'une vive douleur, puis posa ses mains sur les épaules de la jeune femme.

— Oh, mon Dieu, Caro !

— Je veux que tu…

— Chut. Tais-toi une minute, juste une minute.

Il l'attira à lui et la serra si fort qu'elle le sentit trembler contre elle.

— J'ai eu tellement envie de te prendre dans mes bras, ces derniers jours. J'avais peur que tu me repousses.

— Tu te trompais.

— Je voulais jouer les âmes nobles, te laisser partir.

Il enfouit son visage dans ses cheveux.

— Mais je ne suis pas très doué pour ça.

— Encore heureux ! s'exclama Caroline.

Elle releva la tête en souriant.

— Mais tu n'as toujours pas répondu à ma question.

— J'avais trop envie de t'embrasser.

— Minute, papillon, l'interrompit-elle en posant la main sur son torse pour le maintenir à distance. Je veux une réponse. Je t'ai dit que je t'aimais, et je veux maintenant connaître tes intentions.

— Eh bien…, commença-t-il.

Ses mains glissèrent des épaules de Caroline. Ne sachant trop qu'en faire, il jugea préférable de les fourrer dans ses poches.

— On était déjà allés assez loin, tous les deux, avant… avant que tout cela n'arrive.

Elle secoua la tête.

— Il n'y a plus d'avant. Il n'y a que maintenant. Essaye encore.

— Eh bien, je pensais à ta prochaine tournée — si du moins tes projets tiennent toujours.

— Ils tiennent toujours. Continue.

— Ouais, hmm… ce n'est qu'une idée comme ça, mais il m'a semblé que, peut-être, tu ne verrais pas d'inconvénient à ce que je t'accompagne.

Les lèvres de Caroline esquissèrent un lent sourire.

— Peut-être, oui.

— J'aimerais voyager avec toi. Dans la limite du possible, évidemment. Je ne pourrai pas m'absenter des semaines entières, à cause de Cy, et puis du domaine — d'autant que Dwayne doit rester encore quelque temps dans sa clinique —, mais de temps à autre…

— Par-ci par-là ?

— Exactement. Et puis je me disais aussi que, quand tu ne serais pas en tournée ou en concert, tu pourrais revenir ici, histoire d'être un peu avec moi.

Caroline eut une moue dubitative.

— Sois plus précis. Qu'entends-tu par « être un peu avec » ?

Tucker laissa échapper un long et frémissant soupir. Dieu, songea-t-il, qu'il était dur d'exprimer cela quand on avait passé la majeure partie de son existence à prendre soin de le taire !

— Je veux t'épouser et te faire des enfants. Voilà. Je crois que je n'ai jamais eu de désir aussi fort que celui-là de toute ma vie.

— Tu m'as l'air un peu pâlichon, Tucker.

— C'est que j'ai une trouille du diable. Et puis, bon sang, tu ne trouves rien de mieux à répondre à l'homme qui te demande ta main ?

— Tu as raison. Tu mérites que je te réponde simplement oui ou non.

— Attends un peu. Il n'y a rien de simple là-dedans.

Terrorisé, il la serra de nouveau contre lui.

— Je n'ai pas fini. Je n'ai pas dit que tout serait rose, tu sais.

— Certes, mais il y a encore une chose que tu n'as pas dite. Une chose très importante.

Il ouvrit la bouche. Puis la referma. L'entêtement qu'il lisait dans le regard de Caroline l'encouragea néanmoins à opérer une nouvelle tentative.

— Je t'aime, Caroline. Seigneur…

Il lui fallut un moment pour être sûr de ne pas défaillir.

— Je t'aime, répéta-t-il.

Cette fois-là, ce fut plus facile. En fait, ce fut même agréable.

— Je n'ai jamais dit ça à aucune autre femme auparavant. Mais tu n'es pas obligée de me croire.

— Je te crois.

Elle l'embrassa.

— Je le vois bien à l'effort que t'a coûté un tel aveu.

— Désormais, je pense que je m'exprimerai plus facilement.

— Je le pense aussi. Mais… si nous allions vérifier ça à la maison ?

— Voilà qui me semble avisé.

Il siffla le chiot et prit Caroline par la taille.

— Cette fois, c'est toi qui ne m'as pas répondu.

Elle s'esclaffa.

— Vraiment ? Et si je te disais oui, tout simplement ?

— Adjugé vendu.

Il la souleva dans ses bras. Ils venaient de retrouver la lumière du soleil.

— T'ai-je jamais raconté l'histoire de mon arrière-grand-tante ? Au fond, c'était peut-être même une arrière-arrière-grand-tante. Elle s'appelait Amelia. Joli nom, tu ne trouves pas ? Eh bien, figure-toi que cette charmante Amelia s'est fait enlever par l'un des McNair en 1857.

— Non, je n'ai pas encore entendu cette histoire-là, répondit Caroline en lui caressant la nuque. Mais je suis sûre qu'avant peu, j'en connaîtrai les moindres détails.

Composé et édité par les
éditions Harlequin

Achevé d'imprimer en Allemagne
par GGP Media GmbH, Pößneck
en août 2011

Dépôt légal en septembre 2011